DarkSky

für Britta

Bernd Stöhr

DarkSky

Die fremde Bedrohung

Bibliografische Information der Deutschen Nationalbibliothek:
Die Deutsche Nationalbibliothek verzeichnet diese Publikation
in der Deutschen Nationalbibliografie; detaillierte bibliografische Daten sind im Internet über http://dnb.dnb.de abrufbar.

4. überarbeitete Fassung

Umschlaggestaltung: Finn Stöhr

Bildnachweis: Daniel Olah/Unsplash

Web-Seite zum Buch: www.darksky-trilogie.de
Instagram: darkskyauthor

Herstellung und Verlag:
BoD – Books on Demand, Norderstedt

ISBN: 9783749464937

Dieses Buch ist auch als E-Book erhältlich.

1

München, 15. Juli, 2.34 Uhr

Der Regen prasselte gegen die Fenster. Am Abend zuvor war es noch heiß und stickig gewesen und Henning hatte den Abend mit Freunden in einem Münchner Biergarten verbracht. Gegen halb elf war er in seinem Cabrio nach Hause gefahren. Dort angekommen, setzte er sich nochmals an seinen Laptop und ging die letzten E-Mails durch. Er bat schließlich Lucy, ihn gegen 6.30 Uhr zu wecken.

Jetzt entlud sich die vom heißen Wetter aufgeladene Energie über ein heftiges Gewitter und die Blitze zuckten über der Stadt. Nichts Ungewöhnliches für eine heiße Sommernacht in München. Plötzlich wurde das Display seines Handys hell und Lucy meldete sich.

»Henning, es wird ein Sicherheitsalarm der Stufe zwei gemeldet.« Henning rührte sich nicht. Lucy wurde jetzt lauter und wiederholte die Meldung. Keine Reaktion. Lucy fuhr mit maximaler Lautstärke fort.

»Sicherheitsprotokoll zwei ausgelöst, alle Türen werden verschlossen.« Erst jetzt regte sich Henning langsam und drückte auf den Lichtschalter neben seinem Bett. Er setzte sich auf und nahm sein Handy.

»Lucy, Status Sicherheitssystem«, sprach er mit müder Stimme in sein Handy.

»Sicherheitsalarm der Stufe zwei im Hauptgebäude, Sicherheitsprotokoll zwei ausgelöst, alle Türen sind verschlossen, Notstrom auf Stand-by.«

Henning begriff, dass er nicht geträumt hatte und ein echter Notfall vorlag.

»Lucy, warum wurde Sicherheitsalarm ausgelöst?«, fragte er seine elektronische Assistentin.

»Ein nicht genehmigter Datentransfer wurde gestartet.«

»Lucy, wie groß ist die Datenmenge?«

»Es sind bereits hundert Gigabyte übertragen worden, weitere fünfhundert Gigabyte sind angefordert.«

Datentransfers dieser Größenordnung waren bei BioScanTech durch ein Sicherheitsverfahren geschützt und nur möglich, wenn einer der berechtigten Personen den Transfer autorisiert hatte. Dies war aber hier nicht der Fall.

»Lucy, wer lädt die Daten herunter?«, wollte Henning wissen.

»Die IP-Adresse liegt auf den Seychellen.«

Henning wusste, was das normalerweise bedeutete. Die IP-Adresse war entweder falsch oder ein Computer auf den Seychellen wurde lediglich dazu benutzt, die Daten herunterzuladen, um sie dann an den eigentlichen Server zu übertragen. Henning musste den Transfer der Daten so schnell wie möglich stoppen. Die Existenz seiner Firma war mit diesen Daten so eng verknüpft, dass die Daten in den falschen Händen das Aus für BioScanTech bedeuten konnte.

»Lucy, kannst du den Datentransfer stoppen?«, fragte Henning.

»Transfer kann nicht gestoppt werden.«

»Lucy, initiiere die Shutdown Sequenz für den Hauptserver.« Henning wollte versuchen, den Hauptrechner auszuschalten, so dass keine Daten mehr über ihn abgerufen werden konnten.

»Zugriff verweigert«, kam von Lucy zurück.

»Verdammt«, fluchte Henning. Jemand hatte es geschafft, Lucy von dem Hauptserver auszusperren und die Kontrolle zu übernehmen. Lucy war von Henning so in das Computernetzwerk von BioScanTech integriert worden, dass sie praktisch alles überwachen und steuern konnte. Für kritische Vorgänge war allerdings ein zusätzlicher Code zur Autorisierung erforderlich. Damit hatte Henning sichergestellt, dass Lucy keine Dummheiten machen konnte, denn er selbst hatte sie programmiert und wusste, dass intelligente Systeme zuweilen ein Eigenleben entwickeln konnten.

»Lucy, befinden sich Leute im Hauptgebäude?«

»Nein.«

Es war also niemand direkt vor Ort, der hätte helfen können. Henning war inzwischen aufgesprungen und saß an seinem Schreibtisch. Er hatte sein Notebook aufgeklappt und versuchte nun selbst auf den Hauptrechner zu kommen. Er versuchte, sich einzuloggen, aber der Hauptrechner quittierte jeden seiner Versuche mit *Zugriff verweigert*. Jemand hatte die Kontrolle über den Hauptrechner übernommen. Aber wie war das überhaupt möglich? BioScanTech gab einen nicht unerheblichen Betrag für die beste auf dem Markt verfügbare Sicherheitssoftware aus – aber das war jetzt nicht wichtig. Das konnte später geklärt werden. Jetzt musste erst einmal BioScanTech vor dem Ruin gerettet werden.

»Lucy, initiiere Shutdown am Speicher-Rack eins«, befahl Henning. BioScanTech hatte Datenmengen, die mehr als hundert Festplatten benötigten. Sie konnten somit nicht direkt auf dem Hauptrechner abgelegt werden, sondern wurden auf einem Speicher-Rack gespeichert. Über den Hauptrechner wurden dann die angeforderten Daten an die Computer bei BioScanTech verteilt, die die Daten angefordert hatten. Ein Hauptrechner ohne funktionierende Anbindung an das Speicher-Rack war also nicht in der Lage, wichtige Daten zu übertragen.

Die Sekunden verrannen und Henning probierte sich auf andere Computer bei BioScanTech einzuloggen, um doch noch einen Zugang zum Hauptserver aufzubauen.

»Lucy, verdammt, Status!«, befahl Henning.

»Verbindung zu Speicher-Rack eins etabliert. Initiiere jetzt Shutdown«, meldete sich Lucy zurück.

»Na endlich!«, rief Henning.

»Shutdown läuft. 59 Sekunden bis zum Ausschalten, 58, 57, …«

Henning versuchte, sich auf Speicher-Rack zwei einzuloggen, wurde aber nur mit der Meldung *Zugriff verweigert* abgewiesen. Speicher-Rack zwei wurde bei BioScanTech als Backup benutzt, um alle Daten nochmals zu sichern. Henning wollte verhindern, dass von dort gesicherte Daten heruntergeladen werden konnten.

Henning ballte die Fäuste und schlug auf den Tisch. Wie zum Teufel war es möglich, dass er nicht auf den Server und die Speicher-Racks kam?

»Sicherheitsalarm der Stufe eins ausgelöst. Folgende Türen wurden geöffnet: Tür 17, 25, 42.« Das waren die Türen vom Garten in die Kantine und von dort auf direktem Weg zum Serverraum.

»Lucy, wie viele Personen befinden sich im Gebäude?« Henning wollte herausfinden, mit wie vielen Eindringlingen er es zu tun hatte.

»Es befinden sich keine Personen in den Gebäuden.«

Das konnte nicht sein. Jemand musste die Türen aufgemacht haben.

»Lucy, Status der Überwachungsscanner?« Henning hatte die Überwachungsscanner erfunden und damit den Grundstein von BioScanTech gelegt. Die Scanner waren in der Lage, Lebewesen eindeutig durch ihre Biosignaturen zu identifizieren. Die Möglichkeiten seiner Erfindung waren nahezu unbegrenzt und Henning hatte das Potential früh erkannt. Er wollte BioScanTech zu einem der führenden

Unternehmen im Bereich Sicherheitstechnik machen.

»Alle Scanner arbeiten einwandfrei.«

Keine Personen im Gebäude, aber die Türen offen? Wie konnte das sein? Was ging dort vor sich? Lucy meldete sich mit einer Status-Meldung zum laufenden Shutdown.

»5, 4, 3, Shutdown Sequenz abgebrochen.«

»Was? Lucy, wer hat die Sequenz gestoppt?«, schrie Henning.

»Shutdown Sequenz wurde durch einen Administrator abgebrochen. Download wieder gestartet. Weitere fünfhundert Gigabyte Daten werden angefordert.«

»Lucy, von welchem Computer wurde …«, wollte Henning wissen, aber er konnte seinen Satz nicht beenden. Lucy unterbrach ihn.

»Warnung! Daten werden unverschlüsselt übertragen.«

Henning raufte sich die Haare. Wenn die Daten unverschlüsselt übertragen wurden, dann konnten die Angreifer den Inhalt der Dateien lesen und auf die Funktionsweise von TrueScan schließen. *Scheiße.* Das war nicht gut. Henning musste so schnell wie möglich zu Bio-ScanTech fahren, um dort zu sehen, was los war.

Er zog sich rasch an, nahm sein Handy und eilte aus der Wohnung. Im Auto gab er Lucy weitere Befehle. »Lucy, Garagentor öffnen!« Das Garagentor setzte sich in Bewegung.

Henning startete den Wagen und fuhr mit Vollgas aus der Garage. Der Regen peitschte ihm ins Gesicht und in Sekunden war er bis auf die Haut durchnässt. Er schloss das Verdeck des Cabrios, ohne anzuhalten, und jagte die Straße hinunter.

»Lucy, alarmiere Priya!« Priya war die Chefentwicklerin von Bio-ScanTech und Hennings Vertraute. Sie war indischer Herkunft und hatte hier in Deutschland ihre Doktorarbeit in Bioinformatik geschrieben und mit summa cum laude abgeschlossen. Sie war brillant. Henning und Priya hatten sich an der Universität kennen und gegenseitig schätzen gelernt. Beide verband inzwischen nicht nur die Arbeit, sondern auch eine tiefe Freundschaft.

»Priya antwortet nicht«, informierte Lucy Henning.

An diesem Abend schien wohl alles schiefzugehen.

»Lucy, alarmiere die Polizei!«

»Bereits geschehen, Sicherheitsalarm der Stufe eins führt automatisch zur Alarmierung der Polizei.«

Stimmt, das hatte Henning vergessen. Der Motor von Hennings Auto heulte auf, als er herunter schaltete, um in die zweispurige Hauptstraße einzubiegen.

Die Geschwindigkeit war auf fünfzig Stundenkilometer begrenzt, und die hatte Henning seit dem Beginn seiner Fahrt an diesem Abend noch nicht unterschritten. Er fuhr mit vollem Risiko, denn es stand alles auf dem Spiel. Als er das Lenkrad einschlug, um abzubiegen, brach der Wagen aus und Henning versuchte gegenzusteuern. Die ESP Lampe im Cockpit flackerte auf, er trat auf die Bremse und riss das Lenkrad wieder in die entgegengesetzte Richtung, um in letzter Sekunde einem plötzlich auftauchenden Ampelmast auszuweichen. Henning bekam den Wagen wieder unter Kontrolle. Das war knapp. Er trat das Gaspedal wieder ganz durch.

Ein rotes Blitzlicht traf ihn wie erwartet. Henning fuhr diese Strecke täglich und kannte die versteckte Blitzanlage in dieser Straße. Die durch das Head-up-Display auf die Windschutzscheibe projizierte Geschwindigkeit zeigte hundertfünfundzwanzig Stundenkilometer an.

Als Henning endlich in die Einfahrt zu BioScanTech schoss, sah er schon von Weitem, dass die rote Sicherheitslampe über der Kantinentür blinkte. Einbruch! Die Meldung von Lucy war also richtig. Henning trat voll auf die Bremse und brachte den Wagen zum Stillstand. Er sprang aus dem Wagen und stürzte auf die Kantinentür zu. Sie war offen, er rannte hindurch und blieb dann kurz stehen, um sich umzublicken. Niemand war zu sehen. Er setzte sich wieder in Bewegung in Richtung Serverraum. Eine innere Zwischentür stand ebenfalls offen. Genau wie Lucy es gemeldet hatte. Er ging hindurch und näherte sich vorsichtig dem Serverraum. Henning wusste nicht, was ihn dort erwarten würde und so hielt er einen Moment inne und schaute sich um. Er brauchte etwas, um sich im Notfall verteidigen zu können. Allerdings sah er nichts, was er als Waffe hätte nutzen können. Er musste also mit leeren Händen in den Raum hinein.

Henning öffnete die Tür vorsichtig einen spaltbreit und sah, dass Licht nach außen fiel. Sonst konnte er nichts entdecken. Er zog die Tür ganz auf und konnte jetzt die Sicherungsschränke und die Anzeigen der Notstromversorgung sehen. Alles sah intakt aus. Er ging einen Schritt in den Raum und erkannte den eingeschalteten Bildschirm eines Service Terminals. Vorsichtig ging er weiter und sah sich dabei ständig um. Er wollte sicher gehen, nichts und niemanden zu übersehen. Seine Muskeln waren angespannt und er war bereit, zu kämpfen, wenn es sein musste. So einfach würde er sich nicht geschlagen geben.

Er blickte sich um. Niemand zu sehen oder zu hören. Das Terminal zeigte die zuletzt eingegebenen Befehle. Die von Lucy initiierte Shutdown Sequenz war mit einem Administrator Befehl gestoppt worden. Scheiße! Jemand ist irgendwie an ein Administrator Passwort gekommen. Henning scrollte den Bildschirm nach unten und sah, dass von einer fremden IP-Adresse ein Programm heruntergeladen und gestartet wurde. Er scrollte weiter und traute seinen Augen nicht. Die Verschlüsselung der Daten war geknackt und der Download fortgesetzt worden. Hier waren ganz offensichtlich Profis am Werk und Henning musste den Download der Daten sofort stoppen. Wenn die Daten in falsche Hände gerieten, wäre BioScanTech faktisch ruiniert und jede Firma könnte Hennings Erfindung nachbauen. Klar hatte er die Patente dafür, aber wie sollte er gegen Multimilliarden schwere Konzerne aus den USA ankommen?

Er begann, die notwendigen Befehle einzutippen, als sich jemand von hinten an ihn heranschlich. Henning sah in der Reflexion des Bildschirms einen Schatten, aber er musste den Download stoppen und kämpfte die aufkommende Angst nieder. Die Befehlssequenz war noch unvollständig und wenn er sich jetzt umdrehen würde, hätte er vielleicht nicht mehr die Chance die Befehlssequenz abzuschicken. Er tippe gerade das letzte Kommando ein, als ihn eine Hand an der Schulter packte und zu Boden riss während seine Hand über der Entertaste schwebte. Henning prallte mit dem Gesicht nach unten auf den Boden. Aus seiner Nase schoss ein Strahl Blut. Er versuchte, sich wieder mit beiden Armen hochzustemmen, als der Fremde sich mit voller Wucht auf Hennings Rücken stürzte. Henning krachte erneut auf den Boden und die Wucht des Aufschlags presste ihm die Luft aus der Lunge. Der Fremde verdrehte Hennings Arme grob nach hinten. Henning wollte aufstöhnen, aber er brachte keinen Ton heraus.

»So mein Freundchen! Haben wir dich!«, brüllte der Fremde. »Was hast Du hier zu suchen? Los raus damit!«

»Computer«, keuchte Henning, der noch immer nicht genug Sauerstoff in den Lungen hatte.

»Computer klauen?« Dann zog der Fremde Handschellen aus seiner Jackentasche und ließ sie um Hennings Handgelenke einrasten.

»Wir nehmen dich erst mal mit auf die Wache. Wir werden schon herausbekommen, was du hier gesucht hast.«

Henning bekam langsam wieder Luft. »Nein, ich bin Henning Finnley, mir gehört die Firma. Ich habe Sie verständigt«, keuchte er.

»Uns verständigt? Die Zentrale sagte, dass eine Frau den Einbruch gemeldet hat. Lüg' mich also nicht an!«

»Das war Lucy, meine Assistentin.«

»Wir werden das überprüfen und dann sehen wir ja, wer du bist. Und sag' dieser Lucy, dass sie herkommen soll.«

Henning lag immer noch auf dem Boden mit dem Gesicht nach unten. So konnte der Beamte nicht sehen, wie er die Augen nach oben verdrehte.

»Hören Sie, jemand hat versucht, Daten von unseren Computern herunterzuladen. Ich muss den Download stoppen. Lassen Sie mich an das Terminal heran.«

»Das würde dir so gefallen.« Der Fremde drehte sich zu dem Computerterminal um. »Du wirst hier gar nichts anrühren, bevor wir nicht wissen, wer du bist. Los hoch mit dir!«

Der Beamte zog Henning auf die Beine und sah erst jetzt, dass Henning ein blutverschmiertes Gesicht hatte.

»Shit! Das ist Henning Finnley! Ihm gehört die Firma!«, ertönte von hinten eine Stimme. Priya stand völlig durchnässt an der Tür. Ein weiterer Zivilbeamter stand neben ihr. »Karl, mach' ihm die Handschellen ab. Du hast den Falschen. Das ist wirklich der Besitzer und diese Frau hier ist Priya Singh. Sie arbeitet für Dr. Finnley.«

»Bist du ganz sicher?« Der Zivilbeamte bei Henning schien der Sache nicht zu trauen.

»Ja. Ihre Angaben sind korrekt und sie hat mir das Bild von dem Besitzer auf der Webseite gezeigt.«

»Also gut«, stammelt der Beamte.

»Endlich! Priya, schnell ans Terminal. Ich habe den Download noch nicht gestoppt!«, rief Henning zu Priya. Priya sprang ans Terminal und sah die Befehlssequenz, die Henning eingetippt aber noch nicht gestartet hatte. Sie überflog die Kommandos und drückte die Entertaste. Auf dem Bildschirm sah sie, wie das Kommando bestätigt und das Speicher-Rack heruntergefahren wurde. Der Download war gestoppt. Henning stand inzwischen hinter Priya – immer noch mit den Händen auf dem Rücken und mit Handschellen gefesselt. Priya drehte sich zu Henning um. »Du brauchst einen Arzt.«

»Jetzt nicht. Priya, durchsuche bitte die anderen Räume. Das ist wichtiger.«

»Okay.«

Der Beamte holte den Schlüssel für die Handschellen aus seiner Jackentasche und befreite Henning. »Ich will trotzdem Ihren Ausweis sehen.«

»Kein Problem«, antwortete Henning und sah den Beamten in die Augen. »Der ist in meiner Brieftasche – und die liegt zu Hause.«

»Also gut, dann waschen Sie mal Ihr Gesicht. Danach sehen wir weiter.«

Inzwischen traf ein Streifenwagen ein, und Hennings Angaben wurden per Funk überprüft. Priya hatte in der Zwischenzeit die anderen Räume auf Schäden untersucht und kam zurück. Sie umarmte Henning.

»Henning, was zum Teufel ist hier los?«, wollte sie wissen.

»Jemand hat sich Zutritt zu unserem Serverraum verschafft und große Mengen Daten heruntergeladen. Lucy und ich konnten den Transfer von zu Hause aus nicht stoppen, und so bin ich her gefahren.«

»Unsere Überwachungsscanner?«

»Haben keinen Alarm ausgelöst.«

»Keinen Alarm«, wiederholte Priya nachdenklich. »Merkwürdig. Vielleicht wurde unser Sicherheitssystem gehackt und die Scanner wurden abgeschaltet?«

»Vielleicht. Jedenfalls wurden wir gehörig verarscht. Und ich will wissen, von wem und warum.«

»Wenn du willst, kann ich gleich mit einer Systemdiagnose beginnen und herausfinden, ob …«

Erst jetzt merkte Henning, dass Priya total durchnässt war.

»Du bist ja ganz nass. Wo warst du eigentlich?«

»Es regnet in Strömen«, antwortete Priya mit hochgezogenen Augenbrauen.

»Das weiß ich – ich meine zuvor. Lucy konnte dich nicht erreichen.«

»Musst nicht alles wissen, mein Lieber. Bist zwar mein Chef, aber nicht mein Vater.«

»Hast recht, geht mich nichts an. Danke für deine Hilfe.«

2

CERN, 15. Juli, 8 Uhr

»Nun Suzan, was haben Sie für mich?«, fragte der Generaldirektor des CERN, Professor Breuer, seine Sicherheitschefin Suzan Ehrens.

»Also, wir wissen, dass es mindestens zwei Personen waren, die sich unerlaubten Eintritt in das Labor sieben verschafft haben. Wir können es noch nicht mit hundertprozentiger Sicherheit sagen, aber ich denke, es waren eine Frau und ein Mann. Die Auswertung der Überwachungskamera gestaltet sich schwierig, da die Zwei offenbar sehr genau wussten, wo die Kamera befestigt ist und sie sich geschickt so bewegt haben, dass sie nicht aufgenommen werden konnten.«

»Wie zum Teufel wollen Sie dann wissen, dass es nur zwei waren?«, fragte Professor Breuer sichtlich gereizt.

»Nun, die Kameras haben zumindest die Schatten der Personen aufnehmen können, und diese werten wir gerade mit einer speziellen Software aus.«

»Wissen Sie wenigstens, warum die TrueScan Scanner versagt haben?«

»Nein, bis jetzt leider noch nicht. Die Selbstdiagnose der Scanner hat kein Problem aufgezeigt. Eigentlich sollten die Scanner einwandfrei arbeiten.«

»Verdammt Suzan, ich will Antworten von Ihnen haben, wie die beiden Personen mir nichts dir nichts in den Kontrollraum des Detektors spazieren konnten und dort Zugriff auf einen unserer Steuerungscomputer bekommen konnten. Habe ich mich klar und deutlich ausgedrückt?« Professor Breuer kochte.

»Professor, ich kann Ihnen versichern, dass mein gesamtes Team an der Aufklärung arbeitet.« Das war zwar nicht die ganze Wahrheit, aber Suzan hatte zumindest so viele Leute für die Aufklärung abgestellt, wie sie im Augenblick erübrigen konnte.

»Suzan, wie viele Monate sind Sie jetzt hier Sicherheitschefin?«, fragte Professor Breuer ruhig.

»Sechs Monate.«

»Als unser Sicherheitschef aus immer noch ungeklärten Gründen verschwand, wollte ich diese wichtige Stelle so schnell wie möglich mit einer erfahrenen Person besetzen, die …«

Professor Breuer wurde von Suzan unterbrochen. »Ich bin die Richtige für diesen Job, und ich kann Ihnen versichern, ich werde die beiden finden, die ins Labor eingedrungen sind.«

»Nun gut Suzan, glücklicherweise wurden die Manipulationen am Steuerungsrechner bemerkt und rückgängig gemacht«, fuhr Professor Breuer fort. »Nicht auszudenken, wenn diese Manipulationen unbemerkt geblieben wären.«

»Wissen die Wissenschaftler schon, wozu diese Manipulationen geführt hätten?«, wollte Suzan wissen.

»Nein. Es sieht nach sinnlosen Veränderungen der Versuchsparameter aus. Leider haben wir im Augenblick auch nicht die Zeit, um die Veränderungen am Simulator durchzurechnen. Im Augenblick gehen wir also von einem Versuch aus, das Experiment zu stören.«

Professor Breuer lehnte sich in seinem Ledersessel zurück und schaute Suzan mit einem eindringlichen Blick an. »Sie haben achtundvierzig Stunden, dann geht unser Experiment DarkSky in die nächste Phase. Wir werden jede Menge Journalisten aus der ganzen Welt hier haben. Wir können uns eine Blamage sowohl wissenschaftlich als auch bezüglich der Sicherheit des Labors nicht erlauben. Die Amerikaner würden uns Europäer mal wieder als zweitklassige Wissenschaftler darstellen. Verstehen Sie, was ich meine?«

»Ja. Voll und ganz.«

»Gut, ich verlasse mich auf Sie, Suzan. Sorgen Sie dafür, dass unser Experiment ungestört durchgeführt werden kann.«

»Verstanden.«

»Ich muss jetzt in die Besprechung mit den Abteilungsleitern von DarkSky. Ich hoffe, die haben erfreulichere Nachrichten für mich. Wenn Sie mich jetzt entschuldigen würden!« Er wandte sich einigen Papieren zu, die auf seinem Schreibtisch lagen.

Suzan stand auf, um das Büro des Leiters des CERN zu verlassen, als Professor Breuer sie nochmals ansprach. »Achtundvierzig Stunden, und ich erwarte zweimal am Tag einen Statusbericht!« Suzan nickte. Sie wusste, was das bedeutete. Wenn sie die beiden Eindringlinge nicht innerhalb dieser Zeit aufspüren würde, wäre ihre Karriere als Sicherheitschefin des größten Teilchenbeschleunigers der Welt beendet und sie müsste wieder von vorne anfangen. Suzan liebte die akademische Stimmung am CERN – die Professoren, Studenten und

14

die Wissenschaftler aus der ganzen Welt, obwohl sie selbst nie studiert hatte. Ihre Eltern hatten nichts von einem Studium gehalten und so hatte sie nach der Schule eine Ausbildung in einem Sicherheitsunternehmen absolviert und sich hochgearbeitet. Durch einen glücklichen Zufall erfuhr sie, dass das CERN dringend einen neuen Sicherheitschef mit Erfahrung suchte und zwei Tage später hatte sie ihr Vorstellungsgespräch.

Suzan verließ das Büro, zog ihr Handy aus der Hosentasche und prüfte die Anruferliste. Immer noch kein Rückruf von dem BioScan-Tech-Chef aus München. Achtundvierzig Stunden um die Sache über die Bühne zu bringen. Sie wusste, dass das nicht gerade viel Zeit war, um in einem Labor mit über achttausend Angestellten zwei Verdächtige aufzuspüren.

Suzans Walkie-Talkie meldete sich. »Suzan für Pforte vier kommen!« Suzan zog das Walkie-Talkie aus ihrem Gürtel und drückte die Sprechtaste.

»Suzan hört.«

»Suzan, ich bin's, Ronaldo. Wir haben hier ungefähr fünfzig Demonstranten, die die Einfahrt blockieren. Sie haben sich mit Handschellen zusammen gekettet. Brauchen Ihre Anweisungen, was wir tun sollen.«

»Hat schon jemand mit den Demonstranten geredet?«, wollte Suzan wissen.

»Ja, ich. Die Spinner wollen, dass wir DarkSky stoppen. Die machen sich in die Hose, dass wir die ganze Welt in die Luft jagen werden. Die sagen, wir hätten keine Ahnung, welches Höllenfeuer wir hier entzünden.«

»Schon gut. Bin in zehn Minuten bei euch. Passt auf, dass es nicht eskaliert.«

»Okay. Pforte vier Ende.«

Suzan dachte nach. Diese Sorte von Demonstranten war in der Regel nicht mit ein paar leeren Versprechungen dazu zu bringen, alles einzupacken und nach Hause zu gehen. Suzan nahm ihr Handy und drückte eine Schnellwahltaste. Es wurde sofort abgenommen.

»Suzan, was liegt an?«, wollte die Stimme wissen.

»Fünfzig Demonstranten bei Pforte vier. Die haben sich wohl mit Handschellen aneinander gekettet. Sie befinden sich rein rechtlich auf dem Gelände des CERN.«

»Ich benötige die Erlaubnis des Generaldirektors, dass wir das Hoheitsgebiet des CERN betreten dürfen«, sagte die Stimme.

»Kein Problem. Ich werde dir die Erlaubnis gleich per E-Mail schicken.«

»Verstehe, ich werde einen Mannschaftswagen hochschicken.«

»Danke. Hast was gut bei mir«, sagte Suzan.

»Ich setze es auf die Liste«, kam zur Antwort und die Verbindung wurde getrennt.

Auf Walter, Chef der örtlichen Polizei, konnte sich Suzan verlassen. Er war zwar verheiratet und hatte zwei Kinder, aber Suzan wusste, dass er eine Schwäche für sie hatte. Immer wenn sie sich dienstlich trafen, hatte sie ihre Dienstwaffe mit dabei. Sie hatte gleich beim ersten Treffen gespürt, dass dies sein Schwachpunkt war. Eine Frau, die ihre Waffe so selbstverständlich trug, machte mächtig Eindruck auf ihn. Und so lernte Suzan sehr schnell, auf welchen Knopf sie bei ihm zu drücken hatte, wenn sie mal Unterstützung von der Polizei benötigte. Seit das Experiment DarkSky öffentlich vorgestellt worden war, mussten die Sicherheitsvorkehrungen drastisch erhöht werden. Viele wissenschaftskritische Journalisten und Bürger hatten das Experiment als ein gefährliches Unterfangen dargestellt, und dies hatte dazu geführt, dass Demonstranten gegen das CERN und die Durchführung des Experiments demonstrierten.

Suzan machte sich auf den Weg zur Pforte vier, um ihrem Team mitzuteilen, dass die Kavallerie im Anmarsch war. Sie wusste, dass sie sich nicht auch noch um dieses Problem selbst kümmern konnte. Oberste Priorität hatte die Aufklärung der unerlaubten Zutritte ins Labor – ihre Zukunft hing davon ab und Professor Breuer würde nicht zögern sie zu feuern.

Sie eilte durch die labyrinthartigen Gänge des riesigen Forschungsgeländes in Richtung Pforte vier, als ihr Handy klingelte. Sie nahm das Gespräch an, während sie weiter lief.

»Hallo, hier ist Henning Finnley von BioScanTech. Spreche ich mit Suzan?«

»Ja, wird auch langsam Zeit, dass Sie zurückrufen!«, fuhr sie Henning an.

»Ich konnte nicht früher anrufen, wir hatten hier einen Einbruch.«

»Finnley, Ihre Scanner taugen nichts. Personen haben einen Bereich unerkannt betreten, Versuchsparameter einer Anlage manipuliert und Ihre verdammten Scanner haben keinen Alarm geschlagen. Wir haben es nur durch Zufall bemerkt. Unser Sicherheitssystem hat versagt und ich will, dass Sie mir das erklären! Wie kann es sein, dass einfach so Leute vor Ihrem Scanner herumlaufen und diese keinen Alarm auslösen?«

»Jetzt mal langsam«, versuchte Henning Suzan zu bremsen. »Sie sagen, die Scanner haben Personen nicht entdeckt, die in einem Bereich waren, für den sie keine Berechtigung hatten?«

»Ja, verdammt!«, schimpfte Suzan.

»Hatten die Scanner vielleicht eine Fehlfunktion?«, fragte Henning.

»Woher sollen wir das wissen? Wir haben die Selbstdiagnose gestartet und die lief ohne Probleme durch. Die Aufzeichnung der Personenbewegungen ist auch nicht ausgefallen. Die Scanner liefern ständig Daten und diese scheinen auch richtig zu sein. Es fehlen nur diese beiden Personen.«

»Wie meinen Sie das?«

»Wie ich es sage. Es sieht so aus als wären die beiden Personen aus dem Bewegungsprotokoll gelöscht worden. Könnte das jemand gemacht haben?«

»Ein Administrator könnte das tun. Er oder sie könnte auch die beiden Personen für den betreffenden Bereich freigeschaltet haben.«

»Negativ. Alle für das Labor freigeschalteten Personen waren nachweislich zu der betreffenden Zeit nicht auf dem Gelände oder hielten sich woanders auf. Das haben wir überprüft. Also, was machen Sie jetzt, um das Problem zu lösen?«, frage Suzan pampig.

»Nun, wie dringend ist die Sache?«, fragte Henning. »Wir haben hier alle Hände voll zu tun mit dem Einbruch in unserem Gebäude und ich schicke nur ungern genau jetzt jemanden zu Ihnen runter.«

»Wie dringend die Sache ist? Lesen Sie keine Zeitung? In zwei Tagen werden wir mit DarkSky in die nächste Phase des Experiments treten. Wir werden hier Hunderte von Journalisten und Wissenschaftlern aus der ganzen Welt haben. Wie stellen Sie sich das vor? Wir brauchen ein funktionierendes Überwachungssystem, sonst bricht hier das Chaos aus. Verstehen Sie mich?«

»Also gut, ich schicke Ihnen noch heute einen Techniker runter – einverstanden?«, fragte Henning.

»Nein. Sie kommen selbst. Ich will, dass Sie sich das Problem anschauen. Unser Sicherheitssystem hat höchste Priorität«, entgegnete Suzan.

Henning überlegte. Die Existenz seiner Firma stand auf dem Spiel, wenn er nicht herausfinden konnte, wer die TrueScan Daten gestohlen hatte. Und jetzt auch noch dieses Problem am CERN. Es war zum Verrücktwerden.

»Finnley, verdammt, sind Sie noch dran?«, blaffte Suzan in ihr Handy.

»Äh … ja, ich dachte nur nach.«

»Finnley, bewegen Sie Ihren Hintern hierher. Ich brauche Sie hier, zum Teufel! Wenn ich mich nicht auf die Scanner verlassen kann, muss ich sie abschalten. Sie können sich vorstellen, welche Publicity das hier gibt, wenn die ganzen Wissenschaftsjournalisten hier sind. War Ihre Firma nicht erst kürzlich im Science Magazin?«

Suzan hatte Henning an einem wunden Punkt getroffen. Der Artikel im Science Magazin hat den Bekanntheitsgrad seiner Firma nochmals deutlich gesteigert und die Anfragen nach den Scannern explodierte förmlich. Schlechte Presseberichte konnte er jetzt nicht gebrauchen.

»Also gut, ich bin heute noch bei Ihnen.«

»Ich sende Ihnen einen ausführlichen Bericht per E-Mail. Dann können Sie auf der Fahrt hierher schon mal darüber nachdenken, was zu tun ist. Außerdem kümmere ich mich um ein Zimmer für Sie. Wegen DarkSky sind alle Hotels hier ausgebucht.«

»Okay, bis später«, sagte Henning und trennte die Verbindung.

3

München, 15. Juli, 8.30 Uhr

Henning saß bewegungslos an seinem Schreibtisch und schaute aus dem Fenster in Richtung der Alpen. Die Wolken vom Vortag waren verzogen und der blaue Himmel war zu sehen. Die Ereignisse der letzten paar Stunden zeigten ihm, dass BioScanTech die kritische Phase einer jungen Firma noch nicht überwunden hatte. Es lag noch jede Menge Arbeit vor ihm und seinem Team, um aus der Firma ein stabiles Unternehmen zu machen. Aber wie so oft in seinem Leben, hatte Henning gelernt, sich den Herausforderungen zu stellen und nicht aufzugeben. In Gedanken ging er die Ereignisse der letzten Stunden nochmals durch. Erst der Einbruch und Datendiebstahl in der Nacht und dann das Telefonat mit der Sicherheitschefin vom CERN. Henning war klar, dass er jetzt die richtigen Entscheidungen treffen musste, um diese Krise so schnell wie möglich zu beenden. Er setzte sich auf und holte sein Notebook aus dem Tiefschlaf. Dann schrieb er in seinem Messenger Programm eine kurze Nachricht an die Leiter der verschiedenen Abteilungen bei BioScanTech. *In 15 Minuten Krisensitzung auf Vulkan.* Hennings Leidenschaft für Science Fiction war bei allen bekannt und so hatten sich inzwischen alle daran gewöhnt, Besprechungen auf dem Heimatplaneten der Vulkanier oder auf Kronos abzuhalten.

Henning saß bereits am Konferenztisch, als seine Leute hereinkamen. Vulkan war ein großes Besprechungszimmer, das bis zu dreißig Leuten Platz und einen tollen Blick auf die Alpen bot. Allerdings nicht in diesem Moment. Die Jalousien waren heruntergefahren, damit die helle Sonne das Bild des Flachfernsehers an der Wand nicht zu einem unkenntlichen Brei machte.

Der Raum füllte sich langsam mit den BioScanTech Mitarbeitern. Viele hatten ein sorgenvolles Gesicht, denn sie wussten, was auf dem Spiel stand. Der Einbruch und der Diebstahl der lebenswichtigen TrueScan Daten in der Nacht hatte alle entsetzt. Jeder im Raum wusste, dass es eine Menge Leute und Firmen gab, die hinter das Geheimnis der TrueScan Scanner kommen wollten. Konkurrenzfirmen, die ihre eigenen Sicherheitssysteme durch den Erfolg von

TrueScan gefährdet sahen und Regierungen, die wissen wollten, wo sich ihre Bürger aufhielten. Keiner hatte es bisher geschafft, aus den Veröffentlichungen in Zeitschriften und dem Internet hinter das Geheimnis zu kommen, und alle Versuche, Henning zum Verkauf der Firma zu bewegen, waren bisher ohne Erfolg. Henning wusste, dass seine Erfindung ungeheuerliches Potential besaß – im Guten wie im Schlechten. Seine TrueScan Scanner waren in der Lage, die biometrischen Signale eines Menschen aus bis zu zwanzig Metern Entfernung auszuwerten und somit festzustellen, wer sich im Bereich des Scanners befand. Dazu wird ein kurzer elektromagnetischer Impuls vom Scanner erzeugt, der dazu führt, dass der menschliche Körper mit einer biometrischen Signatur antwortet. Diese Antwort empfängt der Scanner und wertet sie aus, indem die Signatur mit einer vorhandenen Signatur in einer Datenbank verglichen wird. So kann in kurzer Zeit festgestellt werden, wer sich im Bereich des Scanners befindet. Die öffentliche Vorstellung der TrueScan Scanner hatte ein großes Medienecho ausgelöst. Besonders Regierungen mit großen gefährdeten Plätzen waren an einer Installation interessiert. So wollten die USA einige ihrer Flughäfen mit TrueScan Scannern ausstatten, um so die Personen zu überwachen, die sich im Flughafenbereich aufhielten.

Der Ansturm der Anfragen war so unerwartet groß gewesen, dass Henning und sein Team wochenlang Überstunden machen mussten, um alle Fragen zu beantworten. Zudem war die Produktionskapazität noch zu klein, so dass eine Warteliste angelegt werden musste und jeder potentielle Käufer sich darauf eintragen konnte. Die Liste wurde lang, sehr lang. Allerdings bestand noch das Problem, dass nicht alle Interessenten restlos davon überzeugt waren, dass TrueScan in der Praxis wirklich zuverlässig funktionieren würde. Aus diesem Grund wurde eine große Installation als Testsystem aufgebaut und die Ergebnisse in regelmäßigen Abständen auf der BioScanTech-Homepage veröffentlicht. Dieses Testsystem stand im europäischen Forschungszentrum CERN für Teilchenphysik in der Schweiz. Das CERN war mit seinen über achttausend Wissenschaftlern der perfekte Ort für den Test der TrueScan Scanner gewesen, denn eine einfache Zugangskontrolle für die verschiedenen Bereiche des Forschungszentrums war die ideale Voraussetzung für einen reibungslosen Wissenschaftsbetrieb.

Die BioScanTech Mitarbeiter hatten ihre Laptops, Tablet-Computer und ihre Kaffeebecher auf die Tische vor sich gestellt und warteten, dass Henning das Wort ergriff. Als endlich alle ihre Plätze gefunden hatten, fing Henning an.

»Ich will wissen, wer unsere Daten geklaut hat und wie er oder sie es geschafft haben, unsere eigenen Überwachungsscanner auszuhebeln!«

Die Tür des Besprechungsraums öffnete sich und Priya kam herein. Sie trug ein farbenfrohes indisches Kleid und hatte sogar ihren Bindi aufgetragen. Priya war bei BioScanTech dafür bekannt, dass sie sowohl westliche als auch traditionelle indische Kleidung trug. Manchmal wechselte sie die Kleider mehrmals am Tag.

Alle blickten sich nach ihr um. Sie hielt ihr Handy in den Händen und steuerte den Platz neben Henning an, der immer für sie freigehalten wurde. Henning hatte nach der Gründung der Firma Priya sofort die Leitung der Softwareentwicklung übergeben, denn sie war eine brillante Wissenschaftlerin mit ausgezeichneten Computerkenntnissen. Selbst Henning hatte in den letzten Jahren der Zusammenarbeit eine Menge von Priya gelernt, denn durch ihre oft unorthodoxe Herangehensweise vermochte sie Probleme innerhalb kurzer Zeit zu lösen. Ihre notorische Unpünktlichkeit dagegen trieb anfangs alle in den Wahnsinn, aber in der Zwischenzeit hatten sich die meisten bei Bio-ScanTech daran gewöhnt.

Henning fuhr fort. »Also, was hat die Forensik bisher?« Er schaute seinen Mitarbeiter Karl Schuster an, der bei BioScanTech für die IT verantwortlich war.

Karl drückte ein paar Tasten auf seinem Laptop und das Bild des Fernsehers an der Wand zeigte eine Weltkarte mit Markierungen in verschiedenen Ländern.

»Wir haben zuerst die IP-Adresse zurückverfolgt, von der aus unsere Daten heruntergeladen wurden. Wie ihr auf der Karte sehen könnt, war die erste IP-Adresse von den Seychellen. Von dort kam der eigentliche Aufruf allerdings nicht, dieser kam aus North Carolina, USA. Dieser Zugriff wurde aber ebenfalls nicht dort gestartet, sondern irgendwo in Brasilien. Weiter sind wir diesbezüglich noch nicht.«

»Verstanden. Wie sieht es mit der Zugangsberechtigung überhaupt aus? Ich meine, wie ist es den Dieben gelungen, ohne Passwort an die Daten zu kommen?«, fragte Henning nach.

»Die Diebe hatten ein gültiges Passwort.«

»Was?«

»Ich komme gleich darauf zu sprechen«, sagte Karl. »Der Zugriff erfolgte um 2.02 Uhr heute Morgen. Der oder die Angreifer durchsuchten danach für circa achtzehn Minuten unser Dateisystem, bis sie schließlich das Speicher-Rack fanden. Dort haben sie dann unsere TrueScan Daten entdeckt und der Transfer der Daten wurde gestartet. Zum Glück hatten die Angreifer nichts von unserer Überwachung gewusst, dass wir jeden großen Datentransfer autorisieren müssen. So ging bei dir, Henning, der Alarm um kurz nach halb drei los.«

»Und das Passwort?« Henning konnte nicht glauben, dass jemand so unvorsichtig war und sein Passwort ausspionieren ließ.

»Wir haben das verwendete Passwort überprüft, um herauszufinden, von wem es eigentlich stammt.«

»Und?«, fragte Henning ungeduldig. Im Raum war es jetzt still, denn alle wollten wissen, woher das Passwort stammte.

»Also, wir checken es nochmals, um hundert Prozent sicher zu sein«, fing Karl an, wurde aber von Henning unterbrochen.

»Raus damit, woher kommt das Passwort?«

»Es ist deines, Henning, es kommt von dir!«

»Wie das? Seid Ihr sicher?«

»Wie gesagt, wir checken es nochmals, aber es scheint dein Passwort für den Server zu sein. Komisch ist, dass wir in den letzten zwölf Monaten keinen Virenbefall auf den Rechnern hatten. Wir prüfen auch, ob jemand durch eine Schwachstelle im System eventuell die Eingabe von Passwörtern mitgeloggt hat. Henning, wir brauchen dein Handy, um es zu untersuchen. Vielleicht hat jemand über diesen Weg dein Passwort abgegriffen.«

Henning nickte und schob das vor ihm liegende Handy über den Tisch zu Karl.

»Du bekommst gleich nach der Besprechung ein Ersatzhandy von mir.«

»Okay.«

»Sobald wir etwas haben, werden wir dich informieren.«

»Danke Karl. Was wissen wir sonst noch?«, frage Henning in die Runde. »Welche TrueScan Daten wurden heruntergeladen?«

Jetzt meldete sich Kathrin McPally zu Wort. Kath, wie sie von den anderen genannt wurde, war verantwortlich für die Algorithmenentwicklung bei BioScanTech. Die Algorithmen waren das Herz der Mikrochips in den Scannern, denn die darin enthaltenen Rechenvorschriften bestimmten, wie die empfangenen biometrischen Daten ausgewertet wurden, um das betreffende Muster in der Datenbank zu finden. Der zentrale *MixAndMatch* Algorithmus setzte aus einem Puzzle von tausenden Signalen ein Muster zusammen, das dann für das Auffinden eines Treffers herangezogen wurde. *MixAndMatch* war also so etwas wie die britischen Kronjuwelen im Tower von London.

»Also«, begann Kath, »um es kurz zu machen, die Diebe hatten es auf den Quellcode unseres *MixAndMatch* Algorithmus abgesehen. Sie haben unsere Server nach verschiedenen Schlüsselworten durchsucht und alle Dateien und Verzeichnisse, die einen passenden Eintrag hatten, heruntergeladen. Dabei sind sie auch auf unsere Referenzdatensätze gestoßen und haben diese ebenfalls heruntergeladen.« Kath blickte in die Runde. »Unverschlüsselt, wohlgemerkt! Keine Ahnung wie sie das angestellt haben, aber irgendwie haben sie unsere Verschlüsselung geknackt. Da diese Datensätze sehr große Dateien sind, wurde der Überwachungsalarm ausgelöst. Hätten die Diebe es bei dem Quellcode belassen, hätten wir wohl nicht einmal etwas von dem Diebstahl bemerkt. Wir hatten Glück im Unglück.«

»Haben sie die Dateien mit dem Algorithmus gefunden?«, fragte Henning nach.

»Ja und Nein. Dein Einschreiten, Henning, hat verhindert, dass alle Dateien heruntergeladen wurden. Ich schätze, sie haben in etwa fünfundsiebzig Prozent erwischt«, fuhr Kath fort.

»Meinst du, sie können damit etwas anfangen?«

»Hängt davon ab, was die Diebe damit machen. Wenn sie die Daten an unsere Konkurrenz verkaufen, werden sie wahrscheinlich drei Jahre benötigen, um die restlichen fünfundzwanzig Prozent selbst zu entwickeln. Es hängt einfach davon ab, wer die Daten in die Hände bekommt und wie weit sie sich mit der Materie auskennen.«

»Verdammt! Ich hoffe, der Quellcode taucht nicht auch noch im Internet auf.«

Henning wandte sich jetzt wieder Karl zu. »Karl, kannst du mit deinem Team in den nächsten Tagen das Internet durchsuchen, ob Teile von *MixAndMatch* dort auftauchen?«

»Kein Problem. Sobald wir wieder online sind. Wir benötigen noch ein paar Stunden, um sicher zu sein, dass wir nichts übersehen haben, dann können wir den Zugang ins Internet wieder für alle freischalten. Alle Passwörter für den Server wurden gelöscht. Jeder, der sich auf dem Server einloggen will, muss ein neues Passwort anlegen. Und noch was. Wir haben die Regeln für die Passwörter verschärft. Sie sind jetzt nur noch drei Monate gültig und nicht mehr ein halbes Jahr. Zudem müssen sie jetzt mehr Sonderzeichen beinhalten. Ich weiß, das ist für alle ätzend, aber leider müssen wir jetzt einfach vorsichtiger sein.« Karl blickte in die Runde. Es gab keinen Widerspruch. Karl nickte Henning kurz zu, um anzudeuten, dass er fertig war.

»Nächstes Problem. Wie kam jemand ins Gebäude, ohne von True-Scan entdeckt zu werden?«, wollte Henning wissen.

Jetzt war Michael Roh dran. Er war bei BioScanTech unter anderem für die Gebäudesicherheit verantwortlich.

»Ich habe das Bewegungsprotokoll der letzten vierundzwanzig Stunden ausgewertet«, begann Michael. Er drückte ein paar Tasten auf seinem Tablet-Computer, und der Fernseher zeigte einen Umriss des BioScanTech Gebäudes.

»So, wir beginnen Sonntagabend 19 Uhr. Wie Ihr sehen könnt, macht der Wachmann seine Runde durch das Gebäude.« Auf der Karte an der Wand sah man einen grünen Punkt, der sich im Gebäude umher bewegte. Der grüne Punkt war mit dem Namen des Wachmanns gekennzeichnet. Der Wachmann machte seinen Rundgang durch das Gebäude und man sah, dass er sich auf dem vorgegebenen Weg durchs Gebäude bewegte. An einem Punkt hielt er für zwei Minuten inne und bewegte sich kaum merklich.

»Was macht er da?«, wollte Kath wissen.

»Er lässt sich eine Cola raus«, gab Michael zurück. »Oder vielleicht auch einen Schokoriegel. Jedenfalls steht er am Automaten.«

Kath kannte den Automaten zwar, aber da sie Wert auf eine gesunde Ernährung legte, war der Automat tabu für sie.

Der Wachmann lief weiter. »So, jetzt verlässt er das Gebäude und schließt die Tür hinter sich.« Die Karte zeigte, wie der grüne Punkt die Tür öffnete und verschwand. Der Wachmann hatte seine Pflicht erfüllt und keine besonderen Vorkommnisse gemeldet.

»Ich gehe jetzt im Schnelldurchlauf bis 2.28 Uhr vor«, erklärte Michael. Die Karte zeigte keine Bewegungen von Personen im Gebäude und auch sonst nichts Unerwartetes. Michael stoppte den Schnelldurchlauf. Plötzlich, um 2.30 Uhr, öffnete sich die Kantinentür im hinteren Bereich des Gebäudes. Nichts geschah. Keine Personen wurden angezeigt, bis sich plötzlich die Tür zum Serverraum wie von

Geisterhand öffnete.

Michael stoppte das Programm. Das Bild gefror ein.

»Wie zum Teufel ist das möglich?«, fragte Henning in die Runde und schaute dann Priya an.

»Haben die Diebe auch unseren TrueScan Server gehackt und die Bewegungsdaten gelöscht?«, fragte Priya.

»Negativ. Die Daten sind unverändert« sagte Karl. »Unsere Bewegungsdaten werden verschlüsselt abgelegt und digital signiert.«

»Karl, die Leute haben es geschafft unsere Verschlüsselung zu knacken, dann werden sie wohl auch eine Möglichkeit gefunden haben, unsere Bewegungsdaten zu manipulieren.«

»Die Bewegungsdaten der Scanner werden durch ein anderes Passwort geschützt. Selbst wenn sie die Referenzdatensätze entschlüsseln konnten, heißt das noch lange nicht, dass sie auch die Bewegungsdaten knacken konnten. Ich kann nicht ausschließen, dass jemand auf diesem Planeten einen Weg gefunden hat, einen symmetrischen Code zu knacken, aber ich denke wir sollten uns auf die anderen potentiellen Schwachstellen konzentrieren.«

»Und welche wären das?«

»Waren die Scanner in Ordnung? Vielleicht hatten sie eine Fehlfunktion?«, wollte Michael wissen.

»Wir können einen Hardware Defekt nahezu ausschließen. Wir haben die Berichte der Selbstdiagnose angeschaut und alles war in Ordnung. Die letzte Selbstdiagnose lief vor vier Tagen. Dass innerhalb von vier Tagen drei Scanner ausgefallen sind, ist doch sehr unwahrscheinlich«, antwortete Priya.

»Und die andere Möglichkeit ist …«, sagte Kath jetzt mit leiser Stimme.

Priya richtete sich in ihrem Stuhl auf. Sie witterte den Beginn einer langen Diskussion. Priya und Kath waren wie zwei Schwestern. Sie fetzten sich wegen jeder Kleinigkeit.

»Die andere Möglichkeit gibt es nicht, und du weißt das auch. Niemand hat bis jetzt eine Möglichkeit gefunden, um TrueScan zu umgehen. Keine Störsender, keine absorbierende Kleidung, nichts. Wir brauchen das jetzt nicht schon wieder zu diskutieren.« Priyas Stimme klang genervt.

»Schon gut«, sagte Henning, der einen aufkommenden Streit im Keim ersticken wollte. »Ich glaube auch nicht an eine Möglichkeit,

TrueScan zu umgehen, aber wir können sie nicht ganz ausschließen. Wenn wir nichts anderes finden, dann werden wir das wohl auch in Betracht ziehen müssen.«

Henning wechselte Blicke mit den beiden Frauen, um zu signalisieren, dass diese Diskussion beendet war, bevor sie begonnen hatte. Er konnte jetzt keinen Streit gebrauchen.

»Wie konnten die Diebe eigentlich die Kantinentür öffnen?«, fragte Henning und schaute Michael an.

»Sie hatten auch einen funktionierenden Zugangscode für die Tür. Und das ist das Interessante daran. Der verwendete Türcode ist nicht der, den wir sonst benutzen. Es scheint eine Lücke in der Software des Schließsystems zu geben, die sie ausgenutzt haben«, antwortete Michael.

»Und warum wurde dann der Sicherheitsalarm ausgelöst, wenn der Zugangscode korrekt war?«, fragte Priya.

»Keine Ahnung. Wir haben bereits den Hersteller der Schließanlage kontaktiert. Wir warten aber noch auf eine Antwort.«

Henning fragte sich, wie die Diebe an all die Codes und Passwörter gekommen sind, denn selbst wenn jemand sein Handy ausspioniert hätte, wäre es unmöglich gewesen, über diesen Weg an all die Informationen zu kommen. Er hatte das Sicherheitssystem für einigermaßen zuverlässig gehalten. Henning wusste aber auch, dass es eine absolute Sicherheit nicht gab.

Jetzt ließ Michael den Bewegungsfilm weiter laufen. Die Tür zum Server stand immer noch offen und acht Minuten lang geschah nichts. Plötzlich wurde die Kantinentür erneut geöffnet und Henning erschien als grüner Punkt auf der Leinwand. Er bewegte sich schnell in Richtung Serverraum und verharrte dort einige Sekunden. Das war der Moment, in dem Henning sich umblickte und einen Gegenstand suchte, den er als Waffe hätte nutzen können. Er ging schließlich in den Raum hinein. Zur gleichen Zeit sah man, dass sich die Tür im hinteren Bereich des Serverraums öffnete und gleich wieder schloss. Jemand hatte den Raum verlassen. Hennings grüner Punkt bewegte sich jetzt im Serverraum, und er ging schließlich zum Terminal, das benutzt wurde. Henning hatte den Dieb nur um wenige Sekunden verpasst.

Die Kantinentür wurde erneut geöffnet, aber niemand war zu sehen. Die Person hatte offensichtlich das Gebäude wieder durch die gleiche Tür verlassen, wie sie sie betreten hatte. Kurze Zeit später kamen zwei unbekannte Personen durch diesen Eingang und wurden als rote Kreise dargestellt. Das war die Polizei, die Henning im Serverraum fand und zu Boden warf.

Henning dachte nach. Wie war es möglich gewesen, in das Gebäude zu gelangen, ohne von TrueScan entdeckt zu werden? »Aber warum sind sie überhaupt in das Gebäude eingebrochen? Sie hatten doch den Download der Daten schon gestartet, und erst danach sind sie in das Gebäude eingedrungen und haben sich am Terminal des Servers zu schaffen gemacht.«

»Das kann ich dir sagen«, meldete sich Priya wieder zu Wort. »Wäre dein Versuch, mit Hilfe von Lucy das Speicher-Rack herunterzufahren, erfolgreich gewesen, hätten Sie keine Chance mehr gehabt an die Daten zu kommen. Wahrscheinlich war das ihr Plan B. Als sie bemerkt haben, dass Plan A am Scheitern war, haben Sie sich entschlossen in das Gebäude einzudringen und die Sache vor Ort zu Ende zu bringen.«

»Klingt logisch«, sagte Henning. »Ich will, dass wir folgendermaßen vorgehen: Kath, du untersuchst, wie TrueScan umgangen wurde. Das hat maximale Priorität. Lass alles andere liegen.«

»Okay.«

»Karl, finde heraus, wie die Diebe an mein Passwort gekommen sind und es geschafft haben unsere Verschlüsselung zu knacken. Michael, du sorgst dafür, dass die Hintertür in unserem Türschließsystem geschlossen wird. Es kann nicht sein, dass hier Leute in unser Gebäude können wie sie wollen.«

»Verstanden«, gaben Karl und Michael zur Antwort.

Jetzt an alle gewandt fuhr Henning fort. »Ihr wisst alle, dass die TrueScan Daten in falschen Händen das Ende dieser Firma bedeuten können. Wir müssen jetzt alle wachsam sein. Nochmal darf uns das nicht passieren. Zudem wird der Wachdienst angewiesen, die Anzahl der Rundgänge zu verdoppeln. Wir bleiben erst mal so lange offline, bis Karl sicher ist, dass unsere IT ohne Risiko wieder ans Netz kann.«

»Und was ist mit dem Heartbeat?«, wollte Priya wissen. »Den brauchen wir, um sicher zu stellen, dass im CERN alles okay ist. Wir sind sowieso schon acht Stunden offline.«

Der Heartbeat war eine Nachricht, die alle fünf Minuten eine TrueScan Installation an BioScanTech schickte, um zu signalisieren, dass alle Scanner einwandfrei arbeiteten.

»Ich weiß, Priya. Aber du wirst bald selbst die Gelegenheit haben, die Scanner am CERN zu überprüfen.«

»Wie das?«

»Am CERN gibt es auch ein Problem mit unseren Scannern«, sagte Henning. »Die Scanner dort hatten wohl auch eine Fehlfunktion und das CERN steht kurz vor dem wichtigsten Experiment seiner Geschichte. DarkSky. Ihr habt sicher darüber im Internet gelesen.« Henning machte eine kleine Pause und blickte in die Runde.

»Priya und ich werden ans CERN fahren. Die Sicherheitschefin ist ziemlich besorgt wegen DarkSky. Wir müssen dorthin und uns die Sache anschauen.«

»Henning, Ihr könnt uns jetzt hier nicht alleine lassen!«, protestierte Kath. »Wir befinden uns in einer ernsten Krise und brauchen euch beide hier.«

»Am CERN ist wegen DarkSky die Hölle los und die Sicherheitschefin verlässt sich auf unsere Scanner. Wir können Sie nicht im Stich lassen.«

Kath wollte gerade zu einem weiteren Versuch ansetzen, Henning von dieser Idee abzubringen, als er die Hand hob.

»Kath, die Sache ist entschieden. Wir müssen in die Schweiz. Ich gehe davon aus, dass wir morgen Abend wieder zurück sind. Es ist sicher nur eine Kleinigkeit.«

»Wann fahren wir?«, fragte Priya. Die Diskussion war damit offensichtlich beendet. Kath warf Priya einen bösen Blick zu.

»In einer Stunde. Pack deinen Koffer und nimm alles mit, was du für eine umfangreiche Diagnose benötigst«, antwortete Henning. Er stand auf und schaute nochmals in die Runde. »Ihr wisst, was zu tun ist. Also ran!«, sagte er und verließ den Raum.

Die anderen blieben wie gelähmt sitzen. Keiner konnte etwas sagen. Dann stand Priya auf und ging zu Kath, die ebenfalls aufgestanden war. »Also Kath, mach' keine Dummheiten, während ich weg bin. Hörst du?« Priya grinste und knuffte Kath in die Seite.

4

Schweiz, 15. Juli, 11 Uhr

Eine Stunde später holte Henning Priya mit seinem Cabrio vor ihrer Haustür ab. Er hatte bereits bei BioScanTech alle Koffer mit der Diagnoseausrüstung in den Kofferraum geladen. Priya packte gerade ihren Samsonite Koffer, als sie das kurze Hupen hörte. Rasch machte sie den Reißverschluss zu und verstaute ihren Laptop und ihren Tablet-Computer in ihrer Umhängetasche. Sie schloss die Tür ab und ging die Treppe hinunter. Am Eingang empfing sie Henning, der ihr wortlos den Koffer abnahm. Priya hatte jetzt eine Jeans an, und dazu trug sie ein weißes T-Shirt. Ihre braune Haut ließ das T-Shirt in voller Pracht strahlen. Ihr Bindi war verschwunden.

»Ah, ich muss nochmal hoch. Hab' was vergessen«, sagte Priya und drehte sich um.

»Mach schnell, wir sind spät dran und auf der Autobahn ist die Hölle los«, rief Henning ihr nach.

Priya schloss die Wohnungstür auf und ging in ihr Arbeitszimmer. Dort öffnete sie ihren Bücherschrank, schob ein paar Bücher zur Seite und zum Vorschein kam ein kleiner Tresor. Diesen hatte sie sich gleich nach dem Kauf der Wohnung vor ein paar Jahren einbauen lassen. Sie gab die Kombination ein und die Tür des Tresors ließ sich öffnen. Priya holte ein kleines Kästchen heraus, auf dem ein kleiner, von einem Beschriftungsgerät gedruckter Zettel klebte. Darauf stand das Wort *Notfall* in tamilisch, Priyas Muttersprache. Sie steckte den Kasten in ihre Umhängetasche, schloss den Tresor und rückte die Bücher wieder so zurecht, dass man den Tresor nicht sah.

Priya öffnete die Autotür und setzte sich neben Henning. »Kann losgehen«, sagte sie und schloss den Sicherheitsgurt. »Wie lange werden wir brauchen?«

»Laut Navi sind wir in sieben Stunden dort, wir haben zwei Staus auf der Strecke.«

Henning fuhr aus der Parklücke und steuerte den Wagen auf die Hauptstraße. Priya holte ihren Tablet-Computer aus der Tasche und begann, damit zu arbeiten.

Zehn Minuten später fuhren sie auf die Autobahn auf und Henning beschleunigte den Audi auf hundertfünfzig Stundenkilometer. Er wollte so schnell wie möglich am CERN sein, das Problem dort lösen und wieder nach München zurückkehren. In einer Krise wie dieser BioScanTech zu verlassen, gefiel ihm gar nicht. Er wurde gerade hier gebraucht. Allerdings wusste er, dass er sich auf seine Mitarbeiter verlassen konnte, und mit Lucy konnte er ständig den Status des Gebäudes und der IT-Infrastruktur abfragen. Jedenfalls, sobald Bio-ScanTech wieder am Netz war, und das konnte noch eine Weile dauern.

»Also, raus damit. Was ist los am CERN?«, frage Priya unvermittelt, hörte auf, mit dem Computer zu arbeiten und schaute Henning von der Seite aus an.

Henning hatte die ganze Zeit schon auf diese Frage von Priya gewartet. Er drehte für einen kurzen Moment seinen Kopf in ihre Richtung und schaute in ihre schwarzen Augen.

»Am CERN gab es einen Sicherheitszwischenfall. Leute sind in einen Bereich gelangt, in dem sie eigentlich nichts zu suchen hatten und TrueScan hat keinen Alarm ausgelöst«, sagte Henning.

»Shit! Wie bei uns.« Priya konnte zwar ziemlich gut deutsch sprechen, aber ihr Repertoire an Schimpfwörtern war in Englisch wesentlich größer.

»Es wurden Parameter an der Versuchsanlage manipuliert. Allerdings ist nicht klar, zu welchem Zweck die Veränderungen vorgenommen wurden.«

»Wie sind sie aufgeflogen?«

»Ein Wissenschaftler hat die Veränderungen bei einer Überprüfung der Anlage durch Zufall entdeckt. Wie sich herausstellte, wurden die Manipulationen um vier Uhr morgens durchgeführt – aber zu dieser Zeit war niemand in dem Kontrollraum der Anlage, denn TrueScan hat keine Personen registriert.«

»Wurde eine Diagnose der Scanner durchgeführt?«

»Die Selbstdiagnose lief fehlerfrei durch. Die Auswertung einer verbliebenen Überwachungskamera zeigt zwei Personen, die sich zu dem fraglichen Zeitpunkt im Kontrollraum aufhielten. Die Bilder sind sehr undeutlich, so dass es der Sicherheitschefin nicht möglich ist, die beiden zu identifizieren.«

»Wie heißt die neue Sicherheitschefin eigentlich?«

»Suzan Ehrens. Sie will TrueScan abschalten, wenn wir nicht

innerhalb der nächsten achtundvierzig Stunden das Problem lösen.«

»Warum hast du während der Besprechung nichts davon gesagt?«, wollte Priya wissen.

»Ich wollte die anderen nicht noch mehr beunruhigen. Und außerdem kommt der Heartbeat vom CERN nicht mehr durch.«

»Woher willst du das wissen? BioScanTech ist offline.«

»Der TrueScan Server am CERN schickt auch an Lucy ein Heartbeat Signal.«

Priya zog ihre Augenbrauen hoch, denn davon hatte sie nichts gewusst.

»Seit wann?«

»Schon immer.«

Henning blickte zu Priya hinüber. Er sah, dass sie sauer war. Normalerweise hatten sie keine Geheimnisse voreinander.

»Sorry Priya, tut mir leid. Ich habe es einfach vergessen dir zu sagen.«

»Henning, ich bin die Systemarchitektin der Anlage. Wie soll ich ein funktionierendes System entwerfen, wenn du Hintertüren einbaust?«

»Priya, es tut mir wirklich leid«, versuchte Henning, sich zu entschuldigen.

»Hast du sonst noch Dinge verändert, von denen ich nichts weiß?«, fragte Priya gereizt.

»Nein. Ganz ehrlich. Ich habe nur einen zweiten Heartbeat freigeschaltet und auf Lucy konfiguriert.«

Henning wusste, dass er Mist gebaut hatte, denn Priya war für die Anlage am CERN verantwortlich und musste über jede Änderung Bescheid wissen.

Eine Weile fuhren die beiden, ohne dass einer etwas sagte. Priya schaute aus dem Seitenfenster des Wagens.

Henning machte einen neuen Anlauf, Priya wieder zum Reden zu bringen. Sie konnte tagelang schmollen, ohne auch nur ein Wort zu sagen. »Priya, das wird nicht wieder vorkommen. Versprochen.«

»Wenn du das nochmal machst, dann drehe ich dir den Hals um.«

Henning grinste. »Das würde ich gerne sehen.«

Priya kniff ihre Augen zusammen. Henning kannte diese Geste von ihr und wusste, was sie zu bedeuten hatte. *Leg' dich nicht mit mir an.*

»Schon gut«, sagte er und berührte ihre Hand. Ihre Gesichtszüge entspannten sich langsam, und sie begann zu lächeln.

»Soll ich mich von hier aus im CERN System einloggen und den Status der Scanner abfragen?«

Er interpretierte ihre Frage als ein Friedensangebot, das er nur zu gerne annahm. »Du kannst es versuchen, aber ich denke die IT-Systemadministratoren vom CERN werden die Anfrage ablehnen. Die sind ziemlich nervös wegen des bevorstehenden Experiments und haben maximale Sicherheitsstufe.«

Priya nahm ihren Tablet-Computer wieder zur Hand und startete das TrueScan Analyseprogramm. Das Programm konnte sowohl vor Ort als auch aus der Ferne gestartet werden und ermöglichte das Abfragen der Scanner Daten und der gespeicherten Personenbewegungen. Allerdings konnte der Zugriff von außen auf die TrueScan Installation nur erfolgen, wenn der verantwortliche Administrator der elektronischen Anfrage zustimmte.

»Anfrage läuft«, sagte Priya nach ein paar Minuten.

»Danke, Priya. Auch dass du mitkommst.«

Inzwischen hatte sich die Verkehrsdichte auf der Autobahn weiter erhöht, so dass sie jetzt nur noch mit hundert Stundenkilometern fahren konnten. Das Navi zeigte weitere Staus an, und die möglichen Ausweichrouten waren auch alle bereits mit dichtem Verkehr rot in der Karte markiert.

»Wenn es so weitergeht, werden wir erst spät am Abend am CERN eintreffen. Ich hoffe, Suzan bleibt lange im Büro und wartet auf uns, damit wir heute noch die ersten Daten sichten können. Ich ruf sie besser mal an«, sagte Henning.

»Lucy, Verbindung zu Suzan vom CERN herstellen«, gab Henning den Befehl an seine elektronische Assistentin.

»Verbindung wird hergestellt«, hörte man Lucy durch die Freisprecheinrichtung antworten. Das Rufzeichen war zu hören, aber niemand nahm das Gespräch an. Henning wollte gerade aufgeben, da meldete sich Suzan doch noch.

»Finnley, wo zum Teufel stecken Sie? Wissen Sie, was hier los ist?« Ohne auf eine Antwort zu warten, ließ Suzan ihrem Ärger freien Lauf. »Wir hatten wieder einen unerlaubten Besucher in einem Labor und TrueScan hat nichts entdeckt. Ich bin kurz davor, TrueScan abzuschalten. Es war ein verdammter Fehler meines Vorgängers, auf ihr

System zu setzen.«

Der Ärger in Suzans Stimme war nicht zu überhören, obwohl die Handyverbindung eine miserable Qualität hatte.

»Wir bereiten die Inbetriebnahme des alten Systems vor«, krachte es aus den Lautsprechern im Fahrzeug.

Henning musste Suzan davon abbringen, voreilige Schlüsse zu ziehen und TrueScan abzuschalten.

»Suzan, geben Sie uns eine Chance, das Problem mit den Scannern zu finden und zu beheben. Ich bin davon überzeugt, dass wir eine Lösung finden werden.«

Suzan antwortete nicht. Henning blickte fragend zu Priya, die ihm Handzeichen machte. Sie wollte versuchen, Suzan vom Abschalten der Scanner abzuhalten. Henning schüttelte den Kopf. Er kannte Suzan noch nicht persönlich und wollte sie nicht von mehreren Seiten aus angehen.

»Also gut, Finnley. Sie bekommen Ihre Chance.« Suzans Stimme klang jetzt wieder normal, und ihr gereizter Ton war nahezu verschwunden. »Wie lange brauchen Sie noch?«

»Wir sind hier auf der Autobahn kurz vor Zürich. Wir sollten in drei Stunden bei Ihnen sein. Suzan, wir haben bereits auf elektronischem Weg eine Anfrage für einen Fernzugriff auf den TrueScan Server bei Ihnen gemacht, damit wir die Zeit hier im Wagen nutzen können. Leider haben wir noch keine Freigabe bekommen.«

»Verstehe, ich werde mit dem IT-Chef reden. Er wird nicht gerade begeistert sein, aber ich hoffe, dass ich ihn überzeugen kann.«

»Danke.«

»Ach ja, wie viele sind sie eigentlich?«, wollte Suzan wissen.

»Priya Singh und ich. Priya ist meine Chefentwicklerin und für die Installation am CERN verantwortlich.«

»Sie haben Glück. Einer unserer Gastwissenschaftler musste unerwartet abreisen und sein Zimmer im Gästehaus wurde somit frei. Allerdings ist es ein Einzelzimmer.«

»Macht nichts«, mischte sich Priya in das Gespräch ein, bevor Henning antworten konnte. »Ich kann auf dem Boden schlafen. Habe ich mein halbes Leben lang gemacht.«

»Gut, dann wäre das geklärt«, sagte Suzan. »Wenn Sie angekommen sind, melden Sie sich an der Hauptpforte. Man wird mich dann verständigen und ich hole Sie ab. Bis später.« Suzan trennte das

Gespräch.

»Kommt gar nicht in Frage, dass du auf dem Boden schläfst, Priya. Es wird wohl ein Sofa in dem Zimmer geben. Das nehme ich. Ich habe während meiner Studentenzeit viele Nächte auf dem Sofa von Freunden verbracht.«

»Werden wir ja sehen«, sagte Priya und wandte sich wieder ihrem Computer zu.

Der Verkehr wurde immer dichter und die Geschwindigkeit, mit der Henning fahren konnte, wurde immer geringer. Jetzt zogen auch noch Gewitterwolken auf und die Sicht wurde schlechter.

»Wie kann es sein, dass TrueScan so versagt?«, fragte Henning.

»Henning, wir wissen nicht, was passiert ist. Bevor wir keinen Zugriff auf die TrueScan Daten am CERN haben, können wir nichts sagen. Vielleicht ist auch die Software auf dem Server abgestürzt und hat alle Daten gelöscht. Das würde auch den Ausfall des Heartbeat erklären.«

»Was?« Henning schreckte hoch.

»Hab' nur Spaß gemacht. Bleib cool. Ich habe die Software geschrieben. Die stürzt nicht ab.« Priya grinste Henning an.

»Wie kannst du nur so ruhig bleiben?«

»Ich versuche, die Sache rational anzugehen. Ich brauche Daten, die analysiere ich, dann kann ich mir eine Meinung bilden.«

»Also gut«, sagte Henning nach einer Weile. »Ich hab' Hunger, aber wir haben keine Zeit anzuhalten.«

»Ich auch. Gut, dass ich ein paar Dinge eingepackt habe.« Priya schaltete ihren Tablet-Computer aus und zog vom Rücksitz ihre Tasche hervor. Sie griff hinein und zum Vorschein kamen drei Plastikdosen. Sie legte sich ihren Tablet-Computer verkehrt herum auf den Schoß und benutzte es als echtes Tablett. Sie stellte die drei Dosen darauf ab und öffnete sie.

»Wie, du hast Essen dabei?«

»Du weißt ja, wie schwer es ist, gutes indisches Essen zu bekommen. Besonders unterwegs. Ich hatte gestern sowieso gekocht und ich dachte mir, dass wir das gut gebrauchen könnten.«

»Also, was gibt es?«, fragte Henning neugierig.

»Chapati, das kennst du ja. Und Chana Masala.«

»Was ist das?«

»Ein scharfes Kichererbsen-Curry nach dem Rezept meiner Mutter.

Und Idli.«

»Idli?«, wollte Henning wissen.

»Das sind kleine Reiskuchen. Wird dir bestimmt schmecken.«

Priya hatte schon als kleines Mädchen das Kochen von ihrer Mutter gelernt. Diese hatte eigentlich gehofft, einen guten Mann für ihre Tochter zu finden, aber Priya war in der Schule äußerst positiv aufgefallen, so dass sie sich für ein Stipendium bewerben konnte und auch genommen wurde. Die wenigen Rupien, die ihr Vater mit dem Verkauf von Zeitschriften verdiente, reichten gerade so für das Allernötigste.

Priya reichte Henning einen Idli und Henning verschlang ihn gierig. Erst jetzt bemerkte er, dass er seit dem Frühstück nichts mehr gegessen hatte. Priya tauchte ihr Idli in das Chana Masala ein und aß es.

»Wunderbar«, sagte Henning. »Kann ich noch einen haben mit dem Curry?«

»Das Curry ist superscharf. Bist du sicher?«

Henning schaute zu Priya hinüber und nickte ihr wortlos zu. Daraufhin tauchte sie das Idli in das Curry und reichte es ihm. Henning war völlig ausgehungert und biss sofort hinein. Doch kaum hatte er es im Mund, begann die Schärfe zu wirken.

»Verdammt, ist das scharf«, stammelte er mit vollem Mund.

Priya lachte laut auf und dabei kamen ihre strahlend weißen Zähne zum Vorschein. »Hab ich dir doch gesagt.«

»Wasser! Schnell!«, versuchte Henning zu sagen.

Priya lachte jetzt noch lauter und schüttelte den Kopf. »Nein, kein Wasser. Das macht es nur schlimmer. Hier, nimm Brot!« Priya riss etwas von dem Chapati ab und steckte es Henning in den Mund. Henning rang nach Luft, während er versuchte, den Wagen sicher in der Spur zu halten. Langsam hörte das Brennen auf. Priya kicherte immer noch.

»Ich bleibe wohl besser beim Idli und beim Chapati«, sagte Henning, nachdem er wieder sprechen konnte.

»Ja, das solltest du wohl. Bist halt kein echter Inder!«, glückste Priya und schob sich ein Stück Chapati mit einem großen Berg Curry in den Mund.

5

Seine Hände flogen über die Tastatur. Der große Computermonitor war in zwei Bereiche aufgeteilt. Ein Bereich zeigte die Form eines Trichters an. Der andere zeigte Formeln und lange Zahlenreihen. Die Anzahl der Formeln und Zahlenreihen erhöhte sich mit jeder neuen Eingabe, und die Form des Trichters passte sich blitzschnell an.

Der Raum war in Dunkelheit gehüllt. Lediglich das Licht des Computermonitors erhellte den Raum. Auf dem Boden neben dem Tisch stand ein zwei Meter hoher Schrank aus Metall. Er hatte keine Türen, sondern zeigte sein Inneres und war gefüllt mit Platinen, die über Glasfaserleitungen miteinander verbunden waren. Auf jeder der Platinen waren jeweils zwölf Computerchips angeordnet, die auf eine einzigartige Art und Weise miteinander verbunden waren.

Jetzt drehte er den Trichter auf dem Monitor, um ihn von allen Seiten zu betrachten. Er neigte den Kopf, um das Gebilde in aller Ruhe zu studieren. Er drehte den Trichter bis er schließlich von oben in ihn hinein und das Ende des Trichters sehen konnte. Der Trichter war durchlöchert wie ein Sieb, und die Oberfläche sah aus wie die Mondoberfläche. Er zoomte weiter in den Trichter hinein, um an dessen Ende zu gelangen. Mit jeder neuen Zahlenreihe, die er hinzufügte, wurde die Oberfläche glatter und die Löcher wurden kleiner. Er glättete die Innenseite des Trichters immer weiter, wie es ein Töpfer mit seinem Objekt auf seiner Töpferscheibe macht. Immer schneller gab er jetzt die Formeln und Zahlenreihen ein, bis er schließlich innehielt und seine Arbeit erneut betrachtete. Alle Löcher waren jetzt verschwunden und die Trichteroberfläche war glatt.

Die Tür flog auf und Sonnenlicht fiel in den Raum. Der Mann wirbelte herum und sah, wie eine große blonde Frau in den Raum stürzte.

»Wir sind aufgeflogen. Unsere Änderungen wurden entdeckt und rückgängig gemacht«, presste sie hervor und keuchte dabei schwer.

»Verdammt. Woher weißt du das?«, wollte er wissen.

»Ich habe ein Gespräch zwischen Suzan und einem Wissenschaftler mitbekommen. Sie haben allerdings keine Ahnung, welche Auswirkungen unsere Veränderungen der Versuchsparameter haben werden.«

»Wie sollen sie auch? Die haben keine Ahnung über die Möglichkeiten ihrer Anlage. Ich habe die Berechnungen bald abgeschlossen, und wir können damit den finalen Zeitsektor anwählen. Wir müssen lediglich dafür sorgen, dass wir einen stabilen Strahl für fünfzehn Minuten und sieben Sekunden haben.«

»Wie können wir die notwendigen Parameter zurück in die Versuchsanlage bringen? Sie haben die Sicherheitsvorkehrungen verschärft und ein Team von BioScanTech ist auf dem Weg hierher, um die Scanner zu überprüfen. Wir müssen verhindern, dass sie die Scanner neu auf uns kalibrieren. Sie wären sonst in der Lage uns zu entdecken.«

»Ich weiß. Wir müssen uns beeilen. Wann kommt das Team von BioScanTech hier an?«

»In etwa zwei Stunden. Sie sind mit dem Auto unterwegs.«

»Die Feld-Berechnungen sind so gut wie abgeschlossen. Ich habe die BioScanTech Daten, die wir gestern heruntergeladen haben, analysiert und werde dafür sorgen, dass wir keinen Alarm auslösen, wenn wir die Versuchsanlage betreten. Ihre Methode, Menschen zu detektieren, ist raffiniert, aber nicht raffiniert genug. Eine Änderung in ihrem Algorithmus macht uns unsichtbar.«

»Wie bekommen wir die Änderungen in die Scanner?«, fragte die Frau.

»Ich werde in einer Stunde einen Stromausfall im IT-Zentrum auslösen. Beim Hochfahren ihrer Computer und Scanner werden wir das geänderte Programm in die Scanner spielen. Wird ein Scanner neu gestartet, überprüft er, ob eine neue Version der Scanner Software vorhanden ist und lädt diese dann herunter.«

»Ziemlich leichtsinnig.« Die Frau grinste. »Aber werden sie durch den Stromausfall den Versuch nicht verschieben?«

»Die Versuchsanlage wird vom Stromausfall nicht betroffen sein. Wir müssen aber auf Nummer sicher gehen. Wir dürfen auf keinen Fall entdeckt werden. Schalte das Team von BioScanTech aus. Aber ohne Aufsehen.«

»Verstanden.«

»Wie viel Zeit haben wir noch?«, wollte die Frau wissen.

»Gute zwanzig Stunden bis das erste Feld initiiert wird.«

Die Frau blickte den Mann an und nickte unmerklich. Sie schaute auf ihre Uhr. »Es ist Zeit. Ich muss mich regenerieren.« Sie ging in einen Nebenraum und öffnete die Tür einer Konstruktion, die Ähnlichkeit mit einer Duschkabine hatte. Sie streifte ihre Kleider ab und zog an ihren Haaren. Diese lösten sich ab, genau wie ihre Augenbrauen. Sie trug eine Perücke. Ihr Kopf war kahl und zeigte keinerlei Unregelmäßigkeiten. Sie legte alles zusammen auf einen Hocker, stellte sich in die Kabine und schloss die Tür. Ein grelles blaues Licht hüllte den Körper der Frau ein.

Fünfzehn Minuten später verließ die Frau die Wohnung, um ihre Anweisungen auszuführen. Das BioScanTech Team war nicht mehr weit entfernt.

6

Ramstein, 15. Juli, 17.30 Uhr

General Carter saß an seinem Schreibtisch und unterschrieb Truppenbewegungsbefehle für die 164. Landeeinheit im Irak. Der Befehl vom obersten Befehlshaber der US Streitkräfte war eindeutig. So schnell wie möglich den Irak verlassen und dabei so wenig Soldaten wie möglich verlieren. Ihm gefiel der Befehl ganz und gar nicht, aber er war nicht nach seiner Meinung gefragt worden. Außerdem würde er in drei Monaten in Pension gehen und seinen wohlverdienten Ruhestand antreten. Er hatte vor, sein Haus in Texas zu verkaufen und mit seiner Frau nach Florida zu ziehen. Dort war das Klima wesentlich angenehmer als in Houston, und von den verdammten Schlangen in seinem Garten hatte er auch die Nase voll. Von seiner Pension konnte er sich mit seiner Frau einen ruhigen Lebensabend in Florida ermöglichen.

Es klopfte an seiner Tür. Ein Soldat im Rang eines Captain trat ein.

»Sir, es gibt ein Problem mit Eagle 8. Wir haben die Verbindung verloren.«

»Was meinen Sie damit?«, fragte der General zurück.

»Eagle 8 ist auf dem Rückflug über Italien. Nach der Betankung in Griechenland sollte sie über Österreich zurück nach Deutschland fliegen. Sie hat den Kurs geändert und fliegt jetzt Richtung Schweiz. Wir empfangen alle Kursdaten und die Bilder der Kameras, aber sie reagiert nicht auf unsere Kommandos.«

Der General sprang auf und ging auf den Soldaten zu. »Haben Sie die Satellitenverbindung überprüft?«

»Die Satellitenverbindung ist okay, alle Systeme an Bord von Eagle 8 scheinen zu funktionieren, aber wir können keine Kurskorrektur vornehmen.«

General Carter eilte zurück zu seinem Schreibtisch, griff nach seiner Uniform und ging auf den Captain zu.

»Los, wir gehen runter in den Kontrollraum – worauf warten Sie noch?« General Carter drängte sich an dem Captain vorbei durch die Tür. Beide rannten jetzt den Korridor entlang, um zu dem Treppenhaus zu gelangen, das sie in das Untergeschoss bringen sollte. Dort befanden sich die Kontrollräume, von denen aus die Drohneneinsätze durchgeführt wurden. Als sie die Treppen erreichten, fragte der General, von welchem Kontrollraum aus der Einsatz koordiniert wurde.

»Kontrollraum fünf, Sir.«

Im Untergeschoss angelangt, steuerten sie den Kontrollraum an. Der General riss die Tür auf und trat ein. »Befehlshabender Offizier, Statusbericht!«

Major Fox drehte sich um und grüßte den General.

»General, Eagle 8 hat den Kurs selbst geändert und steuert auf die Grenze der Schweiz zu. Geschwindigkeit zweihundertzwanzig Stundenkilometer. Wenn sie die Geschwindigkeit beibehält, dann überfliegt sie die Grenze zur Schweiz in zwanzig Minuten. Wir können den Kurs nicht korrigieren. Eagle 8 ignoriert alle unsere Befehle. Außerdem haben wir keine Überflugerlaubnis für die Schweiz.«

»Bewaffnung?«, fragte der General.

»Zwei Hellfire Raketen.«

»Scheiße«, sagte der General und wandte sich wieder dem Captain zu.

»Machen Sie mir eine Verbindung zu General Briggs im Pentagon, aber schnell!« Der Captain trat zur Seite und nahm den Hörer eines Telefons ab.

»Wie sind der System- und Waffenstatus von Eagle 8?«

»Waffen sind gesichert, Systemstatus ist okay, die Daten, die wir bekommen, sind plausibel und nichts deutet auf eine Fehlfunktion hin«, antwortete Major Fox.

»Verdammt! Wir haben eine wild gewordene Drohne mit zwei Hellfire Raketen an Bord, und Sie sagen, es liegt kein Fehler vor. Suchen und finden Sie den verdammten Fehler! Ist das klar?«, schrie der General den Major an.

»Ja Sir. Verstanden.«

»Sir, General Briggs ist am Apparat«, sagte der Captain und hielt dem General den Hörer hin.

»General Briggs, hier Carter. Wir haben ein Problem. Die Eagle 8 Predator Drohne ist auf dem Rückflug aus dem Irak über Italien außer Kontrolle geraten und steuert auf die Grenze der Schweiz zu. Sie wird diese in ungefähr neunzehn Minuten überfliegen. Sie hat zwei Hellfire Raketen an Bord.«

General Carter war jetzt still und nahm die Befehle seines Vorgesetzten entgegen.

»Verstanden, General Briggs. Natürlich bin ich mir über die Tragweite bewusst. Sie können sich auf mich verlassen«, sagte General Carter und trennte die Verbindung. »Idiot!«

»Sir?«, fragte Major Fox der neben dem General stand.

»Nicht Sie. Major, welche Jäger haben wir in der Nähe bereit zum Start?«

»Auf dem italienischen Militärflughafen in Grosseto stehen F16 Jets von uns.«

»Schicken Sie zwei hoch. Los!« Ohne ein Wort drehte der Major sich um und ging auf einen Offizier zu, um den Befehl an den Fliegerhorst in Italien weiterleiten zu lassen. Der Offizier saß vor einem großen Radarbildschirm und stellte sofort eine Verbindung zu dem Fliegerhorst in Grosseto her. Er übermittelte den Befehl des Generals und wartete auf die Bestätigung.

»Major, Alarmstart bestätigt. Fünf Minuten bis zum Start.«

»Sobald unsere Jäger oben sind, übermitteln Sie die Koordinaten von Eagle 8«, befahl Major Fox. Der Offizier nickte.

General Carter trat jetzt wieder hinter den Major und beide schauten auf einen Bildschirm, der eine elektronische Landkarte von Norditalien zeigte. Darauf war ein kleines Symbol mit der Form eines Flugzeugs zu sehen, das die Bezeichnung Eagle 8 trug. Die Drohne war vom ursprünglichen Kurs abgewichen, der sie über Österreich zurück nach Deutschland hätte führen sollen.

»Wenn Eagle 8 auf diesem Kurs bleibt, fliegt sie in den Großraum Zürich. Wir müssen den Züricher Flughafen informieren«, sagte Major Fox mit Nachdruck.

»Soweit wird sie nicht kommen. Die beiden F16 müssen sie stoppen.«

Plötzlich tauchten auf dem Schirm zwei weitere Symbole am unteren Rand auf.

»Endlich! Das sind unsere Jäger aus Grosseto«, stellte der Major fest. Die Erleichterung in seiner Stimme war nicht zu überhören.

»Zeit bis zum Abfangen?«, fragte der General den Offizier am Radarschirm.

»Achtzehn Minuten. Die werden nicht rechtzeitig dort sein, um die Drohne abzufangen, bevor sie die Grenze zur Schweiz überfliegt.«

»Selbstzerstörung von Eagle 8 vorbereiten«, befahl General Carter. »Sobald die Drohne über den Alpen ist, werden wir sie sprengen. Mit etwas Glück wird kein Schaden angerichtet und wir können die Trümmer unbemerkt bergen.«

Der Major wandte sich jetzt an den Piloten, der für den Flug der Drohne verantwortlich war.

»Bereiten Sie die Selbstzerstörung vor. Wir sprengen sie, wenn sie an diesem Punkt ist.« Dabei zeigte der Major auf einen Punkt auf dem Bildschirm, der unterhalb des Matterhorns lag.

»Verstanden«, gab der Pilot zurück. Er öffnete ein weiteres Terminal am Computer, das die Systeme der Drohne darstellte. Der Bildschirm war gefüllt mit grafischen Symbolen und Tabellen, die den Zustand der Drohne zeigten. An einer Stelle blinkte ein rotes Warndreieck, auf dem *OFF* stand und darunter das Wort *Self-Destruction*. Der Pilot gab weitere Kommandos über die Tastatur ein und jetzt zeigte eine neue Grafik noch mehr Details über den Zustand der Drohne.

»Sir, eine Selbstzerstörung ist nicht möglich«, sagte der Pilot. »Diese Funktion scheint ebenfalls gestört zu sein. Vielleicht sollten wir …« In diesem Augenblick ertönte ein Signalton und riss den Piloten aus seinem Gedanken.

»Was war das?«, fragte der General.

»Eine Sekunde.« Der Pilot begann, hektisch auf seiner Tastatur Kommandos an Eagle 8 abzusetzen.

»Ich kann's nicht glauben. Eagle 8 hat ihren Kurs erneut geändert.« Alle schauten auf den oberen Bildschirm, der zeigte, wie Eagle 8 eine Kurskorrektur durchführte. Sie flog jetzt direkt auf Zürich zu.

»Was zum Teufel ist hier los? Ich will Antworten! Wieso ändert die Drohne ihren Kurs?«, brüllte General Carter den Drohnenpiloten an, als hätte er die Kurskorrektur vorgenommen.

»Die Änderung kam über einen unserer Satelliten rein«, wehrte sich der Pilot und zeigte auf einen Bereich des unteren Bildschirms. »Sehen Sie, die Daten kamen über unseren Satelliten. Die Daten wurden verifiziert und bestätigt!«

»Wie kann das sein? Hat jemand die Satellitenverbindung gehackt?«, fragte General Carter.

»Unwahrscheinlich. Das wäre das erste Mal«, erwiderte der Major.

»Überflug der Grenze in zehn Minuten«, meldete der Drohnenpilot.

Alle schauten auf den Bildschirm, der die Flugbewegung von

Eagle 8 zeigte.

»Verdammt nochmal! Optionen?«, fragte der General in die Runde.

»Die Schweizer haben Eagle 8 sicher schon auf dem Radar. Wir müssen sie informieren. Wenn sie die Schweiz nur überfliegt, sollten wir sie kurz nach der Grenze in Deutschland abfangen können«, antwortete der Major.

Der General blickte auf seine Uhr. Es war jetzt kurz nach halb sechs am Abend.

»Major, schicken Sie zwei Tomcats von hier hoch. Die sollen Eagle 8 abfangen, sobald sie die Schweiz in Richtung Deutschland verlässt!«

Der General wandte sich jetzt wieder an den Captain. »Kontaktieren Sie die Schweizer Luftüberwachung und informieren sie über den Überflug von Eagle 8.«

»Überflug? Können wir wirklich sicher sein, dass Eagle 8 die Schweiz nur überfliegt?«, fragte der Captain.

»Mann, natürlich bin ich sicher. Glauben Sie, Eagle 8 holt sich in der Schweiz eine Toblerone ab und fliegt dann wieder zurück?«

»Nein Sir«, gab der Captain verdutzt zurück. Der Captain wandte sich ab, um Kontakt mit der Flugüberwachung der Schweiz aufzunehmen.

Es waren noch sieben Minuten, bis Eagle 8 die Grenze überfliegen würde. Die F16 Jets aus Grosseto waren noch acht Minuten von der Grenze entfernt.

»Die Jets von hier steigen auf«, rief der Soldat am Radar. Der Soldat gab einige Kommandos in die Konsole des Radarschirms ein, und jetzt zeigte der Schirm die Flugbewegungen von der Schweiz bis nach Ramstein. Die Tomcats aus Ramstein flogen jetzt auf einem Kurs Richtung Zürich, um Eagle 8 direkt nach der Grenze abzufangen. Die beiden F16 Jets aus Italien waren nur noch wenigen Minuten von der Schweizer Grenze entfernt. Eagle 8 war nun über den Alpen und flog einen Kurs, der sie direkt über Zürich bringen sollte.

»Sir«, wandte sich der Captain an den General. »Die Schweizer wollen wissen, warum vier Jets und eine Drohne auf ihr Gebiet zufliegen. Sie sind ernsthaft beunruhigt.«

»Verdammt nochmal. Sagen Sie denen, wir machen eine Abfangübung und haben vergessen, Sie zu informieren«, antwortete General Carter.

Alle blickten auf den Radarschirm. Dieser zeigte plötzlich vier weitere Flugobjekte, die gerade aufstiegen.

»Scheiße. Die Schweizer schicken vier ihrer Jäger hoch«, sagte der Offizier am Radar. »Zwei nehmen Kurs auf ihre südliche Grenze und zwei fliegen Richtung Norden.«

»General«, meldete sich der Captain. »Die Schweizer fordern uns auf, den Anflug unserer Jäger abzubrechen.«

»Zeit bis Grenzüberschreitung?«

»Drei Minuten. Die Jäger aus Grosseto schaffen es wahrscheinlich nicht mehr rechtzeitig«, antwortete der Offizier am Radar.

Jetzt schaltete sich der Captain wieder ein. »Sir, die F16 Jets haben Mach 2 erreicht. Wenn die Jets ihre Sidewinder Lenkwaffen jetzt im italienischen Luftraum abfeuern, dann erwischen sie Eagle 8 auf alle Fälle. Allerdings werden die Sidewinder Eagle 8 erst über der Schweiz erreichen und zerstören. Wir würden damit den Luftraum der Schweiz verletzen. Geben Sie den Feuerbefehl?«

»So eine verdammte Scheiße! Wenn wir jetzt feuern, könnten die Schweizer das falsch auffassen. Das ist zu riskant. Die F16 sollen abdrehen, aber noch nicht zurückkehren.«

Der Captain informierte die F16 Jägerpiloten über ihre neuen Befehle.

»Eagle 8 hat die Grenze zur Schweiz überflogen«, meldete der Radaroffizier.

»General, die Schweizer wollen wissen, ob wir verrückt geworden sind. Sie fordern uns auf, die Drohne aus dem Schweizer Luftraum zu steuern«, sagte der Major, während er mit einer Hand einen Telefonhörer an sein Ohr hielt und mit der anderen das untere Ende bedeckte.

»Verflucht, Eagle 8 ändert ihre Geschwindigkeit«, meldete der Drohnenpilot. »Sie betreibt das Triebwerk über der Leistungsgrenze. Geschwindigkeit jetzt dreihundert Stundenkilometer und weiter steigend. Lange hält das Triebwerk das nicht durch.«

Alle starrten wie gebannt auf den Radarbildschirm, der die Flugbewegung von Eagle 8 zeigte. Die beiden Schweizer Jäger bewegten sich auf Eagle 8 zu.

»Sir, Eagle 8 ändert erneut seine Flughöhe. Ach du Scheiße!«, stöhnte der Drohnenpilot.

»Was ist los?«

»Die neu programmierte Flughöhe beträgt nur dreihundert Meter.

Eagle 8 geht in den Tiefflug!«

»Was hat dieses Miststück nur vor?« General Carter schüttelte den Kopf.

»Was soll ich den Schweizern sagen?«, drängte sich der Major dazwischen, das Telefon noch immer an sein Ohr gepresst.

»Sagen Sie den Schweizern, wir erbitten offiziell ihre Hilfe. Sie sollen Eagle 8 über unbewohntem Gebiet abschießen.«

Major Fox nickte und gab die Anweisung weiter.

»Wenn es die Schweizer nicht schaffen, können unsere Tomcats das übernehmen, sobald sie den Schweizer Luftraum wieder verlässt«, sagte General Carter mehr zu sich selbst als zu seinen Offizieren. Der General blickte auf den Radarschirm und sah, dass die Tomcats noch knapp zehn Minuten von der Schweizer Grenze entfernt waren.

General Carter stand jetzt kalter Schweiß auf der Stirn. Er hatte zwar jede Menge Kampferfahrung durch seine Einsätze bei Dessert Storm im Irak, aber das lag nun auch schon einige Jahre zurück, und er war nicht mehr der Draufgänger, der er früher einmal war.

»Sir, die zwei Jäger aus der Schweiz treffen in fünf Minuten auf Eagle 8. Die Schweizer wollen nochmals eine Abschussbestätigung.«

»Bestätigen Sie den Befehl! Los!«, blaffte der General den Major an.

»Oh mein Gott!«, fluchte der Drohnenpilot. »Es kommt noch schlimmer.«

»Was ist jetzt passiert?«

»Eagle 8 hat soeben in den aktiven Stealth Modus geschaltet.« Der aktive Stealth Modus machte die Drohne so gut wie unsichtbar für das Radar. Die Schweizer würden nun den Kurs von Eagle 8 nicht weiter verfolgen können. Diese Tarntechnologie war allerdings eine streng geheime Funktion, die erst seit Kurzem zur Verfügung stand. Die USA hatten es vorgezogen, die alliierten Streitkräfte nicht über diese Möglichkeit zu informieren. Ein paar Trümpfe in der Hinterhand konnten hin und wieder sehr hilfreich sein.

»Sir, die Schweizer haben den Kontakt zu Eagle 8 verloren. Sie wollen wissen, ob die Drohne abgestürzt ist.«

»Heilige Scheiße. Das Pentagon wird uns den Arsch aufreißen«, stöhnte der General.

»Sir, Eagle 8 ist vom Radar verschwunden. Stealth Modus aktiv. Was sollen wir tun?«

»Checken Sie, ob Eagle 8 noch mit dem Satelliten kommuniziert. Vielleicht haben wir Glück und die Drohne sendet ihre GPS Koordinaten an den Satelliten«, befahl Major Fox.

»Okay, ich schalte mich auf den Satelliten«, antwortete der Drohnenpilot und begann, Kommandos in sein Terminal einzugeben.

General Carter wurde unruhig. »Verdammt, geht das nicht schneller?«

»Einen Moment noch … Ich hab's … GPS Daten verfügbar!«

»GPS Daten auf den Radarschirm legen!«, befahl der General.

»Sir, Eagle 8 hat jetzt die Kamera aktiviert. Wir empfangen das Videobild.« Der Offizier schaltete das Bild auf den Schirm. Es war klar und deutlich und zeigte eine typische Schweizer Landschaft.

Wie von Geisterhand öffnete sich auf dem Computerschirm des Drohnenpiloten ein neues Fenster. Zahlenkolonnen tauchten auf.

»Was zum Teufel ist das?« General Carter war außer sich.

»Keine Ahnung«, antwortete der Pilot und hob beschwichtigend die Hände. »Ich hab' nichts gemacht.« Sofort flogen seine Finger wieder über die Tastatur und arbeiteten sich durch einige Menüs der Drohnensteuerung.

»Eagle 8 hat soeben Handynummern übertragen bekommen. Die Drohne scannt die gesamte Handykommunikation, um die Zielkoordinaten zu bestimmen. Warten Sie …«

»Was?«

»Sie hat einen Treffer. Die Zielkoordinaten werden laufend aktualisiert, das Ziel bewegt sich mit ungefähr hundert Stundenkilometern.«

»Was sagen Sie da? Wollen Sie mich verarschen?«, presste General Carter zwischen den Zähnen hervor.

»Moment, ich schalte die GPS Zielkoordinaten auch auf den Schirm.« Der Offizier tippte auf der Tastatur die entsprechenden Befehle, und jetzt zeigte die Karte auf dem Bildschirm einen weiteren Punkt, der sich langsam auf einer Linie bewegte.

»Eagle 8 empfängt die Koordinaten von einem Objekt auf der Autobahn, wahrscheinlich ein Handy«, fuhr der Offizier fort.

»Wollen Sie damit sagen, Eagle 8 peilt ein Handy in einem Auto an?«

»Genau das. Jemand nutzt Eagle 8 für einen Anschlag.«

»Geben Sie den Schweizern die GPS Koordinaten von Eagle 8! Die sollen ihren Arsch hochkriegen und das Ding abschießen. Los,

Mann! Machen Sie schon!«, schrie General Carter den Major an.

»Sir, Eagle 8 hat ihr Waffensystem aktiviert.«

»Verflucht nochmal. Was zur Hölle ist hier eigentlich los?«, fragte General Carter. Inzwischen waren die Tomcats kurz vor der Grenze angekommen und wollten neue Befehle haben.

»Captain, die Tomcats sollen die Grenze nicht überfliegen, sich aber bereit halten.«

Die Schweizer Jäger hatten die neuen GPS Koordinaten erhalten, ihren Kurs geändert und sich wieder an die Fersen von Eagle 8 geheftet.

Das kristallklare Videobild von Eagle 8 zeigte jetzt ein Auto aus drei Kilometern Entfernung. Das Auto fuhr immer noch auf der Autobahn in westlicher Richtung.

»Bild auf maximale Vergrößerung«, befahl der General.

»Ich hoffe, das funktioniert noch«, antwortete der Drohnenpilot. Er vergrößerte den Ausschnitt des Bildschirms, der das Auto zeigte. Das Bild war so klar und stabil, dass sogar das Nummernschild zu erkennen war.

»Checken Sie das Nummernschild. Lassen Sie die Nummer durch die Datenbank. Machen Sie schnell«, gab der General zu Befehl.

Alle starrten auf den Bildschirm, der das immer größer werdende Auto zeigte. Der Schirm daneben zeigte den Flugstatus von Eagle 8. Plötzlich leuchtete ein rotes Dreieck auf dem Schirm auf, und ein kurzer Signalton war zu hören. Der Bildschirm zeigte jetzt in dem Dreieck *Target locked*. Eagle 8 hatte sein Ziel erfasst und war nun in der Lage, den Feind zu bekämpfen.

»Sir, wir haben den Wagenbesitzer und eine Handynummer«, schrie der Major von dem anderen Ende des Kontrollraums.

»Los, rufen Sie an. Sofort!«, schrie General Carter zurück.

»Sir, die Schweizer Jäger sind in Schussweite. Das Schweizer Militär will wissen, ob wir die Verantwortung übernehmen.«

»Ja, verdammt nochmal! Die sollen das verdammte Ding vom Himmel pusten!«

Jetzt meldete sich der Drohnenpilot. »Hellfire wurde soeben entriegelt und …« Weiter kam der Offizier nicht mehr. Dann sahen alle auf dem Bildschirm, wie sich eine Hellfire Rakete in den Himmel erhob.

7

Henning und Priya waren noch knapp drei Stunden vom CERN Forschungszentrum entfernt. Die Autobahn war voller Autos und Lastwagen und Henning bereute es, nicht das Flugzeug genommen zu haben. Aber dafür war es nun ohnehin zu spät und er wusste auch nicht, ob er die ganze Ausrüstung einfach durch die Sicherheitskontrollen gebracht hätte. Priya hatte inzwischen einen Zugang zum True-Scan Server im CERN erhalten und damit begonnen, die Scanner Protokolldateien der Aufzeichnungen durchzusehen. Jeder TrueScan Scanner legte eine Protokolldatei an, in der sich die Bewegungsprofile der Personen, die erfasst wurden, befanden. Der Bereich, in dem die Sicherheitsverletzungen begangen wurden, war in der Nähe des zentralen Steuerungscomputers von DarkSky. Priya konnte sich noch gut an die Führung durch das CERN erinnern, die sie gemacht hatte, als BioScanTech mit der Ausstattung des CERN mit TrueScan beauftragt worden war.

Die erste Durchsicht der Dateien zeigte keine ungewöhnlichen Daten, und Priya startete eine Ebene-2-Diagnose. Diese Analyse nutzte die Diagnosedaten, die die Scanner während der Rohdatenverarbeitung erzeugt hatten, um so nachvollziehen zu können, warum TrueScan keine Personen zum betreffenden Zeitpunkt registriert hatte. Dazu startete sie eines der von ihr entwickelten Programme auf dem TrueScan Server am CERN. Allerdings würde die Auswertung etwas Zeit in Anspruch nehmen, da die Scanner umfangreiche Diagnosedaten zur Laufzeit erzeugten. Während ihr Programm arbeitete, surfte Priya durchs Internet und stieß dabei auf einen Blog.

»Henning, hör mal zu, ich hab' hier was Interessantes gefunden«, sagte Priya. Priya scrollte wieder zu dem Beginn des Blogeintrags und begann, Henning den Eintrag vorzulesen. »DarkSky wird ein Schwarzes Loch erzeugen und uns und die ganze Welt darin verschlingen. Das müssen wir verhindern! Wir, die Gruppe NoDarkSky, werden das verhindern und rufen alle auf, sich uns anzuschließen, um diese verrückten Wissenschaftler zu stoppen. Über diesen Blog werden wir weitere Aktionen bekannt geben! Stoppt DarkSky!«

»Meinst du, diese Leute könnten etwas mit dem unerlaubten Eindringen zu tun haben?«, fragte Henning.

»Kann mir gut vorstellen, dass es einige von denen richtig ernst meinen. Ich denke, die werden sicher mit allen Mitteln versuchen, das Experiment zu stoppen. Kennst du Details zu DarkSky?«

»Nur das, was in der Presse stand. Mit DarkSky wollen die Wissenschaftler am CERN Protonen mit einer gewaltigen Energie zusammenstoßen lassen. Die Protonen werden in einem Beschleunigerring auf nahezu Lichtgeschwindigkeit beschleunigt und dann an einem bestimmten Punkt in diesem Ring zum Zusammenstoß gebracht. Mit etwas Glück entstehen dabei dann neue Elementarteilchen. Dadurch erhoffen sich die Wissenschaftler neue Erkenntnisse über den Aufbau der Materie und des Weltalls. Sie ...«

Priya unterbrach ihn. »Henning, das weiß ich doch. Was ist mit den Schwarzen Löchern – können die dabei entstehen?«

»Nun, einige Wissenschaftler haben die Befürchtung, dass durch die neue Dimension des Experiments Schwarze Löcher entstehen könnten und die ganze Erde in eines davon hineingezogen werden könnte.«

»Und, kann das passieren?«

»Glaube ich nicht. Diese Dinge passieren ständig, wenn Teilchen aus dem Weltall auf die Erde treffen. Aber ich bin kein Teilchenphysiker.«

Hennings Handy klingelte. Er nahm das Gespräch an, aber die Verbindung zum nächsten Mobilfunkmasten war so schlecht, dass die Verbindung gleich wieder abriss.

»Verdammt schlechte Netzabdeckung hier«, fluchte Henning. Das Handy klingelte erneut. Henning nahm das Gespräch erneut an, und jetzt kam eine Verbindung zustande.

»Henning, hier ist Kath. Ich wollte dir schnell einen kurzen Zwischenbericht über den Stand unserer Untersuchungen geben.«

»Okay, was habt Ihr herausgefunden?«

»Wir haben die Rohdaten aus der Nacht des Einbruchs analysiert und herausgefunden, dass unsere Scanner tatsächlich etwas detektiert haben. Das Problem ist, dass die Daten nicht einem Menschen zugeordnet werden konnten. Ich meine damit nicht, dass die Daten keinem bestimmten Menschen zugeordnet werden konnten, sondern dass die Signatur einem Menschen im Allgemeinen nicht zugeordnet werden konnte. TrueScan hat die Daten deshalb verworfen und keinen Alarm ausgelöst.«

»Willst du damit sagen, wir haben den Einbrecher zwar erfasst, aber die Signatur hat den TrueScan Algorithmus gestört?«, fragte Priya dazwischen.

»Ja. Wir arbeiten noch an der Signatur, um herauszubekommen, was TrueScan da vor sich hatte.«

»Wie lange braucht Ihr noch dafür?«, fragte Henning.

»Ich denke, die ganze Nacht. Die Daten sind ziemlich schräg, und die Rückrechnung auf das Objekt benötigt einige Zeit. Ich hoffe, wir haben morgen früh mehr. Wie weit seid Ihr? Wann kommt Ihr am CERN an?«

»Der Verkehr hat zum Glück wieder abgenommen, und wir kommen jetzt ganz gut voran. Ich denke, wir sollten in drei Stunden am CERN sein.«

Priya gab Henning ein Zeichen, dass sie noch mit Kath reden wollte. Henning nickte ihr zu.

»Kath, kannst du mir die Protokolldateien von der Nacht schicken? Ich will …«

»Priya, ich kann dich nicht mehr verstehen. Die Verbindung ist …«, konnten Henning und Priya gerade noch hören, dann war die Verbindung tot.

»Shit. Wann bauen die endlich genug Mobilfunkmasten an den Autobahnen, damit man eine stabile Verbindung im Auto hat?«, beschwerte sich Priya.

Hennings Handy klingelte erneut. Das Display zeigte *Anrufer unbekannt*. Diesmal überließ er es Lucy, das Gespräch anzunehmen.

»Lucy, Gespräch annehmen!« Lucy nahm das Gespräch an und legte es auf die Freisprecheinrichtung im Auto. Die Stimme, die durch die Lautsprecher zu hören war, hatte einen deutlichen amerikanischen Akzent.

»Dr. Finnley, hier ist Major Fox von der US Air Force. Das ist ein Notfall. Befinden Sie sich in einem weißen Wagen auf der Autobahn in Richtung Genf?«

Priya hörte auf, an ihrem Computer zu arbeiten und schaute Henning irritiert an.

»Ja, aber wer sind Sie und was ist los?«, wollte Henning wissen.

»Finnley, verdammt, das ist ein Notfall! Verlassen Sie ihren

Wagen! Sofort! Raus aus der Kiste! Es wird gleich eine Rakete auf Ihren Wagen abgefeuert. Los machen Sie schon!«, schrie die Stimme am anderen Ende der Verbindung. Henning konnte die Panik in der Stimme des Anrufers jetzt klar erkennen.

»Wollen Sie mich verarschen? Woher haben Sie diese Nummer?«, fragte Henning zurück. Henning setzte sich auf. Priya klappte ihr Notebook zu.

»Raus auf dem Wagen oder Sie sind gleich tot! Los, machen Sie schon!«

Henning wollte etwas sagen, wurde aber unterbrochen.

»Finnley, get out of the car! Now!«, hallte die Stimme des Majors aus dem Telefon.

»Henning, da oben!« Priya zeigte mit dem Finger an eine Position am Himmel. Dort war ein Flugobjekt zu sehen, das auf sie zu raste.

»Scheiße!«, rief Henning und machte eine ruckartige Bewegung mit dem Lenkrad nach rechts, der Wagen schlitterte auf den Seitenstreifen der Autobahn und Henning trat mit aller Kraft auf das Bremspedal. Priya flog nach vorne in den Gurt, ihr Notebook knallte auf den Boden. Sie schrie auf und hielt sich die Hände vors Gesicht.

Aus dem Telefon war immer noch der Major zu hören. »Raus aus dem Wagen! Get your ass out!«

Endlich kam der Wagen zum Stillstand. Aus den Felgen qualmte schwarzer Rauch.

»Los, raus!«, befahl Henning Priya.

Henning öffnet die Wagentür und sprang aus dem Wagen. Priya saß immer noch da und hatte die Hände vor ihrem Gesicht.

»Priya, raus – los!«, schrie Henning, aber Priya bewegte sich nicht.

Henning lief um den Wagen herum und riss die Tür auf Priyas Seite auf. Sie war immer noch angeschnallt und bewegte sich nicht. Henning beugte sich über sie, öffnete den Sicherheitsgurt und ließ den Gurt zur Seite gleiten. Er riss Priya an beiden Armen aus dem Wagen, und endlich schien Priya aus ihrer Schockstarre zu erwachen.

»Wir müssen hier weg!« Die Panik in seiner Stimme machte ihr deutlich, dass sie in Gefahr waren. Hennings rechte Hand schloss sich um Priyas Handgelenk wie ein Schraubstock. Ohne Rücksicht auf sie zu nehmen, zerrte er sie hinter sich her.

Der Seitenstreifen der Autobahn war durch Leitplanken begrenzt und auf der anderen Seite ging es einen Abhang mehrere Meter steil bergab. Henning und Priya sprangen über die Leitplanke, erkannten aber den Abhang zu spät. Sie wurden beide in die Tiefe gerissen. Henning sah noch aus dem Augenwinkel, wie etwas auf den Wagen zuflog, und ein Höllenfeuer brach los. Der Wagen wurde von der Hellfire Rakete getroffen und in die Luft geschleudert. Ein entsetzlicher Knall brachte beinahe ihre Trommelfelle zum Platzen, Priya und Henning überschlugen sich beim Aufprall auf dem Boden, und ein Feuerball breitete sich über ihnen aus. Priya schaffte es, ihr Gesicht mit den Händen zu schützen, während Hennings Kopf auf einen Stein aufschlug. Brennende Trümmerteile flogen herum und landeten direkt neben ihnen. Ein fürchterlicher Gestank breitete sich aus. Die Hitze des Feuers brannte auf Priyas Gesicht, sie schrie auf und sah Henning einige Meter von ihr entfernt reglos liegen. Blut floss von seiner Stirn, und er schien bewusstlos zu sein. Der Rest, der von dem Wagen noch übrig war, landete mit einem ohrenbetäubenden Krachen wieder auf der Autobahn. Er brannte, als ob er mit Benzin überschüttet worden wäre.

Auf allen vieren krabbelte Priya zu Henning. »Oh shit, Henning, lebst du noch?« Priya rüttelte an ihm. Er rührte sich nicht. Panik stieg in ihr hoch.

»Verdammt Henning, wach endlich auf!«, flehte sie ihn an. Jetzt schüttelte sie ihn fester. »Henning, wach auf!«

Seine Augenlider begannen zu flattern und öffneten sich schließlich zu einem engen Spalt. Er fasste sich an die Stirn und stöhnte auf. Fürchterliche Kopfschmerzen breiteten sich in seinem Kopf aus.

»Gott sei Dank, du bist am Leben!« Priya beugte sich über ihn, damit er ihr Gesicht sehen konnte.

»Was ist passiert?«, stammelte er.

»Unser Auto wurde in die Luft gejagt.«

»Wieso? Wo sind wir?« Er war immer noch benommen und desorientiert.

»In der Schweiz. Auf dem Weg zum CERN. Hast du Schmerzen?«

Henning versuchte, sich aufzusetzen, aber er hatte keine Kraft. Blut lief ihm jetzt in die Augen und machte es ihm schwer, etwas zu erkennen. Er versuchte, sich das Blut mit dem Ärmel seiner Jacke aus den Augen zu wischen. Als er nach oben schaute, sah er das Flugobjekt.

»Das Ding ist immer noch da«, murmelte er und zeigte nach oben.

Priya drehte den Kopf in die Richtung, in die Henning zeigte, und beide konnten jetzt Eagle 8 klar erkennen.

»Holy shit!«

»Das ist eine Drohne«, sagte Henning. Sein Gehirn begann wieder zu arbeiten.

»Und sie bewegt sich jetzt auf uns zu!«, stellte Priya entsetzt fest.

»Wir müssen hier weg!« Henning versuchte, sich erneut aufzurichten, aber er litt noch zu stark unter dem Sturz und sank zurück auf den Boden.

»Los, ich helf' dir«, sagte Priya, griff nach Hennings Händen und zog ihn auf die Beine.

Im Hintergrund war jetzt ein Donnergrollen zu hören, das immer lauter wurde. Beide drehten sich um und sahen zwei Jets im parallelen Tiefflug auf sie zufliegen. Im gleichen Augenblick löste sich eine Rakete von einem der Jets, und die Piloten rollten ihre Maschinen zur Seite weg. Ein Jet nach links und der andere nach rechts.

Die abgefeuerte Rakete kam mit unglaublichem Lärm auf sie zugeflogen, und instinktiv warfen sich Henning und Priya wieder auf den Boden. Henning legte einen Arm über seinen Kopf und den anderen über Priyas. Die Rakete hatte aber ein anderes Ziel erfasst und steuerte darauf zu. In einem riesigen Feuerball explodierte die Rakete beim Zusammenstoß mit Eagle 8 und ließ brennende Trümmer zu Boden stürzen.

Henning und Priya rappelten sich wieder auf und sahen wie sich die beiden Jets wieder formierten und dorthin verschwanden, woher sie gekommen waren. Eine Minute lang saßen beide nur da und sagten kein Wort. Sie waren wie gelähmt von den Geschehnissen der letzten fünf Minuten. Hennings Wunde über der Augenbraue blutete immer noch. Priya nahm ein Taschentuch aus ihrer Hose und drückte es Henning vorsichtig auf die verletzte Stelle.

»Was zur Hölle ist hier los?«, fragte Henning sichtlich geschockt.

»Keine Ahnung.« Priya schüttelte langsam den Kopf. In der Ferne konnten die beiden jetzt Sirenen hören, die schnell näher kamen. Ein Polizeihubschrauber kam in Sichtweite und drehte eine Runde über dem Ort des Schreckens. Henning und Priya saßen immer noch dicht beieinander am Boden.

Priya sah Henning an. »Du brauchst einen Arzt. Es hört nicht auf zu bluten.«

8

Henning lag auf einer Liege im Rettungswagen. Ein Notarzt klammerte seine klaffende Wunde über dem Auge. Seine Kleider waren verschmiert und sein Gesicht voller Blut und Dreck gewesen. Ein Rettungsassistent hatte den Dreck und das Blut aus dem Gesicht mit etwas Kochsalzlösung entfernt. Danach hatte der Notarzt ihn gründlich untersucht und war zu dem Schluss gekommen, dass er soweit in Ordnung war und aus medizinischer Sicht kein Grund vorlag, ihn mit ins Krankenhaus zu nehmen.

Priya klopfte an die Tür des Rettungswagens und öffnete sie. Henning und der Notarzt drehten sich nach ihr um.

»Henning, wie geht es dir?«, wollte Priya wissen.

»Alles soweit okay, der Doc hat mir meine Wunde geklammert.«

»Sie können Ihren Freund mitnehmen, aber passen Sie noch ein bisschen auf ihn auf«, sagte der Notarzt zu Priya gewandt. Priya musste lächeln, weil schon wieder jemand sie beide für ein Paar hielt.

»Okay. Muss er tun, was ich sage?«, wollte Priya wissen, neigte ihren Kopf etwas zur Seite und zog dabei ihre rechte Augenbraue hoch.

Der Notarzt grinste. »Unbedingt. Ich entlasse ihn in Ihre Obhut.« Er stand auf und legte seine Hand auf Hennings Schulter. »Lassen Sie sich die Wunde in ein paar Tagen von Ihrem Hausarzt anschauen. Ich erwarte keine Komplikationen.«

»Danke«, antwortete Henning.

Der Notarzt nickte Priya zu und verließ den Rettungswagen. Als er draußen war, half Priya Henning, sich aufzusetzen.

»Danke, Priya. Was zum Teufel ist hier eigentlich los?«

»Man hat gerade versucht, uns umzubringen. Das ist los!«

»Ich weiß, aber warum? Wie sieht es eigentlich draußen aus?«

»Überall Schweizer Militär. Die haben den ganzen Bereich abgesperrt und zum militärischen Sperrgebiet erklärt. Angeblich hat eine amerikanische Drohne verrückt gespielt. Aber das glaube ich nicht.«

»Was glaubst du dann?«

»Ich bin sicher, jemand hatte es auf uns abgesehen. Ich weiß nur nicht, warum.«

»Aber warum sollte uns jemand umbringen wollen? Ich meine, was haben wir getan, dass wir aus dem Weg geräumt werden müssen?«

»Das werden wir herausfinden. Aber wir müssen vorsichtig sein. Bis jetzt glaubt das Militär hier, dass die Drohne unseren Wagen rein zufällig in die Luft gejagt hat.«

»Und wer hat uns vor dem Anschlag gewarnt? Kannst du dich noch an den Namen erinnern?«, fragte Henning mit gedämpfter Stimme.

»Ja, ich glaube, ein Major Fox oder so ähnlich. Er hatte einen amerikanischen Akzent. Leider ist dein Handy im Wagen geblieben, so dass wir jetzt nicht mal die Telefonnummer von dem Typen haben.«

»Hast du irgendjemand davon erzählt?«

»Nein. Und ich glaube, das sollten wir erst mal auch nicht. Vielleicht später, wenn wir wissen, was hier eigentlich passiert ist.«

»Wie kommen wir jetzt von hier weg? Mein Auto ist Schrott.«

»Ich habe bereits mit Suzan telefoniert und ihr die Sache erklärt. Sie hat schon aus dem Fernsehen davon erfahren, und sie schickt uns einen Freund, der uns abholt.«

»Danke, Priya«, sagte Henning, griff nach Priyas Hand und zog sie zu sich her.

»Henning, du hast mich aus dem Auto gezogen. Ohne dich wäre ich jetzt tot. Ich muss dir danken.« Priya nahm Henning in den Arm, und sie hielten sich fest. Niemand sagte etwas, bis Henning die Stille unterbrach. »Kannst du das nochmal machen? Ich meine, deine Augenbraue so nach oben ziehen?«

»So?«, fragte sie und zog ihre Augenbraue hoch.

Henning lächelte sie an. »Ich …«

In diesem Augenblick öffnete sich die Tür des Rettungswagens und ein Soldat des Schweizer Militärs kam herein.

»Dr. Finnley, Dr. Singh, ich bin Hauptmann Müller«, sagte er in einem blütenreinen Schweizerdeutsch. »Ich muss Sie bitten, mit uns zu kommen. Wie Sie sich vorstellen können, haben wir einige Fragen.«

»Fragen? Was für Fragen?«, fuhr Priya ihn an.

»Nun, eine Drohne hatte eine Fehlfunktion und auf Sie geschossen.«

»Ganz genau. Dann sollten Sie die Leute befragen, die dafür verantwortlich sind.«

»Das werden wir auch …«

»Sind wir verhaftet?«, fragte Henning.

»Oder Ihre Gefangenen?«

»Nein. Natürlich nicht.«

»Also, dann würden wir jetzt gerne gehen. Sie können sich sicher vorstellen, dass Dr. Finnley Ruhe braucht.« Priya schaute zu Henning. »Ich würde es vorziehen, wenn wir Ihre Fragen in ein paar Tagen beantworten könnten. Ich bin zwar nicht ernsthaft verletzt, aber …«

»Schon gut. Habe verstanden. Sie müssen uns Ihre Kontaktdaten hinterlassen. Vorher kann ich Sie nicht gehen lassen.«

»Ich schreibe Ihnen alles auf«, sagte Priya. »Haben Sie etwas zum Schreiben?«

Priya notierte dem Hauptmann ihre Namen und Anschriften in Deutschland.

»Der Arzt hat gesagt, Sie sind soweit okay. Haben Sie hier eine Unterkunft oder sollen wir Ihnen eine Unterbringung besorgen?«

Henning wollte gerade antworten, aber Priya unterbrach ihn.

»Wir werden gleich von einem Freund abgeholt, und dann kehren wir nach Deutschland zurück.« Sie drückte unauffällig Hennings Hand. Dabei blickte Sie ihm in die Augen, und er verstand, dass Priya absichtlich gelogen hatte.

»Verstanden, wir werden uns in den nächsten Tagen bei Ihnen melden«, sagte der Soldat. »Sie können das Gebiet hier nur mit mir zusammen verlassen. Wir haben alles abgesperrt, bis die Untersuchungen beendet sind. Ich warte draußen auf Sie.«

Der Soldat verließ den Rettungswagen und schloss die Tür. Über der Abschussstelle kreisten immer noch Hubschrauber der Schweizer Armee. Fernsehsender hatten ihre Übertragungswagen außerhalb des militärischen Sperrgebiets aufgestellt und versuchten, so viel wie möglich von der Unglücksstelle zu sehen. Das Walkie-Talkie des Hauptmanns quäkte los.

»Hauptmann Müller, bitte melden.«

»Hier Müller, was ist los?«

»Hier ist jemand, der die beiden Überlebenden abholen will.«

»Verstanden. Ich werde die beiden zum Ausgang bringen.«

Der Hauptmann klopfte an die Tür des Rettungswagens und öffnete sie. »Ihr Freund ist da, um sie abzuholen.«

Henning und Priya standen auf und verließen den Rettungswagen. Sie folgten dem Soldaten, der sie wortlos zur Grenze der militärischen Absperrung brachte. Dort wartete ein Mann mittleren Alters auf sie.

»Sind Sie Dr. Finnley und Dr. Singh?«

Henning und Priya schauten sich an. Zögernd bestätigte Henning die Frage.

»Suzan schickt mich, Sie abzuholen. Kommen Sie bitte mit.« Der Mann drehte sich um und deutete damit an, dass sie ihm folgen sollten. Henning und Priya duckten sich unter dem Absperrband durch und folgten dem Mann, der in Richtung eines dunklen SUVs ging. Priya gab Henning einen Schubs mit dem Ellenbogen und deutete auf die rechte Hüfte des Mannes, an der eine deutliche Ausbeulung seines Mantels zu sehen war. Henning schaltete sofort und wusste, dass sich darunter eine Waffe verbarg. Aber noch bevor er etwas unternehmen konnte, drehte der Mann sich um und blickte beide an.

»Entschuldigung, dass ich mich noch nicht vorgestellt habe. Mein Name ist Walter Simmer, ein Freund von Suzan. Ich bin Polizeichef aus Meyrin, der Gemeinde, auf der sich das CERN befindet. Suzan hat mich gebeten, Sie abzuholen und zu ihr zu bringen. Ich wollte das nicht neben der vielen Kameras sagen. Wie geht es Ihnen?«

»Na ja, wir sind am Leben. Jemand hat versucht, uns umzubringen, meinen Wagen in die Luft gesprengt und dabei die halbe Autobahn ausradiert«, sagte Henning in einem sarkastischen Unterton.

»Die Behörden gehen von einer Fehlfunktion einer amerikanischen Drohne aus. Nichts deutet auf einen Anschlag hin. Wie kommen Sie darauf, dass Sie jemand umbringen wollte?«, fragte Walter.

»Hören Sie, können wir los? Ich möchte gerne unter die Dusche und könnte ehrlich gesagt auch etwas zu essen vertragen«, erwiderte Priya.

»Natürlich. Ich fürchte, Sie brauchen auch frische Kleider. Was halten Sie davon, wenn wir erst zu mir fahren, dort gibt es ein warmes Essen und Sie können unter die Dusche.« Walter Simmer musterte Priya. »Die Kleider meiner Tochter könnten Ihnen passen. Und für Sie, Dr. Finnley, werden wir auch was Passendes finden.« Henning und Priya schauten sich an. Keiner sagte ein Wort.

»Also, da Sie nicht widersprechen, machen wir es so«, sagte

Walter. »Steigen Sie bitte ein.«

Henning und Priya stiegen in den Wagen. Henning vorne und Priya hinten. Walter startete den Motor und wendete den Wagen. Über die Freisprecheinrichtung wählte er eine Nummer. Es klingelte und eine Frauenstimme meldete sich.

»Hallo?«

»Hallo Schatz, ich bin's. Ich bin auf dem Rückweg von der Unglücksstelle und bringe zwei Gäste für's Abendessen mit.«

»Kein Problem. Ich stelle noch zwei Teller dazu. Es gibt Gnocchi. Ich hoffe, das mögen deine Gäste?«

Walter schaute in den Rückspiegel, um Priyas Gesicht zu sehen. Sie nickte schnell. Offensichtlich wollte er sicher gehen, dass die indische Frau das Essen auch mochte. »Ja, das passt. Bis gleich«, sagte Walter und legte auf.

Nach zwanzig Minuten Autofahrt, ohne dass jemand etwas sagte, stoppte Walter den Wagen vor einem kleinen Haus mit schön angelegtem Garten. Davor standen ein Mercedes und ein Motorrad.

»So, bitte aussteigen, wir sind da«, sagte Walter. Henning und Priya stiegen aus und folgten Walter zum Haus. An der Haustür stand bereits eine Frau, Mitte vierzig, mit langen blonden Haaren. Sie war schlank und hatte eine makellose Haut.

»Hallo, ich bin Bettina. Verstehen Sie mich?«, fragte die Frau ganz langsam.

»Ja, ich spreche deutsch. Mein Name ist Priya«, sagte Priya mit einem etwas beleidigten Unterton. Sie hasste diese Frage.

»Sehr gut«, antwortete Bettina Simmer und schaute dabei Priya von oben bis unten an. Ihre Kleidung war noch immer total verdreckt. »Sie sehen ja ziemlich mitgenommen aus. Ich schlage vor, Sie gehen unter die Dusche und ich schaue, dass ich Ihnen etwas Frisches zum Anziehen heraussuche. Die Sachen unserer Tochter müssten Ihnen eigentlich passen.«

Jetzt schüttelte sie auch Henning die Hand. »Henning Finnley. Vielen Dank, dass wir uns bei Ihnen frisch machen können.«

»Das ist doch selbstverständlich. Kommen Sie doch bitte herein.«

Nach einer halben Stunde hatten Priya und Henning frisch geduscht und beide hatten frische Kleider an. Priya trug jetzt eine Armani Jeans und eine helle Bluse der Tochter ihrer Gastgeber. Die Bluse war etwas zu klein für Priya, so dass ihre weiblichen Formen sehr betont wurden. Etwas zu viel für ihren Geschmack, aber sie war sich sicher, dass das nicht alle so sehen würden. Henning hatte eine helle Hose und ein Button-Down-Hemd von Walter bekommen. Die Kleider passten nicht perfekt und waren eher etwas zu groß für seine Statur, aber Henning war froh, endlich etwas Frisches anzuhaben. Als Henning gerade den letzen Knopf zumachte, kam Priya ins Zimmer.

»Bist du soweit? Das Essen ist fertig.«

Henning starrte Priya stumm an. Wieder einmal fiel ihm auf, dass Priya nahezu perfekte Proportionen hatte.

»Henning?« Priya schnipste mit den Fingern vor seinem Gesicht, so wie sie es immer tat, wenn Henning in Gedanken war und ihr nicht zuhörte.

»Okay, okay. Ich war nur kurz abgelenkt.« Henning grinste. Priya boxte Henning auf den Oberarm.

Das Essen von Bettina Simmer schmeckte köstlich, so dass sich ihre Stimmung wieder aufhellte. Mit am Tisch saß die Tochter von Bettina und Walter Simmer, Jessica. Die 19-Jährige hatte gerade das Abitur hinter sich gebracht und wie viele junge Menschen ihres Alters keine Ahnung, was sie jetzt machen sollte. Jessica hatte auf der linken Schulter das Tattoo eines Drachen, und ihr rechtes Ohr war mit Ohrringen übersät. Ihre Eltern waren über die weitere Zukunft ihrer Tochter etwas besorgt, denn sie zeigte kein Interesse für ein Studium oder eine vernünftige Berufsausbildung. Sie genoss das Leben nach dem Abitur in vollen Zügen und fuhr mit ihrem neuen Motorrad von Party zu Party. Jessica hatte noch nie mit einer indischen Frau am Tisch gesessen und war überrascht, wie gut Priya deutsch sprechen konnte.

»Wieso können Sie so gut Deutsch?«, fragte Jessica endlich Priya, nachdem sie sich einen Ruck gegeben hatte.

»Ich habe in Deutschland meinen Master gemacht und meine Doktorarbeit geschrieben«, gab Priya zur Antwort.

»Wow, Sie sind Doktor!«, entfuhr es Jessica.

»Ja. Ich habe meine Dissertation in Bioinformatik geschrieben und arbeite jetzt in Hennings Firma, bei BioScanTech in München.«

»Was macht man als Bioinformatikerin?«

»Ich arbeite gerade an neuartigen Computerarchitekturen, um die Berechnung von bestimmten Aufgaben zu beschleunigen. Zum Beispiel, um die Auswertung bestimmter biometrischer Signale in unseren Scannern zu beschleunigen. Wenn du willst, dann komm doch mal nach München und ich zeige dir, was wir dort so machen«, schlug Priya vor.

»Cool. Mach ich vielleicht wirklich«, sagte Jessica und stand auf. »Aber jetzt muss ich erstmal zu meinen Freunden.« Sie verließ den Raum, ohne sich von den anderen zu verabschieden. Einen Moment später hörte man, wie das Motorrad angelassen wurde.

»Okay, ich glaube, wir sollten auch langsam los. Suzan ist sowieso schon ungeduldig«, sagte Walter und legte seine Serviette auf den Tisch.

»Vielen Dank für alles. Die Kleider bekommen Sie bald zurück«, sagte Priya, aber Bettina Simmer winkte ab.

»Machen Sie sich keine Sorgen deswegen. Wir haben mehr als eine Hose. Passen Sie auf sich auf.«

Henning und Priya verabschiedeten sich von Bettina und stiegen wieder in den SUV. Der Motor wurde gestartet und Walter setzte den Wagen zurück.

Nach fünfzehn Minuten Fahrt fuhren sie auf den Parkplatz am CERN, der eigentlich nur für Mitarbeiter reserviert war, aber Walter kümmerte sich nicht darum. Er nahm ein Dachschild mit der Aufschrift *Polizei im Einsatz* aus dem Kofferraum und stellte es auf das Wagendach. An der Pforte des Haupteingangs meldet Walter sie an, und die bereits vorbereiteten Besucherausweise wurden verteilt. Henning und Priya machten sich ihre an den Gürtel, während Walter seinen an sein Jackett heftete. Der Mann vom CERN Sicherheitsdienst gab ihnen ein Zeichen, dass die Anmeldung damit beendet war. »Sie kennen den Weg?«, fragte er Walter.

»Ja. Wir gehen in das Büro von Suzan Ehrens«, antwortete Walter und ging los. Henning und Priya folgten ihm und schauten sich dabei um. Die Gebäude des berühmten CERN Labors sahen unscheinbar aus und hätten auch Teil einer unbedeutenden Universität sein können. Seit ihrem letzten Besuch vor zwei Jahren hatte sich offenbar nichts verändert. Ein paar Minuten später klopfte Walter an eine Bürotür, und ohne auf ein *Herein* zu warten, trat er ein.

Suzan saß an ihrem Schreibtisch.

»Na endlich!« Sie stand auf und ging auf Walter zu, um ihn zu begrüßen.

»Danke, Walter. Jetzt hast du mir schon wieder geholfen. Wie kann ich das nur wieder gutmachen?«, wollte Suzan wissen.

»Da fällt mir schon was ein«, sagte er mit einem breiten Grinsen. Suzan verzog das Gesicht. Sie wandte sich von ihm ab und ging auf Priya zu.

»Dr. Singh, ich freue mich, Sie endlich kennenzulernen. Ich habe gehört, was passiert ist und ich hoffe, Ihnen geht es gut.«

»Ich freue mich auch, Frau Ehrens. Soweit geht es uns gut, aber die ganze Sache ist ziemlich mysteriös. Den Doktor können Sie gerne weglassen.«

»Einverstanden. Ist mir auch lieber. Aber einige der Wissenschaftler hier legen großen Wert darauf, mit Titel angesprochen zu werden. Ich bin Suzan.« Jetzt drehte sich Suzan zu Henning. Er ergriff ihre ausgestreckte Hand. Suzan hatte einen festen Händedruck und ihre Hand war angenehm warm.

»Dr. Finnley, ich bin froh, dass Sie hier sind. Darf ich Henning zu Ihnen sagen?«

»Ja, ich bitte darum.«

»Also, bitte setzen Sie sich doch«, sagte Suzan und zeigte auf die Besuchersessel in ihrem Büro.

»Was ist eigentlich mit Ihrem Vorgänger passiert?«, platzte es aus Henning heraus. »Ich meine, bei der Inbetriebnahme der TrueScan Anlage hier vor zwei Jahren war Herr Hahn noch der Sicherheitschef gewesen. Wurde er entlassen?«

»Nein. Er ist spurlos verschwunden. Vor einem halben Jahr. Während der ersten Phase von DarkSky war er auf einmal weg«, erklärte Suzan.

»Was meinen Sie damit, er war auf einmal weg?«, fragte Priya nach.

Jetzt mischte sich Walter ein.

»Nun, er ist weg. Wie vom Erdboden verschluckt. Wir hatten das ganze CERN auf den Kopf gestellt und alle Überwachungskameras in der Stadt überprüft. Nichts. Keine Spur von ihm. Wir gehen davon aus, dass er noch auf diesem Gelände sein muss.«

»Walter, das ist nur eine Vermutung. Wir wissen nicht, wo er ist«, unterbrach ihn Suzan.

»Vielleicht hat ihn auch einer der Demonstranten umgebracht«, legte Walter noch eins drauf. »Aus diesem Grund habe ich auch darauf bestanden, dass Suzan eine Dienstwaffe bekommt. Solange die Sache nicht geklärt ist, müssen wir von einem Gewaltverbrechen ausgehen.«

»Sind die Demonstranten denn so aggressiv?«, fragte Henning nach.

»Leider ja. Ich würde sagen, ein Dutzend von ihnen ist extrem gewaltbereit. Einige Wissenschaftler wurden schon angegriffen, und einem wurde sogar ein Pflasterstein durch die Windschutzscheibe geworfen. Der Wissenschaftler kam mit dem Schrecken davon, aber das hätte auch schief gehen können.«

»Und genau aus diesem Grund hat Suzan jetzt eine Dienstwaffe«, beendete Walter diese Diskussion. Walters Ton machte den anderen klar, dass er keine Lust hatte, weiter über diesen Fall zu sprechen. Suzan kannte Walter erst ein halbes Jahr, hatte aber bereits ein gutes Gespür für ihn entwickelt und wollte ihn jetzt nicht verärgern. Er hatte ihr heute schon zweimal einen Gefallen getan.

Suzan wechselte das Thema. »Die Berichterstatter im Fernsehen sagen, dass eine amerikanische Drohne eine Fehlfunktion hatte und abgeschossen werden musste. Ist das wahr?«

»Ja, aber zuvor hat sie Hennings Auto in die Luft gesprengt. Wir kamen gerade noch rechtzeitig raus.«

Priya und Henning erzählten jetzt abwechselnd die ganze Geschichte und vergaßen dabei, dass sie eigentlich nichts von dem Anruf erwähnen wollten, der ihnen das Leben gerettet hatte. Nach fünfzehn Minuten waren sie zum Ende gekommen.

Walter machte ein besorgtes Gesicht. »Die Sache gefällt mir ganz und gar nicht. Eine Fehlfunktion, bei der ein Wagen ins Visier genommen wird? Ist das technisch möglich?«

»Möglich schon, aber sehr unwahrscheinlich. Eine typische Fehlfunktion wäre eher, dass eine Drohne abstürzt, die Kameras oder die Navigation ausfällt. Der gezielte Schuss auf ein Auto erscheint mir sehr unwahrscheinlich für eine Fehlfunktion«, antwortete Henning.

»Und wer war dieser mysteriöse Anrufer?«, fragte Walter.

»Der Mann hatte sich als Major Fox vorgestellt. Mehr wissen wir leider auch nicht«, antwortete Priya.

»Ich werde mal vorsichtig ein bisschen nachforschen. Vielleicht kann ich etwas herausfinden. Wie ist eigentlich Ihre Handynummer?«

Henning und Priya nannten ihre Handynummern und ihnen fiel auf, dass sie jetzt keine Handys, Computer oder Tablet-Computer mehr hatten.

»Verdammt! Unsere ganze Ausrüstung war im Wagen. Wir haben

jetzt weder Handys noch die Geräte für die Diagnose der Scanner.«
Henning blickte zu Priya, die auch erst in diesem Moment diese Tatsache realisierte.

»Shit.«

»Können Sie uns etwas ausleihen?«, fragte Henning Suzan.

»Schon geschehen.« Suzan drehte sich um und zeigte auf einen Beistelltisch. Dort standen bereits zwei Laptops, zwei Tablet-Computer und zwei Handys.

»Ich dachte mir, dass Sie das gebrauchen können. Habe ich von unserer IT-Abteilung ausgeliehen. Alles frisch installiert. Sie müssen nur noch die Software installieren, die Sie benötigen. Die Handys sind schon freigeschaltet. Auf dem Zettel dort stehen alle Nummern.«

»Super, Suzan. Sie denken an alles!«, sagte Priya begeistert.

»Das ist mein Job. Nehmen Sie Ihre neue Ausrüstung, und wir werden Ihnen Ihr Gästezimmer zeigen. Einer muss allerdings auf dem Boden schlafen. Die Hotels sind leider alle ausgebucht.«

Alle vier standen auf, und Henning und Priya nahmen ihre neuen Computer und Handys in Empfang. Danach machten sie sich auf den Weg ins Gästehaus und verabredeten sich dort für den nächsten Morgen um 9 Uhr in Suzans Büro.

Das Gästezimmer war klein und bestand aus einer kleinen Küchenzeile, einem Schreibtisch, einem Bett, einer Isomatte und Bettzeug, das neben das Bett gelegt wurde. Henning und Priya verabschiedeten sich von Suzan und Walter und schlossen die Tür.

»Wir sollten die Computer auf Vordermann bringen, damit wir morgen früh gleich mit der Analyse anfangen können«, schlug Priya vor.

»Ich werde Kath anrufen und sie bitten, die Software auf unseren Cloud-Speicher zu legen, damit wir sie herunterladen und installieren können«, antwortete Henning.

»BioScanTech ist immer noch offline. Wir werden auf die Cloud nicht zugreifen können.«

»Mist. Du hast recht.« Henning überlegte. »Kath soll Speicherplatz auf einer kommerziellen Cloud anmieten.«

»Gute Idee«, sagte Priya gähnend und ließ sich aufs Bett fallen. Keine Minute später war sie eingeschlafen.

9

Es war 6.30 Uhr am Morgen, als Priya aufwachte. Sie blickte sich im Zimmer um und sah ihre Jeans über dem Schreibtischstuhl hängen. Sie hob die Bettdecke hoch und stellte zu ihrer Überraschung fest, dass sie nur noch ihre Unterwäsche anhatte. Dann blickte sie auf den Fußboden neben dem Bett. Dort lag Henning auf der Isomatte. Er war vollständig mit der Decke zugedeckt. Sie konnte sein Gesicht nicht sehen, bemerkte aber, wie sich die Decke langsam hob und wieder senkte. Auf dem Schreibtisch stand aufgeklappt Hennings neuer Laptop. Der Bildschirmschoner war in der Nacht angesprungen und zeigte jetzt ein 3D-Sektoren-Scan der Milchstraße, wie ihn die Computerkonsole des Raumschiffs Enterprise zeigte. Priya musste leise lachen. Sie wusste, dass Henning gerne auf diesem Schiff sein würde, um das Universum zu erkunden.

Sie stand leise auf, ging zum Schreibtisch und setzte sich auf den Schreibtischstuhl. Mit einem Tastendruck beendete sie den Scan unserer Galaxie. Das konnte warten. Sie öffnete den Internet-Browser und stellte zufrieden fest, dass Henning begonnen hatte, die notwendige Software vom Cloud-Speicher herunterzuladen. Gegen halb fünf war die letzte Datei gespeichert worden. Kath hatte es also geschafft, noch am Abend einen schnellen Cloudspeicher anzumieten und die ganze Software darauf bereitzustellen. Auf Kath war schon immer Verlass gewesen, auch wenn sie hin und wieder ihre Differenzen mit ihr austragen musste.

Priya sah, dass Henning offensichtlich die Wartezeit mit Surfen im Internet verbracht hatte. Die Amazon Seite war noch geöffnet und zeigte die letzte Bestellung. Henning hatte jede Menge Kleidung für sie beide bestellt. Je zwei Jeans Hosen für beide, T-Shirts, Pullover, Socken und zwei Blusen. Sie scrollte ganz nach unten, um die ganze Einkaufsliste zu sehen, stoppte abrupt und starrte auf den Bildschirm. Sie konnte es kaum glauben, aber Henning hatte ihr auch Unterwäsche bestellt. Vier Slips und vier BHs der Größe 75B. Woher wusste er, welche Größe sie benötigte? Priya war perplex und nahm sich vor, das herauszufinden. Um die Spuren ihrer Recherche zu verwischen, kehrte sie wieder auf die Anfangsseite zurück und klappte den Laptop zu. Anschließend loggte sie sich auf ihrem Laptop ein, begann die Software auf ihren Rechner und ihr Tablet herunterzuladen, und startete die Installation. Das würde etwas Zeit in Anspruch nehmen, aber es war ja noch früh am Morgen. Priya stand auf und zog die Jeans und die Bluse von Jessica wieder an. Sie konnte sich in der Zwischenzeit um ein ordentliches Frühstück kümmern und Henning damit überraschen. Mit einem Chai Tee konnte sie in der Küchenzeile sicher nicht rechnen, aber vielleicht war etwas anderes Vernünftiges auffindbar. Sie öffnete die Schranktüren. Ein paar Gläser, Tassen und Teller waren vorhanden, und in einer Besteckschublade waren die üblichen Utensilien zu finden. Im Unterschrank fand sie ein paar Töpfe, eine Pfanne und eine Kapsel-Kaffeemaschine.

»Bingo!«, sagte sie leise, um Henning nicht zu wecken. Sie stellte die Kaffeemaschine leise auf der Spüle ab und startete ihre Suche nach Kaffee-Kapseln. Eigentlich lehnte sie diese Dinger ab, aber jetzt war kein guter Zeitpunkt, ihre persönliche Ökobilanz in Frage zu stellen. Also suchte sie weiter, aber die paar Schränke boten nicht viele Möglichkeiten, so dass sie schnell alles durchgesehen hatte. Sie musste also nach draußen gehen, um nach einem Supermarkt oder einer Bäckerei zu suchen.

Da ihre Brieftasche in Hennings Wagen verbrannt war, nahm sie Hennings Jeans hoch und suchte nach seiner, die sie auch fand und durchsuchte. Sie nahm einen zwanzig Euro Schein heraus, schloss die Eingangstür auf und verließ das Gästezimmer.

Vor der Wohnungstür blieb sie stehen und schaute sich um. Auf dem Flur war nichts los und so nahm sie den Weg zurück, den sie gestern am späten Abend alle genommen hatten. Aber draußen war niemand zu sehen, den sie nach einem Laden hätte fragen können. Sie zog ihr neues Handy aus der Hosentasche und rief Google Maps auf, um zu sehen, wo die nächste Einkaufsmöglichkeit war. Einen Kilometer entfernt gab es einen Supermarkt, der um sieben Uhr öffnete. Priya merkte sich die Richtung, steckte das Handy wieder in die Tasche und marschierte los. Es war noch kühl am Morgen, aber das machte ihr nichts aus. Sie fühlte sich an ihre Kindheit erinnert, als sie als kleines Mädchen ganz früh morgens von ihrer Mutter losgeschickt wurde, um Gemüse und Milch für den Tag zu kaufen.

Nach zwanzig Minuten stand sie vor einem kleinen Geschäft. Der

Ladenbesitzer schloss gerade auf. Priya fand alles, was sie für ein ordentliches Frühstück benötigte. Eier, Speck, Milch, Brot und die Kaffee-Kapseln für die Maschine. Am Teeregal nahm sie noch einen schwarzen Tee und klemmte sich noch eine Packung Zucker unter den Arm. Als sie so bepackt an der Kasse angekommen war und alles aufs Förderband gelegt hatte, schaute sie der Verkäufer herablassend an.

»Wir hätten auch Einkaufswagen gehabt. Hier in der Schweiz können wir uns so was leisten.«

Priya überlegte nicht lange. »Das Sixpack Mineralwasser hätte ich noch auf dem Kopf getragen, aber leider haben Sie ja kein französisches Wasser.« Der Mann schaute sie sprachlos an, während er die Lebensmittel langsam über den Scanner zog. Er hatte offensichtlich alle Zeit der Welt, während Priya so schnell wie möglich wieder zurück ins Gästehaus wollte. Sie hatte einen arbeitsreichen Tag vor sich.

»Genau achtzehn Franken.«

Priya streckte ihm den zwanzig Euro Schein hin.

»Haben Sie keine Franken? Sie sind hier in der Schweiz und nicht irgendwo in Afrika.«

»Offensichtlich nicht«, pampte Priya zurück. *Afrika, was für ein Idiot.*

»Will ich mal eine Ausnahme machen.« Der Verkäufer nahm Priya die zwanzig Euro aus der Hand, steckte sie in seine Kasse und schloss sie. Er hatte nicht vor, ihr das Wechselgeld zu geben. »Wechselgebühr.«

Priya hatte keine Lust auf Streit. Schon gar nicht mit diesem *Asshole.* Sie packte ihre Sachen zusammen und machte sich auf den Weg zurück.

Als sie im Gästehaus des CERN angekommen war, stieg sie die Treppen in den dritten Stock zu ihrem Gästezimmer hoch, als sie plötzlich ihre Einkäufe fallen ließ. Die Tür zu ihrem Gästezimmer stand offen.

»Oh shit«, sagte sie leise, obwohl der Lärm der heruntergefallenen Einkäufe jeden Verdächtigen schon längst alarmiert haben müsste. Sie ging langsam auf die Tür zu und schaute sich um. Nichts, womit sie sich im Notfall verteidigen konnte.

Sie ging langsam weiter und ihr Blick fiel auf den Feuerlöscher an der Wand gegenüber. Sie überquerte den schmalen Flur, nahm den

Feuerlöscher aus seiner Halterung, riss den Plastikring ab und entsperrte somit den Mechanismus, der beim Betätigen des Löschknopfes einen Schwall Schaum herausschießen würde. Der Feuerlöscher war schwerer, als sie gedacht hatte.

Langsam ging sie auf die offene Zimmertür zu und hielt dabei den Feuerlöscher schussbereit vor sich. Sie betrat das Zimmer, aber es war niemand zu sehen oder zu hören. Sie ging leise weiter und das Erste, was sie sah, war Henning, der regungslos auf dem Boden lag. Angst überkam sie vor dem, was sie wohl gleich sehen sollte. Ihr Atem stockte. Ihr Magen zog sich zusammen und reflexartig wollte sie zu Henning, aber ihr Verstand arbeitete auf Hochtouren und befahl ihr, vorsichtig zu sein. Jemand konnte immer noch im Raum sein und auf sie warten. Ihr Griff um die Löschpistole des Feuerlöschers wurde fester, und langsam schlich sie vorwärts. Mit einem Satz sprang sie auf Hennings Schlaflager zu, in der Hoffnung, den Angreifer dadurch überraschen zu können und den Vorteil auf ihrer Seite zu haben. Sie riss den Feuerlöscher mit aller Kraft vom Boden weg in die Höhe und flog mit ihm auf ihr Bett. Priya hatte das Gewicht ihres Flugbegleiters falsch eingeschätzt und so sprang der Feuerlöscher von der Matratze wieder hoch. Erschrocken ließ sie ihn los. Erst krachte er gegen die Wand und dann mit einem lauten Knall auf den Boden. Priya, halb sitzend, halb liegend, starrte schockiert zu Henning, der im selben Augenblick von seinem Nachtlager hochschoss. »Verdammt, was ist los?«

»Henning, geht es dir gut?«, presste Priya hervor.

»Ja, bis gerade eben. Was ist passiert?« Im gleichen Moment fiel sein Blick auf den Feuerlöscher am Boden. »Was machst du mit dem Feuerlöscher?«

Priya wollte für eine Erklärung ansetzen, bekam aber kein Wort heraus.

»Priya, wenn ich mal wieder duschen sollte, dann sag' es einfach.«

»Nein, ich dachte, hier ist jemand im Zimmer. Sorry, ich bin so froh, dass es dir gut geht. Ich glaube, ich fange langsam an, Gespenster zu sehen. Wahrscheinlich habe ich einfach die Tür beim Hinausgehen nicht richtig geschlossen.«

»Ich bin okay. Wo warst du überhaupt?«

»Einkaufen. Damn it! Die Einkäufe liegen noch draußen auf dem Boden.« Beide sammelten vor der Tür die Einkäufe ein. Von den zehn

Eiern hatten immerhin acht überlebt, das sollte für Eier und Speck ausreichen. Henning legte die Einkäufe in der Küchenzeile ab und versuchte aus einem der oberen Schränke einen Teller oder eine Schale zu finden. Priya stand noch in der offenen Eingangstür und schaute ihm dabei zu. Da er so gut wie nichts anhatte, ließ sie ihren Blick über seinen trainierten Körper gleiten. *Not bad.*

Da Henning mit der Installation seines Rechners noch nicht begonnen hatte, einigten sie sich darauf, dass Priya das Frühstück zubereiten sollte und Henning seinen Rechner auf den neusten Stand brachte. Priya liebte indisches Essen über alles, aber hin und wieder konnte sie einem klassischen herzhaften Frühstück etwas abgewinnen.

Während Henning seine Software installierte und den Rechner so einrichtete, dass er damit vernünftig arbeiten konnte, briet Priya den Speck, setzte eine der neu gekauften Kapseln in die Kaffeemaschine ein und füllte den Wassertank.

»Henning, ich hab' gesehen, dass du für uns ein paar Kleider bestellt hast. Danke!«, sagte Priya unvermittelt.

»Äh, ja, ich dachte wir werden hier eventuell doch länger bleiben müssen und wir sollten etwas zum Wechseln haben.«

Henning wechselte das Thema.

»Die Nummer mit dem Feuerlöscher, darf die auf den Firmenblog?«, fragte er und konnte dabei sein Lachen nur schwer unterdrücken.

Priya streckte ihm die Zunge raus und Henning lachte auf.

»Wenn du das auch nur einem Menschen erzählst, dann wirst du die Rache einer indischen Frau kennenlernen«, drohte Priya ihm mit dem Wender aus Holz.

»Schon gut, mach ich ja nicht.«

»Woher kennst du eigentlich meine Konfektionsgröße«, fragte sie ganz nebenbei.

»Deine Konfektionsgröße? Also, ich dachte, du hast die gleiche Figur wie Sandra«, gab Henning zurück.

»Wie Sandra? Deine kleine Schwester?«

»Ja genau. Sie schickt mir immer Links, um Klamotten für sie zu bestellen. Ihr Mann kontrolliert heimlich ihre Einkäufe. Und da ihr beide ungefähr den gleichen Körperbau habt, dachte ich, das würde dir sicher auch passen.«

»Henning, Sandra ist zehn Jahre jünger als ich und hat eine Figur wie ein Model. Alle Typen drehen sich nach ihr um.«

»Ja und?«

»Nichts, ja und. Seh' ich aus wie ein Model? Mir schaut keiner hinterher!«

»Natürlich. Du merkst das bloß gar nicht, da du immer nur die Arbeit im Kopf hast«, gab Henning zur Antwort. Er stoppte die Arbeit am Computer und drehte sich zu ihr um. »Erinnerst du dich an den letzten Master-Studenten, den wir hatten? Er hatte es auf dich abgesehen, aber du hast ihn links liegen lassen.«

»Er hatte es auf mich abgesehen?«

»Ja, er hat mich sogar praktisch um Erlaubnis gefragt, dich anbaggern zu dürfen. Er wollte wissen, ob du in Indien jemandem versprochen bist.«

»Was? Ich kapier gar nichts«, zeigte Priya ihre Verwunderung.

»Sag ich doch. Du merkst es gar nicht, wenn sich jemand für dich interessiert. Übrigens – hier riecht es verbrannt. Hast du alles unter Kontrolle?«

»Shit! … Frühstück ist fertig.« Priya verteilte den verkohlten Speck und das Rührei auf zwei Tellern und reichte einen davon Henning.

Nach dem Frühstück packten beide ihre Sachen zusammen und machten sich auf den Weg in Suzans Büro. Das lag in einem großen Gebäude in der Nähe des Haupteingangs A des CERN. Auf den Straßen und Wegen innerhalb des CERN Geländes war deutlich zu sehen, dass ein wichtiges Ereignis bevorstand. DarkSky hatte Wissenschaftler aus der ganzen Welt hierher gelockt, und alle wollten dabei sein, wenn Wissenschaftsgeschichte geschrieben wurde. Henning und Priya mussten sich ihren Weg durch die Menschenmassen bahnen, um ins Gebäude zu gelangen. Sie nahmen die Treppe in den zweiten Stock und mussten feststellen, dass auch dort jede Menge Betrieb war.

Gegenüber der Tür zu Suzans Büro lehnte eine Mitarbeiterin der Sicherheitsabteilung und drehte sich eine Zigarette. Sie beachtete Henning und Priya nicht. Priya klopfte an Suzans Bürotür und fast zeitgleich kam das erwartete *Herein*.

»Sie sind zehn Minuten zu spät. Ich hasse Unpünktlichkeit. Versuchen Sie, sich zukünftig bitte an Vereinbarungen zu halten.«

Suzan war offensichtlich sehr schlecht gelaunt. Sie saß hinter ihrem Schreibtisch und zeigte auf die beiden Stühle, die davor standen.

»Wir haben unsere Computer auf den neusten Stand gebracht und unsere Software installiert«, entgegnete Henning. Er hatte nicht vor, sich für die Verspätung zu entschuldigen. Beide setzten sich auf die Besucherstühle. »Ich werde die TrueScan Scanner untersuchen, um festzustellen, ob ein Defekt vorliegt.«

»Wie machen Sie das ohne ihre Ausrüstung?«

»Ich habe heute Nacht noch eine Mitarbeiterin in München gebeten, einen zweiten Satz Ausrüstung mit einem Kurier hierher zu schicken. Ich denke, er sollte gegen 14 Uhr hier sein. Bis dahin werde ich unser Standard-Diagnose-Programm auf dem Laptop nutzen, um die Scanner unter die Lupe nehmen.«

»Das geht?«

»Die spezielle Diagnoseausrüstung erlaubt eine weitergehende Untersuchung, aber fürs Erste muss das Standard-Programm reichen.«

»Gut. Ich informiere die Pforte, dass eine Lieferung erwartet wird und ich gleich benachrichtigt werde. Was ist Ihre Aufgabe, Priya?«

»Ich habe eine Analyse der TrueScan Daten laufen. Meine Kollegen in München werden mir bei der Auswertung helfen. Dazu benötige ich einen Raum, in dem ich ungestört arbeiten kann.«

Suzan überlegte einen Augenblick. »Schwierig. Wegen DarkSky sind alle Besprechungszimmer belegt.«

»Ein kleiner Raum würde mir vollkommen genügen. Ich bin nicht anspruchsvoll.«

»In diesem Fall hätte ich eine Idee. Ich werde einen Tisch in die Toilette für Behinderte bringen lassen. In diesem Gebäude arbeiten zur Zeit keine Behinderten. Ich hoffe, das stört Sie nicht?«

»Nein. Ganz wunderbar.« Priya schaute Henning an und sah, wie er die Augenbrauen hochzog. Suzan nahm ihr Walkie-Talkie vom Gürtel und gab Anweisungen an einen ihrer Mitarbeiter, einen Tisch in die Toilette zu schaffen.

»Gut. Ich erwarte um 12 Uhr einen kurzen Bericht von Ihnen über das, was Sie herausgefunden haben. Ich hoffe, dass die Sache bis heute Abend, spätestens morgen Vormittag erledigt ist. Hier ist der Teufel los wegen DarkSky, und ich brauche ein zuverlässiges Überwachungssystem. Eine meiner Mitarbeiterinnen wird Sie zu den Scannern begleiten.«

»Einverstanden. Wir werden die Ursache finden und beheben«,

versprach Henning und stand auf.

»Davon gehe ich aus«, sagte Suzan und wandte sich ihrem Handy zu. Die Besprechung war offensichtlich beendet.

Henning und Priya verließen das Büro und schlossen die Tür.

»Na, du bist dir deiner Sache ja ziemlich sicher«, sagte Priya zu Henning.

Henning wollte gerade antworten, kam aber nicht dazu. Die Mitarbeiterin, die vor Suzans Büro stand, kam auf ihn zu.

»Dr. Finnley? Ich arbeite für Suzan Ehrens. Ich soll Ihnen helfen, sich hier zurechtzufinden. Wo müssen Sie hin?«

»Meine Kollegin hier muss zur Behindertentoilette. Wo befindet sich diese?«, fragte Henning.

»Also, die normalen Toiletten sind hier am Ende des Gangs und die Behindertentoilette ist im ersten Stock des Gebäudes.«

Priya nickte der Frau zu und setzte sich Richtung Treppenhaus in Bewegung.

»Sie können auch den Aufzug nehmen, wenn das leichter für Sie ist«, rief die Frau Priya nach. Priya blieb stehen und drehte sich um.

»Ich schaffe das schon. Danke.«

Henning grinste und wandte sich wieder der Frau zu. »Und ich muss zu den Scannern Nr. 56 und 57 im Gebäude … Moment, ich hab's gleich.« Er zog sein Handy aus der Tasche und entsperrte den Bildschirm. »Gebäude 150.«

»Kein Problem. Wir nehmen den Wagen«, antwortete die Frau.

»Ich werde auch eine Trittleiter oder etwas Ähnliches benötigen.«

»Können wir beim Hausmeister vor Ort abholen. Brauchen Sie sonst noch etwas?«

»Nein, danke.«

»Gut, dann kommen Sie bitte mit. Der Wagen steht vor der Tür.«

Henning folgte ihr bis zum Ausgang des Gebäudes und stieg dann mit ihr in den Wagen, der vor dem Haus parkte.

Als Priya die Behindertentoilette endlich fand, waren gerade zwei Männer dabei, einen Tisch durch die Tür in den Raum zu schieben. Anscheinend hatte Suzan ihre Leute im Griff, denn vor nicht mal fünf Minuten hatte sie erst die Anweisung durchgegeben, einen Tisch in diesen Raum zu schaffen. Der Raum war für eine Toilette sehr geräumig, so dass der Tisch und der Schreibtischstuhl genügend Platz hatten. Die Männer verschwanden wieder, ohne ein Wort zu sagen, und schlossen die Tür. Priya stand in ihrem neuen Arbeitszimmer und blickte sich um. Ein kleines Fenster ließ Licht und frische Luft in den Raum, und die Neonbeleuchtung an der Decke tat ihr Übriges, um den Raum nicht im Dunkel verschwinden zu lassen. Sie setzte sich an den Schreibtisch, klappte ihren Laptop auf und das Display wurde hell. Die WLAN Anzeige auf dem Rechner zeigte vollen Ausschlag. Zumindest hatte sie hier einen perfekten Empfang. Sie loggte sich auf dem TrueScan Server des CERN ein und startete das Programm zur Ebene-2-Diagnose der TrueScan Daten. Priya hatte die Diagnose während der Fahrt zum CERN in Hennings Auto gestartet, und inzwischen sollten die Analyse abgeschlossen sein und die Ergebnisse vorliegen. Priya klickte sich durch ein paar Menüs des Programms, bis sie an dem Punkt *Darstellung der Ergebnisse* war. Sie klickte ihn an und ein Diagramm wurde langsam auf dem Laptop aufgebaut. Es zeigte die empfangenen Daten des Scanners zu dem Zeitpunkt, als die unbefugten Personen den Bereich im CERN betreten hatten, aber TrueScan keinen Alarm ausgelöst hatte.

Normalerweise zeigte das Diagramm den biologischen Fingerabdruck eines Menschen. Dieser Fingerabdruck war bei jedem Menschen oder Tier einzigartig – wie der richtige Fingerabdruck. BioScan-Tech hatte es geschafft, mit ihrer Technik eine biologische Signatur aus der Ferne eines jeden Lebewesens auszulesen, indem der Scanner einen hochfrequenten Terahertz-Impuls ausstrahlte. Jeder Körper antwortete mit seiner Signatur, die bei jedem Menschen unterschiedlich war, wie die Rillen an den Fingern eines Menschen, die den Fingerabdruck ausmachten. Die empfangenen Daten wurden dann mit allen in einer Datenbank gespeicherten Signaturen verglichen. Bei einem Treffer konnte die Person somit eindeutig identifiziert werden.

Priya blickte verwirrt auf das Diagramm und versuchte zu verstehen, was sie sah. Alle Lebewesen auf der Erde bestanden zu einem Großteil aus Wasser, und dieses Wasser machte einen erheblichen Teil der Signatur aus. Die Daten, die Priya auf dem Bildschirm sah, waren schlicht unmöglich. Unmöglich, denn wenn die Daten richtig wären, würde es bedeuten, dass der Mensch vor dem Scanner wasserfrei wäre, und das war eben nicht möglich. Die Scanner mussten defekt sein. Henning würde hoffentlich diese Vermutung bestätigen, sobald er einen Scanner geöffnet und untersucht hatte. Priya wollte gerade eine Nachricht an Henning schreiben, als das Videokonferenz-Programm auf ihrem Laptop einen eingehenden Anruf meldete. Kath rief an.

Priya nahm den Anruf an und das Bild von Kath erschien auf dem Bildschirm. Im Hintergrund sah sie Karl stehen, der Hardware Spezialist von BioScanTech.

»Hi Priya, die Fehleranalyse der Scanner hier ist abgeschlossen. Ich würde gerne die Ergebnisse mit dir und Henning durchsprechen. Ist Henning bei dir?«, fragte Kath.

»Nein, Henning ist auf dem Weg zu den Scannern, die auffällig geworden sind.«

»Äh, Priya, sag mal, was ist das hinter dir? Sitzt du gerade auf der Toilette?«

»Ja, nein, das ist mein Arbeitsplatz hier. Die Besprechungsräume sind alle wegen DarkSky ausgebucht. Wir mussten improvisieren.«

»Okay, dann vergiss bloß nicht zu spülen, wenn du fertig bist«, sagte Kath und prustete laut los.

Priya verdrehte die Augen. »Sehr witzig, Kath, können wir nun?«

»Ja klar, wenn du fertig bist, bin ich es auch«, antwortete Kath mit einem breiten Grinsen. Kath liebte es, Priya zu ärgern, und ließ keine Chance ungenutzt. Das Büro von Priya auf der Toilette war eine perfekte Vorlage.

»Also, was habt Ihr herausgefunden?«, wollte Priya wissen. Jetzt drängte sich Karl ins Bild und Kath wich etwas zur Seite.

»Guten Morgen, Priya«, begann Karl. »Also, wir haben die Scanner bei uns zerlegt und jede Baugruppe einzeln geprüft. Wir haben sie anschließend wieder zusammengesetzt und sind alle Tests durchgegangen. Alle Kollegen hier haben sich davor gestellt, und jeder wurde eindeutig identifiziert. Wir haben anschließend ein paar Bekannte gebeten, zu kommen und sich davor zu stellen, da diese noch nie vor einem unserer Scanner standen. Das System hat die neuen Personen problemlos als *unbekannt* identifiziert und beim zweiten Durchgang sicher erkannt. Was ich damit sagen will, die Scanner sind in Ordnung, es liegt bei keinem ein Hardware-Defekt vor.«

Jetzt drehte Kath ihren Laptop wieder ein Stück, so dass sie wieder voll im Bild war.

»Wir können also einen Hardware-Defekt ausschließen«, fuhr Kath fort. »Das heißt, es muss ein anderes Phänomen vorliegen. Ich habe hier heute Morgen eine Ebene-2- und Ebene-3-Diagnose abgeschlossen.«

»Kannst du die Ergebnisse einblenden?«, wollte Priya wissen. »Ich habe hier ebenfalls eine Ebene-2-Diagnose abgeschlossen, und die Ergebnisse sind alles andere als klar.«

»Okay«, antwortete Kath und machte ihren Bildschirm über die Konferenzsoftware für Priya sichtbar. »Kannst du das Bild zur Ebene-2-Diagnose sehen?«

»Holy shit«, sagte Priya. »Das Diagramm sieht bei mir genauso aus. Moment, ich schalte meinen Bildschirm auch frei.«

Die Konferenzsoftware benötigte einige Sekunden, um den Bildschirminhalt von Priyas Rechner zu verschlüsseln, auf Kaths Rechner zu übertragen und dort wieder sichtbar zu machen.

»Priya, du hast recht. Wir haben beide das gleiche Phänomen. Das ist ja echt merkwürdig!«

»Wenn wir einen technischen Defekt an den Scannern ausschließen können, dann heißt das, dass wir einen Körper ohne Wasser vor uns hätten. Richtig?«

»Das ist die logische Interpretation der Daten. Die Ebene-3-Diagnose der Daten zeigt allerdings noch etwas anderes, Priya.«

Jetzt machte Kath auch die Ergebnisse der Ebene-3-Diagnose für Priya sichtbar. Ein neues Diagramm erschien auf Priyas Bildschirm.

»Was zum Teufel ist das?«, wollte Priya wissen.

»Wir haben es hier mit einem unbekannten Stoff zu tun, ein Material, das niemand von uns je gesehen hat. Ich hab mit ein paar Leuten von der Uni telefoniert und ihnen die Daten gezeigt. Keiner konnte sich einen Reim darauf machen. Alle sagten, das Material gäbe es nicht. Es muss ein uns bisher unbekanntes Material sein. Ich weiß, das klingt verrückt, aber ich habe keine andere Erklärung. Die Daten sind eindeutig. Hast du so etwas schon einmal gesehen?«

»Kath, das ist verrückt. Wir müssen die Daten nochmals checken.«

»Das habe ich schon dreimal gemacht. Jedes Mal das gleiche Ergebnis. Die Hauptparameter der Materialzusammensetzung sind alle Null. Hörst du, Priya? Alle Null.«

Priya machte ein besorgtes Gesicht. »Alle Parameter Null. Ich verstehe das nicht. Wie kann das sein?«

»Wir müssen versuchen, irgendwie eine Probe davon zu bekommen.«

»Und wie willst du das anstellen?«, fragte Priya.

»Wir müssen selbst feststellen, wenn jemand mit dieser Signatur vor einem Scanner auftaucht und dann Alarm auslösen.«

»Das würde gehen. Ich programmiere unsere Scanner so, dass sie mir eine Nachricht auf mein Handy schicken, wenn bei einem Scan die Hauptparameter Null sind. Eine App soll mir dann die genauen Daten und den Standort des Scanners anzeigen.«

»Wie lange brauchst du dafür?«, wollte Kath wissen.

»Nicht lange. Das Programm für den Scanner ist schnell geschrieben, und die App fürs Handy dauert höchstens zwei Stunden. Ich gebe sie dir dann auch, damit du sie testen kannst.«

»Verstanden. Hast du noch was, Priya?«

»Nein. Ich mache mich gleich an die Arbeit. Sobald ich etwas von Henning höre, schicke ich dir eine Nachricht.«

»Alles klar. Bis dann. Ach – und vergiss nicht zu spülen!«, sagte Kath, winkte grinsend in die Kamera und trennte die Verbindung.

Priya mochte Kath, aber manchmal könnte sie ihr den Hals umdrehen. Sie beendete das Konferenzprogramm und startete ein anderes Programm auf ihrem Laptop, um eine App für das Handy zu erstellen. Als das Programm soweit war, forderte es Priya auf, einen Projektnamen für die neue App anzulegen. Priya überlegte, wie die App heißen sollte.

Sie tippte schließlich das Wort *ZERO* ein und begann mit der Entwicklung.

10

CERN, 16. Juli, 10 Uhr

Der Generaldirektor des CERN, Professor Breuer, stand in der Mitte des *Large Hadron Collider* Kontrollraums, kurz LHC, und wartete darauf, dass die anwesenden Journalisten und Wissenschaftler aus der ganzen Welt endlich ruhig wurden und er seine vorbereitete Ansprache halten konnte. Der Kontrollraum des LHC war das Herz der Forschungsanlage, denn hier liefen alle Informationen zusammen und wurden über riesige Monitore an der Wand angezeigt. Dies war der Platz, an dem wichtige Entscheidungen getroffen und verkündet werden konnten. Aus diesem Grund hatte er diesen Ort für die offizielle Eröffnung des Experiments gewählt.

Die Journalisten waren alle auf eine persönliche Einladung von Professor Breuer hier in die Schweiz gereist, um bei der Durchführung von DarkSky dabei zu sein. Das *Science* Magazin hatte drei der besten Wissenschaftsjournalisten der USA verpflichtet und plante eine Sonderausgabe mit Hintergrundberichten, Interviews der maßgeblich am Experiment beteiligten Wissenschaftlern und einer detaillierten Beschreibung des Experiments. *nature* hatte sogar ein Filmteam angeheuert, um alle wichtigen Momente mit Bild und Ton einzufangen. Die Wissenschaftsgemeinde war in heller Aufregung, denn mit DarkSky würde die Grundlagenforschung endlich wieder den Stellenwert in den Medien und somit auch in der Politik bekommen, der ihr zustand.

Einigen wenigen Wissenschaftlern ging diese Medienkampagne allerdings mächtig auf die Nerven, denn diese *Show*, wie sie es nannten, hatte auch das Potential, in einer großen Pleite zu enden, sollte doch etwas schief gehen. Aber Professor Breuer ließ sich in den vielen Diskussionen im Vorfeld nicht umstimmen und beharrte auf dieser Art der Veranstaltung. Er vertrat die Meinung, dass die Menschen der CERN-Mitgliedstaaten ein Recht darauf hatten, zu erfahren, was mit ihren Steuergeldern gemacht wurden. Immerhin war das CERN-Jahresbudget fast eine Milliarde Euro und der Generaldirektor wollte sicherstellen, dass dieses Geld auch weiterhin zur Verfügung stand. Neben den einundzwanzig europäischen Mitgliedstaaten, die das

CERN finanzierten, gab es eine große Anzahl weiterer Staaten, die Kooperationsverträge mit dem CERN geschlossen hatten und dadurch ihre Wissenschaftler am CERN forschen lassen konnten. Viele Länder konnten sich eine Einrichtung dieser Größenordnung selbst nicht leisten, denn schon der Bau verschlang Unsummen an Mitteln, und der laufende Betrieb trieb jedem Buchhalter Tränen in die Augen. Nicht einmal die USA wollten sich so eine kostspielige Forschungseinrichtung leisten, denn die direkte Verwertbarkeit der Forschungsergebnisse war nicht garantiert. Die wissenschaftlichen Arbeiten waren reine Grundlagenforschung, und seit Ende des Kalten Kriegs war der Drang, ständig neue Waffen entwickeln zu müssen, zumindest etwas gebremst worden.

Der LHC war der größte Teilchenbeschleuniger der Welt. In hundert Metern unter der Erde, an der Grenze zwischen der Schweiz und Frankreich, verlief ein siebenundzwanzig Kilometer langer Ring, in dem winzig kleine Teilchen nahezu auf Lichtgeschwindigkeit beschleunigt wurden, um dann mit in entgegengesetzter Richtung fliegenden Teilchen zu kollidieren. Diese Teilchen waren für gewöhnlich Protonen, wie sie in jedem Atom vorkamen. Bei dieser Kollision entstanden wiederum neue Elementarteilchen, die durch die ungeheure Energie in alle Richtungen weggeschleudert wurden. Und genau dann begann die Arbeit der Wissenschaftler interessant zu werden. Sie mussten die Flugbahn der Teilchen aufzeichnen und vermessen, um daraus auf ihre Art und physikalischen Eigenschaften schließen zu können.

Im Jahr 2012 war es dem CERN gelungen, das lang gesuchte Higgs-Teilchen nachzuweisen, und diese Suche wurde dann 2013 mit dem Nobelpreis für Physik belohnt. Das Higgs-Teilchen wurde bereits in den sechziger Jahren theoretisch vorhergesagt, aber erst mit den technischen Möglichkeiten des CERN war es möglich, den Nachweis zu führen, dass diese Teilchen wirklich existierten. Diese Arbeit war ein großer Erfolg für das CERN und dessen beteiligte Wissenschaftler aus der ganzen Welt.

Eine noch unglaublichere Entdeckung sollte aber das nun geplante Experiment DarkSky liefern. Deswegen waren so viele Journalisten und Wissenschaftler aus aller Welt ans CERN angereist, und gerade deshalb versammelten sich Menschen vor den Toren des CERN. Sie wollten die Durchführung dieses Experiments verhindern. Kein anderes Experiment der Physik, außer vielleicht die Entwicklung der Atom- und Wasserstoffbomben in den fünfziger und sechziger Jahren, hatte die Menschen so stark polarisiert. Während die einen, vornehmlich Wissenschaftler, die Hoffnung hatten, das Entstehen des Universums mit DarkSky erklären zu können, hatten die anderen die Sorge, dass das Experiment das Ende der Erde bedeuten könnte. Muss alles, was technologisch möglich ist, auch gemacht werden?

Das CERN hatte sich die Entdeckung der Dunklen Materie vorgenommen. Achtzig Prozent der Materie im Universum war nicht sichtbar und dies war immer noch eines der größten Rätsel der Kosmologie. Die sichtbare Materie allein konnte die Expansionsgeschwindigkeit des Universums nicht erklären und deshalb musste es neben der sichtbaren noch eine unsichtbare Materie geben, die sogenannte Dunkle Materie. Der Nachweis der Dunklen Materie durch DarkSky würde eine ganz neue Dimension an Wissen und Verständnis über das Universum und seine Entstehung eröffnen.

Inzwischen war der Geräuschpegel im Kontrollraum auf ein akzeptables Maß gesunken, so dass der Generaldirektor endlich mit seiner Rede beginnen konnte.

»Sehr geehrte Damen und Herren, ich begrüße Sie recht herzlich hier am CERN und danke Ihnen, dass Sie meiner Einladung gefolgt sind.« Professor Breuer ließ seinen Blick über die Anwesenden schweifen. »Wir alle hier, unabhängig ob als Journalisten oder Wissenschaftler, sind zutiefst an der Wissenschaft interessiert und wollen das Unbekannte entdecken und erklären. Wenn uns die Forschungsergebnisse der letzten Jahrzehnte etwas gelehrt haben, dann dass es immer noch viele unbeantwortete Fragen gibt, auf die die Wissenschaft keine Antworten hat. Noch nicht. Aus diesem Grund wurde das CERN vor über sechzig Jahren gegründet. Um Antworten zu finden, auf die drängendsten Fragen: Wer sind wir? Wo kommen wir her? Und was umgibt uns? In den nächsten Tagen werden wir zumindest eine dieser Fragen beantworten. DarkSky ist ein Experiment, das wir hier am CERN mit den führenden Forschern auf dem Gebiet der Teilchenphysik unter meiner Leitung entwickelt haben. DarkSky wird uns zeigen, was uns umgibt, woraus das Universum besteht und wie alles angefangen hat. DarkSky wird so viele Informationen sammeln, dass Wissenschaftler noch Jahrzehnte damit arbeiten können. Wir haben mehr als drei Jahre allein für die Vorbereitungen investiert, und mehr als fünftausend Mitarbeiter sind direkt oder indirekt daran beteiligt gewesen. Ihnen allen gilt mein Dank. Die Entscheidung für dieses Experiment ist vor mehr als fünf Jahren getroffen worden. Erst jetzt sind wir in der Lage, den Beschleuniger an seiner Belastungsgrenze und sogar etwas darüber hinaus zu betreiben. In den letzten fünf Jahren haben wir die technischen Möglichkeiten des Teilchenbeschleunigers immer besser kennengelernt und verstanden, wie wir mit dieser Maschine umgehen müssen, um ihr die Geheimnisse unserer Existenz zu entlocken. Deshalb haben wir uns entschieden, dieses Wissen auch zu gebrauchen und den LHC auf die unglaubliche Energie von achtzehn Billionen Elektronenvolt hochzufahren.«

Applaus brandete auf. Der Generaldirektor machte eine kurze Pause, nahm einen Schluck Wasser und blickte zu einem der Wissenschaftler. Der Mann hob den Daumen.

»Achtzehn Tera-Elektronenvolt«, wiederholte er.

»Vor einem halben Jahr haben wir bereits erste Tests mit sechzehn Tera-Elektronenvolt durchgeführt, und die Ergebnisse waren so beeindruckend, dass wir uns entschieden haben, weiter zu machen. Unsere Berechnungen und Simulationen geben Grund zur Hoffnung, dass wir mit siebzehn Tera-Elektronenvolt die Dunkle Materie sichtbar machen können.«

Ein Raunen ging durch die Menge.

»Wie Sie wissen, wurde der LHC ursprünglich für eine maximale Energie von fünfzehn Tera-Elektronenvolt entworfen, aber wir sind jetzt in der Lage, diese Maschine zwanzig Prozent über dieser Grenze zu betreiben. Diese letzten zwanzig Prozent geben uns die Möglichkeit, noch tiefer in die Materie, die uns alle umgibt, hinein zu blicken und herauszufinden, woraus sie besteht.«

Ein Wissenschaftler trat zu Professor Breuer und flüsterte ihm etwas ins Ohr. Perfektes Timing.

»Hiermit kann ich Ihnen mitteilen, dass die Vorbereitungen offiziell abgeschlossen sind. Die Magnete der Anlage sind auf minus 271 Grad abgekühlt, und die ersten Teilchen werden in Kürze auf nahezu Lichtgeschwindigkeit beschleunigt werden. In den nächsten vierundzwanzig Stunden werden wir die Leistung des Teilchenbeschleunigers schrittweise von fünfzehn auf achtzehn Tera-Elektronenvolt hochfahren. Der ATLAS-Detektor, in dem die Kollisionen der Teilchen stattfinden wird, wird uns alle Ergebnisse live hier einspielen. Sie können also entweder hierbleiben oder sich im Kontrollraum des ATLAS einfinden und dort vor Ort die Geschehnisse miterleben. Ich selbst werde von hier aus die Fortschritte überwachen und eventuell aufkommende Fragen beantworten.« Professor Breuer lächelte. Er wusste, es würde jede Menge Fragen geben, die er nur allzu gerne beantworten wollte.

Das war sein großes Event!

»Ich wünsche uns allen spannende vierundzwanzig Stunden!«, sagte er und schloss damit seine Ansprache. Wieder wurde applaudiert.

Professor Breuer nahm noch einen Schluck Wasser und ging dann zu dem Wissenschaftler, der ihm den Abschluss der Vorbereitungen gemeldet hatte. Sie schüttelten sich die Hände und Professor Breuer klopfte ihm auf die Schulter. Die nächsten Tage würden der Höhepunkt seiner wissenschaftlichen Karriere werden, und er war sich sicher, dafür mit einem Preis belohnt zu werden, von dem er schon immer geträumt hatte: dem Nobelpreis für Physik.

11

Ramstein, 16. Juli, 11 Uhr

General Carter blickte in Richtung Süden. Da war sie. Noch ein kleiner Punkt am Himmel, der aber zusehends größer wurde. Die V-22 Osprey der US Air Force hatte ihre Rotoren immer noch in einer horizontalen Position und flog momentan wie ein gewöhnliches Flugzeug. Bald würde sie aber langsamer werden, dabei die beiden Rotoren an den Tragflächen nach oben kippen und dann die Flugeigenschaften eines Helikopters haben. Die Osprey war ein Wandelflugzeug, und Carter bewunderte diese Meisterleistung moderner Ingenieurskunst. Er war stolz darauf, dass dieses Fluggerät in den USA entwickelt und gebaut wurde.

Carter konnte die Rotoren der V-22 jetzt hören und sah, wie die Maschine sich im Sinkflug auf die Landung vorbereitete. Die Piloten flogen eine Schleife, während das Fahrwerk ausgefahren und die beiden Rotoren langsam nach oben gekippt wurden, so dass die V-22 langsamer wurde, bis sie schließlich fast gar keinen Vortrieb mehr hatte und ruhig aufsetzte. Der Abwind der Rotoren war selbst aus einiger Entfernung noch zu spüren und blies dem General ins Gesicht. Er drehte sich nicht weg, denn er genoss es, wenn er die Kraft der Rotoren auf seiner Haut spürte, und Erinnerungen an alte Zeiten wurden wach. Im Irak schmiergelte der mit dem Abwind aufgewirbelte Sand sein Gesicht wie Schleifpapier ein Stück Holz. Wie sehr würde er dieses Gefühl vermissen.

Die Maschine rollte zu ihrem endgültigen Landeplatz, die Rotoren wurden abgestellt und die Laderampe am hinteren Teil des Flugzeugs öffnete sich. Zwei Soldaten kamen herunter. Carter setzte sich in Bewegung und ging auf die beiden zu.

»Bericht!«, sagte Carter, ohne auf eine förmliche Begrüßung zu warten.

»General, wir haben ungefähr die Hälfte der Trümmerteile hier. Der Rest kommt mit der zweiten Maschine. Soweit möglich haben wir alles in Holzkisten verpackt«, antwortete der Soldat.

»Gut, bringen Sie alles in den Hangar. Wir haben einen Bereich dafür frei gemacht.«

»Ja, Sir.«

»Ist der Bordcomputer von Eagle 8 inzwischen gefunden worden?«

»Tut mir leid, Sir, aber der Bordcomputer war noch verschollen, als wir in der Schweiz gestartet sind.«

Mist. Der General verzog das Gesicht. *Schöne Scheiße.* Der Bordcomputer musste schleunigst gefunden werden. Jedes Bauelement darin unterlag der strengsten Geheimhaltung, denn Eagle 8 war eine der wenigen Drohnen, der bereits der neue Stealth Mode zur Verfügung stand. Niemand außerhalb der Air Force durfte davon wissen. Carter war sich nicht mal sicher, ob der Präsident schon über diese Neuentwicklung informiert war. Diese Tarntechnologie war einzigartig und ließ die Drohne von jedem feindlichen Radar verschwinden.

»Die zweite Maschine verlässt erst die Schweiz, wenn der Bordcomputer gefunden wurde! Habe ich mich klar ausgedrückt?«

»Natürlich, Sir«, antwortete der Soldat. »Allerdings haben die Sidewinder Raketen der Schweizer Jäger ganze Arbeit geleistet. Wir haben keine Bruchstücke gefunden, die größer als einen halben Meter sind. Das Gelände, auf dem die Trümmer heruntergegangen sind, ist ziemlich unübersichtlich, voller Bäume und Sträucher. Die Suche könnte den ganzen Tag dauern.«

»Und wenn sie eine Woche dauert! Der Bordcomputer muss geborgen werden! An einem Stück oder was eben davon noch übrig ist.« Der General schaute seinen Untergebenen mit strenger Mine an. »Informieren Sie mich, sobald die Kisten entladen und im Hangar ausgepackt sind.«

»Ja, Sir.«

Carter ging zurück zum Hangar und sah bereits aus der Ferne, dass er erwartet wurde. Ein Mann und eine Frau, beide in Uniform, warteten auf ihn. Eine Scheißlaune machte sich in ihm breit. Er hatte gehofft, wenigstens noch heute die Sache unter seiner Kontrolle untersuchen zu können.

Die Frau hielt eine Aktentasche in ihren Händen. Als Carter näher kam, erkannte er ihre Abzeichen. Die beiden waren von der Spezialeinheit der Air Force für besondere Angelegenheiten, dem Office of Special Investigations, kurz *OSI.*

»General Carter, man sagte uns, dass wir Sie hier finden würden«, begann die Frau. »Ich bin Agentin Louis und das ist mein Partner Agent Wilder.«

Carter schüttelte zuerst der Agentin und dann ihrem Partner die Hand. »Lassen Sie uns in mein Büro gehen«, sagte Carter, ohne auf eine Antwort der beiden zu warten und ging los.

Louis und Wilder folgten ihm.

»Sind mit der Osprey die Trümmer von Eagle 8 gekommen?«, wollte die Agentin wissen.

»Ja, jedenfalls das, was von Eagle 8 übrig geblieben ist«, knurrte der General, ohne sich umzudrehen.

»Ist der Bordcomputer schon gefunden worden?« Agentin Louis hatte keine sechzig Sekunden gebraucht, um auf den roten Knopf des Generals zu drücken. Aber das war ihr Job. Dafür hatte man sie hierher geschickt, um den Dingen auf den Grund zu gehen.

Carter blieb abrupt stehen, drehte sich um und schaute der Frau direkt ins Gesicht. »Nein, aber wir werden ihn finden und hierher bringen. Und wenn wir die ganze, verdammte Schweiz dazu auf den Kopf stellen müssen.«

Agentin Louis war eine hochgewachsene Afroamerikanerin, die gerade die vierzig überschritten hatte. Sie hatte eine steile Karriere bei der Air Force gemacht und war es gewohnt, von den Männern bei den Streitkräften nicht mit Samthandschuhen angefasst zu werden.

Sie ging einen Schritt auf General Carter zu. »Ich hoffe für Sie, dass Sie jedes geheime Bauteil von Eagle 8 finden und hierher bringen. Der Eagle 8 Einsatz stand unter Ihrem Befehl. Sie haben es vermasselt. Sollten die Schweizer etwas von dem geheimen Stealth Mode mitbekommen haben, dann wird Sie das Pentagon in Stücke reißen. Ich hoffe für Sie, dass niemand anders den Bordcomputer findet, denn sonst …« Sie beendete den Satz nicht, sondern drehte sich um und ging wortlos weiter. Ihr Partner folgte ihr. General Carter stand immer noch da und ballte die Fäuste.

In seinem Büro setzte sich Carter hinter seinen Schreibtisch, während die beiden Agenten auf den beiden Stühlen davor Platz nahmen.

»General Carter, Sie wurden bereits darüber informiert, dass das OSI die Untersuchung des Zwischenfalls übertragen bekommen hat«, begann Agentin Louis. Ihr Ton war jetzt wieder freundlich, aber bestimmt.

»Mein Befehl lautet, Ihnen uneingeschränkte Einsicht zu gewähren«, antwortete Carter. Er hatte eine Stunde zuvor diesen Befehl aus dem Pentagon bekommen, aber er schmeckte ihm ganz und gar nicht. Lieber hätte er seine eigenen Leute mit der Analyse beauftragt. Doch Carter war ein kampferprobter Soldat und wusste, wann es sich lohnte, eine Schlacht zu schlagen und wann nicht.

»Nun, zwei weitere Agenten sind bereits am Unglücksort in der Schweiz, um die technischen Sachverhalte der Cyberattacke aufzuklären.«

»Was tun Sie dann hier?«, wollte Carter erstaunt wissen.

»Wir sind hier, um herauszubekommen, warum Eagle 8 das Mobiltelefon von Dr. Henning Finnley als Ziel ausgewählt hatte«, antwortete jetzt Agent Wilder.

»Ich dachte, das war purer Zufall«, entgegnete Carter.

»Wie kommen Sie zu dieser Annahme?«, mischte sich jetzt Louis wieder ein.

Der General richtete sich auf. »Die erste Analyse der Computerdaten hat gezeigt, dass Eagle 8 circa hundertfünfzig Handynummern zur Ortung übermittelt wurden. Eine dieser Nummern war von Finnley. Als dann Eagle 8 diese Nummer orten konnte, ging Eagle 8 in den Tiefflug und bekämpfte das Ziel.«

»Richtig«, sagte Agentin Louis. »Allerdings haben wir eine nachträgliche Analyse der Handynummern durchgeführt. Es wurden exakt 148 Nummern an Eagle 8 übermittelt und 147 Nummern davon waren zum Zeitpunkt der Übermittlung definitiv außerhalb des Empfangsbereichs von Eagle 8. Nur genau eine Nummer konnte von Eagle 8 überhaupt empfangen werden, die Nummer von Finnley.«

»Wollen Sie damit sagen, die anderen 147 Handynummern waren nur für uns zur Verschleierung gedacht?«, fragte der General nach.

»Ganz genau«, antwortete Louis.

»Wer ist dieser Finnley überhaupt?«

Agentin Louis griff nach ihrer Aktentasche und holte ein iPad heraus. Sie wischte darüber, um das Gerät zu entsperren, und begann zu lesen.

»Finnley, geboren 1980 in München. Er machte dort das Abitur mit einem Schnitt von 1,0. Während der Gymnasialzeit gewann er den *Jugend forscht* Preis für die Entwicklung einer Maschine, die Sprachbefehle entgegennahm. Studium der Physik und Informatik an der Ludwig-Maximilians-Universität München mit anschließender Promotion. Thema war die biologische Auswirkung von Terahertz-Impulsen auf den menschlichen Körper. Danach ging er für ein Jahr in die USA.«

»Was hat er dort gemacht?«, unterbrach sie der General.

»Er war ein Jahr an der Stanford Universität und hatte dort eine Postdocstelle. Während dieser Zeit hat er die Grundlagen für ein Gerät gelegt, das aus der Ferne Menschen eindeutig identifizieren kann.«

»Sie meinen Bildanalyse?«, fragte der General nach.

»Nein, er nutzt sogenannte Terahertz-Impulse. Wir wissen noch nicht genau, was das ist. Ich erwarte noch einen Rückruf von einem Spezialisten der NSA dazu.«

General Carter wurde jetzt neugierig. Der Lebenslauf des Mannes war tatsächlich sehr ungewöhnlich und interessant, und er zog in Erwägung, dass Finnley tatsächlich kein zufälliges Angriffsziel war.

»Weiter«, forderte der General die Agentin auf.

»An der Stanford Universität entwickelte er nebenher seine Spracherkennungssoftware aus der Schulzeit weiter, bis sie schließlich in der Lage war, auf einfache Fragen von Menschen zu antworten. Er nannte das System *Lucy*. Die Software und alle Rechte verkaufte er schließlich an eine Firma in den USA.«

»Interessant. Wie hieß die Firma?«

Agent Louis klopfte auf ihr iPad. »Apple.«

»Apple?«, fragte der General ungläubig.

»Ja, Apple. Sie haben ihm zwanzig Millionen Dollar und ein paar Aktien dafür gegeben.«

»Beeindruckend. Was haben Sie noch?«

»Er kehrte nach München zurück und gründete dort eine Firma mit dem Namen BioScanTech. Sie hat fünfundvierzig Mitarbeiter. Einen Großteil seines Gelds hat er in die Firma investiert.«

»Womit verdient BioScanTech ihr Geld?«

»BioScanTech führt seine Forschungsarbeiten im Bereich der Terahertz-Impulse weiter und hat Scanner entwickelt, um damit Menschen eindeutig aus der Ferne zu identifizieren. Wie gesagt, ich warte noch auf eine Rückmeldung von einem Spezialisten. Die NSA hat BioScanTech schon längere Zeit auf dem Radar.«

»Warum?«

»Die NSA interessiert sich für die eingesetzte Technologie der Terahertz-Impulse. Finnley hat wohl auf diesem Gebiet bahnbrechende Arbeit geleistet.«

Carter überlegte. »Wer saß bei ihm im Wagen, als Eagle 8 die Hellfire abgefeuert hat?«

»Dr. Priya Singh. 30 Jahre alt, geboren in Chennai, Indien. Sie arbeitet für Finnley und ist seine Chefentwicklerin. Studiert hat sie in Indien und Deutschland. Hier hat sie auch ihre Doktorarbeit geschrieben. Die beiden haben sich an der Uni in Stanford kennengelernt, wo Singh ein Semester verbracht hat. Sie ist eine ausgezeichnete Wissenschaftlerin und hat herausragende Programmierkenntnisse, wie Finnley übrigens auch.«

»Wo halten sich die beiden gerade auf?«

»Das wissen wir leider nicht. BioScanTech ist gerade offline. So viel wir in Erfahrung bringen konnten, wurde dort eingebrochen und irgendwelche Daten gestohlen. Deshalb hat die Firma die Verbindung ins Internet gekappt. Sobald sie wieder online sind, werden wir uns Zugang zu ihrem Netzwerk verschaffen.«

»Haben Sie bei ihm zu Hause nachgeschaut?«

»Ja. Er ist nicht zu Hause, und laut seiner Sekretärin ist er auf Dienstreise. Sie wollte uns aber nicht verraten, wo er gerade steckt.«

»Er ist also nach dem Zwischenfall nicht nach Hause zurückgekehrt«, fuhr Agent Wilder fort.

»Er wurde in einem Krankenwagen an der Abschussstelle behandelt und ist dann ohne größere Verletzungen gegangen. Ebenso Priya Singh. Wir haben den Notarzt ausfindig gemacht, der sie behandelt hat. Er sagte, ein Polizist hätte die beiden abgeholt.«

»Dann sollten wir leicht herausfinden können, wer der Polizist war – oder?«, fragte der General.

»Ja. Leider sind die Schweizer Kollegen nach den Geschehnissen etwas zurückhaltend geworden. Sie rücken Informationen nur sehr widerwillig heraus.«

»Verstehe. Was wollen Sie als Nächstes tun?«

»Wir gehen davon aus, dass sich Finnley und seine Begleiterin noch in der Schweiz aufhalten. Wir werden dorthin reisen, sobald wir wissen, wer der Polizist war, der die beiden abgeholt hat.«

Jemand klopfte an die Tür und Major Fox trat in das Büro des Generals. »General Carter, ich habe eine wichtige Nachricht für Sie. Kann ich sprechen?«

»Ja«, antwortete der General.

»Die zweite Osprey ist im Anflug. Sie hat den Bordcomputer von Eagle 8 dabei.«

»Na endlich«, stieß der General erleichtert aus. Sein Blick fiel auf die Agentin.

»Glückwunsch!«

»Bitte halten Sie mich mit Ihren Erkenntnissen auf dem Laufenden«, bat der General die Agenten und stand auf. »Ich will bei der Landung der Osprey und der Entladung der Trümmer dabei sein.«

»Sicher.« Die beiden Agenten erhoben sich und gingen Richtung Ausgang.

General Carter stand wieder genau an der Stelle, an der er schon zuvor auf die Ankunft der ersten Osprey gewartet hatte. Inzwischen waren die Kisten der ersten Maschine in den Hangar gebracht worden, und ein Team der OSI hatte damit begonnen, die Reste von Eagle 8 auf dem Boden auszubreiten. Jedes Stück wurde an die Position auf dem Boden gelegt, an der es einmal ein Teil von Eagle 8 war.

Bis zur vollständigen Aufklärung hatte das Pentagon alle weiteren Drohnenflüge untersagt. Die Drohnen, die bereits in der Luft waren, mussten ihren Einsatz abbrechen und den nächstgelegenen Stützpunkt anfliegen.

Die OSI stand in dem Ruf, eine sehr effiziente Einheit zu sein, und diese Effizienz würden sie jetzt auch brauchen, denn die Wiederherstellung der Einsatztauglichkeit der Drohnen hatte oberste Priorität für die USA. Ein Großteil der Nahost-Strategie der USA konnte nur durch die Drohnen umgesetzt werden, denn die Einsparungen im Haushalt machten es unmöglich, ständig eine große Anzahl von Kampfverbänden vor Ort zu halten.

General Carter hoffte inständig, dass sich niemand über seinen Stützpunkt in das militärische Computernetzwerk der USA eingehackt hatte, sondern über einen anderen Knotenpunkt. Er hatte vor, wie geplant, als Drei-Sterne-General in Pension zu gehen. Er blickte zum Himmel und sah jetzt einen immer größer werdenden Punkt. Die Osprey war noch ungefähr fünf Kilometer entfernt und bereits im Sinkflug. Das Fahrwerk war noch eingefahren, als die Maschine sich zur Seite neigte, um die Landebahn der Air Base anzusteuern.

Major Fox trat neben den General und sah ebenfalls dem Landeanflug der Osprey zu. Diese hatte inzwischen ihre Fluggeschwindigkeit deutlich verringert und die Rotoren in eine 45 Grad Position gebracht. »An Bord der Maschine befinden sich zwei weitere OSI

Agenten. Sie haben den Bordcomputer drei Kilometer von den Haupttrümmern entfernt gefunden. So wie es aussieht, scheint er noch intakt zu sein. Wir sollten das Pentagon informieren.«

»Erst muss das OSI Team versuchen, die Log-Dateien aus dem Bordcomputer von Eagle 8 auszulesen. Ich will wissen, was mit der verfluchten Drohne los war. Erst dann werde ich meinen Bericht nach Washington schicken«, antwortete General Carter ohne seinen Blick von der Osprey abzuwenden.

»Die OSI Agenten haben bereits den Bordcomputer ausgelesen. Sie konnten die Reservebatterie während des Flugs reaktivieren und die Daten auf einen Laptop übertragen.«

»Verdammt nochmal – warum weiß ich davon nichts?«, fuhr der General den Major an. Major Fox wollte gerade zu einer Antwort ansetzen, als eine ohrenbetäubende Explosion die beiden verstummen ließ. Das Heck der Osprey wurde förmlich weggesprengt und ein Feuerball schoss aus dem Rumpf in den Himmel. Die Maschine kam ins Trudeln und kippte zur Seite weg, während die Piloten versuchten, die Osprey wieder unter Kontrolle zu bringen. Mit einem lauten Knall krachte das Heck auf dem Flugfeld auf, Feuer und Rauch schossen in die Höhe. General Carter und Major Fox duckten sich instinktiv weg, obwohl der Ort des Aufschlags in sicherer Entfernung lag.

Die Maschine schmierte Richtung Hangar ab. Schwarzer Qualm kam aus dem Rumpf der Osprey. Ein lautes Knarren war zu hören. Die Piloten versuchten die beiden Rotoren in die vertikale Position zu bekommen, um eine Kollision mit dem Gebäude zu verhindern. Der rechte Rotor bewegte sich in eine vertikale Position, aber der linke blieb inmitten seiner Kippbewegung stehen. Die Explosion hatte offensichtlich seine Kippmechanik in Mitleidenschaft gezogen. Jetzt begann die Maschine sich in der Luft zu drehen.

Die Turbinen der Maschine heulten auf, die Osprey verlor schnell an Höhe. Sie lag schräg in der Luft, sackte weiter ab, so dass die Rückseite des linken Triebwerks auf den Boden krachte. Die Piloten versuchten verzweifelt, die Maschine wieder in eine waagrechte Position zu bekommen. Das linke Triebwerk stand in Flammen. Der harte Bodenkontakt hatte dem Triebwerk den Rest gegeben. Der Pilot löste die Triebwerksfeuerlöschanlage aus, in der Hoffnung, dass das ausströmende Löschgas den Brand zumindest eindämmen könnte. Zu spät. Die Osprey krachte auf den Platz direkt vor dem Hangar. Der linke Rotor war immer noch in einer 45 Grad Position, so dass er beim Aufprall auf dem Boden in Stücke gerissen wurde. Das Geräusch von berstendem Metall schrillte durch die Luft, General Carter und Major Fox warfen sich auf den Boden, um den umher fliegenden Metallteilen des Rotors kein Ziel zu bieten. Stücke des Rotors flogen über ihre Köpfe hinweg und durchsiebten einen geparkten Hubschrauber. Das rechte Triebwerk der Osprey schien noch weitgehend intakt zu sein. Erst als der Pilot auch für diese Seite die Löschanlage auslöste, wurde das Triebwerk automatisch von Strom und Treibstoff getrennt und erstarb.

Ohne Heck bot die Maschine einen direkten Blick in ihren Rumpf, aus dessen Öffnung zwei Personen schwer verletzt zu Boden stürzten. General Carter und Major Fox rappelten sich auf und rannten los, um die beiden aus der Gefahrenzone zu schaffen. Es waren OSI Agenten, die in der Schweiz nach Trümmerteilen gesucht hatten. Im Gesicht und an den Armen hatten sie schwere Verbrennungen erlitten. Ohne zögern zogen sie die Verletzten von der brennenden Maschine weg, bis sie in sicherer Entfernung waren.

Die Tür hinter dem Cockpit wurde aufgestoßen. Schwarzer Qualm trat aus.

»Die Piloten sind da noch drin«, schrie der Major dem General, mit Blick auf die brennende Maschine, zu.

Ohne zu überlegen, stürmten die beiden in Richtung der Osprey und sahen, wie die Piloten aus der Tür der Maschine taumelten und hustend auf die Knie sanken.

»Los, hoch mit Ihnen!«, schrie der General und riss einen der beiden Piloten hoch. Major Fox zog den anderen Piloten hoch, legte dessen Arm um seine Schulter und zusammen versuchten sie, so schnell wie möglich einen großen Abstand zur brennenden Maschine zu bekommen.

»Ist noch jemand in der Maschine?«, schrie Carter, um den Lärm des immer noch laufenden Triebwerks zu übertönen.

Der Pilot schüttelte nur den Kopf.

»Nichts wie weg von hier!«

Im Hintergrund war bereits die Sirene der Feuerwehr des Stützpunkts zu hören, als die Osprey explodierte. Alle vier wurden von der Druckwelle erwischt und zu Boden geschleudert.

12

Der ATLAS-Detektor des CERN war auf einem der beiden Monitore zu sehen, die auf dem Schreibtisch standen. Das Bild zeigte das Zentrum des Detektors. Niemand war zu sehen. Aus Sicherheitsgründen durften sich keine Personen in der Nähe des Detektors aufhalten, wenn ein Experiment lief. Das war gut, denn so konnten die beiden Eindringlinge unentdeckt bleiben, wenn sie direkt am Detektor Manipulationen durchführen wollten. Die Kamerabilder der Webcams waren einfach zu manipulieren gewesen, zu einfach. Jeder Informatikstudent im zweiten Semester wäre dazu in der Lage gewesen. So sahen die Wissenschaftler im Kontrollraum des ATLAS-Detektors nur die Bilder, die sie sehen sollten und nicht das, was wirklich am Detektor vor sich ging. Selbst in so fortschrittlichen Forschungseinrichtungen wie dem CERN war die IT-Sicherheit immer noch nicht auf dem Stand der Technik. So konnten sie mit einem manipulierten USB-Stick einen ungeschützten Rechner des CERN mit einem Computerprogramm infizieren, den sie aus dem Internet heruntergeladen und für ihre Zwecke angepasst hatten. Dazu mussten sie nur den USB-Stick in einen der Computer im Kontrollraum einstecken und warten. Der USB-Stick meldete sich am Computer nicht als Speicherstick, sondern als Tastatur an. Dem Computer war es offensichtlich egal, dass bereits eine Tastatur angeschlossen war. Die echte. Nachdem der Computer also eine zweite, virtuelle Tastatur bekommen hatte, begann der USB-Stick, über diese Tasteneingaben zu simulieren und dadurch ein Programm, den Trojaner, vom USB-Stick auf den Computer zu überspielen und zu starten. Aus Sicht des Computers war die Sache damit gelaufen, denn er hatte gerade alle seine Tore geöffnet und war somit ungeschützt.

Dieser Trojaner spionierte den befallenen Computer aus und gab den beiden Eindringlingen die Möglichkeit, aus der Ferne andere Programme zu starten, steuern oder zu beenden. Zudem war es dadurch möglich, die Einstellungen des LHC Beschleunigers zu ändern, ohne dass es einer der Wissenschaftler bemerkt hätte. Der Trojaner infizierte automatisch alle anderen Computer, die er im Netzwerk finden konnte, und so geschah es, dass fast alle CERN Computer nach einer Woche unter fremder Kontrolle standen.

»Unsere Manipulationen der BioScanTech Scanner sind bis jetzt nicht entdeckt worden. Wie erwartet hatte der kurze Stromausfall gestern Abend zu einem Neustart der Scanner geführt, und dabei wurde unser Programm mit hochgeladen.« Der Mann machte eine Pause und blickte der Frau in die Augen. »Leider hat dein Versuch, die Leute von BioScanTech aufzuhalten, nicht zum gewünschten Ergebnis geführt. Die beiden haben überlebt.«

»Ja, leider. Sie hatten Glück. Die Drohne hatte mein Kommando zum Abfeuern der Rakete erst beim zweiten Versuch akzeptiert. Das gab ihnen genug Zeit, das Fahrzeug zu verlassen«, antwortete die Frau.

»Wir haben jetzt die Scanner erst einmal blind für uns gemacht, und die meisten LHC Kontrollrechner sind unter unserer Kontrolle. Allerdings muss ich noch in den Serverraum des ATLAS'.«

»Warum?«

»Den Steuerungscomputer für den ATLAS-Detektor konnte ich nicht mit dem Trojaner übernehmen. Er ist zu gut geschützt. Aber da wir die Scanner und Kameras unter Kontrolle haben, sollte es ein Leichtes sein, in den Serverraum zu kommen. Ich werde die Parameter des Experiments so ändern, dass direkt im ATLAS-Detektor der Tunnel entsteht. Sobald er stabil ist, wirst du unser Signal durchschicken. Wir müssen sicherstellen, dass der Tunnel dann für weitere zwanzig Minuten offen bleibt. Diese Zeit wird uns reichen, um alle herüber zu bringen.«

»Wie viele Bings stehen uns für diese Mission zur Verfügung?«

»Vierzig Einheiten. Warum fragst du?«

»Nur vierzig. Unterschätzen wir die Menschen nicht?«

»Unterschätzen? Wovon redest du? Die Menschen sind Jahrzehnte von einer Gesellschaft entfernt, die mit unserer vergleichbar ist. Sie haben eine Maschine erschaffen, deren Möglichkeiten sie nicht mal im Ansatz verstehen.« Der Mann lachte auf. »In ihrem weltweiten Computernetzwerk steht, dass sie an die Theorie eines Mannes mit dem Namen *Darwin* glauben. Sie denken, das Leben auf diesem Planeten hat sich durch Evolution entwickelt. Wie kannst du solche Kreaturen nur ernst nehmen? Sie haben keine Ahnung, und das ist auch gut so. Das macht es uns leichter. Wir benötigen dringend ihre

Ressourcen.«

»Ich meine, sie haben sich bisher widerstandsfähiger gezeigt als angenommen«, wandte die Frau ein.

»Ja, aber nur weil du Fehler gemacht hast. Deine wievielte Mission ist das?«, wollte der Mann wissen.

Die Frau schwieg und schaute auf den Monitor, der immer noch den menschenleeren ATLAS-Detektor zeigte.

»Deine Erste, nicht wahr?«

»Ja«, antwortete sie.

»Wir werden die Mission erfolgreich zu Ende bringen und unserem Volk damit das Überleben sichern. Du wirst noch Möglichkeiten haben, deine Fehler wieder gutzumachen.«

13

Henning stellte die Klappleiter direkt unter den Scanner mit der Nummer 56 und stieg nach oben. Das Kunststoffgehäuse war knapp unter der Decke an der Wand befestigt und sah von außen unbeschädigt aus. Er hielt seinen Laptop in der linken Hand, während er das eine Ende eines USB-Kabels in den Anschluss seines Computers und das andere Ende in den Scanner steckte. Das Diagnoseprogramm lief bereits auf dem Laptop und erkannte den Scanner automatisch. Henning startete einen Diagnoselauf und die LED am Scanner begann zu blinken. Wie erwartet lief der Test fehlerfrei durch und signalisierte, dass der Scanner ordnungsgemäß arbeitete. Auch die Einträge in den Log-Dateien waren unverdächtig und nichts deutete auf ein Problem mit den Scannern hin. Henning überlegte. Vielleicht suchte er an der falschen Stelle. Das Diagnoseprogramm war immer noch offen, und so klickte er sich durch ein paar Fenster, bis er an der Stelle war, die er gesucht hatte. *Prüfsumme verifizieren* stand auf einer der Schaltflächen. Henning klickte sie an. Ein Fortschrittsbalken erschien auf dem Bildschirm seines Laptops und begann, sich quälend langsam zu füllen. Das konnte dauern. Durch diesen Test wollte Henning herausfinden, ob die Firmware in dem Scanner manipuliert worden war. Die Firmware war eine spezielle Software, die den Scanner steuerte und mit dem TrueScan Server am CERN kommunizierte. Neue Versionen dieser Software lud der Scanner von diesem Server automatisch herunter. So konnten notwendige Änderungen oder Fehler, die nach der Installation der Scanner gefunden wurden, einfach behoben werden, indem der Scanner in regelmäßigen Abständen beim Server nachfragte, ob eine neuere Version der Firmware vorhanden war. In der Regel stellte BioScanTech alle zwei bis drei Monate eine neue Version zur Verfügung, um die Scanner stetig zu verbessern oder um entdeckte Fehler zu beheben.

Ein leises *Ping* riss Henning aus seinen Gedanken. Die Berechnung und Verifikation der Prüfsumme war abgeschlossen. *Prüfsumme korrekt. Firmware Version 3.0.14.* Na also, er hatte nichts anderes erwartet und wollte schon das Kabel aus dem Scanner entfernen, als er innehielt. Er blickte auf den Bildschirm des Computers und sein Bauchgefühl meldete sich. Irgendetwas stimmte hier nicht. Wäre es denkbar, dass jemand die Firmware in den Scannern änderte und es irgendwie geschafft hatte, dafür zu sorgen, dass die Prüfsumme gleich blieb? Die Antwort musste *Nein* lauten, denn Priya hatte eine kryptologische Hashfunktion für die Berechnung der Prüfsumme programmiert. Eine Änderung der Firmware, ohne dass es eine Änderung der Prüfsumme zur Folge hätte, war so gut wie ausgeschlossen. Die Wahrscheinlichkeit lag bei eins zu zehn hoch achtundvierzig. Das war eine Eins mit achtundvierzig Nullen. Selbst die NSA würde sich daran die Zähne ausbeißen. Die Sache war eigentlich klar, aber sein Bauch sagte etwas anderes. Um diesen Verdacht auszuschließen, musste er die Firmware im Scanner bitweise mit der originalen Firmware vergleichen, aber diese hatte er nicht auf dem Laptop. Sie lag auf dem Server in München, aber BioScanTech war immer noch offline. *Mist.* Henning zog sein Handy aus der Hosentasche und öffnete das Messenger Programm. Er schrieb eine Nachricht an Kath und bat sie, die Firmware mit der Versionsnummer 3.0.14 umgehend in die Cloud zu kopieren.

Eine Minute später meldete sich sein Handy mit einer Nachricht von Kath. *Job done.* Sie hatte die Datei hochgeladen. Henning lud sie herunter und wählte im Diagnoseprogramm den Punkt *Firmware überprüfen* an. Wieder öffnete sich ein Fortschrittsbalken und zeigte an, dass das Diagnoseprogramm jetzt die originale Datei mit der Datei auf dem Scanner bitweise verglich. Gähnend langsam bewegte sich der Balken vorwärts. Erst fünfundzwanzig Prozent der beiden Dateien waren verglichen. Nichts. Fünfzig Prozent. Alles in Ordnung. Der Balken hatte nach einer weiteren Minute fast das Ende erreicht, als ihn schriller Alarm aufschreckte. Henning zuckte zusammen, sein Laptop rutschte ihm aus der Hand und er verlor das Gleichgewicht. Er schwankte auf der Leiter, und noch gerade rechtzeitig bekam er den Computer wieder zu fassen und konnte verhindern, dass er selbst von der Leiter fiel. Auf dem Bildschirm blinkte in roten Lettern *Roter Alarm.* Henning kochte innerlich. *Scheiße! Priya!* Priya hatte den Alarm-Sound des Raumschiffs Enterprise in das Programm integriert, und das Fehlschlagen des Vergleichs hatte den Alarm ausgelöst. Er klickte auf die Schaltfläche der Meldung und der Alarm verstummte. Endlich. Seine Ohren summten. Priya hatte den Alarm so programmiert, dass er mit maximaler Lautstärke wiedergegeben wurde. Sein Herzschlag beruhigte sich jetzt langsam wieder und er konnte die genaue Meldung des Diagnoseprogramms lesen. Jemand hatte zwei Kilobyte Programmcode geändert und es geschafft, dass sowohl die Länge der Datei als auch die Prüfsumme gleich blieben. Eine Meisterleistung. Er hatte das für unmöglich gehalten und seines Wissens nach war kein Verfahren bekannt, das dies bewerkstelligen konnte. Priya würde Augen machen.

Henning lud die manipulierte Firmware für eine spätere Analyse von dem Scanner auf seinen Laptop herunter. Die originale Firmware würde er später wieder direkt vom Server einspielen lassen, sobald er diesen überprüft hatte. Schließlich musste die manipulierte Firmware über diesen Server ins Gerät geladen worden sein, denn ein Firmware Austausch über den USB-Anschluss des Scanners war nur mit Hilfe eines Passworts möglich. Zudem wurde jeder Zugriff über USB an den BioScanTech Server in München übertragen, damit kontrolliert werden konnte, wann sich jemand Zugriff auf einen der Scanner am CERN verschafft hatte.

Henning nahm den Scanner aus seiner Halterung an der Wand, entfernte erst das Kabel, das den Scanner mit Strom versorgte, und dann das Netzwerkkabel. Mit seinem Leatherman entfernte er die beiden Schrauben an der Unterseite des Geräts. Er nahm den Deckel ab, und die blaue Platine mit dem Scanner-Chip kam zum Vorschein. Alles schien unverändert zu sein. Jedenfalls konnte Henning keine Manipulationen feststellen. Um aber auf Nummer sicher zu gehen, fotografierte Henning die Unter- und die Oberseite der Platine mit seinem Handy. Die Bilder schickte er sofort zu Kath nach München, damit die Hardware-Abteilung dort die Bilder mit den Originalplatinen vergleichen konnte. Schließlich setzte er die Platine wieder in das Gerät und verschraubte es. Er stellte die Stromversorgung und die Netzwerkverbindung wieder her und die kleine grüne blinkende LED an dem Gehäuse bestätigte ihm, dass der Scanner wieder gestartet wurde. Henning wartete, bis die LED zu blinken aufhörte und nur noch grün leuchtete. Jetzt war der Scanner wieder betriebsbereit.

Henning stieg von der Leiter herunter und suchte auf seinem Plan, wo der Scanner mit der Nummer 57 zu finden war. Er musste ein Stockwerk höher und dann einen langen Flur entlang gehen. Dort fand er eine Tür mit der Aufschrift *Rechenzentrum – Zutritt nur für befugte*

Personen. Der Scanner war hier ebenfalls an der Wand knapp unter der Decke befestigt. Er wiederholte das Vorgehen wie schon beim ersten Scanner. Auch an diesem Scanner zeigte die Diagnosesoftware an, dass die Prüfsumme korrekt war. Die zeitraubende Prozedur, die Firmware zu untersuchen, war reine Zeitverschwendung, denn er ging davon aus, dass alle Scanner am CERN die manipulierte Software über den Server erhalten hatten. Auf dem Weg in Richtung Ausgang blieb er plötzlich stehen. *Rechenzentrum,* schoss es ihm durch den Kopf. Er ging wieder zurück, bis er vor der Tür mit diesen Worten stand. *Zutritt nur für befugte Personen.* Henning wollte wissen, wie weit er kommen würde. Also machte er einen weiteren Schritt und die automatische Schiebetür öffnete sich. Er schritt hindurch und blieb stehen.

Nichts geschah. Er blickte sich um und sah jede Menge Computer-terminals sowie die über zwei Meter fünfzig hohen Schränke, in denen sich die Computer befanden. Die Wissenschaftler ließen auf diesen Hochleistungsrechnern Simulationen laufen, um damit die Ergebnisse der Teilchenzusammenstöße vorauszuberechnen.

Henning machte einen weiteren Schritt, als plötzlich ein Alarmton schrillte, und eine rote Leuchte aufblitzte. Zwei Mitarbeiter des Rechenzentrums eilten herbei. Einer beendete den Alarm, indem er an einem Tastenfeld, das in der Wand eingelassen war, eine Zahlen-kombination eingab.

»Der Zutritt ist hier nur für autorisiertes Personal. Sie müssen diesen Bereich verlassen«, sagte einer der Mitarbeiter.

»Entschuldigung, ich habe mich verlaufen«, log Henning.

»Kein Problem. Gehen Sie durch die Tür und dann den langen Flur entlang. Dort kommen Sie zu einer Hinweistafel.«

Henning war neugierig geworden. »Woher weiß das System, dass ich keinen Zutritt habe?«

»Sehen Sie dieses Gerät dort drüben außerhalb des Raums?«, fragte der Rechenzentrum-Mitarbeiter und zeigte auf den Scanner, den Henning vor fünf Minuten noch untersucht hatte.

»Ja«, antwortete Henning.

»Das ist ein neuartiger BioScanner. Er scannt die Biosignaturen der Personen, die durch die Tür gehen und vergleicht sie mit den Ein-trägen in einer Datenbank. Dadurch kann das Gerät feststellen, ob Sie für diese Räume hier eine Zugangserlaubnis haben oder nicht. Durch dieses Gerät sparen wir uns die Drehtüren mit den Magnetkarten, die wir früher hatten. Wir haben hier ziemlich viele Techniker und Wissenschaftler aus anderen Ländern, die rein und raus gehen. Das macht die Sache sehr viel einfacher.«

»Ich verstehe. Dann entschuldigen Sie bitte mein Versehen«, sagte Henning und verließ den Raum. *Zumindest scheinen die Mitarbeiter aufmerksam zu sein*, dachte Henning.

Am Gebäudeausgang wartete Hennings Fahrerin. »Haben Sie gefunden, was Sie gesucht haben?«, fragte sie und nahm Henning die Leiter ab.

»Ja, danke. Wir können zurück zum Hauptgebäude.«

Auf dem Parkplatz für CERN Angestellte angekommen, fragte sie: »Benötigen Sie mich noch, Dr. Finnley?«

»Nein, jetzt nicht, aber eventuell später. Wie kann ich Sie erreichen?«

Die Frau gab ihm einen Zettel mit einer Telefonnummer. »Hier ist meine Handynummer. Ich heiße übrigens Jacqueline.«

»Ich bin Henning.« Er reichte ihr die Hand.

»Sehr erfreut, Henning. Dann bis bald.«

Henning verließ den Wagen und ärgerte sich über sich selbst. Selbst zwei Jahre in Amerika hatten nicht gereicht, um sich dieses typisch deutsche Verhalten abzugewöhnen. Warum hatte er sich nicht schon gleich mit Vornamen vorgestellt, als sie vor über einer Stunde zusammen in den Wagen gestiegen sind?

Henning ging in Richtung der Behindertentoilette, wo er hoffte, Priya anzutreffen. Überall im Gebäude standen die Türen offen, so dass er in die Büroräume schauen konnte. Fast alle CERN Mitarbeiter saßen entweder vor einem Rechner oder einem Tablet-Computer. Die Anspannung war den Mitarbeitern förmlich ins Gesicht geschrieben, alle waren hoch konzentriert und schienen den Fortgang des Experiments mit Spannung zu verfolgen.

Vor der Behindertentoilette blieb er stehen. Jemand hatte das Toilettensymbol mit einem Zettel überklebt. *Headquarter BioScanTech.*

Henning trat ein ohne anzuklopfen, denn schließlich klopfte man vor dem Betreten einer Toilette nicht an. Priya saß hinter ihrem neuen Schreibtisch.

»Hast du etwas herausgefunden, Henning?«, fragte sie, ohne den Kopf zu heben.

»Woher weißt du, dass ich es bin?«

»Ich hab' unsere neue Überwachungs-App zum Testen auf dich eingestellt. Sie funktioniert. Ich hab' gesehen, wo du dich die letzten zwanzig Minuten aufgehalten hast.«

»Überwachungs-App?«, fragte Henning neugierig.

Priya gab Henning eine Zusammenfassung des Gesprächs mit Kath und erklärte ihm, dass sie eine Überwachungs-App für ihre Smartphones programmiert hatte.

»Jetzt kann ich hier auf dem Smartphone sehen, an welchen Scannern du vorbeigekommen bist. Außerdem habe ich die App so erweitert, dass ebenfalls ein Alarm auf meinem Handy ausgelöst wird, wenn die unbekannte Signatur von einem unserer Scanner entdeckt wird. Ich muss nur noch eine geänderte Firmware zu den Scannern hochladen.«

»Warte noch damit. Ich habe festgestellt, dass unsere Firmware in den Scannern manipuliert wurde.« Jetzt war Henning dran, Priya auf den neuesten Stand zu bringen. Priya sagte kein Wort, während Henning erklärte, dass es jemandem gelungen war, die Software zu ändern und dabei die Prüfsumme unverändert zu lassen. Henning sah Priya in die Augen. Sie war immer noch still. Ihr Blick war entrückt. Er liebte diese Momente mit Priya, wenn sie alles um sich herum vergaß und ihr Gehirn auf Hochtouren arbeitete. In diesem Augenblick hatte er das Gefühl, dass sich eine Art Aura um Priya bildete, die ihn zutiefst berührte und ihn in ihren Augen versinken ließ.

»Shit!« Die Stille war zerrissen und holte Henning zurück in die Gegenwart. »Ich habe keine Erklärung, wie jemand eine Hashfunktion korrumpiert. Wir müssen es Kath zum Gegencheck schicken.«

Henning nickte.

»Damit jemand unsere Firmware hacken kann, benötigt er entweder den Quellcode oder einen Scanner für das Reverse Engineering«, sagte Priya.

Das Reverse Engineering war der Versuch, herauszubekommen, wie ein unbekanntes Gerät funktioniert und im besten Fall aus der Firmware im Gerät den Quellcode zurückzugewinnen. Dafür gab es eine Menge verfügbarer Computerprogramme im Internet, die sich auf diese Aufgabe spezialisiert hatten. Allerdings benötigte man dafür in der Regel einen echten TrueScan Scanner, um die Firmware auslesen und mit den Computerprogrammen untersuchen zu können.

»Stimmt. Sind uns in letzter Zeit Scanner abhandengekommen,

oder wurden hier am CERN welche gestohlen?«

»Nicht dass ich wüsste. Ich werde mal unsere Hardware-Abteilung fragen, ob sie in den letzten zwei Jahren Ersatzteile geliefert haben.«

»Ich werde die Firmware an Kath schicken.« Henning blickte sich um. »Gibt es hier in unserem neuen Büro noch einen Schreibtischstuhl?«

»Nein«, antwortete Priya. »Du kannst dich aber aufs Klo setzen.«

Henning verzog das Gesicht, setzte sich aber seufzend auf den Klodeckel. Er legte den Laptop auf seine Oberschenkel und klappte ihn auf, um Kath eine E-Mail zu schreiben.

»Ich lade die neue Firmware mit meinen Änderungen für die Scanner jetzt auf den Server und initiiere ein komplettes CERN Update.«

Henning gab keine Antwort, sondern nickte nur leicht.

»Gib mir mal dein Handy, Henning. Ich installiere darauf auch die neue App.« Henning sagte kein Wort, stand auf und drehte sich leicht, während er weiter tippte. Priya griff ohne zu zögern in seine Gesäßtasche und zog das Handy heraus. Zum Entsperren des Bildschirms gab sie seinen Code ein und schloss es über ein Kabel an ihren Laptop an. Zwei Minuten später gab sie es Henning zurück.

Er schaute auf das Display und fragte erstaunt: »Die App heißt Zero?«

»Zero wie Null, keine Daten, keine Informationen«, gab Priya zurück.

»Verstehe. Was muss ich damit tun?«

»Nichts. Ich hab' die App bereits gestartet. In dem Augenblick, in dem ein Scanner die ZERO Signatur erkannt hat, gibt die App Alarm.«

»Woher weiß ich, wo der Scanner steht?«, wollte Henning wissen.

»Ich habe eine Karte in der App hinterlegt, in der alle Scanner am CERN eingezeichnet sind. Die Position des betreffenden Scanners wird dann darauf angezeigt.«

»Cool.«

Hennings Handy klingelte. Er schaute auf das Display und drehte das Handy so, dass Priya sehen konnte, wer anrief. Es war Kath.

14

»Verfluchte Scheiße«, stöhnte General Carter und rappelte sich langsam wieder auf. Die Wucht der Explosion hatte alle vier Air Force Soldaten zu Boden geworfen.

»Ist jemand verletzt?«

»Nein«, rief einer der Piloten der in Flammen stehenden Osprey.

»Was ist das hier für ein verdammter Bockmist?«

Der Co-Pilot hatte eine Platzwunde an der Stirn, aus der Blut quoll. »Ich schätze, die Sprengladung zur Selbstzerstörung der Drohne ist wohl hochgegangen«, stellte Major Fox fest. »Was haben die OSI Agenten darin gemacht, dass die Ladung hoch ging?«

»Keine Ahnung«, antwortete der Pilot. »Wir hatten den Befehl, die Trümmer aufzunehmen und hierher zu bringen. Und genau das haben wir getan.«

Inzwischen waren mehrere laute Sirenen zu hören. Die Feuerwehr der Air Base hatte neben der brennenden Osprey Stellung bezogen und begann, ihre Ausrüstung aus dem Löschfahrzeug zu schaffen. Major Fox lief zu einem Feuerwehrmann und erklärte ihm, dass sich niemand mehr in der Osprey befand und somit niemand ein Risiko eingehen müsse. Schwarzer Rauch stieg jetzt über der brennenden Osprey auf, und Major Fox spürte die Hitze der Flammen auf seiner Haut. Feuerwehrleute liefen um ihn herum, und er sah, wie die Osprey mit weißem Löschschaum zugedeckt wurde.

»Wir müssen zu den OSI Agenten, und einen Rettungswagen brauchen wir auch«, sagte General Carter und begann in Richtung der beiden am Boden liegenden Agenten zu laufen. Er griff nach seinem Funkgerät und forderte über Funk zwei Rettungswagen vom Stützpunkt an. Er gab durch, dass zwei OSI Agenten schwere Verbrennungen am ganzen Körper erlitten hatten und dringend medizinische Versorgung benötigten. Major Fox war inzwischen wieder zu den anderen gestoßen. Er brachte die beiden Agenten mit geübten Handgriffen in eine stabile Seitenlage. Die Piloten zogen ihre Jacken aus und legten sie über die Verletzten, um sie vor einer raschen Auskühlung zu bewahren, als einer der beiden sich plötzlich bewegte. General

Carter kniete sich neben den Mann und sah, dass er versuchte, etwas zu sagen. Seine Lippen bewegten sich, aber die Worte waren bei dem Lärm nicht zu verstehen.

Major Fox kniete immer noch neben einem der beiden Verletzten und versuchte dessen Puls zu tasten. Nichts. »Verdammt noch mal, wo bleiben die Rettungswagen?«, fluchte er laut. Er hatte kaum ausgesprochen, als der erste Rettungswagen des Stützpunkts eintraf und mit quietschenden Reifen zum Stehen kam. Zwei Sanitäter und eine Notärztin sprangen aus dem Wagen.

»Hierher, bewusstloser Agent, schwere Verbrennungen«, schrie Major Fox den Heraneilenden entgegen. Die Notärztin kniete sich neben den Verletzen, tastete den Puls am Hals und prüfte mit einer kleinen Taschenlampe die Pupillenreaktion.

»Infusion anlegen, Kochsalzlösung, Intubation vorbereiten!«, befahl die Ärztin einem der Sanitäter, stand auf, kniete sich neben den zweiten Verletzten und wiederholte die Untersuchung.

»Halten Sie das«, gab einer der Sanitäter Anweisung an Major Fox und drückte ihm die Infusionsflasche in die Hand. Major Fox nahm die Flasche und hielt sie einen Meter über dem Boden, so dass dessen Inhalt in den Körper des Verletzten schoss. Inzwischen hatte die Notärztin auch dem zweiten Verletzten eine Infusion angehängt. Diesmal war einer der Piloten mit dem Halten der Infusion beauftragt worden.

»Fordern Sie mit Ihrem Funkgerät einen SAR Helikopter an«, sagte die Notärztin zu General Carter. »Die beiden müssen sofort nach Landstuhl ins Medical Center, sonst schaffen sie es nicht.«

In Landstuhl betrieb die US Armee das größte Krankenhaus außerhalb der USA. Es war perfekt für die Versorgung solcher Verletzungen, Kriegsverletzungen, eingerichtet. General Carter gab den Befehl per Funk an den Tower durch. Die Notärztin hatte inzwischen ein tragbares EKG-Gerät an den bewusstlosen Agenten angeschlossen und überwachte damit seine Vitalfunktionen.

»Captain, dieser Agent versucht etwas zu sagen, aber ich kann ihn nicht richtig verstehen. Ich glaube, er hat starke Schmerzen, können Sie ihm etwas geben?«, fragte General Carter die Notärztin, die den Rang eines Captains bekleidete.

»Okay, ich gebe ihm ein Schmerzmittel.« Sie holte eine Ampulle aus einem der Notfallkoffer und klopfte daran, um sicherzustellen, dass sich die gesamte Flüssigkeit im Glaskörper befand. Anschließend zog sie die Flüssigkeit in eine Spritze auf und injizierte sie in den Infusionsschlauch. Dabei fiel ihr Blick auf die Rangabzeichen des Mannes, der vor ihr lag. Sie kannte diese Abzeichen, denn ein guter Freund ihres Vaters hatte die gleichen bei der Air Force getragen.

»Wie heißt der Agent?«

»Keine Ahnung«, antwortete General Carter und beugte sich dicht an das Gesicht des Agenten.

»Agent, wie heißen Sie?«

Mühevoll öffnete er seine Augen, so dass ein kleiner Schlitz zu sehen war.

»Agent, ich bin General Carter. Was ist in der Osprey geschehen?«

Die Lippen des Mannes bewegten sich leicht. Er versuchte, etwas zu sagen, aber es war mehr ein Flüstern. General Carter beugte sich jetzt noch dichter über den Agenten, so dass sein Ohr dessen Lippen fast berührte. Das Geheul von weiteren Feuerwehrwagen machte es dem General schwer, das Flüstern aus dem Lärm herauszufiltern. Plötzlich bewegte sich der Arm des OSI Agenten und er griff nach Carters Hand. Wie an dem Bett eines Sterbenden hörte er zu, was der Agent zu sagen hatte. Nach einer knappen Minute ließ er die Hand wieder los und der General richtete sich langsam auf. Das Blut war ihm aus dem Gesicht gewichen, er war kreidebleich. Schweißperlen hatten sich auf seiner Stirn gebildet.

»Sir, geht es Ihnen gut?«, fragte Major Fox sichtlich besorgt.

General Carter antwortete nicht, stattdessen trat er einige Schritte zur Seite, so dass er außer Hörreichweite der anderen war. Mit dem Ärmel seiner Uniform wischte er sich den Schweiß von der Stirn, nahm sein Funkgerät vom Gürtel und hielt es sich an den Mund. Dann gab er einen Befehl durch. Vielleicht den Wichtigsten in seiner gesamten Offizierslaufbahn.

Die Notärztin hatte sich inzwischen hinter den bewusstlosen Agenten gekniet, überstreckte den Kopf des Mannes und öffnete seinen Mund.

»Laryngoskop«, sagte die Notärztin zu einem der Sanitäter, der auf der anderen Seite des Patienten Stellung bezogen hatte. Der Sanitäter reichte ihr das Instrument und sie führte es in den geöffneten Mund ein.

»Tubus Größe 8«, sagte sie, ohne aufzublicken.

Der Sanitäter riss eine sterile Packung auf, entnahm den Kunststoffschlauch und reichte ihn der Notärztin.

Die Notärztin führte den Tubus in die Luftröhre des Verletzten ein. Sekunden später nickte sie dem Sanitäter zu, damit dieser den Tubus blockte und fixierte. Anschließend steckte sie einen Beatmungsbeutel darauf und begann damit, dem Verletzten Luft in seine Lunge zu pressen.

Neben dem Sirenengeheul war jetzt noch ein anderes Geräusch laut und deutlich zu hören. Ein Sikorsky Pave Hawk Helikopter kam in einer weiten Kurve angeflogen. Die Ärztin schaute zum Himmel. Der *Search and Rescue* Helikopter würde die beiden aufnehmen und auf direktem Weg nach Landstuhl ins Medical Center bringen. Sie schätzte die Überlebenschancen der beiden unter zehn Prozent ein, denn sie hatten schwere Verbrennungen dritten Grades erlitten.

Der Sikorsky setzte auf und die Schiebetür öffnete sich. Zwei Soldaten einer Rettungseinheit sprangen aus dem Helikopter und kamen auf die Gruppe zu.

Die Ärztin stand auf und winkte die beiden Soldaten zu sich heran. Sie gab ihre Befehle – kurz und knapp, wie sie es schon hunderte Male getan hatte. Die Soldaten kehrten zum Helikopter zurück, um zwei Tragen zu holen. Währenddessen gab die Ärztin den beiden Helikopter Piloten das Zeichen, das Triebwerk laufen zu lassen. Es gab keine Zeit zu verlieren.

15

CERN, 16. Juli, 14.15 Uhr

Professor Breuer stand immer noch im Kontrollraum des LHC, schaute auf die Computermonitore und beobachtete, wie der Beschleuniger Schritt für Schritt hochgefahren wurde. Ein Mann, der für Suzan arbeitete, trat an seine Seite.

»Professor Breuer, an der Hauptpforte sind zwei Personen, die Sie dringend sprechen wollen.«

»Nicht jetzt«, fauchte Professor Breuer den Sicherheitsmann an, ohne seinen Blick von der Anzeige abzuwenden.

»Aber es scheint wichtig zu sein. Sie sind vom FBI.«

»Vom FBI?«, fragte Professor Breuer erstaunt. Jetzt hatte der Mann seine volle Aufmerksamkeit. »Was wollen die?«

»Keine Ahnung, aber sie sagten, es wäre außerordentlich dringend.«

»Also gut. Bringen Sie sie in mein Büro. Ich bin in fünf Minuten da.«

Agentin Louis und ihr Kollege Agent Wilder wurden gebeten, im Vorzimmer des Generaldirektors zu warten, denn Professor Breuer würde gleich eintreffen. Louis und Wilder hatten über ihr Hauptquartier vom Aufenthaltsort von Henning und Priya erfahren. Die am Vortag eingerichtete Überwachung ihrer Internetaktivitäten hatte ergeben, dass Henning am Vorabend eine Bestellung bei Amazon aufgegeben und als Lieferort das CERN bestimmt hatte. Der Rest war Routine gewesen. Da das CERN eine internationale Organisation war, genoss sie auch die Vorrechte einer solchen. Generaldirektor Professor Breuer hatte Immunität und konnte folglich nicht einfach verhaftet werden, und für den Zutritt auf das Gebiet des CERN benötigten die Agenten seine Erlaubnis.

Professor Breuer betrat sein Vorzimmer und blickte zu seiner Sekretärin. Als sie ihn sah, nickte sie nur in die Richtung der Agenten und wandte sich dann wieder ihrem Internetbrowser zu. Die beiden Agenten bemerkten den Professor, drehten sich um und gingen auf ihn zu.

»Professor Breuer?«, fragte Agentin Louis und reichte ihm die

Hand. »Ich bin Agentin Louis und das ist mein Kollege Wilder. Wir würden uns gerne mit Ihnen über eine dringende Angelegenheit unterhalten.« Während der Professor die Hand des Agenten Wilder schüttelte, wandte er sich Agentin Louis zu. Offenbar war ihm klar, dass sie das Sagen hatte.

»Ich habe überhaupt keine Zeit. Wir starten gerade ein neues Experiments. Sie haben sicher davon in der Zeitung gelesen. DarkSky. Also, worum geht es?«

»Das Experiment ist uns bekannt, Professor. Wir wollen Sie auch nur ein paar Minuten zu Ihren Gästen, Dr. Finnley und Dr. Singh, befragen.«

»Also gut. Sie haben fünf Minuten.«

»Können wir das in Ihrem Büro besprechen?«

»Ja, wenn es sein muss«, antwortete Professor Breuer in einem harschen Ton und bedeutete ihnen ihm in sein Büro zu folgen.

»Sie sind vom FBI?«, fragte er, als alle drei im Büro des Professors standen.

»Nein, wir sind von der OSI – Office for Special Investigations der Air Force«, sagte Agentin Louis und zeigte ihm ihren Dienstausweis.

Jetzt meldete sich Agent Wilder zu Wort. »Wir untersuchen den Absturz der Drohne gestern in der Nähe von Genf. Sie haben sicher davon gehört?«

»Natürlich. Allerdings wurde nicht von einem simplen Absturz gesprochen, sondern davon, dass Ihre Drohne eine Fehlfunktion hatte und eine Rakete abgefeuert hat.«

»Das ist richtig«, gab Agentin Louis zu, »und deshalb sind wir hier. Wir würden gerne mit Dr. Finnley und Dr. Singh sprechen, um zu sehen, wie es ihnen geht. Was machen die beiden hier?«

»Dr. Finnley und seine Assistentin sind hier, um unser System der Zugangskontrolle zu warten.«

»Sie benötigen zwei promovierte Wissenschaftler, um ihr System zu warten?«, fragte Agent Wilder misstrauisch zurück.

»Wir setzen eines der fortschrittlichsten Überwachungssysteme ein, das es zu kaufen gibt. TrueScan von der Firma BioScanTech aus München. Leider hatte es eine kleine Fehlfunktion, und deshalb hat meine Sicherheitschefin Unterstützung vom Hersteller des Systems angefordert. Dr. Finnley hat das System entwickelt. Warum wollen Sie das wissen?«

»Bekommen wir von Ihnen die Einwilligung, dass wir uns hier etwas umsehen und die beiden befragen dürfen?«, wollte Agentin Louis wissen, ohne auf die Frage des Professors einzugehen.

»Kann das nicht bis nächste Woche warten, wie gesagt ...«, begann Professor Breuer, wurde aber unterbrochen.

»Professor, wir werden Ihre Leute nicht stören. Wir wollen nur kurz mit den beiden sprechen.«

Professor Breuer überlegte. Er hatte keine Lust und keine Zeit auf eine lange Diskussion mit den beiden Agenten. Sollte sich doch die Person darum kümmern, die er für solche Aufgaben bezahlte. »Also gut. Gehen Sie in das Büro von Suzan Ehrens. Sie ist unsere Sicherheitschefin hier und kann Ihnen weiterhelfen. Meine Sekretärin wird Ihnen sagen, wie sie dort hinkommen.«

»Danke Professor. Wir wissen Ihre Kooperation zu schätzen«, sagte Agentin Louis und wandte sich zum Gehen ab.

»Ach noch etwas, bevor Sie gehen«, sagte Professor Breuer. »Tragen Sie Waffen?« Beide Agenten drehten sich wieder um und zogen ihr Jackett ein wenig zurück. Zum Vorschein kamen die Dienstwaffen.

»Sie wissen, dass ich Sie bitten kann, die Waffen bei meiner Sicherheitschefin abzugeben?«

»Professor, glauben Sie mir, das wird nicht nötig sein«, gab Agentin Louis zur Antwort.

»Das wird meine Sicherheitschefin entscheiden«, sagte Professor Breuer und zog sein Mobiltelefon aus der Tasche. Für die beiden Agenten war dies das Zeichen, dass das Gespräch beendet war, und sie verließen das Büro des Generaldirektors.

Zehn Minuten später klopfte es an die Tür von Suzan Ehrens Büro. Suzan öffnete sie. »Sie sind die beiden OSI Agenten?«

Suzan hatte noch nie zuvor von dieser Organisation gehört und in der Zeit zwischen dem Anruf des Generaldirektors und dem Eintreffen der beiden Agenten im Internet die notwendigen Informationen zu dieser Organisation gesammelt. Sie wollte wissen, mit wem sie es zu tun hatte.

»Ja, ich bin Agentin Louis und das hier ist mein Kollege Agent Wilder«, stellte die Agentin sich vor.

»Mein Name ist Suzan Ehrens, bitte kommen Sie herein«, sagte

Suzan und trat einen Schritt zur Seite. Gleichzeitig wurde so der Blick auf zwei weitere Personen frei, die sich in ihrem Büro aufhielten. Als die Agenten die beiden sahen, blieben sie kurz erschrocken stehen, hatten sich aber gleich wieder unter Kontrolle. Sie hatten gehofft, erst einmal mit der Sicherheitschefin ungestört reden zu können, um ihr klar zu machen, mit wem sie es zu tun hatte. Nun, dann musste es eben auch ohne diese Vorbesprechung gehen. Agentin Louis ging auf Henning zu und reichte ihm die Hand.

»Dr. Finnley, ich bin froh zu sehen, dass es Ihnen gut geht. Ich bin Agentin Louis und dies ist mein Kollege Wilder.« Bevor Henning antworten konnte, wandte sie sich Priya zu und schüttelte auch ihr die Hand.

»Dr. Finnley, Dr. Singh, die amerikanische Regierung entschuldigt sich bei Ihnen beiden ausdrücklich für den gestrigen Vorfall. Seien Sie versichert, dass wir alles tun werden, um zu verhindern, dass so etwas nochmals passiert. Unsere Regierung wird selbstverständlich alle Kosten übernehmen.«

»Das hoffe ich, denn sonst müsste sich unser Anwalt mit Ihrer Regierung in Verbindung setzen. Wir hatten in meinem Wagen Ausrüstung im Wert von über zweihunderttausend Euro.« Henning wusste, dass ein Rechtsstreit mit der amerikanischen Regierung praktisch nicht zu gewinnen war, aber er war auch nicht bereit, auf den Kosten dieses *Unfalls* sitzen zu bleiben.

»Dr. Finnley, glauben Sie mir, unsere Regierung wird sich sehr großzügig zeigen. Ich werde Ihnen ein Formular zukommen lassen, auf dem sie beide Ihre Ausgaben und die Kosten für die Wiederbeschaffung der zerstörten Ausrüstung auflisten können. In wenigen Tagen werden wir alles geregelt haben.« Die Agentin machte eine kurze Pause. »Warum sind sie nicht nach München zurückgekehrt, wie sie es an der Unglücksstelle angegeben haben?«

Henning hatte mit dieser Frage gerechnet. Offensichtlich hatten die beiden Agenten ihre Hausaufgaben gemacht.

»Wir haben es uns anders überlegt«, sagte Henning. »Außerdem leben wir in einem freien Land. Jeder kann gehen, wohin er will.«

»Natürlich. Wir hatten nur versucht, Sie zu finden.«

»Haben Sie inzwischen den Grund für die Fehlfunktion Ihrer Drohne gefunden?«, lenkte Priya das Gespräch in eine neue Richtung.

»Dr. Singh, deswegen sind wir hier. Haben Sie oder Sie, Dr. Finnley, Feinde?«

»Wieso Feinde? Der Drohnenangriff war doch ein Unfall – jedenfalls sagte man uns das«, entgegnete Henning irritiert. Er wollte noch nichts von Priyas Verdacht sagen.

»Ja, das stimmt auch. Allerdings wissen wir, dass die Drohne Dr. Finnleys Handynummer angepeilt hatte.«

»Meine Handynummer?« Jetzt war Henning wirklich verblüfft. »Wieso kannte die Drohne meine Handynummer?«

»Nun, das wollen wir gerade herausfinden«, mischte sich jetzt Agent Wilder ein.

»Dann war das ein Anschlag auf uns und kein Unfall«, folgerte Priya, und offensichtlich gefiel ihr diese Schlussfolgerung gar nicht, denn ihr Gesichtsausdruck verdunkelte sich.

»Das können wir noch nicht mit Sicherheit sagen, das untersuchen wir ja gerade«, antwortete Agentin Louis.

»Wer sollte uns umbringen wollen? Sicher, es gibt Konkurrenten, die Angst haben, dass unsere Technologie ihre eigenen Sicherheitssysteme überflüssig machen könnten. Aber uns deswegen umbringen? Das glaube ich nicht.« Henning schüttelte den Kopf.

»Können Sie uns eine Liste dieser Firmen erstellen, Dr. Finnley?«, fragte Agentin Louis.

»Eine Liste? Gehen Sie ins Internet und suchen Sie Firmen, die Systeme zur Zugangskontrolle oder Überwachung anbieten, und drucken Sie sich diese aus. Dann haben Sie Ihre Liste. Zu Ihrer Überraschung werden sie sehen, dass die meisten dieser Firmen aus Ihrem Heimatland kommen.«

»Ich verstehe. Sonst keine Feinde oder irgendwelche Gründe, warum man Sie beide oder einen von Ihnen aus dem Weg räumen sollte?«, fragte die Agentin hartnäckig weiter und blickte abwechselnd von Henning zu Priya.

»Nein«, schnauzte Priya jetzt die Agentin an. »Finden Sie den verdammten Fehler in Ihrer Drohne und fixen sie ihn.«

»Dr. Singh, glauben Sie mir, das werden wir tun. Unsere besten Leute arbeiten an diesem Fall. Er hat höchste Priorität. Wir würden Sie allerdings bitten, keine Informationen an die Presse zu geben, die Sache ist etwas heikel. Ich hoffe, Sie verstehen das.«

»Etwas heikel?«, prustete Priya heraus. »What the heck are you talking about? – Ihre fucking Drohne hätte uns fast den Hintern weggesprengt und Sie sagen, die Sache sei heikel.« Priya ging dabei einen Schritt auf die Agentin zu, aber Henning stellte sich ihr in den Weg. Henning kannte Priyas Temperament sehr gut und wusste, dass sie es nicht immer unter Kontrolle halten konnte.

»Priya hat recht. Wir sind nur knapp mit dem Leben davon gekommen und lassen uns von Ihnen nicht vorschreiben, mit wem wir reden dürfen.«

In diesem Moment schrillte Priyas Handy los. *Roter Alarm*. Es war das Alarmsignal, das Priya der Zero App zugeordnet hatte. Eine Sekunde später gab Hennings Handy das gleiche Alarmsignal von sich. Priya wusste sofort, was das zu bedeuten hatte, während Henning nicht gleich schaltete. Priya zog ihr Handy aus ihrer Tasche, schaute auf das Display und beendete den Lärm.

»Holy shit, ein Treffer am Scanner 199«, sagte sie zu Henning. Schnell rief sie die Karteninformation zu diesem Scanner ab, die sie in der App hinterlegt hatte.

»Suzan, der Scanner befindet sich im Gebäude 43. Wie lange benötigen wir dorthin?«

»Moment, Gebäude 43, das ist der ATLAS-Detektor. Keine fünf Minuten.«

»Was ist hier los? Was ist das für ein Alarm?«, drängte sich Agentin Louis in das Gespräch.

Henning reagiert blitzschnell, bevor jemand anders etwas sagen konnte.

»Ein Überwachungsscanner ist ausgefallen«, versuchte Henning, betont ruhig zu sagen. »Das müssen wir uns sofort ansehen.« Die eigentliche Bedeutung des Alarms wollte Henning den beiden Agenten nicht mitteilen.

»Los, wir nehmen meinen Wagen!«, sagte Suzan. »Die Besprechung ist doch beendet, oder? Ich lasse Sie zum Haupteingang bringen«, und schaute dabei die beiden Agenten an.

»Äh, ja«, kam es etwas zögerlich von der Agentin zurück. Suzan schob die beiden Agenten aus ihrem Büro und schloss die Tür hinter sich.

Suzan, Priya und Henning stürmten die Treppe hinunter. Dabei gab Suzan mit ihrem Walkie-Talkie die Anweisung durch, die beiden Agenten zum Haupteingang des CERN zu begleiten.

»Die Sache stinkt«, sagte Agentin Louis zu ihrem Kollegen Wilder.

16

Suzan, Henning und Priya sprangen in den Wagen, den Suzan auf dem Parkplatz für Angestellte des CERN geparkt hatte. Henning hatte vorne neben Suzan Platz genommen und Priya saß auf dem Rücksitz. Durch ihre Stellung als Sicherheitschefin hatte sie das Privileg, an den verschiedenen Standorten des CERN überall parken zu dürfen. Suzan startete den Motor, schlug das Lenkrad ein und trat aufs Gas. Der Wagen sprang förmlich aus der Parklücke auf die Straße. Suzan nahm ihr Walkie-Talkie in die rechte Hand, während sie mit der linken weiter steuerte. Sie hatte das schon oft gemacht und konnte problemlos beide Aufgaben gleichzeitig erledigen. Deshalb hatte sie sich auch für ein Automatik Getriebe entschieden, als sie ihren Wagen gekauft hatte. Sie drückte die Sprechtaste ihres Walkie-Talkies.

»Pforte eins für Suzan kommen. Macht die Schranke zur Ausfahrt an der Hauptpforte sofort hoch! Das ist ein Notfall. Und auch die Schranke zum ATLAS Komplex!«

Um zu dem Gebäude mit dem ATLAS-Detektor zu gelangen, mussten sie den CERN Hauptkomplex verlassen und eine öffentliche Straße überqueren.

Das Walkie-Talkie knackte. »Verstanden, Suzan. Schranken werden geöffnet. Hier spricht Ronaldo. Brauchen Sie Hilfe?«, dröhnte es aus dem Walkie-Talkie.

»Nein«, gab sie kurz zur Antwort und schoss mit ihrem Fahrzeug auf die Straße des Parkplatzes. Sie riss das Steuer herum und Priya wurde auf dem Rücksitz des Wagens zur Seite geschleudert. Wenige Sekunden später raste sie an der offenen Schranke vorbei und bog in den Kreisverkehr ein, der sich direkt vor dem CERN Hauptkomplex befand. Im Kreisverkehr beschleunigte Suzan weiter den Wagen und Priya wurde auf die andere Seite gepresst. In diesem Moment bedauerte Priya, dass sie sich nie angewöhnt hatte, den Sicherheitsgurt auf dem Rücksitz anzulegen. In Indien hatte sie sich nie angeschnallt, auch wenn sie selbst am Steuer saß. Sie verließen den Kreisverkehr und fuhren jetzt auf einer geraden Straße in nordöstlicher Richtung. Nach ungefähr vierhundert Meter stieg Suzan auf die Bremse, um in die Einfahrt zum ATLAS Komplex einzubiegen. Sie riss das Steuer herum, während Priya nach dem Sicherheitsgurt an der Seite des Fahrzeugs tastete und gab wieder Vollgas. Priya hatte inzwischen den Sicherheitsgurt zu fassen bekommen und nutzte den Moment, um den Gurt über ihren Körper zu führen. Sie wollte den Gurt einrasten lassen, als Suzan erneut auf die Bremse trat und Priya nach vorne flog. Diesmal war sie aber besser vorbereitet, stemmte sich mit aller Kraft dagegen und schaffte es, den Gurt einrasten zu lassen. In diesem Augenblick kam der Wagen zum Stehen. Sie waren angekommen. Henning und Suzan rissen ihre Türen auf und sprangen aus dem Wagen, während Priya versuchte, ihren Sicherheitsgurt wieder zu öffnen. Er klemmte und hielt Priya auf dem Rücksitz gefangen.

»Shit, shit, shit, you stupid thing. Let me out!«, fluchte Priya laut und drückte und zog an dem Verschluss des Sicherheitsgurts.

Beim Laufen blickte Henning hinter sich und bemerkte, dass Priya ihnen nicht folgte. Er lief zum Wagen zurück und half Priya den Sicherheitsgurt zu lösen.

»Seit wann schnallst du dich hinten an?«, wollte Henning von Priya mit einem breiten Grinsen wissen.

»Henning, shut …«, begann Priya, aber sie beendete den Satz nicht. »Wo ist Suzan?«

»Mir nach«, sagte Henning und begann wieder zu laufen.

Henning und Priya rannten zu dem Gebäude, in dem der TrueScan Scanner installiert war, der den Alarm ausgelöst hatte. Der Kontrollraum war direkt über dem ATLAS-Detektor errichtet worden, der sich selbst hundert Meter unter der Erde befand, und war mit Wissenschaftlern und Journalisten überfüllt. Henning öffnete die Tür und sie traten hinein.

Henning suchte den Raum nach Suzan ab, aber es war einfach zu voll, um sie zu entdecken. Priya schaute zur Decke und konnte den Scanner sehen. Sie gab Henning einen Stoß mit dem Ellenbogen und zeigte zur Decke.

»Hat dieser Scanner den Alarm ausgelöst?«

Priya zog ihr Handy heraus und schaute auf das Display. Der Scanner mit der Nummer 199 hatte den Alarm ausgelöst, und neben dem Scanner an der Decke war ein kleines Schild mit der Zahl 199 angebracht. Wie bei Rauchmeldern war jeder TrueScan Scanner gekennzeichnet, damit er schnell gefunden werden konnte und bei Wartungsarbeiten nicht übersehen wurde.

»Ja. Die ominöse Person muss sich also noch hier im Gebäude aufhalten, denn Alarm wurde nur einmal ausgelöst. Hätte die Person das Gebäude wieder verlassen, wäre ein zweiter Alarm ausgelöst worden. Kannst du Suzan entdecken?«

»Nein«, sagte Henning, während er den Raum weiter nach Suzan absuchte. »Wie finden wir die Person, die den Alarm ausgelöst hat?«

»Wir überwachen alle Ausgänge, die aus dem Gebäude führen. Wenn Suzan wieder auftaucht, sind wir zu dritt. Sobald die Person wieder an einem Scanner vorbeikommt, wird erneut Alarm ausgelöst und wir haben ihn oder sie.«

»Dort!« Priya zeigte auf Suzan, die mit einem Mann auf sie zu kam.

»Das ist Dave Baretty. Er ist der SLIMOS für die Tagesschicht.« Henning und Priya nickten dem Mann zu.

»Dave ist für die Sicherheit des ATLAS-Detektors zuständig. Er fährt den Detektor in einen sicheren Zustand, wenn Gefahr droht und überwacht die Anlage sowie alle Geräte, die mit dem ATLAS zu tun haben. Alle sicherheitsrelevanten Informationen laufen bei ihm zusammen.«

Henning meldete sich zu Wort. »Dave, können Sie feststellen, ob sich jemand hier aufhält, der nicht hierher gehört?«

»Hey, woher soll ich wissen, wer hier rein darf oder nicht? Wir haben diese Scanner an der Decke, die jeden Fremden sofort melden. Meines Wissens gab es keinen Alarm. Also sind nur Leute hier, die hier sein dürfen. Gibt es ein Problem?«

»Das wissen wir nicht, noch nicht. Können Sie checken, ob jemand versucht hat, die Computer für den Versuchsablauf zu manipulieren?«, mischte sich Priya ein.

»Unsere Steuerungscomputer sind nicht mit dem Internet verbunden, wenn Sie das meinen. Niemand kann über das Internet auf die Steuerungscomputer zugreifen«, machte Dave klar und schaute dabei auf seine Uhr.

»Sind diese Computer hier im Kontrollraum mit dem ATLAS-Steuerungscomputer verbunden?«, fragte Priya.

Dave schaute zu Suzan, um sich die Erlaubnis für eine Antwort abzuholen. Suzan nickte.

»Natürlich, wir müssen ja die Steuerungscomputer im Normalbe-

112

trieb überwachen und im Notfall von hier aus abschalten können.«

Dave wurde merklich ungeduldig und blickte erneut auf seine Uhr. »Ich hab' es eilig, ich muss wieder zurück an meinen Platz.«

»Okay, aber könnten Sie überprüfen, ob jemand versucht hat, sich Zugriff auf den Steuerungscomputer zu verschaffen?«, insistierte Henning.

»Hören Sie, wir fahren gerade die Anlage für das Experiment hoch und ich muss den Ablauf überwachen. Ich kann nicht …«, sagte der SLIMOS, wurde aber von Suzan unterbrochen.

»Dave, wir haben den Verdacht, dass jemand erneut versucht, Zugriff auf den Steuerungscomputer zu bekommen«, kam Suzan Henning zur Hilfe.

»Also gut, ich lass' einen Schnell-Check laufen«, sagte Dave und wandte sich ab, um zu gehen.

»Ich gehe mit Dave und halte Sie auf dem Laufenden«, sagte Suzan und ließ Henning und Priya alleine.

»Priya, wie würdest du vorgehen, wenn du einen Steuerungscomputer manipulieren wolltest, aber über das Netzwerk nicht dran kommst?«, fragte Henning.

»Ich müsste versuchen, direkt an den Steuerungscomputer zu gelangen. Wenn das allerdings nicht möglich wäre, dann würde ich versuchen, über einen Rechner hier aus dem Kontrollzentrum Zugriff auf den Steuerungscomputer zu bekommen.« Priya drehte sich im Kreis, um einen Überblick über die im Kontrollraum vorhandenen Computer zu bekommen. »Hier stehen nur Computermonitore, aber keine Rechner mit einem USB Anschluss.«

»Du würdest über einen USB Anschluss einen Virus einschleusen – richtig?«

»Bingo! Der würde mir dann eine Verbindung ins Internet herstellen, und mit etwas Glück könnte ich dann auf den Steuerungscomputer zugreifen.«

Henning und Priya blickten sich um. Es gab hier Dutzende von Computermonitoren, aber keinen einzigen Computer mit einem USB Anschluss. Acht an der Decke befestigte Beamer projizierten riesige Bilder und Diagramme an die Wand, die die Ergebnisse der Protonenzusammenstöße im ATLAS-Detektor anschaulich zeigten.

»Wir müssen in den Serverraum für dieses Gebäude«, stellte Priya fest. »Die Computer hier sind für einen möglichen Cyberangriff nicht geeignet.«

Henning und Priya drängten sich durch die Menschenmassen im Kontrollraum, bis sie in einem langen Gang landeten, von dessen Enden weitere Räume abgingen.

»Ich gehe nach links und du nach rechts«, schlug Henning vor und machte sich auf den Weg. Priya lief ebenfalls los und kam zu einer Tür ohne Aufschrift. Sie drückte die Klinke herunter. Verschlossen. Sie ging weiter, bis sie an das Ende des Gangs kam und zwei weitere Türen vor sich hatte. Auf einer war das Wort *Serverraum* aufgedruckt. Die darunter stehende Mahnung, dass der Zutritt nur für befugte Personen erlaubt war, ignorierte sie.

»Bingo«, sagte sie leise und trat einen Schritt auf die Tür zu.

In diesem Moment öffnete sich die Tür, ein Mann trat aus dem Raum heraus und blieb erschrocken vor ihr stehen. Er war groß, kahl und seine Augen funkelten in einem smaragdgrün, wie sie es noch nie gesehen hatte. Ihre Blicke trafen sich für den Bruchteil einer Sekunde und Priya spürte, wie ihr ein kalter Schauer über den Rücken lief. Ihr Instinkt löste einen inneren Alarm aus. Sie wollte nach Henning rufen, aber er war nicht zu sehen.

»Entschuldigung«, sagte der Mann, wandte sich ab und setzte sich Richtung Ausgang in Bewegung. Noch bevor die Tür wieder ins Schloss fiel, hielt Priya den Türgriff fest, zog sie weiter auf, zögerte kurz und trat hindurch. In dem Raum standen Server-Racks, wie sie es von dem Serverraum bei BioScanTech kannte. Priya hörte ein leises Klicken und drehte sich um, aber sie konnte niemanden sehen. Sie hatte gehofft, Henning hätte sie gesehen und wäre ihr gefolgt.

Aufgrund der Klimaanlage war es im Raum kalt, und sie begann ein wenig zu frösteln. Priya mochte es warm, und Kälte machte sie schnell launisch. Sie ging durch eine Reihe der Server-Racks und schaute sich nach etwas Ungewöhnlichem um. Links und rechts von ihr standen zwei Meter hohe Schränke, die mit Computern gefüllt waren, und blinkende Kontrollleuchten zeigten ihr, dass die Rechner in Betrieb waren. Als sie am Ende der Reihe ankam, machte sie kehrt und ging den zweiten Gang entlang wieder in Richtung Ausgang. Alles schien so, wie es sein sollte und nichts deutete auf eine Manipulation hin. Priya trat wieder an die Tür zum Ausgang, drückte die Klinke herunter, aber sie war verschlossen. Sie rüttelte daran, aber die feuerfeste Tür bewegte sich keinen Millimeter.

Damn it. Priya saß fest. Jemand musste die Tür von außen verschlossen haben, und jetzt erinnerte sich Priya auch an das Tastenfeld, das außen neben der Tür angebracht war. Jemand hatte den Code eingegeben und die Tür verschlossen. Das Klickgeräusch, das sie gehört hatte, war der Schließmechanismus der Tür gewesen. Sie schlug mit der geballten Faust dagegen und begann laut zu fluchen.

Henning war am Ende des anderen Teils des Gangs angelangt und war auf dem Rückweg zu Priya, als ihm ein Mann entgegenkam. Er war groß und kahl. Der Mann beschleunigte seinen Gang und bog, kurz bevor sie zusammentrafen, in den ATLAS Kontrollraum ab. Priya war nicht zu sehen und Henning beschloss, an das andere Ende des Gangs zu gehen, um nach ihr zu suchen. Als er wieder am Kontrollraum vorbeikam, hörte er, wie jemand etwas rief, aber er konnte die Worte nicht verstehen. Lärm war zu hören, aber Henning nahm an, dass die Wissenschaftler wohl eine wichtige Entdeckung gemacht hatten. Bilder von seiner Zeit an der Universität kamen in Erinnerung, als er selbst gerade mit der Forschung an dem BioScan-Verfahren begonnen hatte. Zu dieser Zeit arbeitete er oft vierundzwanzig Stunden ohne Pause durch, ging in sein Zimmer in dem Studentenwohnheim auf dem Campus, schlief ein paar Stunden und kehrte dann ins Labor zurück. Viele Nächte verbrachte er dort, ohne etwas von seiner Umwelt mitzubekommen, aber die Mühe hatte sich am Ende ausgezahlt.

Ein schriller Alarmton riss ihn aus seinen Gedanken. Gleichzeitig fing eine rote Alarmleuchte an der Decke hektisch an zu blinken. Der ganze Gang versank in rotem Licht. Die Notbeleuchtung ging an, und eine Lautsprecherdurchsage übertönte den Alarmton.

Sicherheitsalarm. Dieses Gebäude wird evakuiert. Dies ist keine Übung.

Dann begann die Durchsage wieder von vorne.

»Scheiße«, fluchte Henning. Plötzlich griff eine Hand nach seinem rechten Arm, und Henning drehte sich erschrocken um. Es war Suzan.

»Los, raus hier«, schrie Suzan und versuchte, den Alarmton zu übertönen. Sie zerrte Henning in Richtung des Kontrollraums, um das Gebäude wieder durch den Haupteingang zu verlassen. Die projizierten Bilder und Diagramme an der Wand des Kontrollraums waren verschwunden und durch die Aufforderung, das Gebäude ohne Panik zu verlassen, ersetzt worden. Ein Teil der CERN Mitarbeiter und

Journalisten hatten den Kontrollraum bereits verlassen als Henning und Suzan ihn betraten, und die Verbliebenen versuchten, durch die Türen ins Freie zu gelangen.

»Was, verdammt, ist hier los?«, schrie Henning und weigerte sich, das Gebäude zu verlassen.

»Der Schnell-Check des SLIMOS hat eine Manipulation des Detektors entdeckt. Es besteht die Gefahr einer Quench«, schrie Suzan zurück.

»Ich kann aber Priya nicht finden. Sie muss noch hier sein.«

»Sie ist sicher schon draußen, los, kommen Sie mit«, schrie Suzan und zerrte Henning zum Ausgang. Suzan schob Henning durch die Tür nach draußen.

»Wir müssen zum Sammelpunkt, der dort drüben liegt«, sagte Suzan und zeigte auf einen Punkt auf einem Feld, auf dem sich schon die ersten Wissenschaftler und Journalisten einfanden, die sich gerade eben noch im ATLAS Kontrollraum befunden und auf eine bahnbrechende Entdeckung gehofft hatten.

»Ich kann Priya nirgends entdecken«, sagte Henning aufgeregt und drehte sich mehrmals um die eigene Achse. »Ich muss wieder rein.«

»Nein, solange Quench Alarm besteht, geht dort keiner mehr rein. Klar?«, stellte Suzan unmissverständlich fest. Die Art, wie Suzan das sagte, machte Henning klar, dass jeder Widerstand zwecklos wäre.

»Was ist ein Quench Alarm überhaupt?«

»Das Magnetfeld im ATLAS-Detektor wird durch riesige supraleitende Spulen erzeugt. Dazu müssen die Spulen auf Minus 257 Grad Celsius gehalten werden. Steigt die Temperatur über die Sprungtemperatur des eingesetzten Materials, bricht die Supraleitung schlagartig zusammen und die gesamte Energie in den Spulen wird als Wärme frei. Den Zusammenbruch der Supraleitung bezeichnet man als Quench. Dann fliegt uns hier alles um die Ohren.«

Henning war stehen geblieben und versuchte immer noch, Priya zu entdecken, aber sie war nirgends zu sehen.

»Scheiße, ich glaube, Priya ist noch drin. Ich muss sie suchen. Suzan, bitte!«, flehte Henning Suzan an.

»Versuchen Sie es auf dem Handy«, befahl Suzan.

Henning zog sein Handy aus der Tasche und sah, dass inzwischen ein weiterer ZERO Alarm über Priyas App eingegangen war. Das war aber jetzt erst mal nicht wichtig. Wichtig war, Priya zu finden. Henning drückte die Kurzwahl-Nummer für Priyas Handy. Ihr Anrufbeantworter meldete sich.

Suzan nahm ihr Walkie-Talkie, wählte den Kanal für Kommunikation mit den Kontrollräumen und drückte die Sprechtaste. »Dave Baretty für Suzan, kommen.«

»Dave hört.«

»Dave, wir vermissen eine Person. Die Inderin, die ich Ihnen vorgestellt habe, ist sie bei Ihnen?«

»Nein.«

17

Der Hauptkontrollraum des LHC war ebenso mit Wissenschaftlern und Journalisten gefüllt wie der Kontrollraum des ATLAS-Detektors. Professor Breuer stand in der Mitte des großen Raums und war von Journalisten umringt, deren Fragen er nur zu gerne beantwortete. Neben der wissenschaftlichen Arbeit liebte er die Publicity, den Rummel um seine Person und die Gerüchte der schwedischen Akademie der Wissenschaften um den nächsten Nobelpreis für Physik. Die Bestätigung der Existenz der Dunklen Materie wäre der Höhepunkt seiner Karriere und würde ganz sicher mit dem Nobelpreis belohnt werden. Er war gerade dabei, den Versuchsablauf im Detail zu erörtern, als der Alarm losging. Die Alarmsirene heulte auf, die Alarmleuchten begannen zu blinken, und jegliche Unterhaltung im Kontrollraum verstummte, denn niemand hatte zum jetzigen Zeitpunkt mit einem ernsten technischen Problem gerechnet, da die Zielenergie von achtzehn Tera-Elektronenvolt noch nicht erreicht war.

»Operator, was zum Teufel ist hier los?«, schrie Professor Breuer zum verantwortlichen Ingenieur, der einige Meter von ihm entfernt saß und für die Bereitstellung des Protonenstrahls verantwortlich war. »Und schalten Sie den Alarm ab!«

Der Operator drückte auf einen Knopf und die Alarmsirene verstummte, lediglich die roten Alarmleuchten blinkten weiter und zeigten an, dass der Alarmzustand noch nicht aufgehoben war. Professor Breuer hatte inzwischen den Operator erreicht und stellte sich hinter ihn. »Statusbericht!«

»ATLAS hat soeben einen Level 3 Alarm ausgelöst.« Die Stimme des Operators klang brüchig und seine Hände zitterten leicht.

»Warum? Was ist dort los?«

»Das ATLAS Gebäude wird evakuiert.« Er gab Befehle auf seiner Tastatur ein. »Ich habe das Notfallinterventionsteam alarmiert. Es rückt gleich aus, die anderen Detektoren gehen auf Stand-by.«

»Was zum Teufel ist passiert?«, fragte Professor Breuer jetzt mit gereizter Stimme.

»Moment, ich frage den Status unseres Sensor Netzwerks ab.« Auf dem Bildschirm erschienen jetzt neue Fenster, die sich langsam mit Zahlenkolonnen füllten.

»Die Sensoren melden keine Gefahren. Kein Feuer, kein Wasserleck, keine austretenden Gase, keine elektrischen Probleme beim ATLAS-Detektor.«

»Wieso wurde dann ein Level 3 Alarm ausgelöst?«, fauchte Professor Breuer ihn an.

Der Operator rollte mit seinem Stuhl etwas nach rechts und blickte dort auf einen weiteren Bildschirm. Mit der Maus klickte er auf einige Symbole, und ein weiteres Fenster wurde auf dem Bildschirm geöffnet.

»Ich hab's! Der Level 3 Alarm wurde vom SLIMOS manuell ausgelöst.«

»Stellen Sie mir eine Verbindung zum ATLAS-Detektor her.«

»Dort wird niemand mehr sein. Der Kontrollraum dort wird ebenfalls gerade evakuiert.«

»Verdammt. Dann über Funk.«

Der Operator stand auf, nahm ein Walkie-Talkie aus der Ladeschale und drückte die Sprechtaste. »SLIMOS Dave Baretty für Hauptkontrollraum, kommen.«

Er ließ die Sprechtaste wieder los. Keine Antwort.

»Los, nochmal«, forderte ihn der Professor auf.

»Dave Baretty für Hauptkontrollraum, kommen. Dave, was ist bei euch los?«

Jetzt knackte es im Walkie-Talkie. Jemand versuchte etwas zu sagen, dann war wieder Stille.

»Dave, ich kann dich nicht verstehen, bitte kommen.«

Endlich war eine Stimme zu hören.

»Hier Dave Baretty, Shift Leader ATLAS-Detektor.« Dave atmete schwer, offensichtlich rannte er. »Ich habe einen Level 3 Alarm am ATLAS ausgelöst. Wir evakuieren gerade den Kontrollraum und den Detektor.« Während Dave sprach, hörte man die Sirenen des Alarms im Walkie-Talkie.

»Dave, hier Franz vom Hauptkontrollraum. Was ist passiert?«

»Ich habe einen Schnell-Check unseres ATLAS Steuerungscomputers laufen lassen. Die Versuchsparameter für das Magnetfeld wurden manipuliert, es besteht die Gefahr einer Quench. Gemäß unseres Sicherheitsprotokolls habe ich einen Level 3 Alarm ausgelöst.«

Der Operator rollte mit seinem Stuhl wieder zurück zu seiner ursprünglichen Position und gab Befehle mit seiner Tastatur ein.

»Was tun Sie?«, fragte Professor Breuer.

»Ich fahre die ganze Anlage herunter. Unser Sicherheitsprotokoll schreibt das für den Fall einer Manipulation von außen vor.« Seine Stimme war jetzt wieder klar.

»Das weiß ich. Ich habe das Sicherheitsprotokoll verfasst. Warten Sie damit!«

»Aber ich muss das jetzt gleich tun. Wir …«

Professor Breuer trat jetzt näher an den Mann heran.

»Wir wissen gar nicht, ob wirklich eine Bedrohung vorliegt. Wenn wir jetzt die ganze Anlage herunterfahren, dann dauert es Wochen, bis wir wieder an diesem Punkt hier sind, und die ganze Weltöffentlichkeit lacht über uns. Geben Sie mir das Funkgerät.«

Professor Breuer nahm das Walkie-Talkie und drückte die Sprechtaste.

»SLIMOS für Generaldirektor Breuer, kommen«, bellte er ins Walkie-Talkie.

»Dave hört«, kam aus dem Walkie-Talkie.

»Besteht eine echte Gefahr im ATLAS-Detektor?«

»Das weiß ich nicht. Die Parameter des Magnetfelds wurden geändert.«

»Wie lange benötigen Sie für eine Sicherheitsbewertung?«

»Dazu muss ich wieder in den ATLAS Kontrollraum und überprüfen, ob die manipulierten Versuchsparameter den Detektor beschädigt haben. Zudem muss das Notfallinterventionsteam einen Rundgang machen und die Anlage wieder freigeben. Das Team triff übrigens gerade ein.«

»Wie lange benötigen Sie dafür?«

»Ich schätze eine Stunde und die Zeit für den Rundgang«, sagte der SLIMOS.

»Sie haben dreißig Minuten. Kümmern Sie sich darum. Breuer, Ende.«

Auf Professor Breuers Stirn hatten sich Schweißperlen gebildet. Er atmete schwer, und als er das Walkie-Talkie zurück an den Operator gab, wurde ihm klar, dass alle anwesenden Wissenschaftler und Journalisten die Konversation mit Dave mitgehört hatten. Jetzt galt es, die richtigen Worte zu finden, die Anwesenden zu beruhigen und zu zeigen, dass er der Kapitän des Schiffes CERN war und die Lage unter Kontrolle hatte. Er wandte sich an die Menge und hob die Hand als Zeichen, dass er etwas zu sagen hatte.

»Die Entdeckung von etwas Unbekanntem erfordert Mut, Zuversicht und Durchhaltevermögen, meine sehr geehrten Damen und Herren. Als Ferdinand Magellan im sechzehnten Jahrhundert zur ersten Weltumsegelung aufbrach, benötigte er genau diese Eigenschaften, und am Ende seiner Bemühungen hatte er den Beweis erbracht, dass die Erde eine Kugel ist. Kein noch so großer Sturm hatte ihn von seinem Plan abbringen können, die Welt als erster Mensch zu umsegeln. Und genau in solch einem Sturm befinden wir uns jetzt gerade. Wenn wir jetzt umkehren, kann es sehr lange dauern bis wir wieder die Kraft aufbringen, das Unbekannte entdecken zu wollen.« Professor Breuer machte eine kurze Pause, blickte in die stummen Gesichter der Anwesenden und fuhr dann fort. »Aus diesem Grund werden wir erst feststellen, ob eine echte Gefahr für die Menschen im ATLAS Gebäude besteht. Sollte das nicht der Fall sein, und davon gehe ich aus, dann werden wir wieder Segel setzen und Kurs halten.«

Professor Breuer war ein begnadeter Redner und war sich der Wirkung bewusst. Er sah das zustimmende Nicken einiger Wissenschaftler und Journalisten und spürte, dass sie ihm vertrauten, die richtigen Entscheidungen zu treffen. Er würde wie Magellan in die Geschichte eingehen und vielleicht würden sogar die Dunkle Materie, nach ihm benannt werden. Die Tatsache, dass Magellan seine Weltumsegelung mit dem Leben bezahlen musste, war für ihn nichts weiter als ein unbedeutendes Detail der Geschichte.

»Halten Sie den Protonenstrahl stabil«, befahl er dem Operator und legte ihm seine Hand auf die Schulter.

18

CERN, 16. Juli, 15 Uhr

Priya hatte sich wieder an das andere Ende des Serverraums begeben, um zu überprüfen, ob der Raum noch eine weitere Tür hatte, aus dem sie ihn verlassen konnte. Sie musste feststellen, dass der Raum nur durch die vordere Tür betreten und auch wieder verlassen werden konnte. Plötzlich blitzten die Alarmleuchten an der Decke auf, Sekundenbruchteile später hörte sie die Sirene und die Durchsage, dass das gesamte Gebäude zu evakuieren sei.

Schnell zog sie ihr Handy aus der Tasche und stellte fest, dass sie keinen Empfang hatte. Serverräume waren in der Regel gut gegen elektromagnetische Strahlung von außen geschützt, um die Hochverfügbarkeit der Computer sicherzustellen.

»Shit«, fluchte Priya laut und drehte sich dabei suchend einmal um sich selbst. Irgendwie musste sie versuchen, Kontakt zu Henning oder Suzan aufzunehmen, damit jemand die Tür von außen öffnen könnte. Der Alarm dröhnte in ihren Ohren und Priya blickte sich im Raum um, in der Hoffnung, etwas Nützliches zu entdecken. Der Lärm der Sirene begann ihr Angst zu machen, denn sie wusste nicht, was draußen vor sich ging. Vielleicht hatte der Unbekannte die gesamte Anlage in ernste Gefahr gebracht. Priya hatte sich seit ihrer Abreise in München auf den neusten Stand gebracht und wusste, dass hier jede Menge giftige Gase und enorme Magnetfelder eingesetzt wurden. Das CERN und der ATLAS-Detektor waren kein Spielplatz für ein paar verrückte Wissenschaftler, sondern eine komplexe Forschungsstätte, in der Handlungsanweisungen und Sicherheitsvorschriften einzuhalten waren. *Ähnlich wie in einem Biolabor,* dachte Priya. Ein Terroranschlag würde verheerende Folgen für die Menschen hier am CERN haben und die gesamte Anlage auf Jahre still legen, war sich Priya sicher.

Nervös blickte sie zur Decke und entdeckte die Rauchmelder, aber diese waren zu hoch und sie hatte auch kein Feuerzeug oder Streichhölzer bei sich, um einen Feueralarm auszulösen, damit jemand auf sie aufmerksam werden würde. Sie verwarf den Gedanken sofort, denn damit würde sie die CO_2-Feuerlöschanlage auslösen, und der ganze

Raum würde mit dem Gas geflutet werden. Keine gute Idee. Eilig ging sie jetzt den Gang zwischen den Server-Racks nochmals entlang und blickte wieder von einer Seite zur anderen, denn jetzt suchte sie etwas ganz Bestimmtes. Am Ende des Gangs fand sie schließlich, was sie suchte. Sie trat an eines der Server-Racks heran und öffnete die Glastür, hinter der sich die Computereinschübe befanden. Sie zog eine Art Tischplatte heraus und ein Computerbildschirm klappte darauf hoch. Vor sich hatte sie jetzt eine Tastatur und ein Service Terminal, wie es die Systemadministratoren benutzten, um den Zustand der Server zu überwachen und Software Updates einzuspielen.

»Danke«, sagte Priya erleichtert, und wieder einmal zahlte es sich aus, dass sie zu ihrer Studentenzeit einen Job im Rechenzentrum annehmen musste, um ihr Studium zu finanzieren. Sie drückte auf die Tastatur und der Bildschirm wurde hell. Jemand hatte vergessen, den Bildschirm zu sperren. Priya wusste, dass dies für jeden Systemadministrator seine Entlassung bedeutet hätte, denn ein Terminal nach vollendeter Arbeit nicht zu sperren, war nicht entschuldbar. Jemand hatte es also furchtbar eilig gehabt und sich nicht die Mühe gemacht, das Service Terminal nach getaner Arbeit wieder zu sperren. Vielleicht rechnete er aber auch damit, dass sich das Terminal nach wenigen Minuten Inaktivität automatisch sperren und somit wieder unzugänglich sein würde. Egal, was der Grund gewesen war, Priya hatte Glück.

Priya tippte ein Kommando ein, um sich die letzten Befehle anzeigen zu lassen, die an diesem Terminal ausgeführt wurden. Eine Liste mit Befehlen kam zum Vorschein und Priya begann die Liste von oben nach unten durchzugehen. Jemand hatte eine Verbindung zu einem anderen Rechner aufgebaut. Dazu waren einige Schutzmechanismen des Betriebssystems deaktiviert und somit der Zugang geöffnet worden. Priya scrollte weiter nach unten, weitere Kommandos tauchten auf. Einige Dateien waren von einer externen IP-Adresse heruntergeladen worden, die ganz offensichtlich nicht zum CERN gehörte, und auf einen der Steuerungscomputer übertragen worden. Schließlich wurde der Steuerungscomputer angewiesen, die neuen Dateien zu laden und auszuführen.

Soweit war die Sache klar, aber wie hatte jemand die Passwörter herausbekommen, die nötig waren, um sich auf dem Service Terminal anmelden zu können? Und was noch viel wichtiger war, woher hatte jemand das Wissen, die Steuerungscomputer für den ATLAS-Detektor umzuprogrammieren?

Dave Baretty hatte inzwischen das Interventionsteam auf den aktuellen Stand gebracht und seinen Plan erklärt. Er würde mit einem zusätzlichen Mitarbeiter in den Kontrollraum zurückkehren und den Zustand des Detektors überprüfen. Sollte der Detektor keine Schäden aufweisen, dann würde er die Dateien des Steuerungscomputers sichern, um später eine Analyse der Manipulationen durchführen zu können. Das Interventionsteam sollte dann mit dem Aufzug zum Detektor hinunter fahren, um die Lage vor Ort zu beurteilen. Sobald sichergestellt wäre, dass der Detektor fehlerfrei war, würden sie den ATLAS-Detektor und den Kontrollraum wieder freigeben, damit die Wissenschaftler und Journalisten ebenfalls wieder zurückkehren konnten.

Ausgestattet mit Messgeräten betrat der Leiter des Interventionsteams als Erster das Gebäude, immer mit Blick auf die Anzeigen der Geräte. Da er weder eine gefährliche Strahlung noch giftige Gase feststellen konnte, gab er das Zeichen, dass Dave Baretty und ein weiterer Mitarbeiter den Kontrollraum betreten konnten. Beide gingen wieder an den Platz, den sie gerade erst vor einer halben Stunde verlassen hatten, und begannen den Zustand des Detektors zu überprüfen. Dave loggte sich wieder in den Steuerungsrechner ein und startete ein Analyseprogramm, um den Zustand des Detektors festzustellen. Das Interventionsteam wartete auf sein Zeichen, um die Fahrt mit dem Fahrstuhl zum Detektor unter die Erde anzutreten. Er starrte ungläubig auf den Computermonitor, nachdem das Analyseprogramm mit der Zusammenstellung der Daten fertig war.

»Heilige Scheiße, das Magnetfeld oszilliert«, sagte Dave zu seinem Kollegen. »Aber es scheint stabil zu sein. Keine Ahnung, wie man das Magnetfeld zum Oszillieren bringen kann. Ist mir völlig rätselhaft.«

»Das können wir später herausfinden«, antwortete der zweite Operator, der mit ihm in den Kontrollraum zurückgekehrt war, um die Überprüfung der Anlage zu beschleunigen. »Hast du die Daten schon für die spätere Analyse gesichert?«

»Bin gerade dabei, die Daten werden in diesem Augenblick auf das iPad kopiert«, sagte Dave und überprüfte, ob der Datentransfer erfolgreich war.

»Können wir?« Der Leiter des Interventionsteams war ungeduldig und wollte endlich mit der Begutachtung beginnen.

»Nein, verdammt, noch nicht. Ich muss noch ein paar Daten überprüfen«, antwortete Dave gereizt. Er rollte jetzt wieder mit seinem Stuhl an den angrenzenden Kontrollplatz und gab dort Befehle auf dem Terminal ein. Wenig später zeigten einige Grafiken den Gesamtzustand des Detektors. Der Detektor schien in Ordnung zu sein, aber das Oszillieren des Magnetfelds machte ihm Sorgen. Er nahm das Telefon zur Hand und rief im CERN Hauptkontrollraum an. Professor Breuer hatte bereits auf diesen Anruf gewartet und nahm das Gespräch selbst an.

»Generaldirektor Breuer.«

»Hier Dave Baretty, SLIMOS ATLAS.«

»Na endlich! Wie sieht es bei Ihnen aus?«, wollte Breuer wissen. In seiner Stimme war die Anspannung zu hören.

»Keine Strahlung oder sonst etwas. Der Detektor ist stabil und in sicherem Zustand. Allerdings messen wir eine Anomalie des Magnetfelds.«

»Was meinen Sie mit Anomalie?«

»Das Magnetfeld schwingt mit einer Frequenz von 9,87 Megahertz. Wir haben keine Erklärung dafür.«

»Haben Sie die Steuerungscomputer überprüft?«

»Ja, habe ich. Es wurden Steuerungsdaten manipuliert. Wahrscheinlich ist die Schwingung ein Seiteneffekt dieser Änderung.«

»Können Sie die ursprünglichen Steuerungsdaten wieder in den Computer spielen?«

»Ja, aber …«, wollte Dave einwenden, aber er kam nicht dazu.

»Laden Sie die alten Steuerungsdaten wieder in den Steuerungscomputer und sagen Sie mir, was passiert«, befahl Professor Breuer. Seine Stimme ließ keinen Widerspruch zu.

»Also gut. Sie sind der Boss.« Dave setzte sein Headset auf und schaltete das Telefon um. »So, ich werde jetzt die alten Steuerungsdaten übertragen und starten.« Der SLIMOS öffnete ein neues Fenster zur Befehlseingabe und loggte sich auf dem Steuerungsrechner des ATLAS-Detektors ein.

»Sagen Sie mir, was passiert«, forderte ihn Professor Breuer auf.

»Die Übertragung der Daten läuft noch. Noch einen Augenblick.« Während er auf den Abschluss des Datentransfers wartete, überprüfte er nochmals das Magnetfeld im Detektor. Die Schwingung war immer noch vorhanden und auch ihre Frequenz hatte sich nicht geändert. Die Anzeige des Datentransfers zeigte jetzt einen grünen Balken und war damit komplett. »Datentransfer abgeschlossen. Ich werde die neuen Daten jetzt starten.«

Dave rollte wieder zu seinem anderen Platz und gab weitere Befehle ein. Ein neues Bild erschien auf dem Bildschirm.

»Baretty, was passiert bei Ihnen?«

»Der Steuerungscomputer läuft gerade durch die Initialisierung. Soweit sieht alles sehr gut aus. Keine Fehlermeldungen.«

»Machen Sie weiter!«

»Ich gebe jetzt den Freigabecode ein.«

»Einverstanden.« Professor Breuer stand immer noch hinter dem Operator im LHC Kontrollraum und blickte auf dessen Bildschirm. Von hier aus konnte er den Zustand des ATLAS-Detektors mitverfolgen. Er war immer noch als offline gekennzeichnet.

»Freigabecode akzeptiert, Systeminitialisierung abgeschlossen, Detektor geht online.«

Auf dem Bildschirm des Operators sah Professor Breuer, dass der ATLAS-Detektor wieder als online gemeldet wurde. Der Operator reckte den Daumen nach oben.

»Status Magnetfeld?«, fragte der Professor.

»So wie es aussieht, ist wieder alles wie früher. Die Schwingung ist nicht mehr messbar.«

»Gut gemacht, Baretty! Schicken Sie das Interventionsteam los, um die Detektoren vor Ort zu inspizieren und wieder frei zu geben«, befahl er mit siegessicherer Stimme.

Dave nicke dem Chef des Interventionsteams zu, und das Team setzte sich in Richtung Fahrstuhl in Bewegung. Dann nahm Dave sein Walkie-Talkie zur Hand. »Suzan von Dave Baretty, kommen.«

»Suzan hört.«

»Suzan, Sie können wieder mit Ihrem Mann hier herein, um die vermisste Person zu suchen. Aber nur sie beide.«

»Alles klar, Dave. Suzan, Ende.«

Suzan und Henning machten sich gerade auf den Weg, als Hennings Handy den Eingang einer SMS signalisierte. Henning zog sein Handy aus der Tasche und schaute auf das Display. Eine SMS von einer Nummer, die er nicht kannte. Während er weiter mit Suzan in Richtung ATLAS Kontrollraum lief, öffnete er die SMS und las die

Nachricht. *Sitze im Serverraum fest. Hol mich hier raus. P.*

»Priya sitzt im Serverraum fest«, sagte Henning zu Suzan.

»In den Serverräumen haben die Handys keinen Empfang. Wie kann Priya von dort eine Nachricht schicken?«, fragte Suzan Henning.

»Was Computer angeht, kann Priya alles. Glauben Sie mir.«

Henning und Suzan öffneten die Tür zum ATLAS Kontrollraum und durchquerten ihn, um in den daran anschließenden Gang zu kommen. Dort bog Suzan rechts ab und blieb nach einigen Metern vor dem Serverraum stehen.

»Wie ist Priya dort hinein gekommen? Die Tür kann nur durch einen Code geöffnet werden«, fragte sie Henning.

»Keine Ahnung.«

Suzan gab an dem Tastenfeld den Zahlencode ein und ein leises Klick verriet, dass die Tür entriegelt wurde.

Priya saß auf dem Boden, hatte die Arme um sich geschlungen und blickte in Richtung der Tür, die sich jetzt öffnete. Als Henning sie sah, machte er einen Satz in ihre Richtung und zog sie zu sich hoch. »Priya, bist du in Ordnung?«, fragte er, während er ihr half aufzustehen.

»Ja. Hast mich hier ganz schön lange warten lassen! Warum wurde der Alarm ausgelöst?«

»Die Daten des Steuerungscomputers wurden wieder manipuliert und Dave hat gemäß Sicherheitsprotokoll Alarm ausgelöst«, antwortete Suzan.

»Ich habe entdeckt, wie sie es gemacht haben«, sagte Priya und zeigte auf das aufgeklappte Service Terminal.

»Es gibt drei Fragen«, fuhr Priya fort, hielt ihre linke Hand hoch und spreizte dabei den kleinen, den Ringfinger und den Mittelfinger ab. Henning hatte sich schon lange an diese indische Art gewöhnt, die Zahl Drei mit den Fingern zu zeigen. Suzan schaute etwas verwundert, ließ Priya aber weiter sprechen.

»Erstens, woher kannte der Eindringling den Zugangscode für den Serverraum hier? Zweitens, woher kannte er das Passwort für das Service Terminal und drittens, woher weiß er, wie dieser Steuerungscomputer des ATLAS zu programmieren ist? Das weiß nicht mal ich, und ich bin eine Programmier-Göttin.«

Suzan blickte zu Henning.

»Ja, das ist sie. Eine indische Programmier-Göttin. Wir bringen ihr einmal in der Woche ein Opfer«, sagte er mit einem breiten Grinsen.

Priya bedachte Henning mit einem scharfen Blick.

»Wieso sind Sie sicher, dass es ein Mann ist?«, wollte Suzan wissen.

»Weil ich ihn gesehen habe. Als er aus dem Serverraum kam, standen wir uns kurz gegenüber. Ich werde dieses Gesicht nie wieder vergessen.«

»Warum?«

»Seine Augen«, sagte Priya. »Seine Augen waren so kalt, so eiskalt. Sie leuchteten in einem grün, wie ich es noch nie gesehen habe. Ich bekomme jetzt noch eine Gänsehaut, wenn ich nur an diese toten Augen denke.«

Henning legte seine Hand auf ihre Schulter. »Lass uns gehen.«

»Wir können gleich raus gehen, aber ich habe noch eine Frage. Wie sind Sie eigentlich in den Raum gekommen?«

»Als er aus dem Raum kam, bin ich hinein geschlüpft, dann ging auch gleich der Alarm los, und ich saß hier fest.«

»Wie konnten Sie eine SMS an Henning schicken? Dieser Raum ist so gebaut, dass keine Handysignale rein oder raus gehen.«

»Er hat die Sicherheitsvorkehrungen der Server ausgeschaltet und eine Verbindung mit dem Internet aufgebaut. Dadurch konnte er die neuen Steuerungsdaten herunterladen und in die Steuerungscomputer einspielen. Ich hatte Glück, denn der Kerl hatte das Service Terminal nicht wieder gesperrt. So konnte ich über eine öffentliche Service Schnittstelle der Handy-Netzprovider eine SMS an Hennings Handy schicken.«

Suzan hatte keine Ahnung, wie Priya das gemacht hatte, ließ es aber dabei bewenden.

Henning mischte sich jetzt wieder ein. »Und wie ist der Kerl an die ganzen Passwörter gekommen?«

»Alle unsere Zugangscodes liegen verschlüsselt auf einem Server. Wir nutzen das stärkste Verschlüsselungsverfahren, das es gibt, und meines Wissens hat es noch niemand geschafft, den Code zu knacken. Die amerikanische Regierung und die US Army verschlüsseln auf die gleiche Weise alle ihre Dokumente.« Suzan machte eine kurze Pause, dann fuhr sie fort. »Priya, können Sie uns helfen, eine Zeichnung von dem Mann anzufertigen?«

»Ich kann noch mehr«, antwortete sie. »Holen sie Walter her. Er soll mit seinen Leuten Fingerabdrücke nehmen.« Priya zeigte jetzt auf eine Stelle am Türrahmen. »Mit ein bisschen Glück kann Walter einen passablen Fingerabdruck nehmen und durch die Computer jagen.«

Suzan nahm ihr Handy aus der Hosentasche und schaute auf ihr Display. Sie waren immer noch im Serverraum, und deshalb hatte auch sie hier keinen Empfang. »Ich werde Walter anrufen und bitten, einen von der Spurensicherung her zuschicken.«

»Dave soll die manipulierten Daten sichern und untersuchen lassen. Mich würde interessieren, was der Kerl mit den manipulierten Steuerungsdaten vor hat«, schlug Henning vor.

»Mich auch«, sagten Priya und Suzan gleichzeitig.

19

Kurze Zeit später traf Walter am CERN ein. Suzan gab ihm einen schnellen Überblick über die Geschehnisse der letzten Stunde und bat ihn, am Eingang zum Serverraum nach Fingerabdrücken zu suchen. Priya sollte ihm helfen, eine Zeichnung des unbekannten Mannes anzufertigen. Suzan hatte die Zusicherung des Generaldirektors, dass Anzeige wegen Sachbeschädigung gestellt werden würde. Somit war formal der Einsatz von Walter und seinen Leuten am CERN legal und konnte später bei einem möglichen Gerichtsverfahren nicht gegen sie verwendet werden. Die rechtliche Sonderstellung des CERN machte es manchmal sehr schwer, einfache Dinge erledigt zu bekommen.

Das Interventionsteam hatte inzwischen den Detektor inspiziert und konnte keine Schäden oder Veränderungen feststellen. Fünfundvierzig Minuten nach ihrem Eintreffen wurden das ATLAS Gebäude und der Detektor wieder frei gegeben. Generaldirektor Professor Breuer wurde die Meldung der Freigabe über Dave Baretty übermittelt, und er verstand es, daraus eine kleine Erfolgsgeschichte für die Journalisten zu machen. Wer die Welt umsegeln wolle, brauche eben die besten Leute für diese Aufgabe an Bord und die fortschrittlichste Ausrüstung. Beides hatte er durchgesetzt und bekommen. Er war der Kapitän, und daran ließ er keinen Zweifel aufkommen. Der Sturm war überstanden. Allerdings wollten die Journalisten eine Erklärung für den Vorfall haben, und zum jetzigen Zeitpunkt wusste er selbst auch nicht mehr als sie. Also gab er bekannt, dass es in zwei Stunden eine Pressekonferenz geben sollte, wo er mit seinen Experten Rede und Antwort stehen würde. Das würde ihm genug Zeit geben, selbst herauszufinden, was eigentlich geschehen war. Er zog sein Handy aus der Tasche und wählte eine Nummer, die er für sein Gefühl in den letzten Tagen zu oft gewählt hatte.

Als Suzans Handy klingelte, sah sie sofort, dass Professor Breuer anrief. Sie hatte den Anruf eigentlich schon früher erwartet und rechnete damit, dass er sie gleich am Telefon feuern würde. Grund hatte er dazu, denn sie hatte es nicht geschafft, einen erneuten Manipulationsversuch der Anlage zu verhindert. Sie hatte versagt.

Suzan nahm den Anruf an. »Suzan Ehrens.«

»Suzan, Sie und Dave Baretty in dreißig Minuten in meinem Büro!« Damit war der Anruf beendet. Sie hatte also dreißig Minuten Zeit, eine Erklärung für die Vorkommnisse der letzten Stunde zu finden. Vielleicht war noch nicht alles verloren. Zumindest wussten sie jetzt, dass es sich um einen Mann handelte, und mit etwas Glück konnte Walter brauchbare Fingerabdrücke finden. Mit noch mehr Glück auch die dazugehörige Person. Suzan ging von Gegnern des DarkSky Experiments aus und war sich ziemlich sicher, dass der Mann den Detektor beschädigen oder zerstören wollte, damit das Experiment nicht durchgeführt werden konnte. Nur beweisen musste sie diese Absicht noch. Da Priya den Mann gesehen und ihre Smartphone-App Alarm ausgelöst hatte, sollte Priya nun in der Lage sein, die TrueScan Scanner so einzurichten, dass diese Person sicher entdeckt werden konnte, und somit der Zutritt im CERN wieder zuverlässig überwacht wäre.

Suzan befand sich immer noch im ATLAS Kontrollraum und sah, wie Dave Baretty mit Kollegen vor einem Computerbildschirm stand und wild diskutierte. Sie ging hinüber, stellte sich zu der Gruppe und passte einen kurzen Augenblick ab, um Dave zur Seite zu nehmen.

»Dave, wir beide müssen in einer halben Stunde bei Professor Breuer sein.«

»Damit habe ich gerechnet. Ich bin gerade dabei, die Daten zusammenzustellen. Allerdings kann sich hier keiner wirklich einen Reim auf die Manipulationen machen. Auf den ersten Blick erscheinen sie sinnlos. Aber da ist noch das Oszillieren des Magnetfelds bei 9,87 Megahertz. Wir kennen dafür die Ursache nicht und um ehrlich zu sein, beunruhigt das Einige von uns.«

»Wie meinen Sie das?«

»Sehen Sie, wir haben in den letzten zwölf Monaten den Beschleuniger Stück für Stück an seine Leistungsgrenze gefahren und immer neue Einstellungen ausprobiert, um noch mehr aus der Anlage herauszuholen und die Beschleunigerenergie zu steigern. Erst als wir absolut sicher waren, dass wir die Energie noch weiter gefahrlos steigern können, haben wir Professor Breuer zugestimmt, in die finale Phase von DarkSky einzutreten.« Dave sah in das Gesicht von Suzan und begriff, dass sie keine Ahnung hatte, wovon er sprach.

»Suzan, wir dachten, dass wir die Maschine kennen und wissen, wie sie sich verhält. Aber das Oszillieren des Magnetfelds ist neu …«

»Und jetzt haben Sie Angst, dass sie den Geist nicht mehr in die Flasche zurückbekommen«, führte Suzan Daves Gedanken zu Ende.

»Ja, so ähnlich.«

»Aus diesem Grund müssen wir unbedingt verhindern, dass nochmals ein Manipulationsversuch stattfindet. Verstanden?«

Dave nickte. »Meine Unterstützung haben Sie.«

»Gut. Dave, wären die manipulierten Daten in der Lage, den Detektor zu zerstören?«

»Schwierig zu sagen, aber ich glaube eher nicht. Wenn wir mehr Zeit hätten, könnten wir eine Simulation mit den manipulierten Einstellungen machen lassen und überprüfen, welche Auswirkungen diese Steuerungsdaten hätten.«

»Wer könnte eine solche Untersuchung durchführen?«

Dave Baretty überlegte und fuhr sich dabei mit der Hand durch seinen Bart.

»Nun, ich denke, der richtige Mann für die Sache wäre Professor Li und sein Team.« Dave machte eine kurze Pause, dann fuhr er fort. »Ja, er könnte das machen.«

»Ich denke, wir sollten nachher Professor Breuer von dieser Möglichkeit überzeugen. Wir müssen wissen, was diese Manipulationen zu bedeuten haben.«

»Da gibt es allerdings ein kleines Problem«, gab Dave zu Bedenken.

»Was für ein Problem?«

»Kennen Sie Professor Li?«

»Nicht wirklich. Ich bin ihm ein- oder zweimal begegnet. Warum?«

»Professor Li ist ein wenig …«, sagte Dave mit gesenkter Stimme und blickte sich um, um sicherzustellen, dass ihn niemand hören konnte.

»Professor Li ist ein wenig schwierig. Er mag es nicht, wenn man ihn bei seiner Arbeit stört. Und er hat gerade jede Menge zu tun.«

»Lassen Sie das meine Sorge sein. Ich werde mit ihm sprechen. Wir müssen wissen, was diese manipulierten Steuerungsdaten bezwecken sollen und warum das Magnetfeld des Detektors schwingt.«

Suzan hörte, wie jemand ihren Namen sagte und drehte sich um, um zu sehen, wer das war. Sie sah, wie ein Mann mit einem Koffer

Leute nach ihr fragte. Ein Wissenschaftler zeigte schließlich auf Suzan, der Mann kam auf sie zu und stellte sich ihr als Christian Schweizer vor.

»Suzan Ehrens? Walter schickt mich, um Fingerabdrücke zu nehmen und eine Phantomzeichnung zu erstellen.«

Suzan reichte dem Mann die Hand.

»Bitte folgen Sie mir. Ich zeige ihnen die Stelle, an der sie die Abdrücke finden.«

Suzan setzte sich in Bewegung, und Walters Mann von der Spurensicherung folgte ihr zum Serverraum.

»Können Sie die Abdrücke so schnell wie möglich mit Ihrer Datenbank abgleichen?«

»Ich habe alles hier, um die Daten gleich an meine Dienststelle zu übertragen«, sagte er und klopfte dabei auf seinen Koffer.

»Ausgezeichnet. Informieren Sie mich bitte gleich, sobald Sie etwas haben«, bat ihn Suzan und ging wieder zurück in den ATLAS Kontrollraum. Sie wollte mit Henning und Priya über die Anpassung der Scanner sprechen. Sie musste jetzt sicherstellen, dass nur noch autorisierte Personen Zutritt zu den sensiblen Bereichen des CERN hatten.

20

Major Fox legte den Telefonhörer auf. Es war ein kurzes Gespräch gewesen. Er machte sich auf den Weg in den zweiten Stock des Gebäudes. Dort befand sich das Büro des Kommandanten des Stützpunkts. Er klopfte an und trat ein. General Carter stand am Fenster und überblickte das Rollfeld. Immer noch waren die Feuerwehrleute des Stützpunkts damit beschäftigt, die letzten rauchenden Trümmer der Osprey vom Rollfeld zu schaffen. Der Flugbetrieb musste so schnell wie möglich wieder aufgenommen werden, sobald der Beweis erbracht wäre, dass seine Befürchtungen unbegründet gewesen waren. Sein letzter Befehl hatte die Ramstein Air Base in Alarmbereitschaft versetzt und alle Starts und Landungen waren untersagt. Bereits im Anflug befindliche Maschinen mussten auf andere Militärflughäfen der US Streitkräfte umgeleitet werden. Zudem hatte er eine Ausgangssperre verhängt und alle Soldaten mussten sich unverzüglich auf der Air Base einfinden.

»General, wir haben soeben die Nachricht erhalten, dass einer der OSI Agenten gestorben ist. Er hat es nicht ins Medical Center geschafft.«

»Wie steht es um den anderen Agenten?«

»Kritisch. Wahrscheinlich wird auch er nicht durchkommen.« Nach einer kurzen Pause fuhr Major Fox fort. »Sir, warum haben Sie den Stützpunkt in Alarmbereitschaft versetzt?«

»Major, wir sind im Krieg.«

»Sir, wie meinen Sie das? Wer hat uns den Krieg erklärt?«

General Carter wollte gerade zu einer Antwort ansetzen, als sein Computer auf dem Schreibtisch piepste. Er ging zurück zu seinem Platz und entsperrte den Computer durch die Eingabe seines Passwortes. Der Bildschirm wurde hell und ein Mann kam ins Bild. Es war General Briggs.

»General Carter, wie ist die Lage bei Ihnen?«

General Carter hatte seinen Vorgesetzten bereits mit einer verschlüsselten Nachricht über die Explosion der Osprey informiert und auch darüber, dass er den Stützpunkt in Alarmbereitschaft versetzt hatte.

»Sir, einer der OSI Agenten hat es nicht geschafft. Die Prognose für den anderen ist ebenfalls schlecht. Wir müssen damit rechnen, dass auch er nicht durchkommt.«

Jetzt stellte sich Major Fox hinter General Carter, so dass General Briggs beide sehen konnte.

»Carter, wir müssen herausfinden, was in der Osprey passiert ist und wie es den Angreifern gelungen ist, Eagle 8 unter ihre Kontrolle zu bringen«, sagte General Briggs. Sein Ton klang besorgt.

»Einer der beiden OSI Agenten konnte mir noch wertvolle Informationen geben, bevor er in den Helikopter gebracht wurde. Deshalb habe ich die Unterstützung durch das Air Force Space Command angefordert. Ich habe Hinweise, dass jemand einen Cyberkrieg gegen uns führt.«

Eine Frau im Rang eines Lieutenant trat neben General Briggs. »Sir, wir haben jetzt eine stabile Satellitenverbindung zu Captain Child vom Space Command.«

»Endlich!«, sagte General Briggs. »Schalten Sie Captain Child mit dazu.«

Auf dem Computerbildschirm erschien jetzt eine weitere Person.

»Hier Captain Child vom Air Force Space Command.«

»Captain, wann werden Sie Ramstein erreichen?«, wollte General Carter wissen, ohne sich mit Förmlichkeiten aufzuhalten.

»Wir haben gerade Grönland verlassen und sind jetzt über der offenen See. Wir werden in ungefähr fünf Stunden in Ramstein landen.«

»General Carter, geben Sie Captain Child einen Überblick über die Ereignisse bei Ihnen«, befahl General Briggs.

General Carter schaltete das Bild der Videokonferenzanlage von seinem Computer auf den großen Flachbildschirm an seiner Wand, stand auf und stellte sich dann davor, damit die anderen ihn gut sehen konnten.

»Captain, wie Sie sicher bereits wissen, wurde Eagle 8 von einer fremden Macht übernommen, um einen Anschlag zu verüben. Eine Hellfire Rakete der Drohne wurde auf ein Auto abgefeuert.«

Captain Child nickte zustimmend. »Ja, die Fakten sind mir bekannt. Das OSI hat die Aufklärung des Zwischenfalls übernommen.«

»Richtig. Allerdings ist beim Rücktransport der Trümmerteile aus der Schweiz eine der Ospreys hier kurz vor der Landung explodiert. Die an Bord anwesenden OSI Agenten hatten den Auftrag, herauszufinden, wie jemand die Kontrolle über Eagle 8 übernehmen konnte. Wir gehen davon aus, dass die Selbstzerstörungsladung hochging. Irgendetwas ist schief gelaufen.«

»Verstehe. Wurde der Bordcomputer von Eagle 8 gefunden?«, unterbrach ihn Captain Child.

»Ja, der Bordcomputer befand sich allerdings in der Maschine, die explodiert ist.«

Major Fox trat etwas in den Vordergrund, damit er besser von der Webcam erfasst werden konnte und die anderen ihn gut sehen konnten.

»Die OSI Agenten hatten bereits beim Rücktransport der Trümmer mit der Analyse des Bordcomputers begonnen«, sagte er. »Die beiden hatten einen kurzen Zwischenbericht über Funk abgesetzt. Demnach hat der Bordcomputer von Eagle 8 den Abschuss durch die Schweizer Jäger relativ gut überstanden. Sie haben es sogar geschafft, eine Verbindung des Bordcomputers mit dem Diagnose-Laptop herzustellen.«

Captain Child setzte sich in seinem Sessel auf, um näher am Bildschirm zu sein. »Konnte mit Hilfe der Diagnose-Software ein Fehler oder sonst etwas Ungewöhnliches festgestellt werden? Hat der Laptop die Explosion der Osprey überstanden?«, fragte er jetzt sichtlich aufgeregt.

»Nein, der Laptop wurde vollständig zerstört. Unsere Spezialisten suchen gerade die Einzelteile auf dem Rollfeld zusammen«, antwortete General Carter kopfschüttelnd.

»Verdammt! Haben die OSI Agenten Daten über unser Netzwerk während des Rückflugs hochgeladen?«

»Auch nicht.«

»Scheiße, warum sitze ich dann hier in diesem Flugzeug auf dem Weg zu Ihnen, wenn Sie nichts für mich haben? Ich wurde mitten aus dem Wanderurlaub mit meiner Frau gerissen. Wenn ich zurückkomme, und sie dann noch da sein sollte, wird sie mir den Hals umdrehen«, sagte Captain Child und ließ sich frustriert in den Sessel zurückfallen.

»Captain Child, Sie sitzen in dem Flugzeug, weil ich es Ihnen befohlen habe und …«, mischte sich General Briggs ein.

»… und weil der verstorbene OSI Agent mir etwas übergeben hat, bevor er in den SAR Helikopter gebracht wurde«, beendete General

Carter den Satz.

Der Blick von Captain Child hellte sich wieder auf, denn diese Information war offensichtlich neu für ihn. Auch Major Fox wusste nicht, dass dem General etwas übergeben wurde. Aber wann hätte das sein sollen? Major Fox überlegte kurz. Natürlich, als der General sich zu dem verletzten OSI Agenten auf dem Rollfeld niederbeugte, um zu hören, was er sagte! Als er die Hand des Agenten nahm, war dies keine mitmenschliche Geste einem Sterbenden gegenüber, sondern der Agent hatte offensichtlich etwas in seiner Hand, das er dem General übergab.

Der General trat an seinen Schreibtisch und gab an einer Tastatur, die in den Schreibtisch eingelassen war, einen Code ein. Mit einem leisen Klick war die oberste Schublade seines Schreibtisches freigegeben. Er zog die Schublade auf, entnahm ein drei Zentimeter langes Kunststoffteil und trat wieder vor den großen Bildschirm. Um sicher zu gehen, dass die anderen den Gegenstand sehen konnte, hielt er den Gegenstand hoch.

»Diesen USB-Stick hat der OSI Agent mir übergeben. Darauf ist der komplette, unverschlüsselte Speicherinhalt des Bordcomputers von Eagle 8.«

Captain Child war der Erste, der sich wieder zu Wort meldete. Er lehnte sich in seinem Sessel zurück.

»General Carter, ich fürchte, der OSI Agent hat sich geirrt. Die Software unserer Drohnen kann nicht ausgelesen werden – auch nicht mit einem Air Force Diagnose-Laptop. Damit stellen wir sicher, dass die Software nicht in falsche Hände gerät, selbst wenn die Drohne abgeschossen wird. Man kann den Speicherinhalt der Drohne von außen nur löschen, aber nicht auslesen. Wenn die Drohne nach der Produktion beim Hersteller die letzten Tests bestanden hat, wird der Zugang zum Speichersystem der Drohne vor der Auslieferung an die Streitkräfte so modifiziert, dass ein Auslesen nicht mehr möglich ist. Zudem ist der gesamte Speicherinhalt der Drohne immer verschlüsselt. Erst wenn die Daten benötigt werden, werden sie von einem speziell dafür entwickelten Crypto Chip entschlüsselt. Dieser Crypto Chip trägt den Namen Odin, und kein Supercomputer dieser Welt kann seine Verschlüsselung knacken. Es ist somit unmöglich, an einen unverschlüsselten Speicherinhalt von Eagle 8 zu gelangen. Ich weiß nicht, was Ihnen der OSI Agent erzählt hat, aber auf jeden Fall hat er sich geirrt.«

»Captain Child, könnte der Crypto Chip in Eagle 8 umgangen worden sein?«, wollte Major Fox wissen.

»Major, ich kenne die Sicherheitskonzepte unserer Drohnen in- und auswendig«, antwortete Captain Child. »Glauben Sie mir, unser Crypto System ist das Beste, das es gibt. Jeder Anlass zur Sorge ist völlig unbegründet. Die besten Leute auf dem Gebiet der Kryptographie haben bei der Entwicklung mitgearbeitet. Mich eingeschlossen.«

Captain Child nahm seine Tasse hoch, die vor ihm auf dem kleinen Tisch im Flugzeug stand, trank einen großen Schluck Kaffee und lehnte sich selbstgefällig wieder in seinen Sessel zurück.

General Carter wandte sich Major Fox zu, gab ihm den USB-Stick und nickte ihm stumm zu. Major Fox trat zur Seite und verschwand aus dem Bild der Videokonferenz. Wenige Augenblicke später öffnete sich auf dem Bildschirm das Fenster eines Texteditors. Alle verfolgten, wie er sich mit der Maus durch das Dateisystem arbeitete und schließlich eine scheinbar gewöhnliche Textdatei öffnete.

»Heilige Scheiße!«, war aus dem Lautsprecher der Videokonferenzanlage zu hören. Captain Child war aus seinem Sessel aufgesprungen und stieß dabei so stark an den kleinen Tisch vor ihm, dass die Tasse umfiel und der Kaffee auf den Boden schwappte.

»Was zur Hölle ...«, fluchte Captain Child und starrte auf den Bildschirm. »Scrollen Sie den Text nach unten.«

Major Fox tat, worum er gebeten wurde, und immer neuer Text erschien jetzt auf dem Bildschirm. Captain Child schüttelte verständnislos, langsam den Kopf, bis er schließlich »Halt!« rief. Das Fenster auf dem Bildschirm zeigte nun einen Ausschnitt aus der lesbaren Datei.

»Dieser Text zeigt eine Drohnen-Konfiguration an. Jeder Drohne wird bei der Programmierung vor einem Einsatz eine Konfiguration mitgegeben, die verschiedene Anweisungen enthält. Zum Beispiel für den Fall eines Abschusses, wenn wir keine Befehle mehr an die Drohnen schicken können. Major Fox, können Sie mir bitte die Steuerung des Textfensters übertragen?«

»Sofort«, antwortete Major Fox und gab einen Befehl über die schnurlose Tastatur der Videokonferenzanlage ein. Auf dem Bildschirm im Flugzeug blinkte ein Symbol auf, das Captain Child signalisierte, dass er jetzt den Texteditor steuern konnte. Captain Child scrollte den Text weiter nach unten, blieb kurz an einigen Stellen stehen, um dann umso schneller weiter nach unten zu scrollen. Auf einmal blieb er an einer Stelle stehen und markierte den Text, so dass diese Textstelle für alle leicht zu erkennen war. Captain Child massierte sich mit der rechten Hand die Stirn, wie er es immer tat, wenn er sich konzentrieren musste.

»Nun, Captain Child. Ihre Analyse?«, fragte General Carter ungeduldig.

»Der Text, den wir hier auf dem Bildschirm sehen, ist eindeutig der Programmcode von Eagle 8«, begann Captain Child nachdenklich.

»Jemand hat es geschafft, in den Steuerungschip der Drohne einzudringen und die Sicherung, die vor dem Auslesen des Programmcodes schützen soll, zu deaktivieren. Das ist eigentlich, wie ich bereits ausgeführt hatte, unmöglich. Jedenfalls ist uns keine Methode bekannt, wie das zu machen wäre. Danach wurde der Crypto Chip deaktiviert. Auch das ist technisch eigentlich gar nicht möglich. Ich habe keine Erklärung, wie jemand das schaffen konnte.«

»Captain Child, ich verstehe nicht viel von Kryptographie, aber wie kann Eagle 8 einen Programmcode abarbeiten, wenn dieser Programmcode nur verschlüsselt vorliegt und der Crypto Chip abgeschaltet ist?«, fragte Major Fox.

»Die von mir im Text markierte Stelle ist die Antwort auf Ihre Frage, Major. Die beiden OSI Agenten konnten den Programmcode nur unverschlüsselt auslesen, weil jemand hier an dieser Stelle im Programmcode den Crypto Chip ausgeschaltet und die Verschlüsselung mit Hilfe einer selbst geschriebenen Software geknackt hat. Was ich damit sagen will, ist, dass es jemand geschafft hat, mit einer Software unsere Verschlüsselung zu brechen und den Programmcode zu entschlüsseln.« Captain Child machte eine kleine Pause, dann fuhr er fort. »General Briggs, die Analyse dieses Programmfragments hier muss oberste Priorität haben. Wenn jemand unsere Verschlüsselung tatsächlich geknackt hat, und danach sieht es gerade aus, dann stecken wir bis um Hals im Schlamassel.« Wieder machte Captain Child eine kurze Pause. »Ich hoffe, Ihnen allen ist bewusst, dass dadurch die nationale Sicherheit gefährdet ist. General Briggs, ich empfehle Ihnen, umgehend den Präsidenten zu informieren.«

»Captain Child, wieso ist die nationale Sicherheit bedroht, nur weil jemand den Code in der Drohne geknackt hat?«, fragte General

Briggs, dessen technischer Sachverstand immer noch auf dem Stand seiner Zeit an der Militärakademie war. Er hatte es nur durch Beziehungen seines Vaters zu einem Vier-Sterne-General und ins Pentagon geschafft. Diese Tatsache war allerdings auch kein Geheimnis, und jeder wusste davon.

»General, der in unseren Drohnen verwendete Verschlüsselungsalgorithmus ist das stärkste bekannte Verfahren, um Daten zu verschlüsseln. Dieses Verfahren ging durch unzählige Untersuchungen von Spezialisten, die nach Schwachstellen gesucht haben. Die Computer der NSA versuchen seit Jahren, diese Verschlüsselung zu brechen, um herauszubekommen, ob dies auch Hacker oder fremde Geheimdienste schaffen könnten. Die teuersten und schnellsten Computer, die wir haben, mühen sich an diesem Verfahren ab. Bisher ohne Erfolg. Das ist der Grund, warum unsere Streitkräfte diese Verschlüsselung in nahezu allen Waffen- und Computersystemen einsetzen. Jede Drohne, jeder Marschflugkörper, jedes Flugzeug, das wir heute haben, setzt auf diese Verschlüsselung. Auch dieses hier, in dem ich gerade sitze.« Captain Child breitete die Arme aus. »Sollte eine fremde Macht es geschafft haben, unsere Verschlüsselung zu brechen, ja dann ...«

»Was dann?«, fragten General Briggs und General Carter nahezu gleichzeitig.

»Dann, meine Herren, dann sind wir im Arsch!«

Für einen Moment sagte keiner etwas, denn jeder benötigte etwas Zeit, um das Gesagte zu verdauen.

Schließlich ergriff General Carter wieder das Wort. »Was schlagen Sie also vor, Captain Child? Was sollen wir tun?«

»Ich werde sofort mit der Analyse dieser Codesequenz beginnen. Glücklicherweise kann ich mit meinem Computer hier auf unseren Hauptrechner zugreifen und einige Berechnungen vornehmen. Major Fox, können Sie mir den Inhalt des Sticks hochladen? Ich schicke Ihnen einen Link zu meinem Austauschlaufwerk.«

Major Fox nickte nur kurz und verschwand dann aus dem Bild der Videokonferenz, während Captain Child etwas auf seinem Computer eintippte. Sekunden später blickte er wieder hoch. »Wir müssen alle unsere Drohnen auf Manipulationen überprüfen. Es ist absolut notwendig, herauszufinden, ob noch andere Drohnen geknackt worden sind.«

»Ich werde das sofort in die Wege leiten«, antwortete General

Briggs.

»General Carter, ich empfehle Ihnen, das Start- und Landeverbot für die Air Base so lange aufrechtzuhalten, bis wir sicher sein können, dass Ihr Standort sauber ist und keine weiteren Fluggeräte betroffen sind. Sie sollten eine Überprüfung aller Fluggeräte anordnen.«

»Das ist bereits in die Wege geleitet. Leider wissen wir nicht, wonach wir eigentlich suchen sollen. Können Sie uns das sagen?«

»Sagen Sie Ihren Leuten sie sollen Standarddiagnosen durchführen und überprüfen, wann die letzten Updates eingespielt wurden. Ich benötige eine Liste aller Dateien, die ausgetauscht wurden oder neu hinzukamen. Wenn wir Glück haben, erkennen wir ein Muster und können so feststellen, ob weitere Fluggeräte betroffen sind.«

»Verstanden. Ich werde das sofort veranlassen.«

»Ich hoffe, durch die Analyse des Programmcodes von Eagle 8 kann ich herausfinden, wie Odin umgangen wurde und wie es jemand überhaupt geschafft hat, manipulierten Programmcode in die Drohne zu laden und damit die Drohne zu übernehmen.«

Major Fox kam wieder ins Bild. »Captain Child, die beiden Dateien liegen jetzt in Ihrem Austauschordner bereit.«

»Beide Dateien? Es gibt noch eine?«

»Auf dem Speicherstick befinden sich zwei Dateien. Eine sehr große Datei, die wir gerade angeschaut haben, und noch eine wesentlich kleinere.«

Captain Childs Blick wanderte nach unten auf seinen Laptop. Er gab einige Befehle über die Tastatur ein und öffnete ein Fenster, um den Inhalt des Austauschlaufwerks zu sehen.

»Okay, ich hab die beiden Dateien hier. Mal sehen, was die kleinere der beiden an Überraschungen für uns bereit hält.«

Captain Child öffnete die zweite Datei und gab seinen Computerbildschirm auf der Videokonferenzsoftware frei, so dass alle seinen Bildschirminhalt sehen konnten. Allerdings zeigte der Editor, in dem er die zweite Datei geöffnet hatte, nur unverständliche Symbole an.

»Das ist Binärcode. Geben Sie mir eine Minute, ich muss den Code erst für uns lesbar machen.« Die anderen verfolgten, wie Captain Child neue Fenster auf seinem Computer öffnete und wieder schloss, und der Fortschrittsbalken auf dem Bildschirm verriet, dass der Computer an irgendetwas rechnete. Eine Minute später war der Balken wieder verschwunden, ein neues Fenster öffnete sich und ein lesbarer Text war zu sehen.

»Das ist der lesbare Programmcode der kleinen Datei. Die OSI Agenten hatten offensichtlich nicht die Zeit gehabt, auch die kleine Datei zu untersuchen und in lesbaren Code umzuwandeln.«

Captain Child scrollte durch den Text und war verwundert, dass dieser nur über knapp zehn Seiten ging.

»Captain Child, können Sie etwas entdecken?«, fragte General Carter.

Captain Child griff sich wieder an die Stirn und begann sie langsam zu massieren. Dabei bewegte er den Kopf ruhig hin und her.

»Nun, das Ganze sieht aus wie ein …«, antwortete er gedankenverloren.

»Scheiße«, dröhnte es auf einmal aus den Lautsprechern der Videokonferenzanlage.

»Scheiße. Das ist ein verdammter Virus. Entfernen Sie sofort den Stick vom Computer! Sofort! Machen Sie!«, schrie Captain Child.

Major Fox machte zwei Schritte zum Computer, der zur Videokonferenzanlage in General Carters Büro gehörte, und riss den Speicherstick aus dem Computer heraus. Währenddessen gab Captain Child Befehle über die Tastatur seines Laptops in ein Terminal ein. Er versuchte, die beiden Dateien auf seinem Computer zu löschen, um zu verhindern, dass der Virus irgendwelchen Schaden anrichten konnte.

»Captain Child, der Stick ist entfernt. Wie können wir feststellen, ob der Virus unser System infiziert hat?«, fragte Major Fox hektisch.

Captain Child tippte immer noch auf seiner Computertastatur herum und blickte nur kurz auf. »Warten Sie, ich bin gleich soweit.«

General Briggs und die anderen konnten nur Bruchstücke von Captain Childs Antwort hören, denn die Übertragung wurde deutlich schlechter. Der Ton hatte Aussetzer und das Videobild aus dem Flugzeug begann jetzt Störungen zu zeigen. Manche Bereiche des Bilds zeigten nur ganz grobe Pixel, während andere ganz klar waren.

»Captain Child, bitte wiederholen Sie. Die Verbindung ist sehr schlecht«, forderte General Carter den Captain auf.

Captain Child hatte ebenfalls Schwierigkeiten, die anderen noch zu verstehen. Auch sein Bild war mit Artefakten überzogen und der Ton kam nur verstümmelt aus den Lautsprechern.

»Vielleicht fliegt die Maschine durch ein Unwetter-Gebiet«, hoffte General Carter. »Major, rufen Sie im Tower an und fragen Sie nach.«

Major Fox ging ans Telefon und wählte die Kurzwahlnummer für den Tower des Stützpunkts. Nach wenigen Sekunden hielt er den Hörer etwas zur Seite, um die Information an General Carter weitergeben zu können.

»Der Tower meldet, die Maschine fliegt auf dreißigtausend Fuß bei schlechter werdender Sicht Richtung Osten. Geschwindigkeit sechshundertfünfzig Knoten.«

Jetzt hielt sich Major Fox wieder den Hörer ans Ohr. »Der Tower sagt, die Maschine meldet sich nicht mehr.«

»Schalten Sie uns auf die Frequenz der Maschine, damit wir die Kommunikation mithören können«, befahl General Carter.

»Ja Sir«, gab Major Fox zurück und ging an ein anderes Terminal, um die Kommunikation mit der Maschine auf die Lautsprecher der Videokonferenzanlage zu schalten. Danach ging er wieder zur Telefonanlage zurück, nahm ein Funk-Headset vom Tisch, setzte es auf und aktivierte es über die Tastatur des Telefons. Den Hörer legte er auf und wandte sich wieder General Carter zu. Aus den Lautsprechern war nun der Fluglotse zu hören, wie er versuchte, die Maschine zu erreichen.

Delta Romeo 2334 von Air Base Ramstein, bitte kommen. Rauschen.

Delta Romeo 2334 von Air Base Ramstein, bitte kommen.

Der Fluglotse versuchte es erneut, aber es gab keine Antwort aus der Maschine.

»General, der Tower meldet, dass Flug 2334 an Höhe verliert.«

Jetzt war das Bild von Captain Child wieder besser zu sehen und auch Bruchstücke waren zu hören. Captain Child versuchte, etwas mitzuteilen, aber die Verbindung war zu schlecht, um die Worte zu verstehen.

»General, der Tower meldet, die Maschine sendet ein Notsignal. Sie verliert kontinuierlich an Höhe«, gab Major Fox die Meldung des Towers weiter.

»Gott verdammt!«, schrie Captain Child. Ein harter Schlag traf die Maschine. Das äußere der beiden Triebwerke auf der linken Seite der Maschine war explodiert und stand in Flammen. Die Maschine sackte ab. Ins Endlose. Die verbliebenen Triebwerke heulten auf und versuchten sich, der Erdanziehung zu widersetzen. Die Sauerstoffmasken fielen aus den Klappen an der Decke, die Kabinenbeleuchtung flackerte und erlosch schließlich.

Captain Child griff im Dunkeln nach einer Maske, die knapp einen Meter vor ihm hing, als ein neuerlicher Stoß die Maschine durchzuckte. Auch dieser Stoß traf ihn unerwartet, und er flog mit voller Wucht gegen den Tisch, auf dem vor kurzem noch sein Laptop stand. Er knallte mit dem Gesicht auf die Tischkante, seine Oberlippe platzte auf. Verzweifelt versuchte er sich an der Tischplatte festzuhalten, aber die Wucht des Aufschlags war so heftig, dass er sofort wieder zurückprallte und erneut gegen den Sitz geschleudert wurde, bis er schließlich auf dem Boden landete. Er hörte, wie sein linker Oberarmknochen krachte und ein unglaublicher Schmerz durchfuhr ihn. Sein Gesicht lag jetzt in einer Kaffeepfütze. Die Maschine begann immer stärker zu vibrieren. Gegenstände flogen um ihn herum. Erneut eine Explosion. Das zweite Triebwerk hatte soeben die Schubumkehr aktiviert und diesen Vorgang nicht überlebt. Es brannte lichterloh. Endlich sprang die Notbeleuchtung an. Blut quoll aus seiner Oberlippe und lief ihm über das Gesicht. Mit dem rechten Arm versuchte er, einen Halt zu finden. Mit aller Kraft schloss er seine Finger um ein Tischbein und zog sich heran, um sich dort vor weiteren Stößen zu sichern. Das Dröhnen der verbliebenen Triebwerke war mittlerweile unerträglich laut, und er erwartete, dass auch diese jeden Moment den Geist aufgeben würden.

General Briggs, General Carter und Major Fox verfolgten über die Videokonferenzanlage die Geschehnisse an Bord des Flugzeugs. Zwar war die Qualität der Übertragung so schlecht, dass sie nicht alles erkennen konnten, aber General Carter brauchte auch nicht jedes Detail zu sehen, um sich vorstellen zu können, was dort oben vor sich ging. Schon oft hatte er seine Leute aus schwierigen Situationen heraushauen müssen. Das war sein verdammter Job.»Major, prüfen Sie, ob wir auf Island zwei Jäger einsatzbereit haben. Ich will wissen, wo die Maschine runter geht.«

Major Fox wandte sich ab und gab die Anweisungen an den Tower durch.

»General Briggs, alarmieren Sie die Navy. Wir werden ein Schiff vor Ort benötigen.« Obwohl General Briggs ein Vier-Sterne-General war und damit im Rang höher stand als General Carter, gab General Carter ihm unmissverständliche Befehle.

»Können wir denn wirklich sicher sein, dass die Maschine

abstürzt? Sollte es später zu einer Untersuchung kommen, dann ...«

»Verdammt Briggs, bekommen Sie endlich Ihren verfluchten Bürokratenarsch hoch und alarmieren Sie die Navy! Sofort!«, schrie ihn General Carter an.

General Briggs biss die Zähne zusammen, stand auf und verschwand aus dem Bild der Videokonferenz. Jetzt meldete sich Major Fox wieder zu Wort.

»Wir haben zwei Maschinen in Reykjavik. Ich habe einen Alarmstart befohlen. In fünf Minuten sind sie oben.«

»Stellen Sie mir eine Verbindung zum Space Command im Pentagon her. Ich will ein Livebild der Maschine von einem unserer Satelliten haben«, befahl General Carter.

»Ja Sir«, antwortete Major Fox und ging wieder an das Kontrollboard der Videokonferenzanlage.

Wenige Sekunden später, war ein Mann im Rang eines Colonel auf dem Bildschirm zu sehen. General Carter trat näher an den Bildschirm heran, damit sie sich besser sehen konnten. In Situationen wie diesen war es wichtig, den Menschen in die Augen zu blicken.

»Ich bin General Carter, Kommandant der Air Base Ramstein. Das ist ein Notfall. Ich brauche sofort einen Ihrer Satelliten für ein Bild eines unserer Flugzeuge, das gerade über dem Atlantik abstürzt.«

»Sir, ich bin der Commanding Officer dieser Einheit. Ich muss Ihnen leider mitteilen, dass wir gerade keine Kapazitäten frei haben.«

»Colonel, Ihnen werden in diesem Augenblick die Koordinaten eines unserer Flugzeuge übermittelt«, sagte General Carter und blickte zu Major Fox, der den Hinweis verstand und damit begann, die Daten an das Space Command weiterzuleiten.

»Sir, wie ich Ihnen bereits gesagt habe, ist im Augenblick kein Satellit frei. Ich habe meine Befehle.«

»Colonel, Sie haben jetzt neue Befehle. Richten Sie den verdammten Satelliten auf die übermittelten Koordinaten aus! Und zwar sofort! Sonst werde ich dafür sorgen, dass Ihnen der Oberbefehlshaber der Streitkräfte persönlich in den Hintern tritt.« General Carter machte eine kurze Pause. »Haben Sie mich verstanden, Soldat? Setzen Sie Ihren Hintern in Bewegung. Ich will in dreißig Sekunden das Bild unseres Flugzeugs auf dem Schirm sehen!«

»Sir, ich werde eine förmliche Beschwerde über Sie einreichen.«

»Das ist mir scheißegal. Richten Sie den Satelliten jetzt sofort aus!

Das ist ein verdammter Befehl!«, brüllte der General den Offizier an.

Der Colonel verzog das Gesicht, als hätte ihm jemand ins Gesicht geschlagen. Er schluckte und verschwand aus dem Videobild. General Carter blicke wieder zu Major Fox, der gerade mit jemandem über sein Headset sprach.

»Sir, der Zerstörer USS Mason befindet sich in der Nähe der Maschine. Sie wird die Rettungsaktion zu Wasser koordinieren.«

»Übermitteln Sie dem Zerstörer die letzten Koordinaten«, befahl General Carter mit ruhiger Stimme.

Auf dem Bildschirm der Videokonferenzanlage erschien in diesem Moment ein neues Bild, das ein Flugzeug von oben zeigte. Der angeforderte Satellit hatte Flug 2334 entdeckt und übermittelte das Livebild zum Stützpunkt. Beide Triebwerke der linken Seite der Maschine zogen schwarze Rauchfahnen hinter sich her. Die rechte Seite schien noch zu arbeiten. Zusätzlich zeigte der Bildschirm die Daten des überwachten Flugzeugs an. Die Maschine verlor sehr schnell an Höhe, und die Geschwindigkeit war zu gering, um sie noch lange in der Luft halten zu können.

»Die Maschine ist zu langsam. Wenn sie ins Trudeln kommt, wird sie wie ein Stein in den Atlantik stürzen«, sagte Major Fox und blickte General Carter an.

»Ich weiß.«

Der Boden unter Captain Child vibrierte. Er wurde wie ein Milchshake durchgeschüttelt. Seine Armverletzung verursachte höllische Schmerzen, aber sein Verstand arbeitete weiterhin auf Hochtouren. Mit aller Kraft zog er sich hoch, obwohl sein linker Arm schlaff herunter hing. Er griff erneut nach einer der Sauerstoffmasken, die von der Decke hingen und zog sie über sein Gesicht. Der Sauerstoff strömte in seine Lungen.

General Carter und Major Fox sahen, wie Captain Child wieder ins Bild kam und sich die Sauerstoffmaske überzog. Immer noch war das Bild schlecht und der Ton durch die heulenden Triebwerke nicht zu verstehen. Captain Child zog sich näher an die Kamera der Videokonferenzanlage im Flugzeug heran. Sein Kopf war jetzt groß auf dem Bildschirm im Büro des Generals zu sehen. Plötzlich riss er sich die Maske vom Gesicht und sagte etwas in die Kamera, aber weder General Carter noch Major Fox verstanden die gesprochenen Worte.

»Er versucht uns, etwas zu sagen, aber der Ton ist zu schlecht«, stellte General Carter fest.

»Ich kann auch nichts verstehen. Wir müssen auf seine Lippen achten.«

Beide starrten wie gebannt auf Captain Childs Lippen.

Captain Child wiederholt unentwegt die gleichen Worte und hoffte, dass jemand seine Worte entschlüsseln konnte.

»Was sagt er?«, fragte Major Fox. »Blut? Sagt er Blut?«

»Nein, nur so ähnlich. Er sagt re-, re-, reboot. Er sagt, reboot.«

»Aber was meint er damit? Was sollen wir rebooten?«

»Vielleicht unseren Computer? Aber warum? Was soll …« Major Fox führte den Satz nicht zu Ende, sondern sah den General verwirrt an. Schlagartig wurde es beiden klar.

»Den Bordcomputer der Maschine!«, schlussfolgerte General Carter.

Major Fox wandte sich über sein Headset an den Tower. »Tower, sagen Sie den Piloten, sie sollen den Bordcomputer sofort neu starten.«

»Die Maschine kann uns wahrscheinlich nicht hören«, antwortete der Lotse.

»Versuchen Sie es trotzdem. Los, machen Sie!«

Über die Lautsprecher war der Lotse zu hören.

»Delta Romeo 2334, hier Air Base Ramstein. Starten Sie Ihren Bordcomputer neu. Starten Sie Ihren Bordcomputer neu!«

Keine Antwort.

»Sir, die Piloten antworten nicht. Wahrscheinlich können sie uns nicht empfangen«, sagte der Lotse über das Headset Major Fox.

»Vielleicht hören sie ja uns, aber wir sie nicht. Los, versuchen Sie es weiter!«, befahl Major Fox.

Aus den Lautsprechern war jetzt wieder der Tower zu hören.

»Delta Romeo 2334, hier Air Base Ramstein. Starten Sie Ihren Bordcomputer neu. Starten Sie Ihren Bordcomputer neu!«

Captain Child wiederholte unentwegt seine Anweisung, die immer noch nicht zu verstehen war. Er hoffte, dass ein Neustart des Bordcomputers den Virus aus dem Speicher löschen und somit die Normalfunktion des Computersystems wieder herstellen würde. Er setzte alles auf eine Karte und vertraute darauf, dass der General oder der Major in Ramstein seine Worte verstehen und über den Tower die Piloten zum Neustart des Computers bewegen konnten. Die Möglichkeit, sich selbst ins Cockpit der Maschine vorzuarbeiten, hatte er schnell verworfen. Die Kabinentür war mit hoher Wahrscheinlichkeit verschlossen und bei dem Lärm, den die sterbenden Triebwerke verursachten, würde er sich nicht bemerkbar machen können.

Der Lotse wiederholte immer und immer wieder die Anweisung, in der Hoffnung, dass die Piloten wenigstens Bruchstücke des Funkspruchs empfangen konnten.

General Carter verfolgte weiter, wie Captain Child etwas in die Kamera sprach, und Major Fox bekam neue Meldungen über die anlaufende Rettungsmission.

»Sir, die beiden Jets steigen gerade auf. Allerdings werden sie die Maschine erst in ungefähr vierzehn Minuten erreichen. Ich fürchte, das wird zu spät sein.«

Plötzlich wurde der Bildausschnitt, der Captain Child zeigte, schwarz. Sein Gesicht war verschwunden.

Beide blickten jetzt auf das Satellitenbild, aber es zeigte nur eine weiße Fläche. Wolken. Wolken versperrten die Sicht auf Delta Romeo 2334.

»Verdammt! Auch das noch«, sagte General Carter und ballte die Fäuste.

»Entweder starten die Piloten gerade die Systeme neu oder sie haben einen Totalausfall«, stellte Major Fox fest.

»Das werden wir gleich sehen. Wie lange noch bis zum Aufschlag auf dem Wasser?«

»Nach den letzten Daten zu urteilen noch maximal zwei Minuten.«

General Carter wischte sich mit seinem Ärmel den Schweiß von der Stirn.

Plötzlich war wieder etwas aus den Lautsprechern zu hören. Es war der Tower.

»Delta Romeo 2334, hier Air Base Ramstein. Wir haben Sie nicht mehr auf dem Radar. Ihr Transpondersignal ist ausgefallen. Bitte geben Sie Ihre Position durch.«

Keine Antwort.

»Delta Romeo 2334, hier Air Base Ramstein. Wie ist Ihr Status?«

Noch eine Minute bis der unausweichliche Aufschlag auf dem Meer erfolgen musste. Flug 2334 antwortete immer noch nicht.

Der Fluglotse versuchte immer wieder, einen Kontakt mit der Maschine herzustellen, aber ohne Erfolg.

Major Fox fasste sich an das Ohr mit dem Funk-Headset. Er bekam eine Nachricht vom Tower.

»General, der Tower meldet, das Notsignal der Maschine kann auch nicht mehr empfangen werden.«

General Carter und Major Fox sahen sich an. Beide wussten, dass die Wahrscheinlichkeit, diesen Absturz zu überleben, bei nahezu Null lag. Selbst wenn jemand den Aufschlag auf dem Wasser überstehen sollte, würde es zu lange dauern, bis sie jemand aus dem eiskalten Wasser ziehen würde. Nur ein Wunder konnte die Maschine noch retten.

General Carter blickte zu Boden. *Scheiße.* Captain Child und die beiden Piloten. Eigentlich hatte er vorgehabt, ohne weitere Verluste in Pension gehen zu können. Und nun diese Katastrophe. »Major, geben Sie die letzten Koordinaten der Maschine an die USS Mason durch.«

Major Fox nickte stumm.

Plötzlich kam ein Knacken aus dem Lautsprecher. Eine zittrige Stimme meldete sich.

»Air Base Ramstein von Delta Romeo, kommen. Wir haben die Maschine wieder unter Kontrolle. Wir kehren um.«

21

CERN, 16. Juli, 16.30 Uhr

Das Interventionsteam hatte den ATLAS-Detektor auf sichtbare Schäden untersucht und sich dabei in kleinere Gruppen aufgeteilt. Jede Gruppe inspizierte die ihnen zugewiesenen Stellen und machte Bilder zur Dokumentation der Untersuchung. Da keine Schäden festgestellt werden konnten, und die Anlage auch sonst unbeschädigt aussah, verließ das Team die Kaverne und fuhr mit dem Aufzug wieder an die Oberfläche. Dort gab der Chef des Interventionsteams dem SLIMOS, Dave Baretty, eine kurze Zusammenfassung der Inspektion. Dave bestätigte, dass keine weitere Störung der Anlage vorlag und alle technischen Parameter innerhalb der spezifizierten Bereichen lagen. Der ATLAS-Detektor konnte also wieder frei gegeben werden, die Techniker und Journalisten den Sammelplatz verlassen und ins Gebäude zurückkehren. Der Quench Alarm wurde offiziell aufgehoben, und die Anlage konnte langsam wieder in Betrieb genommen werden. Da der Protonenstrahl auf Professor Breuers Anweisung hin nicht abgeschaltet worden war, konnte DarkSky mit einer kleinen Verzögerung fortgesetzt werden.

Dave bat seinen Stellvertreter, seine Aufgaben für die Dauer des Gesprächs mit dem Generaldirektor zu übernehmen. Suzan wartete bereits außerhalb des Gebäudes auf ihn. Sie telefonierte gerade mit Priya, um ihr klarzumachen, dass sie so schnell wie möglich die Scanner neu programmieren musste, damit weitere unerlaubte Zutritte sofort Alarm im gesamten Gebäude auslösen würden.

Priya war in ihr Büro im CERN zurückgekehrt und wollte die gewonnenen Erkenntnisse mit Kath besprechen, um die Scanner mit einer neuen Software versorgen zu können. Suzan hatte keinen Zweifel daran gelassen, dass es keine Zeit zu verlieren gab und die Anlage ab sofort reibungslos funktionieren musste, sonst wäre der Einsatz von TrueScan am CERN als gescheitert anzusehen. Jetzt, da die ganze Welt auf das CERN und das Experiment blickte, wäre das eine verheerende Nachricht für BioScanTech und hätte wahrscheinlich das Aus für Hennings Firma bedeutet. Priya liebte die Firma und konnte sich nicht vorstellen, woanders zu arbeiten. Die Leute bei BioScanTech waren in den letzten Jahren so etwas wie eine kleine Familie für sie geworden, und Henning war ein guter Chef. Er verstand es, das Team auch bei schlechten Nachrichten bei Laune zu halten und gute waren immer ein Grund für eine Feier. Als er vor zwei Jahren mit dem CERN Deal in der Tasche zurückkam, hatte er alle Mitarbeiter zusammengetrommelt und ihnen die gute Nachricht überbracht, dass BioScanTech den ersten großen Kunden für TrueScan hatte. Im Kofferraum seines Autos hatte er zwei Fässer Bier und eine Ladung bester Angus Rindersteaks, die er anschließend für die ganze Mannschaft im Garten grillte. Zu diesem Zeitpunkt beschloss Kath, Vegetarierin zu werden, denn Henning hatte ihr ein Steak auf den Teller gelegt, das mehr roh als medium war. Kath war in Schottland aufgewachsen und einiges gewohnt, was das Essen anging, aber das ging ihr nun deutlich zu weit. Ihr ganzer Teller war getränkt mit blutrotem Fleischsaft, der aus dem Fleisch quoll. Als Priya von Kaths Entschluss hörte, fiel sie Kath um den Hals und wollte sie vor Freude gar nicht mehr loslassen. Erst drei Bier später dämmert es Kath, warum Priya sich so über ihre Entscheidung, Vegetarierin zu werden, gefreut hatte. Einmal im Jahr lud Kath einige Freunde und Kollegen von BioScan-Tech zu einem großen Essen am St. Andrews Day ein, einem der großen schottischen Nationalfeiertage. An diesem Tag gab es das Leibgericht aller Schotten, und Kath achtete darauf, dass Priya auch alles aufaß, was sie ihr auf den Teller lud. Priya hasste Haggis – eine Mischung aus Innereien vom Schaf und jeder Menge Zwiebeln. Dazu gab es Kartoffelbrei und gekochte Rüben. Für so etwas würde man in Indien im Gefängnis landen, da war sich Priya sicher. Aber Priya ließ sich nichts anmerken, aß alles auf und lobte anschließend Kath für ihre Kochkünste. Jeder musste Opfer bringen.

Priya holte ihren Laptop aus dem Bereitschaftsmodus, startete das Programm für die Videokonferenz und kontaktierte Kath. Wenige Augenblicke später erschien das Bild ihrer Freundin und Kollegin auf dem Rechner. Priya fasste die Geschehnisse der letzten Stunden für Kath zusammen und bat sie, die Auswertung der neu gewonnenen TrueScan Daten vom ATLAS Gebäude zu übernehmen.

»Priya, du weißt, was das bedeutet?«, fragte Kath. »Ich hatte mit meiner Vermutung Recht, dass es jemand geschafft hat, TrueScan auszutricksen. Du hast die Person gesehen, die den Alarm ausgelöst hat.

Hatte der Mann etwas Besonderes an oder trug er ein Gerät bei sich?«

»Kath, ich hatte doch gerade schon gesagt, dass das alles so schnell ging und ich nicht auf die Kleidung geachtet hatte. Ob er ein Gerät bei sich hatte, kann ich nicht sagen, jedenfalls hatte er keines in der Hand, als er aus dem Serverraum kam. Falls er einen Jammer hatte, dann musste er ihn in der Tasche getragen haben.«

Kath hatte auf eine mögliche Störung der Scanner durch Jammer schon einige Male hingewiesen. Aber weder Henning noch Priya hatten sie ernst genommen, obwohl solche Störsender seit Jahren auch in anderen Bereichen genutzt wurden, um bestimmte Frequenzen von Handys oder anderen Geräten zu stören und somit eine Kommunikation zu verhindern.

»Du hältst es also auch für denkbar, dass er einen Störsender für unsere Frequenz hatte?«, bohrte Kath nach.

»Wäre denkbar«, gab Priya mit einem gequälten Unterton zu, versuchte aber, ihren Ärger über dieses Thema unter Kontrolle zu halten. Sie hatte keine Lust, schon wieder mit Kath darüber zu streiten. »Aber ich habe keinen gesehen und ich bin nicht sicher, ob man ein Gerät so klein bauen kann, dass es in die Hosentasche passt. Ich lade dir jetzt die Daten von diesem Zero hoch. Kannst du sie dir gleich anschauen?« Priya versuchte, das Thema zu wechseln.

»Von diesem Zero?«

»Ja, von dem Kerl im Serverraum. Ich nenne ihn Zero, da er keine TrueScan Signatur erzeugt hat.«

»Okay. Ich mach' mich gleich an die Analyse deines Zeros.«

»Kath, das ist nicht mein Zero. Wenn schon, dann ist es unser Zero.«

»Schon gut, Priya. Wie lange brauchst du, um die TrueScan Scanner mit der neuen Software zu versorgen, so dass der Zero zukünftig sofort entdeckt wird, wenn er wieder versucht, einen verbotenen Bereich zu betreten?«

»Nicht lange. Eine halbe Stunde oder so.«

»Okay, ich ruf' dich an, sobald ich etwas für dich habe. Bis später, Programmier-Göttin.«

»Was, was hast du gesagt?«, versuchte Priya noch zu fragen, aber Kath hatte die Verbindung schon getrennt.

Programmier-Göttin hatte sie gesagt. Henning hatte also mit Kath gesprochen, dachte Priya. Das heißt, sie würde auch mit Henning sprechen müssen, und zwar dringend.

Suzan hatte inzwischen zusammen mit Dave und Henning das Büro von Professor Breuer betreten, und die drei warteten darauf, dass der Professor zu dem von ihm angeordneten Treffen erschien. Henning nutzte die Zeit, um mit Kath Nachrichten auszutauschen. Er erfuhr, dass BioScanTech wieder online war und Kath von Priya die Daten zur Analyse bekommen hatte. Offensichtlich hatten die beiden dem Eindringling die Bezeichnung Zero gegeben. Suzan und Dave tauschten letzte Informationen aus, als Professor Breuer den Raum betrat und die drei aufforderte, Platz zu nehmen. Er machte einen abgekämpften Eindruck. Die Aufregung der letzten Stunde hatte ihm zugesetzt.

»Suzan, ich mache mir Sorgen um die Sicherheit des CERN und der Menschen, die hier arbeiten«, begann Professor Breuer. »Können Sie mir versichern, dass so etwas nicht nochmals vorkommt?«

»Professor Breuer, wir konnten durch die neue Software von BioScanTech erkennen, dass sich jemand unerlaubt Zutritt zum ATLAS Kontrollraum verschafft hat. Wir konnten Fingerabdrücke nehmen, und ich erwarte in den nächsten zwei Stunden eine Rückmeldung der örtlichen Polizei, ob die Fingerabdrücke einen Treffer in der Datenbank hatten. Zudem werden wir mit Dr. Singhs Hilfe ein Phantombild des Mannes erstellen können. Sie hat den Mann gesehen und kann ihn beschreiben.«

Henning mischte sich jetzt in die Diskussion ein. »Außerdem werden wir jetzt alle unsere Scanner mit der neuen Software ausstatten, so dass wir in der Lage sein werden, den Zero sofort zu erkennen und Alarm auszulösen.«

»Den Zero?«, fragte Professor Breuer erstaunt nach. Auch Suzan und Dave Baretty schauten Henning verblüfft an.

»So nennen wir die Person, da sie keine Signatur im Scanner hinterlässt.« Henning erkannte, dass er einen Fehler gemacht hatte, denn er wollte nicht den Eindruck erwecken, dass die Scanner nicht in der Lage sein könnten, bestimmte Personen zu entdecken. Dadurch würden sie letztlich ein Sicherheitsrisiko darstellen, und der TrueScan Einsatz am CERN würde als Fiasko enden. Schnell ergänzte er seine Aussage. »Ich meine, die Signatur ist ungewöhnlich, aber trotzdem von uns detektierbar, sonst hätten wir ja den unerlaubten Zutritt nicht bemerkt.«

»Bis wann werden alle Scanner auf dem neuesten Stand sein?«, fragte Professor Breuer. Offensichtlich hatte niemand seinen Fauxpas bemerkt.

»In spätestens zwei Stunden werden wir die Software auf alle Scanner aufgespielt haben.«

»Gut. Ich hoffe, dass wir damit dann das Problem im Griff haben.«

Suzan deutete diesen Satz als die Beendigung dieses Sicherheitsthemas und wollte nun auf ihr Anliegen zu sprechen kommen.

»Professor, Dave Baretty konnte die manipulierten Daten des ATLAS-Detektors sichern. Wir halten es für sinnvoll, herauszufinden, was die Manipulationen bewirken sollten.« Dabei schaute sie zu Dave, der nickte. Professor Breuer drehte seinen Kopf in Richtung des SLI-MOS.

»Mr. Baretty, lassen Sie mich Ihnen zuerst für die gute Arbeit während des Zwischenfalls danken. Ich werde Ihren Vorgesetzten über Ihre ausgezeichnete Arbeit informieren.«

»Danke, Professor.« Nach einer kurzen Pause fuhr er fort. »Ich stimme Suzan zu, dass wir schnellstens eine Untersuchung der manipulierten Daten durchführen sollten, um herauszufinden, welche Absicht dahinter steckt.«

»Suzan, meine Herren, wir stehen kurz vor einer wissenschaftlichen Sensation, und Sie bitten mich, dass wir DarkSky unterbrechen, um irgendwelche blödsinnigen Daten eines Irren zu untersuchen?«

»Ich denke nicht, dass wir das Experiment unterbrechen müssen«, klinkte sich Henning wieder ein. »Aber es ist wichtig, herauszufinden, warum das Magnetfeld mit 9,87 Megahertz zu schwingen begann. Ich bin kein Experte auf dem Gebiet der Supraleitung, aber der Einfluss auf den Detektor könnte neue Erkenntnisse liefern. Im besten Fall stellen wir fest, dass es gar keinen Einfluss hat, und die Schwingung nur ein zufälliger Effekt war. Vielleicht ist es aber auch ein neuer, bisher unbekannter Effekt.« Henning hatte durch seine Zeit an der Universität viele Professoren kennengelernt. Er wusste, dass man Menschen, die sich der Wissenschaft verschrieben hatten, nur durch diese selbst überzeugen konnte. Der Gedanke, einen neuen, noch unbekannten physikalischen Effekt zu entdecken, elektrisierte jeden Wissenschaftler. Vielleicht würde der Effekt sogar nach seinem Entdecker benannt werden. Henning hatte seinen Köder ausgelegt und wartete darauf, dass Professor Breuer danach schnappte.

»Hm«, begann Professor Breuer langsam, »wir könnten diese Untersuchung auch nach dem Abschluss von DarkSky durchführen und hätten dann immer noch die Chance, die Ursache der Oszillation herauszufinden.«

»Ja, das könnten wir natürlich. Vielleicht entwickelt jemand anders eine Idee, woher die Oszillation kommen könnte, denn schließlich werden die Journalisten diese Tatsache in ihren Reportagen nicht unerwähnt lassen«, entgegnete Henning, um den Druck noch etwas zu erhöhen.

»Also gut«, sagte Professor Breuer, stand auf, ging zu seinem Schreibtisch, auf dem sein Handy lag, und führte ein kurzes Telefonat. Suzan schaute zu Henning und zog ihre Augenbrauen hoch. Henning interpretierte dies als Zeichen ihrer Bestätigung seiner Strategie. Professor Breuer kam wieder zu den anderen zurück und setzte sich.

»Ich habe einen Kollegen gebeten, herzukommen, denn ich möchte seine Meinung zu diesem Thema hören. Zudem wäre er der Richtige für diese Untersuchung.« Schnell fügte er noch hinzu, »...falls wir uns entschließen sollten, diese Untersuchung überhaupt durchzuführen.«

Wenige Minuten später ging die Bürotür auf und ein kleiner Mann mit Hut kam herein. Professor Breuer stand auf und schüttelte dessen Hand. Henning schaute zu Dave hinüber, und der formte mit seinen Lippen ein Wort, ohne dass ein Ton herauskam. Henning interpretierte die Mimik als *Li*.

»Danke, Professor Li, dass Sie so kurzfristig kommen konnten. Ich weiß, Sie haben alle Hände voll zu tun, aber Sie können sich denken, dass ich sie nicht gebeten hätte, wenn die Sache einen Aufschub geduldet hätte.«

»Ich bin in der Tat sehr beschäftigt und bitte deshalb zur Eile.«

Professor Breuer stellte den anderen Professor Li vor und bat ihn, Platz zu nehmen. Der lehnte jedoch ab und blieb stehen.

»Also gut, ich werde mich kurzfassen, Professor«, begann Professor Breuer. »Wie Sie sicher bereits wissen, hat ein Unbekannter die Steuerungsparameter für den ATLAS-Detektor manipuliert, so dass sich eine Anomalie des Magnetfelds gezeigt hat. Glücklicherweise konnte Mr. Baretty die manipulierten Daten sichern.«

»Und Sie wollen nun, dass ich mit den manipulierten Einstellungen eine Simulation des Magnetfelds durchführe«, unterbrach ihn Professor Li, der sich auf dem Weg in Professor Breuer Büro bereits Gedanken über die sehr kurzfristig angesetzte Besprechung gemacht hatte.

»Richtig.«

»Das ist völliger Quatsch und reine Zeitverschwendung. Was soll dabei herauskommen?«

Dave Baretty zog ein iPad aus seiner Tasche, entsperrte den Bildschirm und stand auf, um es Professor Li zu reichen. »Professor, Sie sehen hier die manipulierten Parameter. Es wäre denkbar, dass diese Einstellungen die Oszillation des Magnetfelds hervorgerufen haben.«

»Welche Oszillation?«

»Wir konnten eine Oszillation des Magnetfelds messen, solange die manipulierten Einstellungen aktiv waren«, fuhr Dave fort.

Professor Li machte eine Wischbewegung auf dem iPad, um an das Ende der Daten zu gelangen und sie nur kurz zu überfliegen. Dann scrollte er wieder an den Anfang des Dokuments und gab das iPad zurück.

»Ich habe weder die Zeit noch die Rechenleistung, um die notwendige Simulation durchzuführen. Alle unsere Rechner sind mit Dark-Sky voll ausgelastet und wir haben keine Reserverechner mehr übrig. Wir arbeiten sowieso schon mit sehr knappen Mitteln.« Dabei blickte er zu Professor Breuer hinüber und signalisierte, dass die Besprechung ihr Ende erreicht hatte. Er setzte sich in Bewegung Richtung Ausgang.

Mist, dachte Henning. Er musste versuchen, Professor Li doch noch umzustimmen. »Wollen Sie die Erklärung, warum das Magnetfeld mit 9,87 Megahertz schwingt, also anderen überlassen?«

Professor Li blieb abrupt stehen und drehte sich um.

»Was haben Sie gesagt? Mit welcher Frequenz schwingt das Magnetfeld?«

»Mit 9,87 Megahertz plus minus 0.05 Prozent Messungenauigkeit«, antwortete Dave.

Professor Li kratzte sich am Hinterkopf. Dabei rutschte sein Hut etwas nach vorne und bedeckte Teile seines Gesichts.

»Zeigen Sie mir nochmals die Daten«, sagte Professor Li, rückte seinen Hut zurecht und ging auf Dave Baretty zu. Er nahm das iPad und schaute die Daten, die er zuvor nur eines kurzen Blickes gewürdigt hatte, diesmal intensiv an. Niemand sagte etwas, damit der Professor die Daten in Ruhe studieren konnte. Henning und Suzan tauschten Blicke aus.

»Nun, wie bereits erwähnt, habe ich keine Rechner zur Simulation zur Verfügung. Mein Anschaffungsantrag für eine neue Rechnerfarm wurde letztes Jahr abgelehnt.« Wieder blickte er zu dem Generaldirektor des CERN.

»Können Sie die Simulation nicht durch verteiltes Rechnen auf Computern von Privatleuten durchführen, so wie es bei SETI@Home gemacht wird?«, platzte Henning heraus. Sein Gefühl sagte ihm, dass diese Untersuchung unbedingt durchgeführt werden musste.

»Wie war nochmal Ihr Name, Herr …?«, wollte Professor Li von Henning wissen und gab dabei das iPad zurück.

Henning war klar, dass Professor Li seinen Namen kannte. »Dr. Finnley.«

»Dr. Finnley, war nicht vor einigen Monaten im *Nature* Magazin ein kurzer Bericht über Sie und Ihre Firma zu lesen? Wie heißt sie noch gleich?«

»BioScanTech«, antwortete Henning knapp. Der Artikel in dem Magazin ging über acht Seiten und war alles andere als kurz gewesen.

Generaldirektor Breuer mischte sich wieder in die Diskussion ein. »Professor Li, Sie könnten mit Ihrer Arbeitsgruppe ein neues Projekt aufsetzen und über die CERN Webseite die interessierten Leser bitten, uns ihre Rechenleistung zur Verfügung zu stellen. Bei der Aufmerksamkeit, die unser Experiment gerade hat, sollte es möglich sein, genügend Freiwillige zu finden. Ich würde Ihnen völlig freie Hand lassen.«

»Ich verstehe kein Wort.« Suzan hatte bis jetzt die Diskussion teilnahmslos verfolgt und hatte keine Ahnung, wie der Plan aussehen sollte. »Was wollen Sie tun?«

»Da Professor Li keine Rechner zur Verfügung hat, um die Simulation hier am CERN durchzuführen, sucht er Freiwillige, die ihren privaten Computer für die Zeit zur Verfügung stellen, in der sie selbst nicht damit arbeiten. Die Rechenaufgabe wird dazu in kleine Stücke zerlegt, und jeder Computer lädt diese herunter und löst sie. Die Lösung wird anschließend zurück ans CERN geschickt und hier zusammengesetzt. Vielleicht haben Sie schon von SETI@Home gehört – die Suche nach außerirdischen Signalen funktioniert nach genau diesem Prinzip«, erklärte Henning den Sachverhalt.

Professor Li ergänzte: »Und wenn sich ungefähr zweitausend Freiwillige daran beteiligen, dann hätten wir annähernd die Rechenleistung, die wir dazu benötigen.«

»Verstehe. Und warum machen Sie das dann nicht immer so, wenn das so einfach geht?«

»Wir haben leider nicht immer diese Publicity und die hohe Anzahl an Besuchern auf der Webseite, die wir um Mithilfe bitte könnten. Zudem können wir nicht alle Probleme über verteilte Algorithmen lösen …«

»Meine Herren, Suzan, die Zeit drängt, ich würde gerne zu einer Übereinstimmung kommen«, unterbrach Professor Breuer das Gespräch und schaute auf seine Armbanduhr.

»Also gut. Ich werde einen meiner Assistenten für maximal zwei Tage für diese Untersuchung abstellen. Keine Minute länger. Und für den Fall, dass wir nicht genug Teilnehmer für das Projekt finden, ist die Sache gestorben.«

»Einverstanden«, sagte Professor Breuer. »Mr. Baretty wird Ihnen die Daten zur Verfügung stellen. Halten Sie diese Runde hier auf dem Laufenden, sobald Sie etwas entdecken.«

Professor Li nickte und wandte sich zum Gehen ab. Auf halbem Weg meldete sich Professor Breuer nochmals zu Wort.

»Professor Li …«

Der Professor blieb stehen, drehte sich um und sah zu Professor Breuer, der in Papieren auf seinem Schreibtisch blätterte. »Reichen Sie Ihren Beschaffungsantrag für die Rechnerfarm nochmals ein. Ich werde sehen, was sich machen lässt«, sagte er ohne dabei aufzuschauen.

Ein Lächeln erhellte Professor Lis Gesicht. »Natürlich.«

22

Schweiz, 16. Juli, 17 Uhr

Die beiden OSI Agenten hatten sich ein Hotel in der Nähe des CERN gesucht, denn der Besuch beim Generaldirektor des CERN und seiner Sicherheitschefin war anders verlaufen, als sie sich das gedacht hatten. Da alle Hotels wegen des Experiments ausgebucht waren, musste Agentin Louis ihre Kontakte spielen lassen. In einem nahegelegenen Hotel wurde daraufhin ein Buchungsfehler bemerkt, und sie und ihr Kollege konnten die schon seit Monaten gebuchten Zimmer beziehen. Eigentlich hatten sie damit gerechnet, am Abend wieder nach Ramstein zu fliegen, um dort mit der Untersuchung des Vorfalls fortzufahren, aber die Agentin war sich sicher, dass dieser Finnley und seine indische Kollegin etwas mit der Sache zu tun hatten. So hatten sie ihren Plan geändert und den Rückflug auf die Air Base gestrichen und entschieden, den beiden auf den Zahn zu fühlen.

Die Agentin hatte ihren Koffer, der lediglich ein paar Kleider und Unterwäsche enthielt, auf ihr Bett gelegt, als jemand die Tür aufriss. Es war ihr Kollege Wilder, der ins Zimmer gestürmt kam.

»Louis, in Ramstein ist die Hölle los! Die Osprey ist beim Rücktransport der Reste von Eagle 8 kurz vor der Landung explodiert. Sie sollen sofort Kontakt mit General Carter aufnehmen!«

»Verdammt, woher wissen Sie das?«

»Major Fox hat mich gerade angerufen. Er konnte Sie nicht erreichen.«

Die Agentin trat an ihr Jackett, suchte nach ihrem Handy, und als sie es fand, schaute sie auf das Display. Es war dunkel. Akku leer. Unverzeihlich. Sie leitete die Untersuchung.

»Verfluchte Scheiße«, entfuhr es ihr. Sie öffnete die Rückseite ihres Handys, entnahm den leeren Akku, setzte einen vollen ein und drückte eine Taste. Das Handy erwachte wieder zum Leben. *In dieser Zeit sind Ersatzakkus wichtiger als Ersatzmagazine*, dachte sie und steckte den leeren Akku in ein Ladegerät.

»Was hat Ihnen der Major noch gesagt?«

»Die Osprey ist kurz vor der Landung explodiert, die Piloten haben überlebt, allerdings ist Agent MacMurry auf dem Weg ins Medical

Center nach Landstuhl gestorben. Agent Simmons wird es wohl auch nicht schaffen.«

»Scheiße. MacMurry tot. Er war ein guter Mann. Wie viele Kinder hat er nochmal?«

»Ich glaube drei. Seine Frau arbeitet auch für die Air Force, sie ist Ärztin.«

Agentin Louis gab den Sicherheitscode in ihr Handy ein, um es zu entsperren. Sie öffnete das Adressbuch und fand die Nummer von General Carter, die sie erst vor wenigen Stunden hinzugefügt hatte. Sie drückte auf die Anzeige und die Verbindung wurde aufgebaut. Damit Agent Wilder das Gespräch mithören konnte, stellte sie das Telefon auf Freisprechen. Nach wenigen Rufzeichen nahm General Carter ab.

»Hallo«, hallte es aus dem Lautsprecher.

»General Carter, hier Agentin Louis und Agent Wilder.«

»Louis, zum Teufel, wo stecken Sie? Wir haben versucht, Sie zu erreichen. Wir haben wichtige Informationen für Sie!«, blaffte der General die Agentin an.

»Tut mir leid, mein Akku war leer«, gab Agentin Louis zu.

»Louis, hören Sie mir genau zu! Wir haben eine Osprey verloren, sie ist beim Landeanflug hier auf der Air Base explodiert. Ein OSI Agent ist tot, der andere wird es wahrscheinlich auch nicht schaffen.«

»Ich weiß.«

»Ich hatte Captain Child vom Space Command angefordert«, fuhr General Carter fort. »Er war gerade im Urlaub auf Grönland, als ihn mein Befehl erreichte. Seine Maschine für den Transport zur Air Base wurde von einem Computervirus befallen und geriet außer Kontrolle.«

»Ich kenne Captain Child. Lebt er noch?«

»Ja. Er hat nur ein paar Schrammen abbekommen. Sein linker Oberarm ist angebrochen und seine Oberlippe musste genäht werden. Die Piloten der Transportmaschine konnten ihren Bordcomputer im letzten Moment nochmals starten und so die Kontrolle über die Maschine wieder erlangen.«

»Er ist ein harter Kerl«, sagte Agentin Louis und merkte, dass sie etwas zu viel gesagt hatte. Nicht die Worte waren falsch, sondern die Art, wie sie es gesagt hatte.

»Wie konnte ein Computervirus in den Bordcomputer der Maschine gelangen?«, sprang Agent Wilder ein und blickte dabei die

Agentin an.

»Eagle 8 wurde durch einen Computervirus übernommen. Die beiden OSI Agenten an Bord der Osprey hatten den Virus entdeckt und auf einen Speicherstick kopiert. Während des Flugs von Captain Child nach Ramstein hatten wir eine Videokonferenz, um ihn auf den aktuellen Stand zu bringen. Dabei haben wir den Inhalt des Sticks über unser Datenaustauschlaufwerk hochgespielt, damit er ihn während des Fluges untersuchen konnte. Zu diesem Zeitpunkt wussten wir noch nicht, dass wir es mit einem Computervirus zu tun haben. Dadurch ist der Virus ins Flugzeug und auf den Laptop des Captains gelangt.«

»Ja, aber die Bereiche sind doch getrennt. Wie kann ein Virus über den Laptop in den Bordcomputer der Maschine eindringen?«, wollte Agentin Louis wissen.

»Wir wissen es noch nicht, aber wahrscheinlich über das bordeigene WLAN Netzwerk. Die Satellitenverbindung der Maschine wird sowohl für das interne Netzwerk genutzt, als auch für die Datenübermittlung der Bordcomputer, um zum Beispiel die Betriebszustände der Turbinen zu übermitteln. Das ist aber nur eine erste Vermutung. Wir stehen noch ganz am Anfang der Untersuchung.«

»General, das ist eine ernsthafte Bedrohung. Haben Sie eine Idee, wer dahinter stecken könnte? Die Russen?«

»Nein, wir tappen noch völlig im Dunkeln. Jemand tritt uns gerade mächtig in den Hintern.«

»Was sagt das Pentagon?«

»Der Präsident hat DEFCON 4 angeordnet, erhöhte Alarmbereitschaft.« General Carter machte eine kleine Pause, damit sich diese Nachricht in den Köpfen der beiden Agenten entfalten konnte. DEFCON bezeichnete die Alarmbereitschaft der USA. In Zeiten des Friedens war die niedrigste Stufe aktiv, Stufe fünf. Jetzt hatte der Präsident und oberster Befehlshaber der amerikanischen Streitkräfte die Stufe vier aktiviert.

»Agentin Louis, Agent Wilder, hören Sie mir beide jetzt genau zu. Sie sind mit sofortiger Wirkung meinem direkten Befehl unterstellt.«

»Ja Sir, verstanden.«

»Was ist ihr gegenwärtiger Kenntnisstand? Haben Sie etwas aus diesen Finnley herausbekommen?«

»Wir haben das erste Gespräch mit Dr. Finnley und Dr. Singh

geführt. Die beiden sind hier am CERN, um die TrueScan Scanner zu warten. Am CERN läuft gerade ein wichtiges Experiment mit dem Namen DarkSky. Es soll die Existenz von dunkler Materie nachweisen. Die Wissenschaftler hier rechnen bei einem Erfolg mit dem Nobelpreis.«

»Was hat das Ganze mit unserer Sache zu tun?«

»Das wissen wir noch nicht. Jedenfalls stinkt die Sache gen Himmel. Irgendetwas ist hier faul. Während wir am CERN waren, wurde ein Sicherheitsalarm ausgelöst. Wir konnten allerdings noch nicht in Erfahrung bringen, was wirklich passiert war. Das CERN hat einen sonderbaren Status, ähnlich dem Vatikan. Wir dürfen das Gelände nur mit ausdrücklicher Genehmigung des Direktors betreten.«

»Ja, ich habe davon gehört. Was ist Ihr Plan?«, wollte General Carter wissen.

»Wir haben die Handys und die Computer der beiden angezapft. Es wird alles aufgezeichnet und in unserem Büro ausgewertet. Außerdem haben wir das Büro der Sicherheitschefin verwanzt. Sobald sich etwas Wichtiges tut, werden wir informiert. Wir werden diesem Finnley nochmals einen Besuch abstatten. Der gefällt mir nicht.«

»Ich möchte alle vier Stunden einen Bericht von Ihnen. Und laden Sie Ihre verdammten Akkus auf«, sagte General Carter und beendete das Gespräch.

Agentin Louis nahm ihre Dienstwaffe aus dem Halfter und überprüfte sie. Danach nahm sie ihr Reservemagazin vom Gürtel und überprüfte auch das. Dann steckte sie beides wieder zurück. »Los, gehen wir!«

23

Die Frau stand hinter ihm und beleuchtete seinen Kopf mit einer Art Taschenlampe, die ein blaues, schnell blinkendes Licht ausstrahlte. Für einen Menschen war die Schwankung der Leuchtstärke nicht wahrzunehmen, da die Evolution keinen Grund sah, den Menschen mit diesen Eigenschaften auszustatten. Sie konnte dieses Blinken allerdings wahrnehmen. Mehr noch, sie konnte sogar die genaue Frequenz des Lichts selbst, die Blinkfrequenz und den stattfindenden Energieeintrag in die künstliche Haut des Mannes ermitteln. Ihre Fähigkeiten der Wahrnehmung waren fantastisch und den menschlichen weit überlegen. Wären sie nicht nur zu zweit gewesen, dann hätte bereits die nächste Phase begonnen, und die Auswahl geeigneter Körper wäre in vollem Gange. So mussten sie erst noch weitere Einheiten zur Unterstützung holen und ein permanentes Tor öffnen.

Die Modifikationen seines Gesichts waren abgeschlossen. Er hatte jetzt keine Ähnlichkeiten mehr mit dem Mann aus dem Serverraum, den Priya gesehen hatte. Da sie Haare nicht nachbilden konnten, mussten sie dabei auf ein lokales Erzeugnis zurückgreifen. Die Perücke war zwar aus Kunsthaar, aber von echtem Haar fast nicht zu unterscheiden.

»Wie lange wird die Verzögerung dauern?«, fragte die Frau.

»Nicht lange. Ich bin sicher, dass sie morgen wieder einen Versuch starten werden.«

»Wie bekommen wir unsere Manipulationen wieder in den Detektor?«

»Ich habe auf ihrem Server unseren Virus hinterlassen. Sobald sie den Server des Detektors wieder vom Internet abgekoppelt haben, wird er aktiv und baut im Hintergrund eine Verbindung auf. Wir können dann von hier aus unsere Daten wieder einspielen und das Tor öffnen.«

»Unser Virus, mit dem ich die Drohne gesteuert habe, macht gute Fortschritte. Er hat sich bereits in einige zentrale Systeme ihrer Verteidigungsanlagen eingenistet und wartet auf mein Signal.«

»Was ist mit dem Flugzeug?«

»Sie haben es geschafft, den Virus zu deaktivieren. Der Bordcomputer wurde neu gestartet, bevor er sich permanent einnisten konnte.«

»Warum hast du diesem Virus das Signal gegeben?«

»Probelauf. Ich wollte sehen, ob ihr Sicherheitssystem tatsächlich so schlecht ist wie erhofft.«

»Und?«

»Ist es. Ihre gesamte Verschlüsselungstechnik setzt auf Primzahlen.«

»Warum haben sie dann die Kontrolle über das Flugzeug wieder erlangen können?«

»Die Menschen sind kreativ. Unter Stress scheinen sie gut zu arbeiten.«

»Was machen ihre Scanner?«, fragte der Mann schließlich.

»Sie haben unsere Modifikationen bemerkt und sind jetzt in der Lage, uns sicher zu erkennen. Wir müssen jetzt sehr vorsichtig sein, wo wir uns bewegen.«

»Wieso legen wir nicht einfach ihre Scanner mit unserem Virus lahm? Sollte eine Kleinigkeit sein.«

»Das werden wir auch tun. Aber zum richtigen Zeitpunkt. Wenn wir jetzt ihre Scanner angreifen, werden sie alarmiert sein und wieder Personenkontrollen durchführen. Das wäre ein Problem für uns.«

24

Henning öffnete die Tür zu Priyas Büro und trat ein. Priya saß hinter ihrem Schreibtisch und hatte eine Flasche Mineralwasser in der Hand, aus der sie gerade trank. Er blickte sich in der Toilette um und schüttelte verständnislos den Kopf. »Priya, dein Büro ist indiskutabel. Ich werde mit Suzan sprechen, dass das so nicht geht.«

»Henning, schon gut. Ich komme damit klar. Außerdem planen wir ja nicht, für immer hierzubleiben, oder?«

»Sicher nicht. Wie sieht es bei dir aus? Hast du die Software in den Scannern auf den neuesten Stand gebracht?«

»Bin gerade fertig geworden. Die Scanner werden jetzt sofort Alarm auslösen, sobald ein Zero vor ihnen auftaucht.«

»Sehr gut. Und die App auf dem Handy wird auch weiterhin bei uns Alarm schlagen?«, wollte Henning wissen.

»Ja klar. Gib mir mal dein Handy, ich habe die App noch etwas verbessert.«

Henning reichte Priya sein Handy. Priya schloss es an ihren Laptop an, installierte die neueste Version der Software und gab es ihm schließlich zurück.

»Du bist klasse, Priya«, murmelte Henning, während er sich die App auf seinem Handy ansah und die neuen Funktionen genauer untersuchte. »Also, ich meine, du bist die beste Programmiererin, die ich kenne.«

»Besser als Kath?«

Noch bevor Henning die Frage von Priya vollständig verarbeitet hatte, schrillte sein inneres Frühwarnsystem los, das er sich in den letzten Jahren mühsam antrainiert hatte. Priya war bei manchen Themen super empfindlich und legte hin und wieder ein paar Tretminen aus. Er war gerade auf eine getreten und hatte das Klicken des Auslösers gehört. Eine falsche Bewegung und er wäre so gut wie tot. Egal wie er die Frage beantworten würde, hätte er entweder Priya oder Kath gegen sich aufgebracht, und das konnte er nun wirklich nicht gebrauchen. Sein Verstand suchte nach einer Antwort, während er den Blick nicht von der App nahm. Er musste Zeit gewinnen.

»Kath ist eine super Systemanalytikerin. Ihr beide ergänzt euch perfekt.«

»So, so«, gab Priya etwas schnippisch zurück.

»Ja wirklich, Priya. Ich bin wirklich froh, dass ihr beide für Bio-ScanTech arbeitet.«

In diesem Augenblick klopfte es an der Tür. Seine Rettung. Henning brüllte förmlich *Herein* vor Erleichterung, während Priya ihn erschrocken anstarrte. Die Tür wurde geöffnet und ein Mann kam herein.

»Da sind Sie ja. Ich habe wichtige Neuigkeiten!«, platzte Walter heraus. »Henning, Sie hatten doch einen Kurierdienst beauftragt, eine neue Diagnoseausrüstung von München hierher zu schaffen?«

»Ja. Die sollte eigentlich längst hier sein.«

»Ich fürchte, Sie werden darauf verzichten müssen. Der Kleintransporter ist auf dem Weg hierher verunglückt und völlig ausgebrannt.«

»Und der Fahrer?«, fragte Henning sichtlich schockiert.

»Liegt im Krankenhaus. Er ist noch nicht vernehmungsfähig.«

»Wissen Sie, was passiert ist?«

Walter schüttelte den Kopf. »Könnte reiner Zufall sein, oder ...« Er beendete den Satz nicht. Sein Gesicht hatte einen sorgenvollen Ausdruck.

»Zufall?«, entgegnete Priya und stieß hörbar Luft aus. »Das glaube ich einfach nicht.«

»Wir müssen warten, bis der Fahrer vernommen werden kann. Vielleicht löst sich auch alles auf.« Walter machte eine kurze Pause. »Es gibt noch mehr Neuigkeiten.«

»Und ich brauche dringend etwas zu essen. Mein Zuckerlevel kommt in den roten Bereich«, gab Priya zurück.

»Ja, ich hatte seit dem Frühstück auch nichts mehr. Gibt es hier in der Nähe ein Restaurant?«, wollte Henning wissen.

»Hier in der Nähe ist ein Italiener. Sie mögen doch italienisch?«, fragte Walter und blickte zwischen Henning und Priya hin und her.

»Klar«, sagten Henning und Priya gleichzeitig.

»Also gut. Ich kann auch etwas vertragen. Ich rufe noch kurz Suzan an, dass wir sie abholen«, sagte Walter und zog sein Handy aus der Tasche. Walter telefonierte kurz mit Suzan und teilte dann den anderen mit, dass sie Suzan auf dem Weg zum Italiener abholen würden.

Sie stiegen in Walters Wagen, Henning diesmal hinten und Priya vorne. Walter wendete den Wagen und fuhr auf die Hauptstraße, um dann nach zwei Minuten rechts am Straßenrand zu halten. Er machte den Motor aus, stellte aber im gleichen Moment fest, dass dies nicht nötig gewesen wäre, denn im selben Augenblick tauchte Suzan auf. Sie kam auf den Wagen zu, öffnete die hintere rechte Tür, und ließ sich mit einem lauten Seufzer in den Sitz fallen.

»Dieser Professor Li hat uns zum Narren gehalten. Sie glauben es nicht, was ich gerade erfahren habe«, verkündete Suzan.

»Können wir erst etwas essen? Ich bin am Verhungern und wenn ich hungrig bin, kann ich nicht klar denken«, sagte Priya, während sie sich nach hinten beugte.

»Essen? Was ist das? Ich bin auch völlig ausgehungert«, stimmte Suzan Priya zu.

Walter startete den Motor wieder und sie fuhren, ohne dass jemand etwas sagte, zehn Minuten über Landstraßen. Sie hatten Glück und bekamen direkt vor dem Restaurant einen Parkplatz. Suzan ging voraus und fragte nach dem Tisch, den sie fünfzehn Minuten zuvor telefonisch reserviert hatte. Das Restaurant hatte ein gemütliches Ambiente, und Henning und Priya fühlten sich sofort wohl. Henning bestellte eine Flasche Wein, Mineralwasser und für jeden einen Aperitif, ohne in die Menükarte zu schauen. Zudem orderte er einen großen Vorspeisenteller, mit der Bitte, diesen so schnell wie möglich zu bringen, da sie alle ausgehungert seien. Die Kellnerin verteilte die Speisekarten, ging zurück und kam wenige Minuten später mit den Getränken wieder.

Mit knappen Worten bestellten die vier ihr Essen und tranken Mineralwasser. Niemand sagte ein Wort, bis endlich der Vorspeisenteller zusammen mit einem Brotkorb auf den Tisch gestellt wurde. Alle vier fielen über das warme Brot und die köstlichen Vorspeisen her. Erst jetzt bemerkten sie, wie viel Kraft dieser Tag sie gekostet hatte und wie erschöpft sie waren. Nachdem der erste Hunger gestillt war, goss Henning allen Wein ein und sie stießen miteinander an, immer noch schweigend.

Suzan brach als Erste das Schweigen und stellte ihr Rotweinglas ab. »Professor Li hat uns reingelegt. Also eigentlich hat er Generaldirektor Professor Breuer reingelegt. Henning, wie kamen Sie auf die

Idee mit dem verteilten Rechnen, also der Nutzung von privaten PCs für die Simulation des Magnetfelds?«

»Viele Forschungseinrichtungen, die nur begrenzte finanzielle Mittel zur Verfügung haben, machen das inzwischen. Zudem schafft es auch Publicity, und das ist wichtig, um in der Welt der Forschung gehört und gesehen zu werden. Warum fragen Sie?«

»Ich war gerade noch in dem Institut, in dem die Forschungsgruppe von Professor Li untergebracht ist. Ich wollte sicherstellen, dass er die Daten von Dave bekommen hat, und wollte wissen, bis wann er denn mit einem ersten Ergebnis rechnet. Zufällig bin ich auf seinen Assistenten gestoßen, der die Aufgabe übertragen bekommen hat, und erwartete eigentlich, dass dieser stinksauer ist, gerade jetzt von der DarkSky Untersuchung abgezogen worden zu sein, um die Simulation der manipulierten Parameter durchzuführen.«

»Und?«, fragte Henning.

»Er war nicht wütend. Ganz im Gegenteil. Er war überglücklich!« Suzan nahm einen Schluck Rotwein und schob sich noch das letzte Stück getrockneter Tomate in den Mund. Alle schauten sie gespannt an und konnten es kaum erwarten, zu hören, wie die Geschichte weiter ging.

»Suzan, spannen Sie uns nicht auf die Folter! Warum war er glücklich?«, platzte Priya heraus.

»Der Assistent von Professor Li schreibt gerade an seiner Doktorarbeit zu diesem Thema.«

»Na und?«, fragte Priya ungeduldig.

»Sein Thema ist die Simulation von Magnetfeldern mit Hilfe von verteilten Computersystemen. Er hat in den letzten sechs Monaten bereits die Software dazu geschrieben und schon einige Testläufe gemacht. Mit den manipulierten Datensätzen kann er mit der Sache richtig durchstarten, und bereits heute Nacht wird er die Software ins Internet und auf die Homepage des CERN stellen können. Ohne die Unterstützung von Professor Breuer wäre er nicht so einfach auf die CERN Homepage gelangt, denn es gibt bereits einige andere Projekte, die sich um die PCs der freiwilligen Helfer bemühen. Zudem hat er mir gesagt, Professor Li hätte nie dem Aufruf über die CERN Homepage zugestimmt, da er befürchten musste, nie die neuen Rechner für seine Forschungsgruppe zu erhalten.«

»Aber warum muss er denn auf Professor Li Rücksicht nehmen?«, wollte Walter wissen. »Hätte er nicht einfach für seine Forschungsarbeit Professor Breuer direkt fragen können? Es gilt doch die Freiheit von Forschung und Lehre?«

»Freiheit von Forschung und Lehre. Dass ich nicht lache«, nahm Priya das Thema gerne auf. »Wenn Sie an einer Forschungseinrichtung promovieren, benötigen Sie einen Doktorvater, der Ihre Dissertation am Ende begutachtet. Wenn Sie nicht machen, was der will, werden Sie Ihren Doktortitel nie bekommen.« Priya nahm einen Schluck Wein aus ihrem Glas. Jetzt kam sie langsam in Fahrt. »Wissen Sie, dass die meisten Promovierenden unter extrem schlechten Arbeitsbedingungen arbeiten? Die meisten werden regelrecht ausgebeutet, denn wenn sie sich nicht dem Doktorvater unterordnen und ihm den Koffer tragen, tja, dann wird es eben nichts mit dem Doktortitel. Und die wissenschaftliche Karriere ist am Ende, bevor sie richtig begonnen hat. Zudem bekommen die meisten nur eine halbe Stelle bezahlt, das heißt in der Regel ein zwölf Stunden Tag bei halber Bezahlung. Das Wochenende gehört natürlich auch der Universität, denn irgendwann müssen Sie ja die Übungen, die Sie bei den Studierenden halten, vorbereiten.« Priya leerte ihr Glas. Henning schenkte ihr Wasser nach. Er kannte die Geschichte ihrer Promotion und wusste, dass Priya einiges durchgemacht hatte, bis sie ihren Doktortitel hatte.

Die Kellnerin brachte das Essen. Henning hatte Spaghetti Frutti di Mare und Priya frisch gegrillte Scampi. Suzan und Walter hatten eine Pizza bestellt. Alle stürzten sich auf das Essen und Ruhe kehrte ein. Niemand sagte etwas, alle genossen ihre Mahlzeit. Henning bestellte eine weitere Flasche Wein. Fünfzehn Minuten später waren alle Teller leer und die zweite Flasche Wein hatte die Hälfte ihres Inhalts eingebüßt.

Priya setzte die Konversation fort. »Suzan, wie geht die Geschichte mit Professor Li weiter?«

»Nun, Professor Li hatte genau gewusst, dass er die manipulierten Parameter mit Hilfe seines Assistenten hätte einfach simulieren können, aber er setzte alles auf eine Karte und brachte Professor Breuer dazu, seinen Beschaffungsantrag nochmals zu prüfen. So wie ich die Sache sehe, wird Professor Li seine neue Rechnerfarm bekommen und hat dann noch zusätzlich die Möglichkeit, über verteiltes Rechnen auf eine hohe Anzahl an PCs zurückgreifen zu können.«

»Chapeau!«, sagte Henning, nahm einen Schluck Wein und gab der Kellnerin ein Zeichen. Er orderte die Dessertkarte und bestellte dann ohne Rücksprache mit den anderen vier Portionen Tiramisu. Wieder kehrte Ruhe ein. Erst als die Kellnerin das Dessert brachte und alle wieder zu essen begannen, setzte Suzan erneut zum Sprechen an.

»Aber das Beste kommt noch«, sagte sie und schob sich ein großes Stück Tiramisu in den Mund.

»Suzan!«, flehte Priya Suzan an. »Machen Sie es nicht so spannend. Raus damit!«

»Als ich den Assistenten fragte, wie lange er bereits an dem Thema arbeitet, sagte er, ungefähr sechs Monate. Der Professor hatte die Forschungsarbeit ausgeschrieben, als bei einem der Routinetests kurz vor Weihnachten bei dem Magnetfeld im Detektor eine ungewöhnliche Schwingung gemessen wurde. Das Magnetfeld hatte angefangen zu schwingen und es stellte sich heraus, dass durch einen Übertragungsfehler falsche Parameter in den Steuerungscomputer eingegeben wurden. Natürlich wurde die Oszillation des Magnetfelds sofort bemerkt und der Versuch abgebrochen. Da es nur ein Test der Anlage war, der durch falsche Einstellungen fehlschlug, wurde weder etwas dazu dokumentiert noch an die wissenschaftlichen Leiter gemeldet. Nur eine Person hat sich für diese falschen Einstellungen interessiert und alle aufgezeichneten Daten gesichert.«

»Lassen Sie mich raten«, fiel Henning Suzan ins Wort. »Professor Li, richtig?«

»Richtig«, antwortete Suzan. »Die Frequenz, mit der das Magnetfeld zu schwingen begonnen hatte, war übrigens ...«

»9,87 Megahertz«, führte Henning Suzans Satz fort.

»Genau.«

»Kurz vor Weihnachten?«, fragte Walter jetzt neugierig nach. »Das war zu dem Zeitpunkt, als dein Vorgänger, Suzan, spurlos verschwand. Merkwürdiger Zufall.«

»Könnte reiner Zufall sein«, meinte Henning.

»Oder beide Ereignisse hängen irgendwie zusammen«, sagte Priya.

Henning bestellte jetzt für alle einen Kaffee. Wieder war die Runde in Schweigen verfallen. Als der Kaffee gebracht wurde, bat Henning um die Rechnung, denn inzwischen war es 21 Uhr und der morgige Tag würde anstrengend werden.

»Walter, hatten Sie nicht auch noch wichtige Neuigkeiten?«, fragte

Henning unvermittelt.

»Ach ja, stimmt. Die Laborergebnisse zu den Fingerabdrücken liegen vor.« Er nahm den letzten Schluck Kaffee aus seiner Tasse.

»Walter, machen Sie schon! Was haben Sie herausgefunden?«, drängte Priya.

»Also, die Fingerabdrücke, die von der Tür genommen wurden, waren klar und deutlich. Vier perfekte Abdrücke. Könnte nicht besser sein.«

»Und?«, drängte Suzan.

»Alle vier Fingerabdrücke sind gleich.«

»Was meinen sie damit, alle vier Abdrücke sind gleich?«, fragte Priya nach.

»Nun, jeder unserer Finger hat einen anderen Fingerabdruck. Deshalb müssen sie bei der Einreise in die USA den Fingerabdruck jedes Fingers abnehmen lassen. Wären die Fingerabdrücke an einer Hand gleich, wäre das nicht notwendig.«

»Das kann nicht sein. Ich habe genau gesehen, wie der Mann die schwere Tür zum Serverraum aufgedrückt und dann den Türrahmen berührt hat.«

»Priya, könnte es sein, dass der Mann Handschuhe oder Ähnliches getragen hatte?«, hakte Walter nach.

»Ich habe seine Hand gesehen und mir ist nichts aufgefallen. Ich bin mir ziemlich sicher, dass er nichts über der Hand hatte.«

»Hm«, sagte Walter und nahm noch einen Schluck Wasser. »Dann stehen wir vor einem Rätsel.«

»Habt ihr die Fingerabdrücke durch die Datenbank gelassen?«, fragte Suzan.

»Das Programm läuft noch. Ich erwarte aber keinen Treffer. Wenn der Kerl schlau genug war, Handschuhe oder Ähnliches zu tragen, dann wird er nicht so blöd gewesen sein, seine echten Fingerabdrücke zu hinterlassen.«

Henning legte seine Kreditkarte auf den Tisch. Während die Kellnerin die Rechnung fertig machte, gingen Priya und Suzan auf die Toilette.

»Priya, fast hätte ich es vergessen«, sagte Suzan auf dem Weg dorthin. »Durch die Verzögerungen des Experiments muss ein Journalist morgen abreisen, und sein Gästezimmer wird frei werden. Ich habe das Zimmer schon mal für Sie reserviert. Dann hat jeder von Ihnen ein

Zimmer und Sie müssen nicht mehr auf dem Boden schlafen.«

»Henning schläft auf dem Boden.«

»Ich dachte, Sie wollten ...«

»Ja. Nein, ich meine ...«, stotterte Priya und Suzan merkte, dass Priya bei diesem Thema etwas unsicher war.

»Danke, Suzan«, presste Priya hervor und verschwand in einer der Toiletten.

Walter setzte Henning und Priya vor dem Gästehaus ab und fuhr dann anschließend Suzan nach Hause. Henning fiel förmlich auf seine Isomatte neben dem Bett, auf dem es sich Priya bequem machen würde. Als Priya aus dem Bad kam, schlief Henning bereits tief und fest. Sie betrachtete Henning, wie er so mit seinen Kleidern auf dem Boden lag, und traf eine Entscheidung. Sie zog ihm die Schuhe aus und öffnete vorsichtig den Gürtel seiner Hose. Anschließend zog sie mit aller Kraft an den Hosenbeinen, bis sie seine Hose in den Händen hielt. Henning drehte sich auf die Seite, ohne die Augen zu öffnen. Sie legte seine Decke über ihn und begann, ihre Bluse aufzuknöpfen.

25

Das Rollfeld der Air Base war leer. Normalweise landeten und starteten um diese Zeit die ersten Versorgungsflüge von hier, um andere Stützpunkte, vornehmlich im Nahen Osten, mit Ausrüstung, Lebensmitteln und Soldaten zu versorgen. Aber die Geschehnisse des Vortags hatte die Air Base in eine Art Quarantänestation verwandelt. Niemand durfte ohne ausdrücklichen Befehl von General Carter die Air Base betreten oder verlassen. Flugzeuge konnten nicht mehr landen, denn es war nicht sichergestellt, ob sie von hier auch wieder abheben konnten. Die Betankung der Flugzeuge und Helikopter war computergesteuert und niemand konnte zum jetzigen Zeitpunkt sagen, wie weit sich der Computervirus in das elektronische System des Stützpunkts gefressen hatte und welche Systeme bereits infiziert waren.

Gleich nachdem Flug 2334 wieder unter Kontrolle der Piloten war, hatte der General eine Krisensitzung seines Stabs einberufen. Das Space Command der Air Force hatte per Videokonferenz auch daran teilgenommen und die elektronische Isolation der Air Base befohlen. Alle elektronischen Verbindungen von und zur Air Base wurden gekappt, sowohl die drahtgebundenen als auch die Satellitenverbindungen. Air Base Ramstein war offline und weitgehend auf sich selbst gestellt. Lediglich Telefon- und Sprechfunkverbindungen waren erlaubt, und so musste alle Kommunikation mit dem Pentagon darüber abgewickelt werden. Es wurden ständig vier Sprachverbindungen offen gehalten, um im Notfall eine schnelle Weitergabe von Informationen sicherzustellen.

General Carter hatte in seinem Büro übernachtet. Das Besuchersofa hatte ihm schon häufiger gute Dienste geleistet, wenn er sich aus Sicherheitsgründen nicht von zu Hause in eine Videokonferenz einwählen konnte und er anschließend die Nacht auf dem Stützpunk verbrachte.

Es klopfte an der Tür, und nach dem obligatorischen *Herein* betrat Major Fox das Büro. Auch er musste, wie alle Angehörigen der Air Base, die Nacht auf dem Stützpunkt verbringen und konnte nicht nach Hause zu seiner Frau. Er war erst vor einem halben Jahr Vater eines

Jungen geworden und versuchte seinen Vaterpflichten so gut wie es eben als Offizier der Air Force möglich war, nachzukommen. Seine Frau war selbst eine Soldatin und zeigte Verständnis für seine beruflichen Ambitionen, aber sie machte keinen Hehl daraus, dass auch sie so schnell wie möglich wieder in den aktiven Dienst wollte und er sich an der Erziehung seines Sohnes zu beteiligen hatte.

»Sir, wir haben hier jemanden, der Sie dringend sehen will«, begann Major Fox und trat einen Schritt zur Seite.

Herein kam ein Angehöriger der Air Force im Rang eines Captains. Ein Pflaster verdeckte eine Wunde über seiner Lippe, sein linker Arm war geschient und in seinem Gesicht waren einige Prellungen zu sehen.

»Captain Child!«, rief General Carter und trat auf den Captain zu. »Wie zum Teufel kommen Sie hierher? Wie geht es Ihnen?«

»Nach der Landung in Reykjavik haben mich die Ärzte dort wieder zusammengeflickt. Mein linker Oberarm ist nur angebrochen«, antwortete der Captain und hob vorsichtig seinen linken Arm. »Sieht schlimmer aus, als es ist. In ein paar Tagen bin ich wieder voll einsetzbar. General Briggs hat mir einen Transfer nach Köln besorgt, dort wurde ich gleich nach der Landung abgeholt und hierher gebracht.«

»Wie haben Sie die Air Base betreten können? Wir sind in Alarmbereitschaft! Es kommt hier keiner rein oder raus ohne meinen ausdrücklichen Befehl.«

»General Briggs hat mir den Befehl erteilt«, wandte sich Major Fox an den General. »Er hat mich vor einer halben Stunde informiert, und da Sie noch geschlafen haben, wollte ich Sie nicht wecken.«

»Beim nächsten Befehl von General Briggs wecken Sie mich! Auch das ist ein Befehl!«, fauchte der General Major Fox an und stemmte dabei seine Hände in die Hüften. Er hasste es, wenn dieser Bürokratenarsch Briggs seine Leute herumkommandierte.

»Verstanden, Sir. Aber …«

»General, können Sie mir einen Überblick über die eingeleiteten Maßnahmen geben?«, fiel Captain Child dem Major ins Wort. Es gab schließlich Wichtigeres zu tun.

General Carter wandte sich dem Captain zu. »Die Air Base ist offline. Alle elektronischen Verbindungen zur Außenwelt sind gekappt. Wir haben lediglich Telefon und Sprechfunk zur Verfügung. Wir halten ständig vier Leitungen ins Pentagon zu General Briggs offen.

Eine Spezialeinheit der Space Command zur Cyberabwehr wurde in Marsch gesetzt, aber ich fürchte, die werden erst am späten Abend eintreffen. So lange sind wir auf uns gestellt.«

»Was machen die hier verfügbaren IT-Experten?«

»Sie stellen gerade eine Liste der Rechner und Systeme zusammen, die als sauber gelten. Das sind die Rechner und Computersysteme, die zum Zeitpunkt der Infiltration nicht am Netzwerk waren. Außerdem prüfen sie, ob unsere aktuellen Virenscanner den Virus entdecken und unschädlich machen können.«

»Darf ich mich setzen, General?«, fragte Captain Child.

»Natürlich«, antwortete General Carter und alle drei setzten sich in die Sitzgruppe seines Büros.

»Captain Child, haben Sie Vorschläge, was wir noch tun können, um diesen Virus aufzuspüren und zu vernichten?«, fragte Major Fox.

»Im Augenblick leider nicht. Ich fürchte, die Virenscanner können Sie vergessen. Der Virus ändert ständig seine Signatur, um nicht entdeckt zu werden. Er fliegt sozusagen unter dem Radar. Wir können ihn nicht entdecken.«

»Herrgott noch mal! Es muss doch etwas geben, das wir tun können!«, fluchte der General und schlug mit der geballten Faust auf den Tisch.

»Das gibt es auch. Da mein Laptop auch bereits infiziert war, habe ich ihn ebenfalls von unserem Netzwerk getrennt, so dass der Virus sich nicht weiter darüber verbreiten kann. Ich habe mir in Reykjavik einen neuen Rechner geben lassen, mit unserer Analysesoftware ausgerüstet, und dann alle Netzwerke deaktiviert, so dass der Rechner jetzt ebenfalls isoliert ist. Anschließend habe ich den Virus von meinem alten Laptop auf den neuen in einen Quarantänebereich kopiert, wo er keinen Schaden anrichten kann. Erste Tests habe ich bereits durchgeführt, und ich muss sagen …« Captain Child machte eine kurze Pause, um die richtigen Worte zu finden, dann fuhr er fort, »… ich bin ernsthaft besorgt.«

»Wie meinen Sie das, Captain?«, fragte General Carter nach.

»Dieser Virus ist extrem raffiniert programmiert. Ich habe gerade erst angefangen zu verstehen, wie er arbeitet, aber ich kann Ihnen jetzt schon sagen, dass dieser Virus extrem gefährlich ist.«

»Können Sie das etwas genauer erläutern?«

»Der Virus hat es geschafft, drei Hürden gleichzeitig zu überwinden, die wir für absolut sicher hielten. Bis jetzt jedenfalls. Erstens, der Virus hat einen Weg in das Computersystem von Eagle 8 gefunden. Mir ist bis jetzt keine Methode bekannt, wie das funktionieren könnte. Zweitens hat es der Virus geschafft, Odin abzuschalten.«

»Sie meinen den Crypto Chip in Eagle 8?«

»Genau. Beim Entwurf des Drohnen-Computersystems wurden Maßnahmen eingeführt, die genau das verhindern sollten. Sobald die Drohne das Werk des Herstellers verlassen hat, kann Odin nicht mehr deaktiviert werden. Zumindest dachten wir das.«

»Und drittens?«, fragte Major Fox.

»Der dritte Punkt bereitet mir die größte Sorge. Nein, keine Sorge, er macht mir Angst«, verbesserte sich Captain Child.

»Angst?«, fragte General Carter.

»Wenn der Virus es tatsächlich geschafft hat, und danach sieht es im Augenblick aus, unsere Codes zu knacken, dann sind unsere gesamten Systeme nicht mehr sicher. Alle unsere Drohnen und Waffensysteme benutzen diese Verschlüsselung. Bis gestern galt sie als absolut sicher. Niemand hat es bisher geschafft, ein Verfahren zu entwickeln, um unsere verschlüsselten Informationen ohne den passenden Schlüssel zu lesen. Wir haben erwartet, dass unser Verfahren noch mindestens hundert Jahre lang sicher sein wird. Erst in hundert Jahren wird es nach unseren Berechnungen Computersysteme geben, die genug Rechenleistung besitzen, um unsere Verschlüsselung zu knacken.«

»Diese Annahme war offensichtlich falsch«, stellte Major Fox mit einem sarkastischen Unterton fest.

»Danach sieht es aus«, antwortet Captain Child nachdenklich. »Die Verschlüsselung ist sozusagen unsere letzte Bastion. Wenn die fällt, dann werden wir überrannt werden.«

»Überrannt? Wie meinen Sie das?«

»Da der Virus in der Lage ist, unseren verschlüsselten Text zu lesen, kann er auch unsere verschlüsselten Computerprogramme in unseren Waffensystemen lesen und verändern. Angriffsziele manipulieren, Kursdaten neu festlegen oder eine Drohne direkt nach Moskau schicken, um dort den Kreml mit einer Hellfire Rakete anzugreifen. Wir verlieren die Kontrolle über unsere eigenen Waffen. Eagle 8 war erst der Anfang. Unsere Silos mit den Atomwaffen …«

»Heilige Scheiße!« General Carter fuhr sich mit seinen Händen über das Gesicht. Er wünschte, all das wäre nur ein böser Traum und er könnte endlich daraus aufwachen.

»Aber unsere Waffensysteme sind extrem kompliziert. Woher sollte jemand wissen, was er programmieren muss?«, fragte Major Fox.

»Schauen Sie sich Eagle 8 an, oder was davon noch übrig ist. Der oder diejenige, die den Virus programmiert hat, kennt sich sehr gut mit unseren Waffensystemen aus.«

»Sie meinen, es muss sich also um einen Insider handeln?«

»Wäre denkbar. Oder um einen extrem guten Geheimdienst. Ich weiß es nicht«, sagte Captain Child resigniert und versuchte dabei, seine beiden Arme auszubreiten, wurde aber durch die Schiene am linken Arm daran gehindert.

General Carter stand unvermittelt auf. »Captain Child, was brauchen Sie, um diesem verdammten Virus in den Hintern zu treten?«

Captain Child überlegte. »Ein Büro, wo ich in Ruhe arbeiten kann, eine Kanne Kaffee, einen Teller mit Sandwichs, zehn saubere Laptops, zwei Router, Netzwerkkabel und im Hangar eine unbewaffnete Drohne.«

»Eine Drohne?«, fragte General Carter ungläubig.

»Ja. Ich will wissen, wie sich der Virus Zugang zum Bordcomputer der Drohne verschaffen konnte.«

General Carter nickte Major Fox zu, der ebenfalls aufgestanden war und sich nun in Richtung Ausgang bewegte.

»Ach, und Major …«, rief ihm Captain Child nach. »Schicken Sie zwei Ihrer besten IT-Experten mit den Laptops mit. Ich brauche jemanden, der mir ein Computernetzwerk für Testzwecke zusammenstellt.«

Als Major Fox das Büro des Generals verlassen hatte, stand auch Captain Child auf und holte eine kleine Pillendose aus seiner Aktentasche. »General, könnte ich ein Glas Wasser haben?«

Wortlos ging General Carter an einen Aktenschrank und öffnete ihn. Er entnahm eine Flasche Wasser und reichte sie dem Spezialisten für Cyberkriegsführung.

»Was hat die Untersuchung der beiden OSI-Agenten ergeben? Wissen wir bereits, warum dieser Finnley und seine indische Assistentin von Eagle 8 angegriffen wurden?«, wollte Captain Child wissen, nachdem er sich eine Tablette in den Mund gelegt und mit einem großen Schluck Wasser herunter gespült hatte.

»Wir wissen nur so viel, dass Eagle 8 das Handy von diesem Finnley angepeilt hatte, und die anderen Telefonnummern nur zur Tarnung an Eagle 8 übermittelt wurden. Die Zielerfassung konnte nur das Handy von Finnley aufspüren, da alle anderen Handynummern zum Zeitpunkt des Angriffs nicht in Empfangsreichweite lagen.«

»Die beiden waren also keine zufälligen Opfer?«

»Nein. Der Virus sollte gezielt deren Fahrzeug angreifen, aber es wurde versucht, das zu verschleiern.«

»Wo besteht die Verbindung zwischen den beiden und dem Virus?«

»Das ist die große Frage. Das wissen wir noch nicht. Dr. Finnley und Dr. Singh halten sich gerade am CERN in der Schweiz auf.«

»Am CERN? Was machen sie da?«

»Dr. Finnley ist Besitzer einer Firma in München mit dem Namen BioScanTech. Diese Firma entwickelt Scanner zur Identifikation von Personen über Terahertz-Impulse. Wie das genau funktioniert, wissen wir noch nicht. BioScanTech hat das CERN mit solchen Geräten ausgerüstet, und sie sind gerufen worden, weil es ein Problem mit den Geräten gab.«

»Was für ein Problem?«

»Das bringen wir gerade in Erfahrung.«

»Läuft am CERN nicht gerade ein großes Experiment?«

»DarkSky. Es geht wohl um den Nachweis der Existenz von dunkler Materie im Weltraum.«

Captain Child setzte sich wieder hin und überlegte. Dabei betastete er vorsichtig seine Wunde über der Lippe. General Carter ging ans Fenster und blickte auf das Rollfeld. Die Trümmer der Osprey waren inzwischen beseitigt, aber das fehlende Geräusch von startenden und landenden Maschinen irritierte ihn.

»Besteht die Möglichkeit, dass der Virus am CERN entwickelt wurde?«, fragte General Carter schließlich.

»Meines Wissens beschäftigen sich die Wissenschaftler am CERN ausschließlich mit Teilchenphysik und nicht mit der Entwicklung von Schadsoftware. Aber natürlich müssen wir auch dies in Betracht ziehen. Haben wir Leute dort?«

»Sie meinen die OSI Agenten?«

»Nein. Ich meine, Informanten im inneren Kreis der Wissenschaftler.«

General Carter überlegte, was er antworten sollte, denn diese Information war als streng geheim eingestuft. Zudem hatte er selbst erst gestern Abend davon erfahren.

»Ja. Ein Professor für Physik hilft uns weiter.«

Es klopfte an der Tür und Major Fox erschien.

»Captain Child, die von Ihnen gewünschte Ausrüstung wird gerade ein Stockwerk tiefer in ein Besprechungszimmer gebracht. Das Zimmer können Sie als Ihr Büro nutzen.«

»Haben Sie alles bekommen?«

»Ja, sogar ein Teller mit Sandwichs wird gerade vorbereitet. Ich hoffe, Sie mögen Thunfisch.«

»Ich hasse Thunfisch.«

»Wenn Ihnen eine Notration Trockenfleisch lieber ist, dann …«, sagte Major Fox, wurde aber von Captain Child unterbrochen.

»Nein, ist schon in Ordnung«, antwortete Captain Child, stand auf, ging Richtung Tür und drehte sich nochmals um, bevor er den Raum verließ.

»General, finden Sie die Verbindung zwischen dem Virus und Finnley! Nur so werden wir in der Lage sein, die Quelle des Virus' zu finden und ihn auszurotten, bevor er sich weiter in unseren Computersystemen ausbreiten kann.«

»Ich weiß«, antwortete General Carter, aber zu diesem Zeitpunkt hatten der Major und der Captain bereits sein Büro verlassen.

26

Priyas Handy begann, leise ihr Lieblingslied aus einem indischen Film abzuspielen. Es war halb acht Uhr am Morgen, und Priya wollte früh aufstehen, da um zehn Uhr das DarkSky Experiment fortgesetzt werden sollte. Priya schaltete ihr Handy ab und drehte sich um, um zu schauen, ob Henning noch schlief. Seine Bettdecke war zur Seite gerutscht, und so konnte Priya Hennings nackten Oberkörper sehen. Was sie sah, gefiel ihr, und so ließ sie ihren Blick ganz langsam über seine Muskeln gleiten. Er musste sich in der Nacht das Hemd selbst ausgezogen haben. Henning war mit seinen ein Meter achtzig insgesamt zehn Zentimeter größer als Priya und hatte einen durchtrainierten Körper. Er war regelmäßig im Fitnessraum von BioScanTech anzutreffen, wogegen Priya dort nur ein einziges Mal war, weil es Beschwerden wegen des schlechten WLAN Empfangs an den Fitnessgeräten gab, und Priya sich der Sache angenommen hatte.

Nachdem sie genug gesehen hatte, versuchte sie, so geräuschlos wie möglich aufzustehen, und setzte sich an den kleinen Tisch im Zimmer. Sie klappte ihren Laptop auf, loggte sich ein und lud ihre E-Mails vom BioScanTech Server herunter. In der Nacht waren fünfundzwanzig neue E-Mails eingetroffen, drei davon waren von Kath und eine von ihrer Mutter aus Indien. Eine E-Mail war von einer Headhunterin aus San Francisco, die Priya zu einem ersten Gespräch in die USA holen wollte. Bis jetzt hatte Priya immer abgelehnt. Sie überlegte, welche der E-Mails sie zuerst lesen sollte, entschied sich dann aber, erst einmal auf die Homepage des CERN zu gehen. Sie gab die CERN Adresse in den Browser ein, und wenige Augenblicke später hatte ihr Computer die Startseite geladen. Die gesamte Seite kannte nur ein Thema, nämlich DarkSky und den Stand des Experiments. Aufnahmen von Professor Breuer im CERN Kontrollraum waren zu sehen. Einige Bilder zeigten Diagramme und Computersimulationen, die das Experiment in allen Einzelheiten erklärten. Ein kurzer Artikel beschrieb, dass das Experiment am Vortag unterbrochen werden musste, weil es ein Problem mit einem der Steuerungscomputer gegeben hatte. Mit keinem Wort wurde erwähnt, dass jemand versucht hatte, DarkSky zu sabotieren.

Priya scrollte die Seite ganz nach unten und fand dort, wonach sie gesucht hatte. Ein Bericht von Professor Li erläuterte, dass sich jeder an der Suche nach der Dunklen Materie im Weltraum beteiligen könne, wenn man bereit wäre, ein spezielles Computerprogramm auf seinem privaten Computer zu installieren. Das Programm mit dem Namen *Magnets@Home* würde dann einen Teil der Magnetfeld-simulationen des ATLAS-Detektors durchführen und somit im Verbund mit den anderen Teilnehmern einen wichtigen Anteil zur Erforschung unseres Weltalls beitragen. Professor Li versprach jedem Teilnehmer auf der Internetseite des CERN als Mitwirkender genannt zu werden und dadurch ein Stück der großartigen Forschungsgeschichte des CERN mitzuschreiben.

Dieser alte Fuchs weiß, wie man Leute ködert, dachte Priya, kopierte den Link zu Professor Lis Programm, wechselte zum E-Mail-Programm und begann mit einer neuen Nachricht an Kath. Sie fasste kurz die Erkenntnisse des gestrigen Tages zusammen und bat Kath, alle freien Computer von BioScanTech für die Magnetfeldsimulation zu nutzen. Je mehr Computer sich an der Simulation beteiligten, desto früher war mit einem Ergebnis zu rechnen. Zum Schluss fügte sie noch den kopierten Link der CERN Seite ein und schickte die E-Mail an Kath ab.

Priya klickte auf die E-Mail ihrer Mutter und begann zu lesen. Sie beschwerte sich, dass sie Priya auf ihrem Handy nicht erreichen konnte und bat um eine Nachricht, wo sie denn stecke. Jetzt erst fiel Priya ein, dass sie ganz vergessen hatte, ihrer Mutter ihre neue Handynummer mitzuteilen und zu erzählen, dass sie für ein paar Tage auf Dienstreise im Ausland sein würde. Sie nahm sich vor, ihr gleich nachher eine SMS mit ihrer neuen Nummer zu schicken. Als sie die E-Mail weiter las, stockte ihr der Atem. Ihre Mutter hatte es schon wieder getan! Und das, obwohl sie ihr ausdrücklich verboten hatte, sich in ihr Leben einzumischen. Priyas Mutter machte sich um die Zukunft ihrer Tochter Sorgen, da sie immer noch nicht verheiratet war. Andere indische Frauen hatten in ihrem Alter bereits mehrere Kinder, und ihre Mutter ließ keine Gelegenheit aus, zu erwähnen, dass sie darauf hoffte, dass Priya bald wieder nach Indien zurückkommen und heiraten würde. Aus diesem Grund hatte die E-Mail auch drei Anhänge mit Bildern von indischen Männern, die ihre Mutter für

Priya zur Auswahl hatte. Alle drei Männer seien aus gutem Haus, den Eltern persönlich bekannt und gehörten ihrer eigenen Kaste an. Obwohl das Kastenwesen offiziell in Indien abgeschafft war, ignorierten ihre Eltern diese Tatsache hartnäckig. Je weiter Priya las, desto wütender wurde sie. Sie fuhr mit der Maus über den Löschknopf im E-Mail-Programm, um die E-Mail zu löschen, entschied sich dann aber doch anders. Sie klickte das erste Bild an und ein junger Mann, ungefähr Mitte dreißig, blickte ihr entgegen. *Nicht mein Typ*, dachte sie und schloss den Anhang wieder. Das zweite Bild war völlig indiskutabel und Priya fragte sich, für wie verzweifelt ihre Mutter sie eigentlich hielt. Oder war es vielleicht die Verzweiflung ihrer Mutter? Das letzte Bild zeigte einen jungen Mann mit seinen Eltern. Sie standen vor einem Krankenhaus, der potentielle Heiratskandidat hatte einen Arztkittel an, ein Stethoskop hing ihm um den Hals. Alle drei lachten in die Kamera und machten den Eindruck einer fröhlichen Familie.

»Na, diesmal was dabei für dich?«, fragte eine Stimme von hinten. Es war Henning. Er war lautlos von seinem Nachtlager auf dem Boden aufgestanden und schaute ihr ungeniert über die Schulter.

»Henning, verdammt!«, schimpfte sie. »Schleich' dich nicht so an! Ich mag das nicht!«

Henning sah immer noch auf den Bildschirm von Priyas Laptop.

»Ich werde wohl den Arzt heiraten. Was meinst du?«, fragte sie Henning, neugierig auf seine Reaktion.

»Spinnst du? Ich dachte, wir hätten das geklärt?«

»Was haben wir geklärt?«

»Du heiratest niemanden ohne mein Einverständnis. Ich brauche dich!«

»Wann haben wir darüber gesprochen?«

»Schau mal in deinen Arbeitsvertrag. Da gibt es eine Klausel, die besagt, dass du nur mich heiraten darfst oder jemanden, mit dem ich einverstanden bin!« Er nickte, um den Wahrheitsgehalt seiner Worte zu unterstreichen.

Priya stand auf und gab Henning einen kräftigen Schubs, so dass er auf ihr Bett fiel. Sofort griff sie nach ihrem Kopfkissen und schlug mit gespieltem Ernst damit nach ihm. Zum Schutz vor ihren Schlägen hielt Henning sich seine Arme vor das Gesicht. Priya begann jetzt immer schneller das Kissen auf Hennings Kopf zu schlagen. Er begann zu lachen, aber das stachelte Priya noch mehr an. Ihre Schläge wurden heftiger, bis Henning »Hilfe ich gebe auf« rief, aber sie dachte nicht daran, ihre Attacke zu beenden.

In dem Moment piepste Priyas Handy und signalisierte den Eingang einer Nachricht. Feuerpause.

»Wir beide sind noch lange nicht fertig«, sagte sie drohend zu Henning, schwer atmend und mit ernstem Blick, griff nach ihrem Handy und entsperrte es.

»Eine Nachricht von Suzan. Unsere Amazon Bestellung ist angekommen und kann im Wareneingang des CERN abgeholt werden. Ich mache das gleich mal. Ich wollte sowieso Frühstück besorgen.«

»Okay. Und ich gehe solange schon mal unter die Dusche.«

Henning verschwand im Badezimmer, und Priya zog sich rasch an. Sie würde nach dem Frühstück duschen und dann die neuen Kleider anziehen. Aus dem Bad hörte man bereits Duschgeräusche, und Priya wollte gerade die Gästewohnung verlassen, als sie zögerte, sich nochmals umschaute und fand, wonach sie gesucht hatte. Sie nahm einen Zettel von dem Block für Kurznachrichten, schrieb ein paar Worte darauf und klebte ihn neben den Sicherungskasten in dem kleinen Flur. Dann öffnete sie den Kasten, und ihr Blick blieb an einer Sicherung mit der Aufschrift *Durchlauferhitzer* haften.

Sie zögerte kurz, doch dann drückte sie den kleinen roten Hebel der Sicherung nach oben. Der Stromkreislauf wurde unterbrochen und der Durchlauferhitzer, der das Wasser der Dusche erhitzte, war ohne Strom. Priya ging zur Eingangstür zurück, zog aber die Tür noch nicht zu, sondern wartete, bis sie einen Schrei aus dem Bad hörte. Dann setzte sie zufrieden ihren Weg fort und ging die Treppe hinunter.

Henning kam aus dem Badezimmer gestürmt und hatte nur ein Handtuch um seine Hüfte gewickelt. Wasser tropfte von seinem nassen Haar auf seinen Oberkörper. Sein Blick fiel sofort auf den kleinen gelben Zettel, der an der Tür des Sicherungskastens hing. Dort stand *Dein Opfer für diese Woche. Die Göttin.*

Priya hatte im gleichen Laden Frühstück besorgt wie auch am Morgen zuvor. Diesmal hatte der Angestellte kein Wort mir ihr gewechselt, sondern wortlos seinen Dienst verrichtet. Als sie wieder an der Hauptpforte des CERN war und ihren Besucherausweis vorzeigte, fragte sie nach dem Weg zum Gebäude mit dem Wareneingang. Sie hatte Glück, denn das Gebäude war nur zehn Fußminuten vom Haupteingang entfernt. Als sie dort ankam, sah sie, wie gerade ein Kleintransporter eines Paketdienstes entladen wurde. Sie betrat das Gebäude und ging zu einem langen Schreibtisch, an dem drei Personen die angekommenen Pakete mit einem Barcodeleser scannten und anschließend in das dahinter stehende Regal einsortierten. Priya erklärte, dass sie ein Paket für Henning Finnley abholen wolle. Sie zeigte dem Mitarbeiter die Trackingnummer des Amazon Pakets auf ihrem Handy, und dieser fand mit Hilfe seiner Logistiksoftware das Regal, in dem das Paket am frühen Morgen einsortiert worden war. Der Mann verschwand hinter einem der großen Regale. Priya blickte sich um und sah, wie das Entladen des Kleintransporters dem Ende zuging. Die Pakete wurden neben dem Schreibtisch der Mitarbeiter gestapelt und warteten dort auf ihre Weiterverarbeitung. Als Priya den Paketstapel von oben nach unten absuchte, sah sie, dass die Pakete Drucker, elektronische Messgeräte und Verbrauchsmaterial für den normalen Büroalltag enthielten. An einem Paket blieb Priyas Blick allerdings haften, denn es enthielt ein Gerät, das sie von BioScanTech kannte. Es wurde seit einem Jahr für die Fertigung von Mustern für das Gehäuse der TrueScan Scanner eingesetzt. Ein teurer 3D-Profidrucker, mit dem aus Kunststoff beliebige Formen hergestellt werden konnten. Gerade als sie sich die Verpackung genauer ansehen wollte, stellte der Logistikmitarbeiter ein großes Paket neben Priya auf den Boden. Er bat Priya um ihren Besucherausweis, tippte ihren Namen in den Barcodeleser und hielt ihr anschließend das Gerät zur Unterschrift hin. Sie quittierte den Empfang des Pakets. Es war nicht schwer, aber sehr sperrig, so dass Priya Schwierigkeiten hatte, das Paket zusammen mit den Einkäufen hochzuheben. Priya ließ das Paket wieder fallen.

»Kann ich Ihnen helfen?«, fragte sie der junge Logistikmitarbeiter, der Priya aus der Nähe beobachtet hatte.

»Ja, gerne. Ich wohne hier in einem der Gästehäuser auf dem Campus. Könnten Sie vielleicht das Paket dort hinbringen?«

»Wenn sie eine Minute warten, dann kann ich Sie mitnehmen. Ich muss die Eillieferungen zustellen.«

»Das wäre ausgesprochen nett von Ihnen.«

Eine Minute später saßen Priya und der junge Mann in seinem Lieferwagen und fuhren in Richtung des Gästehauses, das ihm Priya genannt hatte.

Der Mann begann mit Smalltalk.

»Woher kommen Sie?«, fragte er Priya, während er sich einen Kaugummi in den Mund schob. Er hielt die Packung Priya hin, aber sie lehnte kopfschüttelnd ab.

»Indien. Ich komme aus Indien«, gab Priya zur Antwort.

»Schon klar. Die Stadt?«

»Chennai. Eine Stadt im Süd-Osten von Indien. Direkt an der Küste.«

»Kenne ich. War ich schon.«

Jetzt war Priya neugierig geworden.

»Sie waren schon in Chennai?«, fragte sie mit einem ungläubigen Unterton.

»Ja. Ich habe dort während meines sozialen Jahrs in einem Kinderheim gearbeitet«, sagte er.

»Hat es Ihnen in Chennai gefallen?«

»Schon, aber was mir echt auf die Nerven ging, dass jeder meine blonden Haare anfassen wollte. Mann, war das nervig.«

Priya lachte laut auf. »In Indien haben wir nicht so viele Männer mit blonden Haaren.«

»Ich weiß. Vor meinem nächsten Besuch färbe ich sie mir schwarz.«

»Gute Idee!« Priya lachte immer noch.

»Hey, mögen Sie es scharf?«, fragte er. »Ich meine das Essen?«

»Ja klar. Ich liebe scharfes Essen, aber gute indische Restaurants sind schwer zu finden.«

»Hier in der Nähe gibt es einen super Inder. Der kocht wirklich fantastisch. Wenn Sie wollen, dann auch superscharf.«

»Wirklich? Wie heißt das Restaurant?«, fragte Priya, die dankbar für jede gute Adresse war.

Inzwischen waren sie vor dem Gästehaus angekommen. Der Logistikmitarbeiter stellte den Motor ab und stieg aus, ohne auf Priyas Frage zu antworten.

Priya stieg ebenfalls aus und ging nach hinten zu dem Fahrzeug, wo bereits ihr Paket entladen wurde.

»Ich heiße Tom«, sagte er. »Ich gebe dir mal meine Nummer. Wenn du mal Lust auf was Scharfes hast, dann rufe mich einfach an. Okay?« Tom grinste.

Er nahm Priyas Arm, schob ihre Jacke etwas zurück, zückte einen

Kugelschreiber aus seiner Brusttasche und schrieb seine Handynummer auf Priyas Arm. Priya war so überrascht, dass sie gar nichts sagen konnte. Sekunden später war Tom wieder in seinem Wagen, startete den Motor und wendete. Als er dabei direkt an Priya vorbei fuhr, blieb er nochmals kurz stehen und fuhr das Seitenfenster herunter.

»Bis bald, Priya«, sagte er und beschleunigte den Wagen.

Priya fragte sich, woher Tom ihren Namen kannte, denn sie war sich sicher, ihn nicht erwähnt zu haben. Vielleicht hatte er beim Empfang der Lieferung ihr Paket in das Regal einsortiert und so ihren Namen erfahren. Aber dann fiel ihr ein, dass die Kleider von Henning bestellt worden waren. Seltsam.

Priya schob die irritierenden Gedanken beiseite, nahm ihre Einkäufe, legte sie auf das Paket und hob dann beides zusammen hoch. Niemals hätte sie das alles zusammen von dem Logistikgebäude bis hierher schleppen können, aber die letzten paar Meter bis zur Gästewohnung, sollten kein Problem für sie sein.

Sie öffnete die Tür und sah Henning vor der Kaffeemaschine stehen. Er hatte nur Unterwäsche an und steckte gerade eine Kapsel in die Maschine.

»Hey, da bist du ja endlich!«, sagte er. »Ich bin auf die Kleider gespannt. Los, mach auf!«

Priya stellte das Paket auf dem Bett ab und öffnete es mit Hilfe einer Schere. Henning trat zu ihr ans Bett, während im Hintergrund die Kaffeemaschine ihre Arbeit aufgenommen hatte. Nachdem das Paket offen war, nahm Priya die Einzelteile heraus und machte zwei Stapel auf dem Bett. Einen Stapel mit Kleidung für Henning und einen für ihre neuen Sachen. Oben auf ihrem Stoß lag jetzt die Unterwäsche, die Henning für sie herausgesucht hatte.

»Ich gehe duschen«, sagte sie, nahm die neue Unterwäsche und verschwand ohne ein weiteres Wort im Bad.

Henning zog eine Jeanshose, ein Hemd, Socken und Unterwäsche aus seinem Stapel und zog alles an. Die Kleider passten überraschend gut, und Henning fühlte sich gleich wohl in seiner neuen Garderobe. Er nahm einen Schluck Kaffee, richtete den Tisch für das Frühstück und drückte für Priya eine neue Kapsel in die Kaffeemaschine. Das Duschgeräusch verstummte und er hörte, wie Priya die Duschkabine öffnete. Auch in diesem Punkt war Priya offensichtlich nicht wie andere Frauen, die morgens scheinbar ewig im Badezimmer Zeit verbrachten. Henning setzte sich an den Tisch und begann, ein Brötchen mit Butter und Marmelade zu bestreichen.

Die Badezimmertür öffnete sich und Priya kam heraus. Ihre tiefschwarzen Haare waren noch nass. Henning blickte von seinem Teller auf, und was er sah, raubte ihm den Atem. Priya hatte nur die von ihm ausgesuchte Unterwäsche an, und Henning musste feststellen, dass Priya noch viel hübscher war, als er sie sich vorgestellt hatte. Die weiße Unterwäsche saß perfekt, und ihre braune Haut leuchtete darin förmlich auf. Was ihre Körperproportionen anging, war sein Vergleich mit seiner kleinen Schwester ganz offensichtlich richtig gewesen. Priya ging zum Bett, ohne ein Wort zu sagen, suchte sich eine Jeans und eine Bluse heraus und verschwand damit wieder im Bad. Henning rührte sich noch immer nicht.

Kurze Zeit später kam Priya mit geföhnten Haaren aus dem Bad und setzte sich zu Henning an den Tisch. Henning drückte auf die Kaffeemaschine.

»Henning, die Kleider sind prima. Danke! Für einen Physiker gar nicht so schlecht.« Priya liebte es, Henning zu ärgern.

»Ja, die Sachen passen dir wirklich gut«, antwortete Henning. »Verdammt gut!«

Priya lachte und knuffte Henning in die Seite.

Gegen 8.30 Uhr war das Frühstück beendet, und beide machten sich auf den Weg zu Suzans Büro.

27

Agentin Louis und Agent Wilder hatten sich die halbe Nacht im Wagen um die Ohren geschlagen. Sie hatten Henning und die anderen beim Abendessen beobachtet und auch den größten Teil der Unterhaltung abhören können. Die IT-Spezialisten der OSI hatten es geschafft, einen Trojaner auf Suzans Handy zu schleusen und waren somit in der Lage, das Mikrofon einzuschalten und alles Gesprochene direkt auf das Handy von Agentin Louis weiterzuleiten. So hatten beide Agenten mitbekommen, was es mit dem Zwischenfall am Nachmittag auf sich hatte. Das Verschwinden von Suzans Vorgänger vor einen halben Jahr war ihnen bis zu diesem Zeitpunkt nicht bekannt gewesen, und Agent Wilder forderte in der Zentrale alle Daten zu diesem Zwischenfall an. Die Simulationen, die Professor Li durchführen wollte, schien ihnen zwar nicht wichtig zu sein, aber sie gaben die Informationen trotzdem an ihre Zentrale weiter. Vielleicht konnten ihre Spezialisten etwas damit anfangen. Danach hatten sie bis um Mitternacht im Wagen vor dem CERN Haupteingang gewartet, ob sich Priyas oder Hennings Handy fortbewegen würde. Ein Team in der OSI-Zentrale hatte die Aufgabe, beide Personen rund um die Uhr elektronisch zu überwachen. Für den Fall, dass jemand das Gästehaus verlassen sollte, waren die Agenten vor Ort. Nachdem vom Pentagon DEFCON 4 ausgelöst worden war, hatten die Agenten jetzt sogar Zugriff auf einen Satelliten, der bei Bedarf jederzeit auf einen bestimmten Punkt auf dem CERN Gelände gerichtet werden und – sofern es die Wetterlage zuließ – gestochen scharfe Bilder vom Geschehen auf der Erde liefern konnte.

Henning und Priya standen inzwischen vor Suzans Bürotür und hörten laute Stimmen aus dem Raum. Ganz offensichtlich war ein Streit im Gange. Henning wollte anklopfen, hielt sich aber noch einen Moment zurück. Er schaute Priya an, die ihr Ohr an die Tür presste, in der Hoffnung, etwas zu verstehen. Außer ein paar Sprachfetzen konnte sie nichts verstehen und schüttelte resigniert den Kopf. Henning klopfte an und trat sofort ein. Agentin Louis und Agent Wilder standen im

Raum, und Suzan lehnte sich gegen ihren Schreibtisch. Suzans Gesicht verriet nichts Gutes.

»Dr. Finnley und Dr. Singh!«, platzte Agentin Louis heraus. »Gut dass Sie kommen, wir haben noch ein paar Fragen an Sie.« Ihr Jackett war nach hinten gerutscht und Henning konnte ihre Dienstwaffe sehen.

»Wenn es unbedingt sein muss«, antwortete Henning betont ruhig. Er wollte die Stimmung nicht noch weiter aufheizen. »Ich dachte, wir hatten gestern schon alles besprochen.«

»Warum sind Sie hier am CERN?«, blaffte ihn die Agentin an.

»Das hatte ich Ihnen doch schon gestern gesagt. Wir sind hier, um die Wartung der Scanner durchzuführen, da es an einigen Geräten Probleme gab. Während der Durchführung von DarkSky muss die Zutrittskontrolle einwandfrei funktionieren.«

»Mit Problemen meinen Sie, dass sich jemand unerlaubt Zutritt zu dem ATLAS Gebäude verschafft und versucht hat, die Anlage zu manipulieren?«, hakte Agent Wilder nach.

»Wir gehen davon aus, dass es einer der Aktivisten war, die das DarkSky Experiment verhindern wollen«, mischte sich Suzan ein. »Sie wissen schon, einige Leute glauben, dass die Experimente hier am CERN Schwarze Löcher erzeugen werden und die ganze Erde darin verschwinden wird. Völliger Unsinn, aber die DarkSky Gegner sind fast schon besessen von dieser Idee.«

»Ja, wir kennen die Bedenken dieser Leute«, sagte Agentin Louis. Ihre Stimme hatte sich wieder etwas beruhigt. »Haben Sie die Person fassen können?«

»Nein. Der Mann ist entwischt«, gab Suzan zu.

»Haben Sie eine Personenbeschreibung oder ein Bild von dem Mann? Vielleicht können wir helfen? Wie Sie sich denken können, verfügen wir über weitreichende Möglichkeiten, um Personen aufzuspüren.«

»Ja. Priya hat den Mann gesehen, und wir haben ein Phantombild anfertigen lassen. Ich gebe Ihnen die Kontaktdaten der örtlichen Polizei, die den Vorfall untersucht. Bitte besprechen Sie sich mit Walter Simmer.« Suzan ging auf die andere Seite ihres Schreibtisches und gab der Agentin eine Visitenkarte von Walter.

»Wir werden uns darum kümmern.« Die Agentin gab die Karte an ihren Kollegen weiter und nickte ihm kurz zu.

»Haben Sie etwas über die Fehlfunktion Ihrer Drohne herausgefunden?«, fragte Priya. »Warum hat die Drohne uns angegriffen?«

»Nun, die Untersuchungen laufen noch, und es gibt noch kein offizielles Ergebnis«, drückte sich die Agentin sichtlich um eine klare Antwort.

»Bullshit! Hören Sie auf mit diesem Mist!«, fuhr Priya die Agentin an. »Ich will kein offizielles Ergebnis, sondern die Wahrheit. Wie konnte jemand die Kontrolle über die Drohne erlangen? Hat jemand anders die Drohne ferngesteuert oder hat sich die Drohne einen Computervirus eingefangen? Sie müssen doch irgendetwas herausbekommen haben!«

Agentin Louis sah zu ihrem Kollegen, das Wort *Virus* hatte offensichtlich ins Schwarze getroffen. Priya und die anderen hatten dies auch bemerkt.

»Die Drohne wurde also von einem Virus übernommen! Richtig?«, hakte Priya nach. Ihr Instinkt hatte sie mal wieder auf die richtige Spur geführt.

Agentin Louis versuchte, sich ihre Verwunderung nicht anmerken zu lassen. »Also, wie gesagt, die Untersuchung läuft noch. Aber was mich interessiert, wie kommen Sie auf die Möglichkeit eines Virus'?«

»Ist das nicht offensichtlich? Wenn ich die Kontrolle über eine Drohne übernehmen wollte, würde ich einen Virus programmieren, der es mir ermöglicht, die Drohne von meinem Computer aus zu steuern«, antwortete Priya lässig, als ob es das Selbstverständlichste auf der Welt wäre.

»Könnten Sie so einen Virus programmieren?«, hakte Agentin Louis nach.

»Das ist nicht so kompliziert, wie es sich anhört. Sie können aus dem Internet Software für die Konstruktion von Computerviren herunterladen und dann auf Ihre Bedürfnisse anpassen. Sie können sich aber auch im Darknet gleich jemanden suchen, der Ihnen die Sache programmiert. Ganz wie Sie wollen.«

»Darknet?«, fragte Suzan erstaunt. Sie hatte kein Wort von dem verstanden, was Priya gesagt hatte.

»Das Darknet ist der geheime und verborgene Teil des Internets. Darüber werden alle möglichen illegalen Produkte und Dienste angeboten. Drogen, Waffen und eben auch Baukästen für Computerviren. Damit können Sie Ihren eigenen Computervirus bauen und freisetzen. Natürlich sollte man einigermaßen programmieren können, aber ich denke, zwei oder drei Semester an einer anständigen Uni sollte jeden in die Lage versetzen …«

»Haben Sie so einen Virus programmiert?«, fiel Agent Wilder Priya unwirsch ins Wort.

»What the hell …?«, Priya war außer sich. »Warum sollte ich? Haben Sie vergessen, dass auch ich im Auto saß? Das ist völliger Schwachsinn! Ist DAS Ihre Theorie zu dem Vorfall?«

»Wie konnte der Virus eigentlich auf Ihre Drohne gelangen?«, mischte sich Henning ein, um das Fass bei Priya nicht zum Überlaufen kommen zu lassen.

Hennings Frage ließ bei Priya den Groschen fallen.

»Oh shit! Ihre ganzen Systeme sind verseucht, nicht nur die Drohne, die uns angegriffen hatte. Richtig?«

Die beiden OSI Agenten waren jetzt sichtlich bemüht, die Haltung zu wahren. Mit einer so direkten Frage hatten sie nicht gerechnet. War das wirklich so offensichtlich?

»Nein. Wir haben die betroffenen Teile vom restlichen System abgetrennt, und unsere besten Leute arbeiten gerade daran, die Lage wieder unter Kontrolle zu bekommen. Es besteht kein Grund zur Sorge. Glauben Sie mir, unsere Systeme sind sehr gut gesichert.«

Auch Suzan zählte jetzt eins und eins zusammen. »Die Explosion der Maschine auf der Air Base in Ramstein gestern. In den Nachrichten sagten sie, dass es sich um einen technischen Defekt gehandelt hat. Hat das damit etwas zu tun?«

»Das dürfen wir Ihnen nicht sagen. Diese Informationen sind streng geheim«, antwortete Agentin Louis.

»Jetzt glauben Sie, wir hätten etwas mit dem Virus zu tun. Richtig?«, fragte Henning.

»Der Verdacht liegt nahe.«

»Hören Sie. Das ist Quatsch«, begann Henning, wurde aber durch das Klingeln eines Handys unterbrochen. Alle verstummten und schauten auf die Agentin.

Agentin Louis zog ihr Handy aus der Tasche, hielt es an ihr Ohr und meldete sich mit ihrem Namen.

»Ja, Sir.« Pause. »Wie sicher sind diese Informationen?« Pause. »Ja, Sir.« Dann drückte sie eine Taste auf dem Handy, um das Gespräch zu beenden, und wandte sich wieder den anderen im Raum zu.

»Ich habe gerade eine sehr interessante Information bekommen. Wir wissen jetzt, von wo aus der Virus in unser System eingeschleust wurde.« Alle schauten gespannt auf die Agentin.

»Der Virus kam über eine Schweizer IP-Adresse in unser System. Wir gehen davon aus, dass der Virus hier am CERN seinen Ursprung hat.« Agentin Louis machte eine kleine Pause, um dann fortzufahren. »Dr. Finnley und Dr. Singh, sind Sie bereit, mit in unser Konsulat zu kommen, damit wir dort eine Befragung durchführen können?«

Suzan drückte sich von ihrem Schreibtisch ab, an den sie immer noch gelehnt war, und stand jetzt direkt vor der Agentin. »Wie ich Ihnen bereits zuvor erklärt habe, befindet sich das CERN auf exterritorialem Gebiet. Weder Sie noch die Schweizer Polizei haben hier irgendwelche Befugnisse. Sie sind ausschließlich hier, weil Ihnen Professor Breuer den Zutritt gestattet hat. Sie haben hier keine Machtbefugnisse und können niemanden zwingen, mit Ihnen zu kommen. Habe ich mich klar und deutlich ausgedrückt?« Suzan sprach laut und deutlich. Sie war sauer und konnte diese beiden aufgeblasenen Agenten nicht leiden.

»Wir wollen niemanden verhaften, wir bitten sie lediglich um ihre Mithilfe«, antwortete Agentin Louis und hob ihre Hände als ein Zeichen nichts Böses im Schilde zu führen.

»Sie haben die beiden bereits befragt und wertvolle Informationen bekommen. Stellen Sie Ihre Fragen jetzt und hier oder verlassen Sie das CERN«, forderte Suzan die Agentin auf. Ihre Arme hatte sie dabei auf ihre Hüften gestemmt. Die beiden Frauen standen sich jetzt unmittelbar gegenüber und blickten sich in die Augen. Keine der beiden sagte etwas.

»Also gut«, unterbrach Priya die Stille und drängte sich zwischen Suzan und Louis, so dass beide unweigerlich einen Schritt zurückweichen mussten.

»Wir sind bereit, Ihnen zu helfen«, sagte Priya und blickte in das Gesicht der Agentin. »Ich würde gerne mit einem Ihrer IT-Spezialisten reden. Auch unsere Software in den Scannern wurde gehackt und ich würde gerne wissen, ob das etwas mit Ihrem Virus zu tun hat.«

»Warum zum Teufel sagen Sie uns das erst jetzt?«, fuhr sie die Agentin in einem harschen Ton an.

»Weil wir erst seit gerade eben wissen, dass Ihre Drohne durch einen Virus übernommen wurde«, pampte Priya zurück.

»Das kann kein Zufall sein«, mischte sich Henning in den aufkommenden Streit ein. »Unsere Scanner wurden manipuliert und Ihre Drohne von einem Virus übernommen. Es muss einen Zusammenhang geben.«

»Jemand wollte verhindern, dass Sie beide hierher an das CERN kommen«, sagte Suzan und blickte zu Henning.

»Aber warum?«, fragte Henning.

»Weil Sie etwas wissen! Es muss etwas mit Ihren Scannern zu tun haben«, sagte die Agentin.

»Aber was?«

»Das müssen wir herausfinden. Und zwar schnell. Ich werde dafür sorgen, dass sich jemand von unserer Cyberabwehr mit Ihnen in Verbindung setzt, Dr. Singh. Wir alle sollten im Sinne der nationalen Sicherheit der USA und Europas zusammenarbeiten. Kann ich mich auf Sie beide verlassen?« Agentin Louis blickte von Priya zu Henning und wartete auf eine Antwort.

»Ich gebe Ihnen meine Nummer«, sagte Priya an die Agentin gewandt, ohne auf die Frage einzugehen. Diese schaute aber Priya nur an und machte keinerlei Anstalten, sich etwas zu notieren.

»Sie haben meine Nummer bereits, nicht wahr?«

Die Agentin nickte.

Die beiden Agenten verließen Suzans Büro. Vor der Tür blickte die Agentin zu ihrem Kollegen, der ihr zunickte.

»Wo?«, fragte die Agentin.

»Unter dem Tisch.«

Dort hatte er unauffällig eine Abhörwanze platziert. Sie stiegen in ihren Wagen und verließen das CERN. Agent Wilder saß am Steuer des Wagens, während Agentin Louis ihr Handy nahm und die Nummer des Generals wählte. Es dauerte nicht lange und General Carter nahm das Gespräch an.

»Es gibt wichtige Neuigkeiten, General. Die Scanner der Firma BioScanTech wurden ebenfalls korrumpiert! Der Vorfall mit Eagle 8 und die Manipulation der Scanner hier am CERN hängen irgendwie zusammen. Dr. Singh hat sich bereit erklärt, mit einem unserer Spezialisten zusammenzuarbeiten.«

28

Nachdem die beiden Agenten Suzans Büro verlassen hatten, gingen auch Priya und Henning in ihr neues Büro. Priya überprüfte den Server der TrueScan Scanner und suchte in den Log-Dateien nach Auffälligkeiten, die auf einen ungebetenen Besucher hindeuten könnten. Sie war überzeugt, dass die neue Software in den Scannern wie erwartet arbeiten und jeden Zero sofort entdecken würde, aber sie musste auf Nummer Sicher gehen. Nochmals durften die Scanner nicht ihren Dienst versagen. Henning loggte sich mit Hilfe seines Laptops auf den Scannern über den Fernwartungsmodus ein und kontrollierte, ob die Firmware, die Priya gestern auf alle Geräte aufgespielt hatte, immer noch die gleiche war.

Die ersten drei Scanner hatten immer noch die von Priya installierte Software. Als Henning sich gerade auf dem vierten Scanner einloggen wollte, wurde die Tür aufgerissen und Suzan stürmte herein.

»Los, kommen Sie mit. Professor Li ist auf etwas gestoßen!«, sagte sie und wandte sich ab ohne auf eine Antwort von Henning oder Priya zu warten.

Henning und Priya klappten ihre Laptops eilig zu und sprangen auf. Henning ließ seinen Laptop im Büro zurück, während Priya ihren Computer mitnahm. Priya hatte gerne immer alle Möglichkeiten zur Verfügung, und über die Jahre hatte sie es sich zur Gewohnheit gemacht, ihren Rechner überall hin mitzunehmen. Allerdings war das Leihgerät, das sie von Suzan bekommen hatte, alles andere als ein Leichtgewicht und nicht gerade das, was sie sich unter einem Laptop vorstellte. Sobald sie wieder in München zurück sein würden, würde sie sich wieder ein modernes Laptop bestellen. Die Schlepperei musste ein Ende haben.

Alle drei stiegen in Suzans Wagen ein. Diesmal setzte sich Priya nach vorne. Sie machte keine Anstalten, den Sicherheitsgurt anzulegen.

»Was hat der Professor herausgefunden?«, fragte Henning Suzan, als sie den Motor startete.

»Keine Ahnung. Er rief mich an und sagte, ich solle sofort vorbeikommen, er hätte etwas entdeckt.«

Der Wagen bewegte sich nicht von der Stelle. Stattdessen blickte Suzan zu Priya hinüber. Ohne etwas zu sagen, nahm Priya den Sicherheitsgurt, und ein Klick-Geräusch zeigte ihr, dass Priya jetzt bereit war.

Suzan steuerte aus der Parklücke und beschleunigte lediglich auf Schritttempo. Auf dem CERN Gelände gab es eine Geschwindigkeitsbegrenzung, die Suzan normalerweise einhielt.

Niemand sprach, bis sie endlich Professor Lis Institut erreicht hatten. Suzan stieg aus und eilte voraus.

Henning beugte sich zu Priya vor. »Du musst hier unten den roten Knopf drücken, dann geht der Gurt auf.«

»Ach, den roten Knopf?«

»Dachte ich mir doch, dass du das nicht wusstest«, spottete Henning und verließ den Wagen.

Suzan war bereits durch die Eingangstür des Instituts durchgegangen als sie bemerkte, dass die anderen nicht direkt hinter ihr waren. Als Henning und Priya Suzan schließlich eingeholt hatten, fragte Suzan: »Alles in Ordnung?«

»Ja«, antwortete Priya und verdrehte die Augen. »Henning hängt nur den Fahrlehrer raus.«

Suzan war sichtlich genervt. »Können wir dann?«, zischte sie. Sie ging voraus, da sie den Weg zu Professor Li kannte und sich nicht erst durchfragen musste. Sein Büro befand sich im zweiten Stock des Gebäudes und Suzan entschied sich für die Treppen, anstatt auf den Fahrstuhl zu warten.

Die Bürotür stand weit offen, Suzan trat ein und klopfte dabei aber an die Tür.

»Professor Li?«, rief Suzan in das geräumige Büro. Der Boden war übersät mit Stapeln von Zeitschriften und Kopien von wissenschaftlichen Artikeln. Auf dem Schreibtisch standen zwei riesige Computermonitore und Bücher türmten sich übereinander. Suzan konnte nicht sehen, was sich hinter den Stapeln verbarg und ging langsam so weit in das Büro hinein, bis sie über die Stapel hinwegsehen konnte. Sie riss plötzlich die Hand hoch und schaute nach hinten zu Henning und Priya.

»Stopp!«, flüsterte sie den beiden leise zu, griff im nächsten Moment zu ihrer Waffe, zog sie aus ihrem Gürtelholster und entsicherte sie. Henning blieb sofort stehen, aber Priya reagierte zu langsam, so dass sie gegen Hennings Rücken stieß.

Suzan drehte sich um ihre eigene Achse, um festzustellen, ob sich noch jemand außer ihnen im Raum befand. Von Professors Lis Büro führte eine Seitentür in einen kleineren Raum, der dem Professor als Lager für Zeitschriften diente. Suzan trat vorsichtig an die Tür heran und öffnete sie langsam, während sie ihre Waffe auf halber Höhe hielt. Sie stieß die Tür auf. Licht fiel vom Büro in den Raum. Er war bis zur Decke mit Zeitschriften gefüllt, aber sonst war niemand zu sehen.

»Leer«, sagte Suzan, steckte ihre Waffe zurück in das Holster und ging zurück zum Schreibtisch des Professors. Henning und Priya folgten ihr und sahen, warum Suzan ihre Waffe gezogen hatte. Professor Li lag mit dem Kopf auf dem Schreibtisch. Sein Handy, mit dem er Suzan noch vor Kurzem angerufen hatte, lag neben ihm.

»Oh shit«, stieß Priya hervor und blieb erschrocken stehen. Henning schob Priya zur Seite und war im nächsten Augenblick neben Professor Li.

»Professor Li«, sagte er und rüttelte ihn vorsichtig. Keine Reaktion. Henning sah zu Suzan, die jetzt auf der anderen Seite des Professors stand, und beide begannen, an ihm zu rütteln. Plötzlich bewegte er sich und öffnete die Augen.

»Sie sind es. Ich muss wohl eingeschlafen sein. Ich habe die ganze Nacht mit meinem Assistenten an der Magnetfeldsimulation gearbeitet«, murmelte er mit verschlafener Stimme und richtete sich langsam auf.

»Wir hatten schon gedacht, Ihnen sei etwas zugestoßen«, sagte Priya sichtlich erleichtert.

»Zugestoßen? Nein, nachdem ich Suzan angerufen hatte, verließen mich meine Kräfte. Sie haben nicht zufällig einen Kaffee bei sich?«

»Leider nein, Professor«, antwortete Suzan und schaute in Professor Lis Gesicht. Er war kreidebleich und sah aus, als ob er eine Dusche und ein ordentliches Frühstück vertragen könnte. »Aber das lässt sich einrichten.« Sie nahm ihr Walkie-Talkie vom Gürtel und hielt es sich an den Mund.

»Ronaldo für Suzan, kommen.« Einen Augenblick später knackte es im Walkie-Talkie.

»Ronaldo hört.«

»Ronaldo, wie weit sind Sie mit Ihrem Rundgang?«

»Ich bin gleich fertig. Keine Auffälligkeiten. Was gibt's?«

»Hören Sie Ronaldo. Gehen Sie zu uns ins Büro, holen Sie eine Thermoskanne voll Kaffee, und bringen Sie diese so schnell wie möglich hierher.«

»Kaffee?«, quäkte es aus dem Walkie-Talkie.

»Brauchen Sie Milch und Zucker?«, fragte Suzan Professor Li.

»Sojamilch, wenn es keine allzu großen Umstände macht.«

Suzan hielt sich das Walkie-Talkie wieder an den Mund.

»Ronaldo, ja, Kaffee. Eine Kanne voll. Heiß. Und eine Packung Sojamilch. Wenn Sie noch etwas zu Essen finden, dann nehmen Sie das auch mit. Bringen Sie alles in Professor Lis Büro. Wissen Sie, wo das ist?«

»Natürlich weiß ich, wo das ist«, antwortete Ronaldo beleidigt. Ronaldo war Suzans bester Mann, und ihn für so eine Aufgabe zu missbrauchen, fiel ihr schwer. Aber auf Ronaldo war nun mal Verlass, und Professor Li musste so schnell wie möglich wieder hellwach sein.

Suzan beendete das Gespräch und wandte sich Professor Li zu.

»Kann ich auch so ein Walkie-Talkie haben?«, fragte Professor Li augenzwinkernd und zeigte dabei auf das Gerät, das Suzan an ihrem Gürtel befestigte.

»Wenn Sie sich bereit erklären, für mich zu arbeiten.«

Der Professor verzog das Gesicht. Dieser Gedanke schien ihm nicht zu gefallen. »Es ist wahrscheinlich besser, wenn jeder das macht, was er am besten kann«, sagte er und rückte seine Brille gerade.

»Professor, was haben Sie herausgefunden?«, fragte Henning ungeduldig.

»Nun«, begann der Professor, »die Sache ist kompliziert. Aber lassen Sie mich von vorne beginnen oder besser gesagt bei der heutigen Nacht.« Der Professor machte eine Pause, nahm seine Brille ab und fing an, sie mit einem kleinen Tuch zu reinigen, das auf seinem Schreibtisch gelegen hatte.

»Die Magnetfeldsimulation des ATLAS-Detektors ist im Grunde ganz einfach. Man muss dazu nur ein paar Differentialgleichungen lösen und sicher stellen, dass der eingesetzte Algorithmus konvergiert.«

Suzan sah Henning und Priya an, die beide an den Lippen des Professors hingen. Suzan verstand kein Wort und ein Gefühl des Ausgeschlossenseins überkam sie. Wahrscheinlich war sie die Einzige am

CERN, die nicht wirklich verstand, woran hier gearbeitet wurde.

»Glücklicherweise«, fuhr der Professor fort und riss Suzan aus ihren Gedanken, »habe ich mich schon lange mit dem Problem der Parallelisierung des eingesetzten Algorithmus' zur Berechnung des Magnetfelds beschäftigt und Lösungen erarbeitet.« Der Professor machte ein zufriedenes Gesicht.

»Hat nicht auch Ihr Assistent einen erheblichen Anteil dazu beigetragen?«, unterbrach Priya den Professor.

Professor Li mochte es nicht, in seinen Ausführungen unterbrochen zu werden, aber hier war er nicht der Dozent vor einer Gruppe von Studierenden, sondern er benötigte ihre Hilfe.

»Junge Dame«, sagte Professor Li und schaute Priya mit ernster Mine an. »Sicher hat mein Assistent mir bei der Durchführung der Arbeiten geholfen, aber doch nur unter meiner wissenschaftlichen Anleitung.«

Henning wollte jetzt keine Grundsatzdiskussion über das Verhältnis zwischen Doktorvater und Promovierenden zulassen und versuchte, die Diskussion wieder auf das eigentliche Thema zu bringen. »Und wie wir auf der Homepage des CERN gesehen haben, waren Sie erfolgreich. Wie viele haben schon das Programm heruntergeladen und beteiligen sich an der Berechnung?«

Auch Professor Li schien froh darüber zu sein, die Diskussion mit Priya nicht vertiefen zu müssen. »Warten Sie, wir können die genaue Anzahl der Teilnehmer leicht feststellen.« Er nahm die Maus und klickte den Browser auf seinem Computer an. Eine Seite öffnete sich, auf der ein Diagramm den Verlauf und die aktuelle Anzahl anzeigte.

»Im Augenblick haben wir exakt 1184 Teilnehmer.«

»Wow!«, gab Priya von sich. Sie schien wirklich beeindruckt zu sein. »In so kurzer Zeit über tausend Teilnehmer.«

»Ja, das ist in der Tat sehr beeindruckend, aber um die Wahrheit zu sagen, habe ich das erwartet«, sagte Professor Li und richtete sich in seinem Stuhl auf.

»Wie meinen Sie das?«, wollte Henning wissen.

»DarkSky ist in aller Munde. Die CERN Homepage wird förmlich überrannt. Wir haben so viele Besucher auf unseren Seiten wie seit Jahren nicht mehr. Da ist es kein Wunder, dass sich viele an der Simulation beteiligen. Deswegen habe ich Sie auch hierher gebeten. Wir haben bereits die ersten Resultate unserer Simulation.« Professor

Lis Blick verdunkelte sich. Er nahm wieder die Maus in die Hand und startete ein weiteres Programm auf seinem Computer. Auf einem der Bildschirme erschien jetzt das Logo einer Software-Firma, die Henning kannte. Er hatte zu Studentenzeiten mit einer früheren Version dieser Software gearbeitet und wusste, dass sie zum Anzeigen von elektrischen und magnetischen Feldern genutzt werden konnte.

»Ich lade jetzt die aktuellsten Ergebnisse der Simulation in das Programm«, sagte der Professor, und rasch bewegte sich der Mauszeiger über den Bildschirm. Anhand seines selbstverständlichen Umgangs mit dem Computer wurde Henning klar, dass der Professor kein Theoretiker war, sondern mit der modernen Computertechnologie Schritt gehalten hatte. Das konnte man bei Weitem nicht von allen Professoren behaupten. Auf dem Bildschirm erschien ein Balken, der den Fortschritt des Ladens der Simulationsergebnisse anzeigte und langsam, aber konstant größer wurde. Niemand der Anwesenden sagte etwas. Alle starrten auf den Bildschirm. Als nach einer Minute der Balken verschwand und die Datei geladen war, zeigte der Computermonitor ein Bild aus farbigen Linien, die an einem Punkt zusammen liefen.

»Das Magnetfeld ist an den roten Stellen am stärksten und an den dunklen Stellen am schwächsten«, erklärte der Professor und deutete auf verschiedene Stellen auf dem Bildschirm.

»Normalerweise sind die Parameter des Steuerungscomputers so eingestellt, dass wir ein stationäres, das heißt, ein konstantes Magnetfeld haben, das sich über die Zeit nicht ändert. Haben Sie das verstanden?«, fragte der Professor in die Runde, als wären die anwesenden Studenten seines Seminars.

»Ja«, sagten Henning und Priya gleichzeitig, während Suzan nur ein Nicken andeutete.

»Die manipulierten Steuerungsdaten führen aber zu einem sich verändernden Magnetfeld«, fuhr der Professor fort und drückte auf einen Knopf des Computerprogramms. Jetzt fingen die Linien an, ihre Farbe rhythmisch zu verändern, und zwar alle gleichzeitig. Es sah aus, als ob die Linien versuchten, die Farbe Rot auf einen bestimmten Punkt auf dem Bildschirm hinzuschieben.

»Holy shit«, platze Priya heraus.

»In diesem Fall stimme ich Ihnen ausnahmsweise zu«, erwiderte der Professor. Nach ein paar Sekunden blieb das Bild stehen und war wieder statisch.

»Leider ist die Simulation noch nicht weiter fortgeschritten, aber mit jeder Stunde, in der die Ergebnisse der Teilnehmer eintreffen, sehen wir, wie sich das Magnetfeld weiter verändert.«

Henning zeigte auf eine der Linien auf dem Bildschirm. »Konnten Sie schon die Frequenz bestimmen, mit der sich das Magnetfeld ändert?«

»Sie stellen die richtigen Fragen, Dr. Finnley! Ja, ich konnte die Frequenz bestimmen. Die Sache war nicht ganz einfach, aber …«

»9,87 Megahertz«, fiel Priya dem Professor ins Wort. Dieses selbstgefällige Gehabe des Professors begann ihr mächtig auf die Nerven zu gehen.

»Ganz genau. 9,87 Megahertz«, wiederholte der Professor. Seine Stimme klang gereizt. Wäre er nicht auf die Hilfe von Henning und Priya angewiesen, hätte er sie jetzt aus dem Seminar geworfen.

»Die manipulierten Steuerungsdaten sind also tatsächlich die Ursache dafür, dass das Magnetfeld schwingt«, folgerte Henning. Er versuchte, die Stimmung nicht kippen zu lassen.

»Ja, das sind sie, aber das hatten wir doch alle auch erwartet, nicht wahr?«, fragte Professor Li in die Runde. »Deswegen habe ich Sie aber nicht gebeten, hierher zu kommen.«

»Warum dann?«, fragte Suzan erstaunt.

»Ich habe noch etwas anderes entdeckt, das mir Kopfzerbrechen bereitet. Schauen Sie sich bitte nochmals die Simulation an«, sagte der Professor und spielte die Simulation erneut ab. Alle vier schauten gespannt auf den Computerbildschirm, auf dem die gleichen Felder wie zuvor zu sehen waren.

»Dieses Magnetfeld, das Sie hier sehen, wird im ATLAS-Detektor benötigt, um die Teilchen, die beim Zusammenstoß der Protonen entstehen, abzulenken und daraus auf die Art der erzeugten Elementarteilchen zu schließen. Habe ich mich soweit klar ausgedrückt?«

»Ja, ich denke, der Sachverhalt ist uns allen klar«, beantwortete Henning die Frage für alle.

»Gut. Ich werde nun in dieses Magnetfeld ein Bild des ATLAS-Detektors einblenden, damit Sie sehen, wo sich das schwingende Magnetfeld befindet.« Der Professor klickte auf einige Knöpfe im Computerprogramm, und das Bild des ATLAS-Detektors wurde hinter die bunte Darstellung des Magnetfelds gelegt.

»Achten Sie bitte auf die Richtung, in der das Magnetfeld mit der Zeit immer stärker wird, wenn ich die Simulation starte.« Der Professor drückte wieder auf den Knopf des Computerprogramms, und erneut begann sich ein oszillierendes Magnetfeld zu bilden. Als die Simulation am Ende angekommen war, drehte sich der Professor in seinem Stuhl zu den anderen um.

Henning war der Erste, der etwas sagte. »Es ist schwer, zu sagen, wo das Maximum des Magnetfelds im Detektor liegen wird, da die Simulation noch nicht abgeschlossen ist.«

»Richtig. Aber ich habe eine Extrapolation der Richtung durchgeführt und bin zu dem Ergebnis gekommen, dass das Maximum des Magnetfelds mit hoher Wahrscheinlichkeit genau an dem Punkt im Detektor liegen wird, wo die Protonen aufeinandertreffen.«

»Und das heißt … was?«, fragte Priya neugierig.

»Das heißt, dass die Steuerungsparameter mit Sicherheit keine zufällig manipulierten Daten sind, um das Experiment zu sabotieren. Diese Steuerungsdaten«, sagte Professor Li und zeigte mit dem Zeigefinger auf den Bildschirm, »diese Steuerungsdaten sind so gewählt worden, nein, sie sind mit großem Aufwand berechnet worden, dass das Maximum des Magnetfelds genau im Zentrum des Punkts liegt, wo die Protonenstrahlen aufeinandertreffen. Das ist kein Zufall, sondern Absicht.«

»Sind Sie sicher?«

Der Professor zögerte kurz. »Ja, ich bin mir sicher. Kein Zufall.«

»Welche Absicht steckt dahinter?«, fragte Suzan.

»Das kann ich Ihnen noch nicht sagen. Wir müssen abwarten, bis die Simulation weiter fortgeschritten ist.«

»Professor«, sagte Henning. »Zeigt die Simulation auch die Wechselwirkung des Magnetfelds mit dem Zusammenstoß der Protonen im Zentrum?«

Der Professor neigte den Kopf leicht und schaute Henning direkt in die Augen. *Dieser Finnley ist intelligent*, dachte er. »Ich fürchte nicht. Darüber muss ich erst nachdenken. Vielleicht gibt es eine Möglichkeit, beide Ereignisse zu kombinieren.«

»Was machen wir nun mit diesen Erkenntnissen?«, fragte Suzan und wandte sich Henning zu.

»Ich denke, wir müssen den Generaldirektor darüber informieren. Es sieht so aus, als ob wir es nicht mit ein paar DarkSky Gegnern zu tun haben, sondern mit Leuten, die genau wissen, was sie tun. Mehr noch, die Leute sind in der Lage, sehr genau Magnetfelder zu berechnen, den Steuerungscomputer zu hacken und unerkannt zu bleiben. Das sind keine Anfänger!«

»Aber zu welchem Zweck tun die das?«, fragte Professor Li.

»Das ist die große Frage. Was ist das Ziel dieses Aufwands? Warum legen sie nicht einfach eine Bombe und jagen den ganzen Detektor in die Luft?«, mischte sich Priya wieder ein. »Ich meine, so würde ich es machen, wenn ich das Experiment verhindern wollte und bereit wäre, alles zu riskieren.«

Suzan und Henning schauten Priya erstaunt an.

»Schaut nicht so. Die Manipulation der Steuerungsdaten hätte auch zu einer Quench führen können und somit mussten sie in Betracht ziehen, dass Menschen verletzt werden. Also, warum so kompliziert, wenn alles durch eine kleine Bombe viel einfacher geht?«

Professor Li stand von seinem Stuhl auf. »Ich fürchte, Dr. Singh hat recht. Die Berechnungen zur Manipulation des Magnetfelds sind kompliziert und wie Sie hier sehen, benötigt man dazu Einiges an Rechenleistung.« Der Professor zeigte auf den Bildschirm, der immer noch das letzte Bild der Simulation zeigte.

»Ich denke, wir haben es hier mit einer Organisation zu tun und nicht mit einem Einzeltäter«, stellte Suzan fest. »Ich meine, wer hätte schon Zugriff auf einen Computer, der so viel Rechenleistung hat, um das Magnetfeld zu berechnen?«

»Professor, wer wäre in der Lage, solch eine Berechnung durchzuführen?«, fragte Henning.

»Nun, wissenschaftliche Einrichtungen, die sich mit dieser Art der Physik beschäftigen. Das sind einige.«

»Und wer hätte auch genug Rechnerleistung zur Verfügung?«

»Alle Einrichtungen, die auch einen Beschleuniger, ähnlich dem CERN, haben. Das DESY in Hamburg oder das Fermilab in den USA, um nur zwei zu nennen.«

»Wir kommen so nicht weiter«, unterbrach Suzan die Gedankenspiele der beiden Männer. »Professor, sind Sie der Meinung, dass von diesen geänderten Parametern eine ernste Gefahr ausgeht?«

»Ich dachte, Sie haben jetzt die Zugangskontrolle wieder im Griff, und eine erneute Manipulation des Steuerungsrechners ist ausgeschlossen?«, fragte der Professor verblüfft und zog dabei die

Augenbrauen hoch.

»Ja, haben wir auch«, antwortete Suzan. »Aber das Problem ist doch ein anderes. Wenn wir es mit Profis zu tun haben, dann werden die nicht so schnell aufgeben. Sie werden sicher über einen anderen Weg nochmals versuchen, den Steuerungscomputer zu manipulieren.«

»In diesem Fall rate ich zum Abbruch von DarkSky«, antwortete der Professor nachdenklich.

»Und wie sollen wir das dem Generaldirektor beibringen?«, fragte Priya. »Ich meine, DarkSky ist seine große Show. Es ist sein Baby. Er wird einen Teufel tun und das Experiment absagen. Jetzt, da die gesamte Presse hier ist, und die ganze Welt auf das CERN blickt. Was für eine Blamage.«

»Professor, sind Sie bereit, mit mir zusammen zum Generaldirektor zu gehen und ihm zu sagen, was Sie uns gesagt haben?«, fragte Suzan.

»Das ist zwecklos. Wie Dr. Singh gerade erläutert hat, wird er wegen einer vagen Vermutung nicht das Experiment abbrechen.«

»Aber wir müssen es wenigstens versuchen.«

Professor Li kratze sich an der Stirn, wie er es immer tat, wenn er ein verzwicktes Problem vor sich hatte.

»Also gut. Ich werde mit ihm sprechen. Erwarten Sie aber nicht zu viel.«

»Danke, Professor.«

»Was machen wir solange?«, wollte Priya wissen.

»Priya, kannst du dir nochmals den Steuerungscomputer des ATLAS-Detektors anschauen und sicherstellen, dass niemand Zugriff darauf hatte? Ich werde mit der Überprüfung der Scanner weitermachen.«

»Okay, aber Suzan muss mit dem IT-Verantwortlichen des CERN sprechen und mir den Zugriff auf den Steuerungsrechner ermöglichen.«

Suzan nickte. »Das sollte kein Problem sein.«

In diesem Augenblick klingelte Priyas Handy. Sie zog das Handy aus ihrer Hosentasche, nahm den Anruf an und meldete sich mit einem »Hallo.« Das Gespräch dauerte weniger als eine Minute, und nachdem Priya die Verbindung getrennt hatte, wandte sie sich wieder den anderen zu.

»Das war ein Captain Child von der Cyberabwehr der US Air

Force. Ich habe in fünf Minuten ein online Date mit ihm«, sagte Priya und schob Henning zur Seite. »Lass uns gehen. Ich muss in mein Büro.«

29

Captain Child hatte bereits zwei seiner Thunfisch Sandwiches gegessen, und sein kurzfristig eingerichtetes Büro auf der Air Base hatte den Charakter eines modernen Computer Labors. Die zwei besten IT-Experten der Air Base hatten nach seinen Vorgaben ein lokales Computernetzwerk aufgebaut und einen zentralen Server dafür eingerichtet. Sie hatten ausgezeichnete Arbeit geleistet und es sogar geschafft, zwei Drohnen-Bordcomputer in das Netzwerk einzubinden. Einen Virus zu schreiben war eine Sache, aber wie war es möglich, dass dieser Virus sich über ein hoch gesichertes militärisches Computernetzwerk ausbreiten konnte und anschließend in der Lage war, verschiedene Rechnertypen zu befallen? Der Bordcomputer des Flugzeugs, in dem er noch vor wenigen Stunden fast sein Leben verloren hätte, hatte mit einem gewöhnlichen PC nichts gemein, und doch war es dem Virus gelungen, diesen genauso zu infizieren wie einen herkömmlichen PC. Um diese Frage zu klären, musste Captain Child die Funktionsweise des Virus' verstehen, denn nur dann wäre er, zusammen mit dem restlichen Team der Cyberabwehr des Space Commands, in der Lage, ein eigenes Killerprogramm zu schreiben, das den Virus aufspüren und vernichten könnte.

Eine Stunde zuvor hatte er einen kurzen Bericht der beiden OSI Agenten erhalten und so erfahren, dass auch die Software der Überwachungsscanner am CERN manipuliert worden war. Zudem hatte die Untersuchung des Datenverkehrs der Air Base ergeben, dass die Infiltration des Computernetzwerks von einer IP-Adresse aus der Schweiz erfolgt war. Und das CERN lag in der Schweiz, zumindest teilweise. Auch der Hellfire Angriff von Eagle 8 auf Dr. Finnley und Dr. Singh deutete darauf hin, dass das CERN etwas damit zu tun hatte. Sein Bauchgefühl sagte ihm, dass dort der Schlüssel zu dem Virus lag, aber zuerst musste er hier seine Untersuchungen durchführen, damit er hinter die Funktionsweise und Absicht des Virus' kommen würde. Die OSI Agentin hatte ihm mitgeteilt, dass Dr. Singh sich für eine Zusammenarbeit bereit erklärt hatte, und er wollte die Chance ergreifen, mehr über die Firma BioScanTech und deren Technologie zu erfahren. Eine Kopie des Background-Checks der Firma und des Firmengründers Dr. Finnley lag ihm vor, und im Grunde glaubte er, verstanden zu haben, womit die Firma Geld verdienen wollte. Der Einsatz der Scanner in öffentlichen Einrichtungen, wie Flughäfen und Bahnhöfen, würde eine ganz neue Dimension an Überwachungsmöglichkeiten schaffen. Für Terroristen und zur Fahndung ausgeschriebenen Personen wäre Reisen praktisch unmöglich. Bisher war allerdings noch nicht eindeutig bewiesen, dass die Scanner hielten, was sie versprachen, und deshalb war ein Erfolg am CERN entscheidend für die weitere Zukunft von BioScanTech. Vom Erfinder und Besitzer der Firma hatte Captain Child sich nur ein grobes Bild machen können. Er kannte seine Hochschulabschlüsse, Noten und Kontobewegungen und sah, dass Finnley fast sein ganzes Vermögen, das er durch den Verkauf eines Computerprogramms gemacht hatte, in die Firma gesteckt hatte. Er hatte zwar noch ein paar Millionen auf der hohen Kante, aber für ein komfortables Leben bis zur Rente würde es nicht reichen. Finnley setzte alles auf eine Karte, und das beeindruckte ihn. Aber das machte Finnley gleichzeitig auch gefährlich. Vielleicht führte er noch etwas anderes im Schilde und benutzte die Scanner nur, um an wertvolle Informationen zu gelangen. Das galt es herauszufinden, und eine Videokonferenz mit seiner Assistentin würde ein erster Schritt dazu sein.

Captain Child wählte die Nummer von Dr. Singh, die er von den OSI Agenten übermittelt bekommen hatte, und gleich darauf wurde das Gespräch angenommen und eine Verbindung hergestellt.

»Hallo?«

»Hallo, hier spricht Captain Child vom Space Command der US Air Force. Spreche ich mit Dr. Priya Singh?«

Priya antwortete lediglich mit einem knappen »Ja«.

»Dr. Singh, ich würde mich gerne mit Ihnen über den Drohnenunfall und die Manipulation Ihrer Geräte unterhalten. Hätten Sie etwas Zeit?«

»Können Sie mich in zehn Minuten wieder anrufen? Ich bin gerade beschäftigt«, erwiderte Priya.

»Kein Problem«, antwortete Captain Child und legte auf.

Zehn Minuten später wählte er die gleiche Nummer nochmals, und Priya meldete sich bereits nach dem ersten Klingelzeichen.

»Priya Singh.«

»Hallo Dr. Singh. Hier spricht Captain Child. Können wir uns jetzt unterhalten?«

»Ja, jetzt habe ich Zeit für Sie. Sagen Sie, Captain Child, haben Sie die Möglichkeit, mit mir zu skypen? Falls wir uns Dateien anschauen wollen, wäre das einfacher.«

»Einverstanden«, antwortete Captain Child und beide tauschten ihre Skype Namen aus.

Wenige Sekunden später signalisierte Priyas Skype Programm, dass jemand mit dem Skype-Namen *IronCyberMan* sie sprechen wollte. Priya stellte die Verbindung her und auf ihrem Laptop erschien das Bild eines Mannes in Uniform. Priya bemerkte, dass er über der Lippe erst kürzlich genäht worden war, und sein linker Arm war bandagiert. Das Pflaster, das er nach der Versorgung in Reykjavik bekommen hatte, war verschwunden.

»Hallo Captain Child«, sagte Priya. »Hatten Sie einen Unfall?«

»So was Ähnliches«, sagte er, ohne näher auf die Frage einzugehen. »Dr. Singh, ich würde Ihnen gerne ein paar Fragen zu den Manipulationen in Ihren Scannern stellen, die Sie gerade untersuchen.«

»Okay, aber nennen Sie mich Priya.«

»Gut Priya. Also, welcher Art sind die Manipulationen, die Sie entdeckt haben?«

»Die TrueScan Geräte, die wir bei BioScanTech entwickeln, dienen der Identifikation von Personen über Terahertz-Impulse. Diese Scanner haben wir hier am CERN installiert, damit es für die Wissenschaftler und Angestellte leichter ist, die Bereiche zu betreten, für die sie autorisiert sind. Bisher waren hier zur Zugangskontrolle überwiegend Kartenleser und Iris-Scanner im Einsatz.« Priya machte eine kurze Pause. »Haben Sie mich soweit verstanden?«

»Ja. Machen Sie weiter!«

»Die Scanner«, fuhr Priya fort, »bestehen aus der Sende- und Empfangseinheit und einem speziellen Mikroprozessor, der von uns für diese Aufgabe entwickelt wurde. Die Software, die wir für diesen Prozessor geschrieben haben, wurde manipuliert.«

»Ihre Firmware also«, bestätigte Captain Child Priyas Ausführungen und zeigte ihr somit, dass er etwas von Computertechnologie verstand. »Zu welchem Zweck wurde die Firmware in den Scannern verändert?«

»Die Firmware wurde so geändert, dass bestimmte Signaturen nicht eindeutig erkannt werden konnten und somit, trotz eines unerlaubten Zutritts in einen verbotenen Bereich, kein Alarm ausgelöst wurde«, sagte Priya, stellte aber gleich fest, dass ihre Aussage nicht richtig war. »Nein, das stimmt so nicht ganz. Ich muss von vorne anfangen, sonst verstehen Sie den Zusammenhang nicht.«

»Nur zu«, antwortete Captain Child knapp.

Priya gab ihm einen detaillierten Bericht über den Einbruch in München bei BioScanTech und das Problem, dass die Scanner keinen Alarm ausgelöst hatten, weil die Personen keine eindeutigen Signaturen hinterlassen hatten. Sie erzählte von ihrer Idee, eine App für das Smartphone zu programmieren, um so die Scanner zu überwachen, und weshalb sie den Unbekannten den Namen Zero gegeben hatte. Dann fasste sie ihre Erkenntnisse über die Manipulationen der Scanner am CERN zusammen und erklärte, dass eine Kollegin in München noch mit der Auswertung beschäftigt war.

»Und durch einen Computervirus wurde Ihr TrueScan Server am CERN so korrumpiert, dass er die manipulierte Software in die einzelnen Scanner spielte. Richtig?«, fragte Captain Child.

»Ganz genau. Allerdings sieht es so aus, als ob sich der Virus auch in den einzelnen Scannern selbst eingenistet und sich von dort aus ebenfalls verbreitet hat. Das Problem ist allerdings, dass unsere Scanner mit einem Mikroprozessor arbeiten, den wir selbst entwickelt haben und den es auf dem freien Markt nicht zu kaufen gibt. Auch im Internet ist darüber nichts zu finden. Also, woher wusste jemand außerhalb von BioScanTech, wie dieser Mikroprozessor zu programmieren ist?«

Captain Child erkannte sofort die Parallelen zu den Vorkommnissen auf der Air Base. Ein Virus hatte alle möglichen, verschiedenen Computersysteme befallen und dort die Kontrolle übernommen. Diese Informationen waren als *streng geheim* eingestuft, und er wusste, dass er ernsthaften Ärger bekommen konnte, wenn er diese einer Zivilperson weiter geben würde. Andererseits war die US Air Force einem ernsthaften Cyberangriff ausgesetzt, und seither hatten sie nicht wirklich große Fortschritte mit der Aufklärung des Vorfalls gemacht. Mit anderen Worten, sie tappten noch immer völlig im Dunkeln, wer hinter diesem Angriff steckte, und die Zeit drängte. In jedem Augenblick konnte der Feind wieder zuschlagen und noch größeren Schaden

anrichten oder sogar, im schlimmsten Fall, einen Nuklearkrieg auslösen.

»Priya, was ich Ihnen jetzt sage, ist streng geheim. Verstehen Sie
das?«

»Streng geheim. Was gibt es da nicht zu verstehen? Sie wollen
nicht, dass ich unser Gespräch aufzeichne oder blogge.«

Captain Child kannte Priyas Humor nicht und wusste nicht, wie er
ihre Bemerkung einzuschätzen hatte. Priya las aus seinem Gesichtsausdruck Verwunderung.

»Keine Sorge, ich hab' nur einen Spaß gemacht. Sind sie immer so
misstrauisch beim Militär?«

»Ja, das gehört zum Job. Also, kann ich mich auf Sie verlassen,
Priya?«

»Selbstverständlich.«

»Also gut. Wir haben hier auf der Air Base Ramstein ein ähnliches
Problem. Eagle 8 wurde von einem Virus …«

»Eagle 8?«, unterbrach ihn Priya.

»Eagle 8 war die Drohne, die Sie unter Beschuss genommen hat.«

»Okay.«

»Also, Eagle 8 wurde ebenfalls von einem Virus übernommen und
auch das Flugzeug, mit dem ich hierher nach Ramstein geflogen bin.«

»Das Flugzeug?«, fragte Priya.

Nun erzählte Captain Child Priya von den Vorkommnissen auf der
Air Base, wobei er darauf achtete, nur die absolut notwendigen Dinge
zu erzählen und nur so viel, wie er glaubte, Priya wissen lassen zu
müssen, damit sie ihm helfen könnte.

»Holy shit«, war Priyas Reaktion, nachdem Captain Child die
Zusammenfassung beendet hatte. »Dann sind wir beide nur knapp
diesem Virus entkommen.«

»Ja. Wir hatten großes Glück.«

»Was haben Sie bis jetzt über den Virus herausgefunden?«

»Nun, ich habe in meinem ganzen Leben noch nie so einen
komplizierten Virus gesehen. Er scheint sich ständig zu verändern und
sich neu anzupassen. Sobald er in einem unbekannten Computersystem ist, mutiert er ständig.«

»Wie konnten Sie das feststellen?«, fragte Priya stirnrunzelnd in
die Webcam ihres Laptops.

»Ich habe hier ein lokales Netz aufgebaut und verschiedene

Computer mit verschiedenen Betriebssystemen angeschlossen. Als ich einen Windows Laptop mit dem Virus an das Netz angeschlossen hatte, dauerte es nur Minuten, bis er sich über die anderen Betriebssysteme hergemacht und die Kontrolle übernommen hatte. Ich konnte anschließend nicht mal mehr die Computer herunterfahren, der Virus hatte alle meine Versuche unterbunden. Der Virus versuchte ständig, ins Internet zu kommen, was ihm aber nicht gelang, da wir alle Kabel und WLAN-Karten entfernt hatten.«

»Wie haben Sie die Computer wieder unter Ihre Kontrolle gebracht?«

»Gar nicht. Wir mussten die Computer hart ausschalten, die Festplatten neu formatieren und anschließend die Betriebssysteme wieder neu installieren.«

»Verstehe«, antwortete Priya knapp.

»Konnten Sie den Virus schon untersuchen? Ich würde gerne so viel wie möglich darüber erfahren.«

»Ich habe den Code, den wir aus den Scannern heruntergeladen haben, nach München zu meiner Kollegin Kath zur Analyse geschickt«, sagte Priya, und als sie das sagte, erkannte sie den Fehler, den sie gemacht hatte.

»Oh shit«, sagte sie. »Wenn Kath die Datei öffnet, wird sie den Virus in unserer Firma verteilen. Shit. Ich muss sie warnen!«

Schnell öffnete Priya ihr Skype Adressbuch und klickte auf das Bild von Kath, aber die Verbindung kam nicht zustande.

»Kath nimmt nicht ab. Irgendetwas stimmt nicht.« Priya begann sich Sorgen zu machen.

»Vielleicht ist sie gerade mit etwas anderem beschäftigt«, versuchte Captain Child, Priya zu beruhigen.

»Kath nimmt ihren Laptop überall hin mit.«

»Versuchen Sie es über das Handy«, sagte Captain Child in einem strengeren Ton als beabsichtigt, denn schließlich war Priya keine Angehörige der US Streitkräfte. Priya hatte den Befehlston wahrgenommen, war aber im Augenblick nicht darauf aus, mit Captain Child zu streiten.

»Okay«, sagte sie, nahm ihr Handy zur Hand, wählte Kaths Kurzwahlnummer und hörte das Rufzeichen, als sie das Handy an ihr Ohr legte. Niemand nahm ab. Priya schüttelte langsam den Kopf, und Captain Child verstand das Zeichen.

»Rufen Sie jemand anderen in der Firma an!« Jetzt war sein Befehlston nicht mehr zu überhören.

Priya wählte die Handynummer von Karl. Keine Reaktion. Anschließend probierte sie noch ein paar Nummern durch, aber niemand war zu erreichen.

»Damn it! Ich hätte Kath die Datei nicht schicken dürfen. Das war so dumm von mir.«

»Ja, das war es«, antwortete Captain Child, fügte aber schnell ein paar beschwichtigende Worte hinzu, denn schließlich wollte er Priya nicht verärgern. »Aber machen Sie sich nicht allzu große Vorwürfe, denn ich vermute, dass der Virus schon seit dem Einbruch in München in Ihrem Netzwerk war.«

Priya verzog das Gesicht. »Vielleicht haben Sie recht«, gab sie missmutig zu.

»Ich werde jemanden zu BioScanTech schicken, um die Lage dort zu überprüfen. Warten Sie!« Captain Child drehte sich von der Webcam weg, nahm sein Handy und führte ein kurzes Telefonat. Er hatte seine Stimme gedämpft, so dass Priya nicht hören konnte, mit wem er telefonierte oder was er sagte.

»In einer halben Stunde wissen wir Bescheid«, sagte er, als er die Verbindung wieder getrennt hatte.

»Danke. Ich mache mir Sorgen um meine Freunde und Kollegen. Dieser verdammte Virus hätte uns beide fast getötet. Nicht auszudenken, was er noch alles anrichten kann.«

»Und genau aus diesem Grund sollten wir uns wieder an die Arbeit machen, um herauszufinden, welchem Zweck der Virus dient und wer ihn programmiert hat.«

»Sie haben recht. Wie machen wir weiter?«

»Mir ist immer noch nicht klar, warum Ihre Scanner am CERN überhaupt manipuliert worden sind. Bei dem Einbruch in München waren offensichtlich die gleichen Leute am Werk, aber schon in München waren Ihre Scanner nicht in der Lage, die Eindringlinge sicher zu detektieren. Also warum dann überhaupt die Manipulationen am CERN, wenn die Leute eine Möglichkeit gefunden haben, wie sie Ihr System umgehen können?«, fragte Captain Child.

Priya überlegte, ob sie Captain Child die ganze Wahrheit sagen sollte oder nur so viel er eben wissen musste, um dem Computervirus auf die Spur zu kommen. Aber er hatte ihr bereits geheime Informationen anvertraut, und nun war sie an der Reihe, ihm sensible Auskünfte weiterzugeben. Obwohl sie eine Wissenschaftlerin war, verließ sie sich in kritischen Situation auf ihre Intuition. Bei Captain Child hatte sie ein gutes Gefühl, obwohl sie ihn erst seit wenigen Minuten kannte.

»Es gibt da noch eine Sache«, begann Priya langsam. »Kath und ich haben die Daten der Scanner ausgewertet, die während des Einbruchs in München und hier im CERN gespeichert wurden. Sie müssen wissen, obwohl die Scanner keinen Alarm ausgelöst hatten, werden die Rohdaten der Sende- und Empfangseinheit der Scanner für einen kurzen Zeitraum gespeichert.«

»Das ist nichts Ungewöhnliches für solche Systeme.«

»Ich weiß, aber die Daten, die wir gesammelt haben, deuten auf ein Material hin, dass es hier auf der Erde nicht gibt.«

»Wie meinen Sie das?«

»Ich weiß, das klingt total verrückt, aber wir haben die Scanner-Daten von dem Einbruch in München mit den Daten von hier verglichen. Es gibt keinen Zweifel, die Personen zeigten eine Materialsignatur, die es nicht geben kann.«

»Ich verstehe nicht, was Sie damit meinen. Können Sie etwas genauer werden?«

»Wie ich bereits sagte, bestehen die Personen nicht aus der erwarteten Materialzusammensetzung.«

»Sie wollen also sagen, dass die Menschen nicht aus Fleisch und Blut bestanden? Ist es das, was Sie mir sagen wollen?«, fragte Captain Child ungläubig, während sich tiefe Falten auf seiner Stirn bildeten.

Priya erwartete jetzt eigentlich, dass Captain Child sie für verrückt erklären würde und machte sich auf heftigen Widerstand bereit, aber er blieb still.

»Wir konnten bei der Entwicklung von TrueScan die Hilfe eines Chemieprofessors aus München in Anspruch nehmen, den wir auch jetzt wieder zu Rate gezogen haben. Kath hat ihm die Daten, die wir bei dem Einbruch bei BioScanTech gesammelt haben, übermittelt und ihn um seine Meinung gebeten. Er kam zu dem gleichen Schluss wie wir, nämlich dass es dieses Material gar nicht gibt. Er konnte auch keinen Platz im Periodensystem der Elemente finden, an den es passen würde. Auch nicht im erweiterten Periodensystem. Niemand hat je so ein Material gesehen.«

»Priya, sind Sie ganz sicher, dass Ihre Scanner richtig arbeiten? Ein kleiner Fehler in Ihrem Chip und der Scanner könnte falsche Daten liefern und ein Material anzeigen, das es angeblich gar nicht geben kann.«

»Captain Child, wir haben während der Entwicklung der Scanner alle verfügbaren, auf der Erde vorkommenden Materialien untersucht und eine Referenzdatenbank aufgebaut. Wir haben damit eine Treffergenauigkeit der Scanner von 99.8 Prozent erreicht. Ich glaube einfach nicht, dass wir hier einem Fehler in den Geräten nachjagen. Wir haben es hier mit etwas anderem zu tun.«

»Mit anderen Worten, wir brauchen eine Materialprobe – richtig?«

Priya fiel auf, dass ihr Gesprächspartner *wir* gesagt hatte und nicht *Sie*. Hatten sie ein Team gebildet?

»Ganz genau. Leider ist es uns bisher nicht gelungen, eine Materialprobe zu bekommen. Die Person, die hier am CERN einen Alarm durch die Scanner ausgelöst hatte, ist leider verschwunden, und bisher haben wir keine Spur.«

»Ich weiß. Die OSI Agenten haben alle internationale Datenbanken nach dem Phantombild durchsuchen lassen, aber mehr als fünfhundert Treffer erhalten. Wir sind dabei, die Anzahl der Treffer einzugrenzen. Das dauert, denn jeder Treffer muss manuell überprüft werden. Die Überprüfung der Fingerabdrücke hat leider auch noch keine weiteren Erkenntnisse geliefert.«

»Wir sind also wieder am Anfang. Bei dem verdammten Virus«, stellte Priya ratlos fest. »Woher kommt er, und was ist seine Aufgabe?«

Keiner von beiden sagte etwas. Priya setzte ihre Wasserflasche an, um etwas zu trinken, während Captain Child von einem weiteren Thunfisch-Sandwich abbiss und dabei das Gesicht verzog.

»Was essen Sie da?«, fragte Priya neugierig.

»Thunfisch. Ich hasse Thunfisch, aber wir arbeiten hier gerade im Notbetrieb.«

»Verstehe. Sagen Sie, Captain Child, wie kann ein Virus eine Drohne übernehmen? Ist Ihre Kommunikation nicht verschlüsselt?«

Captain Child musste jetzt erst recht aufpassen, keine weiteren streng geheimen Informationen einer Zivilistin preiszugeben, denn das konnte ihn sehr schnell auf die Anklagebank bringen. Diese Skype Verbindung war zwar verschlüsselt, aber er wusste auch, dass die NSA eine Hintertür in die Skype-Software eingebaut hatte und mit Sicherheit dieses Gespräch abhörte.

»Das darf ich Ihnen nicht sagen«, begann Captain Child. »Aber ich glaube, das können Sie sich selbst denken.«

»Okay. Der Virus hat also Ihre Verschlüsselung geknackt und die Drohne, ich meine Eagle 8, unter Kontrolle bekommen. Danach hat er Hennings Handynummer angepeilt und uns unter Beschuss genommen«, sagte Priya nachdenklich. »Jeder einzelne dieser Schritte erfordert enorme Fähigkeiten.«

Captain Child sagte noch immer nichts, sondern deutete nur ein leichtes Nicken an, das Priya als Zustimmung interpretierte.

»Vielleicht hatte der Virus ja einen Helfer, der ihn dabei unterstützte, die Rechnerarchitektur der Drohne zu erkunden. Der Virus scheint selbst sehr klein zu sein, und möglicherweise haben wir es hier mit einer Art verteilter Intelligenz zu tun.«

»Sie meinen, der Virus hatte Kontakt zu einem Server, der die in der Drohne gesammelten Daten verarbeitete?«, fragte Captain Child.

»Warum nicht? Wenn das der Fall wäre, hätten Sie eine Kommunikation von der Drohne zu einem geheimen Server in Ihren Kommunikationsprotokollen sehen müssen. Haben Sie die Protokolle gecheckt?«

»Ja«, antwortete Captain Child. »Allerdings konnte ich nichts entdecken. Die aufgezeichnete Datenmenge ist riesig und für eine gründliche Untersuchung hatte ich noch keine Zeit.«

»Sollen wir es nochmal gemeinsam versuchen?«, fragte Priya.

»Einverstanden. Geben Sie mir eine Minute.«

Captain Child öffnete ein weiteres Terminal auf dem Computer, suchte das Kommunikationsprotokoll von Eagle 8 und lud es anschließend in einen Editor, um es durchsuchen zu können.

»Captain, können Sie mir Ihren Bildschirm freischalten, ich würde gerne sehen, was Sie tun.«

Captain Child zögerte kurz, Priya den Bildschirminhalt seines Computers zu zeigen, aber schließlich hatte sie eine wichtige Idee eingebracht, die ihn bei der Analyse des Virus' weiterbringen konnte. Mit ein paar Klicks schaltete er schließlich den Bildschirm frei, und Priya sah jetzt auf ihrem Computer den Bildschirminhalt des Computers in Ramstein. Allerdings konnte sie noch nichts erkennen, denn das Bild war unscharf und wurde erst langsam deutlicher.

»Wieso dauert die Übertragung des Bildschirms so lange? Hat das Militär keine schnellere Internetverbindung? Sie sollten sich …«

»Die Air Base ist offline«, unterbrach Captain Child Priya. »Ich benutze mein Handy für die Verbindung ins Internet.«

»Was? Die gesamte Air Base ist von der Außenwelt elektronisch abgeschnitten?«

»Ja. Eindämmungsmaßnahme. Wir müssen extrem vorsichtig sein.«

»Dann sollten wir uns besser beeilen.«

»Ich bin ganz Ihrer Meinung.«

»Okay, ich kann Ihren Bildschirm jetzt sehen«, sagte Priya. »Suchen Sie nach einer verschlüsselten Botschaft, die nicht von Ihrer Drohnen-Software kommen kann.«

»Wieso verschlüsselt?«

»Ich glaube nicht, dass dieser Virus unverschlüsselt mit seinem Server kommuniziert. Das sieht ihm nicht ähnlich.«

»Sie haben recht«, antwortete Captain Child und gab einige Kommandos in das Terminal ein, aber der Bildschirm zeigte keine Treffer an.

»Versuchen Sie es mit einem regulären Ausdruck, um nach einem scheinbar sinnlosen Datenstrom zu suchen, der immer die gleiche Zieladresse hat«, gab jetzt Priya die Befehle durch. Captain Child probierte noch einige Kommandos aus, aber er konnte nichts finden, was nach einer verschlüsselten Kommunikation aussah.

»Nichts«, sagte er schließlich resigniert.

»Lassen Sie es mich probieren«, forderte Priya die Kontrolle des Terminals an. Sie musste es selbst versuchen.

Captain Child zögerte und Priya sah die Zweifel in seinem Gesicht. Sie verstand, dass er damit gegen weitere Sicherheitsregeln verstieß und sich jede Menge Ärger einhandeln konnte. Einer Zivilperson den Zugriff auf ein militärisches Netzwerk der USA zu erlauben, würde hart bestraft werden. Wollten sie hier allerdings weiter kommen, sah sie keine andere Möglichkeit, als den Datenstrom nach geheimen Botschaften zu untersuchen.

»Captain, vertrauen Sie mir bitte! Ich bin verdammt gut darin, Dinge zu finden. Glauben Sie mir!«

»Also gut. Ich verlasse mich auf Sie, Priya!«

Captain Child gab sein Terminal frei, so dass Priya von ihrem

Computer aus die Kommandos eingeben konnte.

»Also, wir suchen ein Muster, das nach einer verschlüsselten Botschaft aussieht und immer an die gleiche Zieladresse geht. Sollte unsere Theorie stimmen, dann hat der Virus die Daten immer an den gleichen Server gesendet.«

Priya begann, auf dem Terminal eine Folge von Kommandos einzutippen, und auf dem Bildschirm erschienen seitenweise Zahlenkolonnen. Die Menge der Daten war aber zu groß, um darin etwas Nützliches zu finden, so dass Priya weiter daran arbeitete, die wichtigen Daten herauszufiltern. Priya arbeitete in einer unglaublichen Geschwindigkeit und ihre Finger wurden nur durch die langsame Internetverbindung zu dem Computer auf der Air Base gebremst. Gespannt sah Captain Child zu, wie Priya ein Kommando nach dem anderen eintippte, und der Datenstrom immer kleiner wurde. Priya kochte die Datenmenge regelrecht ein, so wie sie es mit einem guten indischen Curry machte, bis zum Schluss nur noch die ausgesuchten Zutaten und eine feine Schärfe übrig blieben. Ihre Finger flogen über die Tastatur, und immer neue Befehle tauchten in dem Terminal auf, bis schließlich nur noch knapp tausend Zeilen Text des Kommunikationsprotokolls von Eagle 8 übrig waren.

Captain Child sah über die Webcam Priyas Gesicht an, wie sie hochkonzentriert arbeitete. Ihre Augenbrauen waren etwas nach oben gezogen und ließen ihre wunderschönen schwarzen Augen noch größer als sonst erscheinen. Sie schien die Daten förmlich aus dem Protokoll zu saugen, um die nützlichen von den überflüssigen zu trennen.

»Sehen Sie diese Abschnitte?«, riss Priya Captain Child plötzlich aus seinen Gedanken. Sie hatte mit der Maus in dem Terminal einzelne Bereiche markiert, so dass er sie schneller erfassen konnte.

»Das sind verschlüsselte Botschaften an IP-Adressen, die nicht zu uns gehören«, stellte Captain Child fest. Er hatte sich in seinem Stuhl aufgerichtet, und Priya konnte über das Bild der Webcam sehen, wie seine Augen den Inhalt des Bildschirms scannten.

»Unser Virus scheint also tatsächlich mit dieser unbekannten IP-Adresse zu kommunizieren. Ihre Leute sollten herausfinden können, wem diese IP-Adresse gehört, und vielleicht schaffen sie es auch, die übermittelten Nachrichten zu entschlüsseln. Falls nicht, sollten Sie bei der NSA anrufen.« Priya grinste.

»Ich werde diese Daten gleich an unsere Spezialisten übermitteln«, antwortete Captain Child. Ihren sarkastischen Unterton hatte er ignoriert. »Das war verdammt gute Arbeit, Priya. Sie sind bemerkenswert!«

»Danke.«

»Wo haben Sie das gelernt?«

»Ich habe während meines Studiums in einem Rechenzentrum gejobbt. Meine Aufgabe bestand unter anderem darin, die Log-Dateien nach Cyberattacken zu durchsuchen.«

»Interessant.«

»Wie lange wird es dauern, die Adresse herauszubekommen?«

»Das sollte nicht länger als eine Stunde benötigen. Hängt davon ab, über wie viele Zwischenstationen der Datenstrom umgeleitet wurde, um die Rückverfolgung zu erschweren.«

»Captain Child, halten Sie mich auf dem Laufenden?«, fragte Priya.

»Selbstverständlich. Dr. Singh, ich meine Priya, ich hoffe, dass wir mal die Chance haben, uns persönlich zu treffen.«

Priya wollte gerade antworten, als ihr Laptop einen eingehenden Anruf signalisierte.

»Das ist Kath«, rief Priya und nahm das Gespräch an. Auf dem Bildschirm erschien jetzt ein weiteres Fenster mit einem Webcam-Bild von Kath.

»Kath, wo zum Teufel treibst du dich herum? Ich hab' mir Sorgen gemacht!«, fuhr Priya ihre Kollegin und Freundin an.

»Wieso Sorgen? Ist was passiert?«

»Ich konnte dich nicht erreichen. Captain Child hat jemanden losgeschickt, um nach euch zu sehen.«

»Captain Child?«

»Ach so, sorry. Captain Child, kann ich Kath mit in die Konferenz schalten?«

»Kein Problem«, kam seine rasche Antwort.

Nach ein paar Mausklicks konnten sich nun auch Kath und Captain Child auf ihren Bildschirmen sehen.

Priya machte die beiden miteinander bekannt.

»Kath«, fuhr Priya fort, »ich habe versucht, dich per Skype und Handy zu erreichen. Was ist bei BioScanTech los, warum geht keiner von euch ans Telefon?«

»Priya, kann ich sprechen?«, fragte Kath Priya, denn sie wusste nicht, wie offen sie reden konnte, während der Angehörige der US Air Force mit in der Konferenzschaltung war.

»Captain Child weiß Bescheid. Kath, die manipulierte Firmware der Scanner, die ich dir zur Analyse geschickt habe, enthält einen Virus. Hast du die Daten bereits ins Firmennetz heruntergeladen? Wenn der Virus im Firmennetz ist, dann nistet er sich in alle Systeme ein.«

»Nein, der Cloudspeicher, auf den Henning die gehackte Firmware hochgeladen hat, ist seit gestern nicht mehr erreichbar. Wir haben uns stattdessen auf die Materialanalyse der Zeros konzentriert.«

»Verdammt!«, schaltete sich Captain Child in das Gespräch ein. »Der Virus breitet sich also immer weiter aus. Wir müssen ihn umgehend analysieren und stoppen.«

»Sind Sie sicher, dass es der Virus ist und nicht einfach ein ganz normaler Rechnerausfall?«, fragte Kath.

»Wie oft in der Vergangenheit konnten Sie auf Ihren Cloudspeicher nicht zugreifen?«

»Kann mich nicht an einen längeren Ausfall erinnern.«

»Sehen Sie, das ist kein Zufall. Der Virus hat Ihren Cloudspeicher befallen und die Verbindung gekappt.«

Priya wusste immer noch nicht, warum sie niemanden bei Bio-ScanTech erreichen konnte und wollte eine Erklärung von Kath haben.

»Kath, warum war niemand von euch zu erreichen?«, fragte Priya.

»Wir haben Versuche mit einem TrueScan Störsender gemacht – Karl von der Hardware-Abteilung hat einen Handy-Jammer besorgt und auf unsere TrueScan Frequenz umprogrammiert. Damit haben wir unser WLAN und Mobilfunknetz hier lahmgelegt.«

Priya verdrehte die Augen, wie sie es immer bei diesem Thema tat.

Captain Child wurde neugierig und wollte mehr zu dem Test wissen. »Ich nehme an, Sie wollten mit dem Jammer Ihre Scanner stören. Habe ich recht?«

»Ja«, antwortete Kath. »Wir konnten sie auch stören, aber wir lösten jedes Mal einen Alarm aus. Wir haben es damit nicht geschafft, unbemerkt an einem Scanner vorbeizukommen.«

»Können wir dann das Thema nun endlich für erledigt erklären, Kath?«, fragte Priya mit gereizter Stimme.

»Ja, können wir. Du hattest recht«, gab Kath zu.

»Priya, Kath, ich muss jetzt dringend unsere Erkenntnisse weitergeben. Priya, ich rufe Sie später nochmals an«, sagte Captain Child und trennte die Verbindung. Sein Bild verschwand.

»Verdammt, sieht der gut aus!«, sprudelte es aus Kath heraus. »Woher hast du den denn?«

Priya lachte in die Webcam.

30

Professor Breuer war bereits seit Stunden auf den Beinen und hatte zahllose Pressetermine hinter sich gebracht, die seine Pressesprecherin für ihn organisiert hatte. Sie hatte auch mit ihm zusammen seine Anzüge für die Termine zusammengestellt, denn für den Höhepunkt seiner Karriere wollte er einfach nur großartig aussehen. Die Bilder würden um die Welt gehen und er hatte sich in der Vergangenheit allzu oft anhören müssen, dass er bei der Auswahl seiner Kleider kein gutes Händchen hatte. Diesmal wollte er diese Unzulänglichkeit gleich zu Beginn ausmerzen, und so hatte er seine Pressesprecherin gebeten, mit ihm zusammen einkaufen zu gehen. Geld würde dabei keine Rolle spielen, und so zogen die beiden vier Wochen vor dem Start des Experiments durch die Modehäuser von Zürich. Das Ergebnis konnte sich sehen lassen. Mehrere, perfekt sitzende Anzüge und vier Paar italienische Schuhe. Ein ganzes Monatsgehalt hatte er dafür ausgegeben, und zum Dank hatte er ihr ein Abendkleid bezahlt, das weit über ihrer Gehaltsklasse lag. Sie würde es zur offiziellen Abschlussfeier des Experiments tragen können, wenn wichtige internationale Persönlichkeiten aus Forschung und Politik anwesend sein würden.

Jetzt stand er wieder im CERN Hauptkontrollraum, und in einer halben Stunde würde DarkSky fortgesetzt werden. Die Wissenschaftler und Ingenieure um ihn herum überwachten die Anlage. Auf den Monitoren waren die Anzeigen des Protonenbeschleunigers und des ATLAS-Detektors zu sehen. Die riesige Maschine war bereit für den alles entscheidenden Schritt, alle Kontrollanzeigen waren im Normbereich und nichts deutete auf eine Störung hin. Die nächsten acht Stunden sollten die aufregendsten Stunden seines Lebens werden, denn wenn um 18 Uhr die maximale Energie bereitstand, sollten die Protonen mit einer unglaublichen Energie von achtzehn Tera-Elektronenvolt aufeinanderstoßen und dabei die Geheimnisse des Universums freigeben. Die Dunkle Materie würde nicht mehr dunkel sein, sondern er würde sie in einem neuen Licht erstrahlen lassen und so ihre Geheimnisse offen legen.

Eine junge, gut aussehende Frau steuerte auf ihn zu. Sie trug ein silbernes Tablett mit einer Tasse darauf.

»Professor Breuer. Darf ich Ihnen die erste Tasse anbieten?«

Professor Breuer drehte sich um und sah die junge Frau neben sich an.

»Ah, Maren. Schön, dass Sie es einrichten konnten, heute dabei zu sein.«

»Mein Chef sagte, dass Sie wieder explizit nach mir verlangt hatten. Danke!«

»Ich habe zu danken. Sie wissen einfach, wie Sie unsere, nicht immer einfachen, Gäste bei Laune halten.«

»Ach was, ich mach' nur meinen Job. Aber probieren Sie erst einmal mein neuestes Experiment. Ich habe die Kaffeemischung extra für das heutige Ereignis zusammengestellt. Ich nenne die Mischung *Dark Pleasure*.«

Professor Breuer nahm die Tasse vom Tablett und trank einen Schluck. Er zog seine Augenbrauen hoch und setzte sofort für einen weiteren Schluck an.

»Maren, Sie sind unglaublich. Diese Kaffeemischung passt perfekt zum heutigen Tag. Ich hoffe, Sie haben ausreichend Vorrat eingepackt?«

»Keine Sorge, Professor, wir haben genug dabei«, antwortete Maren lächelnd.

»Maren, ich werde Ihre Dienste auch bei der offiziellen Abschlussfeier benötigen. Ich hoffe, Sie können das einrichten?«

»Ja, ich denke, das sollte kein Problem sein.«

»Ausgezeichnet. Wie läuft denn Ihr Studium?«

»Sehr gut. Ich habe die letzten Prüfungen alle bestanden.« Ihr einnehmendes Lächeln war jetzt zu einem strahlenden Lachen geworden.

»Das freut mich für Sie«, sagte Professor Breuer und legte dabei seine Hand auf ihren Arm.

Professor Breuer hatte die junge Frau vor einem Jahr auf einer Vernissage kennengelernt, die er mit seiner Frau besucht hatte. Dort hatte Maren Kaffee für die Gäste an einer professionellen Kaffeemaschine zubereitet und dafür eine exzellente Kaffeemischung zusammengestellt. Er war von der Idee einer speziellen Kaffeekreation sofort begeistert, denn Kaffee war, neben einer guten Zigarre nach dem Essen, eines seiner Laster geworden. Seine Frau teilte diese Leidenschaft für den Genuss von außergewöhnlichem Kaffee mit ihm, denn beiden sahen sich in der Regel nur vor dem Schlafengehen. Sie hatten sich vor langer Zeit gegen ein Leben mit Kindern entschieden, um sich mit ganzer Kraft ihrer Arbeit widmen zu können. So war ein vierzehn Stunden Tag für beide die Regel anstelle der Ausnahme geworden. Jetzt, zwanzig Jahre nach dieser Entscheidung, begann so etwas wie ein Keim des Bedauerns in ihm zu wachsen. Zu gerne wäre er jetzt mit seiner Tochter oder seinem Sohn durch das CERN gelaufen und hätte seinem Kind seine Welt erklärt, die für die meisten Menschen unverständlich war. Vielleicht hätte er sogar technische Diskussionen mit ihr oder ihm führen können und so das Gefühl gehabt, etwas weitergeben zu können. Das erste Zusammentreffen mit Maren hatte ihm einen Stich versetzt, denn genau so hätte er sich eine Tochter vorgestellt. Ihr gewinnendes Lachen und ihre Art und Weise, Menschen in ihren Bann zu ziehen, hatten väterliche Gefühle bei ihm geweckt. Gefühle, die er bis zu diesem Zeitpunkt nicht kannte. So beschloss er, ihren Lebensweg zu verfolgen. Als sie ihm erzählte, dass sie Medizin studierte und den Job bei dem exquisiten Catering Service nur zur Finanzierung ihres Studiums machte, war er sich sicher, dass Maren etwas ganz Besonderes war. Der Catering Service war ab diesem Zeitpunkt ein fester Bestandteil wichtiger Veranstaltungen am CERN.

»Professor Breuer, wir müssen Sie dringend sprechen!«

Henning, Suzan und Professor Li hatten sich neben Maren aufgebaut. Professor Breuer sah auf seine Armbanduhr und verzog das Gesicht.

»Maren, würden Sie uns bitte kurz entschuldigen?«

»Aber natürlich Professor«, antwortete sie und nahm ihm die Tasse ab, die er immer noch in seinen Händen hielt.

»Sie haben fünf Minuten.«

»Können wir uns irgendwo in Ruhe unterhalten?«, fragte Suzan.

»Meinetwegen. Gehen wir in den Nebenraum.« Professor Breuer ging voraus und öffnete die Tür in den Nebenraum, der vorübergehend vom Catering Service genutzt wurde. Zwei große Kühlschränke dienten der Kühlung des Champagners und der Sandwiches. Eine weitere Mitarbeiterin des Catering Service war gerade dabei, Champagnerflaschen in einen der Kühlschränke zu legen, als der Professor die Tür öffnete.

»Können Sie uns bitte kurz alleine lassen?«, fragte er mit verdunkelter Miene.

»Natürlich, Professor«, antwortete sie, beeilte sich, eine weitere Flasche in den Kühlschrank zu legen und schloss dessen Tür. Danach nickte sie den anderen kurz zu und verließ den Raum.

»Nun, was gibt es so Dringendes, dass es nicht warten kann? Suzan ich hoffe doch, Sie haben nicht wieder irgendwelche Manipulationen entdeckt! Wir alle hier verlassen uns auf Sie!«

»Nein, keine neuen Manipulationen. Aber Professor Li hat eine sehr beunruhigende Entdeckung gemacht. Professor Li, können Sie eine kurze Zusammenfassung Ihrer Erkenntnisse geben?«

»Gewiss. Ich habe die ersten Ergebnisse der Magnetfeldsimulationen mit den manipulierten Parametern durchgeführt und …«, begann Professor Li, wurde aber von Professor Breuer unterbrochen.

»Wie können Sie schon Ergebnisse haben? Wir haben doch erst gestern Abend beschlossen, überhaupt eine Untersuchung durchzuführen. Sagten Sie nicht, dass Sie keine Rechenleistung zur Verfügung hätten?«

»Ja, die Ergebnisse kommen über das verteilte Rechnen von privaten PCs rein. Die Sache hat sehr großen Anklang gefunden, und wir haben bereits über tausend Freiwillige.«

Professor Breuer wurde misstrauisch.

»Sie haben es in einer einzigen Nacht geschafft, das Programm zum Laufen zu bekommen? Das hatten Sie doch schon in petto – oder?«

»Nun, sagen wir mal, die Sache war schon etwas vorangeschritten, und einer meiner Studenten ist im Rahmen seiner Promotion damit beschäftigt.« Professor Li versuchte, sich damit aus der peinlichen Situation zu retten, dem Generaldirektor des CERN am Tag zuvor nicht die ganze Wahrheit gesagt zu haben. Aber in der Wissenschaft war es wie in der Politik. Man durfte seine Trümpfe nicht gleich alle auf einmal auf den Tisch legen.

»Nun gut. Was haben Sie herausgefunden?«, fragte Professor Breuer.

»Die Simulationsergebnisse zeigen eindeutig, dass die manipulierten Parameter keine zufälligen Werte sind, sondern sorgsam berechnet wurden.«

»Was meinen Sie damit?«

Henning übernahm jetzt das Wort, denn er hatte das Gefühl, dass

Professor Breuer über Professor Li verstimmt war. Zudem hatte Professor Li noch am Abend den Beschaffungsantrag für die neue Rechnerfarm per E-Mail an das Büro des Generaldirektors gesendet und um eine schnelle Bearbeitung gebeten. Professor Breuer könnte sich hintergangen fühlen, und das war keine gute Voraussetzung für dieses Gespräch.

»Professor Breuer, wir sind überzeugt, dass die manipulierten Parameter einem ganz bestimmten Zweck dienen. Die Simulationen von Professor Li zeigen, dass das Magnetfeld so geformt wird, dass es sein Maximum genau an der Stelle hat, an der die beiden Protonenstrahlen zusammentreffen.«

»Und?«

»Die Oszillation des Magnetfelds ist durch die Simulation ebenfalls deutlich zu sehen«, fuhr Henning fort.

»Prima, dann haben Sie bewiesen, dass Professors Lis Simulationsmodell die Realität perfekt abbildet. Gratulation. Das sollte für einen Artikel in der nächsten *Physics Today* reichen«, sagte Professor Breuer gereizt und sah dabei Professor Li an. Dieser machte eine Handbewegung, als wolle er versuchen, diesen Gedanken wegzuwischen.

»Professor Breuer, ich fürchte, Sie verstehen nicht, was wir sagen wollen. Jemand ist in der Lage, die Parameter des ATLAS-Detektors zu berechnen, und bezweckt offensichtlich etwas Bestimmtes damit. Es muss folglich eine Organisation dahinter stecken, denn wie Sie selbst wissen, braucht man dafür Fachwissen und eine enorme Rechenleistung.«

»Reine Spekulation! Haben Sie Beweise für Ihre These?«

Professor Li schüttelte den Kopf. Er sah aus wie ein kleiner Junge, der beim Stibitzen eines Bonbons erwischt worden war.

Professor Breuer wendete sich Suzan zu.

»Suzan, sagen Sie mir, wie ist der Sicherheitsstatus des CERN? Gibt es weitere unerlaubte Zutritte oder Manipulationen?«

»Zum jetzigen Zeitpunkt gibt es keine weiteren Probleme dieser Art. Sollte aber wirklich eine Organisation dahinter stecken, dann müssen wir davon ausgehen, dass sie es wieder versuchen werden.«

»Sind Ihre Leute in Position, und funktionieren diese verdammten Scanner endlich zuverlässig?«

»Ich habe die Überwachung verstärkt, und die Scanner sind jetzt in der Lage, alle Eindringlinge zu erkennen und Alarm auszulösen.«

»Aber wo ist dann das Problem?«, fuhr Professor Breuer Suzan mit ungewöhnlich harschem Ton an.

»Professor Breuer«, kam Henning Suzan zur Hilfe. »Wir wissen nicht, welche Möglichkeiten diese Organisation hat, die hinter diesen Angriffen steckt. Wir empfehlen, DarkSky auszusetzen. Wir gehen ein unnötiges Risiko ein.«

»Dr. Finnley, Sie sind selbst Wissenschaftler und wissen, dass man nicht wegen eines Unwetters gleich die Segel streicht.« Professor Breuers Stimme nahm jetzt einen sehr bestimmenden Ton an. »Die Wissenschaft braucht keine Angsthasen, sondern Männer und Frauen, die mutig zur Sache gehen und sich nicht beirren lassen. Wir haben über zehn Jahre auf diesen Tag hingearbeitet und stehen jetzt kurz vor einer großen Entdeckung – vielleicht der größten Entdeckung der letzten fünfzig Jahre in der Physik.«

Henning verstand den Professor nur zu gut und wusste, was es bedeutete, kurz vor der Ziellinie Knüppel zwischen die Beine geworfen zu bekommen. Wahrscheinlich würde er in derselben Situation genau das Gleiche tun, aber er hatte nun mal die Simulation gesehen und war überzeugt, dass dies alles kein Zufall war.

»Wenn Sie DarkSky nur um einen weiteren Tag verschieben! Das würde uns die Möglichkeit geben, auf die Fertigstellung der Simulation zu warten, und Suzan könnte mit Priya nochmals die gefährdeten Computer auf versteckte Manipulationen hin untersuchen.«

»Dr. Finnley! Wie Sie selbst sagen, ist die Simulation von Professor Li offensichtlich noch nicht fertig, und deshalb sollten gerade Sie keine voreiligen Schlüsse ziehen. Wenn ich jetzt das Experiment nochmals verschieben muss, dann machen wir uns zum Gespött der ganzen Welt. Wir haben über einhundert Journalisten aus zweiundvierzig Ländern zu Gast. Gestern sind bereits die Ersten abgereist. Nein, wir fahren fort wie geplant. Niemand stoppt hier irgendwas!« Professor Breuer hatte sich in Rage geredet und wollte dieses unsinnige Gespräch beenden.

»Suzan, machen Sie Ihren Job und stellen Sie sicher, dass hier niemand ist, der nicht hierher gehört! Professor Li und Dr. Finnley, Sie können gerne wieder kommen, wenn sie handfeste Beweise haben. Habe ich mich klar ausgedrückt?« Professor Breuer drehte sich um, ohne auf eine Antwort auf seine Frage zu warten, und verließ den Raum.

Die drei standen da und schauten einander an. Keiner sagte ein Wort, bis Henning das Schweigen brach.

»Das war zu erwarten. DarkSky ist sein Baby. Ich hätte an seiner Stelle wahrscheinlich genauso reagiert«, gab Henning zu.

»Und was machen wir jetzt, verdammt nochmal?«, fragte Suzan.

»Wir machen weiter. Suzan, Sie bleiben mit Ihren Leuten dran und weisen sie an, jede kleinste Auffälligkeit sofort zu melden. Wir müssen sicher gehen, dass hier niemand eine andere Möglichkeit gefunden hat, sich Zutritt zu verschaffen.«

Suzan nickte bestätigend. Henning schaute Professor Li an.

»Ich werde in mein Institut gehen und den Fortgang der Simulation überwachen. Sobald ich neue Erkenntnisse habe, werde ich Sie informieren.«

»Priya und ich werden uns nochmals die Verbindungsprotokolle der Rechner vornehmen und nach Spuren von Hackerangriffen suchen. Vielleicht haben wir Glück und finden heraus, wie sie in das CERN Netzwerk eindringen konnten.«

Die Tür wurde geöffnet, und eine Frau mit einem Tablett kam herein. Es war Maren. Auf dem Tablett standen drei kleine Tassen und ein silberfarbendes Gefäß.

»Ich habe Professor Breuers Gesicht gesehen, als er den Raum verlassen hat. Ich dachte, den können Sie jetzt gut gebrauchen«, sagte Maren und hielt den Dreien das Tablett hin. Espressi. *Dark Pleasure.*

31

Ramstein, 17. Juli, 11 Uhr

Captain Child hatte die mit Priya gesammelten Erkenntnisse an das Hauptquartier des Space Commands weitergegeben. Er hatte die Hoffnung, die Spezialisten könnten den Server mit dem der Virus während des Angriffs auf Hennings Auto kommuniziert hatte, innerhalb kurzer Zeit lokalisieren. Priyas Arbeitsweise und schnelle Auffassungsgabe hatte ihn sehr beeindruckt. Genau so jemand fehlte in seinem Team. Jemand, der Zusammenhänge schnell erkannte und den technischen Sachverstand besaß, den Dingen auf den Grund zu gehen. Aber er wusste, dass er Priya niemals in sein Team bekommen würde. Die Recherche zu ihrer Biographie hatte ein paar interessante, aber für das amerikanische Verteidigungsministerium nicht akzeptable, Dinge zu Tage gefördert, die eine offizielle Zusammenarbeit unmöglich machen würden. Aber vielleicht konnte er seine Vorgesetzten überzeugen, bei ihr eine Ausnahme zu machen. Ihre Fähigkeiten lagen weit über dem Durchschnitt.

»Sir, wir sind soweit. Die Drohne steht bereit.«

Ohne dass er es bemerkte, war ein Soldat in den Raum gekommen und hatte neben ihm Stellung bezogen.

»Verdammt!« Captain Child zuckte so heftig zusammen, dass aus seiner Tasse heißer Kaffee auf seine Hand schwappte. »Wo kommen Sie auf einmal her?«

»Ich hatte geklopft ...«

»Schon gut«, unterbrach ihn Captain Child barsch und wischte mit einer der Servietten, die er zu den abscheulichen Thunfisch Sandwiches bekommen hatte, den verschütteten Kaffee auf.

»Captain, die Vorbereitungen für den Test sind abgeschlossen.«

»Endlich!« Captain Child stand auf und entfernte einen Laptop aus dem infizierten Computernetz. »Gehen wir!«

Beide Männer verließen das Labor und machten sich auf den Weg zum Hangar, in dem die Drohne stand.

»Eagle 3«, sagte der Soldat, »ist nicht bewaffnet und hatte wegen Wartungsarbeiten in den letzten vier Wochen keine Verbindung mit dem Netzwerk. Wir sind uns also sicher, dass Eagle 3 sauber ist.«

»Sehr gut. Wie überwachen wir den Bordcomputer der Drohne?«

»Wir haben an den Drohnencomputer unsere Service-Messtechnik angeschlossen. Alle Datentransfers zum oder vom Bordcomputer, alle Berechnungen und alle Befehle zu den Unterkomponenten, wie Feuerleittechnik oder Kommunikation, werden auf einen Laptop übertragen und aufgezeichnet. Wir werden also live sehen, was der Virus macht.«

»Wie stellen wir sicher, dass der Virus nicht auch den Service Laptop befällt und uns aussperrt?«, fragte Captain Child.

»Nun, wir haben einen Filter programmiert, der nur die Daten der Messtechnik durchlässt. Alle Daten, die von der Messtechnik gesammelt werden, werden mit einer eindeutigen ID versehen, die uns zeigt, dass es sich um Daten von unserer Elektronik handelt. Glauben Sie mir, da kommt nichts durch!«, erklärte der Soldat stolz.

Captain Child blieb stehen, blickte dem Soldaten ins Gesicht und zog aus der Brusttasche seines Hemds einen Geldschein heraus.

»Einen Fünfer, dass Ihr Filter nicht länger als fünf Minuten hält?«

»Geht klar«, antwortete der Soldat mit einem breiten Grinsen und nahm den Schein aus Captain Childs Hand.

Beide liefen schweigend weiter, bis sie am Hangar ankamen und vor Eagle 3 standen. Ein Dutzend Techniker der US Air Force war mit Messgeräten zugange, um die letzten Arbeitsschritte durchzuführen und die Drohne für den Test vorzubereiten. An einer Seite der Drohne war eine Klappe geöffnet worden, aus der zwei Computer-Netzwerkkabel herausragten. Eines davon verlief zu einem kleinen Tisch, der direkt neben der Drohne stand, und auf dem die Techniker den Service-Laptop aufgestellt hatten. Es verband diesen mit der Elektronik der Drohne, um alle Aktivitäten des Bordcomputers überwachen zu können. Daneben war ein überdimensionaler Computermonitor aufgebaut, der den Bildschirm des Service Laptops zeigte. So konnten alle mitverfolgen, was der Virus auf dem Bordcomputer machte. Captain Child stellte seinen Laptop neben den Service Computer, steckte allerdings das zweite Netzwerkkabel noch nicht in seinen, mit dem Virus verseuchten, Laptop ein. Als die Techniker Captain Child bemerkten, verstummten die Gespräche sofort. Sie nahmen eine Haltung ein, als ob ein Oberkommandierender zur Inspektion der Truppe vorbeigekommen wäre. Er stellte sich vor Eagle 3 und richtete ein paar Worte an die Air Force Soldaten.

»Wie Sie alle wissen, ist unser Netzwerk von einem unbekannten

Virus infiltriert worden, und alles, was wir bis jetzt über diesen Virus in Erfahrung bringen konnten, ist, dass er außerordentlich raffiniert vorgeht und jede, und ich betone ausdrücklich, jede von uns installierte Firewall mühelos durchbrochen hat. Dieser Test soll uns zeigen, wie der Virus vorgeht und seine Fähigkeiten demonstrieren.« Er machte eine kurze Pause, dann fuhr er fort. »Wir müssen verstehen wie der Virus funktioniert, um ihn ausschalten zu können. Sonst schaltet er uns aus.« Wieder hielt er inne und blickte die Soldatinnen und Soldaten der Reihe nach an. »Wenn alle bereit sind, dann können wir mit dem Test beginnen.«

»Videoaufzeichnung läuft, Messtechnik auf Stand-by, wir können«, gab einer der Air Force Techniker den Startschuss.

»Also gut, ich verbinde jetzt den Bordcomputer mit meinem verseuchten Laptop.« Captain Child steckte das Netzwerkkabel ein, blickte auf seine Armbanduhr und gab in die aufgestellte Videokamera die aktuelle Zeit zu Protokoll. Dann startete er die Stoppuhr seiner Armbanduhr.

Alle blickten gespannt zum Monitor mit der Statusanzeige des Eagle 3 Bordcomputers. Niemand sprach. Nichts geschah. Die erste Minute näherte sich ihrem Ende, als sich plötzlich der Zeiger eines digitalen Messgeräts langsam zu bewegen begann.

»Er versucht, Zugriff auf den Hauptprozessor zu bekommen«, interpretierte Captain Child die Anzeige.

»Ja, aber dazu muss er an Odin vorbei«, entgegnete einer der Techniker, der neben ihm stand. »Der Crypto Chip kann nicht geknackt werden. Der ist sicherer als Fort Knox.«

»Einen Fünfer, dass er ihn in sechzig Sekunden geknackt hat?«, antwortete Captain Child beiläufig, ohne seinen Blick vom Computermonitor zu nehmen.

»Bin dabei«, hörte er einige der anwesenden Soldaten sagen.

Auf dem Monitor erschien jetzt eine Art Balkendiagramm, das die Aktivität des Crypto Chips darstellte. Der Balken wurde größer und größer, bis er schließlich nicht mehr weiter anwuchs und bei hundert Prozent Auslastung verharrte.

»Der Virus hat sich Odin vorgenommen und versucht, über ihn auf den Hauptprozessor zu kommen«, erklärte einer der Techniker, der hoffte, bald im Besitz eines Fünf-Dollar-Scheins zu sein. »Sehen Sie, Captain, Odin lässt ihn nicht durch. Fort Knox ist sicher. Keine

Chance. Ich hoffe, Sie haben genug Scheine bei sich.« Der Techniker begann zu lachen und blickte sich zu den anderen um, um in ihre Gesichter zu sehen. Er hatte auf eine breite Zustimmung zu seiner Feststellung gehofft. Was er allerdings sah, war pures Entsetzen. Einige hielten sich die Hand vor den Mund, andere hatten ihre Augen weit aufgerissen. Erst jetzt drehte sich der Techniker wieder um und sah auf dem Monitor den Grund dafür. Der Aktivitätsbalken des Crypto Chips war auf unter zehn Prozent gefallen, aber dafür waren alle sechzehn Kerne des Hauptprozessors voll ausgelastet.

»Was geht da vor sich?«

»Das Miststück hat Odin umgangen und hat sich den Hauptprozessor geschnappt«, stellte eine Soldatin fest, die sich durch die Menge nach vorne geschoben hatte.

»Okay, und wenn schon. Der Programmcode ist verschlüsselt ...«

»Nicht mehr lange«, antwortete Captain Child kopfschüttelnd.

»Wie meinen Sie das?«

»Der Virus nutzt alle verfügbaren Kerne des Hauptprozessors, um den Programmcode zu entschlüsseln.«

»Das kann er nicht ...«

»Scheiße, ich glaube, er hat es geschafft«, sagte die Soldatin, denn die Aktivitätsanzeigen brachen in sich zusammen und eine neue Anzeige flammte auf. Captain Child blickte auf seine Uhr. Es waren nicht einmal drei Minuten vergangen. Der Techniker holte ein Bündel mit Geldscheinen aus seiner Hosentasche, nahm einen Fünfer heraus und reichte ihn wortlos Captain Child. Der nahm ihn genauso schweigend entgegen und steckte ihn ein. Sein Essen an diesem Abend würden andere bezahlen.

»Was macht er jetzt?«, fragte die Soldatin, die direkt neben Captain Child stand.

»Keine Ahnung.«

Immer noch starrten alle wie gebannt auf den Monitor und waren fassungslos, was sie dort sahen. Der Virus hatte die Technik von Eagle 3 in weniger als drei Minuten geknackt. Und das, obwohl sie davon ausgegangen waren, dass die Technik in den Drohnen mindestens zehn Jahre Vorsprung vor der Konkurrenz aus Russland und China hatte. Sie hatten sich alle geirrt.

Plötzlich ließ ein Geräusch alle Anwesenden zusammenzucken. Die bewegliche Sensor-Kugel am Bauch der Drohne, die die Live-

Videobilder, Infrarotaufnahmen und Radarbilder machte, bewegte sich. Sie drehte sich nach links und rechts, und es schien so, als ob sie den Hangar absuchte.

»Das Sensormodul ist gefallen. Der Virus hat es unter seiner Kontrolle«, stellte sie ernüchtert fest.

»Faszinierend. Bin gespannt, was er damit vor hat«.

»Vielleicht macht er eine Aufnahme von uns für sein Facebook Konto«, kicherte die Soldatin. Erst jetzt blickte Captain Child zu der Frau, die er bisher noch nie auf dem Stützpunkt gesehen hatte.

»Er scannt das Feuerleitmodul. Er sucht nach Waffen!«, stieß die Soldatin entsetzt hervor und griff instinktiv nach ihrer Waffe.

»Verdammt! Wo kommt dieses Ding nur her?« Der Techniker neben Captain Child schüttelte ungläubig den Kopf.

»Das wissen wir noch nicht.«

Die Querruder an den Tragflächen begannen sich zu bewegen. Der Virus hatte jetzt Zugriff auf die Flugkontrolle der Drohne.

Auf dem Bildschirm waren mittlerweile fast alle Blöcke am Blinken, lediglich der Block, der Odins Aktivität anzeigte, war aus.

Plötzlich begann ein weiteres Feld auf dem Monitor zu blinken.

»Er versucht, das Kommunikationsmodul anzusprechen«, rief jemand.

»Scheiße«, sagte Captain Child. Er schaute auf den Monitor, ein kleines Symbol mit einer Satellitenantenne begann zu leuchten, und ein nach oben gerichteter Pfeil deutete an, dass Daten versandt wurden. »Versuch abbrechen! Er versucht, einen Satelliten zu kontaktieren.« In diesem Augenblick zeigte der Monitor nur noch Bruchstücke des zuvor klaren Bildes an. Der Bildschirm begann zu flimmern, ein Fenster für die Eingabe von Kommandos öffnete sich und lange Zahlenreihen erschienen.

»Service Computer ist infiziert!«, rief der Techniker, sprang zum Service Laptop und riss das Netzwerkkabel, das von Eagle 3 zu dem Laptop führte, aus dem Computer. Die Anzeige auf dem Monitor änderte sich jedoch nicht, der Virus hatte den Service Laptop bereits vollständig in seiner Hand.

»Wir müssen den Bordcomputer abschalten! Sofort! Sonst hat er Zugriff auf einen Satelliten. Los, schalten Sie den Bordcomputer ab!«, schrie Captain Child den Techniker an.

Der Soldat reagierte sofort, sprang an die offene Serviceöffnung von Eagle 3 und wollte dort den Hauptschalter betätigen, um die Stromversorgung des Bordcomputers zu unterbrechen. Bevor er allerdings die Klappe erreichte, begann sich der Propeller am Ende des Rumpfes unter lautem Getöse zu drehen. Das Triebwerk heulte auf. Der Virus hatte die Maschine gestartet.

»Alle weg da!«, schrie Captain Child, um zu verhindern, dass jemand von dem Propeller in Stücke gerissen wurde.

Das Triebwerk der Drohne machte einen ohrenbetäubenden Lärm und die Drohne begann zu rollen. Die Sensor-Kugel am Bug drehte sich ständig hin und her, und es schien so, als diente sie dem Virus als Auge.

»Wir müssen das verdammte Ding stoppen!« Captain Child zog seine Waffe aus dem Holster, entsicherte sie und begann auf die Reifen zu schießen. Er traf das Bugrad, und die Drohne knickte etwas ein, setzte aber ihre Fahrt ungehindert fort. Sie steuerte jetzt auf den Ausgang zu und wurde dabei immer schneller.

»Los, schießen Sie!«, brüllte er der Soldatin zu, die neben ihm gestanden hatte.

Second Lieutenant Green spurtete bereits zum Waffenschrank, nahm zwei M16 Sturmgewehre und zwei Vierzig-Schuss-Magazine heraus und rannte wieder in Richtung des Hangarausgangs. Captain Child lief ihr entgegen. Als sie nur noch wenige Meter voneinander entfernt waren, warf sie ihm eines der Gewehre zu. Er fing es mit der rechten Hand auf und änderte seinen Kurs Richtung Eagle 3, die gerade den Hangar verließ. Das Triebwerk der Drohne lief jetzt fast mit voller Kraft, sie wurde immer schneller. Captain Child stoppte abrupt.

»Schnell, her mit dem Magazin!«, rief er der Soldatin zu. Sie warf ihm eins zu, er fing es mit seiner freien Hand und stieß es in den Magazinschacht der M16.

»Ich ziele auf den Bordcomputer, nehmen Sie den Tank unter Beschuss!«, befahl Captain Child, denn die Drohne hatte inzwischen mehr als fünfzig Meter Abstand zwischen sich und die beiden gebracht. Er schaltete auf Dauerfeuer, drückte den Abzug und feuerte das ganze Magazin auf die Drohne ab. Keine der vierzig Kugeln trafen ihr Ziel, sondern bohrten sich in das dahinter stehende Gebäude, das sich gut einen Kilometer entfernt befand.

»Wow!«, platzte die Soldatin heraus und legte selbst an. Sie hatte ihre M16 auf den Drei-Schuss-Feuerstoß geschaltet, um nicht ihr einziges Magazin in einem einzigen Feuerstoß zu verschießen. Die Soldatin drückte den Abzug, und eine Salve verließ ihr Sturmgewehr in Richtung der Drohne. Zwei Treffer fanden ihr Ziel und durchschlugen die Drohne, ohne jedoch größeren Schaden anzurichten. Die Drohne steigerte ihre Geschwindigkeit weiter und entfernte sich somit immer schneller von den Schützen.

»Nochmal!«, schrie Captain Child. Die Soldatin nahm erneut Ziel und drückte den Abzug. Wieder verließen drei Projektile das Sturmgewehr und rissen Löcher in den Tank der Drohne, die jetzt sichtbar Treibstoff verlor, aber ihren Startversuch fortsetzte. Die Soldatin zielte nochmals, und drei weitere Geschosse zerfetzten den Bordcomputer von Eagle 3. Das Triebwerk arbeitete jedoch scheinbar unbeeindruckt auf Hochtouren. Selbst aus dieser Entfernung war es immer noch gut zu hören.

»Los, weiter!«, befahl Captain Child.

»Mit Vergnügen«, antwortete Lieutenant Green, schaltete auf Dauerfeuer und drückte den Abzug durch. Die M16 ratterte los, und die Projektile verwandelten den Rumpf der Drohne in einen Schweizer Käse. Der Treibstofftank der Drohne explodierte, und ein riesiger Feuerball stieg da auf, wo gerade noch eine, von einem Virus gekaperte, Drohne versucht hatte, sich aus dem Staub zu machen. Trümmer fielen brennend zu Boden. An der Explosionsstelle stieg schwarzer Rauch auf.

Die anderen Techniker aus dem Hangar waren inzwischen zu Captain Child und der Soldatin gestoßen und klopften ihr anerkennend auf die Schulter.

»Lieutenant Green«, sagte Captain Child, sichtlich beeindruckt, an die Soldatin gewandt. »Danke für Ihre Unterstützung. Gut geschossen.«

»Danke, Sir!«

»Bevor Sie etwas sagen – ja, ich bin ein miserabler Schütze, und ohne Ihre Hilfe wäre Eagle 3 jetzt irgendwo da oben.« Er machte eine Kopfbewegung nach oben.

»War mir ein Vergnügen«, antwortete Green grinsend. »Wenn Sie nochmal eine Drohne zum Abschießen haben, dann rufen Sie mich!«

General Carter stand am Fenster seines Büros und schaute auf das

Rollfeld. Wieder stieg schwarzer Rauch auf, und die Sirenen der Feuerwehr der Air Base waren zu hören. Für seinen Geschmack kam das eindeutig zu oft vor. Aber das war momentan zweitrangig, denn die Informationen, die er vor wenigen Minuten bekommen hatte, ließen endlich etwas Hoffnung in ihm aufkeimen. Die Spezialisten des Space Commands hatten den Server lokalisiert, mit dem der Virus kommunizierte, und so hatte er gerade die Vorbereitungen für die nächsten Schritte in die Wege geleitet.

In diesem Moment wurde seine Bürotür aufgerissen, und Major Fox stürmte ins Zimmer.

»General, der Virus hat es geschafft, eine Drohne zu kapern und wollte gerade starten. Captain Child konnte es in letzter Sekunde verhindern.«

»Ich weiß«, sagte er, ohne sich umzudrehen. »Haben Sie den Transport für den Captain organisiert?«

»Ja. Er ist in zwanzig Minuten startklar.«

»Gut. Fahren Sie mich auf das Rollfeld. Ich werde ihn persönlich über das weitere Vorgehen informieren. Vielleicht haben wir jetzt die Möglichkeit, dem verdammten Ding endlich in den Hintern zu treten.«

Als wenige Minuten später der General auf dem Rollfeld eintraf, hatte die Feuerwehr die brennenden Reste von Eagle 3 schon so gut wie gelöscht. Captain Child sprach mit Lieutenant Green und den anderen Technikern über die Auswertung der Videoaufzeichnung und die Erstellung eines ausführlichen Berichts für das Space Command. Die anderen Einheiten sollten sich umgehend ein Bild von den unglaublichen Fähigkeiten des Virus' machen können.

»Captain Child, ich habe neue Befehle für Sie«, sagte der General, ohne wirklich Notiz von den brennenden Überresten der Drohne zu nehmen.

»Das Space Command hat den Serverstandort ermittelt, richtig?«

Der General nickte. »Sie fliegen in die Schweiz, zum CERN.«

»Also doch. Wie lautet mein Befehl?«

»Lokalisieren Sie den Server des Virus', und setzen Sie ihn außer Betrieb. Festsetzung der Hintermänner!«

»Meine Befugnisse? Das CERN liegt in der Schweiz.«

»Sie haben freie Hand. Tun Sie, was nötig ist, um den Virus zu stoppen.«

»Verstanden. Wie komme ich dorthin? Alle Starts und Landungen sind ausgesetzt.«

Jetzt meldete sich Major Fox zu Wort. »Ein Helikopter vom Medical Center wird in ungefähr zwanzig Minuten hier landen. Holen Sie Ihre Ausrüstung, alles was Sie benötigen!«

»Lassen uns die Schweizer ihr Gebiet überfliegen? Ich meine, nach dem Desaster mit Eagle 8 …«

Major Fox unterbrach ihn. »In diesen Minuten wird das erledigt. Machen Sie sich darum keine Sorgen.«

»General, ich würde gerne Second Lieutenant Green mitnehmen. Sie war mir eine große Hilfe bei dem Experiment mit der Drohne.«

General Carter blickte auf die brennende Drohne. »Erlaubnis erteilt.«

Captain Child räumte seine Ausrüstung in einen stabilen Alukoffer und bat Lieutenant Green, alles auf das Rollfeld zu schaffen. Danach schaltete er sicherheitshalber das Computernetzwerk im Labor ab und verließ selbst das Gebäude. Am Ausgang wartete Major Fox in einem Wagen mit laufendem Motor auf ihn. Captain Child sprang hinein.

»Ihr Transportmittel ist gerade gelandet«, sagte er und gab Gas. Nach einer Minute bogen Sie auf das Rollfeld ein.

Lieutenant Green lud gerade die Ausrüstung in einen Sikorsky Helikopter mit laufenden Rotoren. Major Fox trat auf die Bremse und der Wagen kam zum Stehen.

»Viel Glück, Captain«, sagte Major Fox und streckte ihm die Hand entgegen.

»Danke! Das werden wir brauchen.«

Captain Child stieg aus, und sofort peitschte ihm der Abwind der Rotoren ins Gesicht. Geduckt ging er zu Lieutenant Green, die noch mit der Sicherung der Ladung beschäftigt war.

»Haben Sie alles verladen?«, schrie er ihr entgegen, um den Lärm der Rotoren zu übertreffen.

Lieutenant Green hob nur den Daumen, als Zeichen, dass alles verladen und gesichert war. Er stieg zu ihr in den Helikopter, setzte das Headset auf und gab den beiden Piloten des Helikopters das Signal zum Starten.

»Nein. Wir müssen noch warten«, hörte er aus dem Headset einen der Piloten.

»Warum? Worauf warten wir?«

»Der General hat uns noch einen Begleitschutz zugeteilt. Schauen Sie aus dem Fenster!«

Captain Child blickte durch das Fenster und sah den Grund für die Verzögerung. Zwei Apache Kampfhubschrauber landeten gerade neben dem Sikorsky.

32

Bern, 17. Juli, 11.30 Uhr

Der Wagen des amerikanischen Attachés kam mit quietschenden Reifen vor dem Sitz des Bundespräsidenten der Schweiz zum Stehen. Michael Fairley war selbst erst vor einer viertel Stunde vom Außenministerium der USA über seinen Auftrag informiert worden. Er hatte zwei Minuten Zeit gehabt, um sich zwischen dem Hubschrauber und einer Polizeieskorte zu entscheiden. Da der Auftrag die höchste Dringlichkeitsstufe hatte, war ein Hubschrauber bereits auf dem Weg zu ihm, aber er entschied sich für die Eskorte. Er durfte keine Zeit verlieren, und seiner Einschätzung nach, war die Fahrt mit einer Eskorte durch Bern wesentlich schneller. Die Maschine war noch zu weit weg.

Das US-Außenministerium hatte den Bundespräsidenten bereits über sein Eintreffen informiert und die Dringlichkeit der Situation unmissverständlich erklärt. Der Bundespräsident wollte einem Treffen so kurzfristig nicht zustimmen, denn in seinem Terminkalender standen heute andere Termine. Aber in einem Telefonat zwischen ihm und dem Außenminister war er gebeten worden, den Termin zu ermöglichen. Also hatte er wohl oder übel zugestimmt und die anderen Termine abgesagt.

Michael Fairley sprang aus dem Wagen und lief zum Eingang des Bundeshauses hinüber. Seine Aktentasche hatte er fest in der Hand, denn sie enthielt wichtige, streng geheime Informationen. Zwei Männer des Sicherheitsdienstes überprüften seinen Ausweis und ließen ihn ohne großes Aufsehen durch, denn sie hatten wenige Minuten zuvor die Anweisung erhalten, den Attaché sofort passieren zu lassen.

»Michael Fairley?«, fragte ein Mann, der geradewegs auf ihn zukam.

»Ja!«

»Mein Name ist Johannes Grob. Ich bin der persönliche Referent des Bundespräsidenten. Kommen Sie bitte mit!«

Die beiden Männer schüttelten sich die Hände, und der Referent ging voraus auf eine breite Treppe zu. Fairley folgte ihm. Der Referent sagte kein Wort, denn er wusste um die Dringlichkeit des Termins.

237

Seiner Erfahrung nach würde der Attaché keinen Hinweis geben, worum es sich bei dem Termin handelte. Johannes Grob hatte ein sehr offenes Verhältnis zu seinem Chef, deshalb würde er früher oder später sowieso erfahren, was der Grund dieses Treffens war. Michael Fairley schaute auf seine Uhr. Er war spät dran. *Verdammt!* Als der Referent die letzte Tür öffnete, traten beide in einen großen Raum, in dessen Mitte sich ein riesiger Konferenztisch befand. Der Bundespräsident saß hinter seinem Schreibtisch und las. Als er sah, dass die Männer eintraten, stand er auf und ging auf den Attaché zu.

»Mr. Fairley, kann ich Ihnen etwas anbieten? Kaffee, Tee?«

»Danke, nein, ich würde Sie bitten, dass wir gleich zur Sache kommen.«

»Nun, was gibt es denn so Dringendes, dass es nicht bis nächste Woche warten konnte, wenn wir uns ohnehin bei den Wirtschaftsgesprächen sehen?«

»Herr Bundespräsident, ich muss Sie um ein Gespräch unter vier Augen bitten«, sagte Michael Fairley mit einem Blick auf den persönlichen Referenten.

»Mr. Fairley, mein Referent genießt mein vollstes Vertrauen. In jeder Hinsicht.«

»Das bezweifle ich nicht. Dennoch lautet meine unmissverständliche Anweisung, ausschließlich mit Ihnen zu sprechen.«

Der Bundespräsident stieß geräuschvoll die Luft aus. »Herr Grob, würden Sie uns bitte alleine lassen.«

Der Referent nickte den beiden stumm zu, verließ den Raum und schloss die Tür hinter sich. Michael Fairley wartete noch einen Moment, bevor er das Wort ergriff. »Können wir uns setzen?«

»Natürlich«, antwortete der Bundespräsident und zeigte zum Konferenztisch.

»Herr Bundespräsident, in diesen Minuten fliegt ein Hubschrauber von Deutschland aus auf die Schweiz zu. Sein Ziel ist das CERN. Der Hubschrauber wird von zwei Apache Kampfhubschraubern begleitet, und ich bitte Sie hiermit im Namen der USA, diesen drei Maschinen den Überflug über die Schweiz zu gestatten. Wir erwarten den Überflug der Grenze in fünfundvierzig Minuten.« Er schaute auf seine Uhr. »Ich muss mich korrigieren, in vierzig Minuten.«

»Mr. Fairley, wie Sie zweifelsfrei wissen«, ist die Schweiz kein

NATO Mitglied und ich kann Ihnen somit den Überflug nicht gestatten. Ganz besonders nach den Vorkommnissen der letzten Tage, als eine Ihrer Drohnen unseren Luftraum verletzt und eine Rakete auf Unbeteiligte abgefeuert hat. Zum Glück wurde niemand ernsthaft verletzt.«

»Die USA sind in diesem Augenblick einem nie da gewesenen Cyberangriff ausgesetzt, und wir müssen einen unserer Spezialisten dazu ans CERN bringen.«

»Was hat das CERN damit zu tun? Für eine Landeerlaubnis innerhalb des CERN müssen Sie den Generaldirektor der Einrichtung kontaktieren.«

»Das geschieht ebenfalls in diesen Minuten. Glauben Sie mir, die Lage ist ausgesprochen ernst und ich bitte Sie nochmals, Herr Bundespräsident, uns die Überflugerlaubnis zu gewähren. Die Zeit drängt.«

»Wie stellen Sie sich das vor? Ich kann nicht einfach unsere Streitkräfte anweisen, Ihre Hubschrauber durchzulassen, ohne alle Mitglieder des Bundesrats zu informieren. Möglicherweise lehnt der Rat Ihr Ansinnen ab.«

»Wir stehen einer ernsthaften Bedrohung gegenüber, und wenn wir jetzt nicht alle notwendigen Schritte einleiten, wird das auch Konsequenzen für Ihr Land haben.«

»Was meinen Sie mit Konsequenzen?«

»Wir gehen davon aus, dass Ihr Land ebenfalls angegriffen werden wird. Wahrscheinlich sind Ihre Computer schon von einem militärischen Virus infiziert.«

»Ein Virus? Ein Computervirus?«

»Ja, ein Computervirus wie es ihn noch nicht gegeben hat. Der Zwischenfall mit der Drohne war durch den Virus verursacht. Er hatte die Kontrolle über Eagle 8 übernommen. Den Rest der Geschichte kennen Sie.«

»Mr. Fairley, ich sehe die Dringlichkeit, aber mir sind leider die Hände gebunden. Ich muss erst den Bundesrat informieren. Ich werde eine Dringlichkeitssitzung einberufen. Wir sollten bis heute Nachmittag eine Entscheidung haben.«

»Herr Bundespräsident, wir können nicht warten. Wir benötigen jetzt sofort Ihre Erlaubnis für den Überflug unserer Maschinen.«

»Die kann ich Ihnen nicht geben. Bitte verstehen Sie das.«

»Leider zwingen Sie mich nun zum nächsten Schritt.« Er hatte gehofft, dass diese Maßnahme nicht notwendig sein würde.

»Was meinen Sie?«

Der Attaché legte seine Aktentasche auf den Tisch, öffnete sie und entnahm einen Laptop. Er klappte ihn auf und autorisierte sich, indem er seinen rechten Daumen auf einen Fingerabdrucksensor legte und anschließend ein Passwort eingab. Der Bildschirm wurde hell. Danach öffnete er ein Dokument und drehte den Laptop in Richtung seines Gegenübers.

»Was ist das?«, fragte der Bundespräsident, ohne auf den Laptop zu blicken.

»Schauen Sie selbst.«

Der Bundespräsident zog den Laptop etwas näher an sich heran und begann zu lesen. Bereits nach wenigen Zeilen konnte Michael Fairley sehen, wie sich die Augen des Präsidenten weiteten. Als er am Ende des Dokuments angekommen war, hatte sich bereits ein feiner Schweißfilm auf seiner Stirn gebildet. Langsam schob er den Laptop ein Stück von sich weg, als wollte er zwischen sich und dem Gerät einen Sicherheitsabstand herstellen.

»Woher haben Sie diese Informationen?«

»Unwichtig.«

»Sie erpressen mich?«

»Nein. Wir zeigen Ihnen nur Ihre Optionen auf.«

»Wie lautet Ihre Antwort?«, fragte Michael Fairley mit ruhiger Stimme und blickte auf seine Uhr. Die Minuten schienen nur so zu verfliegen.

Der Bundespräsident stand auf und trat ans Fenster. »Also gut. Ich werde den Überflug gestatten. Lassen Sie mich bitte alleine.«

»Die Zeit drängt.«

»Herrgott nochmal, ich rufe gleich an«, presste der Bundespräsident zwischen den Zähnen hervor. Für einen kurzen Augenblick hatte er die Kontrolle über sich verloren.

Der Attaché stand auf, packte seinen Laptop ein und verließ das Büro.

33

Hauptmann Neumann ging nochmals die Checkliste des Tiger Kampf-hubschraubers der Bundeswehr durch. So sahen es die Einsatzbestim-mungen vor, und der erfahrene Pilot wollte sicher sein, dass der Tiger wirklich flugfähig war. Die Maschine war erst ein halbes Jahr zuvor von einem Auslandseinsatz der Bundeswehr zum Fliegerhorst nach Fritzlar zurückverlegt worden, wo sie einer gründlichen, technischen Überprüfung unterzogen wurde. Durch die extreme Belastung wäh-rend des Einsatzes in Afghanistan gab es einen unerwartet hohen Ver-schleiß an der dreißig Millimeter Bordkanone und am Hubschrauber-getriebe, so dass ein Austausch der Teile notwendig wurde. Allerdings hatte der Hubschrauberhersteller Airbus Schwierigkeiten, das notwen-dige Ersatzteil für das Getriebe zu liefern, und so musste der Tiger am Boden bleiben, bis es schließlich vor einem Monat angeliefert wurde. Am Tag zuvor konnte dann die Reparatur an der Bordkanone und am Getriebe abgeschlossen werden, aber zur vollständigen Freigabe der Maschine musste sie ihre Flug- und Waffentauglichkeit unter Beweis stellen.

Bordschütze Leutnant Jakobi saß hinter dem Piloten in der Maschine und ging die Checkliste der Waffensysteme durch. Er freute sich auf den ausgiebigen Test der Bordkanone mit scharfer Munition seit Tagen, denn die Sparmaßnahmen der Bundeswehr hatten dazu geführt, dass Schießübungen nur noch selten durchgeführt werden konnten.

Der genehmigte Flugplan sah eine Route vom Fliegerhorst Fritzlar über Würzburg nach Stuttgart zu einem Schießübungsplatz vor, auf dem die Bordkanone ausgiebig getestet werden sollte. Anschließend die Rückkehr zum Fliegerhorst und Freigabe der Maschine für den täglichen Einsatz, sofern keine Schwierigkeiten auftraten und die Maschine ihre Prüfungen bestand.

»Hauptmann Neumann, Überprüfung der Waffensysteme abgeschlossen, alles in Ordnung«, meldete der Leutnant über die Intercom Anlage des Helikopters an den Piloten.

»Bei mir auch alles klar. Von mir aus kann es dann losgehen«, antwortete der Pilot der Maschine.

Hauptmann Neumann meldete den Status an den Tower, und wenige Minuten später bekam der Helikopter die Startfreigabe. Der Pilot startete das Triebwerk und die Maschine hob ab. Alle Systeme liefen einwandfrei und fünf Minuten später war die vorgesehene Flughöhe von viertausend Fuß erreicht.

»Leutnant, wie sieht es bei Ihnen aus?«, fragte der Pilot den Bordschützen.

»Alle Systeme arbeiten, Waffensystem auf Stand-by, sieht gut aus.«

»Okay, wir gehen auf maximale Geschwindigkeit. Mal sehen, was der Vogel noch drauf hat.«

»Roger.«

Der Pilot beschleunigte den Tiger problemlos auf nahezu dreihundert Stundenkilometer. Er war mit der Leistung der Turbine zufrieden. Temperatur, Geräuschentwicklung und der Kerosinverbrauch lagen innerhalb des spezifizierten Bereichs, und auch die Vibrationen der Maschine waren nicht außergewöhnlich. Das überholte Getriebe machte keine Schwierigkeiten. Alles sah so aus, wie es sein sollte.

Dreißig Minuten später hatten sie Würzburg erreicht und änderten ihren Kurs Richtung Stuttgart. Der Tower bestätigte die Kursänderung und forderte den Piloten auf, auf fünftausend Fuß zu steigen. Immer noch arbeitete die Maschine tadellos und keines der elektronischen Systeme gab Grund zur Besorgnis.

»Der Tiger schnurrt wie ein Kätzchen«, freute sich der Pilot, der begann, den Flug zu genießen. Das Wetter war perfekt und die Maschine muckte nicht auf.

»Hoffentlich kann das Kätzchen nachher auch seine Krallen ausfahren«, lachte der Bordschütze und spielte damit auf die Schießübungen mit der Bordkanone an. Sie hatten dreihundert Schuss an Bord, und er hatte vor, einen Großteil davon in das Ziel zu jagen.

»Ich gebe mal unseren Status an den Tower durch.« Der Pilot schaltete von Intercom auf den Sprechfunk um.

»Tower Würzburg für Charlie Foxtrott eins sechs, kommen.«

»Charlie Foxtrott, sprechen Sie«, meldete sich der Tower mit einer klaren Verbindung.

»Status Charlie Foxtrott. Alle Systeme arbeiten einwandfrei. Setzen Freigabeflug fort.«

»Verstanden, Charlie Foxtrott. Guten Flug.«

Hauptmann Neumann schaltete wieder auf Intercom und rief die Betriebsdaten der Maschine über den Computer ab, damit er diese später im Bericht vermerken konnte. Alles sollte nach Vorschrift dokumentiert werden, denn jedes noch so kleine Versäumnis konnte dazu führen, dass die Maschine nicht für den regulären Einsatz freigegeben werden konnte.

»Leutnant, bitte dokumentieren Sie die Betriebsdaten korrekt, damit wir für den Vogel auch die Freigabe erhalten und uns nicht so ein Korinthenkacker von der Wartung ans Bein pinkelt.«

»Roger.«

Ein Piepsen in den Headsets der beiden Soldaten signalisierte den Eingang einer Nachricht. Die beiden Insassen unterbrachen ihr Gespräch und blickten auf ihre Anzeigen.

»Eine Nachricht über den Kommunikationssatelliten«, stellte der Hauptmann fest und rief die Nachricht ab. »Wir haben den Befehl, Funkstille zu halten.«

»Können Sie feststellen, von wem die Nachricht kommt? Ich sehe nur den Befehl, aber nicht, wer ihn gegeben hat.«

»Moment«, antwortete der Pilot und versuchte mehr Informationen über den Bordcomputer abzurufen.

»Keine Ahnung. Der Bordcomputer rückt nichts raus. Aber die Nachricht hat die höchste Dringlichkeitsstufe.«

»Erlaubt sich da jemand einen Scherz mit uns?«

»Glaube ich nicht. Die Satellitenverbindung wird aufgezeichnet und überwacht. Jeder Missbrauch wird hart bestraft.«

»Was machen wir also?«

»Dem Befehl Folge leisten. Wir fliegen wie geplant zum Schießübungsplatz weiter und halten dabei Funkstille.«

Ein erneutes Piepsen war zu hören und zeigte den Eingang einer weiteren Nachricht an. Der Pilot und der Bordschütze starrten auf ihre Anzeigen im Cockpit.

»Verdammt, was soll das?«, knurrte der Bordschütze, nachdem er die Nachricht gelesen hatte. »Wir sollen den Kurs ändern. Flughöhe fünfzehnhundert Fuß. Geschwindigkeit beibehalten und Funkstille halten. Dieser Kurs bringt uns nicht zum Schießübungsplatz, so viel steht schon mal fest. So ein verdammter Mist.«

»Jetzt mal ganz ruhig. Vielleicht lassen sie uns nur eine Extrarunde drehen.«

»Das ist ganz bestimmt ein Test.«

»Glaube ich nicht. Vielleicht …« Die Unsicherheit in der Stimme des Piloten blieb dem Bordschützen nicht verborgen.

»Sollen wir um eine Bestätigung bitten?«

»Der Befehl sagt eindeutig, dass wir Funkstille halten sollen.« Wieder piepste es im Headset, und eine neue Nachricht erschien auf dem Display.

Kurskorrektur ausführen! Sofort! Funkstille halten!

»Die sehen, dass wir noch auf dem alten Kurs sind.«

»Also gut, dann ändern wir den Kurs«, sagte der Pilot, schwenkte die Maschine Richtung Süden ab und begann mit einem steilen Sinkflug.

»Charlie Foxtrott eins sechs«, war auf einmal aus dem Sprechfunk zu hören. »Hier ist Tower Würzburg. Sie verlassen den Ihnen zugewiesenen Flugkorridor. Bitte steigen Sie wieder auf fünftausend Fuß und wechseln auf den ursprünglichen Kurs. Bitte bestätigen, Charlie Foxtrott!«

»Was machen wir jetzt?« Der Bordschütze wurde nervös.

»Funkstille halten«, sagte der Pilot über Intercom.

»Charlie Foxtrott, bitte melden. Haben Sie technische Probleme?«

Der Tower hatte offensichtlich keine Änderung des Flugplans übermittelt bekommen und war von der Abweichung genauso überrascht wie die beiden Soldaten im Cockpit des Tiger Kampfhubschraubers. Er versuchte es immer weiter, aber Charlie Foxtrott meldete sich nicht mehr. Als dann der Hubschrauber die neue Flughöhe erreicht hatte, verschwand er vom Radar. Die Maschine flog jetzt zu tief, um von den Radarstrahlen erfasst zu werden. Und irgendetwas hatte zudem den Transponder der Maschine abgeschaltet und sie somit elektronisch unsichtbar gemacht. Charlie Foxtrott war nicht mehr zu orten.

»Verdammt, irgendwas stimmt hier nicht«, fluchte der Bordschütze ins Intercom.

»Warum, was ist jetzt los?«

»Der Bordcomputer bekommt ständig Daten über den Satelliten, aber wenn ich versuche, die Daten abzurufen, dann werden keine angezeigt.«

»Liegt eine Fehlfunktion des Bordcomputers vor?«

»Kann ich noch nicht sagen. Ich kann keinen Ausfall eines Systems entdecken. Ich werde … Moment, es kommt gerade eine neue Nachricht rein.«

Auf dem Display wurde ein neuer Befehl angezeigt und endete wieder mit Aufforderung *Unbedingt Funkstille halten.* Die Maschine wurde an einen ganz bestimmten Punkt beordert, sollte dort in genau fünfundzwanzig Meter Höhe schweben und auf weitere Befehle warten.

»Was zum Teufel soll das jetzt?«, empörte sich der Pilot und blickte auf die digitale Landkarte seines Cockpits.

»Die angegebenen GPS Koordinaten liegen hinter einem Berg in der Nähe von Heilbronn. Was sollen wir da?«

»Keine Ahnung.«

»Sollen wir die Funkstille brechen?«

»Keinesfalls. Der Befehl diesbezüglich war unmissverständlich.«

»Also fliegen wir hin?«, fragte der Bordschütze.

»Was bleibt uns übrig?«, brummte der Pilot und schlug einen neuen Kurs ein, um die übermittelten GPS-Koordinaten zu erreichen. Der Tower versuchte weiterhin eine Kontaktaufnahme, aber der Pilot hielt sich an die Funkstille, und ignorierte alle Aufforderungen, Funkkontakt herzustellen.

Zehn Minuten später hatten sie den Punkt erreicht, und der Pilot hielt die Maschine, wie befohlen, in genau fünfundzwanzig Meter Höhe über einem Weinberg. Der Pilot blickte nach unten und sah, wie der Abwind der Rotoren die Weinreben durchschüttelte und jede Menge Staub und Dreck aufwirbelte. Das würde Ärger geben, aber Befehl war nun mal Befehl. Sollten sich doch andere mit den Beschwerden der Weinbauern herumschlagen.

»Und jetzt?«, fragte der Pilot ins Intercom. Die ganze Sache wurde ihm langsam unheimlich. Vielleicht, so dachte er, war das ein Test für seine anstehende Beförderung zum Major. Er hatte gehört, dass die Bundeswehrverwaltung gelegentlich nach Gründen suchte, eine Beförderung abzulehnen, um die verordnete Kostensenkung zu erfüllen. Aber nicht mit ihm, er würde seine Befehle ausführen.

»Keine Ahnung. Wie lange warten wir hier?«

»Solange es eben sein muss, verdammt nochmal«, bellte der Pilot gereizt ins Headset.

In diesem Augenblick begann eine Warnleuchte auf dem Display des Bordschützen zu blinken.

»Verflucht, was ist das jetzt für eine Scheiße?«, fluchte der Bordschütze ins Headset.

»Was ist los?«

»Der Computer hat die Bordkanone entriegelt.«

»Sofort abschalten!«, befahl der Pilot.

Der Bordschütze drückte die erforderlichen Tasten, um die Bordkanone zu deaktivieren, aber die Elektronik reagierte nicht.

»Verflucht nochmal, der Computer hat mich ausgesperrt. Ich komme nicht mehr ins Waffenleitsystem der Maschine.«

»Fehlfunktion! Ich breche den Flug ab. Wir gehen runter«, stöhnte der Pilot, als plötzlich ein neues Geräusch zu hören war. Die Bordkanone der Maschine, die sich am Bug befand, drehte sich um 45 Grad nach oben. »Scheiße, die Bordkanone hat sich bewegt. Schalt' das scheiß Ding ab«, brüllte er ins Headset. Schweiß bildete sich auf seiner Stirn, obwohl die Temperatur im Cockpit auf erträglichen dreiundzwanzig Grad gehalten wurde.

»Geht nicht. Keine Reaktion.«

»Der Bordcomputer lässt sich auch nicht mehr abschalten.«

»Hauptmann! 12 Uhr!«, schrie der Bordschütze ins Headset.

Der Pilot, der immer noch verzweifelt versuchte, den Bordcomputer unter Kontrolle zu bekommen, hob den Kopf und blickte nach draußen. In ungefähr zweihundert Metern Entfernung waren plötzlich drei Hubschrauber aufgetaucht. Ein Transporthubschrauber, der von zwei Apache Kampfhubschraubern eskortiert wurde. Die Maschinen flogen in südliche Richtung und hatten es offensichtlich ziemlich eilig, denn die beiden Apache hatten Mühe, an den Seiten des Transporthubschraubers zu bleiben.

Ein unerwartetes Geräusch schreckte den Piloten und seinen Bordschützen erneut auf.

Brrrrrrrrrrrrt

Die Bordkanone des Tiger Kampfhubschraubers hatte ohne Vorwarnung zu feuern begonnen. Das Rattern der Bordkanone brachte die Maschine zum Vibrieren, das Mündungsfeuer war deutlich zu sehen. Wie gelähmt sah der Pilot zu, wie dreißig Schuss pro Sekunde von der Bordkanone abgefeuert wurden. Dann erwachte er aus seiner Lähmung.

»Scheiße«, schrie er und drückte den Steuerhebel nach links, um der Bordkanone ihr Ziel zu nehmen. Die Maschine reagierte sofort und brach zur Seite weg.

34

Lieutenant Green nahm Captain Child gegenüber Platz, setzte sich das Headset auf und schaltete auf Intercom.

»General Carter hat uns noch zwei Aufpasser zur Seite gestellt«, stellte sie fest und nickte mit dem Kopf in Richtung des Seitenfensters.

»Er will auf Nummer sicher gehen, dass wir am CERN unbeschadet ankommen.«

In diesem Moment fuhr der Pilot die Drehzahl der Turbine hoch, und die Maschine hob ab. Der Co-Pilot drehte sich zu Captain Child und Lieutenant Green um und hob seinen Daumen. Gleich danach sahen sie, wie die beiden Apache Hubschrauber ebenfalls abhoben und ihre Aufgabe als Begleitschutz erfüllten, indem sie den Transporthubschrauber in die Mitte nahmen und ihm so Deckung gaben. Die Maschinen waren immer noch im Steigflug, hatten aber bereits eine südliche Richtung eingeschlagen, als Captain Child den Knopf der Intercom drückte, um mit dem Piloten zu sprechen.

»Haben wir bereits die Überflugerlaubnis für die Schweiz bekommen?«

»Negativ«, war die kurze Antwort des Piloten.

»Und bis wann werden wir die haben?«

»Keine Ahnung, aber ich verlasse mich auf General Carter. Er kümmert sich um alles.«

»Wie sieht der Flugplan aus? Fliegen wir über Frankreich?«

»Nein. Da wir die Maschinen hier nicht auftanken können, müssen wir einen kleinen Umweg machen. Wir werden in Stuttgart aufgetankt und fliegen dann entlang der Grenze zu Frankreich in die Schweiz.«

»Verstanden«, antwortete Captain Child und blickte auf seine Uhr. Er war ungeduldig und wollte so schnell wie möglich vor Ort sein.

Als die Maschine ihre Reiseflughöhe von fünftausend Fuß erreicht hatte, öffnete Captain Child seinen Rucksack und nahm eine Wasserflasche sowie zwei Sandwiches heraus. Er hielt eines hoch und fragte Lieutenant Green, ob sie hungrig sei. Als sie nickte, reichte er ihr eines.

»Thunfisch, ich liebe Thunfisch Sandwiches«, sprach sie in ihr Headset, als sie das Papier entfernte, in dem das Sandwich eingewickelt war.

»Gibt es auf dieser verdammten Air Base eigentlich nur Thunfisch?«, gab Captain Child verächtlich von sich.

»Mögen Sie keinen Thunfisch?«

»Nein. Ich hasse ihn.«

»Nun, dann habe ich vielleicht genau das Richtige für Sie«, sagte Lieutenant Green, öffnete ihren Rucksack, griff hinein und zog eine tarnfarbene Lunchbox heraus. Sie reichte sie Captain Child.

»Was ist da drin?« Er hatte die Hoffnung, den Thunfisch Sandwiches doch noch entgehen zu können.

»Schauen Sie rein. Hat mir mein Freund gemacht. Er liebt es, zu kochen.«

Captain Child öffnete die Dose und sein Gesicht begann zu strahlen.

»Hühnchen Sandwich!«

»Ich muss Sie warnen. Die Soße ist ziemlich scharf.«

»Ich liebe es scharf«, sagte er und nahm den ersten Bissen. Es schmeckte köstlich und Lieutenant Green hatte, was die Soße anging, nicht zu viel versprochen. Sie war feurig, einfach großartig, und seine Stimmung begann sich wieder zu heben. Nach dem missglückten Experiment mit dem Virus war sein Gemütszustand auf den Nullpunkt gesunken. Ohne ein weiteres Wort zu sprechen, aßen beide ihre Sandwiches auf.

»Großartig! Danke Lieutenant.« Er reichte ihr die Lunchbox.

Sie antwortete nicht, sondern nickte ihm lediglich mit vollem Mund zu.

»Wo haben Sie eigentlich so schießen gelernt? Doch nicht bei der Air Force?«, fragte er, nachdem sie die Lunchbox wieder in ihrem Rucksack verstaut hatte.

Lieutenant Green überlegte, ob sie ihm die ganze Geschichte erzählen oder ihm ihre Standard-Antwort auf diese Frage geben sollte. Sie entschied sich für die lange Version.

»Ich bin mit meinen drei Brüdern in Nebraska aufgewachsen«, begann sie. »Der Bruder meines Vaters war irgendein hohes Tier bei der National Rifle Association und ein konservatives Arschloch. Er hat immer mit seinem Einsatz im Irak als Scharfschütze angegeben, und wie viele er dort abgeknallt hatte.« Sie stoppte abrupt und schaute zu Boden.

Captain Child schaute sie an, sagte aber nichts. Dann fuhr sie fort.

»Jedenfalls ging mir seine Prahlerei auf die Nerven, und ich dachte, wenn so ein altes Arschloch gut schießen kann, dann kann ich das besser. Also bat ich einen Schulfreund, mir das Schießen beizubringen. Sein Vater hatte einen Waffenladen und einen Schießstand im Wald. Es stellte sich heraus, dass ich ein Naturtalent bin.« Sie grinste breit und zuckte beinahe entschuldigend mit den Schultern.

»Das war's?«, fragte Captain Child misstrauisch, denn er hatte den Eindruck, dass die Geschichte noch nicht zu Ende war und der interessante Teil noch kam.

»Nein«, antwortete Lieutenant Green zögernd. »Mein Onkel war, wie gesagt, ein Riesenarschloch, aber er hatte einen guten Geschmack, was schöne Autos anging. Er fuhr einen Ford Mustang mit einer V8 5-Liter Maschine. Ein Traum.« Sie schloss die Augen und sah das Auto vor sich.

»Und?«

»Als er mal wieder bei uns zu Besuch war und wieder seine Lebensweisheiten verkündet hatte, dass Frauen nur gut für's Bett wären und sonst zu nichts zu gebrauchen, habe ich ihn herausgefordert.«

»Herausgefordert?«

»Ja, ich sagte ihm, dass ich auf zweihundert Meter Entfernung besser treffen könne als er. Daraufhin lachte er nur laut und schlug sich auf die Schenkel. Mein Vater versuchte, mich aus dem Raum zu schaffen, da er keinen Ärger haben wollte. Meinem Onkel gehörte das Haus, in dem wir wohnten. Ich schrie ihn an, dass er ein verdammter Angeber sei und seine Geschichten alle gelogen wären.«

Jetzt wurde Captain Child wirklich neugierig. Er drehte am Regler der Intercom die Lautstärke in seinem Headset hoch.

»Mein Onkel fuhr heim und holte sein Scharfschützengewehr. Ein M16 mit Zielfernrohr. Er sagte, wenn ich gewinnen würde, dann bekäme ich sein Auto. Wir gingen hinter das Haus und stellten in zweihundert Meter Entfernung zehn Bierflaschen auf. Jeder hatte zwei Probeschüsse. Er war zuerst dran.«

»Wie viele traf er?«, fragte Captain Child.

»Drei von fünf.«

»Und Sie?«

Sie grinste wieder und begann zu lachen. »Alle fünf.«

»Was hat Ihr Onkel dann gemacht?«

»Er hat mir seine Autoschlüssel hingeworfen und ist nach Hause gelaufen.«

»Nach Hause gelaufen?«

»Ja. Er hatte ja kein Auto mehr. Ich denke mal, seit dem Irak ist er nie wieder so viel gelaufen«, sagte sie immer noch lachend.

Captain Child lachte jetzt auch mit, dann fragte er: »Und was hat Ihr Vater dazu gesagt?«

»Mein Vater war mächtig stolz auf mich, und meine Brüder hatten mich von diesem Tag an mit Respekt behandelt. Schließlich wollten sie ja ab und zu meinen Wagen leihen, um bei ihren Freundinnen Eindruck zu machen.«

»Und das Haus? Hat Ihr Onkel Sie trotz dieser Blamage weiter darin wohnen lassen?«

»Ja. Er hat sich ein paar Jahre später eine Kugel durch den Kopf gejagt. Seine Frau war kurz zuvor abgehauen. Sie konnte wohl seine Sauferei nicht mehr ertragen.« Sie machte eine kurze Pause, dann fuhr sie fort. »Er hat das Haus meinem Vater vermacht. In seinem Testament hat er bestimmt, dass ich das Gewehr bekommen sollte.«

»Verstehe«, sagte Captain Child, und einen langen Moment sagte keiner was. »Was war eigentlich Ihr Einsatz gewesen?«

Lieutenant Green antwortete nicht, sondern blickte zu Boden.

»Und der Mustang? Haben Sie den noch?«

»Klar, steht zu Hause in Nebraska. Na ja, meine Brüder können ihn solange fahren, während ich nicht zu Hause bin. Wenn Sie mal Lust haben, dann drehen wir eine Runde, wenn Sie mal vorbeikommen wollen.«

»Gerne. Aber kommen Sie nur nicht auf die Idee, ein Wettschießen mit mir zu machen.«

Lieutenant Green lachte laut auf. »Nein. Niemals. Gegen Sie habe ich keine Chance.«

Captain Child begann auch zu lachen, und obwohl keiner die Sprechtaste der Intercom drückte, konnten sie sich gegenseitig hören.

Plötzlich wurde ihr Lachen durch zwei ohrenbetäubende Donnerschläge zerrissen. Glassplitter flogen durch die Kabine, ein schrilles Alarmsignal heulte auf, der Hubschrauber sackte ab und der Co-Pilot fiel nach vorne. Sein Oberkörper war zerfetzt und hatte das Cockpit mit Blut und Eingeweide vollgespritzt. Zwei dreißig Millimeter Projektile hatten die Seitenwand des Hubschraubers durchschlagen.

35

CERN, 17. Juli, 13 Uhr

Priya hielt Henning die Tür zu dem Gebäude auf, in dem sich die Forschungsgruppe von Professor Li befand. Der Professor hatte Henning und Priya vor einer halben Stunde angerufen und beide zur Teilnahme an einer Telefonkonferenz gebeten. Sie fragte einen Mitarbeiter nach dem Besprechungszimmer, das ihnen Professor Li genannt hatte. Als sie erfuhren, dass sich der Konferenzraum im fünften Stock des Gebäudes befand, entschlossen sie sich, doch den Aufzug zu nehmen. Henning hatte zwei Becher Coffee-to-go in seinen Händen, so dass Priya auf den Knopf im Fahrstuhl drückte. Der Fahrstuhl fuhr gerade los, als sich Priya plötzlich direkt vor Henning stellte und ihre Hände an seinen Hals legte. Überrascht beugte er sich etwas vor und roch den zarten Duft ihres Jasmin Parfums, das sie so liebte. Ihre Gesichter waren nur noch wenige Zentimeter voneinander entfernt, als Priya begann, den Kragen seines Jacketts in Ordnung zu bringen. Sie schauten sich in die Augen, aber keiner von beiden sagte ein Wort, bis das *Ping* des Fahrstuhls sie aus der Stille riss. Die Fahrstuhltür öffnete sich, und nach einem kurzen Zögern traten Henning und Priya hinaus. Auf dem Flur wies ein Schild in Richtung des gesuchten Konferenzraums, und Priya lief voraus, während Henning ihr mit den beiden Pappbechern in der Hand folgte.

»Starr' mir nicht so auf den Hintern«, sagte Priya mit einem breiten Grinsen, ohne sich umzudrehen.

»Tu ich gar nicht«, log Henning.

»Hier ist er«, sagte Priya und blieb so abrupt stehen, dass Henning sie ein wenig anrempelte. Heißer Kaffee schwappte aus einem der Becher auf seine Hand.

Priya drehte sich zu ihm um und sah, wie der Kaffee über seine Hand lief.

»Tust du nicht? Gefällt er dir nicht?«, fragte Priya, während sie seine Hand mit einem Tuch trocken tupfte, das sie aus ihrer Tasche gezaubert hatte.

»Nein. Doch. Also …«, stammelte Henning. »Priya, du bringst mich in Verlegenheit«, versuchte Henning aus der Falle zu entkommen, die sie ihm gestellt hatte.

Priya begann zu lachen. »Eine indische Frau hat auch hinten am Kopf Augen, mein Lieber! Merk Dir das!«

Gleich darauf klopfte sie an die Tür des Konferenzraums, zog sie etwas auf und steckte ihren Kopf hinein. Der Raum war abgedunkelt. An einem Konferenztisch, der Platz für ungefähr zehn Personen bot, saß Professor Li. In der Mitte des Tisches stand ein Konferenztelefon, aber die blinkenden roten Leuchtdioden verrieten, dass es noch stumm geschaltet war. Ein Projektor an der Decke des Raumes projizierte das Bild von Professor Lis Laptop an die Wand. Der Professor blickte auf, als er Priya entdeckt hatte.

»Ah, Dr. Singh, kommen Sie doch bitte herein!«

Priya öffnete die Tür ganz, so dass sie den Blick auf Henning freigab.

»Dr. Finnley, gut dass Sie beide endlich da sind. Ich habe schlechte Nachrichten.«

Henning ging auf den Professor zu und stellte einen der Kaffeebecher vor ihm ab. »Cappuccino, mit Sojamilch, Vanillegeschmack und Schokostreusel.«

»Woher kennen Sie meinen Geschmack?«, fragte Professor Li verwundert, wusste aber in diesem Augenblick bereits die Antwort auf seine eigene Frage. »Meine Sekretärin. Richtig?«

Henning zuckte mit den Schultern. »Tut mir leid, Betriebsgeheimnis.« Als er in der Schlange des Coffeeshops stand, kam ihm der Gedanke, den Professor mit einem Kaffee zu überraschen, und so hatte er in Professor Lis Büro angerufen. Nachdem er die Bestellung aufgegeben hatte, schrieb die Barista *Prof. Li* auf den Becher, obwohl Henning gar keinen Namen genannt hatte.

»Auch egal. Es gibt Wichtigeres zu besprechen. Bitte setzen Sie sich doch.«

Henning und Priya setzten sich an den Tisch, so dass sie sich gegenüber saßen. Professor Li saß an der Stirnseite des Tisches und nahm einen kräftigen Schluck von seinem Cappuccino.

»Ich habe schlechte Nachrichten«, sagte der Professor und stellte den Becher ab. »Dr. Finnley, Sie hatten doch vorgeschlagen, den Einfluss des Magnetfelds auf den Protonenzusammenstoß zu simulieren, und ich fand schließlich eine Möglichkeit, dies zu tun.« Professor Li machte eine Pause.

»Aber das sind doch gute Nachrichten – oder nicht?«, fragte Priya.

»Ja, aber das Ergebnis wird Ihnen nicht gefallen«, fuhr der Professor fort. »Aus diesem Grund habe ich Sie gebeten, mich hier zu treffen. Ich muss allerdings gestehen, dass ich mir bezüglich der Interpretation der Ergebnisse nicht einhundert Prozent sicher bin. Sie müssen …«

»Professor«, unterbrach Henning. »Priya und ich sind beide keine Experten auf dem Gebiet der Teilchenphysik. Ich weiß nicht, ob wir Ihnen wirklich helfen können.«

»Aus diesem Grund habe ich einen befreundeten Wissenschaftler gebeten, sich die Simulationsergebnisse mit uns anzuschauen. Er ist Astrophysiker am NASA Research Center …« Weiter kam Professor Li nicht, denn Priya fiel ihm wieder ins Wort.

»Das wird Professor Breuer gar nicht gefallen. Er wollte doch die ganze Sache CERN-intern untersuchen.«

»Ich habe Professor Wilkinson natürlich gebeten, die Sache vertraulich zu behandeln. Wenn Sie die Simulationsergebnisse sehen, dann werden Sie verstehen, warum wir noch einen Astrophysiker zur Bewertung der Ergebnisse benötigen. Glauben Sie mir, die Sache sieht nicht gut für uns aus.«

In diesem Augenblick piepste das Handy von Professor Li und signalisierte den Eingang einer Nachricht.

»Professor Wilkinson ist gleich soweit«, sagte Professor Li mit Blick auf sein Handy. Dabei konnte Priya die Nachricht mit dem Bild sehen, die er verschickt hatte.

»Sie haben ihm eine WhatsApp Nachricht mit einem Bild der Simulation geschickt?«

»Ich weiß, was Sie denken, aber es war nur ein kleines Bild von dem Magnetfeld, um ihn von der Dringlichkeit der Sache zu überzeugen.«

»Wenn Sie vertrauliche Nachrichten über WhatsApp verschicken, können Sie sie auch gleich auf der Internetseite des CERN posten.«

»Hören Sie zu, wir haben keine Zeit, um uns mit solchen Kleinigkeiten zu beschäftigen, wir werden bald …«

In diesem Moment kam eine Stimme aus dem Konferenztelefon, und unterbrach den Professor.

»Guten Morgen, hier ist Professor Wilkinson.«

Durch die Zeitverschiebung von sieben Stunden war es in den

USA noch früh am Morgen. Aus diesem Grund hatte Professor Li die Nachricht an seinen Kollegen über WhatsApp senden müssen, denn er wusste, dass er sein Handy neben seinem Bett liegen hatte und es wegen seiner Kinder nie ausschaltete.

»Guten Morgen, Bob«, antwortete Professor Li, während der durch einen Tastendruck die Stummschaltung des Telefons aufhob. »Entschuldige, dass ich dich so früh aus dem Bett geworfen habe, aber die Sache ist ziemlich wichtig.«

»Chuck, hättest du mir nicht die Nachricht zusammen mit dem Bild von der Simulation geschrieben, hätte ich geglaubt, dass dies ein Scherz einer meiner Studenten ist. Ich hätte mich umgedreht und weiter geschlafen. Aber da du für gewöhnlich keine Scherze machst, bin ich mir sicher, dass es dringend ist.«

»So ist es leider.«

»Ist die Simulation inzwischen noch weiter fortgeschritten? Hast du noch mehr Ergebnisse?«

»Ja, die Simulation zeigt jetzt noch mehr von dem Vorgang. Ich schalte gleich meinen Computer auf die Konferenzsoftware, so dass du den Fortschritt auf deinem Rechner sehen kannst.«

»Chuck, bevor es losgeht …«, hörte man aus dem Telefon, »sei mir nicht böse, aber nach deiner Nachricht, habe ich einfach noch eine Kollegin anrufen müssen. Sie ist eine Koryphäe auf diesem Gebiet und ist gleich hergekommen.« Für einen kurzen Moment war es still, dann fuhr Professor Wilkinson fort. »Es ist Kate.«

»Kate«, stotterte Professor Li. Er musste schlucken. Sein Hals war auf einmal wie ausgetrocknet.

Priya schaute zu Henning und verdrehte die Augen.

»Hallo Chuck. Lange nichts mehr voneinander gehört. Wie geht es dir?«, fragte eine sympathisch klingende Stimme. Es war Professor Kate Miller.

»Danke, gut«, antwortete Professor Li. Mehr brachte er nicht heraus, bis er sich wieder unter Kontrolle hatte. »Ach ja, ich bin hier übrigens auch nicht alleine«, sagte er schnell, um das Thema zu wechseln. Professor Li stellte Henning und Priya den beiden Wissenschaftlern aus den USA vor, gab eine kurze Zusammenfassung der Ereignisse der letzten vierundzwanzig Stunden und die aktuelle Anzahl der Freiwilligen durch, die sich das Programm von der CERN Webseite heruntergeladen hatten.

»Ich bitte euch, die Sache vorerst vertraulich zu behandeln. Kann ich mich auf euch verlassen?«, fragte Professor Li.

»Ja«, antworteten beide unisono.

»Also gut, ich schalte jetzt meinen Bildschirm frei.« Professor Li drückte einige Knöpfe der Konferenzsoftware, bis ein Bild auf der Leinwand im Konferenzzimmer sichtbar wurde. Es zeigte den Beginn der Simulation, wie Henning und Priya sie schon gesehen hatten.

»Bob und Kate, könnt Ihr das Bild sehen?«, fragte Professor Li.

»Ja, sehr gut«, hallte es aus dem Telefon. Es war Kate, die sprach, und ihre Stimme war Professor Li sehr vertraut.

»Das Bild, das Ihr seht, zeigt den Beginn der Simulation des Magnetfelds mit den manipulierten Parametern. Auf Vorschlag von Dr. Finnley habe ich versucht, den Protonenzusammenstoß ebenfalls in die Simulation einzubinden, um die Wechselwirkung beider Ereignisse miteinander zu verbinden. Nach anfänglichen Schwierigkeiten ist mir dies gelungen, und dank der bereits über zweitausend freiwilligen Teilnehmer hatte ich ausreichend Rechenleistung, um die Simulation nochmals zu starten und beide Ereignisse zu koppeln. Ich werde euch jetzt die Simulationsergebnisse zeigen, soweit ich sie bis zu diesem Augenblick habe.«

Professor Li tippte einige Kommandos in ein Terminal-Programm seines Computers. Nach kurzer Zeit sahen sie das bereits bekannte Bild des oszillierten Magnetfelds.

Henning und Priya starrten auf das projizierte Bild an der Wand und verfolgten den Fortgang der Simulation. Professor Li erklärte gleichzeitig den beiden Wissenschaftlern am Telefon die Randbedingungen, und wie er die Berechnung aufgesetzt hatte. Nach ungefähr einer Minute hatten sie den Punkt erreicht, der auch für Henning und Priya neu war.

»Achtung, jetzt wird es spannend«, sagte Professor Li mit leicht zitternder Stimme.

Auf dem Bild sahen sie das Magnetfeld und das Zentrum der Protonenzusammenstöße, aus dem die neu entstandenen Elementarteilchen herausflogen, die durch den Zusammenstoß der Protonen entstanden. Dies war zunächst noch keine Überraschung, denn genau dazu diente ja schließlich der Beschleuniger. Er sollte Protonen auf große Geschwindigkeiten beschleunigen und dann im Zentrum des ATLAS-Detektors zum Zusammenstoß bringen, damit daraus neue

Elementarteilchen entstehen konnten.

Die Oszillation des Magnetfelds wurde immer stärker. Und die erzeugten Elementarteilchen schienen das Magnetfeld zu verstärken, was wiederum zu einer Steigerung der Erzeugung von weiteren Elementarteilchen führte. Dann aber geschah etwas Seltsames. Die Elementarteilchen, die zuvor sternförmig aus dem Zentrum der Kollision im Inneren des Detektors geflogen waren, änderten ihre Flugbahn. Es schien, als würden sie nicht mehr einfach aus dem Zentrum geschleudert werden, sondern auf eine Kreisbahn im Inneren des ATLAS-Detektors gefangen werden. Millionen von Teilchen flogen auf einer Kreisbahn um das Zentrum des ATLAS-Detektors, und je mehr Teilchen hinzukamen, desto größer wurde der Durchmesser des Kreises. Im Inneren des Kreises, in dem weiterhin Protonen aufeinanderstießen, bildete sich jetzt eine Art Auge, wie es im Zentrum eines Wirbelsturms vorkam. Der Durchmesser des Auges wurde immer größer und begann, Teilchen von der Kreisbahn förmlich in sich hineinzusaugen. Ähnlich einem Wasserfall schienen die Teilchen ab einem bestimmten Punkt einfach ins Unendliche zu stürzen und zu verschwinden.

»Holy Shit«, sagte Priya, die als Erste wieder Worte fand.

»Das war auch meine erste Reaktion«, gestand Professor Li.

Henning schüttelte den Kopf. »Professor, könnte es sich hier um einen Fehler in der Simulation handeln?«

»Das kann ich nicht ausschließen, aber um ehrlich zu sein …« Professor Li beendete den Satz nicht, sondern fuhr sich mit einer Hand über das Gesicht. »Kate, Bob, was meint Ihr dazu?«

»So etwas habe ich noch nie gesehen. Ich muss gestehen, die Sache macht mir ein wenig Angst«, antwortete Professor Wilkinson. »Kate, was denkst du darüber?«

»Nun, ich denke, wir haben es hier entweder mit einem Fehler in deinem Simulationsmodell zu tun, Chuck, oder aber …«

»Oder aber …?«, wiederholte Henning die Worte.

»Bevor ich meine Vermutung äußere, möchte ich erst etwas überprüfen. Chuck, kannst du feststellen, wie groß das Magnetfeld im Zentrum der Protonenkollision ist?«

»Ja, das sollte kein Problem sein«, antwortete Professor Li. Er nahm die Maus und fuhr damit an den Punkt in der Simulation, die Professor Wilkinson sehen wollte. Dann drückte er die rechte Maustaste, und ein Menü des Simulationsprogramms öffnete sich. Er klickte auf das Symbol, das für die magnetische Flussdichte stand, und eine Zahl erschien auf dem Bildschirm.

»Eine Million Tesla!«, platzte es aus Priya heraus. »What the …«

»Ist das überhaupt möglich?«, fragte Henning.

»Kate, ich denke ich weiß, was du denkst, was das ist«, begann Professor Wilkinson langsam, aber überließ es Kate, die Vermutung auszusprechen. »Das ist eine Singularität in der Raumzeit«, sagte sie. »Ich weiß, das klingt verrückt, aber eine Million Tesla – was für ein Magnetfeld!«

»Kate, das ist nicht verrückt, genau das Gleiche hatte ich auch gedacht, als ich die Ergebnisse der Simulation vor einer Stunde gesehen habe«, stimmte Professor Li seiner Kollegin zu.

»Sie meinen, das ist ein …«, begann Priya und schaute Professor Li an.

»Ich fürchte, wir sehen hier die Geburt eines Schwarzen Loches«, beendete Professor Li den Satz.

Diesmal war es Henning, der seinen Gedanken freien Lauf ließ. »Ach du Scheiße!«

»Chuck, Ihr müsst DarkSky sofort stoppen. Hörst du? Sofort!«, drang es aus dem Konferenztelefon.

»Das wird nicht einfach sein, denn der CERN Generaldirektor will mit DarkSky seine wissenschaftliche Karriere krönen. Er wird nicht einfach DarkSky stoppen, nur weil meine Simulation die Entstehung eines Schwarzen Loches vorhersagt.«

»Das muss er aber. Ihre Simulation wird ihn umstimmen«, fuhr Priya dazwischen.

»Was werden die Folgen sein? Wissen wir überhaupt, ob das Schwarze Loch stabil sein wird?«, fragte Henning.

Professor Millers Stimme war aus dem Telefon zu hören. »Die Folgen hängen von der Größe des Schwarzen Loches ab. Wenn es winzig bleibt, wird es in sich zusammenfallen, sobald die Zufuhr von Energie unterbrochen wird.«

»Energie? Welche Energie?« Priya hatte sich etwas über den Tisch gebeugt, um näher am Telefon zu sein.

»Das Magnetfeld. Das Magnetfeld scheint der Treibstoff für dieses Phänomen zu sein. Wenn man es in einem frühen Stadium der Entstehung des Schwarzen Loches abschaltet, dann wird es nicht weiter anwachsen und hoffentlich in sich zusammenfallen.«

»Und wenn man diesen Zeitpunkt versäumt?«

»Nun, so genau weiß das niemand«, antwortete jetzt Professor Wilkinson. »Aber ab einem bestimmten Punkt kann sich das Schwarze Loch selbst am Leben erhalten, auch ohne die weitere Energiezufuhr durch das Magnetfeld. Dann beginnt es, die Materie seiner Umgebung in sich hineinzusaugen und in Energie umzuwandeln. Dadurch würde das Schwarze Loch noch größer und würde noch mehr Materie verschlingen. Schließlich würde es unseren gesamten Planeten einsaugen und dann unser ganzes Sonnensystem.« Der Professor machte eine kurze Pause, dann fuhr er fort. »Aber das ist alles nur Spekulation, genau kann das niemand sagen.«

»Wann soll DarkSky die maximale Energie erreichen?«, fragte Kate.

»Gegen 18 Uhr unserer Zeit.«

»Dann bleiben uns nur noch ein paar Stunden, um den Untergang der Erde zu verhindern«, stellte Professor Wilkinson fassungslos fest. Alle konnten das leichte Zittern in seiner Stimme wahrnehmen. Er war ein Bär von einem Mann, nichts konnte ihn so leicht aus der Bahn werfen, aber diese Simulation jagte ihm eine Heidenangst ein. »Wir brauchen einen Plan! Vorschläge?«,

Niemand sagte etwas. Alle dachten verzweifelt nach, wie DarkSky gestoppt werden konnte. Plötzlich stand Priya langsam auf.

»Ich habe eine Idee. Aber die wird Ihnen nicht gefallen.«

36

Süddeutschland, 17. Juli, 12.30 Uhr

Captain Child wurde zu Boden gerissen, sein Kopf knallte auf den harten Metallboden. Durch die Schräglage des Hubschraubers schlitterte er in Richtung der Schiebetür. Lieutenant Green versuchte verzweifelt, sich festzuhalten, fand einen Bügel, der zur Sicherung der Ladung diente, und klammerte sich daran fest. *Bam!* Ein weiterer Schlag durchzuckte die Maschine, sie konnte sich nicht mehr halten, wurde zu Boden geschleudert und landete direkt neben ihrem Begleiter.

Giftiger Rauch begann den Innenraum zu füllen, denn ein Geschoss hatte die Elektronik getroffen und einen Kurzschluss verursacht. Flammen schlugen hoch. Offensichtlich hatte das Triebwerk auch etwas abbekommen, denn es heulte laut auf, und ein krachendes Geräusch verhieß nichts Gutes. Der Lärm war jetzt so laut, dass er in den Ohren schmerzte.

»Mayday, Mayday, Mayday. Delta Zulu Foxtrott, wir sind getroffen, feindlicher Beschuss, wir stürzen ab! Mayday, Mayday, Mayday. Delta Zulu Foxtrott«, brüllte der Pilot in sein Headset und versuchte, noch vor dem unvermeidlichen Aufschlag einen Notruf abzusetzen.

Der Rauch in der Kabine wurde immer dichter. Der Pilot hatte bereits eine Sauerstoffmaske übergezogen, aber die beiden Passagiere mussten mit dem langsam knapp werdenden Sauerstoff in der Kabine auskommen. Captain Child sah, wie schwarzer Rauch aus der Seitenwandverkleidung des Hubschraubers quoll. Hier hatte ein Projektil ein dreißig Zentimeter großes Loch in die Bordwand geschlagen. Nicht mehr lange und sie beide würden bewusstlos werden.

Die Maschine machte einen höllischen Lärm, hatte zu vibrieren begonnen und verlor weiter schnell an Höhe. Der Pilot versuchte, sie unter Kontrolle zu bekommen, aber ein Großteil der Elektronik war zerstört oder ausgefallen. Er wusste nicht einmal, ob sein Funkspruch überhaupt den Hubschrauber verlassen hatte. Trotzdem gab er weiter seinen Notruf durch, während er nach unten blickte, um zu sehen, wo die Maschine hart aufsetzen würde.

***

»Scheiße!«, schrie der Pilot des Tiger Hubschraubers, während er den Steuerknüppel nach links drückte. Die Maschine kippte zur Seite weg und die letzten abgefeuerten Salven der Bordkanone verfehlten ihr Ziel. Aus dem Augenwinkel sah der Pilot, dass der Transporthubschrauber Treffer eingesteckt hatte, denn er sackte ab, und schwarzer Rauch quoll aus der Maschine. Die beiden Apache Kampfhubschrauber schienen in Ordnung zu sein, zumindest konnte er keinen Schaden erkennen, bevor sie aus seinem Sichtfeld verschwanden.

Der Tiger schoss dem Boden entgegen, denn die Lauerstellung, die der Pilot durch seine Befehle eingenommen hatte, hatte nur fünfundzwanzig Meter über dem Erdboden gelegen. Der Pilot versuchte, die Maschine wieder hochzuziehen, um den Aufschlag zu verhindern. Aber die Maschine reagierte träge, da er die Triebwerksleistung zuvor gedrosselt hatte. Schweiß rann ihm über das Gesicht. Sein Körper wurde mit Adrenalin geflutet und veranlasste ihn, instinktiv das Richtige zu tun. Er zog den Steuerknüppel zurück und jagte das Triebwerk an seine Leistungsgrenze. In letzter Sekunde schoss die Maschine über die Weinreben hinweg.

»Scheiße, war das knapp. Hoch mit der Maschine, los, los, los«, schrie der Bordschütze in sein Headset. Er war am Ende seiner Nerven.

»Verdammt nochmal, reißen Sie sich gefälligst zusammen. Verstanden?«

Der Bordschütze antwortete nicht.

»Leutnant Jakobi, haben Sie mich verstanden? Melden Sie sich!«

»Ich versuch's.« Die Stimme des Bordschützen klang brüchig.

Die Maschine gewann weiter an Höhe. »Ich hab' sie wieder unter Kontrolle«, meldete der Pilot. »Alles wird gut.«

»Wie kann so etwas überhaupt passieren?«

»Keine Ahnung. Wir müssen so schnell wie möglich runter. Können Sie einen Platz zum Landen ausmachen?«

Der Bordschütze suchte die Umgebung ab. »Drei Uhr in hundert Meter Entfernung. Eine Wiese. Da können wir runter.« Seine Stimme war jetzt wieder ruhiger. Er hatte sich wieder im Griff.

Der Pilot drückte die Sprechtaste seines Funkgeräts, um einen Notruf abzusetzen, aber das Funkgerät war tot. »Funkgerät ausgefallen. Versuchen Sie es über Satellit«, befahl der Pilot dem Bordschützen über Intercom.

Der Bordcomputer weigerte sich jedoch, eine Verbindung zu dem Fliegerhorst herzustellen.

»Satellitenkommunikation ist auch tot.«

Der Pilot drosselte die Triebwerksleistung wieder und schwenkte die Maschine in Richtung des möglichen Landeplatzes. Er wollte die Maschine so schnell wie möglich aufsetzen und dann dieses Miststück verlassen, aber so einfach würde es nicht werden. Ein lautes Warnsignal war zu hören, und in seinem Helm sah er die Warnung, die der Bordcomputer ihm in sein Sichtfeld projizierte. *Rakete im Anflug!*

∗∗∗

Der Pilot des Sikorsky Hubschraubers drückte den Steuerknüppel wieder nach vorne, denn einige hundert Meter entfernt hatte er eine Flussbiegung ausgemacht. Eine Notwasserung zog er einem Absturz im Wald definitiv vor. Obwohl die Maschine schwer beschädigt war, reagierte sie und bewegte sich in Richtung des Flusses, während sie ständig weiter an Höhe verlor. Das Triebwerk röhrte und krachte laut. Wenn es noch ein paar Minuten überleben würde, könnten sie es bis zum Fluss schaffen und dort in Ufernähe notwassern.

Lieutenant Green hustete heftig und lag immer noch neben Captain Child auf dem Boden. Beide rangen nach Luft. Ohne Sauerstoff würden sie es bis zum Aufschlag nicht überleben. So formte sich in Captain Childs Kopf eine riskante Idee. Mit letzter Kraft richtete er sich auf und fasste an die Stelle im Hubschrauber, an der sich der Griff zum Öffnen der Seitentür befand. Da der Raum inzwischen vollständig mit Rauch gefüllt war, musste er blind nach dem Griff tasten. Nach wenigen Versuchen fand er ihn und drückte ihn nach unten. Die Schiebetür des Sikorsky Hubschraubers sprang auf und der Rauch wurde aus der Kabine gezogen. Frischer Sauerstoff strömte in die Kabine und die beiden sogen ihn gierig ein. Plötzlich durchzuckte ein weiterer Schlag die Maschine. Das Triebwerk löste sich in seine Bestandteile auf, und die Maschine kippte zur Seite weg. Lieutenant Green begann zur offenen Tür zu rutschen. Ihre Kraftreserven waren inzwischen aufgebraucht, sie fand keinen Halt und rutschte ungebremst weiter. Captain Child saß direkt neben der offenen Tür und hatte sich einen Gurt, der zum Sichern der Ladung vorhanden war, um den Bauch geschlungen. Im letzten Moment packte er seine Kameradin an deren Gürtel und zog sie mit aller Kraft zu sich herüber. Seine Arme schloss er so fest um sie, wie er nur konnte. Lieutenant Green keuchte und hustete schwer.

Das Headset war durch den erneuten Schlag auf den Boden gefallen und lag vor Captain Childs Füßen. Er löste die Klammerung um Lieutenant Green etwas und griff mit einer Hand danach, setzte es sich wieder auf und drückte die Sprechtaste.

»Bekommen Sie die Maschine wieder unter Kontrolle?«, schrie er ins Headset, um den Lärm des sterbenden Triebwerks zu übertönen.

»Negativ. Ich werde versuchen, über dem Fluss runterzugehen. Sobald ich über dem Wasser bin, sollten Sie beide springen. Ich gebe Ihnen ein Zeichen. Okay?«

»Okay. Wie lange noch?«

»Dreißig Sekunden.«

Captain Child beugte sich etwas vor, damit er Lieutenant Greens Gesicht sehen konnte. Sie war blass, und ihre Augen waren von dem Rauch stark gerötet. »Wir müssen gleich springen!«, schrie er. »Der Pilot fliegt über einen Fluss. Okay?«

Lieutenant Green antwortete nicht, sondern hob den Daumen als Zeichen, dass sie das hinbekommen würde.

Die Maschine war noch etwa hundert Meter über dem Boden, als Captain Child den Fluss durch die offene Tür des Hubschraubers sah. Er schaute Lieutenant Green nochmals ins Gesicht, vielleicht das letzte Mal. »Wir schaffen das! Sie springen zuerst, und ich komme gleich danach! Verstanden?«

Wieder hob Lieutenant Green nur den Daumen nach oben.

Im Headset war der Pilot zu hören. »Machen Sie sich fertig. Ich zähle von zehn unter. Zehn, neun …«

»Okay!«

Er half Lieutenant Green, sich aufzusetzen und die Beine über die Bordkante zu bringen. Soeben hatten sie das Ufer überflogen und waren noch in 30 Meter Höhe. Der Pilot brachte die Maschine weiter nach unten in die Mitte des Flusses.

»Go!«, dröhnte es aus dem Headset. Captain Child klopfte Lieutenant Green auf die Schulter, als Zeichen, dass sie springen sollte. Sie blickte sich nochmals nach ihm um, dann stieß sie sich ab und verschwand aus seinem Sichtbereich. Captain Child riss sich das Headset vom Kopf, löste den Sicherungsgurt, brachte seine Beine ebenfalls über die Bordkante der Maschine und sprang. Er flog zehn Meter durch die Luft, prallte dann auf die Wasseroberfläche und tauchte unter. Der Hubschrauber schoss weiter in Richtung des anderen Ufers. Sekunden später stieß Captain Child wieder durch die Wasseroberfläche nach oben, orientierte sich und suchte den Fluss nach Lieutenant Green ab. Zwanzig Meter entfernt von ihm konnte er sehen, wie sie gegen die Strömung ankämpfte, während sie versuchte, das Ufer zu erreichen. Sie hatten Glück, denn die Strömung war an dieser Stelle des Flusses nicht besonders stark. Für einen geübten Schwimmer wie Captain Child stellte das keine allzugroße Herausforderung dar.

Der Hubschrauber schlug in Ufernähe auf die Wasseroberfläche auf und kippte um. Die Rotorblätter zerbarsten beim ersten Kontakt mit dem Wasser, und Trümmerteile wurden in alle Richtungen weggeschleudert. Captain Child drehte sich um, als er den Aufprall der Maschine hinter sich hörte, und sah, wie die Maschine nach wenigen Sekunden unterging.

Er machte ein paar kräftige Züge. Sein verletzter Oberarm schmerzte höllisch und die nasse Kleidung klebte wie Blei an seinem Körper. Trotzdem hatte er Lieutenant Green bald eingeholt und schwamm neben ihr. »Sind Sie okay?«

»Ja«, presste sie erschöpft hervor.

»Schaffen Sie es bis zum Ufer?«

»Glaub' schon.«

»Gleichmäßig durchziehen. Wenn Sie nicht mehr können, schleppe ich Sie ans Ufer.«

Während sie sich langsam dem Ufer näherten, suchte er nach einer geeigneten Stelle, um wieder festen Boden unter die Füße zu bekommen. Das gesamte Ufer lag an einem steilen Hang. Bäume, Sträucher und Hecken machten es nahezu unmöglich, an Land zu gehen. Zwischen zwei Bäumen, die halb im Wasser hingen, entdeckte er plötzlich eine kleine freie Stelle, bei der sie sich zumindest festhalten konnten. Vielleicht würde er es nach oben schaffen und könnte sie dann herausziehen. Lieutenant Green war am Ende ihrer Kräfte. Sie mussten beide schleunigst aus dem Wasser.

»Green, Sehen Sie die freie Stelle vor uns?«

»Ja«, japste Lieutenant Green. Ihre Kräfte schwanden.

»Dort halten Sie sich fest! Ich werde versuchen, dort hochzukommen, und zieh' Sie dann raus.«

Beide machten die letzten Schwimmzüge, dann hatten sie die Stelle erreicht. Lieutenant Green klammerte sich an einen herabhängenden Ast.

»Los, halten Sie sich fest, ich ziehe Sie heraus«, rief plötzlich eine Stimme. Captain Child blickte hoch und sah einen Mann, der im gleichen Moment nach der Hand von Lieutenant Green griff und sie aus dem Wasser zog. Sie fiel erschöpft zu Boden und begann zu husten. Captain Child streckte dem Mann auch seine Hand entgegen. Der Fremde hatte Hände, groß wie Baggerschaufeln, umfasste seinen ausgestreckten Arm und hievte ihn mit einem Ruck aus dem Wasser. Captain Child ließ sich neben seiner Kameradin auf den Boden fallen. Lieutenant Green hustete noch immer und schnappte nach Luft. Sie hatte wohl einiges von dem Flusswasser in sich.

»Green, sind Sie in Ordnung?«

»Scheiße, ja. Was für eine Scheiße war das eben?«

Captain Child ließ die Frage unbeantwortet und blickte zu dem Fremden. »Danke!«, keuchte er schwer atmend.

»Keine Ursache. Das war eine Show. Wow! Andere müssen dafür Eintritt zahlen!«, scherzte der Fremde, der breitbeinig vor Captain Child stand und die Hände an seiner Hose trocken rieb. Er war riesig und brachte locker hundertzwanzig Kilo auf die Waage. Erst jetzt schien er zu bemerken, dass die beiden Überlebenden eine Uniform trugen.

»Sind sie beide von der US Army?«

»Ja. Unser Hubschrauber wurde …«, begann Captain Child, doch dann stoppte er abrupt. »Unser Hubschrauber hatte einen technischen Defekt.«

Lieutenant Green drehte sich auf den Rücken und griff nach Captain Childs Arm. »Danke.«

Er wischte sich mit seinem Ärmel Schmutz aus dem Gesicht. »Wie geht es Ihnen?«

»Bin okay.«

»Was gebrochen?«

»Nein. Sieht nicht so aus. Was ist aus dem Piloten geworden?«

»Der geht gerade am anderen Ufer an Land«, sagte der Fremde und zeigte auf die andere Seite des Flusses. »Soll ich einen Rettungswagen für Sie rufen?«

»Nein, nicht nötig. Haben Sie ein Handy?«

»Klar«, antwortete der Mann, zog es aus seiner Hosentasche, entsperrte es und hielt es Captain Child hin.

»Ich muss unsere Air Base informieren. Wir müssen abgeholt werden.«

***

Rakete im Anflug!

Pilot Neumann stieß blitzschnell den Steuerknüppel des Tiger Hubschraubers nach vorn und drückte den Hebel für die Höhenkontrolle ganz nach unten. Die Maschine stürzte in die Tiefe.

»Wo?«, schrie er ins Headset.

»12 Uhr – direkt vor uns«, kam die angsterfüllte Antwort des Bordschützen.

Im Sturzflug bewegte sich die Maschine auf den Boden zu. Der Pilot hatte einen kleinen Feldweg im Wald ausgemacht, der gerade breit genug für den Hubschrauber sein müsste. Er schoss an den Baumwipfeln vorbei. Die Stinger Lenkwaffe kam mit zweifacher Schallgeschwindigkeit auf den Tiger Hubschrauber zu und korrigierte ihre Flugbahn, um dem abtauchenden Ziel zu folgen. Hundert Meter von dem Hubschrauber entfernt krachte die Lenkwaffe in einen Baum und explodierte.

Aus dem Augenwinkel sah Hauptmann Neumann die Explosion und zog den Steuerknüppel wieder zurück, um eine Kollision mit dem Boden zu verhindern. Die Maschine gewann wieder an Höhe.

»Wer zum Teufel hat die Rakete auf uns abgefeuert? Was ist das für eine Scheiße hier?«, schrie der Bordschütze.

»Die beiden Apache haben uns ins Visier genommen. Wir haben ihren Transporthubschrauber beschossen.«

»Das haben wir nicht!«

»Verdammt nochmal, das haben wir! Unsere Bordkanone hat das Feuer eröffnet. Wie kann so was passieren?«

»Keine Ahnung. Moment mal, das Waffenleitsystem ist wieder online. Ich habe Zugriff auf das System. Vielleicht geht auch der Funk wieder.«

»Ich schalte auf die Notfallfrequenz. Mayday, Mayday, Mayday, Charlie Foxtrott vier-vier-zwei. Können Sie mich hören?«

Keine Antwort. Der Pilot versuchte es noch einmal, aber mit dem gleichen Ergebnis.

»Wir werden jetzt hier landen und Hilfe holen. Den Transporthubschrauber hat es schwer erwischt. Es gibt sicher Verletzte.«

»Oder Tote. Verdammte Scheiße.«

In diesem Augenblick verdeckte etwas die Sonne, die gerade noch auf Hauptmann Neumanns Visier fiel. Er blickte nach oben, sah den Apache Kampfhubschrauber und einen Sekundenbruchteil später das Mündungsfeuer von dessen Bordkanone.

»Scheiße«, schrie der Pilot und riss die Maschine wieder nach unten, um dem Kugelhagel auszuweichen.

»Ich erwidere das Feuer!«, schrie der Bordschütze in sein Headset.

»Nur auf den Heckrotor schießen!«, befahl der Pilot, während die Maschine wieder dem Boden entgegenstürzte.

Bam! Bam! Bam!

Drei Geschosse durchschlugen das Glas des Tiger Cockpits, und ein Splitterhagel entlud sich über dem Piloten.

Der Bordschütze hatte jetzt den Heckrotor des Apache Hubschrauber im Visier und drückte den Feuerknopf ganz durch. Die Bordkanone ratterte los. Der Apache war aber bereits abgedreht, und so verfehlten die Schüsse ihr Ziel. Der Pilot hatte den Tiger Hubschrauber auf Baumwipfelhöhe wieder abgefangen, als er sah, wie sich der Apache wieder in Schussposition brachte. Da der Tiger mittlerweile nicht mehr durch Bäume geschützt war, rechnete der Pilot erneut mit dem Einsatz der Lenkwaffe und schwenkte nach links, um seinem Bordschützen eine bessere Schussposition zu ermöglichen. »Los!«, brüllte er ins Headset, »der Apache wird gleich eine Stinger auf uns abfeuern.«

In diesem Augenblick hörte er das rhythmische Rattern ihrer Bordkanone, und eine weitere Salve ging in Richtung des Apache Hubschraubers. Diesmal traf der Bordschütze den Apache am Heck. Die Drehzahl des Heckrotors brach ein, und der Apache drehte sich um die eigene Ache. Diese Chance würde er nicht noch einmal bekommen und feuerte. Die Geschosse der Bordkanone zerfetzten den Heckrotor des Apache, die Maschine schmierte ab und zog eine schwarze Rauchfahne hinter sich her.

»Hab ihn«, triumphierte der Bordschütze.

»Gut gemacht. Hoffentlich kommt er sicher runter.« Der Tiger Hubschrauber stieg weiter hoch, um den Flug des beschädigten Apache verfolgen zu können. Die Maschine schlug auf ein freies Gelände auf und fing Feuer.

Hauptmann Neumann versuchte nochmals, einen Notruf abzusetzen, aber das Funkgerät schien immer noch tot zu sein.

»Wir bekommen keine Verbindung«, brüllte er. »Wir gehen runter und dann …«

Ein weiterer Alarm unterbrach ihn, und wieder blendete der Bordcomputer des Tigers eine Meldung in ihre Helme ein.

Rakete im Anflug!

»Verflucht, der andere Apache!«, schrie der Bordschütze. »Rakete im Anflug! Leite Gegenmaßnahmen ein.«

Hauptmann Neumann trieb das Triebwerk an seine Leistungsgrenze, die Maschine stöhnte auf und brach zur Seite weg. Der Bordschütze hatte den Auswurf von Täuschkörpern eingeleitet. Wenige Augenblicke später waren glühende Fackeln am Heck des Helikopters zu sehen, die der anfliegenden Lenkwaffe ein besseres Hitze-Ziel boten und dem Tiger Zeit zur Flucht verschaffen sollten. Eine Explosion erschütterte den Tiger Hubschrauber. Splitter prasselten gegen dessen Sichtfenster. Die Stinger Rakete hatte die Hitze der Täuschkörper mit der Wärme des Triebwerks verwechselt und war dadurch der falschen Fährte gefolgt.

Der Tiger schoss dem Boden entgegen. Der Apache folgte ihm in ungefähr dreihundert Meter Abstand. Die Bordkanone des Apache donnerte los und versuchte, den Tiger zu treffen. Blitzartig schwenkte Hauptmann Neumann den Tiger zur Seite, um der Bordkanone des Angreifers kein Ziel zu bieten. Plötzlich endete der Wald unter ihnen, und der Tiger schoss über eine Straße hinweg auf die Mitte eines Flusses zu. Der Pilot fing die Maschine ab, um einen Aufprall auf dem Wasser zu verhindern und zog die Maschine wieder hoch. Der Abwind der Rotorblätter ließ Wasser in die Höhe spritzen, die Einschläge der Bordkanone im Wasser kamen näher.

»Wir sind gleich so was von im Arsch!«, schrie der Bordschütze panisch in sein Headset. Kalter Schweiß rann über sein Gesicht.

»Noch nicht. Alle Täuschkörper raus, los!«, befahl der Pilot. Er wollte den dicht nachfolgenden Apache Hubschrauber mit den glühenden Hitzefackeln blenden. Der Bordschütze feuerte alle noch vorhandenen Täuschkörper ab. Hinter dem Tiger Hubschrauber bildete sich ein Meer aus Rauch und Glut, in das der Apache stieß.

Hauptmann Neumann zog den Tiger hoch und hart nach rechts weg, um dem näher kommenden Geschosshagel des Apache auszuweichen. Gleichzeitig drehte er die Maschine um hundertachtzig Grad, damit sein Bordschütze direkte Sicht auf sein Ziel hatte.

Die ausgestoßenen Hitzefackeln raubten dem Apache Piloten für einen kurzen Moment die Sicht, so dass er die Wasseroberfläche des Flusses erst im allerletzten Moment erkennen konnte. Gerade noch rechtzeitig gelang es ihm, die Maschine hochzuziehen. Rauch und Feuer hüllten das Cockpit des Apache ein, bis er wieder genug Höhe gewonnen hatte, um die Hitzefackeln unter sich zu lassen, und die Sicht wieder klarer wurde.

***

Als der Pilot des Apache seinen Kopf drehte, sah er direkt neben sich den Tiger Kampfhubschrauber in der Luft schweben.

»Shit«, fluchte der Pilot des Apache, als er den Tiger neben sich sah. Durch die geringe Entfernung und die Position des Tigers war es für den Apache unmöglich, erneut eine Lenkwaffe abzufeuern, ohne dabei selbst etwas abzubekommen. Der Apache Bordschütze drehte die Bordkanone in Richtung des Tigers. Sein Finger schwebte bereits über dem Feuerknopf, als er seinen Piloten über das Intercom hörte.

»Nicht feuern!«, schrie der Apache Pilot in sein Headset, und in letzter Sekunde stoppte der Bordschütze seine Bewegung. Der Apache Pilot sah aus dem Cockpit des Tiger Hubschraubers ein Lichtsignal kommen, das ihm verdammt bekannt vorkam. Es war ein Morsecode. *SOS. Kapitulation. SOS. Kapitulation.*

***

Hauptmann Neumann hielt seine kleine Maglite Taschenlampe, die er zur Inspektion des Triebwerks vor dem Start benötigte, in Richtung des Apache Hubschraubers und morste die Kapitulation. Der Bordschütze des Tigers behielt zeitgleich den Finger auf dem Knopf der

Bordkanone. Für den Fall, dass der Apache Pilot ihre Morsezeichen nicht verstehen oder ihre Kapitulation nicht akzeptieren würde, würden sie wenigstens nicht kampflos sterben.

∗∗∗

»Verdammt! Kein Netz«, schimpfte Captain Child. Die Anzeige des geliehenen Handys zeigte keine Balken an.

»Wir müssen hoch auf die Straße, dort oben haben Sie Empfang. Ich hatte gerade noch mit meiner Frau gesprochen.«

»Okay«, antwortete Captain Child, stand auf und streckte Lieutenant Green seine Hand hin, um ihr beim Aufstehen zu helfen. Trotz der sommerlichen Temperaturen fühlte sich ihre Hand eiskalt an, sie zitterte am ganzen Körper. Die Ereignisse der letzten halben Stunde hatten ihr mächtig zugesetzt.

»Mein Gott, Sie zittern ja wie verrückt.« Der Fremde blickte Lieutenant Green an. »Sie müssen schleunigst aus den nassen Sachen raus. Oben im Wagen habe ich eine Decke.«

»Gehen Sie voraus und zeigen den Weg«, forderte Captain Child den Mann auf. Der kletterte, voraus die Böschung nach oben, und musste sich dabei durch dichte, hochgewachsene Sträucher arbeiten. Danach kam Lieutenant Green und zum Schluss Captain Child. Der Boden war steinig und uneben, aber nach circa zwanzig Meter hatten sie es geschafft. Ein alter verrosteter Volvo stand mit eingeschaltetem Warnblinker am Straßenrand.

»Sie können sich hierher setzen«, sagte der Fremde und öffnete den Kofferraum. »Ich hole die Decke. Außerdem sollte ich auch noch etwas Kaffee haben.« Der Mann öffnete die Fahrertür und beugte sich zur anderen Seite hinüber, um etwas aus seiner Reisetasche zu holen.

Lieutenant Green setzte sich auf die Kante des Kofferraums, während Captain Child stehen blieb, um den Handyempfang zu überprüfen. Das Handy hatte sich inzwischen wieder gesperrt und verlangte die Eingabe des Pins.

»Könnten Sie bitte Ihr Handy nochmals entsperren?«

»Der Code ist vierzehn null acht,« antwortete der Fremde, ohne aufzublicken.

»Sie sollten nicht so leichtfertig Ihre Pin herausgeben.«

Der Fremde hielt kurz inne und blickte auf. »Sie sind doch Amerikaner?« Captain Child war klar, dass dies eigentlich keine Frage war, sondern mehr als Feststellung gemeint war. Trotzdem antwortete er. »Ja.«

»Die NSA kennt Ihre und meine Passwörter. Oder etwa nicht?«

»Ich gehöre aber der Air Force und nicht der NSA an.«

Der Fremde zuckte nur mit den Schultern, als Zeichen, dass für ihn darin kein Unterschied bestand, und kramte weiter in seiner Tasche.

Die Anzeige des Handys zeigte nach der Eingabe des Pins zwei Balken an. Ausreichend für einen Anruf auf der Air Base. Dank seines ausgezeichneten Zahlengedächtnis' tippte Captain Child die Nummer der Air Base ein und drückte die Verbindungstaste, während er nach hinten zum Wagen lief. Lieutenant Green zog gerade ihr nasses Hemd aus. Ihr Unterhemd war durch das Wasser so gut wie durchsichtig, aber es störte sie nicht im Geringsten, dass ihr Vorgesetzter hinter ihr stand und sie für einen Moment betrachtete. Mit einer schnellen Bewegung beförderte sie auch das nasse Unterhemd über ihren Kopf und warf es in den Kofferraum des Volvos. Ihre Blicke trafen sich.

»Ich …«

»Seien Sie nicht so verklemmt. Ich bin es ja auch nicht«, sagte Lieutenant Green immer noch zitternd. »Ich bin mit drei Brüdern aufgewachsen und so einiges gewöhnt.«

»Aber ich bin nicht mit drei Schwestern aufgewachsen«, antwortete er spontan, bevor er über seine Worte nachdenken konnte.

»Dann haben Sie also Nachholbedarf«, stellte Lieutenant Green trocken fest und drehte sich weg. Captain Childs Blicke hafteten immer noch auf ihrem schlanken Körper und er sah das Tattoo auf Lieutenant Greens rechter Schulter. Es zeigte einen Kreis mit dem Kopf eines heulenden Wolfs darin. Im Hintergrund war ein wolkenverhangener Vollmond auf ihre glatte Haut tätowiert. Irgendwie kam ihm dieses Tattoo bekannt vor, aber er konnte sich nicht daran erinnern, wo er es schon einmal gesehen hatte.

Der Fremde hatte inzwischen die Decke gefunden und kam mit einer metallenen Thermosflasche in der Hand um den Wagen herum. Er riss Captain Child aus seinen Gedanken.

»Ich habe leider nur eine Decke«, sagte er und reichte Lieutenant Green die rot karierte Decke.

»Danke«, sagte sie mit zittriger Stimme und wickelte sich in der Decke ein.

»Hier habe ich auch noch etwas warmen Kaffee.« Er füllte den Deckel der Thermoskanne randvoll und reichte ihn Lieutenant Green. Captain Child hatte mittlerweile eine Verbindung zur Air Base und verlangte, sofort zu General Carter durchgestellt zu werden.

»Hallo?«

»General Carter, hier ist Captain Child. Unser Hubschrauber wurde beschossen. Wir sind abgestürzt. Lieutenant Green und der Pilot sind wohlauf, der Co-Pilot ist tot.«

»Was ist mit Ihnen?«, fragte General Carter ruhig, der in seinem Büro auf Freisprechen geschaltet hatte, damit die anderen anwesenden Offiziere das Gespräch mithören konnten.

»Mir geht es gut. Ich weiß nur nicht, wer uns beschossen hat.«

»Aber wir«, antwortete Major Fox. »Der Virus hat die Kontrolle eines Tiger Kampfhubschraubers der Bundeswehr übernommen. Der Tiger befand sich auf einem Erprobungsflug. Wir haben bereits mit der Bundeswehr und den deutschen Behörden Kontakt aufgenommen. Unser Botschafter telefoniert in diesen Minuten mit der Bundeskanzlerin.«

»Und die beiden Apache?«

»Der Tiger hat einen Apache abgeschossen und sich nach einem weiteren Kampf dem zweiten ergeben. Nur ein Leichtverletzter«, antwortete der General. »Wir haben bereits eine Rettungseinheit zu Ihnen in Bewegung gesetzt. Wir orten gerade das Handy, von dem aus Sie sprechen. In zwanzig Minuten werden Sie abgeholt. Bewegen Sie sich nicht fort. Sollte deutsche Polizei bei Ihnen auftauchen, dann kooperieren Sie, soweit möglich. Die Ursache war ein technischer Defekt. Geben Sie keine weiteren Informationen preis!«

»Verstanden«, antwortete Captain Child.

37

Suzan hatte die halbe Nacht über Walters Bemerkungen während des Abendessens nachgedacht. Vielleicht hatte das Verschwinden des Sicherheitschefs vor einem halben Jahr wirklich etwas mit den missglückten Versuchsparametern zu tun, die auch damals schon ein Schwingen des Magnetfelds verursacht hatten. Sie hatte sich nie wirklich für diesen Vorfall interessiert, denn schließlich führte das Verschwinden ihres Vorgängers zu ihrer Einstellung, und außerdem war die Sache von der Polizei untersucht worden. Allerdings gab es ihres Wissens nach noch keinen Abschlussbericht zu dem Vorfall. So rief sie mitten in der Nacht bei Walter zu Hause an und bat ihn, gleich am nächsten Morgen die Akte zu diesem Vorfall vorbeizubringen. Sie musste herausfinden, was wirklich am Abend des 6. Dezembers geschehen war.

Als Frank, ein Kollege von Walter, mit den Unterlagen in der Hand, morgens an ihre Bürotür geklopft hatte, hatte sich Suzan schon in den Fall vertieft. Das Verschwinden ihres Vorgängers war eine Sache, aber sie musste auch herausfinden, welches Experiment am 6. Dezember auf dem Plan gestanden hatte, und warum das Magnetfeld begonnen hatte zu schwingen. So hatte Suzan den verantwortlichen SLIMOS, der an diesem Tag Dienst hatte, ausfindig gemacht und sich gleich nach der Durchsicht der Unterlagen nachmittags mit ihm getroffen. Suzan erfuhr von ihm, dass an diesem Tag nur ein paar kurze Tests als Vorbereitung für das DarkSky Experiment auf dem Plan standen, da einige Elektronik-Komponenten des ATLAS Teilchendetektors routinemäßig ausgetauscht werden mussten. Nachdem der Austausch abgeschlossen war, gab es beim Laden der neuen Parameter in den Steuerungscomputer einen Fehler, so dass einige Parameter zufällige Werte hatten. Erst als Suzan weiter nachbohrte, gab er zu, dass er sich an diesem Tag nicht korrekt an die Sicherheitsprotokolle gehalten hatte. Der Austausch von Elektronikkomponenten musste durch umfangreiche Tests abgeschlossen werden, um sicherzustellen, dass alles korrekt eingebaut worden war. Da der Austausch länger als geplant gedauert hatte, wollte er den Detektor so schnell wie möglich wieder zum Laufen bringen und beschloss, nicht alle vorgeschriebenen Tests durchzuführen. Professor Breuer hatte auf die strenge Einhaltung des Terminplans bestanden, und jede Verzögerung hatte ihm umgehend gemeldet werden müssen.

»Als wir die Schwingung des Magnetfelds bemerkt hatten, habe ich den Versuch sofort abgebrochen und Professor Breuer und den Sicherheitschef Fritz Hahn informiert«, berichtete der SLIMOS.

»Den Sicherheitschef? Was hatte der denn mit den falschen Versuchsparametern zu tun?«, fragte Suzan nach.

»Professor Breuer hatte den Sicherheitschef gebeten, den Vorgang zu überprüfen, da Sicherheitsanweisungen nicht eingehalten worden waren. Das war mein Fehler«, fuhr der SLIMOS mit zerknirschter Stimme fort. »Seither überprüfe ich immer alles doppelt. Jeder macht mal einen Fehler.«

»Frank, ich bin nicht hier, um Ihnen irgendwelche Fehler vorzuhalten. Glauben Sie mir, ich weiß, wie es ist, einen Fehler zu machen.«

Der SLIMOS blickte Suzan an. Dann fuhr Suzan fort. »Was ist dann passiert?«

»Nun, eine Viertelstunde später ist Ihr Vorgänger aufgetaucht, und ich habe ihm geschildert, was passiert war. Er wollte wissen, ob jemand zu Schaden gekommen ist oder ob die Anlage in Mitleidenschaft gezogen wurde. Die ganze Sache war relativ einfach und er beschloss, dass es nicht nötig war, die Anlage durch das Interventionsteam freigeben zu lassen. Es war ja auch nichts Ernstes passiert.«

»Und dann?«

»Er musste aber aus formalen Gründen einen Rundgang durch den ATLAS-Detektor machen, da er ihn auf sichtbare Schäden hin zu untersuchen hatte. Es war uns allen klar, dass es keine Schäden gab, aber so sind nun mal die Vorschriften.«

»Verstehe.«

»Also fuhr er mit dem Aufzug hinunter, um die Anlage zu inspizieren. Das war das Letzte, was wir von ihm gesehen beziehungsweise gehört haben.«

»Haben Sie nicht auf seine Rückmeldung von unten gewartet?«

»Doch, aber ich war abgelenkt.«

»Abgelenkt?«, fragte Suzan erstaunt.

»Ja. Professor Li hatte die ganze Sache mitbekommen und wollte, dass ich ihm diese falschen Parameter des Steuerungscomputers sichere, bevor ich die richtigen Datensätze wieder in den Steuerungscomputer lud und die falschen überschrieb.«

»Was hat denn Professor Li an diesem Tag im Kontrollraum des ATLAS-Detektors gemacht?«

»Das Experiment am Vortag wurde von Professor Li betreut. Er war nochmals gekommen, um Einstellungen des ATLAS-Detektors aufzuschreiben, die er am Tag zuvor vergessen hatte zu sichern. Und so hatte er alles mitbekommen.«

»Okay, und was ist dann passiert?«

»Als sich nach einer halben Stunde der Sicherheitschef nicht gemeldet hatte, kam uns die ganze Sache irgendwie komisch vor, und so ging jemand hinunter, um nach ihm zu sehen.«

»Und?«, fragte Suzan jetzt sichtlich angespannt.

»Nichts *und*. Er war nicht mehr da.«

»Wissen Sie, ob er mit dem Fahrstuhl überhaupt hinunter zum Detektor gefahren ist?«

»Nein. Wir waren alle so beschäftigt, dass keiner bestätigen konnte, ihn gesehen zu haben. Allerdings hat die Untersuchung der Polizei später ergeben, dass der Aufzug zur fraglichen Zeit benutzt wurde. Also ist er wohl hinunter gefahren.«

»War denn niemand sonst unten beim Detektor?«

»Nein, da wir einen …« Jetzt hob der SLIMOS beide Hände und machte zwei Anführungszeichen in die Luft, »Zwischenfall hatten, wurde der Bereich vorsorglich evakuiert.«

»Wie ging es dann weiter?«

»Wir haben Professor Breuer verständigt und er hat angewiesen, dass wir alle nochmals den ATLAS-Detektor absuchen sollten. Das haben wir dann auch gemacht, aber wir haben nichts entdeckt. Der Sicherheitschef war wie vom Erdboden verschluckt.«

»Wann wurde die Polizei eingeschaltet?«

»Nachdem die Suche erfolglos war und der Sicherheitschef auch nicht in seiner Wohnung war, verständigte Professor Breuer die Polizei. Die hat dann nochmals alles abgesucht – sogar mit Spürhunden. Das war allerdings komisch.«

»Was war daran komisch?«, fragte Suzan stirnrunzelnd.

»Na ja, zwei Mann von der Hundestaffel wollten mit ihren Spürhunden zum ATLAS-Detektor herunterfahren und dort eine Suche durchführen. Schließlich dachten wir, dass dies der letzte Ort gewesen war, an dem sich der Sicherheitchef aufhielt.«

»Und was passierte?«

»Die Hunde haben ein fürchterliches Theater gemacht, als die Fahrstuhltür unten am Detektor aufging. Sie waren nicht dazu zu bewegen, aus dem Fahrstuhl herauszukommen, haben sich hinter ihren Hundeführern versteckt und angefangen zu winseln. Sie hatten ganz offensichtlich große Angst. Die Hundeführer sagten, dass sie so etwas noch nie erlebt und keine Erklärung dafür hätten. Die Suche mit den Hunden am Detektor konnte somit nicht durchgeführt werden.«

»Was, glauben Sie, hat den Hunden so eine Angst gemacht?«

»Keine Ahnung. Ich kenne mich mit Hunden nicht aus, aber vielleicht waren es die Magnetfelder, die die Hunde verwirrt haben.«

Suzan hatten inzwischen ihr Notizbuch herausgeholt und schrieb sich Stichwörter auf. Die ganze Sache war ausgesprochen merkwürdig, und jetzt ärgerte sie sich, dass sie dieser ganzen Geschichte nicht schon früher nachgegangen war.

»Könnte es sein, dass sich noch jemand unten beim ATLAS-Detektor aufgehalten hatte?«

»Keine Ahnung. Die Scanner hatten jedenfalls keinen Alarm ausgelöst.«

Suzan fasste sich an die Stirn. *Verdammt! Warum hatte sie das übersehen?* Die TrueScan Scanner. Natürlich. Vielleicht hatten die Scanner ja auch an diesem Tag eine unbekannte Person nicht erkannt und somit keinen Alarm ausgelöst. Sie bedankte sich bei Frank, zog ihr Handy aus ihrer Tasche und wählte Priyas Nummer.

Schon nach einem Rufzeichen nahm Priya das Gespräch an.

»Priya, Suzan hier. Können Sie schnell feststellen, ob am 6. Dezember letzten Jahres Ihre Scanner ebenfalls Zeros detektiert und keinen Alarm ausgelöst hatten?«

»6. Dezember …«, wiederholte Priya, »war das nicht der Tag, an dem Ihr Vorgänger verschwand?«

»Ganz genau. Ich hatte gerade ein Gespräch mit dem SLIMOS, der an diesem Tag Dienst hatte, und die Umstände des Verschwindens meines Vorgängers sind sehr seltsam. Ich will deshalb wissen, ob sich noch jemand im ATLAS Gebäude aufhielt. Jemand, der dort eigentlich nichts zu suchen hatte.«

»Okay, ich werde die Log-Dateien gleich durchsuchen.«

»Wie lange brauchen Sie dafür?«

»Geben Sie mir dreißig Minuten.«

»Einverstanden. Rufen Sie mich an, wenn Sie damit fertig sind«, sagte Suzan und trennte die Verbindung.

38

Professor Li und die anderen Wissenschaftler hatten schließlich Priyas Plan zugestimmt, Professor Breuer vor den versammelten Journalisten mit der Entstehung des Schwarzen Lochs direkt zu konfrontieren. Jedem im Raum war klar gewesen, dass dies zu einem Eklat führen würde, aber es gab keine andere Möglichkeit, um DarkSky rechtzeitig zu stoppen. Sollte es den Unbekannten nochmals gelingen, die Steuerungsdaten des ATLAS-Detektors zu manipulieren, während der Protonenstrahl mit maximaler Energie versorgt wurde, dann wäre die Katastrophe nicht mehr aufzuhalten. Sie waren sich darüber bewusst, dass die Simulation die Wirklichkeit nicht zu einhundert Prozent richtig abbildete, aber dieses Risiko mussten sie jetzt eingehen. Es stand einfach zu viel auf dem Spiel. Also bereitete Professor Li mit Hilfe seiner Freunde aus den USA eine Zusammenfassung der Simulation vor, die dann Priya und Henning den Journalisten zeigen sollten, um so den Professor zu zwingen, DarkSky zu stoppen. In der Zwischenzeit überprüfte Priya von ihrem Laptop aus nochmals alle Scanner am CERN, um sicher zu gehen, dass sich niemand unerlaubten Zugang zu einem der Gebäude verschafft hatte. Die Zero App hatte bis jetzt keinen Alarm gemeldet, was ein gutes Zeichen war. Aber Priya musste sicher gehen, dass ihr kein Fehler unterlaufen war, denn der konnte für alle tödlich enden. Niemand durfte zum ATLAS gelangen, der nicht berechtigt war. Aus diesem Grund bat Henning Suzan, zusätzliches Personal für die Absicherung des ATLAS-Detektors abzustellen und hatte ihr Priyas Plan erläutert. Anschließend mussten sie auf die Fertigstellung einer Videosequenz durch Professor Li warten, die die Entstehung des Schwarzen Lochs im Herzen des ATLAS-Detektors zeigen sollte, wie sie die Simulation vorausberechnet hatte.

Als Priya und Henning eine halbe Stunde später am Hauptkontrollraum des LHC ankamen, sahen sie schon aus einiger Entfernung die große Anzahl der Personen, die sich vor dem Gebäude befanden. Viele machten eine kurze Zigarettenpause oder schnappten frische Luft. Der Hauptkontrollraum war zwar ein großer Raum, aber die ungeheure

Anzahl von Journalisten aus aller Welt brachte auch diesen Raum zum Bersten. Genau so hatte es sich der Generaldirektor des CERN vorgestellt und deshalb so gut wie jede Anfrage von Journalisten, dem Experiment beiwohnen zu dürfen, angenommen. Stehtische waren im Freien aufgestellt und ein Catering Service war beauftragt worden, die vielen Gäste des CERN mit Essen und Trinken zu versorgen.

Als Henning einen freien Tisch sah, steuerte er ihn automatisch an, denn er hatte seit Stunden nichts mehr getrunken. Sein Mund war völlig ausgetrocknet und fühlte sich wie eine Wüste an.

»Henning, komm weiter, wir haben keine Zeit dafür«, fuhr Priya ihn an.

»Ich brauche wenigstens etwas zu trinken«, beharrte er, und noch bevor er seinen Satz beendet hatte, stand eine junge Frau am Tisch. Sie trug eine Schürze mit einem Namensschild und dem Aufdruck des Catering Unternehmens, für das sie arbeitete.

Die junge Frau blickte Henning an. »Hallo Dr. Finnley, schön Sie wieder zu sehen.« Ihr Lächeln war perfekt und sie strahlte Henning an. Priya musterte sie von oben bis unten. Alarmstufe Rot.

»Hallo Maren, könnten wir etwas zu trinken bekommen? Wir sind kurz vor dem Verdursten.«

»Natürlich, Dr. Finnley.« Maren wandte sich jetzt seiner Begleiterin zu.

»May I offer you a speciality for this unique event?«, fragte Sie Priya auf Englisch.

»Nein, danke. Wir brauchen nichts!«, zischte Priya, um ihr zu zeigen, dass sie ausgezeichnet deutsch sprach.

»Oh, Sie sprechen unsere Sprache. Verzeihen Sie«, sagte Maren.

Jetzt mischte sich Henning in die Unterhaltung der beiden Frauen ein.

»Was für eine Spezialität?« Er war neugierig geworden.

»Dark Pleasure. Eine Kaffeemischung, die wir extra für dieses Event kreiert haben. Sie kamen doch schon heute Morgen in den Genuss meiner Künste.« Marens Grübchen traten hervor, als sie das sagte und Henning strahlte sie an.

»Wir nehmen zwei«, antwortete Henning, bevor Priya einen Einwand einbringen konnte. Maren drehte sich um und verließ den Tisch.

»Ich glaub' es einfach nicht. Wann hattest Du heute Morgen Zeit, diese Frau anzubaggern?« Priya war auf hundertachtzig.

»Ich hab' Sie nicht angebaggert«, rechtfertigte sich Henning. »Sie ist mir praktisch einfach über den Weg gelaufen.«

»Dir läuft keine Frau einfach über den Weg. Du ziehst sie an wie ein Magnet«, spottete sie.

»Priya, entspann dich.«

»Entspannen – mit Dark Pleasure vielleicht?«, knurrte Priya weiter. »Professor Breuer erzeugt ein Schwarzes Loch, wir trinken hier Dark Pleasure, und dazwischen machst du Kellnerinnen an. You bloody …«

»Priya, komm runter! Wir werden die Sache jetzt hier beenden, und dann können wir zurück nach München. Außerdem habe ich sie nicht angemacht.«

»Sie war also nur Beifang?« Priya verzog das Gesicht.

Henning grinste. »Also gut, einigen wir uns darauf. Okay?«

Priya brummte etwas Unverständliches, aber Henning ließ es damit bewenden. Er wollte Priya nicht noch weiter reizen, obwohl er es liebte, wenn sie sich so richtig in etwas hineinsteigerte. Ihre Augen verengten sich dann, wie bei einem Panther, der gleich zum Sprung ansetzen wollte, um seine Beute zu erlegen.

»Henning«, begann sie nach einer Minute des Schweigens. »Die Sache ist einfach zu ernst. Wenn wir es nicht schaffen, Professor Breuer davon zu überzeugen, DarkSky abzubrechen, dann könnte im ATLAS-Detektor ein Schwarzes Loch entstehen. Die ganze Erde könnte darin verschwinden! Ist dir das klar?«

»Ich weiß, Priya, glaub mir. Ich bin mir darüber im Klaren, wie kritisch die Lage ist. Aber wir müssen warten, bis Suzan uns das *Okay* für unseren Plan gibt. Bevor sie nicht den SLIMOS von unserem Vorgehen überzeugt hat, werden wir gar nichts tun können.«

In diesem Augenblick kehrte Maren mit einem Tablett und zwei Tassen darauf zurück. Sie stellte die beiden Tassen vor Priya und Henning auf den Stehtisch.

»Danke, Maren. Könnten Sie uns auch etwas Milch bringen?«

»Sie werden keine Milch benötigen. Bitte probieren Sie.«

Henning nahm einen Schluck aus der Tasse. »Hm, sehr gut. Sie haben recht, er schmeckt wirklich ausgezeichnet. Auch ohne Milch.«

Maren schaute nun zu Priya und wartete auch auf ihr Urteil.

»Ja, ganz gut«, sagte sie betont gelangweilt, nachdem sie an der Tasse genippt hatte. »Maren, haben Sie in den letzten paar Minuten Professor Breuer gesehen? Er ist der Generaldirektor des CERN. Wir müssen dringend mit ihm reden.«

»Professor Breuer stand gerade eben noch an einem der großen Monitore und hat den Journalisten den Fortgang des Experiments erklärt«, antwortete Maren trocken.

In diesem Augenblick meldete sich Priyas Handy und zeigte den Eingang einer Nachricht an. Sie entsperrte es, blickte auf das Display und las die Zeilen von Suzan. Suzan hatte es geschafft, den SLIMOS von ihrem Plan zu überzeugen, und Henning und Priya hatten freie Fahrt. Henning, der sich noch angeregt mit Maren unterhielt, wurde von Priya unterbrochen.

»Henning, das war Suzan. Wir können jetzt rein«, sagte sie und machte sich auf in Richtung der Eingangstür des Hauptkontrollraums, ohne auf Henning zu warten.

»Priya, warte«, rief Henning Priya hinterher und zwängte sich durch eine Gruppe diskutierender Journalisten. Nach einigen Metern hatte er sie eingeholt.

»Priya, ich habe von Maren eine wichtige Information bekommen«, sagte er und griff nach ihrem Arm.

Priya blieb stehen und drehte sich zu ihm um. »Ach ja, ich nehme mal an, ihre Telefonnummer«, fauchte sie Henning an. Ihre Augen waren zu einem Schlitz verengt. Der Panther würde gleich springen.

»Quatsch. Sie sagte mir, dass das Experiment besser verlief als erwartet, und deshalb das Erreichen der Maximalenergie des Beschleunigers auf 17.30 Uhr vorverlegt wurde.«

Priya blickte auf ihre Uhr, und dann zu Henning. Ihre tiefschwarzen Augen waren wieder weit, und Henning konnte das typische Funkeln darin sehen.

»Oh shit, das bedeutet, wir haben gerade noch zwei Stunden Zeit.«

»Genau. Wir werden also nur einen Versuch haben, DarkSky zu stoppen.«

»Also los!«

Priya und Henning gingen durch die Eingangstür und blickten sich um. Professor Breuer stand immer noch vor einem der großen Monitore und referierte vor einer circa vierzigköpfigen Gruppe. Schon aus der Ferne konnte man erkennen, dass er in seinem Element war und die auf ihn gerichtete Aufmerksamkeit sichtlich genoss. Henning blicke zu Priya, nickte ihr zu und lief in Richtung des Professors los.

Priya machte sich ebenfalls auf den Weg, allerdings in eine andere Richtung. Suzan hatte ihr zuvor erklärt, wo sie den Sicherheitsbeauftragten für diese Schicht finden würde.

»Professor Breuer«, begann Henning mit lauter Stimme. Er war noch einige Meter von ihm entfernt, musste aber sichergehen, dass ihn auch die anwesenden Journalisten hören konnten.

»Dr. Finnley, schön dass Sie es einrichten konnten. Aber sollten Sie nicht Ihre Scanner überwachen?«, fragte Professor Breuer. In seiner Stimme lag Misstrauen.

»Professor Breuer, Sie müssen DarkSky abbrechen. Wir haben Beweise, dass die manipulierten Daten im Zentrum des ATLAS-Detektors ein Schwarzes Loch erzeugen werden.«

Ein Raunen ging durch die Menge der anwesenden Journalisten und Wissenschaftler.

»Finnley, verdammt, was reden Sie da?«, blaffte Professor Breuer Henning verärgert an. Er hatte genug von diesem Mist und wollte seine Präsentation fortsetzen.

»Professor Li hat es geschafft, das Magnetfeld im ATLAS-Detektor mit den manipulierten Daten im Steuerungscomputer zu simulieren, und das Ergebnis ist mehr als besorgniserregend.«

In diesem Augenblick erschien auf dem großen Monitor, vor dem Professor Breuer stand, und der gerade noch die von ihm ausgearbeitete Präsentation des DarkSky Experiments zeigte, ein anderes Bild. Das Bild eines immer größer werdenden Trichters. Suzan hatte dem SLIMOS des Hauptkontrollraums einen Link zu der Videodatei der Simulation von Professor Li geschickt und ihn gebeten, den Film auf ein Zeichen von Priya auf dem großen Monitor zu zeigen. Der SLIMOS war von der Idee nicht begeistert gewesen, denn Professor Breuer hatte die Präsentation mehrfach mit den Technikern im Hauptkontrollraum durchgespielt, damit alles wie geplant ablaufen würde. Breuer würde toben. Aber Suzan konnte den SLIMOS davon überzeugen, dass von dem Experiment ein nicht kalkulierbares Risiko ausging, falls der Beschleunigerring mit der maximalen Energie betrieben würde. Alle am CERN wussten, dass Professor Breuer den Beschleuniger außerhalb der Spezifikation betreiben wollte, denn die maximale Energie war ursprünglich auf fünfzehn Tera-Elektronenvolt festgesetzt worden.

Suzan hatte deshalb die Erzeugung eines Schwarzen Lochs dem

SLIMOS gegenüber nicht erwähnt, denn sie wusste, wie die meisten Techniker und Wissenschaftler am CERN darüber dachten. Ein Großteil hielt es für nahezu ausgeschlossen, dass hier ein Schwarzes Loch erzeugt werden konnte. Für den Fall, dass dies doch geschehen sollte, waren sich die meisten Wissenschaftler einig, dass es sofort in sich zusammen fallen würde. Nun, die Simulation von Professor Li zeigte etwas anderes, und da Suzan selbst keine Wissenschaftlerin war, musste sie sich auf die Aussagen der anderen verlassen. Henning, Priya und Professor Li waren überzeugt davon, dass eine echte Gefahr bestand. Sie kannte Henning und Priya erst seit wenigen Tagen, aber irgendwie hatte sie bei den beiden ein vertrautes Gefühl. So entschied sie sich, ihnen zu glauben und vom Schlimmsten auszugehen.

»Schauen Sie selbst«, fuhr Henning fort und zeigte auf den großen Monitor hinter Professor Breuer. Professor Breuer drehte sich um und traute seinen Augen nicht. Seine Präsentation war verschwunden und zeigte jetzt den Film einer Magnetfeld-Simulation von Professor Li.

»Finnley, schalten Sie das sofort aus! Was soll das?«, presste Professor Breuer zwischen den Zähnen hervor. Er war stinksauer.

»Professor«, rief jemand aus der umstehenden Menge, »ist das tatsächlich ein Schwarzes Loch?«

»Sind wir hier in Gefahr?«

Professor Breuer fand blitzschnell seine Fassung wieder und versuchte, seinen Ärger nicht auf seine Stimme zu übertragen, sondern die Sache nüchtern anzugehen. Er war ein Profi und war es gewohnt, vor einer großen Gruppe von Leuten sprechen – auch in kritischen Situationen.

»Nein, niemand hier ist in Gefahr«, sagte er mit ruhiger Stimme. »Die versehentliche Erzeugung eines Schwarzen Lochs hier am CERN wurde bereits vielfach diskutiert, und ist nahezu ausgeschlossen. Die hier anwesenden Wissenschaftler werden Ihnen das bestätigen.« Professor Breuer hoffte, dass keiner der kritischen Wissenschaftler gefragt wurde. Diese würden das nicht so einfach bestätigen.

»Von welchen Manipulationen ist hier eigentlich die Rede? Professor Breuer, verschweigen Sie uns etwas?«, fragte eine Zuhörerin.

»Was ist hier eigentlich los? Ich wünsche eine Aufklärung!« Ein Journalist eines renommierten Fachblattes trat hervor.

Henning musste diese Frage beantworten, um Professor Breuer nicht die Möglichkeit zu geben, die Sache in einem anderen Licht darzustellen.

»In den letzten Tagen ist es unbekannten Personen gelungen, den Steuerungscomputer des ATLAS-Detektors zu manipulieren. Ein am DarkSky Experiment beteiligter Wissenschaftler hat es geschafft, eine Simulation mit diesen manipulierten Daten durchzuführen. Das Ergebnis sehen Sie hinter mir auf dem Monitor. Es zeigt die Entstehung eines Schwarzen Lochs im Zentrum des ATLAS-Detektors.«

Professor Breuer wurde jetzt richtig wütend.

»Finnley, haben Sie Beweise, dass der Steuerungscomputer des ATLAS manipuliert worden ist? Falls ja, müssen Sie wohl das Versagen Ihrer Überwachungsscanner eingestehen, die wir hier überall installiert haben. Ihre Geräte sollten ja gerade verhindern, dass Unbefugte Zutritt in kritische Bereiche der Anlage erhalten. Für diesen Fall werden wir wohl prüfen müssen, ob dem CERN durch Ihr Versagen ein Schaden entstanden ist.«

Mehr brauchte Professor Breuer gar nicht zu sagen, denn Henning war die Andeutung einer Schadensersatzklage und deren Folgen für das Geschäft der Scanner klar. BioScanTech wäre am Ende.

»Es stimmt, wir können im Augenblick nicht bestätigen, dass jemand erneut Zugriff auf den Steuerungscomputer hatte oder dass sich jemand Zugang zu dem Steuerungscomputer verschafft hat. Aber wir sind sicher, dass die Manipulationsversuche der letzten Tage nicht von einer einzelnen Person durchgeführt wurden. Es kann nur eine Organisation mit ausreichenden Sach- und Geldmitteln dahinter stecken, denn die notwendigen Computerberechnungen zur Manipulation des ATLAS' benötigt spezielle Fachkenntnisse und sehr viel Geld für die notwendigen Rechner. Diese Organisation wird es wieder versuchen, davon müssen wir zum jetzigen Zeitpunkt leider ausgehen. Aus diesem Grund muss DarkSky unverzüglich abgebrochen werden. Das Risiko ist einfach zu groß. Wir sollten …«

»Das sind doch alles wilde Spekulationen«, unterbrach ihn Professor Breuer. »Viele Wissenschaftler aus der ganzen Welt haben Jahre ihrer Arbeitszeit dafür geopfert, um den heutigen Tag zu ermöglichen, um endlich den lang gesuchten Nachweis der Existenz der Dunklen Materie zu erbringen.« Professor Breuer sah Henning ins Gesicht. »Wir sind im Namen der Wissenschaft verpflichtet, dieses Experiment zu Ende zu führen, auch wenn einige Skeptiker unter uns sind. Und Sie, Dr. Finnley, sollten das am besten wissen. Ihre Firma BioScan-

Tech hat auf dem Gebiet der Bioscanner Unglaubliches geleistet, und wir hier am CERN haben Ihnen und Ihren Entdeckungen eine Chance gegeben. Haben wir nicht das Gleiche verdient?«

Henning musste schlucken, denn wenn sie sich täuschten, wäre nicht nur seine Firma pleite, sondern er hätte vielleicht auch den Nachweis der Dunklen Materie um Jahrzehnte verhindert. Er spürte, wie das Handy in seiner Hand vibrierte, aber er konnte sich jetzt nicht ablenken lassen.

»Professor Breuer hat Recht«, antwortete Henning. »Wir sind es der Wissenschaft schuldig, Antworten auf die unzähligen Fragen über unsere Existenz zu finden. Aber die Wissenschaft hat auch eine Verantwortung der Menschheit gegenüber. Das wird leider allzu oft vergessen. Deshalb darf DarkSky erst fortgeführt werden, wenn wir absolut sicher sind, dass von dem Experiment keine Gefahr für die Wissenschaftler und Angestellten hier am CERN und darüber hinaus für die gesamte Menschheit ausgeht. Wir müssen ...«

Henning wurde von Priya unterbrochen, die ihn am Arm packte.

»Wir haben einen Zero Alarm am ATLAS-Detektor«, stieß sie hervor.

»Verdammt.«

»Was meinen Sie damit?«, fuhr Professor Breuer Priya an.

»Jemand hat sich unerlaubt zum ATLAS Zutritt verschafft«, antwortete Priya kurz und hielt ihr Handy hoch, so dass Professor Breuer den Bildschirm sehen konnte. Auf dem Bildschirm blinkte ein rotes Symbol mit einer Nummer darunter, die den Scanner am ATLAS-Detektor als den Ort kennzeichnete, an dem die Sicherheitsverletzung stattgefunden hatte.

»Schwachsinn.« Professor Breuer machte eine wegwerfende Handbewegung. »SLIMOS, stellen Sie eine Verbindung zum ATLAS her«, befahl er dem Mann, der soeben neben Priya aufgetaucht war.

»Habe ich gerade schon versucht, aber ATLAS meldet sich nicht mehr. Alle Leitungen sind tot«, antwortete der SLIMOS.

»Geben Sie mir das Walkie-Talkie.«

Die umstehenden Journalisten schauten wie gebannt dem Professor zu, aber keiner wagte es, in der Situation eine Frage zu stellen. Offensichtlich hatten alle den Ernst der Lage verstanden. Inzwischen hatte der SLIMOS das Walkie-Talkie aus der Ladeschale an seinem Arbeitsplatz genommen und reichte es Professor Breuer.

»ATLAS für Professor Breuer, kommen«, schnaubte er in das Walkie-Talkie und ließ die Sprechtaste los. Es war nichts zu hören. Keine Antwort.

»ATLAS für Breuer, kommen. Verdammt, was ist bei Ihnen los?«

Jetzt war ein Rauschen und Kratzen aus dem Walkie-Talkie zu hören.

»ATLAS?«, schrie er in das Gerät.

Sprachfetzen drangen aus dem Gerät. »Hil… wir sind… Energie… Notab…«

Auf Professor Breuers Stirn hatten sich feine Schweißperlen gebildet. Er wurde blass. Niemand sagte ein Wort.

»Fuck«, brach Priya die Stille. »ATLAS ist in ernsthaften Schwierigkeiten.«

Professor Breuer hob das Walkie-Talkie wieder hoch.

»ATLAS, wiederholen Sie! Was geht bei Ihnen vor?«

Wieder krächzte das Walkie-Talkie unverständliche Worte. »Strahl... Mag... Notabsch...«

»Professor, schalten Sie den Protonenstrahl ab«, drängte Henning. »Noch ist kein Schaden entstanden.«

»Und ATLAS auch«, ergänzte Priya.

Professor Breuer schüttelte den Kopf, dann blickte er in die sorgenvollen Gesichter der Anwesenden. Nach schier endlosen Sekunden nickte er dem SLIMOS zu. Der SLIMOS drehte sich um und eilte zu seinem Platz. In der Steuerkonsole, die den Protonenstrahl des LHC steuerte, befand sich ein großer roter Notfallschalter mit der Aufschrift *Beam off,* der für den Fall einer Notabschaltung vorgesehen war. Ohne zu zögern, schlug er mit der Faust auf den Schalter, um den Protonenstrahl in der siebenundzwanzig Kilometer langen Röhre zu stoppen. Nichts geschah. Keine der Anzeigen zeigte eine Veränderung an. Nochmals schlug der SLIMOS auf den Schalter, aber wieder geschah nichts. Hektisch nahm er einen Stuhl, setzte sich und gab einige Kommandos in den Computer ein, um den Status des LHC abzurufen.

»Scheiße«, schrie er in Richtung des Professors, der inzwischen hinter ihm stand. »Die Notabschaltung versagt.«

»Was soll das heißen?«

»Ich kann die Anlage nicht herunterfahren«, antwortete der SLIMOS mit verzweifelter Stimme.

»Das kann nicht sein. Die Anlage ist so ausgelegt, dass sie jederzeit bei Gefahr gestoppt werden kann.«

Priya und Henning waren ebenfalls hinter den SLIMOS getreten und schauten auf dessen Monitor, der immer noch eine voll funktionierende Anlage zeigte.

»Können Sie der Anlage nicht den Saft abdrehen?«, schlug Priya vor.

»Kann ich versuchen«, antwortete der SLIMOS und gab weitere Befehle über seine Tastatur ein. Das Bild auf dem Monitor änderte sich und zeigte jetzt eine grafische Darstellung der verschieden Energieerzeuger des CERN. Der SLIMOS klickte auf ein Symbol, das die Energiezufuhr für den Beschleuniger des LHC zeigte. Ein neues Fenster auf dem Computermonitor wurde sichtbar, und der SLIMOS drückte auf ein Feld mit der Aufschrift *Herunterfahren*. Professor Breuer, Henning und Priya starrten auf die Grafik mit der Energiebilanz des LHC und erwarteten, dass die Energieversorgungsanlage, die den Beschleunigerring mit Strom versorgte, sich abschaltete. Der Bildschirminhalt des Computermonitors des SLIMOS wurde immer noch auf den großen Monitor des Kontrollraums übertragen, so dass alle im Raum mitverfolgen konnten, was vor sich ging. Ein Raunen ging durch die Menge der Journalisten und Wissenschaftler, als klar wurde, dass die Energiezufuhr zum Teilchenbeschleuniger nicht gekappt werden konnte.

»Wie kann das sein?«, fragte Professor Breuer fassungslos. Inzwischen lief ihm der Schweiß über sein Gesicht.

»Jemand hat Ihr Computersystem übernommen und diesen Kontrollraum lahmgelegt«, antwortete Priya. Für sie war die Sache klar.

Henning schaute Priya in die Augen. Beide hatten offensichtlich die gleiche Idee.

»Professor«, begann Henning, »ich fahre mit Priya zum ATLAS, um nachzusehen, was dort vor sich geht. Haben Sie einen Wagen hier?«

Der Professor nickte stumm.

»Die Schlüssel?«

Professor Breuer griff in seine Jackettasche, zog den Wagenschlüssel hervor und reichte ihn Henning. »Ein schwarzer Jaguar.«

Dann wandte sich Henning dem SLIMOS zu. »Wie kann der ATLAS-Detektor vor Ort am schnellsten abgeschaltet werden?«

Der SLIMOS überlegte kurz und sprang auf. »Lösen Sie einen Feueralarm aus – der Feueralarm hat einen eigenen Schaltkreis und funktioniert hoffentlich noch. Sie finden einen Brandmelder gleich nach der Eingangstür zum ATLAS Kontrollzentrum.«

»Verstanden«, sagte Henning, drehte sich um und eilte durch die Menschenmenge zum Ausgang.

»Halt!«, rief Professor Breuer, der sich wieder etwas gefangen hatte.

»Nehmen Sie das mit«, sagte er und warf Priya ein Walkie-Talkie zu, das er aus einer weiteren Ladeschale gerissen hatte.

»Schalten Sie auf Kanal fünf, um mit uns zu sprechen. Kanal acht ist für die Hauptpforte – falls Sie Hilfe brauchen«, fügte der SLIMOS hinzu.

»Okay«, antwortete Priya und rannte mit Henning in Richtung Ausgang.

»Ich erwarte umgehend Meldung von Ihnen!«, rief Professor Breuer den beiden nach.

39

Die Maschine der US Air Force konnte ohne Probleme die Grenze zur Schweiz von Deutschland aus überqueren und landete auf dem Genfer Flughafen, der nur wenige Autominuten vom CERN entfernt lag. Ein Hubschrauber der Bundeswehr hatte Captain Child und Lieutenant Green an der Absturzstelle abgeholt und zu dem bereits wartenden Learjet auf dem Stuttgarter Flughafen gebracht. Während des Flugs hatten sie die Gelegenheit, sich zu waschen, trockene Kleidung anzuziehen und etwas zu essen. Als die Maschine aufsetzte und zu ihrem Haltepunkt rollte, wartete dort schon eine Limousine. Zwei Personen standen vor dem Wagen und warteten ungeduldig auf die beiden Ankömmlinge. General Carter hatte die beiden OSI Agenten Louis und Wilder schon auf den aktuellen Stand gebracht und sie angewiesen, Captain Child jede nur erdenkliche Unterstützung zukommen zu lassen. Das sollte oberste Priorität haben. Als die Tür der Maschine aufging und die Treppe herunter geklappt wurde, eilten Captain Child und Lieutenant Green hinunter und wurden bereits am Fuß der Treppe von den beiden Agenten in Empfang genommen.

»Captain Child, Lieutenant Green, ich bin Agentin Louis und das ist mein Kollege Agent Wilder. Wir haben von General Carter den Befehl, Sie zu unterstützen«, sagte die Agentin, und die vier schüttelten sich die Hände.

»Wir müssen so schnell wie möglich ans CERN. Wie lange dauert die Fahrt?«, fragte Captain Child.

»Ein paar Minuten. Zu wem wollen Sie dort?«

»Bringen Sie uns zuerst zum Sicherheitschef des CERN.«

»Es ist eine Sicherheitschefin. Sie heißt Suzan Ehrens.«

»Okay, dann eben zu ihr.«

Sie bestiegen den Wagen und Agent Wilder startete den Motor. Er machte eine Wende um hundertachtzig Grad und fuhr auf einer Straße innerhalb des Flughafengeländes, die ausschließlich für Lieferanten und Servicefahrzeuge bestimmt war. Kurze Zeit später erreichten sie eine heruntergelassene Schranke, an der zwei Polizisten mit umgehängten Maschinenpistolen warteten. Der Agent drosselte die

Geschwindigkeit, fuhr die Seitenscheibe herunter und kam direkt neben einem der Beamten zum Stillstand. Der Beamte erkannte ihn wieder und nickte ihm zu. Ohne die anderen Insassen des Wagens genauer in Augenschein zu nehmen, gab er seinem Kollegen ein Zeichen, und der Schlagbaum wurde geöffnet. Bereits bei ihrer Ankunft am Flughafen hatten die Agenten alles mit dem Chef der Flughafensicherheit geregelt und darauf bestanden, dass sie ohne Kontrolle das Gelände wieder verlassen konnten. Es galt, jede Komplikation zu vermeiden. Sobald Agent Wilder den Wagen vom Flughafengelände gesteuert hatte, steigerte er das Tempo und bog schon nach kurzer Zeit auf die Hauptstraße ein, die sie direkt zum CERN führen sollte. Agentin Louis nahm ihr Handy und wählte die Nummer ihres Hauptquartiers, um Suzans Handy anpeilen zu lassen. Nachdem sie die gewünschte Information hatte, drehte sie sich zu den beiden Personen im Fond des Wagens um.

»Suzan Ehrens befindet sich gerade auf dem Weg in ihr Büro. Wir könnten sogar kurz vor ihr dort eintreffen, wenn wir auf die Straßenverkehrsordnung pfeifen.«

»Tun Sie das!«, befahl Captain Child.

Agent Wilder trat das Gaspedal jetzt ganz durch, und der Mercedes beschleunigte auf einhundertfünfzig Stundenkilometer, bis ein Kreisverkehr ihn zu einer langsameren Fahrweise zwang. Nachdem sie diesen hinter sich gelassen hatten, rasten sie die gerade Straße entlang, bis der Fahrer auf die Bremse trat, um auf das Gelände des CERN einzubiegen. Der Wagen kam vor der Schranke des CERN zum Stehen, und Agentin Louis sprang heraus, ihren Dienstausweis in der Hand. Auch hier hatten die Agenten bereits dafür gesorgt, dass sie schnellstmöglich das Gelände betreten konnten, ohne auf eine zeitraubende Prozedur warten zu müssen. Die Schranke öffnete sich, noch bevor Louis wieder im Wagen saß. Die Fahrt ging weiter und sie schlugen den Weg in Richtung des Gebäudes ein, in dem sich das Büro der Sicherheitschefin befand. Als der Wagen nach kurzer Fahrt stoppte, öffnete Agentin Louis die Tür und stürmte heraus.

»Folgen Sie mir«, rief die Agentin und übernahm die Führung. Nach wenigen Schritten kamen sie an die offene Eingangstür des Gebäudes und sahen dahinter gerade noch eine Frau in den Aufzug steigen.

»Da ist sie«, stieß Agentin Louis hervor und machte einen Satz in

Richtung des Aufzugs. Die Türen fuhren gerade zu, als die Agentin ihren Fuß zwischen die Türen quetschte und diese zum Öffnen zwang. Die Frau im Aufzug blickte auf.

»Frau Ehrens«, sagte die Agentin, während sie wartete, bis die Türen ganz geöffnet waren und sie den Aufzug betreten konnte. Agent Wilder, Captain Child und Lieutenant Green folgten ihr. Captain Child stellte sich direkt vor Suzan und schnitt der Agentin das Wort ab.

»Frau Ehrens, ich bin Captain Child und das hier ist Lieutenant Green. Wir sind vom Space Command der Air Force, und wir haben den Computervirus bis hierher zurückverfolgt. Wir benötigen Ihre Hilfe! Die Sicherheit der USA und ganz Europas ist in Gefahr.«

»Dr. Singh hat mich bereits über das Telefonat mit Ihnen informiert. Haben Sie einen Beweis, dass der Virus von hier kommt?«, fragte Suzan, sichtlich aufgeregt.

»Ja«, antwortete Captain Child und zog ein gefaltetes Blatt Papier aus seiner Tasche. »Hier sehen Sie die IP-Adresse, mit der der Virus kommuniziert, und Details zu den durchgeführten Datentransfers.« Er gab Suzan das Blatt und Suzan überflog den Inhalt. »Frau Ehrens, wir müssen den Standort des Servers ermitteln. Sofort! Ich fürchte, der Virus könnte noch größeren Schaden anrichten.«

»Gehen wir in mein Büro, um den IT-Chef des CERN zu kontaktieren. Er sollte in der Lage sein, den Standort zu ermitteln. Und nennen Sie mich Suzan.« Der Fahrstuhl war inzwischen im zweiten Stock angekommen und die Türen öffneten sich. Suzan stieg aus und ging in Richtung ihres Büros. Die anderen folgten ihr.

Im Büro ging sie zu ihrem Schreibtisch, nahm den Hörer des Telefons ab und drückte die Kurzwahltaste für das Vorzimmer des IT-Chefs. Nach wenigen Sekunden meldete sich eine bekannte Stimme, und Suzan informierte seine Assistentin über die Dringlichkeit ihres Anrufs. Obwohl sich Suzan und der IT-Chef nur flüchtig kannten, wurde sie sofort zu ihm durchgestellt.

»Suzan, können Sie auf Lautsprecher schalten?«, fragte Captain Child.

Suzan drückte auf die Freisprechtaste, und eine tiefe Männerstimme war zu hören. Captain Child blickte unruhig auf seine Uhr. Die ganze Sache ging ihm nicht schnell genug.

»Suzan, was gibt es?«, fragte die Stimme aus dem Lautsprecher.

»Benjamin, wir brauchen Ihre Hilfe. Dringend! Es besteht die

Möglichkeit, dass sich über die Server des CERN ein Computervirus verbreitet und …«, sagte Suzan, wurde aber von Captain Child unterbrochen.

»Hier spricht Captain Child vom Space Command der US Air Force. Benjamin, wir haben hier ein Kommunikationsprotokoll des Virus', und er kommuniziert über einen Ihrer Server. Wir benötigen dringend den Standort des Servers. Der Virus richtet beträchtlichen Schaden an.«

»Sie sind vom Space … was?« Der IT-Chef hatte noch nie von dieser Organisation gehört.

»Space Command. Cyberkriegsführung und Abwehr der USA.«

»Suzan, stimmt das?«

»Ja, das kann ich bestätigen«, antwortete Suzan, obwohl sie keinen Dienstausweis von Captain Child gesehen hatte.

»Ein Virus, der über unsere Server läuft? Das ist so gut wie ausgeschlossen, denn …«, erwiderte Benjamin, aber auch er wurde von Captain Child unterbrochen.

»Benjamin, ich habe keine Zeit, mich mit Ihnen zu streiten. Ich habe das Übertragungsprotokoll des Virus' hier vor mir liegen. Wie kann ich Ihnen das am schnellsten zukommen lassen?«

»Geben Sie her«, sagte Suzan und zog ihr Handy aus der Tasche. »Benjamin, ich fotografiere das Blatt ab und schickte Ihnen die Daten per E-Mail.«

»Wenn es unbedingt sein muss. Ich habe hier alle Hände voll zu tun. DarkSky erzeugt Unmengen an Daten, die wir sichern müssen.«

»Benjamin, das ist ein Notfall. Wir benötigen Ihre Hilfe. Wirklich!«

»Also gut. Schicken Sie mir das Bild.«

Suzan legte das Blatt, das ihr Captain Child gab, vor sich hin, machte ein Bild davon mit ihrem Handy und schickte es ab.

»E-Mail ist unterwegs«, sagte sie.

»Okay, kommt gerade herein«, antwortete Benjamin, und über den Lautsprecher hörte man das Klappern der Computertastatur.

»Hm …«, nuschelte Benjamin ins Telefon, der sich jetzt das Foto mit den Übertragungsdaten ansah. »Das ist tatsächlich eine IP-Adresse von uns.«

»Suchen Sie uns bitte den Standort des Servers heraus«, bat Captain Child.

»Suzan, ist die Sache wirklich so dringend? Ich meine, ich kann eigentlich nicht einfach Standortdaten herausgeben. Das verstößt gegen den Datenschutz.«

»Benjamin, bitte suchen Sie den Standort heraus. Die Sache ist verdammt dringend. Jetzt gleich!«, insistierte Suzan.

»Es können hunderte von Computern über diese IP-Adresse kommuniziert haben. Ich muss die Log-Dateien von unserem Gateway Rechner durchschauen und herausfinden, welcher Rechner es war.«

»Bitte tun Sie das! Sofort!« Captain Child war nervös. Er spürte, dass sie auf der richtigen Fährte waren.

Wieder war das Klappern der Tastatur aus dem Lautsprecher der Freisprecheinrichtung zu hören. Suzan blickte zu den Amerikanern. Beiden war die Anspannung ins Gesicht geschrieben.

»Ich habe die Daten des Gateway Rechners«, sagte Benjamin. »Ich werde jetzt den Rechner suchen, der die Kommunikation mit dem Virus zur fraglichen Zeit durchgeführt hat.«

Es war wieder ruhig im Raum, und alle warteten darauf, etwas aus dem Lautsprecher zu hören.

»Ich habe den Computer gefunden, aber es ist kein CERN Rechner.«

»Sie meinen, es ist ein privater Computer?«, fragte Suzan nach.

»Genau.«

»Kennen Sie den Standort?«

»Nein, nicht genau. Ich kann Ihnen nur sagen, dass die Kommunikation über einen Router aus einem unserer Gästehäuser lief.«

»Gästehäuser?«, fragte Captain Child nach.

»Das CERN hat ein paar Gästehäuser für Gast-Wissenschaftler und Journalisten«, antwortete Suzan. »Benjamin, können Sie es auf ein Gästehaus eingrenzen?«

»Moment, bin gerade dran«, war es aus dem Lautsprecher zu hören.

»Ich glaube, ich habe es gleich. Ich muss mir auch noch die Log-Dateien der Router anschauen.« Pause. »Komisch ...«

»Was ist komisch?«

»Jemand hat die Log-Dateien vor kurzem gelöscht. Die Router sind eigentlich durch ein Passwort geschützt. Das verstehe ich nicht. Jemand hat ...«

»Benjamin, haben Sie ein Backup der Log-Dateien?«

»Ja, aber die liegen auf einem alten Bandlaufwerk. Da diese Daten nicht so kritisch sind, lagern ...«

Captain Child ließ den IT-Chef nicht aussprechen. »Haben Sie Zugriff auf die Daten?«,

»Ja, aber das kann dauern. Die Bänder werden von einem alten Roboter in das Laufwerk eingelegt, und der spinnt gelegentlich.«

»Bitte versuchen Sie es!«

»Okay, ich fordere das Band an.«

Benjamin startete die Software zur Verwaltung der Backup Bänder und wählte die entsprechende Datei aus. Irgendwo am CERN fuhr jetzt ein Roboter an einem Regal mit Speicherbändern entlang und griff nach dem Band, das die Log-Dateien der Router gespeichert hatte.

»Benjamin, wie sieht es aus?«, fragte Suzan ungeduldig.

»Ich glaube es nicht«, krachte es aus dem Telefon.

»Was?«, riefen Suzan und Captain Child gleichzeitig.

»Das Band ist eingelegt, Datei verfügbar. Scheint Ihr Glückstag zu sein.« Captain Child blickte stumm zu Suzan. Sie zuckte mit den Schultern.

»Ich denke, ich hab's.«

»Und?«

»Es ist das Gästehaus mit der Nummer ... Moment ... mit der Nummer 41.«

»Gästehaus 41. Wer wohnt da?«, fragte Captain Child in Richtung Suzan.

»Das Gästehaus hat fast hundert Zimmer. Ich kann die Belegungsliste durchschauen«, sagte Suzan und setzte sich an ihren Computer. Sie rief eine CERN interne Webseite auf und loggte sich mit ihrem Namen und Passwort ein. Dann klickte sie sich durch einige Seiten, bis sie schließlich bei der Gebäudeverwaltung angekommen war.

»Wegen DarkSky sind alle Zimmer belegt. Wonach soll ich suchen?«, fragte Suzan.

»Filtern Sie alle Frauen heraus. Dr. Singh hatte im Serverraum des ATLAS einen Mann gesehen«, sagte Lieutenant Green, die im Flugzeug mehr Details zu ihrem Auftrag von Captain Child erhalten hatte.

»Bleiben noch fünfundsechzig Zimmer übrig.«

»Nehmen Sie alle heraus, die erst vor ...«, Captain Child machte eine Pause und überlegte, »vier Wochen eingecheckt haben. Ich gehe davon aus, dass der Computer mit dem Virus nicht erst seit ein paar Tagen hier steht.«

Suzan scrollte wieder durch die Webseite und zählte die Einträge, da die Webseite leider keine spezielle Filterfunktion zur Verfügung stellte.

»Bleiben noch vierzehn Zimmer übrig«, stellte Suzan fest.

»Das ist zu schaffen. Drucken Sie bitte zwei Listen aus, wir bilden zwei Teams. Suzan, Lieutenant Green und ich bilden das erste Team, und Sie«, dabei zeigte er auf Agentin Louis und Wilder, »bilden Team zwei. Wir werden die Zimmer nach dem Computer durchsuchen, mit dem der Virus kommuniziert.«

Suzan hatte inzwischen die Liste zu ihrem Drucker gesendet, der bereits Geräusche von sich gab. Sie ging an ihren Büroschrank und nahm zwei Walkie-Talkies heraus. Eines davon gab sie Agentin Louis.

»Stellen Sie das Walkie-Talkie auf Kanal vier, Kanal acht ist für die Hauptpforte des CERN, für den Fall, dass wir in Schwierigkeiten geraten und Hilfe benötigen.«

»Verstanden«, antwortete die Agentin, schaltete das Walkie-Talkie ein und stellte den Frequenzwahlschalter auf Kanal vier ein.

Suzan holte die Ausdrucke aus dem Drucker und legte sie vor sich auf den Tisch. Sie nahm einen Textmarker und teilte die vierzehn, in Frage kommenden, Zimmer in zwei Gruppen ein. Dann gab sie eine Kopie an Agent Wilder und behielt selbst eine für ihr Team.

»Los geht's«, sagte Captain Child und stürmte hinaus.

Als sie am Gästehaus mit der Nummer 41 ankamen, stoppte der Agent den Wagen direkt vor dem Gebäude. Um flexibel zu bleiben, hatte Suzan darauf bestanden, mit ihrem eigenen Wagen zu fahren, denn niemand wusste, wie sich die Dinge am Gästehaus entwickeln würden. Vor der Eingangstür in das Gästehaus blieben die fünf kurz stehen und überprüften nochmals die Walkie-Talkies. Vier der vierzehn Zimmer befanden sich im Erdgeschoss des dreistöckigen Gebäudes. Sie wollten sich von unten nach oben durcharbeiten und dabei möglichst unauffällig vorgehen, so dass die Gesuchten nicht gewarnt würden und unerkannt flüchten konnten.

Agentin Louis und Agent Wilder hatten die Zimmer mit den Nummern 12 und 16 und das zweite Team die Zimmer 20 und 27. Die OSI Agenten fanden zuerst das Zimmer mit der Nummer 12 und klopften an. Eine Stimme war zu hören, und einen kurzen Augenblick später stand ein junger, asiatisch aussehender Mann an der Tür.

»Entschuldigen Sie die Störung«, begann Agent Wilder. »Wir sind vom CERN Gebäudemanagement und wurden gerufen, da es im Gebäude nach Gas riechen soll. Können wir kurz in Ihr Zimmer, um zu sehen, ob alles in Ordnung ist?«

»Gas?«, fragte der Zimmerbewohner.

»Ja Gas. Können wir kurz nachsehen, ob bei Ihnen Gas austritt?«

»Okay«, kam die zögerliche Antwort.

Agentin Louis und Agent Wilder traten in das Zimmer und sahen ein zerwühltes Bett und einen offenen Koffer auf dem Boden. Ein Laptop stand auf dem Tisch, aber sonst sah das Zimmer unverdächtig aus. Sie bedankten sich und versicherten dem Mann, dass in seinem Zimmer kein Gasgeruch festgestellt werden konnte. Da das Gebäude keinen Gasanschluss hatte, wäre das Vorhandensein von Gas auch mehr als merkwürdig gewesen. Aber erstens wusste der Mann das nicht und zweitens war den Agenten auf die Schnelle keine bessere Geschichte eingefallen.

Team zwei hatten beim Zimmer mit der Nummer 20 weniger Glück. Der Bewohner, ein Wissenschaftler aus England, war offensichtlich nicht da, da niemand die Tür öffnete. Captain Child nickte Lieutenant Green kurz zu, um ihr zu signalisieren, dass sie die Tür öffnen sollte. Sie nahm ein kleines Lederetui mit den Profidietrichen aus ihrer Tasche, überprüfte die Größe und Form der Werkzeuge und entschied sich dann für eine mittlere Größe. Sie führte die beiden Einbruchswerkzeuge in das Türschloss ein, drehte sie hin und her, und nach wenigen Sekunden war ein leises Klicken zu hören. Die Tür war offen.

»Was haben Sie gemacht, bevor Sie zur US Air Force kamen?«, fragte Suzan und blickte Lieutenant Green an. Ihre Stimme hatte etwas Anerkennendes, obwohl Suzan natürlich den illegalen Zutritt in eine fremde Wohnung nicht gutheißen konnte. Aber es war Gefahr in Verzug und somit fast jedes Mittel erlaubt.

»Naturtalent.«

»Und die Dietriche?«

»Standardausrüstung der OSI.« Lieutenant Green grinste breit.

Captain Child drückte die Tür auf und trat langsam ein. Lieutenant Green hatte ihre Waffe gezogen und folgte ihm leise. Das Zimmer erweckte den Anschein einer Studentenbude, denn überall standen leere Pizzaschachteln herum. Schnell überprüfte Suzan das Bad, um festzustellen, dass der Bewohner nicht da war.

Captain Child blickte sich um und schüttelte den Kopf. »Das ist nicht das Zimmer, das wir suchen! Los, zum Nächsten!«, sagte er und stürmte aus dem Zimmer. Auf dem Flur sah er, wie sich Team zwei gerade Zugang zu einem weiteren Zimmer verschaffte.

Captain Child schritt den Gang entlang und blieb dann vor der Tür mit der Nummer 27 stehen. Er wartete, bis die anderen seines Teams aufgeschlossen hatten, dann klopfte er an. Wieder keine Reaktion von innen, und erneut musste Lieutenant Green ihr Talent zum Einsatz bringen. Auch diese Wohnung war nicht der Ort, den sie suchten. Ein Ort, an dem ein Computer stand, der wiederum mit dem Computervirus kommunizierte. Eigentlich war diese ganze Suche absurd, denn einen Computer, der in der Lage war, ihren geheimen Verschlüsselungschip Odin zu knacken, konnte es seines Wissens nach definitiv gar nicht geben. Aber genau das Gegenteil hatte das Experiment mit der Drohne gezeigt. Jemand hatte es geschafft, den Code zu knacken, aber dafür müsste der benutzte Computer so groß sein wie das gesamte Gästehaus. Nicht ein normaler Computer irgendwo in einem Zimmer. Trotzdem hatten die Erkenntnisse der letzten Tage sie an diesen Ort geführt, und er wollte das Rätsel lösen. Wie war es möglich, die Verschlüsselungstechnik der modernsten Armee der Welt zu knacken und Drohnen zu übernehmen, um damit Angriffe zu fliegen? Er hatte einfach keine Erklärung dafür.

Als sie das Zimmer verließen, trafen sie auf Team zwei.

»Nichts. Bei Ihnen?«, fragte Agentin Louis.

»Auch nichts. Los, zum nächsten Stockwerk«, sagte Captain Child und ging in Richtung Treppenhaus.

Im zweiten Stock teilten sie die Zimmer wieder auf beide Teams auf und machten sich daran, die Zimmer zu durchsuchen. Nur in einem Zimmer war jemand da, und auch dort konnte Agentin Louis ihre Gasgeschichte an den Mann bringen und sich so einen kurzen Blick in das Zimmer ermöglichen. Bei den Zimmern, bei denen niemand die Türen aufmachte, halfen die Dietriche beim Öffnen der einfachen Schlösser des Gästehauses. Nach dem dritten Schloss hatte Lieutenant Green so viel Übung, dass sie nicht einmal fünf Sekunden benötigte, bis der *Klick* zu hören und die Tür offen war.

Nachdem beide Teams die Zimmer des zweiten Stockwerks durchsucht und immer noch nichts gefunden hatten, was auf einen großen Computer hindeutete, trafen sie sich wieder im Treppenhaus, um gemeinsam den letzten Stock des Gebäudes zu durchsuchen. Captain Child, Lieutenant Green und die beiden OSI Agenten waren bereits im Treppenhaus, als Suzan stehen blieb. Ihr Blick blieb an einer Tür hängen, an der das Türschloss anders aussah als bei den bisher durchsuchten Zimmern. Waren in den Türen zuvor sichtlich billige Schlösser eingebaut, war dieses hier anders. Sie ging näher an die Zimmertür heran, die ihr verdächtig schien, und sah sich das Türschloss genauer an. Es gab keine Öffnung, um einen Schlüssel hineinzustecken. Die Tür hatte zwar eine Klinke, aber als Suzan vorsichtig versuchte, diese nach unten zu drücken, bemerkte sie, dass sie sich nicht bewegen ließ. Der Türgriff saß fest oder war vielmehr gar nicht dazu gedacht, wirklich benutzt zu werden. Er war ganz offensichtlich lediglich vorhanden, um den Schein einer normalen Tür zu wahren.

»Was machen Sie da?«, fragte eine Stimme hinter ihr. Suzan drehte sich blitzschnell um und blickte in die Augen von Agent Wilder.

»Rufen Sie die anderen. Ich glaube, hier sind wir richtig«, flüsterte Suzan und deutete auf das Schloss. Der Agent verstand sofort, nahm das Walkie-Talkie zur Hand und drückte die Sprechtaste. Er wandte sich ab und sprach leise in das Funkgerät.

»Hier Wilder, kommen Sie runter. Suzan hat etwas entdeckt.«

Wenige Augenblicke später stand der Rest des Teams vor der Tür, an die Suzan gerade ihr Ohr presste. Die anderen verhielten sich ruhig, um sie hören zu lassen, ob sich jemand in dem Zimmer befand. Sie trat einen Schritt zurück und schüttelte den Kopf.

»Nichts zu hören. Wie gehen wir rein?«, fragte sie Captain Child leise. Captain Child hatte in der letzten halben Stunde gelernt, dass Lieutenant Green die richtige Adresse für solche Fragen war.

»Lieutenant Green, was meinen Sie? Wie kommen wir rein?«

Lieutenant Green trat näher und prüfte ebenfalls vorsichtig die Türklinke und machte sich selbst ein Bild von der Attrappe. Danach fuhr sie mit den Fingern den Rand der Tür ab und drückte vorsichtig dagegen. Sie wandte sich wieder den anderen zu und flüsterte: »Im Vergleich zu den anderen Türen ist diese hier eine wesentlich stärkere. Ich glaube, diese hier wurde ausgetauscht, zusammen mit dem Schloss.«

Suzan meldete sich zu Wort. »Laut dem Belegungsplan des Gästehauses wohnt hier eine Frau namens Dr. Monica Dumont, Französin, 29 Jahre alt, und zwar seit Mitte Januar. Sie arbeitet am ATLAS-Detektor.«

»Klopfen wir an?«, fragte die Agentin.

»Okay, wir klopfen erstmal an. Falls niemand aufmacht, treten wir die Tür ein. Agent Wilder, helfen Sie mir dabei?«, flüsterte Lieutenant Green.

»Mit Vergnügen«, antwortete der Agent.

Captain Child stellte sich neben die Tür, um das Anklopfen zu übernehmen, Agentin Louis und Suzan hielten ihre Dienstwaffe schussbereit in den Händen. Agent Wilder und Lieutenant Green stellten sich davor, um auf das Zeichen von Captain Child zu warten.

Captain Child klopfte an die Tür. Nichts geschah. Er klopfte nochmals. Wieder keine Antwort. Er nickte den beiden Rammböcken zu und zog sich rasch von der Tür zurück. Agent Wilder und Lieutenant Green nahmen Anlauf und ließen ihre Füße mit voller Wucht gegen die Tür krachen. Diese bewegte sich leicht, hielt aber im Wesentlichen den Fußtritten stand.

»Los, nochmal!«, befahl Captain Child lautstark. Die Zeit des Flüstern war vorüber.

Wieder gingen beide einen Schritt zurück und traten mehrmals erbarmungslos gegen die Tür, bis sie sich mit einem lauten Knall aus den Angeln löste und krachend zu Boden fiel. Sofort traten Agentin Louis und Suzan mit ihren Waffen im Anschlag auf die unten liegende Tür und betraten vorsichtig die Wohnung. Direkt hinter ihnen war Captain Child, während Agent Wilder und Lieutenant Green als letzte das Zimmer betraten. Captain Child wusste sofort, dass sie den Ort gefunden hatten, den sie suchten. Suzan blickte sich um, während die Agentin die Tür zum Bad langsam öffnete.

»Sauber!«, rief die Agentin.

»Hier auch«, sagte Suzan und steckte ihre Waffe zurück in ihr Holster. »Was zum Teufel ist das hier?«, fragte sie und blickte sich um.

Inzwischen hatten sich alle fünf in dem Zimmer verteilt und blickten sich suchend um. Das Zimmer hatte kein Bett wie die anderen. Das war offensichtlich entfernt worden. An einer Seite der Wand standen zwei Schreibtische, auf denen sich jeweils ein überdimensionaler

Computermonitor befand. Neben einem der Arbeitsplätze stand ein Metallschrank ohne Türen, der fast bis unter die Zimmerdecke reichte. Ein weiterer Tisch schloss sich dem Metallschrank an. Er hatte die Funktion eines Labortisches. Die eine Hälfte war voller Reagenzgläser und kleiner Flaschen, die Flüssigkeiten enthielten. Auf der anderen Hälfte stand ein modernes digitales Mikroskop mit einem Bildschirm. Eine Glasschale stand noch unter dem Objektiv, aber das Gerät schien ausgeschaltet zu sein. In der Mitte des Tisches stand ein großer Glaskolben auf einer Laborwaage, gefüllt mit einer silbrigen Flüssigkeit. Ein Metallgestell über dem Glaskolben hielt eine Vorrichtung, aus der ein grüner pulsierender Lichtstrahl kam und auf die Flüssigkeit gerichtet war.

Agentin Louis stand vor dem Labortisch und betrachtete die Anordnung. Sie wollte sich gerade vorbeugen, damit sie die silbrige Flüssigkeit besser sehen konnte, als Captain Child sie plötzlich nach hinten zog.

»Tun Sie das nicht«, sagte er. »Der Lichtstrahl ist wahrscheinlich ein Laser mit hoher Energiedichte. Im besten Fall verlieren Sie nur Ihr Augenlicht.«

Die Agentin wich erschrocken zurück, weg vom Tisch. »Haben Sie eine Ahnung, was das für eine Flüssigkeit ist?«

»Es sieht aus wie flüssiges Metall, aber ich glaube, es ist kein Quecksilber.«

»Wie können Sie sich da so sicher sein?«

Captain Child drückte auf eine der Tasten der Waage, auf der der Glaskolben stand, und die Anzeige erwachte zum Leben. Die Flüssigkeit in dem Glaskolben begann sich zu bewegen.

»Das ist ein Labor-Magnetrührer mit integrierter Waage und Heizung«, erklärte Captain Child und deutete auf die Digitalanzeige des Geräts. »Die Flüssigkeit ist viel zu leicht für Quecksilber. Wenn die Gewichtsanzeige richtig ist, dann ist es eher flüssiges Aluminium. Das ist aber bei Raumtemperatur nicht flüssig, sondern fest.« Captain Child kratzte sich am Kopf.

»Was heißt das?«

»Dass wir eine Laboruntersuchung benötigen, um herauszufinden, was das für ein Material ist.«

»Und der Laserstrahl?«

»Keine Ahnung. Machen Sie bitte ein paar Bilder von dem Laboraufbau und schicken es gleich in unser Labor. Vielleicht hat dort jemand eine Idee, wozu das Ganze gut sein soll. Achten Sie bitte darauf, dass die Anzeigen des Magnetrührers gut zu lesen sind. Ich möchte so schnell wie möglich wissen, womit wir es hier zu tun haben.«

»Verstanden«, antwortete Agentin Louis.

Suzan machte ebenfalls bereits Fotos von dem Metallschrank, den sie zuvor genauer in Augenschein genommen hatte. Captain Child trat neben sie. »Konnten Sie etwas herausfinden?«

»Ich bin kein Ingenieur, aber ich denke, es ist ein selbstgebauter Computer. Allerdings wurden die Computerchips geöffnet.«

»Geöffnet?«

»Ja, wenn Sie etwas näher ran gehen, dann sehen Sie, dass die schwarzen Gehäuse der Chips geöffnet und dünne Kabel mit dem Inneren der Chips verbunden wurden.«

Captain Child streckte seinen Kopf in den Metallschrank und betrachtete die Computerplatinen. Suzan hatte recht, jemand hatte die Computerchips geöffnet und über Glasfaserleitungen miteinander verbunden. Grüne und rote Leuchtdioden auf den Computerplatinen blinkten hektisch und zeigten Aktivität an.

Captain Child zog seinen Kopf wieder heraus und sah Suzan an. »So etwas habe ich noch nie gesehen. Computerchips, wie sie in jedem gewöhnlichen Computer zu finden sind, sind geöffnet und mit feinen Glasfaserleitungen oder etwas ähnlichem miteinander verbunden worden.«

»Wozu?«, fragte Suzan.

»Die Computerchips sind die Gehirne jedes Computers, Handys oder anderer elektronischer Geräte. Das wäre so, als würden wir unsere Köpfe aufschneiden und unsere Gehirne miteinander verbinden.«

»Und was bringt das?«

»Die Zusammenschaltung unserer Gehirne würde ein neues Supergehirn schaffen, das allen anderen Gehirnen überlegen wäre.«

Suzan zeigte auf den Metallschrank. »Und mit dieser Schaltung hier wurde das Gleiche versucht, nur eben mit den Computerchips? Man will die Rechenleistung der gewöhnlichen Computer erhöhen?«

»Es sieht ganz danach aus, und so wie es scheint, haben sie das auch geschafft. Das ist eine Revolution. Verstehen Sie? Wenn das stimmt, dann haben wir hier einen Computer gefunden, der vielleicht tausendmal mehr Rechenleistung hat als alle Computer der NSA.«

»Woher wollen Sie das wissen?«

»Hören Sie, wer auch immer dahinter steckt, hat es geschafft, unsere Codes zu knacken. Mit heutigen Computern ist das nicht zu schaffen. Ich bin überzeugt, dass hier ein Weg gefunden wurde, die Rechenleistung von Computern drastisch zu erhöhen. Oder aber …« Captain Child wurde plötzlich stumm, sein Blick wurde nachdenklich.

»Oder aber?«, fragte Suzan nach.

»Oder aber, sie oder wer auch immer haben einen Algorithmus gefunden, der in der Lage ist, jeden Code zu knacken.«

»Algorithmus?«

»Einen Rechenweg. Vielleicht existiert eine universelle Rechenvorschrift, die es ermöglicht, jede verschlüsselte Nachricht zu dechiffrieren. Das wäre unglaublich und eine Katastrophe zugleich. Keine verschlüsselte Nachricht auf diesem Planeten wäre mehr sicher.«

»Was machen wir mit dem Ding? Sollen wir es zerstören?«

»Auf keinen Fall. Ich muss erst einen Weg finden, wie wir den Virus stoppen können, ohne den Computer hier zu zerstören.«

»Warum schalten wir ihn nicht einfach ab?«

»Wenn wir das tun, könnten wir das Computerprogramm darin vielleicht für immer verlieren. Nein, wir müssen zuerst das Computerprogramm sichern und dann den Computer abschalten.«

»Captain Child, schauen Sie sich das hier an.« Lieutenant Green stand vor einem der Monitore, der, nachdem sie eine Taste auf der Tastatur gedrückt hatte, angegangen war und eine Art Trichter zeigte.

Captain Child trat vor den Bildschirm und betrachte ebenfalls den Trichter, der sich zu bewegen schien. Die Trichteröffnung wurde abwechselnd mal kleiner und mal größer.

»Ist hier der Computervirus programmiert worden?«, fragte Lieutenant Green.

»Ich denke, das ist möglich, aber ich verstehe nicht, was dieser Trichter auf dem Computermonitor sein soll«, gestand Captain Child ein.

Suzan hatte sich inzwischen neben Lieutenant Green gestellt und betrachtete ebenfalls das Bild. »Verdammt, das ist ein Teil des

ATLAS-Detektors. Und einen ähnlichen Trichter habe ich in der Simulation von Professor Li gesehen.«

»Professor Li?«

»Professor Li untersucht Manipulationen des ATLAS-Detektors, er …«

Captain Child hob die Hand. »Stopp Suzan, wovon sprechen Sie überhaupt?«

»Das CERN will mit DarkSky die Existenz von dunkler Materie nachweisen. Dazu wird der Teilchenbeschleuniger mit einer neuen Höchstleistung betrieben. Leider haben sich in den letzten Tagen Unbekannte Zugriff auf den ATLAS-Detektor verschafft und Einstellungen verändert. Professor Li wollte mit seiner Simulation herausfinden, was die Veränderungen bewirken. Ich habe einen Teil der Simulation gesehen, und dort war auch ein solcher Trichter zu sehen. Genau in der Mitte des ATLAS-Detektors.«

»Sind Sie sicher?«, fragte Captain Child nach.

»Ja.« Suzan deutete auf einen Umriss, der neben der Trichteröffnung zu sehen war. »Diese Konstruktion hier gehört zum ATLAS-Detektor. Hundertprozentig.«

»Wozu dient sie?«, fragte Lieutenant Green.

»Ich weiß es nicht genau, aber ich glaube, darin befindet sich ein Teil der Elektronik für die Detektion der Teilchen, die beim Zusammenstoß der Protonen entstehen.«

»Suzan, wir benötigen die Unterstützung von Professor Li. Er muss uns den Sachverhalt erklären.«

»Ich mache Fotos und schicke sie Henning und dem Professor«, sagte Suzan, nahm ihr Handy und fotografierte den Trichter auf dem Computermonitor.

Captain Child war vor einem anderen Gerät stehen geblieben. Es stand auf einem stabilen Metalltisch in der Ecke des Raums und hatte die Größe eines Kühlschranks. Es handelte sich um einen Profi 3D-Drucker, wie er gewöhnlich benutzt wird, um komplizierte Figuren oder Ersatzteile aus Kunststofffasern herzustellen.

Lieutenant Green war inzwischen neben ihn getreten und betrachtete ebenfalls das Gerät. »Wo ist die Rolle mit den Kunststofffasern? Ich kann keine entdecken.«

»Die Rolle wurde durch diesen Beutel ersetzt«, sagte Captain

Child und zeigte auf einen Beutel, der eine silbrige Flüssigkeit enthielt. Ein Schlauch führte von dem Beutel in den Drucker hinein und endete am Druckkopf.

»Siehst so aus, als ob der Drucker modifiziert wurde, damit er mit der Flüssigkeit aus dem Glaskolben drucken kann. Können Sie sich einen Reim darauf machen? Was zum Teufel soll hier gedruckt werden?«, fragte Lieutenant Green.

»Das werden wir gleich sehen.«

Captain Child öffnete die Plexiglas-Abdeckung des Druckers und griff hinein. Im Inneren befand sich noch das zuletzt hergestellte Werkstück. Es hatte die Form eines kurzen Rohrs, das an einer Seite aufgesägt worden war. Vorsichtig nahm er es in die Hand und fühlte dessen glatte, kalte Oberfläche. Als er seinen Arm mit dem Werkstück wieder aus dem Drucker gezogen hatte, hielt es auf seiner flachen Hand Lieutenant Green entgegen. Die beugte sich etwas hinunter, um es genauer betrachten zu können.

»Es sieht aus wie poliertes Metall. Ist es schwer?«

»Nein, es ist ganz leicht, wie Aluminium, aber es fühlt sich anders an.«

Lieutenant Green fuhr mit einem Finger über die Oberfläche des Gegenstands. »Es fühlt sich seltsam an. Es kribbelt ein wenig in den Fingern, wenn man darüber streicht.«

Lieutenant Green nahm den Gegenstand aus Captain Childs Hand und betrachtete ihn von allen Seiten. Dann schien sie plötzlich zu wissen, wofür er hergestellt worden war, und mit einer schnellen Bewegung steckte sie ihn sich über das linke Handgelenk.

»Sieht aus wie ein Armreif«, sagte sie und hielt den linken Arm hoch. »Nicht mein Stil und ein bisschen zu groß für mich.«

Im gleichen Augenblick bemerkte sie, dass der Armreif begonnen hatte, sich zusammenzuziehen.

»Scheiße, dass Ding bewegt sich«, schrie sie und griff nach dem Armreif, aber ihre Reaktion war nicht schnell genug. Der Armreif hatte sich an ihr Handgelenk angepasst und die Öffnung geschlossen, so dass sie ihn nicht mehr einfach abstreifen konnte. Hektisch versuchte sie, den Armreif in eine Richtung zu schieben, aber er hatte sich so fest geschlossen, dass er nicht mehr zu bewegen war.

»Mist, ich bekomme ihn nicht mehr ab!«

»Lassen Sie mich mal«, sagte Captain Child und versuchte vorsichtig, an dem Armreif zu drehen, aber er bewegte sich keinen Millimeter.

»Nichts zu machen, das Ding sitzt bombenfest.«

»Sägen Sie es auf.« Ihre Stimme klang jetzt ernsthaft besorgt.

Captain Child blickte sich suchend um.

»Moment, irgendetwas passiert«, sagte Lieutenant Green und blickte auf den Armreif.

»Was?«

»Er wird warm. Ich spüre, wie eine Wärme von ihm ausgeht.«

»Das ist völlig unmöglich. Er hat keine Energiequelle.«

»Verdammt, er wird aber warm«, fuhr Lieutenant Green ihren Vorgesetzten an, und wie zum Test legte sie ihre rechte Hand auf den Armreif, um die Wärme zu spüren. Schnell zog sie sie wieder zurück, denn im gleichen Moment hatte der Armreif unter ihren Fingern zu leuchten begonnen. Auf seiner Oberseite schaltete sich eine Art Anzeige an. Symbole kamen zum Vorschein.

»Scheiße, was ist das?«

»Haben Sie Schmerzen?«

»Nein, aber es fühlt sich an, als würde das Ding in meinen Körper eindringen.«

»Was? Wie meinen Sie das?«, fragte Captain Child.

»Ich weiß auch nicht. Ich habe das Gefühl, es verbindet sich mit meinem Körper.«

Captain Child griff panisch nach dem Armreif und rüttelte an ihm. Er saß immer noch fest an Lieutenant Greens Arm und gab keinen Millimeter nach.

Beide starrten jetzt auf die Anzeige, die sich auf dem Armreif gebildet hatte. Ihnen völlig fremde Symbole waren darauf zu sehen. Plötzlich wurde die Anzeige wieder dunkel und verschwand. Lieutenant Green berührte den Armreif wieder und die Anzeige leuchtete wieder auf.

»Sie können die Anzeige offensichtlich durch die Berührung steuern«, stellte Captain Child fest. »Wie fühlen Sie sich jetzt?«

»Soweit okay.«

»Und die Wärme?«

»Ist noch da, aber nicht unangenehm.«

Lieutenant Green überprüfte die Beweglichkeit ihres Handgelenks, konnte aber keine Einschränkung feststellen. Der Armreif hatte sich perfekt an ihr Handgelenk angepasst.

Captain Child blickte auf seine Uhr.

»Lieutenant, ich fürchte, wir müssen uns später damit befassen. Glauben Sie, dass sie so lange mit dem Ding an Ihrem Handgelenk zurechtkommen, bis die Verstärkung hier eingetroffen ist? Ich kann im Augenblick nicht auf Sie verzichten.«

Lieutenant Green rüttelte nochmals an dem Armreif, aber es war nichts zu machen.

Sie verzog ihr Gesicht und blickte Captain Child an. »Bleibt mir wohl nichts anderes übrig.«

»Kommen Sie, sehen Sie sich das an!«, rief Agent Wilder aus dem Badezimmer. »Ich glaube, ich habe etwas gefunden.«

Captain Child und die anderen eilten ins Badezimmer, wo Agent Wilder die Duschkabine untersuchte.

»Sehen Sie sich das an«, wiederholte er und deutete zur Decke der Duschkabine. Dort hing anstelle eines gewöhnlichen Duschkopfes ein Kasten, von der Größe einer flachen Schuhschachtel, der an der Unterseite kleine Löcher aufwies.

»Wasser kommt hier bestimmt keines heraus, denn sonst würde man hier kleine Kalkrückstände sehen können«, sagte Agent Wilder und fuhr mit der Hand über die Löcher an der Unterseite des Kastens.

»Moment, ich glaube, hier ist so etwas wie ein Schalter.« Der Agent hatte an der Seite des Kastens eine kleine Vertiefung ertastet, die er aber von seiner Position aus nicht sehen konnte. Er trat also einen Schritt in die Duschkabine hinein und stand nun direkt unter dem Gerät. Ohne sein Zutun schloss sich die Tür der Duschkabine selbstständig. Im gleichen Moment flammte ein grelles, blaues Licht auf, das aus dem Kasten an der Decke kam. Agent Wilder riss die Hände hoch, um seine Augen zu schützen. Ein brennender Schmerz durchzuckte seinen Körper. Captain Child und die anderen prallten zurück, als sie das Licht traf, und versuchten ebenfalls, ihre Augen zu schützen. Ein gellender Schrei des Agenten ging dem Aufschlag seines Körpers auf dem Boden der Duschkabine voraus. Sein Körper hatte die volle Strahlung des Geräts an der Decke abbekommen, während die anderen das Glück hatten, dass die Glastür der Duschkabine fast die gesamte Strahlung absorbierte. Suzan taumelte rückwärts aus dem Badezimmer, die Hände vor den Augen, und stieß dabei mit

Lieutenant Green zusammen. Beide gingen zu Boden. Captain Child hörte die Schreie der beiden Frauen, wich reflexartig aus und knallte dabei mit seinem Kopf gegen den Türrahmen. Agentin Louis hatte von der Strahlung so gut wie nichts abbekommen und zog Captain Child von der Tür weg in den Raum. Als Agent Wilder auf dem Boden aufschlug, verschwand das grelle blaue Licht, denn offensichtlich hatte er den Bereich des Detektors, der sich an der Unterseite des Kastens befand, wieder verlassen.

»Wilder!«, schrie Captain Child und nahm vorsichtig seine Hände von den Augen. Es dauerte einen Moment, bis er wieder etwas sehen konnte und die Orientierung zurückerlangt hatte. Er lief zurück ins Badezimmer, wo er die Tür der Duschkabine aufriss. Agent Wilder lag regungslos am Boden. Captain Child griff nach dem Arm des Agenten und zog ihn aus der Duschkabine. Agentin Louis kam ihm zu Hilfe und packte den anderen Arm ihres Kollegen. Zusammen zogen sie Wilder aus dem Badezimmer in den Computerraum und legten ihn vorsichtig auf dem Boden ab. Suzan war inzwischen wieder aufgestanden und hatte schon die Notrufnummer des CERN gewählt, um einen Rettungswagen anzufordern.

»Scheiße!«, fluchte die Agentin, als sie den Arm ausstreckte, um den Puls des Agenten zu tasten. Dabei blickte sie in sein Gesicht und sah, dass ihm Blut aus Augen, Ohren und der Nase lief. »Er hat innere Blutungen. Wir brauchen sofort einen Arzt!«, brüllte sie die anderen an.

»Rettungswagen ist unterwegs«, erwiderte Suzan und kniete sich ebenfalls neben den OSI Agenten hin. Sie versuchte, den Puls an der Halsschlagader zu tasten, und spürte, wie ihr warmes Blut über die Hand lief. Sie zog ihre Hand erst zurück, als sie sicher war, dass sie keinen Puls tasten konnte. Sie schüttelte den Kopf.

»Lassen Sie mich ran«, sagte Lieutenant Green, zog die Agentin von ihrem leblosen Kollegen weg, kniete sich neben den regungslosen Körper des Agenten und begann mit der Herz-Druck-Massage. Captain Child kniete ebenfalls am Boden und fing mit Mund-zu-Mund-Beatmung an. Wie ein eingespieltes Team führten die beiden Angehörigen der US Air Force ihre Bewegungen aus, um den Agenten wiederzubeleben.

Plötzlich prallte Lieutenant Green verstört zurück. Ihre Hände steckten tief in dem Brustkorb des Agenten. »Verflucht, was ist das?«

Sie zog ihre Hände heraus und hob sie hoch. Sie waren mit einer Art Staub überzogen. Im selben Moment stoppte Captain Child mit der Beatmung, denn der Kopf des Agenten war nur noch bruchstückhaft zu erkennen. Vor den Augen der Anwesenden zerfiel der Körper des Agenten. Zurück blieb lediglich eine graue Masse.

»Oh mein Gott!«, stöhnte Suzan auf und hielt sich die Hand vor den Mund. In ihren Augen stand das blanke Entsetzen.

Alle hatten sich inzwischen von den Resten des Agenten entfernt und standen völlig schockiert und fassungslos da.

»Was zum Teufel ist das?«, fragte Lieutenant Green.

»Keine Waffe, die wir kennen«, seufzte Captain Child.

40

Agentin Louis blieb im Gästehaus bei ihrem toten Kollegen und wartete auf das Eintreffen des Notarztes, der seinen Tod offiziell bestätigen musste. Suzan hatte Walter informiert und gebeten, in das Gästehaus zu kommen, um die Agentin zu unterstützen. Jetzt saßen Captain Child, Lieutenant Green und Suzan in dem Wagen der OSI Agenten in Richtung des ATLAS-Detektors, um endlich herauszufinden, wer versuchte, die Kontrolle über den ATLAS-Detektor am CERN zu bekommen. Sie hatten sich für diesen Wagen entschieden, denn vielleicht würden sie die Standardausrüstung der OSI Agenten für Auslandseinsätze, die sich im Kofferraum befand, noch benötigen. Captain Child musste dem General dringend einen Statusbericht geben, um ihn über die neuesten Entdeckungen zu informieren. Zudem wollte er wissen, ob die Einheit des Space Commands inzwischen in Ramstein eingetroffen war und es neue Erkenntnisse gab. Er drückte die Kurzwahltaste für General Carters Nummer, und nach wenigen Augenblicken hörte er die sonore Stimme des Generals.

»Captain Child! Endlich! Wie ist die Lage bei Ihnen?«, fragte der General.

»General, wir haben den Computer gefunden, mit dem der Virus kommuniziert hat. Er steht in einem Gästehaus des CERN, aber als wir in das Zimmer eingedrungen sind, war niemand mehr da.«

»Haben Sie Anzeichen gefunden, dass die Russen oder Chinesen etwas damit zu tun haben?«

»Nein Sir, die Sache ist komplizierter als gedacht.«

»Wie meinen Sie das? Die Sache ist doch jetzt schon undurchsichtig. Ich muss wissen, wer dahinter steckt, und zwar schnell.«

»Hören Sie, General, das gesamte Gästezimmer ist mit Ausrüstung vollgestopft, deren Zweck wir nicht erkennen können. Bei der Untersuchung einer Art Lichtdusche wurde Agent Wilder getötet. Eine unbekannte Strahlung hat ihn innerhalb von einer Minute in eine undefinierbare Masse verwandelt.«

»Verdammt! Was ist mit den anderen? Sind sie in Ordnung?«, fragte der General nach. In seiner Stimme lag keinerlei Emotion, denn in dieser Situation musste er als befehlshabender Kommandant einen klaren Kopf behalten.

»Wir sind okay, aber ich habe keine Erklärung dafür, was den Agenten getötet haben könnte. General, schicken Sie mir eine Einheit des Space Commands hierher, um das Gästehaus abzuriegeln und die sichergestellte Ausrüstung zu untersuchen.«

»Captain, ich fürchte, Sie sind vorerst auf sich alleine gestellt. Der Virus greift immer tiefer in unsere Infrastruktur ein. Der Präsident hat DEFCON 2 angeordnet. Die Russen und Chinesen haben ähnliche Ausfälle in ihren Verteidigungssystemen gemeldet. Die Russen denken, die Chinesen sind es, und die Chinesen denken, wir haben die Finger im Spiel. Captain, wenn wir nicht bald die Ursache finden, dann besteht die Gefahr eines Angriffs. Die Lage ist außerordentlich ernst.«

»Sir, ich denke nicht, dass hier die Chinesen oder Russen etwas damit zu tun haben.«

»Haben Sie Beweise dafür?«

»Noch nicht. Ich bin überzeugt, dass jemand anderes dahinter steckt. Ich kann noch nicht sagen, wer oder was, aber wir sind gerade auf dem Weg zum ATLAS-Detektor des CERN, und ich erwarte, dass wir dort die Antworten finden werden, die wir suchen.«

»Haben Sie den Computer im Gästehaus zerstört?«

»Nein, noch nicht. Ich denke, wir müssen vorsichtig sein. Wir wissen nicht, was passiert, wenn wir die Kommunikationsbasis des Virus' zerstören.«

»Das Risiko müssen wir eingehen. Wir müssen den Virus sofort stoppen. Wer befindet sich noch vor Ort?«

»Agentin Louis.«

»Sehr gut. Ich werde ihr befehlen, sofort den Computer zu zerstören und die Kommunikation zu unterbinden.«

»Verstehe, Sir. Ich werde Sie sofort informieren, sobald wir am ATLAS etwas gefunden haben.«

»Verstanden, Captain Child. Viel Glück.«

Captain Child trennte die Verbindung und steckte das Handy zurück in seine Hosentasche.

Henning trat stärker auf die Bremse, als er es eigentlich vorgehabt hatte, so dass Priya fast mit dem Kopf gegen die Windschutzscheibe gestoßen wäre. Sie hatte sich nicht angeschnallt, da sie keine Zeit beim Aussteigen verlieren wollte. Nachdem sie ihre Tasche mit ihrem Laptop vom Fußraum des Beifahrersitzes aufgehoben hatte, öffnete sie die Tür und stieg aus. Henning stand bereits neben ihr und blickte auf die Eingangstür, die in den Kontrollraum des ATLAS' führte. In den letzten Tagen hatte diese immer offen gestanden, um in dem überfüllten Raum die Versorgung mit frischer Luft zu verbessern. Jetzt war sie geschlossen, und dies verhieß nichts Gutes. Henning und Priya versuchten, sie zu öffnen, doch sie war – wie erwartet – verschlossen. Henning hämmerte mit Fäusten dagegen, in der Hoffnung, dass jemand von innen den Lärm hören und aufmachen würde. Aber nichts geschah. Nichts regte sich. Schließlich trat Priya ein paar Meter zurück und blickte sich um. Sie suchte nach einer anderen Möglichkeit, in das Gebäude zu gelangen. Resigniert zog sie das Walkie-Talkie von ihrem Gürtel und drückte die Sprechtaste.

»Professor Breuer für Priya Singh, kommen.«

»Hier Breuer, sprechen Sie«, kam sofort die Antwort aus dem Walkie-Talkie. Der Professor hatte offensichtlich auf diese Kontaktaufnahme gewartet.

»Professor, die Tür zum ATLAS Kontrollraum ist verschlossen und lässt sich nicht öffnen. Können Sie sie elektronisch öffnen?«

»Ja, das geht. Warten Sie.«

Professor Breuer schaute im Hauptkontrollraum zum SLIMOS, der die Unterhaltung mit angehört hatte und bereits mit seinem Stuhl einen Platz weiter nach rechts rollte, um an ein anderes Computerterminal zu gelangen. Er öffnete ein Programm, das den gesamten Grundriss aller CERN Gebäude anzeigte, und klickte auf das ATLAS Gebäude. Es wurde nun so vergrößert, dass es den gesamten Computerbildschirm einnahm. Ein kleines Symbol zeigte an, dass die Tür zum ATLAS abgeschlossen war. Der SLIMOS klickte mit seiner Maus auf das Symbol, das sich normalerweise in ein geöffnetes Schloss verwandeln sollte, aber es passierte nichts. Er versuchte es ebenfalls an den anderen Zugängen zum ATLAS Gebäude, mit dem gleichen Ergebnis. Der Zugang konnte von hier aus nicht geöffnet werden. Irgendjemand hatte die Computersteuerung der Gebäude-Schließanlage außer Betrieb gesetzt oder so manipuliert, dass die Fernsteuerung der Türen nicht mehr möglich war.

»Verflucht nochmal«, ließ Professor Breuer seiner Wut freien Lauf.

Er wischte sich die Schweißperlen von der Stirn und hielt sich dann das Walkie-Talkie wieder vor den Mund.

»Dr. Singh, der Fernzugriff funktioniert auch nicht. Wir können die Eingangstür von hier aus auch nicht öffnen. Tut mir leid.«

»Verstanden«, kam es aus dem Walkie-Talkie. »Moment, hier kommt gerade Suzan an. Vielleicht weiß sie, wie wir in das Gebäude kommen können. Wir melden uns später wieder. Singh, Ende«, sagte Priya und beendete das Gespräch.

»Professor, trinken Sie etwas«, sagte Maren, die neben Professor Breuer getreten war und ihm ein Glas Wasser reichte. Der Generaldirektor des CERN sah blass und müde aus und machte den Eindruck, als ob er jeden Moment zusammenklappen würde.

Wortlos nahm Professor Breuer das Glas und leerte den Inhalt in einem Zug. »Ich brauche jemanden, der mich zum ATLAS fährt«, sagte Professor Breuer zum SLIMOS.

»Das mache ich«, sagte Maren sofort. »Mein Lieferwagen steht direkt vor der Tür.«

Professor Breuer schaute zum SLIMOS. »Sie halten mich auf dem Laufenden, verstanden?«, befahl er und nahm das Walkie-Talkie. Der SLIMOS nickte stumm.

»Los, gehen wir!«, sagte er zu Maren und setzte sich in Bewegung. Allerdings kam er nicht weit, denn eine Gruppe von Journalisten baute sich vor ihm auf.

»Professor, was ist hier eigentlich los? Wir verlangen eine Erklärung von Ihnen! Hat sich ein Schwarzes Loch im ATLAS-Detektor gebildet?«, fragte eine ausländische Journalistin aufgeregt.

Professor Breuer räusperte sich und wischte sich erneut den Schweiß von der Stirn. »Mir liegen im Augenblick leider keine gesicherten Erkenntnisse über den Zustand des ATLAS-Detektors vor. Die Möglichkeit, dass sich ein Schwarzes Loch gebildet hat, ist sehr gering, aber leider nicht ganz Null.«

»Warum können Sie den Detektor von hier aus nicht abschalten?«, fragte ein Wissenschaftsjournalist des BBC Discovery Channels.

Professor Breuer wusste, dass er hier raus musste, da er sowieso keine Antworten auf die Fragen der Journalisten hatte. Er musste sich erst selbst ein Bild vor Ort machen.

»Ich verstehe, dass Sie viele Fragen haben, aber ich kann Ihnen im

Augenblick auch nicht mehr dazu sagen. Ich werde jetzt zum ATLAS fahren, um herauszufinden, was dort los ist. Sie alle möchte ich allerdings bitten, Ruhe zu bewahren und hier im Hauptkontrollraum zu bleiben, denn hier sind Sie sicher und erfahren als Erste, was passiert ist.«

Professor Breuer wollte seinen Weg zum Ausgang fortsetzen, dann stoppte er jedoch nochmals und wandte sich abermals an die Journalisten.

»Und ich würde Sie bitten, Ihre Berichte an Ihre Redaktionen noch etwas zurückzuhalten, bis wir wissen, was am ATLAS wirklich los ist. Wir alle hier haben uns der Wissenschaft verschrieben, und es wäre unvernünftig, wenn wir vorschnell die Lage dramatischer machen würden als sie vielleicht in Wirklichkeit ist. Wir sollten jetzt alle einen kühlen Kopf bewahren. Ich danke Ihnen.«

Priya und Henning eilten Suzan entgegen, und erst jetzt sahen sie, dass noch zwei weitere Personen aus dem Wagen ausgestiegen waren. Sie trugen beide Militäruniform, und Priya erkannte den Mann sofort wieder, mit dem sie noch am Morgen eine Videokonferenz hatte. Priya ging direkt auf Captain Child zu, der Priya ebenfalls sofort erkannte, und streckte ihm ihre Hand entgegen.

»Sie kommen wie gerufen, Captain Child. Wir kommen nicht in das Gebäude hinein«, begrüßte Priya ihn. Er hatte einen festen Händedruck.

»Priya, das ist Lieutenant Green. Sie unterstützt mich.« Priya und Lieutenant Green gaben sich kurz die Hand.

»Und das ist Dr. Finnley. Er unterstützt mich«, sagte sie grinsend und machte etwas Platz, damit Henning den beiden Ankömmlingen die Hand schütteln konnte.

»Die Eingangstür zum ATLAS ist verschlossen, und wir kommen nicht hinein. Die Software der Schließanlage funktioniert ebenfalls nicht mehr«, sagte Henning, während er Lieutenant Greens Hand schüttelte. »Suzan, gibt es eine andere Möglichkeit, in das Gebäude zu gelangen?«

»Ich fürchte nicht. Konnten Sie Kontakt mit Personen innerhalb des Gebäudes aufnehmen?«

»Nein. Es scheint niemand drin zu sein«, antwortete Priya.

»Das kann nicht sein. Es müssen mindestens fünfzig Leute in dem

Gebäude sein – Techniker, Wissenschaftler und Journalisten. Notfalls müssen wir die Tür eben aufbrechen.«

»Lassen Sie mich das machen«, sagte Captain Child und zog seine Waffe.

»Sir«, mischte sich jetzt Lieutenant Green ein. »Vielleicht sollte besser ich …«

Captain Child steckte seine Waffe wieder zurück und nickte Lieutenant Green zu. Er wusste, dass sie für diese Aufgabe die besseren Qualifikationen hatte.

Lieutenant Green ging an die Tür des ATLAS Gebäudes und inspizierte das Schloss. Mit ihren kleinen Werkzeugen würde sie hier nicht weiter kommen, denn das Schloss war weitaus komplexer und zudem hatten sie keine Zeit zu verlieren. In diesem Fall musste sie wohl oder übel die schnelle Methode wählen. Sie gab den anderen ein Zeichen, in sicherer Entfernung zu warten. Dann hob sie die Waffe, zielte und drückte ab. Das Projektil trat an der gewünschten Stelle in die Tür ein und verrichtete seine Arbeit. Der Schließmechanismus war zerstört. Lieutenant Green zog an dem Griff, aber die Tür gab nur einen kleinen Spalt nach. Mit voller Kraft rüttelte sie daran, und nach einem dumpfen Schlag, der das Herausfallen des Schließbolzens signalisierte, ließ sich die Tür endlich öffnen. Lieutenant Green hob die Hand mit dem Daumen nach oben zum Zeichen, dass der Eingang jetzt offen war.

Während sie die Tür aufhielt, traten zuerst Suzan, dann Captain Child mit Priya und zum Schluss Henning und Lieutenant Green in den Raum. Ein rotes Licht blinkte an der Decke, und Priya blickte zu der Stelle, an der sich der Feuermelder befand. Die Scheibe des Melders war bereits eingeschlagen, aber die erhoffte Abschaltung des ATLAS-Detektors hatte offensichtlich nicht stattgefunden. Jemand hatte den Schaltkreis des Feuermelders vom restlichen System getrennt, um eine Notabschaltung zu verhindern. Wieder stellte Priya fest, dass hier keine Anfänger am Werk waren.

Die fünf drangen tiefer in das ATLAS Gebäude ein und kamen zum Kontrollraum des ATLAS-Detektors. Suzan und Captain Child hatten ihre Waffen immer noch gezogen, um im Falle eines Angriffs schnell reagieren zu können.

»Was zur Hölle ist hier passiert?«, presste Suzan schockiert hervor, als sie die Verwüstung im Kontrollraum sah. Stühle lagen kreuz und quer auf dem Boden, Reste von Laptops lagen überall herum, ausgelaufene Wasserflaschen bildeten Pfützen auf den Tischen der Kontrollpulte und auf dem Boden.

»Es gab offensichtlich eine Panik«, sagte Henning zu den anderen, die sich langsam im Kontrollraum verteilten.

»Ja, aber wo sind all diese Menschen?«, fragte Priya und blieb vor einer merkwürdigen Substanz auf dem Boden stehen.

»Henning, schau dir das mal an!«

Henning kam zu Priya gelaufen und ging in die Hocke.

»Sieht aus wie geschmolzenes Aluminium. Könnte von einem Laptop stammen«, stellte Henning fest, während er seine Hand vorsichtig über die Substanz hielt.

»Ist noch etwas warm. Der Kampf oder was auch immer hier stattgefunden hat, ist noch nicht allzu lange her.«

»Hier drüben, kommen Sie mal zu mir!«, rief Suzan von der anderen Seite des Kontrollraums. Auch sie kniete neben einer nicht identifizierbaren Masse.

»Was, zum Teufel, ist das?«, fragte Henning. Priya trat neben ihn.

»Keine Ahnung, riecht irgendwie komisch«, sagte Priya und hielt sich die Nase zu.

Inzwischen war auch Lieutenant Green hinzugekommen. »Das sind Reste von Fleisch, das einer sehr hohen Temperatur ausgesetzt war.«

Schockiert über diese Erkenntnis machten Henning und Priya einen Satz zurück.

»Mein Gott, was war hier los, was ist das?«, fragte Henning.

»Wenn wir in Afghanistan wären, würde ich sagen, Napalm wurde eingesetzt. Aber hier? Sehr merkwürdig.«

»Priya, kommen Sie bitte mal zu mir«, rief Captain Child. Er hatte vor einem der Computer Platz genommen und versuchte, Informationen über den Status des ATLAS-Detektors abzurufen. Da er das System nicht kannte, hatte er sich in einigen Untermenüs des Programms verirrt und fand nicht die gesuchte Information.

Priya trat hinter ihn und sah, dass er ein Unterprogramm aufgerufen hatte und nur die Messdaten der letzten paar Monate zu sehen bekam.

»Ich versuche, den Systemstatus der Anlage abzufragen, aber ich kann das entsprechende Diagnoseprogramm nicht finden.«

»Lassen Sie mich mal«, sagte Priya zu Captain Child, der aufgestanden war, um ihr Platz zu machen.

»Ich habe in den letzten Tagen etwas Zeit mit einem der SLIMOS'
am Rechner verbracht, und er hat mir die Grundzüge der Steuerungs-,
Status- und Diagnosesoftware erklärt. Um den Status der gesamten
Anlage auf den Schirm zu bekommen, müssen Sie das Programm
LHC-Status starten.« Priya klickte auf das Symbol und nach wenigen
Augenblicken erschien eine grafische Oberfläche.

»Sehen Sie, hier können sie die Energie des Beschleunigers
abfragen.« Priya klickte auf weitere Knöpfe des Computerprogramms,
und eine neue Grafik erschien.

»Holy Shit«, stöhnte Priya. »Der Beschleuniger läuft immer noch
und wird in vierzig Minuten die maximale Energie erreicht haben. Es
besteht dann die Gefahr, dass sich ein Schwarzes Loch bilden wird.«

»Was sagen Sie da? Ein Schwarzes Loch?« Captain Child sah
Priya mit aufgerissenen Augen an.

»Ach so, das können Sie ja noch gar nicht wissen. Professor Li hat
es geschafft, mit den manipulierten Daten des ATLAS Steuerungscomputers eine Simulation durchzuführen, und er ist sich sicher, dass
beim Erreichen der maximalen Energie von siebzehn Tera-Elektronenvolt ein Schwarzes Loch mitten im ATLAS-Detektor entstehen wird.«

»Ein Schwarzes Loch? Wie sicher ist sich dieser Wissenschaftler?«

»Er hat noch zwei weitere Wissenschaftler von einem NASA For-
schungslabor hinzugezogen, und die beiden stützen seine These.«

»Was wären die Auswirkungen?«

»Nun, Teilchenphysik ist nicht mein Fachgebiet, aber soviel ich
verstanden habe, könnte unser gesamtes Sonnensystem in das Loch
gezogen werden. Was das bedeutet, muss ich sicherlich nicht erklären.
Deshalb müssen wir den Beschleuniger so schnell wie möglich
abschalten. Er darf auf gar keinen Fall seine maximale Energie erreichen.«

»Verstanden. Aber wie hängt das alles mit dem Computervirus und
dem Beschuss unseres Hubschraubers zusammen?«

»Beschuss?«, fragte nun Priya erstaunt nach.

»Auf dem Weg hierher wurde unser Hubschrauber von einem
Tiger Hubschrauber der Bundeswehr beschossen. Offensichtlich hatte
der Virus den Tiger an eine bestimmte Stelle gelockt, auf uns gewartet
und dann das Feuer eröffnet. Unser Hubschrauber ist in einen Fluss
gestürzt, aber Lieutenant Green und ich konnten vor dem Aufschlag

abspringen.«

»Was für ein gerissenes Miststück.« Priya schüttelte den Kopf.

Inzwischen war auch Henning zu den beiden gekommen, um zu sehen, ob sie etwas herausgefunden hatten.

»Wir haben den Standort des Computers gefunden, mit dem der Virus kommuniziert hat!«, fuhr Captain Child fort und blickte Henning an.

»Lassen Sie mich raten. Es ist einer der CERN Computer, richtig?«

»In einem der Gästehäuser des CERN fanden wir eine merkwürdige Maschine. Es scheint ein spezialisierter Computer oder so etwas Ähnliches zu sein. So etwas habe ich noch nicht gesehen. Priya und Dr. Finnley, mich würde Ihre Meinung dazu interessieren. Wir sollten uns das so bald wie möglich gemeinsam ansehen.«

»Einverstanden«, sagten Henning und Priya nahezu zeitgleich.

»Wir haben auch eine Art umgebauten 3D-Drucker gefunden und einige Bauelemente, die zuvor damit hergestellt wurden. Die eingesetzte Technologie ist mir völlig unbekannt. Falls diese Technologie hier am CERN entwickelt worden ist, dann scheint unser Geheimdienst nichts davon mitbekommen zu haben.«

»Sie überwachen das CERN?«, fragte Henning empört.

Captain Child zuckte nur mit den Schultern. »Im Badezimmer des Gästehauses ist der Duschkopf durch etwas Anderes ersetzt worden und emittiert eine tödliche Strahlung, sobald sich jemand darunter befindet. Leider haben wir das zu spät bemerkt. Agent Wilder ist tot. Er war der Strahlung nur einige Sekunden ausgesetzt, und jetzt ist praktisch nichts mehr von ihm übrig. Nur eine graue Masse.«

»Agent Wilder – tot? Jesus!«, stieß Priya erschüttert hervor.

»Wozu dient diese Strahlung?«, fragte Henning.

»Auch das ist mir ein Rätsel. Ich habe keine Ahnung. Absolut keine«, gab Captain Child zu. »General Carter hat angeordnet, dass der Computer im Gästehaus, oder was auch immer das ist, sofort abgeschaltet oder zerstört werden muss. Agentin Louis hat den Befehl dazu bekommen.«

»Sind Sie sicher, dass der Computervirus gestoppt wird, wenn sein Server zerstört wird?«, fragte Henning.

»Nein, aber wir können kein Risiko eingehen. Der Virus richtet immer mehr Schaden an und hat unsere Streitkräfte zu einem Großteil lahmgelegt. Die Chinesen und Russen sind auch schon betroffen, und wenn wir das Ding nicht stoppen, ist es nur eine Frage der Zeit, bis einer die Nerven verliert und einen Krieg beginnt. Wir befinden uns in einer unfassbar ernsten Krise. Atomkrieg oder Untergang durch ein Schwarzes Loch. Es ist nicht zu glauben. Wir stecken ziemlich in der Scheiße.«

»Das kann man wohl sagen. Aber wie passt das alles hier zusammen?«, fragte Henning. »Was haben wir übersehen? Welches Puzzle-Teil fehlt uns?«

»Keine Ahnung. Jemand treibt hier ein ganz krankes Spiel mit uns«, antwortete Priya.

Suzan kam aus dem Nachbarraum zu den anderen hinzu. »Niemand mehr zu finden. Diese Ebene ist wie leergefegt. Priya, können Sie anhand der TrueScan Log-Dateien überprüfen, ob die Leute das Gebäude verlassen haben?«

»Ja, kann ich. Ach übrigens, ich hatte noch keine Zeit, Ihnen das zu sagen, aber an dem Tag, an dem Ihr Vorgänger verschwand, sind tatsächlich zwei Zeros detektiert worden. Leider wurde damals auch kein Alarm ausgelöst.«

»Hatte ich mir fast gedacht. Haben die Personen das Gebäude betreten oder verlassen?«

»Verlassen. Nachts, so gegen 2 Uhr.«

»Und wann sind sie eingedrungen?«

»Das ist ja das Merkwürdige. Gar nicht.« Priya hatte inzwischen ihren Laptop aus dem Stand-by Betrieb wieder aufgeweckt und zeigte auf eine Tabelle.

»Sehen Sie hier, um 2.12 Uhr in der Nacht haben die Scanner das Verlassen zweier Zeros detektiert. Aber ich finde keinen Eintrag, wann die Zeros das Gebäude betreten haben könnten. Ich bin zurück bis zum Tag der Installation von TrueScan hier am CERN. Keine Zeros.«

»Das verstehe ich nicht«, sagte Suzan zu den anderen. »Wie kann jemand ein Gebäude verlassen, ohne es betreten zu haben?«

Niemand antwortete.

»Shit! TrueScan ist offline«, fluchte Priya mit Blick auf ihren Laptop. »Ich fürchte, der Virus hat unseren TrueScan Server übernommen. Ich kann mich nicht mehr einloggen, und die einzelnen Scanner liefern auch keinen Heartbeat mehr. Außerdem ist das WLAN

Signal fast nicht mehr zu gebrauchen. Und das, obwohl ich fast unter dem Router sitze.« Priya zeigte zur Decke.

Hennings Handy klingelte. Auf dem Display sah er, dass Professor Li über Skype anrief. Er nahm das Gespräch an und schaltete auf Lautsprecher, damit die anderen das Gespräch mit anhören konnten.

»Hallo, Professor Li, hier ist Henning Finnley.« Am anderen Ende der Leitung war Professor Lis Stimme zu hören, aber es waren nur Bruchstücke zu verstehen. »Ha … wir hab … muss …«

»Professor, irgendetwas stört die Handyverbindung. Ich gehe nach draußen, damit wir einen besseren Empfang haben. Warten Sie bitte einen Moment.«

Henning lief los, und Captain Child folgte ihm nach draußen. Priya versuchte weiter, dem Computersystem Informationen zu entlocken.

Draußen angekommen, entfernte sich Henning so weit vom ATLAS Gebäude, bis er drei Balken auf der Empfangsanzeige seines Handys hatte. Jetzt sah er auch wieder das Bild von Professor Li auf dem Display. Dieser sah fürchterlich aus. Das wenige Haar, das er noch hatte, lag verschwitzt über seiner Stirn verteilt, und seine Augen waren gerötet.

»Professor Li, können Sie mich jetzt besser verstehen?«

»Ja, ich kann Sie und eine weitere Person gut erkennen und hören«, antwortete der Professor.

»Der Mann neben mir ist Captain Child von der US Air Force. Er hilft uns hier. Professor, was haben Sie herausgefunden?«

»Dr. Finnley, ich fürchte, wir haben etwas Schreckliches getan. Die vielen Gegner des CERN, die wir immer als Spinner abgetan haben, hatten Recht mit ihrer Angst, dass wir die ganze Welt ins Unheil stürzen. Wir haben die Büchse der Pandora geöffnet und eine Grenze überschritten. Kennen Sie Dürrenmatts *Die Physiker*?«

Henning sah Captain Child an. Er schüttelte nur leicht den Kopf.

»Ja, es geht darin um die Verantwortung der Wissenschaft. Aber können Sie uns nicht einfach sagen, was Sie entdeckt haben? Die Zeit läuft uns davon.« Henning wurde ungeduldig und wollte jetzt keine Diskussion über Gebote und Verbote der Wissenschaft. Der Zeitpunkt erschien ihm mehr als ungelegen.

»Also gut«, begann Professor Li. »Ich habe mir mit meinen Kollegen, Professor Wilkinson und Kate, äh, ich meine Professor Miller, nochmals die manipulierten Daten des ATLAS Steuerungsrechners angesehen, und wir kamen zu dem Schluss, dass es eigentlich nur zwei Parameter sind, die maßgeblich für das Schwingen des Magnetfelds verantwortlich sind. Wir nennen sie die Primär-Parameter. Die anderen Parameter sind dafür irrelevant. Wir haben die Primär-Parameter mit den Parametern verglichen, die vor einem halben Jahr durch einen Fehler hier am CERN irrtümlich eingestellt wurden und sie sind gleich.« Der Professor machte eine bedeutungsvolle Pause, denn er erwartete eine Reaktion.

»Okay, und was bedeutet das?«, fragte Henning, dem der Zusammenhang offensichtlich nicht klar war.

»Ich will damit sagen, dass ein simpler Übertragungsfehler vor einem halben Jahr dazu geführt hat, dass wir ein oszillierendes Magnetfeld inmitten des ATLAS-Detektors geschaffen haben. Dort, wo die beiden Protonenstrahlen aufeinandertreffen. Können Sie mir folgen?«

»Ja, fahren Sie fort«, drängte Henning Professor Li.

»Die Simulation, die daraufhin von mir gestartet wurde, zeigte eine Singularität in der Raumzeit, und unsere Schlussfolgerung war, dass wir damit ein Schwarzes Loch schaffen würden. Mitten im ATLAS-Detektor.« Professor Li wiederholte sich. Seine Stimme klang jetzt verzweifelt. »Inzwischen ist die Simulation weiter fortgeschritten, und Professor Wilkinson hat noch einen weiteren Physiker aus dem Bett geklingelt, um mit uns zusammen die Ergebnisse zu bewerten.«

»Und?« Hennings Nerven waren kurz vor dem Zerreißen. Er wollte endlich wissen, was dort, hundert Meter tief unter der Erde, in dem verdammten ATLAS-Detektor vor sich ging.

»Ein Schwarzes Loch würde mit großer Wahrscheinlichkeit in sich selbst zusammenfallen, da die Hawkings-Strahlung zu viel Energie aus dem Loch abführen würde. Ist Ihnen die Theorie der Hawkings-Strahlung bekannt?«

»Äh, ja. Aber nur rudimentär«, antwortete Henning.

»Nun, die Hawkings-Strahlung ist …«, fuhr Professor Li fort und war wieder in der Rolle des Universitätsprofessors.

Henning wollte jetzt aber keine Vorlesung zur Quantenphysik hören, sondern wissen, was vor sich ging, und unterbrach den Redefluss des Professors.

»Professor, bitte. Könnten Sie sich kurzfassen? Die Lage ist extrem kritisch hier.«

»Meinetwegen. Um es kurz zu machen, wir gehen nicht mehr von der Entstehung eines Schwarzen Lochs aus.«

»Was?«, fragte jetzt Captain Child.

»Dann droht keine Gefahr vom ATLAS-Detektor?«, wolle Henning wissen. Er war sichtlich verwirrt. War die ganze Aufregung umsonst? Hatte er seine Firma und seine Karriere umsonst aufs Spiel gesetzt? Aber wo waren all die Leute aus dem ATLAS Kontrollraum geblieben? Er hatte das Gefühl, gar nichts mehr zu verstehen.

»Nein«, sagte Professor Li. »Es ist schlimmer.«

Schlimmer? Was sollte schlimmer sein als ein Schwarzes Loch?

»Dr. Finnley, wir gehen davon aus, dass im Mittelpunkt des ATLAS-Detektors eine Einstein-Rosen-Brücke entstehen wird. Mit anderen Worten, ein Wurmloch in eine andere Raumzeit. Jemand oder Etwas versucht, eine Brücke von hier aus an einen anderen Ort im Universum zu schlagen. Oder jemand versucht, in die Zukunft oder in die Vergangenheit zu reisen. Vielleicht auch beides.«

Henning und Captain Child schauten sich fassungslos an.

»Sagten Sie Wurmloch?«, fragte Captain Child nach. Er war sich nicht sicher, ob er den Professor richtig verstanden hatte.

»Ja. Ein Wurmloch!«, bestätigte Professor Li.

»Sie sagen, die CERN Wissenschaftler haben durch Zufall vor sechs Monaten ein Wurmloch im ATLAS-Detektor erzeugt? Habe ich Sie richtig verstanden?«

»Exakt. Und irgendjemand oder irgendetwas kam durch das Loch hier zu uns und versucht nun anscheinend, wieder eines zu erzeugen.«

Henning traute seinen Ohren nicht. »Wollen Sie damit sagen, dass wir Außerirdische hier haben, die durch das Wurmloch zu uns kamen?«

»Die Analyse der Daten und der Geschehnisse hier am CERN seit der irrtümlichen Erzeugung des Wurmlochs lassen leider keinen anderen Schluss zu. Wir müssen davon ausgehen, dass wir nicht mehr alleine auf der Erde sind.«

»Die Zeros«, murmelte Henning vor sich hin.

»Die Zeros«, wiederholte er dann, so dass es alle verstehen konnten. »Die Zeros sind unsere Besucher, die durch das Wurmloch kamen. Deshalb haben die Scanner nicht angeschlagen. Nur durch einen Zufall wurde entdeckt, dass Personen oder was auch immer, unerlaubten Zutritt in Bereiche hatten, in denen sie eigentlich nichts zu suchen hatten.«

»Die fremdartige Technologie in dem CERN Gästehaus«, kam die Erkenntnis von Captain Child. »Unter der Annahme, dass wir es hier nicht mit menschlicher Technik zu tun haben, macht das auf einmal einen Sinn. Die Besucher nutzen unsere hier verfügbare Technologie und heben sie mit ihrem Wissen auf eine neue Ebene. Nur so ist es erklärbar, dass sie einen Virus schreiben konnten, der mühelos unsere Codes geknackt hat.«

»Vielleicht sind sie ja nur durch das Wurmloch hier gestrandet und wollen einfach wieder zurück«, setzte Henning den Gedankengang von Captain Child fort.

»Vielleicht. Aber bis wir das wissen, sollten wir sehr vorsichtig sein.«

»Das Verschwinden von Suzans Vorgänger wäre jetzt auch erklärbar. Nach dem Zwischenfall am CERN vor einem halben Jahr ging er zu dem Detektor hinunter und verschwand auf Nimmerwiedersehen. Vielleicht ist er in das Wurmloch geraten?«

»Unglaublich, aber denkbar.«

»Professor Li«, fragte Henning. »Wie stabil ist das Wurmloch?«

Professor Li antwortete, aber die beiden Männer konnten nichts verstehen, denn die Übertragung wurde zunehmend schlechter. Plötzlich brach die Verbindung komplett zusammen und die Leitung war tot. Das Handy in Hennings Hand hatte keinen Empfang mehr. Das Handynetz war zusammengebrochen.

Captain Child zog sein satellitengestütztes Handy aus der Tasche und wischte über den Bildschirm. Er gab seinen Entsperrcode ein und legte den Finger auf den Fingerabdruckscanner. Es war entsperrt.

»Verdammt«, fluchte Captain Child. »Ich kann keinen Satelliten erreichen. Ich muss mein Oberkommando über die neue Situation informieren, aber ohne eine stabile Verbindung ist das nicht möglich.«

»Ich fürchte, wir sind auf uns alleine gestellt«, schlussfolgerte Henning. Die beiden Männer schauten sich an. Captain Child nickte.

In diesem Augenblick stoppte ein Lieferwagen eines Catering Service direkt neben ihnen.

41

Professor Breuer und Maren stürmten aus dem Lieferwagen auf Henning zu. Den Mann, der bei Henning stand, hatte der Professor noch nie zuvor gesehen, aber die militärische Kleidung verriet ihm sofort, dass sich hier eine weitere Partei eingeschaltet hatte.

»Dr. Finnley«, rief Professor Breuer schon aus einigen Metern Entfernung. »Wie ist der Stand der Dinge hier?« Der Generaldirektor kam näher und sah Captain Child an.

»Wer sind Sie, und was haben Sie hier zu suchen?«, schnauzte Professor Breuer Captain Child an.

»Professor Breuer, ich bin Captain Child vom Space Command der US Air Force. Ich bin hier auf ausdrücklichen Befehl des US Präsidenten ...«

»Ihr Präsident hat hier nichts zu sagen, das sollten Sie wissen. Der Status des CERN ist ...« Henning musste dieses Wortgefecht unterbrechen, denn jetzt war keine Zeit für diplomatische Spielereien.

»Professor Breuer«, drängte sich Henning ins Gespräch, »Captain Child ist hier, weil ein Computervirus gerade dabei ist, einen dritten Weltkrieg auszulösen und ...«

»Und was hat das mit DarkSky zu tun?«, fuhr Professor Breuer dazwischen.

»Professor, wir gehen davon aus, dass durch einen Zufall am CERN vor einem halben Jahr kein Schwarzes Loch entstanden ist, sondern ...«

»Also doch kein Schwarzes Loch!«, brach es erneut aus Professor Breuer heraus. »Das war also doch nur eine wilde Spekulation! Das habe ich doch die ganze Zeit schon ... Moment, sagten Sie, vor einem halben Jahr?« Professor Breuer machte einen verwirrten Eindruck.

»Lassen Sie mich bitte ausreden. Wir gehen davon aus, dass im ATLAS-Detektor ein Wurmloch entstanden ist, und jemand oder etwas durch dieses Wurmloch zu uns kam.« Henning machte eine Pause, damit sein Gegenüber diese unerwartete Nachricht verarbeiten konnte.

»Ein Wurmloch? Sie meinen, jemand hat eine Einstein-Rosen-

Brücke erzeugt?«, wiederholte Professor Breuer langsam. »Und etwas kam zu uns auf die Erde?«

»Ja, so sieht es im Augenblick aus.«

Professor Breuer blickte von Henning zu Captain Child und dann wieder zurück.

»Wollen Sie beide mich auf den Arm nehmen?«

Henning holte Luft. »Professor Li konnte die Simulation des Magnetfelds im ATLAS-Detektor bis zum Ende durchführen und hat die Ergebnisse mit Kollegen vom NASA Research Center besprochen. Sie sind einer Meinung, dass es sich nicht um ein Schwarzes Loch, sondern um ein Wurmloch handeln muss. Die Hawkings-Strahlung würde das Schwarze Loch sofort zum Kollabieren bringen.«

»Und Sie glauben diesen ganzen Schwachsinn?«, erwiderte Professor Breuer gereizt.

Captain Child schaute auf seine Uhr. Die Zeit wurde knapp, bis der Beschleuniger die maximale Energie erreicht hatte.

»Wir haben keine andere Erklärung für die Vorkommnisse der letzten paar Tage«, mischte sich Captain Child ein. »Erst der Computervirus, der unsere militärischen Codes geknackt hat wie ein Zwei-Dollar-Vorhängeschloss. Der Virus hat zwei unserer Drohnen übernommen, diese selbstständig gesteuert und auf Dr. Finnley einen Anschlag verübt. Dann hatte er versucht, das Flugzeug, in dem ich saß, zum Absturz zu bringen, und hat einen Tiger Kampfhubschrauber der Bundeswehr dazu benutzt, einen weiteren Angriff durchzuführen. Keine Technik, die wir kennen, ist in der Lage, diese Dinge zu bewerkstelligen.«

Captain Child machte eine kleine Pause, dann fuhr er fort. »In einem Ihrer Gästehäuser haben wir vor einer Stunde einen Raum entdeckt, in dem eine Maschine steht, die unserer Technologie weit voraus ist. Dann die wiederholten Versuche der Manipulation des ATLAS-Detektors. Wir sind überzeugt, dass das alles zusammenhängt.« Er machte erneut eine Pause, um die Wirkung seiner Worte abzuwarten, und fuhr schließlich fort. »Zudem sind alle Personen, die sich hier im ATLAS Kontrollraum aufgehalten hatten, verschwunden.«

»Was sagen Sie da?«

»Wir haben die Tür zum ATLAS aufgebrochen. Es gab wohl einen Kampf. Niemand ist mehr da. Wir wissen nicht, was mit den Leuten hier passiert ist.«

Professor Breuer wurde schwindelig, er taumelte einige Schritte zurück, aber Maren war inzwischen hinter ihn getreten und stützte ihn ab.

»Wir glauben«, fuhr Captain Child fort, »dass sich etwas unten am ATLAS-Detektor befindet, das versucht, ein Wurmloch zu erzeugen und dazu die maximale Energie des Beschleunigers benötigt. Leider sind alle Versuche fehlgeschlagen, den Beschleuniger abzuschalten. Wir wissen nicht, was passiert, wenn wieder ein Wurmloch geöffnet wird.«

Professor Breuer hatte sich wieder etwas gefangen und lockerte seine Krawatte. »Sie meinen also, dass wir Besucher von einem anderen Planeten hier haben? Ist es das, was Sie sagen wollen?«

»Ja, so sieht es aus«, gab Henning schnell zur Antwort.

»Wir kennen aber nicht ihre Absichten«, ergänzte Captain Child. Er fürchtete, Professor Breuer würde nun mit einem Blumenstrauß in der Hand zum Detektor eilen, um die Besucher freundlich zu begrüßen.

»Vielleicht kommen Sie in Frieden«, mischte sich Maren ein, die die ganze Diskussion mitverfolgt hatte.

»Schon möglich. Das will niemand ausschließen, aber leider hat der Virus versucht, mehrere Menschen zu töten und die Welt an den Rand eines Atomkriegs mit China geführt. Für mich sieht das nicht nach *Wir kommen in Frieden* aus«, antwortete Henning.

»Was schlagen Sie vor, was sollen wir tun ?«, fragte Professor Breuer endlich.

Captain Child beantwortete diese Frage. »Wir müssen runter zum ATLAS-Detektor und verhindern, dass ein Wurmloch erzeugt werden kann. Sollten wir auf die Besucher treffen, werden wir versuchen, ihre Absichten zu erkunden und uns mit ihnen friedlich zu einigen. Sollten sie sich weigern, werden wir wohl Gewalt anwenden müssen.«

»Gewalt?«, fragte Professor Breuer entsetzt.

»Professor, wenn die Besucher nicht in friedlicher Absicht hier sind, und wir die Erzeugung eines neuen Wurmlochs zulassen, dann stehen wir eventuell einer Macht gegenüber, die uns technologisch tausende von Jahren überlegen ist. Ich glaube, uns ist allen klar, was das bedeuten könnte.«

»Die Vernichtung oder Versklavung der Menschheit?«, fragte

Maren.

»Im schlimmsten Fall, ja. Diese Möglichkeit müssen wir in Betracht ziehen und deshalb alles tun, um die Entstehung eines neuen Wurmlochs zu verhindern.«

»Also gut, wie gehen wir vor?«, fragte der Professor schließlich.

»Lassen Sie uns in den ATLAS Kontrollraum gehen und dort entscheiden, wer runter zum Detektor geht«, sagte Henning und ging los.

Als die vier den Kontrollraum betraten, war es wesentlich dunkler als zuvor. Die Stromversorgung war inzwischen ausgefallen, nur die Notbeleuchtung war noch in Betrieb. Alle Computermonitore waren dunkel, einzig der Laptop von Priya strahlte dank des Akkubetriebs noch etwas zusätzliche Helligkeit in den düster wirkenden Raum. Henning informierte Priya und Suzan über den neuesten Stand der Erkenntnisse, während Captain Child mit Lieutenant Green die strategische Lage besprach. Professor Breuer schaute sich im Kontrollraum um und war über das Chaos erschüttert. Im Augenblick verdrängte er noch die Konsequenzen, die sein DarkSky Experiment womöglich ausgelöst hatte. Es hatte so perfekt angefangen, und nun drohte alles, mit einem Schlag zunichtegemacht zu werden. Nein, schlimmer noch! Wenn sich die Befürchtungen von Henning und diesem Air Force Angehörigen bestätigen sollten, dann hatte DarkSky zwar den Nachweis von außerirdischem Leben erbracht, aber die Welt stand zugleich kurz vor dem Untergang. Wie konnte das alles nur so fürchterlich schiefgehen?

»Professor«, sagte Maren und riss ihn aus seinen Gedanken. »Captain Child hat einen Vorschlag, wie wir weiter vorgehen.«

»Sicher«, antwortete er resigniert und folgte Maren zu den anderen.

Die Gruppe stand in einem Halbkreis vor einer Wand des Kontrollraums. An der Wand hatte Suzan einen groben Grundriss des unterirdischen Stockwerks gezeichnet, in dem sich der ATLAS-Detektor befand. Lieutenant Green beleuchtete mit einer kleinen Maglite den Grundriss.

»Da Lieutenant Green und ich die Einzigen mit taktischer Erfahrung sind, haben wir ein Einsatzszenario zusammengestellt«, begann Captain Child. »Professor Breuer, können Sie auf dem Grundriss hier einzeichnen, wo sich der Steuerungsrechner für den ATLAS-Detektor genau befindet?«

»Natürlich, den Stift bitte«, sagte er, besah sich den Plan etwas genauer und machte dann ein erstes Kreuz circa fünfzig Meter vom Treppenhaus entfernt, das von der Oberfläche hinunter zum Detektor führt. »Über dieses Steuerungsterminal können der ATLAS-Detektor heruntergefahren und die Magnetfelder abgeschaltet werden.«

»Ist das der eigentliche Steuerungscomputer?«, unterbrach ihn Priya.

»Nein. Dies ist nur ein Steuerungsterminal für Wartungsarbeiten, aber es kann trotzdem dazu benutzt werden, eine Shutdown Sequenz des Detektors zu initiieren.«

»Wo steht der Richtige?«, fragte Priya weiter.

Professor Breuer studierte erneut den Grundriss und machte ein zweites Kreuz. »Der ATLAS Steuerungscomputer steht hier, etwa nochmals siebzig Meter vom ersten Terminal entfernt. Hier sollte es auf jeden Fall möglich sein, den Detektor herunterzufahren, denn ohne diesen Steuerungscomputer kann er nicht arbeiten und geht automatisch in einen sicheren Zustand. Der Detektor ist so konstruiert, dass in diesem Zustand kein Magnetfeld erzeugt werden kann.«

»Danke, Professor«, sagte Captain Child. »Priya, das wird Ihre Aufgabe sein. Sie müssen versuchen, den Steuerungscomputer herunterzufahren. Den ersten Versuch haben wir am Punkt Alpha, beim ersten Steuerungsterminal nahe des Treppenhauses. Sollte es nicht möglich sein, den Detektor von dort aus lahmzulegen, versuchen wir Punkt Beta zu erreichen.« Er zeigte mit dem Stift auf den ATLAS Steuerungscomputer. »Sollte Priya es dort auch nicht schaffen, dann werden wir ihn sprengen.«

»Sprengen?«, fragte Suzan erstaunt. »Haben Sie denn Sprengstoff hier?«

»Ja«, antwortete Lieutenant Green, die mit dem Fuß gegen einen Koffer klopfte, der auf dem Boden stand. Der Koffer war Suzan bisher noch gar nicht aufgefallen. Offensichtlich hatte Lieutenant Green den Koffer erst vor Kurzem aus dem Wagen geholt. »OSI Standardausrüstung für Auslandseinsätze.«

»Im Notfall werden Lieutenant Green oder ich die C4-Haftladung anbringen«, fuhr Captain Child mit dem Briefing fort. »Die Zeitschaltung werden wir auf sechzig Sekunden einstellen. Mehr Zeit haben wir dann nicht, um mindestens hundert Meter Abstand zwischen uns und die Ladung zu bringen.«

»Wie stark ist die Sprengladung?«, fragte Priya.

»Sie wird den Steuerungscomputer pulverisieren. Stellen Sie sicher, dass sie nicht in der Nähe sind, wenn die Landung hochgeht!«

Priya schluckte. »Okay.«

»Wie lautet das Codewort zum Verschwinden?«, fragte Henning.

»Bingo«, sagte Lieutenant Green. »Wenn Sie *Bingo* hören, dann nichts wie weg!«

»Dr. Finnley«, übernahm Captain Child wieder. »Wir benötigen einen strategischen Vorteil, wenn wir unten sind.«

»Sie wollen einen portablen Detektor, damit wir rechtzeitig wissen, wann wir auf die Zeros treffen? Richtig?«

»Genau. Können Sie etwas improvisieren?«

»Ich denke, das kann ich. Ich benötige allerdings eine Batterie oder etwas Ähnliches, damit ich den Scanner mit Energie versorgen kann.«

»Ich habe ein USB Powerpack in meinem Lieferwagen«, sagte Maren. »Der Akku von meinem Handy ist fast hinüber, so dass ich das Powerpack immer als Reserve dabei habe. Würde Ihnen das helfen?«

»Perfekt«, antwortete Henning.

»Gut«, sagte Captain Child. »Wir gehen wie folgt vor: Wir werden über das Treppenhaus zum Detektor hinunter gehen. Mit dem Fahrstuhl geht es zwar schneller, ist aber zu unsicher. Unten angekommen werden wir dann Punkt Alpha aufsuchen, und Priya wird versuchen, den Detektor herunterzufahren. Geht das nicht, werden wir uns zu Punkt Beta vorarbeiten müssen. Dort hat Priya ihre zweite Chance. Sollte das auch nicht klappen, werden Lieutenant Green oder ich die Haftladung anbringen. Sechzig Sekunden haben wir dann alle für den Rückzug. Sollten wir auf die Zeros stoßen, müssen wir improvisieren. Kontaktaufnahme ja, aber das primäre Ziel ist das Herunterfahren des Detektors. Vergessen Sie das nicht!«

Niemand sagte etwas.

»Dr. Singh, Dr. Finnley, können Sie mit einer Waffe umgehen?«, fragte Lieutenant Green und hielt ihre Automatik hoch.

»Nein«, sagten beide unisono.

Lieutenant Green verzog ihr Gesicht.

Captain Child fuhr mit dem Briefing fort. »Okay, dann gehen wir in folgender Reihenfolge runter: ich, Suzan, Dr. Finnley und Priya.

Lieutenant Green, Sie gehen als Letzte, um uns von hinten zu decken.«

»Was machen wir solange?«, fragte Professor Breuer.

»Sie sollten das CERN evakuieren«, sagte Henning. »Wir wissen nicht, was uns da unten erwartet. Bringen Sie so viele Leute wie möglich von hier weg. Ein Radius von einem Kilometer sollte ausreichend sein.«

»Evakuierung des CERN«, murmelte der Professor vor sich hin. »Unter meiner Führung. Was für ein Albtraum.«

»Wir haben zwanzig Minuten bis zur maximalen Energie des Beschleunigers«, sagte Captain Child und schaute auf seine Uhr. »Sie haben fünf Minuten zur Vorbereitung, dann Abmarsch!«

»Maren, können Sie mir schnell das Powerpack holen?«, drängte Henning Maren. Er schob einen Schreibtischstuhl an die Wand unter den Scanner und stieg vorsichtig darauf. Dann zog er seinen Leatherman aus dem Lederetui an seinem Gürtel und begann, die Schrauben des Scanners zu lösen, die diesen an der Wand fixierten. Als er alle Schrauben gelöst hatte, zog er die Kabel heraus, so dass er das Gerät abnehmen konnte. Er stieg vom Stuhl und ging an den Schreibtisch, an dem Priyas Laptop stand. Den Scanner legte er neben ihren Rechner, holte sein Handy heraus und entsperrte es. Dann erzeugte er mit seinem Handy ein lokales WLAN Netzwerk, indem er einen Hotspot einrichtete und das Funknetz frei gab. Maren war inzwischen zurückgekehrt und legte das Powerpack auf den Tisch neben Henning. Der nahm es hoch und betrachtete den Aufdruck, der über die Kapazität des Powerpacks Auskunft gab.

»Sollte eine halbe Stunde reichen«, sagte er schließlich. »Verdammt, ich brauche auch noch ein USB Kabel, damit ich den Scanner auf den Hotspot einrichten kann.«

»Habe ich auch eines im Wagen. Zum Laden meines Handys über den Zigarettenanzünder.« Wieder verließ Maren das Gebäude, um zu ihrem Lieferwagen zu gehen. Henning hatte sich in der Zwischenzeit auf Priyas Laptop eingeloggt und das Programm gestartet, das zur Konfiguration des Scanners notwendig war. Als Maren das Kabel schließlich brachte, verband er den Scanner mit dem Laptop und konfigurierte diesen auf das WLAN Netzwerk, das er mit seinem Handy erzeugte. Anschließend zog er das Kabel vom Laptop wieder ab und steckte es in das Powerpack. Eine LED signalisierte, dass er wieder startete, und eine Meldung auf seinem Handy zeigte ihm, dass das Heartbeat Signal gesendet wurde. Der Scanner war nun über das lokale WLAN-Netz mit dem Handy selbst verbunden. Zum Schluss startete Henning die Zero App, die Priya zum Auffinden der Zeros geschrieben hatte. Die App zeigte sofort den neuen mobilen Scanner an.

Henning blickte sich suchend um und fand schließlich, was er brauchte. Auf dem Boden lag ein Rucksack, der einem der Menschen gehört hatte, der bis vor Kurzem hier noch auf eine wissenschaftliche Entdeckung gehofft hatte. Er leerte den Inhalt auf den Boden: Eine Wasserflasche, ein iPad und ein Buch über Dunkle Materie fielen heraus. In den leeren Rucksack steckte er den Scanner zusammen mit dem Powerpack und setzte ihn auf. Auf seinem Handy schaltete er noch die Bildschirmsperre ab, so dass er nicht ständig das Gerät entsperren musste. Er war startklar.

Priya redete noch mit Professor Breuer, um Einzelheiten über den Steuerungsrechner zu erfahren. Leider kannte der Professor nicht die genauen Kommandos, um die Shutdown Sequenz zu initiieren, aber Priya war eine erfahrene Programmiererin und hatte zu Studentenzeiten schon einige Computersysteme gehackt. Sie würde das irgendwie hinbekommen.

Suzan hatte sich von Lieutenant Green ein zusätzliches Reservemagazin für ihre Waffe geben lassen. Sie hatte Glück, dass der OSI Ausrüstungskoffer Magazine für ihr Kaliber enthielt. Captain Child und Lieutenant Green hatten sich zu den Reservemagazinen noch jeweils eine große C4-Haftladung geholt und den Zünder bereits auf sechzig Sekunden voreingestellt. Beide hatten ebenfalls Rucksäcke auf, die sie auf dem Boden gefunden hatten. Ein Medical Pack mit entsprechender Ausrüstung packte er ebenfalls in seinen Rucksack.

Alle fünf trafen sich vor der Wand mit der Grundrisszeichnung. Jeder versuchte, sich die Zeichnung nochmals einzuprägen, um sich dort unten nicht zu verirren. Professor Breuer und Maren traten auf die Gruppe zu.

»Ich wünsche Ihnen viel Glück dort unten. Was immer Sie auch vorfinden werden, denken Sie daran, dass es vielleicht auch nur ein

Wissenschaftler einer anderen Spezies ist, der uns untersuchen will«, sagte Professor Breuer und blickte die fünf Teammitglieder sichtlich beunruhigt an.

»Viel Glück!«, fügte Maren hinzu.

»Danke. Veranlassen Sie umgehend die Evakuierung des CERN. Versuchen Sie, Walter zu erreichen. Er wird Ihnen helfen«, sagte Suzan.

Die Gruppe bewegte sich Richtung Treppenhaus. Vor der Tür blieben sie nochmals stehen. Henning legte seine Hand auf Priyas Arm. Er konnte spüren, wie Priya am ganzen Körper leicht zitterte. Sie schauten sich an und Priya versuchte, Henning ein Lächeln zu schenken, aber der Versuch misslang.

»Jeder weiß, was zu tun ist?«, fragte Captain Child. Die anderen nickten.

»Also gut. Dr. Finnley, wenn Sie einen Zero-Kontakt haben, dann sofortige Meldung!« Henning nickte.

Captain Child wandte sich zur Tür und öffnete sie vorsichtig. Er hatte seine Waffe gezogen. »Los!«

Das Treppenhaus war leer und nur durch die Notbeleuchtung fiel Licht auf die Stufen, die hinunter zum ATLAS-Detektor führten. Der Detektor lag einhundert Meter unter der Erde in einer riesigen Kaverne, die vor über einem Jahrzehnt in mühevoller Arbeit ausgehoben wurde. An normalen Tagen wurde der Aufzug benutzt, um von der Oberfläche zum Detektor zu gelangen. Jetzt mussten sich die fünf Treppenabschnitt für Treppenabschnitt nach unten arbeiten, ohne zu wissen, was sie dort unten erwarten würde. Captain Child ging mit gezogener Waffe voraus, die er gegen den Boden richtete. Er blieb an jedem Treppenabschnitt, der einen neunzig Grad Richtungswechsel machte, stehen und blickte zurück zu den anderen. Suzan folgte ihm im Abstand von einem Meter und hielt ebenfalls ihre Waffe schussbereit. Henning hatte den Alarm der Zero App auf Vibrieren und einen Warnton eingestellt, denn er hatte die Befürchtung, dass er wegen seiner Anspannung den Vibrationsalarm womöglich nicht bemerken würde. Priya versuchte, den Abstand zu Henning so klein wie möglich zu halten, um nicht den Anschluss zu verlieren. Noch drohte keine Gefahr, aber sie hatte ein verdammt mulmiges Gefühl im Bauch, und sie hatte sich in der Vergangenheit immer auf ihr Bauchgefühl verlassen können. Lieutenant Green sicherte die Gruppe von hinten ab und blickte sich alle paar Sekunden nach hinten um. Auch sie hatte ihre Waffe im Anschlag und war bereit, jederzeit das Feuer zu eröffnen.

Nach fünf Treppenabschnitten blieb Captain Child kurz stehen und blickte zurück.

»Verdammt warm hier«, sagte Henning leise und wischte sich den Schweiß von der Stirn.

»Zu warm«, antwortete Suzan. »Normalerweise ist es hier nicht so heiß.«

»Wir müssen weiter«, sagte Captain Child und setzte den Abstieg fort. Die anderen folgten ihm wortlos. Priya war zwar die indische Hitze gewöhnt, aber auch ihr T-Shirt war inzwischen durchnässt. Lieutenant Green dagegen schien die Hitze nichts auszumachen, sie konzentrierte sich unverändert auf die systematische Absicherung der Gruppe. Ein paar Stufen hinunter gehen, kurz stehen bleiben, nach hinten umsehen, weiter gehen.

Die Temperatur stieg immer weiter an, und Henning schätzte sie inzwischen auf nahezu vierzig Grad. Für den Fall, dass es so weiter gehen sollte, würden unten am Detektor über siebzig Grad herrschen. Er versuchte, sich zu erinnern, bis zu welcher Temperatur der Scanner spezifiziert war, aber es fiel ihm immer schwerer, einen klaren Gedanken zu fassen. Es war unerträglich heiß. Henning blickte zurück zu Priya. Sie kämpfte ebenfalls mit den Umgebungsbedingungen, reckte aber den Daumen nach oben als Zeichen, dass mit ihr alles in Ordnung sei.

»Scheiße, ich kann bald die Waffe nicht mehr halten. Es ist einfach zu heiß hier unten«, sagte Suzan. Auch sie litt unter der höllischen Hitze in dem Treppenhaus.

»Los, weiter, wir müssten es bald geschafft haben«, versuchte Captain Child, die Moral aufrecht zu erhalten.

Tatsächlich standen sie nach drei weiteren Abschnitten vor einer geschlossenen Sicherheitstür. Captain Child blieb stehen und wartete, dass auch Lieutenant Green zu ihnen aufschloss. Sie schien immer noch keine Probleme mit der Hitze zu haben, aber vielleicht war das einfach ihrem guten Training in der Air Force zu verdanken. Er nahm sich vor, sein Fitness Programm zukünftig konsequenter einzuhalten. Suzan und Captain Child stellten sich neben die Tür und machten sich bereit, sie zu öffnen. Als Captain Child die Türklinke herunterdrücken wollte, zuckte er erschrocken zurück.

»Verdammt, der Griff glüht förmlich.«

Suzan zog ihr Hemd, das sie über einem T-Shirt trug, aus, drückte damit die Türklinke herunter und öffnete die Tür vorsichtig. Da keine Flammen zu sehen waren, ging Captain Child mit der Waffe im Anschlag als Erster hinein. Es war niemand zu sehen, sie waren offensichtlich alleine. Jetzt mussten sie so schnell wie möglich das erste Steuerungsterminal finden, damit Priya ihren ersten Versuch starten konnte, den Detektor zu deaktivieren. Die Gruppe ging in die Richtung weiter, die Suzan in dem Lageplan eingezeichnet hatte. Nach ein paar Metern änderte sich der Untergrund. Der Betonboden endete, und sie liefen jetzt über einen Stahlrost, der sie zu einem Gang führte. Der Stahlrost ging dort in eine Art Brücke über, die in ungefähr zwei Meter Höhe über dem nächsten Abschnitt lag. Captain Child trat mit einem Fuß auf den Rost und prüfte die Stabilität, indem er zweimal mit voller Wucht gegen den Rost trat. Die Konstruktion schien noch intakt zu sein. Als er einen weiteren Schritt auf der Brücke machte, bemerkte er einen erfrischenden Luftzug. Die Temperatur sank um einige Grad und machte das Atmen leichter. Die restlichen Teammitglieder folgten ihm und waren für die Abkühlung dankbar. Nach circa zehn Metern gelangten sie an eine Treppe, die wieder nach unten führte. Als er unten nichts Verdächtiges sehen konnte, stieg er hinab und blickte sich suchend um. Nichts. Er wandte sich an Suzan, die inzwischen dicht hinter ihm stand.

»Punkt Alpha erreicht, aber ich sehe kein Terminal hier. Haben wir uns verlaufen?«

»Nein«, antwortete Suzan, die sich ebenfalls suchend umblickte. »Hier sollte das Terminal stehen.«

»Es ist aber keines da. Verdammt! Sind Sie sicher, dass es hier sein sollte?«

»Damn it!«, fluchte Priya. »Es war hier, aber jemand hat es herausgerissen.« Sie kniete am Boden und zeigte auf ein Loch, aus dem ein Bündel Kabel hing. Druckstellen im Beton zeigten, dass hier bis vor Kurzem noch etwas gestanden hatte, das schwer genug war, um den Boden leicht zu beschädigen.

»Verflucht, dann müssen wir zu Punkt Beta weiter«, sprach Captain Child aus, was allen anderen sowieso in diesem Moment klar war.

Captain Child nahm seine Waffe wieder in Anschlag und folgte dem Weg, den Suzan zum Steuerungsrechner beschrieben hatte. Links und rechts verliefen jetzt Rohre aus Edelstahl, in denen offenbar Gase befördert wurden. Meterhohe Schränke, aus denen armdicke Kabelbäume quollen, zeigten an, dass sie sich immer mehr dem ATLAS-Detektor näherten, denn der Detektor selbst war eine riesige Konstruktion mit einer Länge von fünfzig Metern und einem Gewicht von über siebentausend Tonnen. Auch hier war nur die Notbeleuchtung in Betrieb und tauchte den ganzen Weg in eine düstere Atmosphäre. Erst jetzt bemerkte Priya, dass die Temperatur merklich gesunken und fast wieder normal war. Henning kontrollierte in kurzen Abständen die Zero-App auf seinem Handy, um sicher zu gehen, dass der Scanner in seinem Rucksack noch arbeitete. Je weiter sich die Gruppe vorwärts bewegte, desto weiter fiel die Temperatur, und die durchgeschwitzten Kleider ließen sie allmählich frösteln. Lieutenant Green schienen die raschen Temperaturwechsel überhaupt nichts auszumachen, denn ihre Kleider waren weder feucht, noch hatte sie Schweiß auf der Stirn.

»Stopp!«, rief sie vor zu Captain Child. »Hier stimmt etwas nicht.«

Die Gruppe blieb stehen, und alle schauten Lieutenant Green an. Priya und Henning hatten zu zittern begonnen, denn inzwischen war die Temperatur unter den Nullpunkt gesunken.

»Wo kommt plötzlich diese verdammte Kälte her?«, fragte Captain Child. Eine feine Eisschicht hatte sich auf seinem nassen Hemd gebildet.

»Ich spüre von den Temperaturschwankungen gar nichts«, stellte Lieutenant Green fest. »Irgendetwas schützt mich davor.« Im gleichen Augenblick riss sie ihren linken Arm hoch und sah, dass der Armreif begonnen hatte, in einer blauen Farbe zu leuchten.

»Was macht das Ding?«, fragte Suzan erschrocken. Auch sie zitterte mittlerweile, und beim Sprechen bildete sich eine Wolke aus Eiskristallen.

»Die Technologie der Zeros scheint Lieutenant Greens Organismus vor externer Einwirkung zu schützen«, antwortete Henning. »Sie hat eine Art Feld um Lieutenant Green gelegt.«

»Green, alles in Ordnung mit Ihnen?«, fragte Captain Child, der auf Lieutenant Green zuging und sie genau betrachtete.

»Ja, alles in Ordnung. Sir, soll ich nochmals versuchen, das Ding loszuwerden?«, fragte sie und deutete auf den Armreif.

»Auf keinen Fall«, sagte Henning und trat von einem Bein auf das andere. »Ich denke, der Armreif wird Ihnen nicht schaden. Ganz im Gegenteil, er hat offensichtlich die Aufgabe, seinen Träger zu schützen.«

»Woher wollen Sie das wissen?«

»Keine Ahnung. Aber – wenn es Sie hätte töten wollen, dann – wären Sie wohl schon längst tot«, stotterte Henning vor Kälte.

»Wir haben sowieso keine Zeit dafür«, sagte Captain Child mit brüchiger Stimme. »Wir müssen weiter, bevor wir hier festfrieren.«

Die Gruppe ging weiter den Korridor entlang. Henning kratzte Eis vom Display seines Handys und fragte sich wieder, bis zu welcher niedrigen Temperatur der Scanner in seinem Rucksack funktionieren würde. Er konnte sich einfach nicht daran erinnern. Es war zu kalt geworden.

»Henning, mir ist saukalt. Ich weiß nicht, ob ich es schaffe«, stammelte Priya leise. Er drehte sich zu ihr um und sah, dass sich sogar auf Priyas Augenbrauen Eis gebildet hatte. Henning nahm Priya in den Arm und rieb ihr über den Rücken. Sie zitterte am ganzen Leib. Nicht mehr lange würde sie die Kälte hier unten aushalten können. Lieutenant Green war neben die beiden getreten.

»Priya, kommen Sie zu mir«, sagte Lieutenant Green, und Priya löste sich aus Hennings Armen. Sie schlotterte am ganzen Körper, ihre braune Haut war mit einer feinen, hellen Eisschicht bedeckt. Lieutenant Green schloss Priya in ihre Arme und sofort spürte Priya die Körperwärme von Lieutenant Green auf ihrer kalten Haut. Wohltuende Wärme breitete sich in ihrem Körper aus. Eine Minute später löste sich Priya wieder von Lieutenant Green, sie fühlte sich deutlich besser. Ihre Kleider waren getrocknet und die Eiskristalle aus den Haaren und Augenbrauen verschwunden.

»Wahnsinn, das Ding funktioniert wie eine Heizung. Henning kommen Sie her«, befahl Lieutenant Green, und noch bevor er antworten konnte, hatte Lieutenant Green ihre Arme auch um ihn geschlungen. Henning spürte, wie die Wärme seinen Körper langsam wieder zum Leben erweckte.

»Wow«, sagte Henning, als Lieutenant Green ihn wieder losließ. »Schalten Sie das Ding bloß nicht ab.«

Lieutenant Green wiederholte die Prozedur anschließend mit Suzan und ihrem Vorgesetzten Captain Child. Sollten Sie diese Eishölle überleben, war sie auf diesen Teil in seinem Bericht gespannt.

Captain Child nahm wieder die Führung auf, und die anderen folgten ihm. Die ganze Umgebung schimmerte in der roten Notbeleuchtung gespenstisch. Unter ihren Schuhen knirschte es bei jedem Schritt, denn eine Eisschicht bedeckte den Boden.

»Halt!«, sagte Captain Child nach hinten gewandt zu den anderen und blieb stehen. Er stand vor etwas Schwarzem, das den gesamten Raum vor ihm ausfüllte, aber er konnte nicht sagen, was es war. Hier sollte eigentlich der Weg zum Detektor weitergehen. Suzan hatte aufgeschlossen und stand ebenfalls vor dem schwarzen Etwas.

»Was, zum Teufel, ist das?«, wollte sie wissen.

»Kein Ahnung«, gab Captain Child zu und streckte vorsichtig seine Hand aus. Sie verschwand in dem dunklen Nichts. Schnell zog er sie wieder zurück. Henning war jetzt ebenfalls neben die beiden getreten und untersuchte das Phänomen, indem auch er seine Hände vorsichtig in die Dunkelheit schob. In der linken Hand hielt er sein Handy mit dem leuchtenden Display.

»Schauen Sie sich das an«, sagte Henning. Sein Handy war zur Hälfte in der Dunkelheit und zur Hälfte noch draußen. Diese eigenartige Wand bot einen scharfen Übergang zwischen der Notbeleuchtung auf der einen Seite und der absoluten Dunkelheit auf der anderen Seite. »Dieses Schwarze verschluckt jegliches Licht. Es kann kein Licht nach außen dringen.«

Captain Child hatte seine kleine Maglite LED Taschenlampe aus seiner Tasche gezogen und schaltete sie ein. Die Lampe hatte einen hellen, fokussierten Lichtstrahl, doch als Captain Child die Taschenlampe in die Dunkelheit streckte, war nichts mehr vor dem Lichtstrahl zu sehen.

»Etwas absorbiert das gesamte Licht in diesem Bereich«, stelle Henning fest. »Ohne Licht kommen wir aber nicht weiter.«

Lieutenant Green schob sich an Henning vorbei und trat vor die schwarze Wand. Dann machte sie einen weiteren Schritt in die Dunkelheit und war von einem Moment auf den anderen darin verschwunden.

»Lieutenant Green?«, flüstere Captain Child. »Verdammt, wo sind Sie? Was tun Sie da?«

Nichts geschah. Captain Child blickte zu Henning. »Geben wir ihr einen Moment«, sagte Henning. »Ich glaube, sie weiß was Sie tut.«

»Das hoffe ich.«

In diesem Augenblick erschien erst der Kopf und dann der Oberkörper von Lieutenant Green an dem Übergang zur Dunkelheit. »Ich kann alles normal sehen«, sagte sie und klopfte auf den Armreif. »Cooles Ding.«

»Können Sie feststellen, wie weit das Phänomen reicht?«, fragte Henning.

Lieutenant Green nickte und verschwand wieder. Captain Child verzog das Gesicht.

»Verdammt, das gefällt mir ganz und gar nicht. Ohne Licht können wir Lieutenant Green im Notfall nicht zu Hilfe …«

In diesem Moment trat Lieutenant Green wieder aus der Dunkelheit heraus. »Es sind nur ein paar Meter. Das sollte zu schaffen sein.«

»Was ist hinter der schwarzen Wand?«, fragte Henning.

»Ich glaube, wir stehen kurz vor dem Detektor«, antwortete Lieutenant Green.

»Wir müssen uns beeilen. Uns bleiben nur noch sechs Minuten Zeit. Lieutenant Green, Sie führen uns einzeln durch!«, befahl Captain Child. »Erst mich, dann Dr. Finnley, Priya und zum Schluss Suzan.«

Lieutenant Green hielt ihren rechten Arm hoch, so dass sich Captain Child daran festhalten konnte. Dann machte sie einen Schritt vorwärts ins Dunkle hinein, und Captain Child folgte ihr. Beide waren verschwunden, aber schon nach wenigen Augenblicken war Lieutenant Green wieder da, um Henning abzuholen. Er hielt sich mit seiner linken Hand an Lieutenant Greens Arm fest, und mit der rechten Hand umklammerte er sein Handy. Kaum war er in die totale Dunkelheit eingetaucht, begann sein Handy zu vibrieren und der Alarmton der Enterprise heulte leise auf. Eindringlingsalarm.

»Verflucht, Zero Alarm«, sagte er hektisch zu Lieutenant Green. »Wir müssen Captain Child warnen.« Die Dunkelheit fraß alles Licht auf, so dass er das Display seines Handys nicht sehen konnte und demnach auch keine Ahnung hatte, wie weit die Zeros von ihnen entfernt waren.

»Schneller«, sagte er, und in diesem Augenblick wurde seine Bewegung gestoppt.

»Ruhig!«, sagte Captain Child leise. Sie befanden sich an der Grenze zur anderen Seite des schwarzen Raums.

»Zero Alarm«, flüsterte Henning in die Richtung, in der er Captain Child vermutete.

»Entfernung?«

»Keine Ahnung. Ich kann das Display nicht ablesen.«

»In vier Metern Entfernung steht der Steuerungsrechner. Ich habe ihn gesehen, als ich kurz aus der Dunkelheit getreten bin.«

»Wie gehen wir vor?«

»Priya soll sich an den Rechner schleichen. Lieutenant Green und ich geben ihr Deckung. Sie versuchen, die Zeros zu lokalisieren! Suzan gibt Ihnen Deckung.«

»Priya, sind Sie da?«, fragte Captain Child in die Dunkelheit hinein.

»Ja«, kam die leise Antwort.

»Vier Meter vor uns steht der Steuerungsrechner. Sind Sie bereit?«

»Ja.«

Captain Child, Lieutenant Green und Priya traten aus dem Dunkel. Rechts von Ihnen stand der Steuerungscomputer, den Priya zum Abschalten des Detektors benutzen sollte. Alle drei liefen zum Steuerungscomputer, Priya klappte sofort das Serviceterminal auf und der Bildschirm erwachte zum Leben. Er forderte zur Eingabe von Kommandos auf. Captain Child und Lieutenant Green platzierten sich neben Priya und überwachten die Umgebung. Henning war mit Suzan ebenfalls aus der Dunkelheit getreten und konnte endlich das Display auf seinem Handy wieder erkennen.

»Zeros in dreißig Metern«, sagte er leise zu Suzan, die wieder ihre Waffe in Anschlag nahm.

»Welche Richtung?«, fragte sie.

Henning und Suzan hatten noch keinen direkten Blick auf den Detektor, denn ein riesiger Tank aus Edelstahl versperrte ihnen die Sicht. Henning bewegte sich langsam vorwärts, bis er den Tank umrundet hatte.

»Diese Richtung«, sagte er und erstarrte. Suzan folgte ihm und blieb wie angewurzelt neben Henning stehen. Ihr Arm mit der Waffe sank langsam nach unten, ihr Blick richtete sich nach oben. Vor ihnen ragte der monströse Teilchendetektor fünfundzwanzig Meter in die Höhe und füllte die unterirdische Kaverne fast vollständig aus. Suzan kannte den Detektor von früheren Rundgängen und war nicht von der schieren Größe der Maschine überwältigt, sondern von dem Bild, das sich ihr in der Mitte des Detektors bot. Eine sich verändernde, immer größer werdende Öffnung gab den Blick auf Millionen von Lichtpunkten frei. Am Rande der Öffnung strahlte ein leuchtendes Plasma in verschiedenen Farben.

»Was, zum Teufel, ist das?«, flüsterte Suzan mit Blick auf das unbekannte Phänomen.

»Das sind Millionen von Sternen«, antwortete Henning, von diesem Anblick völlig überwältigt. »Ich glaube, wir schauen durch ein Wurmloch ins Universum. Das leuchtende Plasma am Rand müssen die Teilchen sein, die durch den Zusammenstoß der Protonen im Zentrum des Detektors entstehen.« Noch immer schauten beide wie gebannt in das Herz des Wurmlochs und waren von dem, was sie dort sahen, fasziniert. Keiner rührte sich.

»Wahnsinn«, sagte Henning ehrfürchtig. »Der Beweis der Existenz von Wurmlöchern ist hiermit wohl erbracht. Wenn das Professor Li sehen könnte.« Henning schaute auf sein Handy und drückte die Aufnahmetaste für die Videofunktion der Kamera. Er hielt sie in Richtung des Wurmlochs.

»Bingo!«, sagte Priya. »Ich bin drin. Also, ich meine den Steuerungsrechner, nicht die C4-Ladung. Shit.« Captain Child sah sie mit einem scharfen Blick an, aber schließlich war Priya keine Angehörige der Air Force und hatte nicht mal eine militärische Grundausbildung absolviert, so dass er ihr diesen Fauxpas sofort verzieh.

»Fahren Sie den Detektor herunter! Schnell!«, befahl Captain Child.

»Bin schon dabei«, antwortete Priya und gab die letzten Kommandos in das Steuerungsterminal ein. Auf dem Terminal erschien eine Meldung des Steuerungscomputers, der das Kommando quittiert hatte.

'Shutdown System in 60 seconds, 59, 58, 57, … 20.'

»Shutdown Sequenz gestartet«, sagte Priya, ohne dabei die Steuerungskonsole aus den Augen zu verlieren. »Der Detektor wird gleich heruntergefahren.«

'19,18, 17, … Sequenz stopped.'

»Fuck! Sie haben es bemerkt und die Sequenz unterbrochen.«

»Lieutenant Green, die C4-Ladung! Los! Verdammt, wo sind Sie?«, rief Captain Child. Lieutenant Green hatte ihren Posten verlassen.

Henning und Suzan blickten immer noch stumm in die Richtung des

Wurmlochs, das jetzt ein anderes Bild bot als zuvor. Es schien durch das Universum zu fliegen. Sterne, Doppel- und Dreifachstern-Systeme rasten vorbei, und durch manche Sterne schien das Wurmloch einfach hindurch zu fliegen. Erst jetzt bemerkte Henning am unteren Rand eine Bewegung. Eine Gestalt drehte sich Ihnen zu und blickte herüber. Trotz der Entfernung von über dreißig Metern konnte Henning die durchdringenden grünen Augen sehen, und er erinnerte sich an Priyas Begegnung. Sein Blut gefror. In dieser Sekunde wusste er, dass er sterben würde. Erinnerungen an seine Eltern, seine kleine Schwester und Priya schossen hoch. Er war wie gelähmt, unfähig irgendetwas zu tun. Er stand wie eingefroren da und schaute dem Zero direkt ins Gesicht. Der Besucher hatte immer noch die Gestalt eines Menschen, obwohl die Rücktransformation bereits begonnen hatte. Seine letzte Erhaltungsbestrahlung war bereits mehrere Stunden her, und die Materie der Zeros begann sich langsam wieder in ihre ursprüngliche Form zurückzuverwandeln. Die Zeit drängte, denn um eine dauerhafte Brücke in ihre Welt zu etablieren, durften sie nicht den richtigen Zeitpunkt verpassen. Ihre eigene Welt benötige die Ressourcen dieser Welt hier dringender als je zuvor.

In diesem Augenblick hob der Zero seinen Arm Richtung Henning und Suzan, und ein blauer Lichtstrahl schoss auf die beiden zu. Keiner war zu einer Reaktion fähig, und keine Millisekunde zu früh kam von hinten Lieutenant Green angeflogen, die die beiden zu Boden riss. Der Energiestrahl ging über die drei hinweg und traf den riesigen Tank hinter ihnen, der mit einem lauten Knall leck schlug. Sofort donnerte ein Gas mit hohem Druck aus dem Tank. Captain Child wurde von der Druckwelle zu Boden geworfen, und der Aufprall seines Kopfes auf dem harten Betonboden raubte ihm für einige Sekunden das Bewusstsein. Teile des Edelstahltanks flogen umher und durchtrennten eine Starkstromleitung, die direkt neben Priya verlief. Funken sprühten hoch. Ein elektrischer Schlag streckte sie nieder. Als Captain Child wieder zu sich kam, sah er Priya neben sich bewusstlos auf dem Boden liegen. Sie hatte an der rechten Körperseite schwere Verbrennungen sowie eine klaffende Wunde an der Stirn. Neben ihr begann sich bereits eine Blutlache zu bilden. Captain Child richtete sich langsam auf, sein Schädel brummte vom Aufschlag auf den Beton. Völlig benommen kroch er zu Priya hinüber.

»Priya, wach auf«, sagte er leise, beugte sich über sie und klopfte ihr mit der flachen Hand an die Wangen. Er suchte ihren Puls am Hals und war mehr als erleichtert, als er ihn fand. Schwach, unregelmäßig, aber spürbar. Dann hörte er das Geräusch von Handfeuerwaffen. Offenbar hatten die anderen das Feuer eröffnet. Er blickte auf seine Uhr. Noch vier Minuten bis zur maximalen Energie. Er nahm die C4-Ladung aus seinem Rucksack, kroch zu dem Steuerungscomputer hinüber, drückte die Ladung an eine Seitenwand des Computers, korrigierte die Zeiteinstellung auf vier Minuten und drückte auf den Zünder. Die Zeit lief. In wenigen Minuten mussten sie hier raus sein, sonst …

Obwohl sein Kopf immer noch höllische Schmerzen verursachte, ging er in die Hocke, zog seine Waffe aus dem Holster, und begann, sich um die Reste des Tanks herum zu den anderen vorzuarbeiten. Priya lag noch immer bewegungslos da. Aus ihrer Stirn blutete es unaufhörlich weiter und die Blutlache hatte an Größe zugenommen.

»Unsere Waffen richten nichts aus«, schrie Suzan und warf ihr leer geschossenes Magazin aus. Mit einer geübten Bewegung steckte sie ein Neues ein und lud die erste Patrone in die Kammer.

»Verdammt, was können wir nur tun?«, schrie Henning zurück, um Lieutenant Greens Schusswechsel zu übertönen. Lieutenant Green hatte mit ihrem Armreif scheinbar eine Art Schutzschild um die drei gebildet und konnte sie so vor den Energiestrahlen des Zeros schützen.

»Wir jagen den Rechner in die Luft und dann nichts wie weg hier«, schrie Suzan, während sie weitere drei Schüsse in die Richtung des Zeros abgab, wissend, dass die Kugeln das Schutzschild des Zeros nicht durchdringen konnten. Plötzlich schrie Lieutenant Green auf. Ein zweiter Energiestrahl war auf sie gerichtet worden. Ein weiterer Zero hatte jetzt ebenfalls in die Kampfhandlungen eingegriffen und seinen Energiestrahl benutzt, um Lieutenant Green unter Kontrolle zu bekommen.

»Verschwindet, los!«, schrie sie den anderen zu, denn gleich würde ihre Widerstandskraft zusammenbrechen.

»Nicht ohne Sie. Vier Minuten bis zur Detonation!« Captain Child war jetzt auch da und nahm die Zeros ebenfalls unter Beschuss. Sein Blick blieb an dem Wurmloch haften, das jetzt die Oberfläche eines anderen Planeten zeigte. Er war von diesem Anblick überwältigt, aber zugleich wusste er, dass sie das Wurmloch schließen mussten. Es war ganz offensichtlich, dass die Fremden nichts Gutes im Schilde führten, denn sonst hätte es andere Möglichkeiten zur Kontaktaufnahme gegeben. Nein, die Zeros waren hier, weil sie einen ganz bestimmten Plan verfolgten, und der bestand sicher nicht darin, neue Freunde zu gewinnen.

»Verdammt, hauen Sie ab«, schrie Lieutenant Green und wurde langsam durch den Energiestrahl der beiden Zeros vom Boden in die Luft gehoben. Ihre Waffe fiel scheppernd zu Boden. Henning versuchte, nach ihr zu greifen, aber die Kraft, mit der sie nach oben gezogen wurde, war einfach zu stark. Suzan und Captain Child stellten das Feuer ein.

»Was wollt Ihr von uns?«, schrie Henning den Zeros entgegen. Regungslos hing Lieutenant Green in der Luft, eingehüllt von ihrem blau schimmernden Schutzschild.

Einer der Zeros drehte leicht den Kopf und blickte Henning prüfend an. Das Grün seiner Augen schien jetzt noch mehr zu leuchten und jagte Henning eine Heidenangst ein. Er wollte den Blick abwenden, aber er konnte nicht. Irgendetwas in ihm verhinderte es. Er starrte weiter zu dem Zero, dessen Blick ihn gefangen hielt. Plötzlich schrie er auf, wie von einer Kugel getroffen und hielt sich mit beiden Händen den Kopf. Ein fürchterlicher Schmerz durchfuhr ihn. Henning fiel auf die Knie, seinen Kopf immer noch zwischen den Händen. »Ah, hau ab!«, schrie er. Seine Stimme war schmerzverzerrt und voller Verzweiflung.

Suzan stürzte auf Henning zu und wollte ihn hochziehen, aber er war zu schwer.

»Helfen Sie mir«, brüllte Suzan zu Captain Child, der noch immer versuchte, Lieutenant Green zu fassen zu bekommen.

Der Schmerz in Hennings Kopf breitete sich immer weiter aus, bis alles um ihn herum zu verschwinden begann. Er nahm Suzan nur noch schwach wahr und hörte ihre Rufe nur noch gedämpft. Ein Bild entstand in seinen Kopf, das sich Stück für Stück zusammensetzte. Ein Bild von einem Wesen, wie er es noch nie gesehen hatte. Ihm wurde klar, dass es sich um einen Zero handelte, in seiner eigentlichen Gestalt. Henning begann zu röcheln. Er hatte das Gefühl, keine Luft zu bekommen, denn das Bild in seinem Kopf schnürte ihm den Brustkorb zu.

»Henning, hoch mit Ihnen, wir müssen hier weg.« Captain Child zerrte mit Suzan zusammen an Henning, aber der hatte sich verkrampft, und selbst gemeinsam schafften sie es nicht, ihn hochzuheben.

Das Bild in Hennings Kopf änderte sich, und er sah einen Zero, wie er aus einem Menschen schlüpfte. So groß wie ein menschliches Neugeborenes, aber zugleich sah es völlig anders aus. Mit Blut und Schleim verschmiert, wand es sich auf dem Boden. Es hatte die Form einer Made, noch waren keine Gliedmaßen zu erkennen. Diese würden sich erst nach der ersten Nahrungsaufnahme bilden. Das Wesen begann sich wieder dem toten Körper zu nähern, aus dem es zuvor geschlüpft war, und begann damit, es aufzufressen. Henning begann zu würgen, er fasste sich an den Hals, und schließlich kippte er zur Seite weg. Sein Kopf schlug hart auf dem Boden auf, und in dem Augenblick wurde die Verbindung zwischen ihm und dem Zero gekappt. Das Bild verschwand langsam. Henning rang nach Luft, der Schmerz ließ nach und die Enge in seiner Brust löste sich.

Parasiten, schoss es ihm durch den Kopf. *Es sind Parasiten. Sie brauchen uns zum Austragen ihrer Nachkommen.*

»Henning, kannst du mich hören?«, schrie Suzan Henning an. Sie kniete über ihm und schaute in seine aufgerissenen Augen. Henning blinzelte und deutete Suzan mit einem Nicken an, dass er sie wieder verstand.

Lieutenant Green war immer noch durch den Energiestrahl gefangen und alle ihre Versuche, sich zu befreien, schlugen fehl. Sie hatte zwar versucht, mit Hilfe ihres Armreifs ein Gegenfeld aufzubauen, aber die Energiestrahlen der beiden Zeros waren einfach zu stark.

Captain Child und Suzan zogen Henning auf die Beine. Er war noch ziemlich wackelig und legte seinen Arm um Suzans Schulter, während Captain Child versuchte, Lieutenant Green zu befreien. Er prallte jedoch an dem Energiefeld, das Lieutenant Green umgab, ab und wurde zu Boden geworfen. Hasserfüllt blickte er zu den beiden Zeros, während er sich wieder aufrappelte.

Der zweite Zero trat jetzt näher an den anderen heran. *Wir müssen das Signal schicken.*

Das Signal. Hier haben wir das Signal. Eine schnelle Armbewegung des ersten Zeros hob Lieutenant Green noch höher und schleuderte sie durch das Wurmloch.

»Neeiiin!«, schrien Suzan und Captain Child gleichzeitig. Vollkommen geschockt standen sie da und schauten fassungslos auf das Wurmloch, in dem gerade ihre Weggefährtin verschwunden war. Gleich würde es seine finale Größe erreichen. Undeutliche Bewegungen waren darin zu erkennen, und jeden Augenblick schien die Brücke in eine andere Welt voller Feindseligkeit fertiggestellt zu sein.

Captain Child schaute auf seine Uhr. »Scheiße, zwei Minuten bis Bingo!«, schrie er. »Los, raus hier!« Die drei rannten, um wieder hinter die Überbleibsel des Tanks zu gelangen, als sie Priya in einer riesigen Blutlache liegen sahen. Henning löste sich von Suzan, die ihn immer noch gestützt hatte, stürzte entsetzt auf Priya zu und beugte sich über sie.

»Priya, mein Gott, wir bringen dich hier raus! Halte durch! Bitte!« Priya öffnete schwach ihre Augen. Ihre Lider flatterten.

»Los, Suzan, helfen Sie mir, sie hochzuheben. Wir müssen hier raus, und zwar SOFORT!«, schrie Captain Child.

Suzan und Captain Child packten Priya unter den Armen und zogen sie hoch. Priya schrie auf vor Schmerzen. Die Verbrennungen ihrer rechten Körperhälfte bereiteten ihr bei jeder Bewegung höllische Schmerzen.

»Los, wir legen sie über Ihre Schulter«, sagte Captain Child zu Henning und hievte Priya mit Suzans Hilfe über Henning. Mit seiner linken Hand hielt Henning Priyas rechtes Bein, das vorne über hing, so konnte er sie sicher halten. Seine Ohren klingelten von Priyas Schreien.

»Suzan, Sie gehen vor, los, los, los, wir müssen raus hier!«, brüllte Captain Child und schob Henning mit Priya auf den Schultern hinter Suzan her. Suzan rannte so schnell, wie es die dämmrige Notbeleuchtung zuließ. Die schwarze Wand war vor ihr, aber es gab keinen anderen Weg nach oben. Sie mussten wieder hindurch. Suzan hatte zuvor mit Lieutenant Green ihre Schritte gezählt, und sie wusste, dass es nicht mehr als zehn Schritte geradeaus gewesen waren. Sie stürmte in die Dunkelheit, begann zu zählen und hoffte, nicht gegen ein Hindernis zu prallen. Als sie bei acht Schritten angekommen war, durchbrach sie die dunkle Wand und konnte wieder sehen. Sie wartete einen Augenblick auf die anderen, und wenige Sekunden später waren sie alle draußen. Hennings Gesicht war inzwischen blutverschmiert von Priyas Wunde, die jetzt noch stärker blutete als zuvor. Suzan begann wieder zu rennen und nahm bei der Stahltreppe zwei Stufen auf einmal. Ihr Körper war durch das Adrenalin völlig aufgeputscht. Die unterschiedlichen Temperaturzonen nahm keiner der Flüchtenden wahr, ihre Körper waren im Fluchtmodus. Sie mussten es wenigstens bis ins Treppenhaus schaffen, denn dort sollten sie zumindest vor der Druckwelle der C4-Ladung sicher sein. Nach weiteren fünfzig Metern sahen sie bereits die Tür zum Treppenhaus, und Captain Child blickte auf seine Uhr. Noch zehn Sekunden …

»Die Ladung geht gleich hoch!«, schrie Captain Child, während er hinter Henning herlief.

Suzan erreichte die Tür als Erste, öffnete sie und hielt sie für die anderen offen, so dass sich Henning mit Priya, gefolgt von Captain Child in Sicherheit bringen konnten. Bevor sie selbst den anderen folgen konnte, erschütterte ein ohrenbetäubender Knall das ganze Gebäude, und der Boden unter ihren Füßen bebte. Die Druckwelle der explodierenden C4-Ladung schleuderte Suzan durch die offene Tür direkt auf Captain Child zu, der Suzan auffing, bevor sie beide zu Boden gingen. Die Tür krachte ins Schloss und schützte sie vor dem Staub und Dreck, der mit der Druckwelle geflogen kam. Alle drei rangen nach Luft. Putz rieselte von der Decke. Die Notbeleuchtung flackerte.

»Wow«, keuchte Captain Child. »Das war nicht nur unsere C4-Ladung. Da ist noch etwas anderes mit hoch gegangen.«

»Wir müssen sofort hoch«, sagte Suzan schwer atmend.

»Das Treppenhaus sollte der Explosion standhalten«, presste Captain Child hervor.

»Der C4-Ladung schon, aber durch die Zerstörung des Steuerungsrechners wird das Magnetfeld zusammenbrechen. Es wird eine Quench geben«, keuchte Suzan.

»Eine was?«, fragte Captain Child.

»Der ganze verdammte Detektor fliegt uns um die Ohren.«

»Scheiße, also hoch! Finnley, soll ich Priya tragen?«

Henning schüttelte den Kopf, ohne ein Wort zu sagen. Er wollte keine unnötige Kraft mit Sprechen verbrauchen.

»Los, weiter!«, befahl Suzan und ging wieder voraus. Henning folgte ihr und Captain Child bildete erneut das Schlusslicht. Hennings Oberschenkel brannten bei jeder Treppenstufe wie Feuer. Er konnte nur an Priya denken, alle anderen Gedanken hatte er aus seinem Kopf verbannt. Sie brauchte so schnell wie möglich ärztliche Versorgung.

Nur das war jetzt wichtig. Treppenabschnitt für Treppenabschnitt arbeiteten sie sich nach oben. Um nicht zu stolpern, konzentrierte sich Henning so sehr auf die Treppenstufen, dass er beinahe in Suzan hineinlief, die – oben angekommen – bereits die Treppenhaustür für sie aufhielt.

»Los«, keuchte sie mit letzter Kraft und wartete, bis auch Captain Child durch war. Auf dem Weg vom Treppenhaus zur Eingangstür des ATLAS Gebäudes durchquerten sie den Kontrollraum und stießen dort auf Maren.

»Gott sei Dank, da seid Ihr ja endlich!«, stieß sie voller Erleichterung hervor.

»Raus hier! Hier fliegt gleich alles in die Luft!«, rief Suzan Maren entgegen und lief weiter Richtung Ausgang. Maren begann jetzt auch zu laufen und überholte Suzan auf halbem Weg, um den Dreien den Weg freizumachen. Sie verließen das Gebäude und suchten in hundert Meter Entfernung einen sicheren Platz auf einer Wiese. Maren half Henning, Priya vorsichtig auf dem Boden abzulegen. Priya schrie auf und krümmte sich vor Schmerzen. Captain Child hatte seinen Rucksack auf den Boden geworfen und zerrte das Medical Pack heraus. Er klappte es auf und durchsuchte rasch die einzelnen Fächer, bis er fand, wonach er suchte. Er steckte sich die Kappe in den Mund und zog die Spritze aus dieser heraus. Die frei liegende Nadel rammte er ohne Vorwarnung in Priyas Oberschenkel und drückte den Kolben ganz durch, bis der gesamte Inhalt in ihrem Körper war.

»Morphium«, sagte er zu Henning, der ihn mit großen Augen ansah.

Maren schob Henning zur Seite, kniete sich neben Priya und schob ihre Augenlider nach oben. »Ich brauche eine Lampe!«

Captain Child griff in seine Tasche, nahm die kleine Maglite und reichte sie Maren.

»Was ist mit ihr passiert?«, fragte Maren, während sie Priya in die Augen leuchtete.

»Es gab eine Explosion in der Nähe einer Starkstromleitung. Priya hat wahrscheinlich einen elektrischen Schlag abbekommen.«

Maren versuchte, den Puls an Priyas Hals zu tasten, aber sie konnte keinen finden. Sie beugte sich über sie, um ihre Atmung zu kontrollieren, aber sie atmete nicht mehr.

»Mist! Wahrscheinlich Kammerflimmern! Fangt sofort mit der

Wiederbelebung an!«, schrie Maren und sprang auf. Henning brachte sich über Priya in Position und begann mit der Wiederbelebung. Eine Mischung aus Schweiß und Blut tropfte auf Priya herunter. Maren rannte auf das ATLAS Gebäude zu.

»Nicht! Bleiben Sie von dem Gebäude weg! Das fliegt gleich in die Luft!«, rief Suzan ihr hinterher, aber Maren verlangsamte ihr Tempo nicht. Ganz im Gegenteil. Sie riss die Tür des ATLAS Gebäudes auf, rannte hinein, um kurz darauf mit einem Koffer wieder herauszustürmen, den sie von der Wand gerissen hatte. Als sie Priya wieder erreicht hatte, holte sie den mobilen Defibrillator aus dem Koffer.

»Weg von ihr!«, befahl sie und riss Priyas Bluse auf. Sie nahm die beiden Elektroden, die über ein Kabel mit dem Defibrillator verbunden waren, und klebte Priya eine über ihre rechte Brust und eine auf die linke Seite.

»Hände weg!« Dann drückte sie auf den Startknopf des Defibrillators. Wenige Sekunden später zuckte Priyas Körper zusammen. Das Gerät hatte ihr eine Stromladung verpasst und stimulierte so das Herz, damit es wieder anfing, mit der richtigen Frequenz schlagen. Maren versuchte, den Puls zu finden. Nichts. Sie stellte jetzt die maximale Energie ein. Nach zwei Sekunden war das Gerät wieder aufgeladen und für einen weiteren Schuss bereit.

»Hände weg!« Wieder drückte Maren die Starttaste und Priyas Körper zuckte zusammen.

Beinahe zeitgleich begann der Boden zu zittern, und im Hintergrund war ein dumpfes Grollen zu hören. Das Magnetfeld im ATLAS-Detektor war zusammengebrochen und hatte zu einer Quench geführt. Durch die Explosion wurden die Fenster des ATLAS Kontrollraums aus ihren Rahmen gesprengt, Feuer und dunkler Rauch schossen heraus. Die Eingangstür wurde wie eine Rakete weggeschleudert und landete krachend auf einem schwarzen Jaguar, der in unmittelbarere Nähe geparkt war. Schwarzer Rauch quoll aus allen Öffnungen des Gebäudes.

»Puls!«, rief Maren. »Sie hat wieder einen Puls.«

Epilog

Genf, 20. Juli

Captain Child betrat leise das Krankenzimmer, denn auf sein Klopfen hatte er keine Antwort erhalten. Henning saß in einem Sessel neben Priyas Bett und war eingenickt. Ein Buch war ihm offensichtlich aus den Händen gerutscht und lag auf dem Boden. Captain Child trat näher und hob das Buch auf. Eine verschlissene Ausgabe von Dürrenmatts *Die Physiker*. Er legte es auf das Schränkchen neben Priyas Bett und trat vorsichtig näher an sie heran. Glücklicherweise musste sie nicht mehr beatmet werden, aber ihr Gesicht sah fürchterlich aus. Ein riesiger Verband auf ihrer Stirn bedeckte ihre Stirnverletzung. Ihre Augen waren blutunterlaufen, und ihre aufgeplatzte Lippe war genäht worden. Unter der Bettdecke schauten unzählige Schläuche hervor, die Blut und Wundflüssigkeit in Glasflaschen leiteten. Captain Child beugte sich über Priya und nahm ihre Hand. So stand er einige Sekunden da und betrachtete sie.

»Priya, halte durch! Du schaffst das! Du bist eine verdammt starke Frau. Wir brauchen dich!«

Dann ließ er, sichtlich berührt, ihre Hand los und trat näher an Henning heran. Er legte ihm eine Hand auf die Schulter und rüttelte ihn wach. Langsam kam Henning zu sich. Merklich erschöpft öffnete er die Augen.

»Ryan, du hier?«

»Ja. Wie geht es Priya?«

»Unverändert.« Henning fuhr sich mit den Händen über sein Gesicht. »Die Ärzte wissen nicht, ob und wann sie aufwachen wird, und welchen Schaden der Stromschlag angerichtet hat.«

»Verstehe. Sie wird es schaffen. Ich bin ganz sicher. Können wir vor der Tür reden? Ich glaube, du kannst einen Kaffee vertragen.«

»Ja, klar«, antwortete Henning müde und stand auf. Bevor er den Raum verließ, schaute er nochmals zu Priya. Langsam und rhythmisch hob sich die Decke über ihr.

»Henning, wenn du willst, können wir Priya in ein Krankenhaus der US Streitkräfte verlegen lassen. Wir haben die besten Spezialisten, und der Präsident persönlich hat sich nach ihr erkundigt. Überleg' es dir.«

»Nein, nein, ich denke, sie ist hier gut aufgehoben. Außerdem ist sie wahrscheinlich gar nicht transportfähig.«

»Mach' dir darum keine Sorgen. Wir würden eine Maschine für sie schicken.«

»Danke für das Angebot, aber ihre Eltern kommen morgen.«

»Also gut, aber wenn du es dir anders überlegst – ein Wort genügt.«

Henning nickte.

»Wie ist sonst die Lage am Detektor?«, fragte Henning und folgte Ryan in den Raum mit dem Kaffeeautomaten.

»Der Detektor ist vollständig zerstört. Der Bergungstrupp gräbt sich gerade noch durch, aber der Quench hatte eine riesige Zerstörungskraft.«

»Habt ihr noch Anzeichen von Zeros gefunden?«

»Nein, bis jetzt nicht. Ich denke, die wurden entweder getötet oder haben es noch geschafft, durch das Wurmloch zu entkommen.«

»Die Menschen, die sich im Kontrollraum befunden hatten, – wisst Ihr inzwischen, was passiert ist?«

»Nein. Wir müssen damit rechnen, dass sie alle tot sind.«

Henning schüttelte langsam den Kopf. »Wie geht es jetzt weiter? Ich meine, wie nimmt die Bevölkerung es auf, dass wir nicht alleine im Universum sind?«

Henning hatte die letzten drei Tage komplett im Krankenhaus bei Priya verbracht. Er hatte weder die Zeit noch die Nerven gehabt, sich über die aktuelle Situation am CERN zu informieren.

»Die Bevölkerung wurde nur über das Notwendigste informiert, um eine Panik zu verhindern. Dass eine außerirdische Macht im Spiel war, ist noch geheim. Wir haben nur berichtet, dass sich eine Anomalie im Detektor gebildet hat und zu einer Explosion geführt hat. Alle Teilchenbeschleuniger weltweit sind abgeschaltet worden – jedenfalls die, von denen wir wissen.«

»Glaubst du wirklich, dass sich das Wissen um das Wurmloch unter Verschluss halten lässt?«

»Nein, aber wir müssen erstmal Zeit gewinnen, bis wir wirklich wissen, was passiert ist. Im Übrigen hat der US Präsident die Staatschefs der betroffenen Länder über eine Videokonferenz informiert.«

»Auch über die Außerirdischen?«, fragte Henning misstrauisch.

»Ja, wir konnten gar nicht anders. Die Chinesen waren kurz davor, einen Cybergegenangriff gegen uns zu starten. Unsere Atomanlagen waren ernsthaft bedroht.«

»Und die Russen?«

»Haben sich auch wieder beruhigt und zugesagt, ihre ausgelaufene U-Boot Flotte wieder zurückzubeordern.«

»Wir standen wohl knapp vor einem dritten Weltkrieg?«

Ryan nickte und warf eine Münze in den Kaffeeautomaten. »Wir hatten verdammtes Glück.«

Der Automat füllte einen Plastikbecher mit dampfenden Kaffee. Ryan nahm ihn, reichte ihn Henning und warf eine weitere Münze ein.

»Ich bin froh, dass die ganze Sache vorüber ist«, sagte Henning und nahm einen kräftigen Schluck Kaffee. »Das ist sie doch – oder?«

Ryan blickte zu Henning, während er ebenfalls an seinem Kaffee nippte.

»Ich fürchte, noch nicht. Wir planen eine Rettungsmission.«

Henning blieb verblüfft stehen.

»Eine Rettungsmission?«, wiederholte er.

»Ja! Wir gehen davon aus, dass Lieutenant Green noch lebt. Auf der anderen Seite.«

»Aber das ist Irrsinn. Ryan, nur für den Fall, dass wir das Wurmloch überhaupt erzeugen können, ist es doch viel zu riskant. Die Zeros werden uns in Stücke reißen. Hast du nicht selbst gesagt, dass sie über eine Technologie verfügen, die unserer Jahrhunderte überlegen sein kann.«

»Henning, es ist noch nichts entschieden. Wir spielen nur alle Optionen durch. Wir wissen ja auch nicht, ob es die Zeros nicht nochmal versuchen werden. Professor Li versucht gerade, mit einigen NASA Wissenschaftlern herauszubekommen, warum die Zeros den Detektor am CERN für das Wurmloch benötigten und nicht einfach eines von ihrer Seite aus öffneten. Aus diesem Grund müssen wir vorbereitet sein. Und außerdem …«

»Und?«

»Wir lassen niemanden zurück. Lieutenant Green ist mit uns runter zum Detektor, und wir sind es ihr schuldig, dass wir es wenigstens versuchen, sie zu retten.«

Henning nickte verständnisvoll. Er kannte Lieutenant Green eigentlich gar nicht, aber sie einfach ihrem Schicksal zu überlassen?

Nein, das ging nicht.

»Und die verschiedenen Temperaturzonen und die schwarze Wand unten am Detektor? Haben die Wissenschaftler eine Erklärung dafür?«

»Leider nein. Sie tappen noch völlig im Dunkeln«, sagte Captain Child mit einem breiten Grinsen.

Henning musste lachen. Das erste Mal seit Tagen.

»Henning, deine Videoaufnahme ist uns eine große Hilfe. Wir sind alle sehr dankbar, dass du einen kühlen Kopf bewahrt und auf den Aufnahmeknopf gedrückt hast. Unsere Astro-Wissenschaftler werten sie gerade aus, aber bis jetzt haben sie noch keine Ahnung, von welchem Planeten die Zeros kommen. Sie jagen die Sternbilder von deiner Aufnahme durch die größten Computer, die wir haben. Die Untersuchung des Computers im Gästehaus hat auch gerade erst begonnen. Ich hoffe, dass wir einen Einblick in die Technologie der Zeros bekommen und herausfinden können, wie sie es geschafft haben, unsere Codes zu knacken.«

»Hatte Agentin Louis nicht den Befehl, den Computer zu zerstören?«

»General Carter konnte sie nicht erreichen – das Satellitentelefon war von dem Virus ebenfalls gestört worden.«

»Ist der Virus also noch aktiv?«

»Nein. Nachdem niemand die Agentin erreichen konnte, hat sie selbst die Sache in die Hand genommen und die Stromversorgung des Computers gekappt. Der Virus hatte daraufhin seine Angriffe auf unsere Infrastruktur eingestellt.«

»Verstehe.«

Die beide Männer blickten sich an.

»Henning, du hast mir noch nicht gesagt, was du da unten am Detektor gesehen hast, als der Zero Kontakt mit dir aufgenommen hatte.«

Henning hob den Kopf und schaute seinen neuen Freund schweigend an.

»Ryan, die Zeros sind Parasiten. Sie brauchen andere Lebewesen für das Austragen ihrer Nachkommen.« Henning wollte seinem Freund noch nicht die ganze Wahrheit sagen, denn der Gedanke daran, was mit Lieutenant Green geschehen wird, war einfach zu grausam. Er würde den richtigen Augenblick dafür abwarten müssen.

»Heilige Scheiße! Bist du sicher?«

Henning nickte nur.

»Es ist also noch schlimmer, als wir angenommen hatten.« Ryan stieß hörbar die Luft aus.

»Ja.«

»Das ändert nichts an unserem Plan.«

»Wann soll die Rettungsmission starten?«, fragte Henning schließlich.

»Wie gesagt, es ist noch nichts entschieden. Ich denke, in sechs bis zwölf Monaten.«

»Und du bist auch dabei?«

»So wie die Sache liegt, werde ich wohl befördert werden und soll das Team leiten. Ich werde heute Abend nach Washington fliegen und mich mit dem Präsidenten treffen.«

»Glückwunsch! Hast du dir wirklich verdient, Ryan.«

»Danke. Ich brauche dich und Priya in unserem Team, Henning. Eigentlich darf ich nur Angehörige der Streitkräfte auswählen, aber ich habe bereits die Zustimmung des Präsidenten, dass ich bei euch und Professor Li eine Ausnahme machen darf. Priyas Einreiseverbot in die USA wurde aufgehoben. Die Entscheidung liegt bei dir.«

»Priyas Einreiseverbot?« Henning war verwirrt. »Wovon redest du?«

»Wusstest du das nicht?«, fragte Captain Child. »Priya hat sich bei einem früheren Aufenthalt in den USA in einen Regierungscomputer gehackt.«

»Was?« Henning war platt. Davon wusste er nichts. »Und sie wurde dabei erwischt?«

»Nein. Jemand hat sie Jahre danach verraten. Aber wie gesagt, die Sache ist aus Sicht der USA erledigt.«

Henning schüttelte den Kopf. »Diese Frau ist einfach …«

»Geheimnisvoll«, ergänzte Ryan. »Sie ist eine der Besten ihres Faches. Wir brauchen sie für die Analyse des Computers und zur Vorbereitung der Rettungsmission. Dich brauchen wir für eine weiter entwickelte Version des mobilen Scanners.«

»Erst muss Priya wieder auf die Beine kommen.«

»Ich weiß.« Ryan legte die Hand auf Hennings Schulter. »Sie wird sicher wieder ganz gesund werden. Priya ist eine zähe Frau.«

Eine Krankenschwester betrat den Raum, schaute sich um und richtete

ihren Blick auf Henning. »Dr. Finnley, kommen Sie bitte. Dr. Singh …
sie ist aufgewacht.«

ENDE.

Möchten Sie gerne wissen, wie es mit Priya, Henning und Lieutenant
Green weitergeht? Der zweite Teil der DarkSky-Trilogie ist ebenfalls
als Buch und E-Book verfügbar!
LostSky – Mächtige Feinde

Danksagung

Die Veröffentlichung meines ersten Buchs war ein schwerer Schritt, denn Zweifel, ob das Manuskript gut genug und die Story wirklich packend geschrieben ist, begleiteten mich bis zur Fertigstellung. Um so wichtiger waren für mich die ehrlichen Rückmeldungen meiner Testleser und -leserinnen zu einer frühen Version von DarkSky. Ohne die positiven, kritischen und konstruktiven Kommentare und Diskussionen hätte ich sicher nicht die Kraft und die Ausdauer aufgebracht, das Buch fertigzustellen. Dafür möchte ich euch allen danken!

Für die zahlreichen Diskussionen rund um die Geschichte möchte ich meinen Kindern Annika und Finn danken! Ihr habt mir immer neue Impulse gegeben und mich beim Durchhalten unterstützt.

Das erste Feedback zu DarkSky habe ich von Kerstin Treede erhalten, und das war mir besonders wichtig, da sie ein gutes Gespür für interessante Geschichten hat. Sie hat mich ermutigt, weiter zu machen. »Auf alle Fälle machst du weiter. Was für eine Frage!?« Danke, Kerstin!

Meine liebe Kollegin Divya Thukkaram war mir eine große Hilfe bei Priya und ihrer Geschichte. Danke für deine Unterstützung und die vielen Threema Chats! Schläfst du eigentlich auch mal?

Andreas Hoffmann hat einige wichtige Stellen im Text gefunden, an denen die Geschichte noch nicht wirklich rund war. Danke für's Aufspüren!

Chiara Hoffmann hat mich ermutigt, gerade die Szenen mit Henning und Priya im Text zu belassen, bei denen es um ihre Beziehung geht. Gut, sie haben noch keine, aber das kann ja noch werden …

Tillmann Wertz hat mir bei einer Flasche Wein noch einige Stellen im Text gezeigt, die ich nochmals angehen musste. Ich hoffe, wir wiederholen das bald mal! Also, das mit dem Wein!

Da ich selbst kein Mediziner bin, hat mich Jürgen Maier auf einige Unzulänglichkeiten bei der medizinischen Versorgung der Figuren im Buch aufmerksam gemacht. Wie sind eigentlich deine Anatomie-Kenntnisse von Außerirdischen?

Franz Basler ist, wie ich selbst, Ingenieur und hat einige technische Passagen gefunden, die nicht ganz richtig waren und korrigiert werden mussten. Merci!

Viel Arbeit bei der Durchsicht des Manuskripts hat sich Petra Konzelmann gemacht und dabei einige schwache Formulierungen gefunden und bessere vorgeschlagen. Danke hierfür!

Ganz wichtig war mir auch die Meinung meiner ehemaligen Deutschlehrerin und Freundin Anne Braun-Vordermeier. Erst als sie gesagt hat, dass die Geschichte gut ist, wusste ich, dass ich weitermachen muss. Danke für alles!

Pierre Sick hat mich mit seinem trockenen Humor wirklich bei Laune gehalten. O-Ton: »Also, den Pulitzer Preis bekommst du dafür nicht, aber das kann schon was werden. Die Geschichte ist geil.« Da Pierre selbst im Buchgeschäft tätig ist, hat er mir wichtige Tipps gegeben. Danke, Pierre!

Ganz besonderer Dank gilt meiner Frau Britta, die die unendliche Geduld aufgebracht hat, mich in meinem Buchprojekt zu unterstützen. Sie hat unzählige Stunden mit dem Aufspüren von Rechtschreibfehlern und unschönen Formulierungen verbracht. Ohne deine Hilfe, Britta, hätte ich es nie geschafft! Danke!

Ich hoffe, alle sind wieder beim zweiten Teil von DarkSky dabei, wenn die Rettungsaktion für Lieutenant Green anläuft und unsere Helden dafür das halbe Universum durchqueren müssen.

Auf ein Wort

Liebe Leserinnen und Leser,
ich hoffe, mein erster Roman DarkSky hat Ihnen gefallen und einige vergnügliche Lesestunden bereitet. Falls dem so ist, würde ich mich über eine Bewertung bei Amazon oder einem anderen Buchhändler Ihrer Wahl freuen. Vielen Dank dafür!
Über meine Web-Seite www.darksky-trilogie.de können Sie auch gerne direkt Kontakt mit mir aufnehmen. Ich freue mich über jede Rückmeldung und versuche zeitnah zu antworten.

Ihr Bernd Stöhr
April 2019